KB164879

파리 리뷰_인터뷰

작가란 무엇인가

I

the PARIS 파리 리뷰 인터뷰
REVIEW_interviews

권승혁·김진아 옮김

소설가들의 소설가를 인터뷰하다

the PARIS

작가란 무엇인가

I

+ 이언 매큐언 + 무라카미 하루키 + 필립 로스 + 오르한 파묵 + 윌리엄 포크너 +

+ 레이먼드 카버 + E.M 포스터 + 움베르토 에코 +

+ 폴 오스터 + 어니스트 헤밍웨이 + 가브리엘 가르시아 마르케스 +

REVIEW

다른

일러두기

1. 인명, 지명을 비롯한 외래어 표기 시 국립국어원 외래어 표기법을 따랐으나 인명의 경우 가장 일반적으로 사용되는 용례가 있으면 이를 참고하였습니다.
2. '역자 주'로 표기된 주석 외에는 모두 '편집자 주'입니다.

추천사

그을린 이후의 소설가

김연수(소설가)

그게 소설이든 시든, 어떤 젊은이가 갑자기 책상에 앉아서 뭔가를 쓰기 시작한다면, 지금 그의 내면에서 불길이 일어났다는 뜻이다. 불은 결코 홀로 타오르는 법이 없다. 그러니 그 불은 바깥 어딘가에서 그의 내면으로 번졌으리라. 하지만 그 불이 어디서 왔는지는 그에게 중요하지 않다. 그 불은 어디에서든 옮겨붙을 수 있으니까. 불은 바로 옆에 앉은 사람에게서도, 수천 년 전에 죽은 사람에게서도 전해질 수 있다. 수천 킬로미터의 거리와 수천 년의 시간을 사이에 두고서도 그 불은 원래의 열기를 고스란히 보존한 채로 그 젊은이의 내면에서 순식간에 타오른다. 그게 불의 속성이다. 책상에 앉아서 뭔가를 쓰기 시작하는 젊은이의 가슴속에서 이는 불 역시 마찬가지다. 순식간에 타오르고, 그는 이 열기에 놀란다. 그러므로 "몇 살 때 작가가 되셨나요? 작가가 되었을 때 놀라셨나요?"라는 질문에 무라카미 하루키는 이렇게 대답하는 것이다. "제가 스물아홉 살 때 작가가 되었지요. 물론 놀랐어요."

그러나 이 불은 곧 잦아들 것이다. 그것 역시 불의 속성이다. 순식간에 타오르고, 또 그만큼 빨리 꺼진다. 그러므로 모든 소설가들의 데뷔작은 검은색이어야만 한다. 그건 어떤 불이 타오르고 남은 그을림의 흔적이니까. 예민한 작가라면 첫 작품을 다 쓰자마자 그 사실을 깨달을 것이다. 그러나 아무리 늦더라도 두 번째 책을 펴낼 즈음이면 누구라도 자신의 데뷔작이 검게 그을렸다는 사실을, 하지만 두 번째 책은 그렇지 않다는 사실을 발견할 것이다. 이 지점에서 시인과 소설가의 길은 갈라진다. 시인은 계속 불을 찾아 나설 것이다. 하지만 소설가에게는 이제 불이 아니라 다른 것들이 필요하다. 다들 웃을지 모르겠으나, 예컨대 건강이나 체력 같은 것이다. 마라톤을 한다는 사실로 널리 알려진 무라카미 하루키가 "긴 소설을 쓰는 것은 서바이벌 훈련과 비슷해요. 신체적인 강함이 예술적인 감수성만큼이나 중요하거든요." 라고 말한다면 놀랄 사람이 많지 않겠지. 그러나 다음과 같은 마르케스의 말을 들을 때도 과연 그럴까?

그 자신에게 글쓰기란 권투와 같다는 헤밍웨이의 글이 제게 큰 감명을 주었습니다. 그는 자신의 건강을 잘 돌보았지요. …… 훌륭한 작가가 되기 위해 작가는 글을 쓰는 매 순간 절대적으로 제 정신이어야 하며 건강해야 합니다. 글 쓰는 행위는 희생이며, 경제적 상황이나 감정적 상태가 나쁘면 나쁠수록 좋은 글을 쓸 수 있다는 낭만적인 개념의 글쓰기에 대해 강력하게 반대합니다. 작가는 감정적으로나 육체적으로나 아주 건강해야 한다고 생각해요. 문학작품 창작은 좋은 건강 상태를 필요로 한다고 생각하며, 미국의 '잃어버린 세대' 작가들은 이것을 잘 알고 있었습니다.

    소설가에게 건강과 체력이 이토록 중요한 까닭은 소설가란 임시의 직업, 과정의 지위를 뜻하기 때문이다. 나름대로 정의하자면, 소설가란 자신이 되어가는 과정에 있는 사람을 뜻한다고 말하겠다. 소설가란 지금 소설을 쓰고 있는 사람을 뜻한다는 이야기다. 소설 쓰기에 영적인 요소가 있다면, 바로 이것이다. 소설가는 자기 자신이 되기 위해서 소설을 쓴다. 결국 그는 매일 소설을 쓰게 될 텐데, 그러자면 건강과 체력은 필수적이다. 이 건강과 체력은 하루에 10킬로미터를 달릴 수 있는 육체를 뜻하기도 하지만, 더 깊은 의미를 가리키는 은유이기도 하다. 소설가는 불꽃이 다 타버리고 재만 남은 뒤에도 뭔가를 쓰는 사람이다. 이때 그에게는 아무것도 없다. 다 타버렸으니까. 이제 그는 아무도 아닌 존재다. 소설을 쓸 때만 그는 소설가가 될 것이다. 그러므로 한 권 이상의 책을 펴낸 소설가에게 재능에 대해 묻는 것만큼 어리석은 질문은 없다. 그들에게 재능은 이미 오래전에, 한 권의 책으로 소진돼버렸으니까. 재능은 데뷔할 때만 필요하다. 그다음에는 체력이 필요할 뿐이다.

    이 체력이 있어야 소설가는 이전의 모든 위대한 소설가들이 한 번쯤 맞닥뜨린 적이 있는 운명을 만날 수 있다. 이 운명에 대해서 가장 잘 설명하는 사람은 윌리엄 포크너다. 그는 "우리 모두는 우리가 꿈꾸는 완벽함에 필적할 수 없습니다. 그래서 저는 불가능한 일에 얼마나 멋지게 실패하는가를 기초로 우리들을 평가합니다. 저는 만일 제 모든 작품을 다시 쓸 수만 있다면 더 잘 쓸 것이라고 확신합니다."라고 이 책에 실린 인터뷰에서 말했다. 새로 시도할 때마다 실패하는 것, 그게 바로 데뷔작 이후, 그을린 이후, 모든 소설가의 운명이다. 그러므로 이 책에 실린 인터뷰에서 움베르토 에코가 "저는 모든 것을 후회해요. 삶의 모든 분야에서 수없이 많은 실수를 저질렀기 때문이지요."라고 말하거나 이언 매큐언이 "여러 주 동안 유령하고 소통하는 것 외에 달리 하는 일 없이 책상에서 침대로 그리고 다시 책상으로 왔다 갔다 해야만 한다."라고, 또 레이먼드 카버가 "한 단편에 스무 가지나 서른 가지 다른 수정본이 있는 경우도 있어요. 열 개나 열두 개 이하인 경우는 없답니다."라고 말한대도 놀라지 말아야 한다.

십여 년 전, 나는 두어 권의 책을 펴낸 삼십 대 초반의 젊은 소설가였다. 그즈음, 나 역시 내 재능이 모두 타버리고 난 뒤의 그을음을 보고 있었다. 하지만 서가를 다 뒤져도 그 그을음에 대해서 말해주는 책은 없었다. 그러다가 우연히 노란색 표지의 『파리 리뷰_인터뷰』라는 책을 발견하게 됐다. 거기에는 내가 열광했던 소설가들의 인터뷰가 실려 있었다. 그들은 육성으로 자기 직업에 대해, 스스로 터득한 기술에 대해 말하고 있었다. 그들에게서 나는 허세라고는 조금도 찾아볼 수 없었다. 그들은 마치 매일 아침 작업장으로 나가는 시계기술자들 같았다. 늘 실패한다는 사실을 운명처럼 받아들여야만 한다는 점만 다를 뿐. 그제야 나는 내가 되고자 하는 소설가가 어떤 사람인지 알게 됐다. 단 한 번의 불꽃, 뒤이은 그을음과 어둠, 그리고 평생에 걸친 글쓰기라는 헌신만이 나를 소설가로 만든다는 것을. 그게 바로 소설가의 운명이라는 것을. 언젠가 토머스 울프가 다음과 같이 썼다시피.

나는 결국 내 스스로 지핀 불에 데었다는 것, 나 자신의 화염에 소진되었다는 것, 그리고 여러 해 동안 내 삶을 흡입한 맹렬하고 만족할 줄 모르는 욕망의 송곳니에 의해, 내 존재가 갈가리 찢겼다는 것을 알았다. 말하자면, 빛의 세포 하나가 낮이건 밤이건 내 삶의 모든 깨어 있는 순간에, 또한 모든 잠자는 순간에, 뇌와 마음과 기억에서 언제나처럼 빛나리라는 것, 벌레가 내 몸을 먹으면서 자신의 빛을 유지하리라는 것, 어떤 오락, 어떤 음식과 음료도, 어떤 여행과 어떤 여자도 그 빛을 깨뜨릴 수 없으리라는 것, 그리고 죽음이 그 전적이고도 결정적인 어둠으로 내 삶을 덮을 때까지, 나는 결코 그 빛에서 해방될 수 없으리라는 것을 깨달았다. 하여 마침내 나는 내가 작가가 되었다는 사실을 깨달았다. 나는 자신의 삶을 작가의 삶으로 바꾼 사람에게 어떤 일이 일어나는지를 깨달았다.

차례

:: 01

이론화할 수 없는 것에 대하여

움베르토 에코
UMBERTO ECO

움베르토 에코 이탈리아, 1932.1.5.~2016. 2. 19.

———

이탈리아의 기호학자, 철학자, 소설가, 역사학자, 미학자이다. 대표작인 『장미의 이름』은 백과사전적 지식과 풍부한 상상력이 결합된 에코의 개성을 잘 보여주는 작품이다.

1932년 1월 5일 이탈리아의 알레산드리아에서 태어났다. 토리노 대학교에서 중세철학과 문학을 전공하고, 1954년 토마스 아퀴나스에 관한 논문으로 박사 학위를 받았다. 이 논문으로 에코는 문학비평 및 기호학계의 큰 주목을 받았다. 중세철학에서 현대 대중문화, 가상현실에 이르기까지 다양한 영역을 넘나들며 저술 활동을 펼쳤고, 1980년 출간된 데뷔작 『장미의 이름』으로 세계적으로 유명한 소설가의 반열에 올라섰다. 이후 『푸코의 진자』, 『전날의 섬』, 『바우돌리노』, 『로아나 여왕의 신비한 불꽃』 등의 소설을 발표해 평단과 독자들의 찬사를 받았다. 에코의 다른 저서로는 『세상의 바보들에게 웃으면서 화내는 방법』, 『책으로 천년을 사는 방법』, 『민주주의가 어떻게 민주주의를 해치는가』, 『미의 역사』, 『추의 역사』, 『궁극의 리스트』, 『가재걸음』, 장클로드 카리에르와의 대담집 『책의 우주』 등이 있다.

에코와의 인터뷰

라일라 아잠 잔가네

나는 거대한 하얀 소파에 앉았고, 에코는 시가를 손에 든 채 낮은 안락의자에 앉았다. … 첫 질문을 시작하자 에코는 눈을 가늘게 떴는데, 대답할 차례가 되면 갑자기 크게 떴다. 그는 "어떤 사람들이 코코넛에 대한 열정을 키우는 것처럼, 저는 중세에 대한 열정을 키웠답니다."라고 말했다.

움베르토 에코에게 처음 전화를 걸었을 때, 그는 이탈리아의 아드리아 해 근처 우르비노에 있는 17세기 저택의 책상에 앉아 전화를 받았다. 그는 자신의 저택에 있는 아름다운 수영장에 대해서 찬양했지만, 내가 꼬불꼬불한 산길을 달려오는 데 어려움을 겪지 않을까 우려했다. 그래서 저택을 방문하는 대신 밀라노에 있는 그의 아파트에서 만나기로 했다. 나는 지난 2008년 8월, 여름의 절정이며 가톨릭에서 성모몽소승천을 축하하는 페라고스토 축일*에 에코의 아파트에 도착했다. 밀라노의 회색 빌딩들이 열기 속에서 희미하게 빛을 발하고 있었고 얇은 먼지층이 보도에 가라앉아 있었다. 차 한 대도 지나다니지 않았다. 에코의 아파트에 들어서서 20세기 초에 만들어진 승강기

---

* 8월 15일.(역자 주)

를 타자, 꼭대기 층의 문이 삐걱 열리는 소리가 들렸다. 에코의 당당한 몸집이 승강기의 쇠창살 건너편에 보였다. 그는 약간 얼굴을 찌푸리며 "아." 하고 말했다. 에코의 아파트는 보기 드물게 높은 천장까지 닿은 책장들이 미로를 만들고 있었다. 그는 이곳에 책이 3만 권 있고, 시골 저택에 2만 권이 더 있다고 설명했다. 프톨레마이오스*의 과학책과 이탈로 칼비노의 소설들, 소쉬르와 조이스에 대한 비평들이 눈에 띄었고, 중세 역사에 관한 책과 신비주의에 대한 원고들만 모아놓은 책장도 있었다. 많이 읽어서 닳아버린 책들로 인해 서재는 생기가 넘쳤다. 에코는 아주 빠르게 책을 읽으며 엄청난 기억력을 자랑한다. 서재의 여러 책장들에는 에코의 전집이 온갖 언어로 번역되어 꽂혀 있었다. 아랍어, 핀란드어, 일본어 등 30가지가 넘는 언어까지 센 뒤에는 몇 개인지 더 이상 헤아릴 수가 없었다. 에코는 사랑이 담긴 정확한 몸짓으로 자신의 책들을 가리키면서, 초기 비평 이론의 분수령이었던 『열린 예술작품』부터 『추의 역사』에 이르기까지 한 권 한 권마다 내 주목을 이끌었다.

에코의 경력은 중세 연구가이자 기호학자로서 시작됐다. 그의 나이 마흔여덟 살이 되던 1980년에 『장미의 이름』이라는 소설책을 한권 출판했다. 그 책은 출간 후 1000만 부 이상 팔리면서 세계적인 베스트셀러가 되었다. 에코는 교수에서 문학계의 스타로 떠올랐다. 기자들이 쫓아다녔고, 문화에 대해 평론해 달라는 청탁을 받기도 했다. 광범위한 지식으로 존경받는 에코는 생존하는 이탈리아 작가 중 가장 중요한 인물이 되었다. 그는 이후 계속해서 기발한 에세이와 학문적인 작품들을 썼고, 『푸코의 진자』와 『로아나 여왕의 신비한 불꽃』을 비롯해서 네 권의 베스트셀러 소설을 더 썼다.

배를 내밀고 발을 질질 끌면서 에코는 나를 거실로 안내했다. 창문 너머로 밀라노의 하늘을 배경으로 중세의 성이 거대한 윤곽을 드러내고 있어서 거실도 중세식의 태피스트리와 이탈리아 골동품으로 장식되어 있기를 기대했지만 현대적인 가구로 장식되어 있었고, 몇개의 유리 장식장에는 조개껍질, 희귀본 만화책, 류트, 리코더 수집품들과 그림용 붓들이 있었다. 에코는 "이건, 아시겠지만, 아르망Armand Fernandez이 특별히 저한테 헌정한 거예요……."라고 말했다.

나는 거대한 하얀 소파에 앉았고, 에코는 시가를 손에 든 채 낮은 안락의자에 앉았다. 전에 하루에 60개비의 담배를 피웠다고 말했지만, 지금 들고 있는 건 불붙이지 않은 시가다. 첫 질문을 시작하자 에코는 눈을 가늘게 떴는데, 대답할 차례가 되면 갑자기 크게 떴다. 그는 "어떤 사람들이 코코넛에 대한 열정을 키우는 것처럼, 저는 중세에 대한 열정을 키웠답니다."라고 말했다. 이탈리아에서 그는 희극적인 재담인 '바투테'battute로 유명한데, 그것은 뱀처럼 길게 굽이치며 이어지는 문장 중간중간 튀어나왔다. 그의 목소리는 점점 더 커지는 것처럼 느껴졌다.

에코는 곧 수업 시간에 열중해서 바라보는 학생들에게 하는 것처럼 하나하나 번호를 붙여 요점을 나열했다. "첫 번째, 『장미의 이름』을 쓸 때 저는 다른 사람들처럼, 아리스토텔레스가 쓴 『시학』 중 지금은 잃어버린 저 유명한 희극에 관한 부분에 어떤 내용이 쓰여 있는지 몰랐습니다. 그렇지만 글을 쓰는 도중에 어찌어찌하다가 그 내용을 발견했지요. 두 번째, 추리소설은 철학의 핵심 질문, 즉 누가 했는

• 2세기경 활동한 그리스 학자로 천동설을 주장했다.

가?*라는 질문을 던집니다." 자신과 이야기를 나누는 상대가 꽤 똑똑하다고 생각되면 "네, 잘했어요. 하지만 거기다 덧붙일 것은……."라는 식으로 재빨리 교수님다운 평가를 내렸다.

처음 두 시간의 인터뷰가 끝나자, 에코 저서 대부분의 출판권을 보유한 이탈리아의 봄피아니사의 문학 편집장인 마리오 안드레오세가 우리를 저녁 식사에 데리고 갔다. 45년간 결혼 생활을 한 에코의 아내 레나테 람제가 안드레오세 옆의 조수석에 앉았고, 에코와 나는 뒷좌석에 앉았다. 조금 전까지 재기와 발랄함이 넘치던 에코는 이제 침울하고 냉담해 보였다. 그러나 식당에 가서 빵 접시가 앞에 놓이자마자 그는 곧 다시 기분이 좋아졌다. 그는 메뉴를 보고 잠시 망설이다가, 웨이터가 다가오자 서둘러서 칼조네와 스카치위스키 한 잔을 시켰다. 그러면서 "그래그래. 이러면 안 되는데. 안 되고말고……."라고 덧붙였다. 독자 한 사람이 얼굴을 환히 빛내면서 우리 식탁으로 다가왔다. "움베르토 에코 씨 맞으시죠?" 교수님은 눈썹을 치켜세우더니 활짝 웃음을 짓고 악수를 했다. 그러고 나서 마침내 대화가 다시 시작되었고, 에코는 교황 베네딕토 16세, 페르시아 제국의 몰락, 제임스 본드 영화에 대해서 끝없이 이야기하기 시작했다. 그는 칼조네에 포크를 꽂으면서 "제가 이언 플레밍**의 이야기의 원형에 대한 구조적인 분석을 출판한 적이 있다는 것을 아시나요?"라고 말했다.

---

* who dunnit? '범인은 누구인가?'라는 추리소설의 관용적 표현이다.(역자 주)
** 이언 플레밍은 007소설의 작가이다.(역자 주)

「장미의 이름」을 위해 움베르토 에코가 스케치한 수도사들.

움베르토 에코
×
라일라 아잠 잔가네

어디서 태어나셨나요?

움베르토 에코 알레산드리아라는 마을입니다. 모자 브랜드인 보르살리노로 유명한 곳이죠.

가족에 대해 말씀해주시겠어요?

에코 아버지는 회계사였고, 할아버지는 인쇄업자였죠. 제 아버지는 열세 명의 자식들 중 장남이었습니다. 저도 장남이고, 제 첫째도 아들이죠. 그리고 그 애의 첫아이도 아들이에요. 그러니까 혹시라도 누군가가 에코 가족이 비잔티움 황제의 후손이라는 걸 발견한다면 제 손자는 황태자가 되는 거지요.

할아버지는 제게 중요한 영향을 미쳤습니다. 할아버지는 제가 살던 마을에서 5킬로미터쯤 떨어진 시골에 사셨고 제가 여섯 살 때 돌아가셔서 자주 만나지 못했습니다. 엄청나게 호기심이 넘치는 분이셨고, 책도 많이 읽으셨답니다. 놀라운 일은, 할아버지가 은퇴하신 뒤 책 제본을 시작하셨다는 것이죠. 제본되지 않은 고티에나 뒤마가 쓴 19세기 유명 소설의 오래되고 삽화가 아름다운 판본의 책들이 집에 굴러다녔어요. 그것들이 제가 처음 본 책이었지요. 할아버지가 1938년에 돌아가신 후 책의 주인들이 제본되지 않은 책을 돌려달라고 하지 않아서 전부 큰 상자에 두었는데 아주 우연히 제가 이 책 상자를 부모님 지하실에서 발견하게 되었어요. 석탄이나 와인을 가지러 지하실에 가끔 내려갔는데, 어느 날 그 상자를 열었고, 책이 가득 들어 있는 보물 상자라는 걸 발견했지요. 그 뒤로는 자주 지하실에 내려갔답니다. 할아버지는 이국적인 나라를 배경으로 한 이상하고 잔인한 이야기를 담은 『삽화가 들어간 육로와 해로의 여행과 모험기』라는 멋진 잡지도 모으셨답니다. 이 경험이 제가 처음으로 이야기 나라로 위대한 약탈을 하러 간 경험이었어요. 불행히도 이 책과 잡지들은 다 없어졌답니다. 하지만 수십 년 동안 차근차근 헌책방과 벼룩시장에서 같은 책들을 다시 모았지요.

할아버지 댁을 방문할 때까지 책을 본 적이 없다면, 부모님 댁에는 책이 한 권도 없었단 말씀이신가요?

에코 이상하게 들리시겠지요. 저희 아버지는 젊었을 때 독서광이셨어요. 할아버지는 자식을 열세 명이나 낳으셔서 가족이 빠듯하게 살았어요. 아버지는 책을 살 돈이 없으셨지요. 그래서 책을 파는 노점에 가서 길거리에 서서 읽으셨답니다. 서서 책 읽는 것에 대해 노점 주인이 짜증을 낼 때쯤이면 아버지는 다음 노점상으로 가서 읽던 책의 다음 부분을 찾아 계속 읽으셨지요. 저는 이 이미지를 아주 소중히 여긴답니다. 아주 끈질기게 책을 찾아다니는 것 말입니다. 성인이 된 아버지는 저녁에만 여유 시간이 있었고 그때는 신문이나 잡지를 읽으셨어요. 우리 집에는 소설책 몇 권밖에 없었는데, 책장에 있지 않고 벽장에 들어 있었답니다. 때때로 아버지가 친구분에게 빌린 책을 읽으시는 걸 본 적은 있어요.

아버지는 당신이 어린 나이에 학자가 된 걸 보고 어떻게 생각하셨나요?

에코　아버지는 아주 일찍 돌아가셨어요. 1962년에 돌아가셨는데, 이미 제가 책 몇 권을 출판한 뒤였지요. 그 책들은 학술서적이라, 아버지가 읽으시기 좀 어려웠을 겁니다. 하지만 어느 날 아주 늦은 저녁에 아버지가 그 책들을 읽으려고 애쓰시는 걸 보았지요. 『열린 예술작품』은 아버지가 돌아가시기 정확히 3개월 전에 출판되었고, 위대한 시인 에우제니오 몬탈레가 『코리에레 델라 세라』*에 서평을 썼어요. 호기심과 우호적인 태도, 혹평이 뒤섞인 서평이었지요. 하지만 제 생각으로는 몬탈레가 쓴 서평은 아버지에겐 더 바랄 나위 없이 훌륭한 일이었겠지요. 어떤 의미에서는 아버지께 빚을 갚은 거지요. 그리고 결국, 아버지가 바라셨던 모든 걸 충족시킨 듯해요. 물론 그 책이 제 소설이었다면 훨씬 재밌게 읽으셨을 거라 생각되지만요. 어머니는 10년 더 사셨어요. 그래서 제가 다른 책도 많이 썼고 외국 대학에 강연 초청을 받는다는 걸 아셨죠. 어머니는 많이 편찮으셨고 무슨 일이 일어나는지 확실히 알지는 못하셨겠지만 행복해하셨답니다. 하지만 어머니들은 아들이 완전히 바보라도 자랑스러워하시는 법이죠.

당신은 무솔리니가 이탈리아를 장악하고 전쟁이 일어났을 때 아직 어린애였죠. 당시에 그 사건을 어떻게 느끼셨습니까?

에코　아주 이상한 시대였죠. 무솔리니는 카리스마가 넘쳤고, 당시 모든 학생들이 그랬듯이 저도 파시스트 청년운동에 가입했어요. 우리는 모두 군대식 제복을 입고 토요일이면 집회에 나갔습니다. 그렇게 하면서 행복했어요. 오늘날 미국 소년에게 해병대 옷을 입혀놓는 것과 비슷할 거예요. 그 애는 아마 그게 재미있다고 생각하겠지요. 어릴 때 우리들에게는 그 모든 파시스트 운동이 자연스러웠어요. 마치 겨울의 눈이나 여름의 열기처럼요. 다른 식의 삶의 방식이 있다는 건 상상할 수가 없었죠. 어린 시절을 회고할 때 그런 것처럼, 사람들은 이 시기를 아주 부드러운 감정을 품고 기억합니다. 심지어는 폭탄이 떨어지던 것, 그리고 방공호에서 보낸 밤들에 대해서도 그런 감정을 느끼지요. 1943년에 파시즘이 몰락하면서 모든 것이 끝났답니다. 민주적인 신문을 통해 파시스트가 아닌 다른 정당이나 관점이 존재한다는 걸 처음 알았어요. 우리나라 역사에서 가장 심한 트라우마가 된 시기였던 1943년 9월에서 1945년 4월까지, 공습을 피하기 위해서 저와 어머니와 누이는 피에몬테 지방 마을인 몬페라토에 있었습니다. 그곳은 레지스탕스 운동의 중심지였죠.

전투 장면을 본 적이 있나요?

에코　파시스트와 저항군 사이의 총싸움을 지켜보면서 제가 직접 전투에 참가하면 좋겠다고 생각한 적도 있지요. 한 번은 날아오는 총

• 이탈리아 밀라노 일간신문.

알을 피한 적도 있고요, 높은 나무에서 땅으로 뛰어내린 적도 있습니다. 아버지가 평일에 머물면서 일하고 계시던 알레산드리아에 포탄이 쏟아지는 것을 우리가 살던 마을에서 본 기억도 납니다. 하늘은 오렌지색으로 폭발했지요. 전화선도 다 끊겨서 우리는 아버지가 주말에 집에 오셔야만 아직 살아 계시다는 걸 알 수 있었습니다. 이런 시기에 시골에 살면, 젊은이는 생존하는 방법을 배울 수밖에 없지요.

전쟁이 글을 쓰려는 결심에 영향을 미쳤나요?

에코 아니요. 직접적인 연관은 없답니다. 전쟁과는 상관없이 전쟁 전부터 글을 쓰기 시작했어요. 청소년기에는 만화책을 많이 읽었기 때문에 만화책을 썼지요. 그리고 말레이시아와 중앙아프리카를 배경으로 한 판타지 소설도 썼습니다. 저는 완벽주의자였기 때문에 그 책들이 마치 인쇄된 것처럼 보이기를 바랐어요. 그래서 대문자로 글을 쓰고 표지를 만들고 목차도 쓰고 삽화도 넣었지요. 그렇게 하는 것은 너무나도 힘든 일이어서 완성한 것은 하나도 없답니다. 저는 그 당시에 미완성 걸작을 쓰는 위대한 작가였지요. 하지만 제가 소설을 쓰기 시작했을 때는 전쟁에 대한 기억이 어느 정도 영향을 미쳤습니다. 그러나 모든 사람은 어릴 때 기억에 사로잡혀 있는 법이지요.

초기 습작들을 누구에게라도 보여주신 적이 있습니까?

에코 부모님이 제가 뭘 하는지 보셨을 수는 있겠지요. 하지만 제 글을 다른 누구에게 보여준 적은 없습니다. 혼자서 고독하게 즐긴 악

습이었으니까요.

이 시기에 시에도 손대보았다고 말씀하신 적이 있지요. 글쓰기에 대한 에세이에서 "내 시는 여드름 나던 십 대에 기원을 갖고 있으며, 그 여드름과 같은 형식적 구성을 갖고 있다."라고 말씀하셨습니다.

에코   어떤 특정 시기, 예를 들자면 열다섯이나 열여섯 살에 시란 자위행위나 마찬가지랍니다. 하지만 훌륭한 시인은 나중에 초기 시를 불태워버리고, 별 볼 일 없는 시인은 초기 시를 출판하지요. 고맙게도 저는 시를 상당히 빨리 포기했어요.

문학적인 방향으로 이끌어준 건 누구입니까?

에코   강박적일 정도로 책을 많이 읽으시던 외할머니시죠. 외할머니는 초등학교 5학년까지밖에 못 다니셨는데도 시립도서관 멤버였고 일주일에 두세 권의 책을 저에게 빌려다 주셨어요. 싸구려 대중소설도 있고 발자크의 소설도 있었지요. 외할머니 눈에는 두 종류의 소설이 별 차이가 없었거든요. 둘 다 흥미진진했으니까요. 반대로 어머니는 지문감식관 교육을 받으셨지요. 초급 프랑스어와 독일어도 배웠답니다. 젊을 때는 독서를 많이 하셨지만 나중에는 게을러지셔서 로맨스 소설과 여성 잡지만 읽으시더군요. 그래서 저는 어머니가 읽으시던 책은 읽지 않았습니다. 하지만 어머니는 훌륭한 이탈리아어로 우아하게 말씀을 하셨고, 글을 너무나 아름답게 써서 친구들이 편지를 대신 써달라고 부탁하곤 했죠. 어머니는 학교를 일찍 그만두긴 했지만 언어에 대해 상당히 민감한 감수성을 갖고 계셨어요. 저는 어머니에게서 글쓰기에 대한 진정한 취미와 제 최초의 글쓰기

스타일을 물려받았을 겁니다.

소설이 어느 정도까지 자서전적이라고 보십니까?

에코 　사실 어떻게 보면 모든 소설이 자서전적이지요. 등장인물을 만들어낼 때 개인적인 기억을 등장인물들에게 불어넣거든요. 제 일부를 이 등장인물에게 부여하고, 저의 다른 부분을 또 다른 인물에게 부여합니다. 이런 의미로 보자면, 저는 결코 자서전을 쓰는 건 아니지만 제 소설들은 제 자서전이라고 볼 수 있는 거지요. 두 가지는 서로 다르답니다.

당신의 이미지가 직접 투영된 것이 많습니까? 『푸코의 진자』에서 벨보가 묘지에서 트럼펫을 연주하는 장면이 생각납니다만.

에코 　그 장면은 확실히 자서전적입니다. 저는 분명히 벨보가 아니지만 그런 일이 제게 일어났습니다. 그 일은 너무나도 중요한 의미를 지니고 있는 만큼 제가 아직 한 번도 하지 않았던 이야기를 해드리고자 합니다. 저는 석 달 전에 2000달러가량 하는 좋은 트럼펫을 샀답니다. 트럼펫을 불려면 오랫동안 입술을 훈련해야 합니다. 열두세 살쯤에는 트럼펫 연주를 꽤 잘했지요. 하지만 지금은 그런 솜씨가 없어져서 아주 형편없이 연주한답니다. 그래도 매일 연습을 하고 있습니다. 어린 시절로 돌아가고 싶기 때문이지요. 저에게 트럼펫은 제 젊은 날의 증거입니다. 바이올린에는 아무 느낌도 없지만, 트럼펫을 보면 제 핏속에서 세계가 꿈틀대는 걸 느낀답니다.

어린 시절에 불었던 곡조를 연주할 수 있으신가요?

에코   연주를 하면 할수록 훨씬 생생하게 기억이 납니다. 확실히 너무 높거나 너무 어려운 부분들이 있어요. 그런 부분들은 여러 번 반복하고 애를 씁니다. 하지만 제 입술이 제대로 반응하지 않고 있다는 걸 알지요.

기억에서도 똑같은 현상이 있나요?

에코   이상한 일이지만 나이가 들수록 더 기억이 또렷해지네요. 예를 들면, 제 고향의 사투리는 알레산드리아 방언입니다. 롬바드, 에밀리안, 제노바 방언의 요소를 가진 피에몬테어의 방계지요. 저희 가족은 중산층이고 아버지께서 저와 제 누이는 이탈리아 표준어만 사용해야 한다고 생각하셨기 때문에 저는 이 방언을 써본 적이 없습니다. 하지만 부모님끼리는 이 방언으로 말씀을 나누셨지요. 그래서 저는 그 방언을 잘 이해하지만 해본 적은 없습니다. 그런데 갑자기 50년 후에 제 배 속에서부터인지 무의식에서부터인지 그 방언이 자라나더니, 옛 고향 친구를 만나면 그 말을 할 수가 있게 된 거예요. 세월이 지나면서 이미 잊어버린 것을 되찾았을 뿐 아니라 한 번도 배우지 못했다고 생각한 것까지 되찾을 수 있었답니다.

어째서 중세 미학을 공부하기로 결심하셨나요?

에코   저는 가톨릭 교육을 받았고, 대학 시절에는 전국가톨릭학생연합 중 하나를 운영했지요. 그래서 중세 스콜라학파의 사상과 초기 기독교 신학에 매료되어 있었습니다. 토마스 아퀴나스의 미학에 대한 논문을 쓰기 시작했는데, 논문을 끝내기 바로 직전에 제 신앙심이 트라우마를 겪었답니다. 복잡한 정치적 사건이었죠. 저는 학생연합에서 진보적인 쪽이었답니다. 즉, 사회문제나 사회정의에 관심이 있었다는 뜻이죠. 우익 쪽은 교황 비오 12세의 보호 아래 있었어요. 어느 날 학생연합에서 제가 속한 편이 이단이고 공산주의자라고 공격했지요. 바티칸 공식 신문까지 저희를 공격했어요. 이 사건 이후 제 신앙심은 철학적인 변화를 겪습니다. 그래도 중세 시대와 중세철학 공부는 커다란 존경심을 가지고 계속했습니다. 물론 제가 사랑하는 아퀴나스를 포함해서요.

『장미의 이름』 후기에서 "나는 모든 곳에서 중세 시기를 본다. 그 시기는 중세적이지만 중세적으로 보이지 않는 내 일상의 관심사에 투명하게 덮여 있다."라고 쓰셨지요. 일상적 관심이 어떤 식으로 중세적인가요?

에코　평생 동안 중세 시대에 완전히 몰입하는 경험을 수없이 했지요. 예를 들면, 논문 준비를 하면서 프랑스 국립도서관에서 논문 자료를 찾기 위해 한 달씩 두 번 파리로 여행을 간 적이 있습니다. 그 두 달 동안 중세 시대에만 살기로 결정을 했지요. 파리의 지도를 축소해서 어떤 특정 거리만 선택한다면 진짜 중세 시대를 살 수 있답니다. 그러고 나면 중세인처럼 생각하고 느끼기 시작하지요. 한 가지 예를 들어보죠. 제 아내는 세상 거의 모든 허브와 꽃들의 이름을 아는 훌륭한 정원사인데 『장미의 이름』을 쓰기 전에 제가 자연에 관심이 없다고 언제나 꾸짖었어요. 한번은 시골에 가서 모닥불을 피웠는데, 나무 사이로 빨간 불티가 날아다니는 것을 보라고 말하더군요. 물론 저는 보지 않았죠. 그런데 나중에 『장미의 이름』 마지막 장에서 불을 비슷하게 묘사한 걸 읽고 나서는, "그러니까 당신, 그 불티를 봤군요."라고 제 아내가 말했어요. 전 이렇게 대답했죠. "아니,

난 안 봤어요. 하지만 중세 수도사는 불터를 어떤 식으로 볼 거라는 건 알고 있소."

실제로 중세에 살았으면 그 삶을 즐겼을 거라 생각하시나요?

에코　글쎄요. 중세에 살았더라면 이 나이까지 살아 있을 수 없었겠지요. 중세에 살았더라면 그 시대에 대한 제 감정은 엄청나게 달랐을 거예요. 실제로 살기보다는 그냥 그 시대를 상상하는 편이 나을 듯하네요.

보통 사람들에겐 중세가 신비하고 멀게만 느껴집니다. 중세에 끌리신 이유가 뭔가요?

에코　딱히 뭐라고 말하기 어렵네요. 어떤 사람을 왜 사랑하게 되는 거죠? 굳이 설명을 해야 한다면, 중세는 사람들이 생각하는 것과 완전히 반대이기 때문이라고 말할 수 있을 거예요. 제가 보기에 중세는 암흑시대가 아닙니다. 아주 찬란하게 빛나는 시대였고, 그 시대의 비옥한 토양에서 르네상스가 출현했지요. 혼란스럽고 활기찬 변화의 시대였고, 근대 도시와 은행 체계, 대학, 언어, 국가, 문화를 갖춘 근대적 유럽이란 개념이 탄생한 시대였죠.

당신 책에서 중세와 근대 사이의 유사점을 의식적으로 찾지는 않는다고 말씀하셨지만, 실은 그 점이 중세의 매력 중 일부인 모양이군요.

에코　그렇습니다. 하지만 유사성을 이야기할 때는 아주 조심스러워야 하지요. 한번은 중세와 우리 시대 사이의 유사점에 대해서 에세이를 쓴 적이 있답니다. 하지만 혹시 50달러만 주신다면 우리 시대와 네안데르탈인들이 살던 시대의 유사점에 대한 에세이도 쓸 수 있어요. 유사점을 찾는 것은 언제나 쉽습니다. 그럼에도 불구하고 역사에 관심을 가진다는 것은 우리 시대와의 유사성을 깊이 있게 찾아내는 것이라고 생각합니다. 저는 끔찍하게 구식이라는 걸 고백합니다. 그래서 아직도 키케로처럼 역사는 삶의 스승이라고 생각합니다.

젊었을 때 중세 학자였다가 어째서 갑자기 언어 연구를 시작하셨나요?

에코 제가 기억하는 한 저는 언제나 의사소통을 이해하는 데 관심이 있었답니다. 미학에서 중요한 질문은, 예술작품이란 무엇이며, 우리와 어떻게 소통하는가라는 문제입니다. 저는 '어떻게'라는 방식의 문제에 특히 관심이 있죠. 게다가 우리는 언어를 생산하기 때문에 인간이라고 인식되고 있지요. 석사 논문을 끝낸 직후 이탈리아 국영방송에서 일을 시작했답니다. 그게 1954년이었는데 최초의 텔레비전 방송국이 만들어진 지 불과 몇 달 뒤였지요. 이탈리아에서 대중적인 시각 커뮤니케이션 시대의 서막이 열린 것입니다. 그때 저는 제가 이상한 종류의 분열된 인격의 소유자인가 생각하기 시작했습니다. 한편으로는 실험적인 문학과 예술에서 언어의 가장 진보된 기능에 관심을 가지고 있었고, 다른 한편으로는 텔레비전, 만화책, 추리소설 등을 즐겼습니다. 그래서 당연하게도 내 흥미가 진짜 그렇게 구별되는 것이 가능한가라는 질문을 하게 되었지요. 저는 다른 수준의 문화를 통합하길 원했기 때문에 기호학으로 관심을 돌렸지요. 대중매체에서 생산된 어떤 것이라도 문화 분석의 대상이 될 수 있다는 걸 이해하기 시작했습니다.

언젠가 기호학은 거짓말의 이론이라고 말씀하셨지요.

에코 '거짓말' 대신에 '진실이 아닌 것을 말하는 것'이라고 말하는 편이 나았을 것 같네요. 인간들은 요정 이야기를 들려주고, 새로운 세계를 상상하고, 실수를 하기도 합니다. 그리고 거짓말도 할 수 있지요. 언어는 이 모든 가능성에 대해서 설명해줍니다. 거짓말은 인간의 고유한 능력이죠. 냄새를 쫓는 개는 냄새만을 따라갑니다. 말하자면 개도 냄새도 '거짓말'을 하지 않지요. 하지만 저는 당신이 물어본 것과는 다른 방향으로 가라고 말하면서 거짓말을 할 수 있지요. 그러면 당신은 저를 믿고 틀린 방향으로 가게 됩니다. 그런 일이 가능한 것은 우리가 기호^{signs}에 의지하기 때문이지요.

기호학이라는 연구 분야에 적대적인 사람들 중에는 기호학자들이 궁극적으로는 모든 현실을 사라지게 한다고 주장하는 이들이 있지요.

에코 소위 해체주의자°의 입장이 그렇지요. 그들은 모든 것이 텍스트라고 주장할 뿐 아니라 모든 텍스트는 무한히 해석 가능하다고 주장하지요. 여기 이 테이블조차 텍스트에 불과하고요. 그들은 또한 사실이란 존재하지 않으며 해석만이 존재한다고 주장한 니체에게서 나온 아이디어를 따릅니다. 반면에 저는 분명히 미국의 가장 위대한 철학자이며 기호학과 해석 이론의 아버지인 찰스 샌더스 퍼스를 따릅니다. 그는 기호를 통해서 우리가 사실을 해석한다고 말했지요. 사실이 없고 해석만이 존재한다면 해석할 게 뭐가 있겠습니까?

• 원서에서는 해체주의자의 영어 단어인 deconstructionists를 dECOnstructionists라고 표기함으로써 에코의 이름이 철자에 두드러져 보이도록 말장난을 하고 있다.(역자 주)

제가 『해석의 한계』에서 주장한 점이 바로 이것이지요.

『푸코의 진자』에서 "상징이 더 알기 어렵고 애매할수록 의미와 힘을 얻는다."고 말씀하셨죠.

에코   비밀은 내용이 없이 텅 비어 있을 때 강력한 힘을 발휘한답니다. 사람들은 '프리메이슨의 비밀'에 대해서 자주 얘기하지요. 도대체 '프리메이슨의 비밀'이 뭡니까? 아무도 모르지요. 그것이 텅 비어 있을 때 온갖 가능한 개념으로 그것을 채울 수 있고, 그러면 그 비밀은 힘을 갖게 되지요.

기호학자로서의 작업이 소설가로서의 작업과 완전히 분리되어 있다고 말씀하실 수 있는지요?

에코   믿기지 않을지 모르지만, 소설을 쓸 때는 기호학에 대해서는 전혀 생각하지 않는답니다. 소설에 대한 기호학적 작업은 나중에 다른 사람들이 하겠지요. 나른 분들이 작업을 해놓으면 그 결과에 언제나 놀라곤 한답니다.

여전히 텔레비전에 강한 관심을 갖고 계신가요?

에코   진지한 학자들 중에서 텔레비전 보는 걸 즐기지 않는 사람은 한 사람도 없을 거라 생각해요. 저는 단지 그걸 고백하는 유일한 사람일 뿐이지요. 그리고 저는 텔레비전에서 본 것을 제 작업의 소재로 사용하려고 애씁니다. 그렇다고 제가 아무거나 마구 삼켜대는 먹보는 아닙니다. 모든 텔레비전 프로그램을 즐겨 보는 건 아니지요. 드라마 시리즈는 좋아하지만 쓰레기 같은 프로그램은 싫더군요.

특별히 좋아하는 프로그램이 있으신가요?

에코   경찰물 시리즈 〈스타스키와 허치〉 같은 걸 좋아하지요.

그 프로그램은 이젠 안 하지 않나요? 1970년대 작품인데요.

에코   네, 그렇답니다. 하지만 전 그 시리즈가 디브이디로 나온다고 해서 살까 생각 중이에요. 다른 것들은 〈CSI〉, 〈마이애미 바이스〉, 〈ER〉을 좋아하고, 무엇보다도 〈형사 콜롬보〉를 좋아해요.

『다빈치 코드』는 읽으셨나요?

에코   네, 『다빈치 코드』를 읽는 잘못을 저지르고 말았네요.

그 소설은 『푸코의 진자』의 괴상한 작은 방계 같은 느낌입니다.

에코   『다빈치 코드』의 작가 댄 브라운은 『푸코의 진자』의 등장인물이랍니다! 제가 그 사람을 만들어냈나봐요. 브라운은 제 등장인물들이 매력을 느끼는 것들인 장미십자회, 프리메이슨, 예수회 등의 세계적인 음모에 매혹되어 있습니다. 템플기사단의 역할, 그리고 봉인된 비밀에 관해서도요. 원리는 모든 것이 연결되어 있다는 것이죠. 저는 어쩌면 댄 브라운이라는 사람은 존재하지 않을 수도 있다는 의심도 품고 있답니다.

허구적 소설의 영역을 진지하게 받아들인다는 생각은 당신의 많은 소설에서 존재하는 것 같군요. 허구가 어쨌든 실체와 진실성을 획득하는군요.

에코   네. 창작이 현실을 만들어내지요. 제 네 번째 소설인 『바우돌리노』가 바로 그런 내용이랍니다. 바우돌리노는 신성로마제국 황제인 프리드리히 바르바로사의 궁정에 사는 장난꾸러기 꾀보[trickster]입니다. 그 소년은 성배의 전설에서부터 볼로냐 배심원들에 의해서 바르바로사의 통치가 합법화되는 것에 이르기까지 수많은 이상한 일들을 만들어냅니다. 그러는 와중에 그가 한 짓들이 실제 현실에 영향을 미칩니다. 가짜나 실수가 실제적인 역사 사건을 발생시키는 것이지요. 프레스터 존의 편지*처럼 말입니다. 신비로운 동양 세계 어딘가에 존재하는 전설적인 기독교 왕국을 묘사한 그 편지는 위조된 것이지만 중세에 실제로 아시아로 원정을 떠나게 만들었습니다. 그리고 제 소설에서는 바우돌리노 자신이 쓴 것으로 되어 있지요. 크리스토퍼 콜럼버스도 마찬가지이지요. 세계에 대한 그의 관점은 완전히 틀린 것이었습니다. 그는 자신의 적수를 포함한 고대의 모든 사람들처럼 지구가 둥글다는 것을 알고 있었습니다. 하지만 그는 지구가 훨씬 작다고 생각했지요. 이 잘못된 생각에 이끌려서 아메리카 대륙을 발견했어요. 또 다른 예는 시온 장로들의 협약서**입니다. 그 서류는 가짜지만, 히틀러가 이 서류를 유대인들을 숙이는 데 이용함으로써, 나치 이데올로기를 강화하고 어떤 의미로는 홀로코스트로 가는 길을 깔아줍니다. 히틀러는 이것이 가짜라는 걸 알았을지 모르지만 유대인들을 그가 원하는 방식대로 정확하게 그리고 있다고 생각했기 때문에 그것을 진짜로 받아들입니다.

바우돌리노는 마지막에 "사제들의 왕국은 진짜다. 왜냐하면 나와 내 동료들이 삶의 3분의 2를 그것을 찾는 데 보냈기 때문이다."라고 선언하지요.

에코 바우돌리노는 서류를 위조하고, 유토피아를 고안해내고, 미래에 대한 가상의 계획을 수립합니다. 그의 친구들이 실제로 전설적인 동양 지역에 유쾌하게 여행을 떠나자 그의 거짓말은 현실이 됩니다. 하지만 이는 내러티브를 만드는 일의 한 가지 측면일 뿐이죠. 다른 측면은, 소설의 틀 내에서 믿을 수 없고 절대적으로 허구적인 것처럼 보이는 실제 사실을 사용하는 것이죠. 제 소설은 수없이 많은 실화와 실제 상황을 사용했습니다. 왜냐하면 그것들이 제가 소위 허구의 소설에서 읽은 것보다 훨씬 더 낭만적이고 소설적이기조차 하기 때문이지요. 예를 들어『전날의 섬』에서는 카스파 수도사가 목성의 위성을 보기 위해서 이상한 기구를 만드는데, 그 결과는 엎치락뒤치락하는 순수한 코미디가 됩니다. 이 기구는 갈릴레오의 편지에서 묘사되고 있습니다. 저는 단순히 갈릴레오의 기구가 실제로 발명되었을 때 무슨 일이 생겼을지 생각해봤습니다. 그러나 제 독자들은 이 모든 것을 희극적 창작이라고 받아들인답니다.

역사적 사건에 기반을 둔 소설을 쓰는 데 끌리시는 이유가 뭔가요?

에코   저에게 있어 역사소설은 실제 사건을 허구화한 것이 아니라 실제 역사를 더 잘 이해할 수 있게 해주는 허구랍니다. 저는 역사소설을 성장소설Bildungsroman의 요소와 결합시키는 걸 좋아한답니다. 제 모든 소설에는 많은 경험을 통해 성장하고 배우고 괴로워하는 젊은 인물이 등장해요.

• 중세 유럽에서 떠돌던 전설 중에 '프레스터 존'이라는 기독교인이 동방에 왕국을 건설했다는 내용이 있었다. 프레스터 존의 편지는 청춘의 샘 등 온갖 신비로 가득한 이 왕국에 대해 그가 비잔틴 황제나 교황에게 보냈다고 알려진 가짜 서신이다.(역자 주)
•• 유대인들이 세상을 지배하려고 계획한다는 내용을 담은 반유대주의 문서로, 1903년 러시아에서 출판된 후 여러 나라 언어로 번역되어 나치의 유대인 학살에 이용되었다.(역자 주)

어째서 마흔여덟 살이 되어서야 소설을 쓰기 시작하셨습니까?

에코 모든 사람들이 생각하듯이 소설 쓰기가 갑자기 일어난 일은 아니랍니다. 박사 논문에서도, 그리고 제 이론들에서도 이미 내러티브를 만들고 있었거든요. 저는 과학자들이 어떤 식으로 주요 발견을 하게 되었는가를 설명하듯이 대부분의 철학적 책들 역시 그 핵심에서는 자신들의 연구에 관한 이야기를 하고 있다고 생각합니다. 저역시 언제나 이야기를 해왔다고 생각합니다. 단지 다른 스타일로 이야기했던 것이죠.

소설을 써야겠다고 생각하신 계기는 뭔가요?

에코 1978년의 어느 날, 한 친구가 아마추어 작가들이 쓴 몇 편의 짧은 추리소설을 출판하려는데 그 책들을 감수해달라고 하더군요. 저는, 추리소설을 쓸 가능성은 없겠지만 혹시 쓴다면 중세의 수도사를 등장인물로 하는 500쪽짜리 책을 쓸 거라고 말했습니다. 그날 집에 돌아오는 길에 소설에 등장할 중세 수도사의 이름 목록을 짜기 시작했습니다. 나중에는 독살당한 수도사의 이미지가 갑자기 떠올랐답니다. 바로 그 한 개의 이미지에서 모든 것이 시작되었지요. 결국에는 저항할 수 없는 충동이 생기더군요.

당신의 많은 소설은 독창적인 생각에 의지하고 있는 것 같더군요. 그것이 이론적인 글과 소설 쓰기 사이의 간극을 연결하는 자연스러운 방식인가요? 언젠가 "우리가 이론화할 수 없는 것은 이야기해야 한다."라고 말씀하신 적이 있지요.

에코 그것은 비트겐슈타인이 한 말을 농담조로 암시한 것이었습니다. 사실 저는 기호학에 대해서 수없이 많은 에세이를 썼지만 이들에세이보다 『푸코의 진자』가 훨씬 기호학의 개념을 잘 표현했다고 생각합니다. 아리스토텔레스가 언제나 우리보다 먼저 어떤 생각을 해냈기 때문에 우리의 생각 자체는 독창적이지 않을 수 있습니다. 하지만 독창적이지 않은 생각에서 소설을 만들어냄으로써 그 생각을 독창적인 것으로 만들 수가 있습니다. 남자는 여자를 사랑한다, 이건 전혀 독창적인 사고가 아니지요. 하지만 문학적인 솜씨를 발휘해서 남녀의 사랑에 대해서 멋진 소설을 쓴다면, 그것을 절대적으로 독창적인 것으로 만들 수 있습니다. 모든 것을 고려해볼 때 이야기가 언제나 훨씬 풍부하다고 생각합니다. 이야기는 사건으로 만들어지고, 등장인물에 의해서 풍요로워지고, 잘 다듬어진 언어에 의해서 반짝이게 됩니다. 그래서 당연한 이야기겠지만, 생각이 살아 있는 유기체로 변할 때 그것은 완전히 다르고 훨씬 더 표현력이 풍부한 것이 될 가능성이 높습니다.

다른 한편으로 모순이야말로 소설의 핵심이랍니다. 늙은 노파를 죽이는 것은 흥미로운 일일 수 있습니다. 하지만 윤리학 논문에서 그 생각을 표현하면 F를 받겠지요. 소설에서라면 그 생각은 『죄와 벌』이라는 산문 걸작이 됩니다. 이 책의 주인공은 늙은 부인네를 죽이는 게 좋은 일인지 나쁜 일인지 결정을 못합니다. 우리가 이야기한 바로 그 모순, 그가 이 문제에 대해 갖는 애매모호함이 여기서는 시적이고 도전적인 문제가 되지요.

소설 쓸 자료를 어떻게 찾으시나요?

에코　중세에 대해서 이미 관심이 있었기 때문에 『장미의 이름』의 경우 수많은 자료들이 있었고, 쓰는 데 두 달밖에 안 걸렸어요. 『푸코의 진자』는 자료를 찾고 쓰는 데 8년이 걸렸지요. 제가 뭘 하는지 아무에게도 말하지 않기 때문에 거의 10년간 저 자신의 세계 속에서 살았던 것 같네요. 밖으로 나가서 차와 나무를 보고는 중얼거립니다. 아, 이것도 내 이야기와 연결될 수 있겠구나라고요. 그런 식으로 제 이야기가 매일매일 자라납니다. 그리고 제가 하는 모든 일, 삶의 작은 파편들, 모든 대화들이 아이디어를 제공해줍니다. 그러고 나서 제가 소설에서 등장시킨 장소인 템플기사단이 있었던 프랑스와 포르투갈의 실제 지역을 방문했답니다. 그러면 소설 쓰기는 제가 전사가 되어 일종의 마법의 왕국에 들어가는 비디오게임처럼 됩니다. 단지 비디오게임에서는 완전히 게임에 빠져 도취되는 반면에, 소설을 쓸 때는 언제나 달리는 기관차에서 뛰어내리도록 정해진 순간이 존재하지요. 물론 다음 날 아침에 다시 올라타야 하지만요.

이야기를 쓸 때 질서정연하게 진행하시나요?

에코　전혀 그렇지 않습니다. 한 가지 생각이 다른 생각으로 꼬리를 물고 가지요. 아무렇게나 집어 든 한 권의 책이 다른 책으로 이끌어가고요. 때때로 완전히 쓸모없는 서류를 읽을 때 갑자기 이야기를 어떻게 전개해야 할지 제대로 된 생각이 떠오르기도 합니다. 아니면 이미 여러 겹으로 겹쳐진 상자들에 또 다른 작은 상자를 끼워 넣을 수 있는 아이디어를 얻기도 하지요.

당신은 소설을 쓸 때 먼저 하나의 세계를 창조하고 나면 "말은 거의 저절로 생겨난다."라고 말씀하셨지요. 소설의 스타일이 언제나 주제에 의해 결정된다는 말씀이신가요?

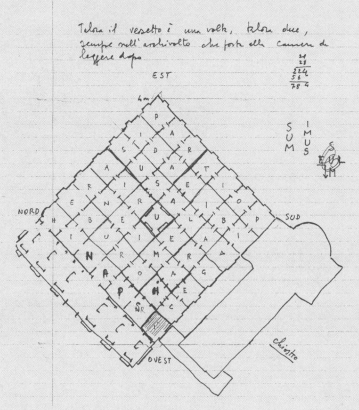

『장미의 이름』 집필 때 움베르토 에코가 남긴
다이어그램과 메모.

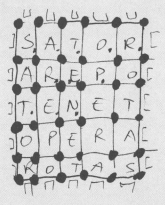

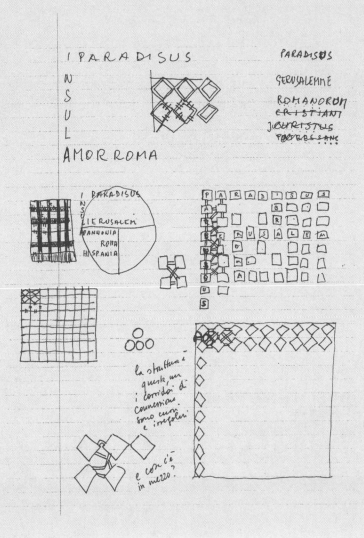

I PARADISUS
N
S
U
L
AMOR ROMA

PARADISUS

GERUSALEMME

ROMANORUM
CRISTIANI

JUCHRISTUS
POTTERISSANC ....

I PARADISUS
N
S
U LIERUSALEM
PANNONIA
ROMA
HISPANIA

P A R A D I S U S
B
R
C R U S A L E M
D
X
A

U

S

la struttura è
questa, ma
i corridoi di
connessione
sono curvi
e irregolari

e cosa c'è
in mezzo?

에코 네, 그렇습니다. 저에게 있어서 중요한 것은 14세기 수도원과 독살당한 수도사들, 묘지에서 트럼펫을 부는 청년, 콘스탄티노플 약탈이라는 역사적 장면 한가운데서 잡힌 사기꾼 등으로 하나의 세계를 구축하는 일입니다. 자료 연구는 여러 가지 구체적인 제약들을 제가 만드는 세계에 설정하는 데 필요합니다. 나선으로 올라가는 계단에는 몇 개의 계단이 있는가? 세탁물 목록에 몇 개의 항목이 들어가 있는가? 하나의 사명에 몇 명의 동료가 참여하는가? 이러한 제약들에 의해 말이 둘러싸이게 됩니다. 문학적인 용어를 차용하자면 우리는 스타일이라는 것이 단지 구문과 어휘에만 관계가 있다고 믿는 실수를 자주 저지르는 것 같습니다. 그런데 내러티브 스타일이라는 것도 분명 존재합니다. 내러티브 스타일은 특정 블록들을 쌓아서 어떤 상황을 만들어내는 방식을 결정합니다. 내러티브 스타일의 예를 들면 플래시백 같은 것이 있습니다. 플래시백은 스타일의 구조적인 요소이지만 언어와는 관계가 없습니다. 그러므로 스타일은 순전한 글쓰기보다 훨씬 더 복잡합니다. 스타일은 저에게는 영화의 몽타주 기법 같은 기능을 합니다.

딱 들어맞는 어조를 찾아내기 위해서 얼마나 열심히 작업하시나요?
에코 같은 페이지를 수십 번 다시 쓴답니다. 때때로 쓴 문장들을 소리 내서 읽어보는 걸 좋아해요. 저는 제 글의 어조에 끔찍하게 예민하답니다.

플로베르처럼 당신도 단 하나의 훌륭한 문장을 만들어내는 것이 고통스러울 정도로 힘들다고 느끼시나요?

에코　아니요. 저에게는 고통스럽지는 않습니다. 저는 같은 문장을 여러 번 수정하는데 지금은 컴퓨터가 있어서 수정 과정이 변했습니다. 『장미의 이름』은 손으로 쓰고 제 비서가 타자기로 쳐주었지요. 같은 문장을 열 번이나 고치면 다시 베껴 쓰는 게 아주 힘들어요. 카본 복사지를 사용하고 가위와 풀로 수정을 했지요. 컴퓨터로는 하루에 한 페이지를 열 번이고 스무 번이고 수정하고 다시 쓰면서 검토하는 게 아주 쉽습니다. 본성상 우리는 해놓은 것에 결코 만족하지 않는다고 생각합니다. 하지만 이제는 이미 해놓은 것을 고치기가 아주 쉽지요. 어쩌면 지나치게 쉽습니다. 그래서 어떤 의미로 보자면 우리는 지나치게 까다로워졌다고 볼 수 있어요.

성장소설은 대개 어느 정도 감정적이고 성적인 교육도 포함합니다. 당신의 소설 전체에서 성적인 장면이 묘사된 것은 딱 두 군데뿐입니다. 하나는 『장미의 이름』에서이고, 다른 하나는 『바우돌리노』에서입니다. 혹시 특별한 이유가 있으신가요?

에코　성에 대해서 쓰는 것보다는 직접 하는 걸 좋아하기 때문이라고 생각되네요.

『장미의 이름』에서 아드소가 농부 소녀와 성행위를 할 때 어째서 '솔로몬의 노래'를 인용하나요?

에코　스타일상의 재미 때문입니다. 성적 행위 자체에 흥미가 있다기보다는 젊은 수도사가 자신의 문화적인 감수성으로는 어떤 식으로 성행위를 경험했을까를 묘사하는 데 흥미를 느꼈지요. 그래서 저는 '솔로몬의 노래'에서 발췌한 구절을 포함해서 신비주의자들이 자신들의 황홀경을 묘사하는 적어도 쉰 개 이상의 콜라주를 만들었습니다. 그 수도사의 성행위를 묘사하는 두 쪽 전체에서 거의 한 단어도 제 말로 집어넣지 않았답니다. 아드소는 그가 배운 문화의 렌즈를 통해서만 섹스를 이해할 수 있습니다. 이것도 제가 정의한 방식의 스타일 중 한 가지 예지요.

하루 중 어느 때에 글을 쓰시나요?

에코   정해진 규칙은 없어요. 저는 정해진 스케줄을 따르는 게 불가능해요. 어떨 때는 아침 일곱 시에 쓰기 시작해서 샌드위치 하나 먹는 시간을 빼고는 새벽 세 시까지 글을 씁니다. 어떨 때는 전혀 써야 할 필요를 느끼지 못하지요.

글을 쓸 때는 매일 어느 정도 분량을 쓰십니까? 정해진 규칙이 없나요?

에코   없습니다. 글을 쓴다는 건 반드시 종이에 단어를 적어 넣는 걸 의미하지는 않아요. 걷거나 먹으면서도 한 챕터를 쓸 수 있지요.

그러니까 매일매일이 다르다는 말씀이시죠?

에코   제가 몬테펠트로의 언덕에 있는 시골집에 있을 때는 정해진 일과가 있어요. 컴퓨터를 켜고 이메일을 살피고 뭔가를 읽기 시작합니다. 그러고 나서 오후까지 글을 써요. 나중에 마을로 내려가서 술집에서 한잔하고 신문을 읽습니다. 집에 돌아와서 저녁에는 텔레비전이나 디브이디를 열한 시까지 보고 나서는 새벽 한 시나 두 시까지 작업을 좀 더 하지요. 그곳에서는 방해가 없기 때문에 정해진 일과를 따를 수가 있습니다. 밀라노나 대학에 있을 때 제 시간은 제 시

간이 아니에요. 언제나 누군가 다른 사람이 제가 무엇을 해야 할지
를 결정하지요.

글을 쓰려고 앉았을 때 어떤 종류의 불안감이 있으신가요?

에코　불안감을 전혀 느끼지 않는데요.

전혀 불안하지 않으시다고요? 그렇다면 그저 아주 흥분된 기분이신가요?

에코　글을 쓰려고 앉기 전에 깊은 행복감을 느낀답니다.

그렇게도 많은 작품을 쓰신 비결은 무엇인가요? 엄청나게 많은 학문적인 저작
을 쓰셨고, 다섯 편의 소설도 적다고는 볼 수 없지요.

에코　저는 틈새를 이용할 수 있다고 항상 말합니다. 원자와 원자 사
이, 그리고 전자와 전자 사이에는 많은 공간이 있어요. 우리가 우주
의 질료 사이사이에 있는 공간을 없애고 축소시킨다면 전체 우주를
공만 하게 압축할 수 있을 겁니다. 우리의 삶은 틈새로 가득 차 있어
요. 오늘 아침 당신이 초인종을 울리고 나서 엘리베이터를 기다려야
했고, 문 앞에 도착하기까지 몇 초가 걸렸죠. 당신을 기다리는 몇 초
동안, 저는 제가 현재 쓰고 있는 새 작품에 대해서 생각했습니다. 저
는 화장실에서도 기차에서도 일을 할 수 있어요. 수영하는 동안에도
많은 것을 생산해냅니다. 특히 바다에서는요. 욕조에서도 마찬가지
이지만 욕조에서는 덜 생산적이지요.

일을 안 하는 때도 있으신가요?

에코　아니요. 그런 일은 일어나지 않아요. 아, 그렇군요. 그런 일도

있어요. 제가 수술을 받았던 이틀 동안은 일을 안 했지요.

요즘 제일 큰 즐거움은 무엇인가요?

에코　밤에 소설을 읽는 거예요. 가톨릭 배교자로서 제 머릿속에는 아직도 낮에 소설을 읽는 것은 지나치게 쾌락을 좇는 것이라고 말해주는 가느다란 목소리가 있지 않나 생각한답니다. 그래서 낮은 주로 에세이나 어려운 작업을 위한 시간이랍니다.

죄책감을 느끼면서 추구하는 쾌락이 있으신가요?

에코　제가 고해소에 있는 게 아니잖아요! 좋아요. 고백하죠. 스카치 위스키입니다. 3년 전에 담배를 끊기 전에는 담배가 죄책감을 느끼면서 즐기는 대상이었지요. 하루에 약 60개비의 담배를 피웠습니다. 하지만 저는 예전에 파이프를 피웠고, 그래서 글을 쓰는 동안 습관적으로 뻐끔담배를 피웠죠. 깊이 들이마시지는 않았어요.

작품에 전시하는 박학다식 때문에 비판을 받으셨죠. 어떤 비평가는 당신 책이 평범한 독자에게 주는 주요한 매력은 독자 자신이 스스로의 무지에 수치심을 느끼게 되기 때문이며, 그 수치심이 당신의 화려함에 대한 순진한 존경심으로 바뀌는 것이라고까지 극언을 했지요.

에코　제가 사디스트인가요? 잘 모르겠네요. 노출증 환자일까요? 아마 그럴지도 모르지요. 농담입니다. 물론 그건 사실이 아니에요. 단

---

* 영어로 초는 seconds인데, 이 문장에서는 sECOnds라고 표기함으로써 초 안에 들어 있는 에코의 이름을 보여주고 있다.(역자 주)

지 독자들 앞에 제 지식을 쌓아놓기 위해서 제가 평생 그렇게 많이 일을 한 건 아니랍니다. 제 지식은 문자 그대로 제 소설의 복잡한 구조에 어떤 핵심적인 특질을 부여하지요. 그걸 최대한 발견하는 건 독자들의 몫입니다.

소설가로서의 엄청난 대중적 성공이 독자의 역할에 대한 당신의 생각을 바꿨다고 보시나요?

에코 오랫동안 학자로서 생활한 뒤에 소설을 쓰는 것은, 연극비평가가 갑자기 배우가 되어 무대조명을 직접 받으며 이전의 동료들인 비평가들이 자신을 뚫어지게 쳐다보는 것을 겪는 것과 똑같은 경험입니다. 처음에는 아주 당황스러웠지요.

소설을 쓰고 난 뒤, 작가가 독자들에게 미칠 수 있는 영향의 정도에 대한 생각이 바뀌셨나요?

에코 언제나 훌륭한 책은 작가보다 더 지적이라고 생각해왔습니다. 작가가 인식하지 못하는 것을 이야기해줄 수 있지요.

전 세계적인 인기 작가가 됨으로써 진지한 사상가로서의 명성이 떨어졌다고 생각하시나요?

에코 소설을 출간한 뒤에 전 세계의 대학에서 35개의 명예 학위를 받았습니다. 이 사실을 보면 당신 질문에 대한 대답은 '아니요.'가 되겠네요. 대학에서는 교수들이 내러티브와 이론 사이의 상응 현상에 흥미를 느낍니다. 그들은 제 작품의 두 가지 측면 사이의 연결 고리, 저 자신이 존재한다고 믿었던 것보다 더 많은 연결 고리를 종종 찾아내지요. 원하신다면 한 벽면을 가득 채운 저에 대한 학문적 저작물들을 보여드리도록 하지요.

게다가 저는 계속해서 이론적인 에세이들을 씁니다. 작가이면서 대학에서도 가르치는 사람이라기보다는, 주말에 소설을 쓰는 교수로서의 삶을 계속하고 있지요. 저는 문인협회 행사보다는 학술 세미나에 더 자주 참석합니다. 오히려 반대라고 할 수 있어요. 제 학문적 작업으로 인해 대중 언론이 작가로서의 저에게 갖는 관심에 방해를 받는 거지요.

가톨릭교회가 당신을 힘들게 했지요. 바티칸 신문은 『푸코의 진자』에 대해서 "신성모독, 불온함, 저속한 익살과 쓰레기로 가득하고, 이 모든 것들이 오만과 냉소주의라는 접착제로 한데 묶여 있다."라고 논평했죠.

에코 이상한 일은 제가 루뱅과 로욜라라는 두 개의 가톨릭 대학에서 명예 학위를 받았다는 겁니다.

신을 믿으시나요?

에코 사람들은 어째서 어느 날 어떤 사람을 사랑하고, 다음 날 그 사랑이 사라졌다는 걸 발견하게 되는 거지요? 슬프게도 감정이란 아무런 정당한 이유 없이, 그리고 자주 흔적도 남기지 않고 사라지는 것이랍니다.

신을 믿지 않으신다면, 어째서 종교에 대해서 그렇게 상세하게 글을 쓰셨나요?

에코 왜냐하면 저는 종교를 믿기 때문이지요. 인간은 종교적인 동물입니다. 그리고 인간 행동에 있어서 그렇게 두드러진 특징은 무시하거나 일축해버릴 수 없지요.

소설가이면서 학자일 뿐만 아니라 이제 세 번째 페르소나가 당신 안에서 우세를 점하려고 하는 것 같습니다. 즉 번역가라는 페르소나 말입니다. 당신은 번역의 수수께끼에 대해서 상세한 글을 쓴, 널리 번역되는 번역가이지요.

에코　수없이 많은 번역물을 편집했고, 두 작품을 번역했고, 제 소설은 수십 개의 언어로 번역되었지요. 저는 모든 번역은 일종의 타협이라는 걸 알게 되었습니다. 당신이 뭔가를 저에게 팔고 제가 산다면 우리는 타협을 하지요. 당신도 약간 잃고 저도 약간 잃고, 하지만 결국 둘 다 어느 정도 만족합니다. 번역에 있어서 스타일이란 웹사이트에 의해서 번역될 수 있는 어휘가 아니라 리듬이랍니다. 연구자들은 19세기 이탈리아 문학의 걸작인 만초니^{Manzoni} 의 『약혼자들』 어휘의 빈도수에 대해서 검사해봤어요. 만초니는 어휘가 절대적으로 약했고, 참신한 은유도 전혀 고안해내지 못했으며, '훌륭한'이라는 형용사를 무서울 정도로 많이 사용했지요. 하지만 그의 순수하고 단순한 스타일은 정말 뛰어납니다. 모든 뛰어난 번역이 그렇듯이, 그의 작품을 번역하기 위해서는 그의 세계가 갖는 혼, 그것의 호흡, 정확한 속도를 옮길 수 있어야 합니다.

당신 작품의 번역에 얼마나 관여하시는지요?

에코　제가 아는 모든 언어로 된 번역판을 읽습니다. 저는 번역자와 함께 번역을 하기 때문에 대개 만족합니다. 그리고 운이 좋게도 평생 같은 번역자와 작업을 했습니다. 지금은 서로 이해하면서 협력해 나가지요. 때로는 일본어나 러시아어, 헝가리어처럼 제가 모르는 언어의 번역자들과 함께 작업하기도 합니다. 그들은 너무나 총명한 분들이라 그들의 언어에서 생기는 현실적인 문제들을 설명해줄 수 있고, 그러면 그 문제를 어떻게 풀 수 있을지 논의할 수 있습니다.

좋은 번역가가 원본 작품에서 당신이 보지 못했던 가능성을 열어줄 만한 제안을 한 적이 있습니까?

에코 그런 일이 일어날 수도 있지요. 다시 한 번 말씀드리지만 텍스트가 작가보다 더 똑똑해요. 때로 텍스트는 작가가 염두에 두지 않았던 생각을 암시하기도 한답니다. 번역가는 텍스트를 다른 언어로 옮기면서 새로운 생각들을 발견해서 알려줄 수 있지요.

동시대 작가들의 소설을 읽을 시간이 있습니까?

에코 그럴 시간은 별로 없어요. 소설가가 된 뒤에 제가 편견이 있다는 걸 알게 되었지요. 새로운 소설이 제 것보다 형편없다고 생각되면 그 소설을 안 좋아하지요. 혹은 그것이 제 소설보다 낫다고 생각하면 역시 그 소설을 안 좋아한답니다.

오늘날 이탈리아 문학의 상황에 대해서 어떻게 생각하시나요? 미국에서 알아야 할 위대한 이탈리아 작가들이 있나요?

에코 위대한 작가들이 있는지는 모르겠지만, 중간 수준의 작가들의 경우 많은 향상이 있었지요. 아시다시피 미국 문학의 힘은 단지 포크너나 헤밍웨이, 솔 벨로 덕분만은 아니고, 꽤 괜찮은 상업적 문학을 만들어내는 중견작가가 많다는 데 있습니다. 이런 문학은 훌륭한 솜씨를 요하는데, 특히 제가 어떤 나라의 문학 생산의 척도라고 여기는 추리소설이라는 풍요로운 분야에서 그렇지요. 평균적인 작가 군단이 있다는 것은 미국이 미국 독자들의 요구를 만족하게 할 만큼 충분한 작품을 생산한다는 걸 의미하지요. 그래서 미국은 번역을 별로 안 하는 것입니다. 이탈리아에는 그런 종류의 문학이 오랫동안 부재했지만 마침내 젊은 작가들이 이런 책들을 생산하고 있답니다. 저는 자신이 지적인 속물은 아니라고 생각합니다. 그래서 이런 종류의 문학도 어떤 나라의 문학적인 문화의 일부라고 인식하고 있지요.

어째서 이탈리아 작가들에 대한 소식이 들리지 않는 걸까요? 당신은 요즘 국제적으로 혹은 적어도 대규모로 읽히는 유일한 이탈리아 작가인 듯합니다.

에코　번역이 문제이지요. 이탈리아에서는 시장의 20퍼센트가 번역 작품이랍니다. 미국에서는 2퍼센트이지요.

나보코프는 이런 말을 했지요. "나는 문학을 두 종류로 나눈다. 내가 썼더라면 하고 바라는 책과 내가 쓴 책이다."

에코　흠, 알겠어요. 저는 전자의 범주에다 커트 보니것Kurt Vonnegut, 돈 드릴로Don DeLillo, 필립 로스, 그리고 폴 오스터를 놓을 수 있겠네요. 저는 일반적으로 프랑스 작가들보다는 현대 미국 작가들을 훨씬 더 좋아합니다. 비록 우리 문화는 지리적인 이유로 기본적으로 프랑스적이지만요. 저는 프랑스 국경 근처에서 태어났고, 제가 연구한 첫 언어가 프랑스어였지요. 아마 이탈리아 문학보다 프랑스 문학을 더 잘 알 겁니다.

영향을 받은 작가를 말씀해주시겠어요?

에코   저는 대개 인터뷰어*의 입을 다물게 하기 위해서 조이스와 보르헤스의 이름을 거론하지만, 그건 절대적으로 진실이 아닙니다. 거의 모든 사람이 영향을 미쳤어요. 조이스와 보르헤스는 확실히 영향을 미쳤고, 아리스토텔레스, 토마스 아퀴나스, 존 로크 등도 마찬가지입니다.

밀라노에 있는 당신의 서재는 그 자체로 전설입니다. 어떤 종류의 책을 수집하시나요?

에코   다 해서 약 5만 권의 책이 있습니다. 하지만 나는 희귀본 수집가로서 인간의 일탈적인 사유 경향에 매료되어 있지요. 그래서 제가 믿지 않는 주제들, 즉 카발라, 연금술, 마법, 발명된 언어들에 관한 책들을 수집한답니다. 그리고 의도치 않게 거짓말을 한 책들을 모읍니다. 프톨레마이오스의 책들이 있답니다. 갈릴레오는 없어요. 갈릴레오는 진실을 얘기했으니까요. 저는 괴짜 과학을 선호한답니다.

그렇게 책이 많으면 서가로 갈 때 어떤 걸 빼서 읽을지 어떻게 결정하십니까?

에코   읽을 책을 선택하기 위해서 서가로 가지는 않습니다. 저는 제가 그 순간 필요하다고 생각하는 책을 가지러 서가로 가요. 그건 다르죠. 예를 들어 당신이 제게 동시대 작가들에 대해서 묻는다면 저는 제가 좋아하는 것을 정확히 기억하기 위해서 로스, 드릴로가 수집되어 있는 서가를 살펴볼 거예요. 저는 학자입니다. 어떻게 보면 결코 자유롭게 선택한다고 말할 수가 없어요. 그때그때 제가 하고

---

* 원문에서는 인터뷰어가 대문자로 되어 있다. (역자 주)

있는 작업의 필요를 따를 뿐이지요.

책을 남에게 주기도 하십니까?

<u>에코</u> 매일 엄청난 양의 책을 받는답니다. 새로 출판된 소설이나, 이미 갖고 있는 책의 새로운 판본 등이지요. 그래서 매주 여러 개의 상자를 책으로 채워서 일하는 대학으로 보내요. 학교에는 "책을 마음대로 집어 가시오."라는 표지판이 있는 커다란 탁자가 있답니다.

당신은 세계에서 가장 유명한 대중적 지식인입니다. 지식인이라는 용어를 어떻게 정의하시나요? 그 말이 여전히 특별한 의미가 있나요?

<u>에코</u> 지식인이라는 말이 머리로만 일하고 손으로는 일하지 않는 사람을 의미한다면, 은행 직원이 지식인이고 미켈란젤로는 지식인이 아닐 겁니다. 그리고 오늘날은 컴퓨터 때문에 모든 사람이 지식인이지요. 그래서 지식인이라는 말이 어떤 사람의 직업이나 사회 계층과는 아무런 관계도 없다고 생각합니다. 제 어록을 말씀드리자면, 창조적으로 새로운 지식을 만들어내는 사람이라면 누구나 지식인이랍니다. 어떤 농부가 자신이 잘 알고 있는 새로운 접목 기술로 새로운 종류의 사과를 생산해낸다면 그 순간 지적인 행위를 생산하는 것이지요. 반면에 하이데거에 대한 똑같은 수업만 평생 되풀이하는 사람은 딱히 지식인이라고 하기 어렵지요. 비판적인 창조성―우리가 현재 하고 있는 것을 비판하거나 그 일을 할 수 있는 더 나은 방법을 만들어내는 것―만이 지식인의 역할의 유일한 징표입니다.

오늘날의 지식인들도 사르트르나 푸코 시대에 그랬듯이 정치적인 책무라는 개

념에 헌신하고 있다고 생각하십니까?

에코 지식인이 정치적으로 헌신하기 위해서 어떤 정당에 가입하거나 아니면 더 심한 경우로 동시대의 사회문제에 대해서만 글을 써야 한다고는 생각하지 않습니다. 지식인들도 다른 어떤 시민이나 마찬가지로 정치적으로 참여할 수 있겠지요. 지식인으로서 할 수 있는 일은 고작 주어진 대의를 지지하기 위해서 자신의 명성을 이용하는 것이겠지요. 예를 들어 환경문제에 관한 선언이 있다면 제 서명이 도움이 될 수도 있겠지요. 그래서 공통된 대의에 참여하기 위해 제 명성을 이용할 수 있을 것입니다. 지식인은 현재가 아니라 미래에 관해서만 진실로 유용하다는 것이 문제의 핵심입니다. 당신이 극장에 있는데 불이 났다면 시인은 의자 위로 올라가서 시를 암송하면 안 됩니다. 지식인의 기능은 미리 어떤 일을 얘기해주는 것입니다. 즉, 극장이 오래되고 낡았다면 그 사실에 관심을 기울이는 것이지요. 시인의 말은 예언적인 호소문의 기능을 갖습니다. 지식인의 기능은 '우리가 이 일을 지금 당장 해야 합니다.'가 아니라 '우리는 이 일을 당연히 해야 합니다.'라고 하는 것입니다. 현재 당면한 일을 하는 것은 정치가의 일이지요. 토머스 모어가 상상한 유토피아가 혹시 현실화된다면 그 나라는 스탈린적인 사회가 될 것이라는 사실은 의심의 여지가 없답니다.

당신의 생애에 지식과 문화가 어떤 이익을 가져다 주었습니까?

에코 어떤 문맹인 사람이 가령 현재의 제 나이에 죽는다면 단지 한 개의 삶만을 사는 것이 됩니다. 그러나 저는 나폴레옹, 카이사르, 달타냥의 삶을 살았지요. 언제나 젊은이들에게 책을 읽으라고 권하는

데, 책을 읽으면 기억력이 좋아지고 엄청나게 다양한 개성을 계발할 수 있답니다. 삶의 마지막에 가서는 수없이 많은 삶을 살게 되는 거예요. 그건 굉장한 특권이지요.

엄청난 기억은 엄청난 짐일 수도 있지요. 예를 들어 당신이 좋아하는 보르헤스의 작품인 「기억의 천재 푸네스」˚에 나오는 푸네스의 기억처럼 말이지요.

에코   저는 완강한 무관심stubborn incuriosity이라는 개념을 좋아해요. 완강한 무관심을 계발하려면 어떤 분야의 지식에 자신을 한정해야 하지요. 전적으로 모든 분야에 탐욕스러울 수는 없어요. 모든 걸 다 배우려고 들지 않도록 스스로를 억제해야 합니다. 그러지 않으면 아무것도 배울 수 없지요. 문화란 이런 의미에서 망각하는 법을 배우는 법에 대한 거예요. 그렇지 않다면 30년 전에 본 나무의 모든 잎사귀를 기억하는 푸네스처럼 될˚˚ 것입니다. 뭘 배우고 기억하길 원하는지 구별하는 것은 인식론적인 관점에서 볼 때 매우 중요합니다.

하지만 보다 넓은 의미에서 보자면 문화 자체가 이미 걸러주는 여과기 역할을 하지 않습니까?

에코   네, 그렇습니다. 넓은 의미에서의 문화 일반이 이미 구별 짓기를 해주기 때문에 우리의 개별적인 문화는 이차적인 여과기 역할을 하지요. 어떻게 보면 문화는 공동체가 무엇을 기억하고 무엇을 잊어야 하는지 제안해주는 장치랍니다. 예를 들어 문화는—어느 백과사전을 들여다보아도 알 수 있듯이—남편인 율리우스 카이사르가 죽고 난 뒤 아내인 칼푸르니아에게 무슨 일이 일어났는지 알 필요가 없다고 결정해줍니다. 아마 별 흥미로운 일은 안 일어났겠지요. 반면에 클라라 슈만은 슈만의 사후에 중요한 인물이 됩니다. 브람스의 연인이라는 소문이 났고, 자신도 명망 있는 피아니스트가 되었지요. 이 모든 것은 어떤 역사가가 우리가 무시했던 어떤 자료가 사실과 관련이 있다는 걸 보여주는 새로운 문서를 찾아내기 직전까지만 진실로 존재합니다.

만일 문화가 걸러주지 않는다면, 형태 없고 무한한 인터넷이 미친 상태인 만큼이나 그런 문화도 미친 것일 거예요. 웹상의 무한한 지식을 지니고 있다면 우리는 백치가 될 겁니다! 문화는 지적인 노동의 위계적 체계를 만들어주는 도구예요. 당신이나 저는 아인슈타인이 상대성 이론을 제안했다는 것을 아는 것으로 충분합니다. 그 이론을 확실하게 아는 건 전문가들의 몫으로 남겨두지요. 진짜 문제는 너무나 많은 사람들에게 전문가가 될*** 권리가 부여된다는 것입니다.

소설, 책, 읽기의 죽음을 선언하는 사람들에 대해서는 어떻게 생각하십니까?
<u>에코</u> 무엇인가의 종말을 믿는다는 건 전형적인 문화적 입장입니다. 그리스인들과 라틴 시대 이후에 우리는 조상들이 우리보다 낫다고 믿는다는 주장을 해왔습니다. 저는 항상 대중매체가 점점 더 열심히 실천하고 있는 이런 종류의 태도가 재미있다고 느껴져서 흥미롭습니다. 매 시즌마다 소설의 종말, 문학의 종말, 미국에서의 문해력의

『픽션들』, 민음사
•• '되다'라는 영어 단어의 becomes를 여기서 bECOmes라고 표기함으로써 이 단어 속에 들어 있는 ECO라는 철자를 강조하고 있다.(역자 주)
••• 여기서도 '되다'라는 동사는 bECOme으로 표기되었다.(역자 주)

움베르토 에코   **055**

종말 등에 대한 기사가 나오지요. 사람들이 책을 더 이상 안 읽는다! 십 대는 비디오게임만 한다! 사실은 전 세계적으로 책과 젊은이들로 가득한 가게들이 수없이 많습니다. 인간 역사상 요즘처럼 이렇게 많은 책과 서점이 있고, 이렇게도 많은 젊은이들이 책방에 가서 책을 산 적이 한 번도 없었지요.

그런 식의 두려움을 퍼뜨리는 사람들에 대해서 어떻게 생각하시나요?

에코　문화는 계속해서 새로운 상황에 적응합니다. 앞으로 아마도 다른 문화가 생기겠지만, 문화 자체는 언제나 존재할 것입니다. 로마제국이 몰락한 이후에 언어적, 정치적, 종교적, 문화적으로 수세기 동안 놀라운 변화가 일어났지요. 이런 종류의 변화는 지금은 열 배는 빨리 일어난답니다. 하지만 어쨌든 흥미진진한 새로운 형태가 계속 나타날 것이고 문학은 살아남을 거예요.

소설가보다는 학자로서 기억되고 싶다고 예전에 말씀하셨지요? 진심으로 그렇게 생각하시나요?

에코　그런 말을 했는지 기억이 안 나네요. 질문을 받은 맥락에 따라서 변하는 말이었을 것 같군요. 하지만 지금 시점의 경험으로 보면 이론은 늘 변하기 때문에 학자의 작품이 살아남기는 아주 어려운 것 같습니다. 아리스토텔레스는 살아남았죠. 하지만 딱 한 세기 전의 학자들이 쓴 수많은 텍스트들은 다시 출판되지 않고 있습니다. 반면에 많은 소설들은 계속 재출간됩니다. 그러니까 기술적으로 보자면 학자보다는 작가가 살아남을 확률이 높지요. 그래서 제가 학자로서 혹은 작가로서 살아남기를 바라느냐는 것과 상관없이 이런 종류의 증거를 고려하게 됩니다.

작품이 살아남는다는 생각이 당신에게 얼마나 중요한가요? 당신이 남길 문화적 유산에 대해서 자주 생각하십니까?

에코 사람들이 자기 자신을 위해서 쓴다고는 생각하지 않습니다. 저는 글쓰기는 사랑의 행위라고 생각합니다. 누군가 다른 사람에게 무언가를 주기 위해서 글을 쓰는 것이지요. 무엇인가 소통하기 위해서요. 그리고 다른 사람들과 감정을 나누기 위해서요. 작품이 얼마나 오래 살아남는가의 문제는 소설가나 시인만이 아니라 모든 작가들에게 근본적인 문제랍니다. 진실을 말하자면, 철학자는 많은 사람들에게 자신의 이론을 납득시키려고 책을 씁니다. 그리고 앞으로 3000년 동안 사람들이 자신의 글을 계속 읽기를 바라지요. 자식들이 당신보다 오래 살아남기를 바라고, 손자가 있다면 손자가 자식보다 오래 살기를 바라는 거나 마찬가지예요. 사람들은 지속성의 느낌을 바란답니다. 어떤 작가가 글을 쓸 때 자기 책의 운명에 관심이 없다고 말하면 그건 순전한 거짓말이에요. 그저 인터뷰어를 즐겁게 해주기 위해서 하는 말일 뿐입니다.

삶의 어떤 순간에 후회해보신 적이 있나요?

에코 저는 모든 것을 후회해요. 삶의 모든 분야에서 수없이 많은 실수를 저질렀기 때문이지요. 하지만 다시 시작한다 해도 솔직히 말씀드려서 똑같은 실수를 또 저지를 거라고 생각합니다. 농담이 아니에요. 저는 제 행동과 생각들을 검토하고 저 자신을 비판하면서 일생을 보냈답니다. 저는 너무나 가혹한 비판자여서 100만 달러를 주신

대도 저의 가장 심한 자기비판이 뭔지 절대로 말해드릴 수가 없답니다.

쓰지 못했지만 썼으면 하고 열렬하게 바랐던 책이 있습니까?

에코   네, 딱 한 권 있습니다. 젊은 시절 내내 그리고 쉰이 될 때까지 희극에 대한 이론서를 쓰는 걸 꿈꿨어요. 어째서일까요? 왜냐하면 이 주제에 대한 모든 책이 성공적이지 못했기 때문입니다. 적어도 제가 읽을 수 있었던 책들은 그랬어요. 프로이트부터 베르그송에 이르기까지 모든 희극 이론가들은 희극 현상의 전부가 아니라 일부만 설명했답니다. 이 현상은 너무나 복잡해서 현재의 어떤 이론도, 이제까지 나온 어떤 이론도 그것을 완전히 설명할 수 없었지요. 그래서 희극에 대한 진짜 이론을 쓰고 싶다고 혼자 생각했어요. 하지만 그 작업은 절망적일 정도로 어렵다는 것이 밝혀졌어요. 어째서 그렇게 어려운지 정확히 이유를 안다면 저는 대답을 얻게 될 것이고 그러면 책을 쓸 수 있겠지요.

하지만 아름다움에 대한 책을 쓰셨고, 추에 대해서도 쓰셨지요. 미나 추와 같은 개념들도 마찬가지로 잡히지 않는 게 아닌가요?

에코   아름다움과 추함에 비교하면 희극은 무서울 지경이랍니다. 웃음에 대해서 말하고 있는 건 아니라는 걸 명심하세요. 절대 아니지요. 희극에는 이상한 감상성이 있는데, 그것은 너무나 복잡해서 제대로 설명할 수가 없어요. 슬프게도 바로 이 때문에 제가 그 책을 못 쓰는 것이랍니다.

거짓말이 그렇다고 말씀하셨듯이, 희극도 특별히 인간적인 발명인가요?

에코   그렇습니다. 동물들은 유머가 없는 것처럼 보이거든요. 우리는 동물들이 놀이를 즐기고, 미안함을 느끼고, 울거나 고통스러워한다는 것을 압니다. 그들이 우리와 놀 때 행복해하는 걸 알 수 있지요. 하지만 그런 것들은 희극적인 감정은 아니랍니다. 희극은 전형적인 인간적 경험으로, 무엇으로 구성되어 있는가 하면…… 아니에요. 정확히 말할 수가 없네요.

어째서 말씀을 못하시는 건가요?

에코   좋습니다. 말씀드려보죠. 저는 희극적 감정이라는 것은 인간이 자신들이 언젠가 죽는다는 것을 아는 유일한 동물이라는 사실과 관계가 있지 않을까 생각한답니다. 다른 동물들은 그걸 알지 못해요. 동물들은 자신들이 죽는 순간에, 그 자리에서만 그 사실을 깨닫습니다. 그들은 모든 인간은 죽는다라는 진술 같은 걸 이해할 수가 없답니다. 우리는 이해할 수 있지요. 아마 이것이 종교나 제의 등등이 존재하는 이유일 거예요. 희극은 죽음에 대한 두려움을 향한 인간의 본질적 반응이라고 생각합니다. 더 이상 물으신다면 말을 할 수가 없어요. 하지만 저는 이제 아마도 텅 빈 비밀을 하나 창조할 것이고, 모든 사람들이 제 작품 중에 희극론이 있다고 생각하게 할 거예요. 그러면 제가 죽고 나서 사람들은 제 비밀 책을 발견하려고 많은 시간을 보내겠지요. 사실 희극에 대한 책을 쓰려는 욕망에서 『장미의 이름』을 대신 쓰게 되었답니다. 이론을 만들 수 없을 때 이야기를 서술하는 경우들 중 하나인 것이죠. 저는 『장미의 이름』에서 내러티브 형식으로 어떤 희극 이론에 실체를 부여했다고 믿습니다. 희극을 광신주의를 무너뜨리는 비판적 방식으로 본 것이죠. 진리라고 선언하는 모든 것 뒤에 존재하는 의심의 악마적인 그림자 말입니다.

라일라 아잠 잔가네 Lila Azam Zanganeh 라일라 아잠 잔가네는 파리에서 태어났고, 부모는 둘 다 이란 인이다. 문학과 철학을 공부했고, 하버드 대학교에서 문학, 영화, 로맨스어를 가르친다. 『르몽드』, 『뉴욕 타임스』, 『헤럴드 트리뷴』, 『더 네이션』, 『파리 리뷰』 등에 글을 기고하고 있으며 미국 노튼에서 출판된 그녀의 첫 번째 책인 『마법사 : 나보코프와 행복』은 이후 영국, 프랑스, 네덜란드 등에서도 출판되었다. 현재 뉴욕에 살면서 글을 쓰고 있다.

주요 작품 연보

『열린 예술작품』The Open Work, 1962

『장미의 이름』The Name of the Rose, 1980

『푸코의 진자』Foucault's Pendulum, 1988

『해석의 한계』The Limits of Interpretation, 1990

『세상의 바보들에게 웃으면서 화내는 방법』How to Travel with a Salmon & Other Essays, 1994

『전날의 섬』The Island of the Day Before, 1994

『바우돌리노』Baudolino, 2000

『로아나 여왕의 신비한 불꽃』The Mysterious Flame of Queen Loana, 2004

『프라하의 묘지』The Prague Cemetery, 2010

02

전통으로부터의 해방

오르한 파묵
ORHAN PAMUK

오르한 파묵 터키, 1952.6.7.-

터키의 소설가이다. 터키 역사를 중심으로 문명 간의 충돌, 이 슬람과 세속화된 민족주의 간의 관계 등을 주제로 작품을 써 독창성을 인정받았다. 작품 중 「새로운 인생」은 터키 문학사상 가장 많이 팔린 소설이라는 기록을 세웠다.

1952년 터키의 이스탄불에서 태어났다. 스물세 살에 소설가가 되기로 결심하고, 그로부터 7년 후 첫 소설 『제브데트 씨와 아들들』을 출간했다. 이후 『고요한 집』, 『하얀 성』, 『검은 책』 등으로 세계 유수의 문학상들을 받았다. 『내 이름은 빨강』으로 프랑스 최우수 외국문학 상, 그린차네 카보우르상, 인터내셔널 임팩 더블린 문 학상 등을 받았다. 2005년에는 프랑크푸르트 평화상 과 메디치상을 수상했고, 2006년 '문화들 간의 충돌과 얽힘을 나타내는 새로운 상징들을 발견했다.'는 평가를 받으며 노벨 문학상을 수상했다. 그 밖에 작품 『순수 박 물관』, 『소설과 소설가』 등이 있다.

파묵과의 인터뷰

앙헬 귀리아-퀸타나

오르한 파묵과의 인터뷰는 런던에서 여러 시간 동안
두 번에 걸쳐 진행되었을 뿐만 아니라, 서신을 통해서도 이루어졌다.
… 하늘색 윗도리와 짙은 색 바지 위에 검정 코듀로이 겉옷을 걸친 파묵은 도착하자마자
"우리가 여기서 죽어도 아무도 모르겠군요."라고 운을 뗐다.

오르한 파묵은 1952년에 이스탄불에서 태어나서 지금까지 그곳에 살고 있다. 그의 집안은 터키 공화국 초기에 철도 건설로 재산을 모았고, 파묵은 이스탄불 유지의 자녀들이 비종교적이고 서구적인 교육을 받던 로버트 칼리지를 다녔다. 어릴 때는 시각예술에 대한 열정을 키웠지만, 건축학을 공부하러 대학에 들어간 뒤에 글을 쓰기로 결정했다. 그는 터키에서 가장 널리 읽히는 작가다.

파묵의 첫 번째 소설인 『제브데트 씨와 아들들』은 1982년에 출판되었고, 그다음에 『고요한 집』, 『하얀 성』, 『검은 책』, 『새로운 인생』이 뒤따랐다. 2003년에 파묵은 여러 다른 시점으로 전개되는, 16세기 이스탄불을 배경으로 한 살인 미스터리 『내 이름은 빨강』으로 인터내셔널 임팩 더블린 문학상을 받았다. 이 작품은 그의 소설에서 핵심적인 주제, 즉 동양과 서양 사이에 낀 나라의 복잡한 정체성, 형제간

의 경쟁, 분신double의 존재, 미와 독창성의 가치, 문화적 영향의 불안 등을 탐구하고 있다.『눈』은 종교적·정치적 근본주의에 초점을 맞춘 소설로, 파묵의 소설 중에서 동시대 터키의 정치적 극단주의를 정면으로 다루는 첫 번째 작품이다. 이 작품으로 그는 해외에서의 입지를 굳혔지만, 터키 국내에서의 평가는 둘로 나뉘었다. 2003년 출판한 『이스탄불 – 도시 그리고 추억』은 어린 시절과 청년기의 자신의 초상과 고향을 다룬 작품이다.

오르한 파묵과의 인터뷰는 런던에서 여러 시간 동안 두 번에 걸쳐 진행되었을 뿐만 아니라 서신을 통해서도 이루어졌다. 첫 번째 인터뷰는『눈』이 영국에서 출판되던 2004년이었다. 이 만남을 위해서 특별히 방을 하나 예약했는데, 호텔 지하에 있던 그 방은 형광등이 밝게 비치고 에어컨이 시끄럽게 돌아가는 회의실이었다. 하늘색 윗도리와 짙은 색 바지 위에 검정 코듀로이 겉옷을 걸친 파묵은 도착하자마자 "우리가 여기서 죽어도 아무도 모르겠군요."라고 운을 뗐다. 우리는 호화롭고 조용한 호텔 로비의 한구석에서 커피를 마시고 치킨샌드위치를 먹은 시간을 제외하고는 세 시간 내내 이야기를 나누었다.

2005년 4월 파묵은『이스탄불』의 출판을 위해 런던에 다시 왔고, 우리는 같은 호텔 로비의 구석 자리에서 만나 두 시간 동안 이야기를 했다. 인터뷰 초반에 파묵은 몹시 긴장한 것처럼 보였는데, 사실 이유가 있었다. 만나기 두 달 전에 그는 스위스 신문인『타게스 안차이거』와의 인터뷰에서 "3만 명의 크루드인과 100만 명의 아르메니아인이 이 땅에서 죽었는데 나 말고는 그것에 대해 감히 말하는 사람이 없군요."라고 말했다. 이 발언 때문에 터키 민족주의 언론들은 파묵에 대해 가차 없는 반대 운동을 펼치기 시작했다. 사실 터키 정부는 1915년에 아르메니아인들을 학살한 것을 계속 부인해왔으며, 현재 진행 중인 크루드족과의 대립에 대해서도 일절 논의하지 못하도록 엄격한 법률을 시행하고 있다. 파묵은 자신에 대한 논쟁이 곧 사라질 것이라는 희망으로 논쟁에 대해서 공적인 기록을 남기길 거부했다. 그러나 스위스 신문과의 인터뷰에서 한 발언 때문에 파묵은 터키의 정체성을 '공공연하게 폄훼'했다는 죄목으로 8월 터키 형법 301조 1 항에 의해 기소되었다. 이는 감옥에서 최대 3년까지 징역을 살 수 있는 법이다. 그 소송에 대해 국제 언론이 분노했고 유럽의회 및 국제 펜클럽PEN Club • 회원들이 터키 정부에 열띤 항의를 했음에도, 이 인터뷰가 실린 『파리 리뷰』가 발간될 즈음인 2005년 11월 중순, 그해 12월 16일에 재판을 받기로 결정되었다. ••

• 국제적인 문학가 단체이다. PEN은 P(poets, playwrights), E(editors, essayists), N(novelists)의 약자이다.
•• 터키 정부로부터 재판에 회부된 파묵은 결국 이스탄불 법원이 재판을 기각함으로써 혐의를 벗었다.

오르한 파묵의 『검은 책』 원고 중 두 페이지.

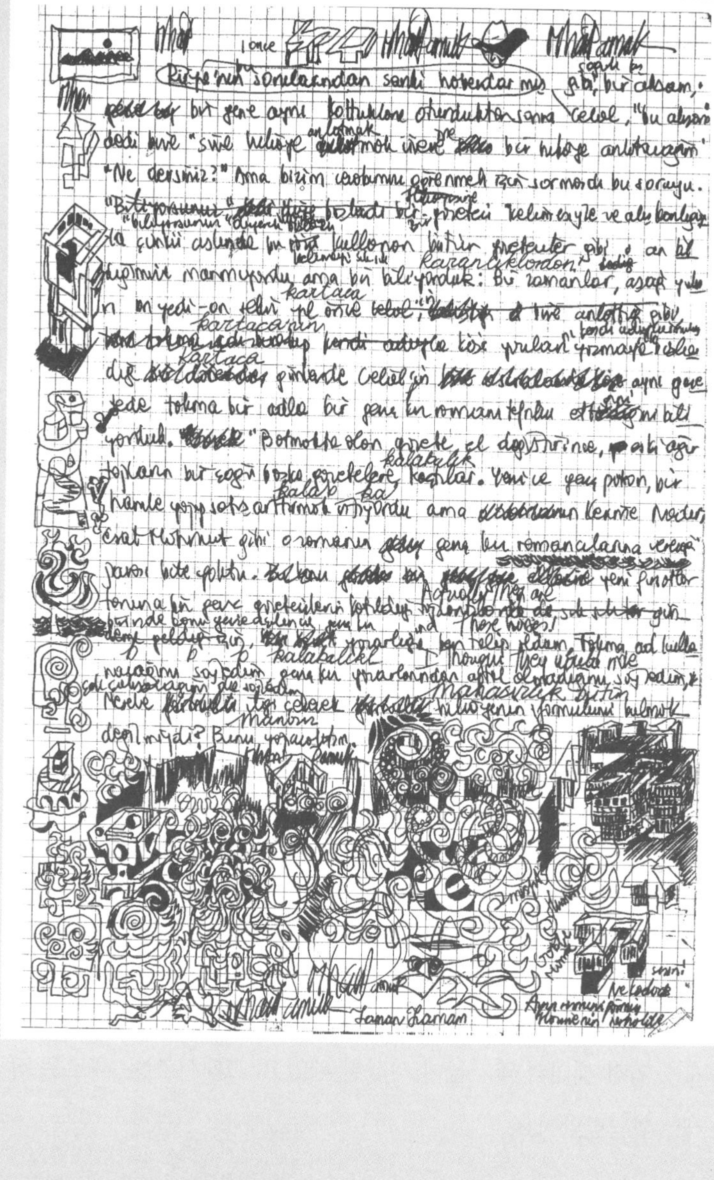

오르한 파묵
×
앙헬 귀리아-퀸타나

인터뷰를 하게 된 기분이 어떠신가요?

오르한 파묵   저는 어떤 무의미한 질문에 바보 같은 대답을 할 때 가끔 초조해집니다. 영어로 인터뷰할 때만이 아니라 터키어로 인터뷰할 때도 마찬가지예요. 별로 훌륭하지 않은 터키 밀을 구사하거나 바보 같은 문장을 내뱉기도 하지요. 터키에서는 제 책보다는 인터뷰 때문에 더 많이 공격을 당했답니다. 터키에서는 정치 평론가나 칼럼니스트들은 소설을 안 읽어요.

당신 책은 유럽과 미국에서 긍정적인 반응을 일으켰습니다. 터키에서의 비평적인 반응은 어떻습니까?

파묵   이제 좋은 시절은 다 가버렸답니다. 제가 첫 작품들을 발표할 때는 이전 세대의 작가들이 사라질 때였고, 그래서 저는 새로운 작가로 환영받았지요.

이전 세대 작가라 하면 어떤 분들을 염두에 두고 말씀하시는 건지요?

파묵   사회적 책임감을 느꼈던 작가들, 문학이 도덕과 정치에 봉사한다고 생각했던 작가들이지요. 그들은 실험적이지 않았고, 전적으로 리얼리즘 작가들이었어요. 많은 가난한 나라의 작가들이 그렇듯이, 그들 역시 나라에 봉사하려고 재능을 낭비했답니다. 저는 그분들처럼 되고 싶지 않았어요. 젊었을 때에도 저는 포크너, 버지니아 울프, 프루스트의 작품을 읽는 것을 좋아했거든요. 스타인벡이나 고리키 같은 사회적 리얼리즘 모델을 열망한 적은 한 번도 없었어요. 1960년대와 1970년대에 생산된 문학은 낡아가고 있었고, 그래서 제가 새 세대의 작가로 환영받은 거랍니다.

1990년대 중반 이후 터키 사람 어느 누구도 꿈꾸지 못했을 만큼 저의 책이 많이 팔리기 시작했을 무렵부터 저와 터키 언론 및 지식인들과의 밀월 관계는 끝이 났습니다. 그때부터 저에 대한 비평은 책의 내용에 대한 것이라기보다는 주로 인기와 판매 부수에 대한 것이었답니다. 불행히도 지금 저는 제 정치적인 입장 때문에 악명을 떨치고 있지요. 몇몇 뻔뻔스러운 터키 민족주의 언론인들이 대개 국제 언론과의 인터뷰에서 이뤄진 것인 제 정치 소견의 내용을 실제보다 급진적이고 정치적으로 어리석게 보이도록 조작했답니다.

당신의 인기에 대한 적대적인 반응이 존재하는군요.

파묵   그런 반응이 제게 강하게 남긴 인상은 제 책이 잘 팔리는 것과 제 정치 소견에 대해서 저를 응징하려 한다는 거지요. 하지만 스스로를 방어하는 것으로 들리기 때문에 이 주제에 대해 계속 이야기하고 싶지 않군요. 제가 전체적인 그림을 잘못 전달하고 있을지도 모르니까요.

작업하시는 장소는 어디입니까?

파묵 글을 쓰는 공간은 잠을 자거나 배우자와 공유하는 공간과 분리되어야 한다고 항상 생각했습니다. 집 안에서 벌어지는 여러 가지 의식ritual이나 세부적인 일들이 상상력을 죽이지요. 그런 일들은 제 안에 들어 있는 일종의 악마를 죽여버립니다. 가정적이고, 길들어진 하루 일과는 상상력을 사용해야 하는 다른 세계에 대한 열망을 사라지게 만들어요. 그래서 여러 해 동안 저는 사무실이나 집이 아닌 다른 작은 장소에서 일하고 있습니다. 언제나 다른 아파트를 갖고 있지요.

그런데 한때 제 아내가 컬럼비아 대학교에서 박사 과정을 밟는 한 학기 동안 미국에서 산 적이 있었지요. 우리는 결혼한 학생들을 위한 아파트에 살았는데 공간이 부족했어요. 그래서 저는 한 공간에서 잠을 자고 글을 써야 했지요. 가족의 일상을 생각나게 하는 물건들에 둘러싸인 채로 말입니다. 이게 몹시 짜증이 나더군요. 그래서 아침에 일하러 가는 사람처럼 아내에게 작별 인사를 하고 집 밖에 나가서 좀 걷다가는, 사무실에 도착한 것처럼 집으로 다시 돌아오곤 했답니다.

10년 전에 오래된 도시의 경치를 간직한 보스포루스 지역을 내려다보는 아파트를 발견했어요. 보스포루스는 이스탄불에서 경치가 제일 좋은 곳 중 하나랍니다. 그 아파트는 제가 사는 곳에서 걸어서 20분쯤 걸리는 곳에 있습니다. 그 아파트에는 책이 가득하고, 제 책상에서는 밖을 내다볼 수 있습니다. 매일 평균 열 시간쯤 그곳에서 지냅니다.

하루에 열 시간이나요?

파묵 네, 그렇습니다. 저는 아주 열심히 일하거든요. 일하는 걸 즐긴답니다. 사람들은 제가 야심가라고 하는데, 그 말은 어쩌면 맞을 거예요. 하지만 저는 제가 하는 일을 사랑해요. 아이들이 장난감을 가지고 노는 것처럼 책상에 앉아 일하는 걸 즐긴답니다. 본질적으로는 일이지만, 재미도 있고 게임이기도 해요.

『눈』에서 당신 이름을 딴 화자인 오르한은 매일 같은 시간에 책상에 앉아서 일하는 사무원이지요. 당신도 글 쓰는 데 있어서 마찬가지로 엄격하신가요?

파묵 소설가는 터키에서 엄청나게 특권적인 전통 속에 위치한 시인과 달리 사무원 같은 성격을 갖고 있다는 걸 강조하고 싶군요. 시인이 되면 인기를 누리고 존경을 받는답니다. 대부분의 오스만제국 술탄들과 정치가들은 시인이었지요. 하지만 지금 우리가 생각하는 식의 시인은 아니었답니다. 수백 년 동안 시인이라는 건 자신이 지식인이라는 걸 입증하는 방식이었어요. 이 사람들은 대부분 자신의 시를 '디반'divan이라고 불리는 필사본으로 묶어냈습니다. 사실 오스만제국 궁정 시는 디반 시라고 불린답니다. 오스만제국 정치가의 절반 정도가 디반을 펴냈지요. 디반은 정교하고 많은 규칙과 의식을 준수하면서 교육받은 대로 글을 쓰는 방식이지요. 매우 관습적이고 반복적이랍니다.

서양의 사고방식이 터키에 도입되자 디반 전통은 시인을 진실을 위해 불타오르는 사람이라고 보는 낭만적이고 근대적인 생각과 결합되었답니다. 이런 점 때문에 시인의 권위에 더욱 무게가 실렸지요. 반면에 소설가는 본질적으로 개미처럼 끈기 있고 천천히 장거리를 나아가는 사람이에요. 소설가는 악마적이고 낭만적인 비전 때문이 아니라 끈기 때문에 인상적이지요.

시를 써보신 적이 있나요?

파묵   종종 그런 질문을 받습니다. 열여덟 살 때 시를 써서 터키어로 몇 편을 출간했지만, 그러고 나서 그만두었습니다. 시인이란 신이 말을 걸어주는 자라는 걸 깨달았다는 말로 시 쓰기를 그만둔 것에 대해 설명할 수 있을 것 같네요. 시인이 되려면 시에 홀려야 합니다. 저는 시에 손을 대보기는 했지만 얼마 후 신이 저에게는 말을 걸어주지 않는다는 걸 깨달았답니다. 이 점이 유감스러웠고, 저는 신이 저를 통해서 말을 한다면 어떤 말을 할지 상상해보려고 노력했지요. 아주 꼼꼼하게, 천천히 알아내려고 애썼어요. 이런 과정이 바로 산문 쓰기이고 소설 쓰기입니다. 그래서 저는 사무원처럼 일합니다. 다른 몇몇 작가들은 이런 식의 설명을 모욕적이라고 받아들입니다. 하지만 저는 그걸 받아들입니다. 저는 마치 사무원처럼 일해요.

시간이 지나면서 산문을 쓰는 것이 쉬워졌다고 말할 수 있나요?

파묵   불행히도 그렇지 않습니다. 때로는 제 등장인물이 방에 들어가야 하는데 어떻게 그를 들여보내야 할지 모르는 느낌이 들어요. 아마 더 자신감을 갖는 것도 가능하긴 하겠지요. 하지만 그래도 큰 도움이 될 것 같지는 않습니다. 그러면 실험을 그만두고 그냥 펜에서 흘러나오는 대로 쓰게 될 테니까요. 지난 30년간 소설을 써왔으니까 조금은 나아졌다고 생각해야겠지요. 그런데도 여전히 가끔 출구가 없는 막다른 골목에 부딪히기도 한답니다. 등장인물이 방에 들어갈 수가 없는데 어떻게 하면 좋을지 모르겠어요. 30년이나 글을 썼는데도 여전히 곤란을 겪으니 말이에요.

제가 사유하는 방식에서는 책 한 권을 여러 장으로 나누는 것이 매우 중요합니다. 소설을 쓸 때 줄거리 전체를 미리 생각하고 있다면—대개는 미리 알고 있지요.—전체 줄거리를 각 장으로 나누어서 각각의 장에서 일어나게 하고 싶은 세부 사항들을 생각하지요. 그렇지만 반드시 1장에서 시작해서 순서대로 써 나가지는 않습니다. 그러면 글이 막히게 되더라도 별로 심각한 문제가 되지 않지요. 생각이 가는 대로 계속 쓰면 되니까요. 첫 장부터 다섯 번째 장까지 쓰고 나서 재미가 없으면 15장으로 넘어가서 거기서부터 계속 쓸 수도 있답니다.

책 전체의 윤곽을 미리 잡아놓는다는 말씀이신가요?

파묵 모든 것을 다 생각해놓지요. 예를 들어 『내 이름은 빨강』에는 많은 인물이 나오는데, 각각의 인물에 몇 개의 장을 미리 배당해놓지요. 글을 쓸 때 저는 때때로 등장인물들 중의 하나가 '되는' 것을 원하지요. 그래서 세큐어가 등장하는 장—아마 7장일 거예요.—을 끝내고 나면 다음에 그녀가 다시 등장하는 11장으로 넘어가서 글을 쓰지요. 저는 세큐어가 되는 게 즐거워요. 그러다가 한 인물이나 한 사람에서 다른 인물이나 사람으로 옮겨가야 하면 맥이 풀린답니다.

그렇지만 마지막 장은 언제나 마지막에 씁니다. 그건 확실해요. 끝이 어떻게 될지 자신을 떠보거나 스스로 물어보기도 하는 게 즐겁거든요. 끝은 한 번만 수행할 수 있지요. 마무리할 때가 되면 끝을 맺기 전에 글쓰기를 멈추고 앞 장들을 대부분 수정하곤 한답니다.

글을 쓰는 도중에 누군가에게 글을 읽어주시나요?

파묵 함께 사는 사람에게 언제나 작품을 읽어줍니다. 그 사람이 "좀 더 보여주세요. 오늘 쓴 글을 보여주세요."라고 말하면 언제나 감사한 마음이 들지요. 이런 일은 필요한 압력을 줄 뿐만 아니라, 마치 어머니나 아버지가 등을 두드려주며 "잘했어."라고 하는 것 같은 느낌을 줘요. 때로는 그 사람이 "미안하지만 이해가 잘 안 돼요."라고 말하기도 하지요. 그것도 괜찮습니다. 저는 이런 의식ritual을 좋아하거든요.

저는 언제나 제 롤모델인 토마스 만을 생각합니다. 그는 전 가족, 즉 여섯 명의 아이와 아내를 불러 모았지요. 그리고 모여 있는 가족들에게 글을 읽어주었습니다. 그런 게 마음에 들어요. 아버지가 이야기를 들려주는 것 말이에요.

젊었을 때는 화가가 되고 싶어하셨지요. 언제쯤 그림에 대한 사랑이 글에 대한 사랑으로 바뀌었습니까?

파묵 스물두 살 때였어요. 저는 일곱 살 때부터 화가가 되길 원했고 가족들도 이 사실을 받아들였습니다. 가족들은 제가 유명한 화가가 될 것이라고 생각했어요. 하지만 그때 뭔가 제 머릿속에서 일어났어요. 말하자면 뭔가 혼란스러운 느낌이었고, 그림을 그만두고 즉시 첫 번째 소설을 쓰기 시작했답니다.

뭔가 혼란스러웠다고요?

파묵　제가 그림을 그만두고 소설을 쓰기 시작한 이유는 딱히 설명하기 어렵네요. 2003년에 『이스탄불』이라는 책을 출판했지요. 그 책의 절반은 그 시점까지의 제 자서전이고, 절반은 이스탄불에 대한 거예요. 정확히 말하자면 이스탄불에 대한 어린아이의 시점이죠. 그 책은 이스탄불이라는 도시의 이미지와 풍경과 매력에 대한 생각과, 그 도시에 대한 어린아이의 느낌, 그 아이의 자서전을 결합한 것입니다. 그 책은 "'나는 화가가 되고 싶지 않아. 나는 작가가 되고 싶어.'라고 말했다."라는 구절로 끝납니다. 그 이유에 대해서는 설명이 없어요. 어쩌면 책 전체를 읽으면 뭔가 설명이 될지도 모르지만요.

가족들은 작가가 되겠다는 결정을 어떻게 받아들였나요?

파묵　어머니는 화를 내셨어요. 아버지는 젊었을 때 시인이 되길 원하셨고, 폴 발레리를 터키어로 번역했다가 자신이 속한 상류계급 사람들한테 놀림을 당하고 포기한 적이 있으시기 때문에 좀 더 이해해주셨지요.

가족들이 화가가 되는 건 받아들였는데 소설가가 되는 건 싫어한 건가요?

파묵　그렇답니다. 왜냐하면 가족들은 제가 전업 화가가 될 거라고 생각하진 않았거든요. 우리 가족은 전통적으로 토목공학 쪽 일을 했어요. 할아버지도 토목 기사였는데 철도 건설업에서 돈을 많이 버셨지요. 삼촌들과 아버지는 돈을 잃었지만, 어쨌든 그분들도 이스탄불 테크니컬 대학이라는 공대를 다니셨습니다. 저도 거기에 갈 것이라고 기대하시기에 "좋아요. 그 대학을 갈게요."라고 말씀드렸지요. 제가 가족 중에 예술에 재능이 있는 편이라 건축가가 될 거라고 생각하셨답니다. 제가 건축가가 되는 것에 모든 분이 만족하셨지요. 그래서 저는 그 대학에 들어갔습니다. 그러나 건축학 과정을 밟는 도중에 그림을 그만두고 소설을 쓰기 시작한 것이지요.

그림을 그만두었을 때 이미 마음속에서 첫 번째 소설을 구상하고 계셨나요? 그래서 그림을 그만두신 건가요?

파묵 제 기억에 의하면 뭘 쓸지 생각이 잡히기 전에 이미 소설가가 되고 싶었답니다. 사실 소설을 쓰기 시작했을 때 벌써 두세 번 잘못된 출발을 했어요. 아직도 그때의 습작노트를 가지고 있지요. 하지만 6개월쯤 지났을 때 주요한 소설 기획을 시작했고, 그것이 나중에 『제브데트 씨와 아들들』이 되었답니다.

그 소설은 영어로 번역되지 않았지요.

파묵 그 작품은 본질적으로 가족 대하소설입니다. 『포사이트 사가』 Forsyte Saga ●나 토마스 만의 『부덴브로크 가의 사람들』처럼 말이지요. 그 책을 끝마치고 나서 얼마 되지 않아 상당히 구식인 19세기식 소설을 쓴 걸 후회하기 시작했답니다. 스물대여섯 살 무렵에 현대 작가가 되어야 한다고 생각했기 때문에 그 소설을 쓴 걸 후회했지요. 서른 살 때 그 소설이 마침내 출판되었을 무렵에는 제 작품은 훨씬 더 실험적이 되어 있었답니다.

보다 현대적이고 실험적이 되고 싶었다고 하셨는데, 그때 어떤 특정한 모델을 생각하고 계셨나요?

파묵 당시에 제가 생각하는 위대한 작가는 더 이상 톨스토이, 도스토예프스키, 스탕달, 토마스 만이 아니었답니다. 제 영웅은 버지니아 울프와 포크너였죠. 지금은 그 명단에 프루스트와 나보코프도 들어가겠네요.

『새로운 인생』의 첫 줄은 "어느 날 나는 책 한 권을 읽었고, 내 인생 전체가 바뀌었다."라고 되어 있죠. 그 정도의 영향력을 미친 책이 있습니까?

파묵 스물한두 살 때 포크너의 『소리와 분노』가 제게 아주 중요한 소설이었습니다. 그 책은 펭귄판이었지요. 이해하기가 아주 어려웠는데, 제가 영어를 잘하지 못해서 더 어려웠어요. 하지만 아주 훌륭한 터키어 번역판이 있어서 영어판과 터키어판을 나란히 책상 위에 놓고 한 권에서 반 문단 정도 읽고 다른 책으로 넘어가는 식으로 읽었답니다. 그 책이 저에게 깊은 흔적을 남겼어요. 그 흔적의 영향은 제가 발전시킨 어조에서 볼 수 있습니다. 저는 곧 일인칭 화자의 시점에서 글을 쓰기 시작했지요. 저는 대부분의 경우 삼인칭으로 쓰는 것보다는 다른 사람을 체현해보는 편이 훨씬 낫습니다.

첫 번째 소설을 출판하는 데 여러 해가 걸렸다고 하셨죠?

파묵 이십 대 때에는 문인 친구가 전혀 없었답니다. 이스탄불의 어떤 문학 그룹에도 속하지 않았고요. 첫 번째 책을 출판할 수 있는 유일한 길은 출판되지 않은 원고들이 서로 경쟁하는 터키의 문학 공

• 노벨 문학상을 수상한 영국 소설가 존 골즈워시John Galsworthy가 1922년에 펴낸 가족 대하소설.

모전에 내는 것뿐이었습니다. 제 작품은 공모전에서 상을 탔고, 크고 훌륭한 출판사가 출판할 예정이었답니다. 하지만 당시에 터키 경제 상황이 안 좋았지요. 출판사에서는 계약을 하겠다고 했던 소설의 출판을 연기했답니다.

두 번째 소설은 좀 더 쉽고 빠르게 출판되었나요?

<u>파묵</u> 두 번째 책은 선전선동의 성격을 띠지는 않았지만 정치에 대한 것이었지요. 첫 번째 책이 출판되길 기다리는 동안 저는 이미 두 번째 책을 쓰고 있었지요. 2년 반 정도의 시간을 들였어요. 그런데 어느 날 밤 갑자기 군사 쿠데타가 일어났습니다. 1980년이었지요. 다음 날 첫 번째 책인 『제브데트 씨와 아들들』의 출판업자가 책을 못 내겠다는 겁니다. 계약을 한 상태였는데도요. 그래서 정치적 성격을 띤 두 번째 책을 바로 끝내도 군사정권이 허락하지 않을 것이기 때문에 5~6년 동안은 출판할 수가 없겠다는 걸 깨달았죠. 스물두 살에 소설가가 되기로 결정하고 터키에서 뭔가 출산뇌기를 바라면서 7년이나 보냈는데…… 헛된 일이었구나 생각했지요. 나이가 서른이 다 됐는데도 아무것도 출판할 가능성이 없는 겁니다. 서랍에는 250쪽의 미완성 정치소설 원고가 들어 있었고요.

군사 쿠데타가 일어난 직후에 저는 우울해지지 않으려고 세 번째 책인 『고요한 집』을 쓰기 시작했지요. 1982년에 첫 번째 책이 드디어 출판되었을 때는 세 번째 책 작업을 하고 있었어요. 『제브데트 씨와 아들들』은 평이 좋았습니다. 그건 제가 당시 쓰고 있던 책을 출판할 수 있으리란 걸 의미했지요. 그래서 세 번째로 쓴 책이 두 번째로 출간되었답니다.

군사정권하에서 당신의 소설이 출판될 수 없었던 이유가 뭔가요?

파묵 등장인물들이 젊은 상류층 마르크시스트들이었습니다. 그들의 부모는 여름 휴양지에 가곤 했고, 주인공들은 큰 집을 소유하고 마르크시스트라는 걸 즐기고 있었지요. 그들은 서로 싸우고 질투하고 수상에게 폭탄을 던져 죽이려는 계획을 꾸밉니다.

겉만 번드르르한 혁명 집단인가요?

파묵 부유한 사람들의 생활 습관을 가진 상류층 젊은이들이 극단적 급진주의자인 척하는 거죠. 하지만 그들에 대해서 도덕적인 판단을 내리지는 않았습니다. 오히려, 말하자면 제 젊은 시절을 낭만화하고 있었던 거지요. 수상한테 폭탄을 던진다는 생각만으로도 그 책이 출판 금지당할 충분한 이유가 될 수 있었습니다.

그래서 그 책을 끝내지 않았습니다. 그런데 책을 쓰면서 작가 자신도 변한답니다. 같은 페르소나를 다시 취할 수가 없어요. 그전처럼 계속할 수가 없는 거죠. 작가가 쓰는 책은 작가의 발전에 있어서 한 시기를 대표합니다. 작가의 소설은 그 작가의 정신이 발전하는 이정표라고 볼 수 있거든요. 그래서 되돌아갈 수가 없는 겁니다. 일단 소설의 탄력성이 사라지고 나면 그걸 다시 움직일 수는 없어요.

소설에 대한 실험을 할 때 소설 형식을 어떻게 선택하시는지요? 이미지나 첫 문장에서부터 시작하시나요?

파묵 항상 불변하는 공식 같은 건 없답니다. 그래도 두 개의 소설을 같은 양식으로 쓰지 않는다는 원칙은 갖고 있습니다. 모든 걸 바꾸려고 애를 씁니다. 그래서 제 독자 중 많은 분들이 "당신 소설 중에

이 소설이 마음에 듭니다, 이런 종류의 소설을 또 쓰시지 않다니 유감이네요."라고 하거나 아니면 "이 소설 전에는 당신 소설을 좋아한 적이 없다."는 말을 하지요. 『검은 책』에 대해서 특히 이런 말을 많이 해요. 그런 말을 듣는 게 사실 마음에 안 듭니다. 형식과 스타일, 언어와 분위기, 페르소나로 실험을 하면서 각각의 책에 대해 다르게 생각해보는 건 재미있고 도전도 되거든요.

어떤 책의 주제는 여러 원천에서 비롯됩니다. 『내 이름은 빨강』의 경우에는 화가가 되려고 했던 야심에 대해 쓰고 싶었어요. 그런데 출발을 잘못했답니다. 저는 한 명의 화가에 초점을 맞춘 개인전 같은 책을 쓰기 시작했지요. 그러고 나서는 한 명의 화가 이야기를 여러 명의 화가들이 아틀리에에서 함께 작업하는 걸로 바꾸었지요. 다른 화가들도 말을 하기 시작하니까 관점이 바뀌었습니다. 처음에는 동시대의 화가에 대해서 쓰려고 생각했답니다. 그러다가 이 터키 화가는 서구의 영향을 너무나 많이 받아서 지나치게 모방적일 수 있다고 생각했습니다. 그래서 오스만제국 삽화 채색 화가늘의 시대로 돌아갔답니다. 이런 식으로 제 주제를 발견했어요.

어떤 주제는 특정한 형식적 혁신이나 이야기 전달 전략을 필요로 합니다. 예를 들자면 때때로 어떤 것을 방금 보거나 읽고, 영화를 보고 신문 기사를 읽고 나서 생각하기 시작합니다. 감자가 말하게 해야겠다, 아니면 개나 나무가 말하게 해야지, 일단 이런 아이디어가 떠오르면 대칭이나 계속성에 대해서 생각하기 시작합니다. 그러고 나면, 멋진데, 이런 시도는 전에 없었지라고 생각하게 됩니다.

그리고 마지막으로, 저는 어떤 것에 대해서 여러 해 동안 생각을 계속합니다. 생각이 나면 친한 친구에게 말하지요. 앞으로 쓰게 될

지도 모르는 소설을 위한 공책이 많답니다. 가끔은 그 소설을 쓰지 않기도 하지만, 공책을 펼쳐서 소설을 위한 글을 메모하기 시작하면 그 소설을 쓸 가능성이 높아져요. 소설 한 편을 끝내고 나면 노트에 쓴 기획들 중 하나에 집중을 하게 됩니다. 소설 하나를 끝내고 나서 두 달 후에 다른 소설을 쓰기 시작하지요.

많은 소설가들이 쓰고 있는 소설에 대해서는 이야기를 안 합니다. 당신도 비밀을 지키시나요?

파묵 줄거리 이야기는 절대로 안 합니다. 공식적인 자리에서 사람들이 제가 뭘 쓰고 있는지 물으면 언제나 한 문장짜리 정해진 답이 있어요. 동시대 터키를 배경으로 하는 소설이라는 것이지요. 저는 극소수의 사람들에게만, 그리고 그 사람들이 저에게 해를 끼치지 않을 거라는 것을 아는 경우에만 속내를 털어놓습니다. 제가 말해주는 것은 혁신적인 전략gimmicks에 대한 것이지요. 예를 들어 구름이 말을 하게 만드는 것과 같은 전략 말입니다. 사람들이 어떻게 반응하는지 보고 싶거든요. 어린애 같은 짓이지요.『이스탄불』을 쓸 때 이런 짓을 많이 했습니다. 내 마음은 아빠에게 자신이 얼마나 영리한지 보여주고 싶어하는 장난스런 어린애 같았답니다.

전략이란 별로 안 좋은 함의를 풍기는 것 같은데요.

파묵 우선 전략에서 시작한 뒤, 그것이 갖는 문학적 · 도덕적 진지함을 믿으면 결국 그것은 진지한 문학적 발명이 됩니다. 일종의 문학적인 언명literary statement이 되는 것이지요.

비평가들은 당신의 소설을 포스트모던하다고 특징짓더군요. 제가 보기에는 내러티브를 만드는 수법^{trick}은 기본적으로 전통적인 원천에서 가져오시는 것 같은데요. 예를 들어 동양 전래의 『천일야화』 같은 작품에서 인용하시잖아요.

파묵 비록 보르헤스나 이탈로 칼비노를 그전에 읽긴 했지만 전통에 의존하는 건 『검은 책』에서 시작되었답니다. 아내와 함께 1985년에 미국에 갔는데 미국 문화의 탁월성과 엄청난 풍부함을 처음 접했지요. 작가가 되고자 하는 중동 출신의 터키인으로서 기가 죽는 느낌이었어요. 그래서 뒷걸음질쳐서 저의 '뿌리'로 돌아갔지요. 저는 제 세대가 현대 민족 문학을 발명해야 한다는 걸 깨달았어요.

보르헤스와 칼비노가 저를 해방시켰답니다. 전통 이슬람 문학이 갖는 함의는 너무나 반동적이고 정치적이며, 낡고 어리석은 방식으로 보수주의자들에 의해서 이용되었기 때문에 그 재료를 갖고 무언가 할 수 있으리라고는 생각하지도 못했답니다. 하지만 일단 제가 미국에 살게 되자 칼비노나 보르헤스식의 정신적 틀로 무장한 채 그 원천적 재료로 돌아갈 수 있을 거라는 걸 깨달았지요. 저는 이슬람 문학의 종교적 함의와 문학적 함의 사이에 분명한 구분을 하기 시작했습니다. 그래서 쉽사리 풍부한 게임, 이야기 전략, 우화들을 이용할 수 있게 되었습니다. 터키는 고도로 장식적인 문학의 정교한 전통을 갖고 있습니다. 그러나 사회적인 문제에 집중했던 작가들은 우리 문학에서 혁신적인 내용을 비워버렸습니다.

중국, 인도, 페르시아의 다양한 구전 이야기에는 계속 등장하는 많은 알레고리가 있답니다. 저는 현대 터키를 배경으로 그 알레고리들을 이용하기로 했어요. 일종의 실험이지요. 다다이스트들의 콜라주 기법처럼 모든 요소들을 함께 결합하는 것입니다. 『검은 책』에는 이런 특질들이 있어요. 때로 이런 모든 요소들을 함께 결합하면 뭔가 새로운 것이 나타납니다. 그래서 이렇게 다시 쓴 이야기들의 배경을 모두 이스탄불로 바꾸고 추리소설 플롯을 덧붙이자 『검은 책』이 탄생했습니다. 그 책의 원천에는 강력한 미국 문화의 존재와, 진지한 실험 작가가 되려는 제 열망이 있답니다. 터키가 겪는 문제들에 대한 사회적 논평을 쓸 수가 없었어요. 겁이 났거든요. 그래서 뭔가 다른 것을 쓰려고 애썼지요.

문학을 통해서 사회적 논평을 하는 데 관심을 가지셨나요?

파묵 아니요. 저는 선배 세대의 소설가들, 특히 1980년대 소설가들에 대해 반발심이 있어요. 존경심을 담고 말씀드리는 거지만, 그분들의 주제는 너무 좁고 한계가 많아요.

『검은 책』 이전으로 돌아가 봅시다. 『하얀 성』을 쓰게 만든 영감은 어떻게 떠올랐습니까? 다른 소설들에서 되풀이해서 나오는 다른 사람으로 위장impersonation**하는 주제를 『하얀 성』에서 처음으로 사용하셨더군요. 다른 사람이 된다는 생각이 어째서 그다지도 자주 소설 속에 등장하는 걸까요?**

파묵 아주 개인적인 이야기입니다. 저에게는 18개월 먼저 태어난 매우 경쟁적인 성격의 형이 있습니다. 어떻게 보면 형은 제 아버지였지요. 일종의 프로이트식의 아버지요. 형은 제 분신alter ego이자 권위의 대표자가 되었습니다. 다른 한편으로 우리는 아주 경쟁적이면서도 형제다운 동지 의식 같은 게 있었답니다. 아주 복잡한 관계였죠. 이 점에 대해서 『이스탄불』에 자세히 써놓았습니다. 저는 축구도 잘하고 게임이나 경쟁에 대해서 아주 열성적인 전형적인 터키 소년이었죠. 형은 학교에서 저보다 훨씬 나았고 성공적이었습니다. 저는 형을 질투했고, 형도 저한테 질투심을 느꼈죠. 형은 합리적이고 책임감 있는 유형이었습니다. 어른들이 좋아하는 타입이었지요. 제가 게임에 관심을 갖는 반면, 형은 규칙에 보다 신경을 썼습니다. 우리는 언제나 경쟁을 했어요. 저는 형이 되는 상상을 하곤 했죠. 그런 일이 하나의 모델이 되었답니다. 부러움, 질투 같은 것들이 저에게는 마음 깊이 다가오는 주제가 되었어요. 항상 형의 강인함이나 성공이 어떤 식으로 저에게 영향을 미칠지에 대해서 걱정했어요. 이 점은 제 영혼의 본질적인 부분이 되었습니다. 저는 그걸 인지하고 있었고, 그래서 저 자신과 그런 감정들 사이에 거리를 두려고 했죠. 그런 감정들이 안 좋다는 걸 알기에 문명인답게 그 감정들과 맞서 싸우기로 결심했습니다. 제가 질투의 희생양이었다고 말하는 건 아닙니다. 그러나 질투야말로 제가 언제나 다루려고 애쓰는 예민한 신경중추의 핵이랍니다. 그리고 결국에는 질투가 제 모든 이야기의 주제가 되지요. 『하얀 성』을 예로 들어보지요. 두 주인공 시이의 거의 모든 가학적이며 피학적인 관계는 제 형과 저의 관계에 기반을 둔 것입니다.

다른 한편으로 '다른 사람으로 위장하기'라는 주제는 터키가 서구 세계를 대면할 때 느끼는 약한 점을 반영하기도 합니다. 『하얀 성』을 쓰고 난 뒤에 이 질투, 즉 다른 사람으로부터 영향을 받는 것에 대한 불안은 터키가 서양을 바라볼 때의 위치와 유사하다는 것을 깨달았습니다. 그러니까 터키는 한편으로는 서구화되기를 열망하면서도 다른 한편으로는 충분히 진정으로 터키적이지 못하다고 해서 비난받지요. 유럽의 정신을 획득하려고 애쓰면서도 이 모방 욕구에 대해서 죄의식을 느끼는 것입니다. 이런 분위기의 부침이 경쟁적인 형제들 사이의 관계를 떠올리게 하는 거지요.

터키의 동양적인 충동과 서양적인 충동 사이의 끝없는 대립이 평화롭게 해결되리라고 생각하십니까?

파묵　저는 낙관주의자입니다. 터키가 두 가지 정신을 갖는 것, 두 가지 서로 다른 문화에 속하는 것, 그리고 두 가지의 영혼을 갖고 있는 것에 대해서 걱정할 필요가 없습니다. 정신분열은 사람을 지적으로 만들어줍니다. 현실과의 관계를 잃을지도 모르지만 정신분열에 대해 너무 걱정할 필요는 없습니다. 저는 허구를 쓰는 작가이므로 그게 그렇게 큰일이라고 생각하지는 않습니다. 당신의 한 부분이 다른 부분을 죽이는 것에 대해 너무 걱정을 많이 하면 하나의 영혼만 가지게 됩니다. 그것이 분열되어서 아픈 것보다 더 문제이지요. 제 생각은 그렇답니다. 터키의 정치가들, 즉 나라가 하나의 일관된 영혼을 가져야 하고 동양이나 서양 어느 한쪽에 속하거나 민족주의적이어야 한다고 주장하는 정치가들에게 제 생각을 알리고 싶답니다. 저는 일원론적인 관점에는 비판적이지요.

그 생각이 터키에서 어떻게 받아들여지고 있나요?

파묵　민주적이고 자유주의적 터키에 대한 생각이 확립될수록 제 생각도 더 많이 수용되고 있습니다. 터키는 이런 비전을 가져야만 유럽연합에 가입할 수 있답니다. 그것이야말로 민족주의에 대항해서 싸우고, '그들 대 우리'라는 수사rhetoric에 맞서 싸우는 방식입니다.

그래도 『이스탄불』에서 이스탄불이라는 도시를 낭만화하는 방식을 보면 오스만 제국이 사라진 걸 애도하시는 것 같았습니다.

파묵 저는 오스만제국의 몰락을 애도하지 않습니다. 저는 서구화주의자이거든요. 서구화 과정이 진행돼서 다행이라고 생각합니다. 저는 단지 지배 엘리트들, 즉 관료들과 새로운 부자들이 서구화를 생각하는 한정된 방식을 비판하는 것입니다. 그들은 나름의 상징과 제의들을 풍부하게 가진 민족문화를 창조하는 데 필요한 자신감이 없어요. 그들은 동양과 서양을 유기적으로 결합할 수 있는 이스탄불 문화를 창조하려고 애쓰지 않습니다. 그저 동양적인 것과 서양적인 것을 함께 묶을 뿐이에요. 물론 강한 지역적인 오스만 문화가 있습니다. 그러나 그 문화는 조금씩 사라지고 있지요. 그들이 전력을 다해 해야 할 일은 강한 지역 문화를 만드는 것입니다. 그 문화는 동양적 과거와 서양적 현재의 결합이어야 합니다. 단순한 모방이 아니라요. 저는 제 책에서 이런 종류의 일을 하려고 하지요. 아마도 새로운 세대가 그런 일을 할 것입니다. 그리고 유럽연합에 합류하는 것은 터키의 정체성을 파괴하는 것이 아니라 정체성을 꽃피게 하고, 새로운 터키 문화를 발명할 더 많은 자유와 자신감을 줄 것입니다. 서양을 노예처럼 모방한다거나 이미 죽어버린 오스만 문화를 노예처럼 모방하는 것은 해결책이 아닙니다. 이런 요소들을 가지고 뭔가를 해야 하는 것이고, 동양이나 서양 둘 중 한쪽에 지나치게 치우쳐 속해 있다고 해서 거기에 대해서 불안감을 가질 필요는 없습니다.

『이스탄불』에서는 외부적이고 서양적인 시선과 동일시하면서 도시를 바라보는 것 같습니다.

파묵 또한 그 책에서 저는 서구화된 터키 지식인이 서양적 시선과 동일시할 수 있는 이유에 대해서 설명했지요. 이스탄불이 형성되는 과정은 서양과의 동일시 과정이었습니다. 언제나 이런 이원적인 상태가 존재했고, 동양적인 분노와도 쉽게 스스로를 동일시할 수 있었지요. 모든 사람이 때로는 동양인, 때로는 서양인이지요. 사실 대개는 언제나 동양인이면서 서양인입니다. 저는 에드워드 사이드의 오리엔탈리즘 개념*이 마음에 들지만, 터키는 식민지였던 적이 없기 때문에 터키를 낭만화하는 것이 터키인들에게 문제가 된 적은 없답니다. 서양인들은 인도나 아랍인에게 굴욕을 안겨준 방식으로 터키에 굴욕을 준 적이 없습니다. 터키는 딱 2년간 침공당했지만 적들의 배는 왔던 그대로 다시 떠났고, 그 일은 터키의 정신에 깊은 상처를 남기지 않았습니다. 깊은 상처를 준 것은 오스만제국의 상실입니다. 그래서 저는 서양인들이 우리를 경멸한다는 느낌, 그런 불안감을 갖고 있지 않습니다. 공화국이 형성된 뒤에는 일종의 압박감이 존재했습니다. 이는 터키인들이 서구화되고 싶어하지만 충분히 서구화될 수 없다는 이유 때문에 대면해야 하고 제가 책에서 가끔 다루어 온 부분인 문화적인 열등감을 느꼈기 때문이지요.

다른 한편으로는 200년 동안 점령당하거나 식민화되어온 다른 나라처럼 상처가 깊지는 않답니다. 터키인들은 서양 권력에 의해서 억압당한 적이 없거든요. 터키인들이 당했던 억압은 스스로에게 가한 것이었답니다. 우리는 실용적이라는 이유로 우리 자신의 역사를

---

* 서구에서 말하는 동양의 이미지가 그들의 편견과 왜곡에서 비롯된 허상에 지나지 않는다는 비판이다.

지워버렸어요. 이런 억압에는 우리가 약하다는 느낌^{sense of fragility}이 존재해요. 하지만 스스로에게 가한 서구화의 압박이 고립을 불러왔습니다. 인도 사람들은 그들의 억압자들을 직접 대면했지요. 터키인들은 자신들이 경쟁하는 서구 세계에서 이상하게 고립되었습니다. 1950년대와 1960년대만 해도 외국인이 이스탄불의 힐튼 호텔에 묵으면 모든 신문에 날 정도였답니다.

문학에 정전正典이 있다고 생각하시나요? 아니면 정전이 존재해야 한다고 생각하십니까? 우리는 서양의 정전에 대해서는 들어왔는데, 비서양 세계의 정전은 어떻습니까?

파묵 네, 동양의 정전도 존재하지요. 그 정전을 탐구하고 개발하고 공유하고 비판하고 난 뒤에 받아들여야 합니다. 현재로서는 소위 말하는 동양의 정전은 폐허 상태예요. 뛰어난 작품이 사방에 널려 있지만 그것들을 한데 모으려는 의지가 없어요. 페르시아의 고전부터 인도, 중국, 일본 텍스트들까지 비평적으로 평가되이야 합니다. 그런데 현재 정전은 서양인의 손에 들어가 있어요. 서양이 분배와 소통의 중심이기 때문이죠.

소설은 아주 서양적인 문화 형식입니다. 소설이 동양 전통에서 중요한 위치를 차지하고 있나요?

파묵 서사시에서 분리된 현대의 소설은 본질적으로 비동양적인 것입니다. 소설가들은 공동체에 속하지 않고 공동체의 기본적인 본능을 공유하지 않으면서 자신이 직접 체험하고 있는 문화와는 다른 문화를 가지고 생각하고 판단하는 사람입니다. 일단 그의 의식이 속한 공동체의 의식과 달라지면 그는 국외자, 외로운 사람이 됩니다. 텍스트의 풍요로움은 국외자의 관음증적 시선으로부터 옵니다.

일단 세상을 그런 식으로 보는 바라보는 습관을 들이고 이런 식으로 세상에 대해 글을 쓰기 시작하면 공동체로부터 떨어져 나오려는 욕망이 생깁니다. 이것이 제가 『눈』에서 생각하는 모델이죠.

『눈』은 지금까지 발표된 것 중 가장 정치적인 소설입니다. 이 소설을 어떻게 착상하셨나요?

파묵 제가 1990년대 중반에 터키에서 유명해지기 시작했을 때는 크루드족 게릴라와의 싸움이 심각했을 때인데, 그 당시 옛 좌파 작가들과 새로운 현대적 자유주의자들이 저한테 도움을 청했습니다. 그들은 청원에 사인을 부탁했고, 제 책과 관련되지 않은 정치적인 일을 해달라고 요청하기 시작했지요.

집권 세력은 곧 인신공격 캠페인을 시작했습니다. 저를 욕하기 시작했지요. 저는 몹시 화가 났답니다. 얼마 후 저 자신의 정신적 딜레마, 즉 상류층 가정 출신이면서도 정치적 대표를 갖지 못한 사람들에 대해 책임감을 느끼는 자의 딜레마를 다루는 소설을 쓰면 어떨까 생각하기 시작했습니다. 저는 소설이라는 예술에 믿음이 있었습니다. 소설에 대한 믿음 때문에 한 사람이 국외자가 된다는 건 이상한 일이죠. 그리고 나서, 저는 정치적 소설을 써야겠다고 스스로에게 말했답니다. 『내 이름은 빨강』을 끝내자마자 그런 소설을 쓰기 시작했지요.

어째서 칼스라는 작은 도시를 배경으로 했나요?

파묵 그곳은 터키에서 가장 추운 곳 중 하나입니다. 그리고 가장 가난한 지역 중 하나이지요. 1980년대에는 주요 신문 중 하나의 첫 페이지 전체가 칼스의 가난을 다루는 데 할애된 적이 있답니다. 어떤 이는 100만 달러만 있으면 칼스 지역 전체를 살 수가 있다고 말했지요. 제가 칼스에 갔을 때는 정치적 상황이 아주 안 좋았습니다. 그 주변에는 거의 크루드족이 살고 있고 중심에는 아제르바이잔인, 터키인 등 온갖 민족이 살고 있습니다. 예전에는 러시아 사람들과 독일 사람들도 살았지요. 시아파와 수니파 사이의 종교적인 분쟁도 있답니다. 터키 정부가 크루드족 게릴라들과 벌인 전쟁이 너무 격렬해서 당시에는 관광객으로 그곳에 가는 것은 불가능했어요. 그냥 소설가로서 그곳에 가는 것이 불가능했기 때문에 아는 신문사 편집자에게 그 지역을 방문할 수 있는 언론사 출입증을 발급해달라고 요청했지요. 그는 영향력이 있는 사람이어서 개인적으로 시장과 경찰서장에게 제가 간다고 연락해주었답니다.

그곳에 가자마자 저는 시장을 만났고 경찰서장하고도 안면을 텄답니다. 그 사람들이 저를 거리에서 체포하지 않도록 하기 위해서요. 실제로 저를 모르는 경찰관들이 저를 체포해서 연행했어요. 아마 고문하려고 했겠지요. 체포되자마자 저는 시장도 알고 경찰서장도 아는 사람이라면서 이름을 줄줄 읊어댔어요. 저는 수상한 인물이었거든요. 터키는 이론적으로는 자유국가이지만, 1999년까지만 해도 외부인은 수상한 사람으로 여겨졌답니다. 지금은 상황이 훨씬 나아졌을 거예요.

그 소설에 등장하는 대부분의 사람과 장소는 실제 상황에 바탕을 두고 쓴 겁니다. 예를 들어 252부를 찍는 지역 신문도 실제로 있어요. 저는 칼스에 갈 때 카메라와 캠코더를 가지고 갔답니다. 모든 걸 찍어서 이스탄불로 돌아간 뒤 친구들에게 보여줬어요. 모든 사람이 제가 정신이 약간 돌았다고 생각했지요. 소설 속에는 실제로 일어났던 일도 있습니다. 예를 들어 앞서 말한 작은 신문사의 편집자가 주인공 카에게 카가 전날 한 일에 대해 이야기하지요. 어떻게 알았느냐고 묻자 경찰 무전기 소리를 들었는데 경찰이 계속 미행하더라고 폭로하는 장면이 있습니다. 이건 실제 상황이에요. 저도 경찰에게 미행당했지요.

그 지역 텔레비전 앵커가 저를 텔레비전 방송에 출연시켰고, 유명한 작가분이 국영 신문에 기사를 쓰고 있다고 말했답니다. 이 일은 꽤 중요한 결과를 가져왔어요. 지방선거가 다가오고 있어서 사람들은 모두 저에게 문을 활짝 열었답니다. 그들은 모두 국영 신문에 뭔가 이야기를 전달하고 싶어했고, 정부에 자신들이 얼마나 가난한지 알리고 싶어했답니다. 그들은 제가 그런 이야기들을 소설에다 쓸 거라는 사실은 몰랐어요. 제가 신문 기사를 쓸 거라고 생각했지요. 제가 이렇게 한 건 아주 냉소적이고 잔인한 일이라는 걸 고백하지 않을 수 없군요. 사실 실제로 기사를 쓸 생각도 있긴 했지만요.

이렇게 4년이 흐르는 동안 저는 계속 그곳을 다녀왔지요. 글을 쓰고 메모를 하러 들르던 작은 카페가 있었어요. 칼스가 눈이 오면 매우 아름다운 고장이라 사진을 찍으려고 함께 갔던 사진사 친구가 커피 가게에서 사람들이 대화하는 걸 들었대요. 사람들이 글을 쓰는 저를 보면서 하는 말이, "벌써 3년이나 지났는데 도대체 무슨 기사를 쓴다는 거야? 소설 한 권을 써도 충분한 시간이겠네."라고 했다네요. 사람들이 파악을 한 거지요.

『눈』에 대한 반응은 어땠습니까?

파묵　터키에서는 보수주의자, 즉 이슬람주의자들과 세속주의자 secularists 모두 분개했습니다. 그렇다고 책을 금지하거나 저를 해치거나 하는 정도까지 가지는 않았어요. 어쨌든 그들은 화가 나서 국영 일간지에다 자신들의 분노에 대해서 썼습니다. 세속주의자들은 터키에서 세속적 급진주의자는 민주주의자여야 한다는 사실을 잊었다고 제가 썼기 때문에 분노했답니다. 터키의 세속주의자들의 권력은 군대에서 나옵니다. 이 사실이 터키의 민주주의와 관용의 문화를 파괴했지요. 일단 정치 문화에서 군대가 너무 많이 연루되면 사람들은 자신감을 잃고 모든 문제 해결을 군대에 의지하게 됩니다. 사람들은 다음과 같이 말하곤 하지요. "이 나라도 경제도 완전 엉망이야. 군대를 불러서 정리해야지." 군대가 정리를 하면서 관용의 문화도 함께 없애버렸지요. 많은 피의자들이 고문을 당했습니다. 수십만 명의 사람들이 감옥에 갇혔죠. 이런 상황은 새로운 군사 쿠데타의 길을 열어주었어요. 거의 10년마다 한 번씩 새로운 쿠데타가 발생했습니다. 이런 이유 때문에 저는 세속주의자들에게 비판적이었지요. 그들은 제가 이슬람주의자들을 인간적으로 그려놓은 것도 싫어했어요.

　이슬람주의자들은 혼전 섹스를 즐기는 이슬람주의자에 대해서 썼기 때문에 분개했지요. 이런 간단한 사안이 원인이 됩니다. 이슬람주의자들은 언제나 저를 의심의 눈으로 봤는데, 제가 그들과는 다른 문화를 갖고 있고 제 언어나 태도 그리고 몸짓조차도 보다 서구화되고 특권적인 사람의 모습을 보여주기 때문입니다. 그들은 제가 이슬람주의자를 묘사한 것에 대해 문제를 제기하면서, 이해도 못하면서 어떻게 우리에 대해서 감히 쓸 수 있는가라고 묻습니다. 이런 점도 소설의 일부로 집어넣었지요.

하지만 문제를 과장하고 싶지는 않네요. 저는 살아남았습니다. 양쪽 진영 다 제 소설을 읽었어요. 그들은 화가 났을지 모르지만 그들이 저와 제 책을 있는 그대로 받아들인 것은 점증하는 자유로운 태도를 보여주는 징표니까요. 칼스의 반응도 둘로 나뉘었습니다. 어떤 사람들은 맞아, 그 사람은 있는 그대로를 보여줬어라고 했지요. 대개 터키 민족주의자들인 다른 사람들은 제가 아르메니아인들에 대해 언급한 것을 불편해했습니다. 예를 들어 앞서 말씀드린 텔레비전 앵커는 제 책을 상징적인 검은 가방에 넣어서 저에게 부쳤고, 기자회견에서 제가 아르메니아 선전을 한다고 말했답니다. 물론 그건 말도 안 돼요. 우리는 그렇게도 국제적이지 못한 민족주의를 최고로 여기는 문화를 갖고 있습니다.

그 책이 루시디가 겪었던 식으로 악명 높은 사건이 된 적이 있나요?
파묵 아니요. 전혀요.

그 책은 아주 어둡고 비관적인 책이에요. 소설에서 모든 진영의 소리에 귀를 기울였던 유일한 인물인 카도 결국에는 모든 사람에게 경멸당하지요.
파묵 저는 아마도 터키에서의 제 입장을 극화한 건지도 모릅니다. 그는 자신이 경멸당한다는 걸 알지만 모든 사람과 대화할 수 있다는 걸 즐겨요. 그는 아주 강한 생존 본능의 소유자입니다. 카가 경멸당하는 이유는 다른 사람들이 그를 서양의 스파이라고 생각하기 때문인데 저도 그런 얘기를 여러 번 들었지요.

어둡다는 점에 대해서는 동의해요. 하지만 유머가 탈출구를 제공해줍니다. 사람들이 그 소설이 어둡다는 말을 하면 "그 책이 웃기지 않나요?"라고 되묻지요. 그 소설에는 상당히 많은 유머가 들어 있다고 생각해요. 어쨌든 그것이 제 의도였답니다.

소설에 전념하는 것이 당신을 곤경에 빠지게 했지요. 그것이 당신을 더욱 곤경에 빠뜨릴 가능성이 있을 것 같네요. 소설에 대한 헌신은 당신이 감정적인 연결고리를 끊어왔다는 걸 의미할 텐데요. 그건 좀 비싼 대가인 것 같습니다.

파묵 그렇지요. 하지만 멋진 일이기도 하답니다. 저는 여행을 하거나 책상에 혼자 앉아 있지 않을 때 곧 우울해집니다. 혼자 방에서 이야기를 만들어낼 때 행복하답니다. 저는 예술이나 기예에 헌신하고 있지만, 예술이나 기예에 전념하는 것보다는 혼자 방에 있는 데 전념하고 있다고 볼 수 있지요. 저는 제가 작업하는 것이 언젠가 출판될 수 있다고 믿고, 제 백일몽을 정당화하면서 이런 의식을 계속합니다. 어떤 사람들에게 건강을 위해 약이 필요한 것처럼, 저는 좋은 종이와 만년필을 가지고 제 책상에서 작업하는 고독한 시간이 필요해요. 저는 이런 의식에 전념하고 있지요.

그렇다면 누구를 위해 글을 쓰십니까?

파묵 남은 생이 짧아지면서 그런 질문을 더 자주 스스로에게 하게 돼요. 여태까지 일곱 권의 소설을 썼습니다. 죽기 전에 일곱 권은 더 쓰고 싶어요. 그렇지만 인생은 짧습니다. 인생을 좀 더 즐기면 어떨까 싶지요. 때로는 진짜 저 자신에게 강제로 쓰게 만들어야 해요. 왜 내가 이 짓을 하고 있지? 도대체 무슨 의미가 있길래, 이런 질문들

을 하게 되지요. 첫째 이유로는 이미 말씀드렸듯이 방에 혼자 있는
건 제 본능입니다. 제 안에는 좋은 책을 또 쓰고 싶어하는, 거의 소
년 같은 경쟁적인 면이 있지요. 저는 작가라는 직업이 영원할 거라
는 생각을 점점 더 하지 않게 돼요. 우리는 200년 전에 쓰인 책 중에
서 극소수만 읽고 있지요.

세월이 너무 빨리 바뀌니 오늘날의 책은 100년 후에는 아마 잊
힐 겁니다. 극소수만 읽힐 거예요. 200년 후에는 요즘 쓰인 책 중 다
섯 권 정도만 살아남겠지요. 내가 그 다섯 권 중에 들어갈 책을 쓰고
있다고 확신하는가? 하지만 그 점이 글쓰기의 의미인가? 200년 후
에 읽힐지에 대해서 내가 걱정해야 하는가? 삶에 대해 더 신경을 써
야 하는 것이 아닐까? 내 책이 미래에 읽힐 거라는 위안이 필요한
가? 이런 생각을 늘 하면서 계속 글을 써나가지요. 어째서인지는 모
르겠어요. 하지만 절대로 포기하지 않는답니다. 제 책이 미래에 영
향을 미칠 것이라는 믿음이 이 삶을 즐겁게 지내기 위해 제가 갖고
있는 유일한 위안이에요.

**터키에서도 인기 작가이시지만, 해외에서 팔리는 책이 터키에서 팔리는 책보다
훨씬 많습니다. 40개 언어로 번역되었지요. 요즘 글을 쓸 때는 더 넓은 세계의
독자를 염두에 두십니까? 다른 독자를 위해서 글을 쓰나요?**

파묵   저는 제 독자들이 단지 우리나라에만 한정되지 않는다는 사실
을 인지하고 있답니다. 하지만 제가 글을 처음 쓰기 시작했을 때도
더 넓은 집단의 독자들에게 다가서려고 했어요. 제 아버지는 터키의
작가 친구들의 등 뒤에서 "그들은 우리나라 독자들만을 대상으로
글을 쓴다."고 욕하곤 했답니다.

국내 독자든 국제 독자든 자신의 독자들을 인식한다는 문제가 존재합니다. 그 문제를 이젠 피할 수가 없네요. 지난 두 권의 책은 전 세계에 50만 명의 독자를 얻었습니다. 제가 그들의 존재를 인식하고 있다는 건 부인할 수 없답니다. 다른 한편으로, 저는 그 독자들을 만족시키기 위해서 어떤 걸 한다고는 결코 생각지 않습니다. 제가 그렇게 하면 독자들이 그 사실을 감지할 거라 믿습니다. 처음부터 저는 독자의 기대를 감지하면 달아나는 걸 원칙으로 하고 있습니다. 문장 구성 자체도 그렇답니다. 독자에게 뭔가를 기대하게 만들고는 그들을 예기치 않게 놀라게 하지요. 아마도 그래서 제가 긴 문장을 좋아하는 것 같습니다.

터키 밖의 독자들에게 당신 책의 독창성은 터키라는 배경에 놓여 있습니다. 터키적인 맥락에서 당신 책과 다른 책들을 어떻게 다르다고 보십니까?

파묵 해럴드 블룸이 '영향에 대한 불안'이라고 부른 문제가 있지요. 제가 어렸을 때는 다른 작가와 마찬가지로 저도 그런 불안을 느꼈습니다. 삼십 대 초반에는 제가 톨스토이나 토마스 만으로부터 너무 영향을 받은 건 아닌가 계속 생각했습니다. 그런 식의 부드럽고 귀족적인 산문을 쓰는 것이 제 첫 번째 소설의 목표였지요. 그러나 결국에는 비록 제가 테크닉에 있어서는 독창적이지 않을지라도, 유럽에서 그다지도 먼―적어도 그때는 그렇게 느꼈지요.―이 지역에서 작업하고 있고, 너무나도 다른 문화적·역사적 배경을 지닌 다른 독자들을 끌어들이려고 애쓴다는 사실 자체가―그것이 아무리 쉽게 얻어진 것일지라도―제게 독창성을 부여해줄 것이라고 생각했습니다. 그러나 그것은 어려운 일이기도 했습니다. 왜냐하면 그런 글쓰기 테크닉은 쉽게 번역되거나 전파되지 않기 때문입니다.

독창성의 비결은 아주 간단합니다. 그전에는 결합된 적이 없는 두 가지를 결합하면 됩니다. 도시에 대한 에세이이면서 몇몇 외국 작가들—플로베르, 네르발, 고티에—이 그 도시를 어떻게 봤는지, 그리고 그들의 관점이 일련의 터키 작가들에게 어떤 영향을 미쳤는지에 대해 쓴『이스탄불』을 보세요. 이 책은 이스탄불의 낭만적 풍경의 발견에 대한 에세이가 결합된 자서전입니다. 이전에는 아무도 그런 걸 한 적이 없어요. 새로운 모험을 해보면 뭔가 새로운 생각을 해낼 수 있답니다. 저는『이스탄불』을 독창적인 책으로 만들려고 애썼습니다. 성공했는지는 잘 모르겠어요.『검은 책』도 마찬가지로 향수 어린 프루스트식의 세계를 이슬람의 알레고리, 이야기, 서술 장치tricks 등과 결합해서 그 모든 것의 배경을 이스탄불로 하고는 어떤 일이 벌어질지 보는 겁니다.

『이스탄불』은 당신이 언제나 외로운 사람이었다는 느낌을 줍니다. 오늘날의 현대적인 터키에서 작가로서 당신은 확실히 혼자라는 느낌입니다. 당신은 당신이 거리를 둔 세계에서 자라나고 계속해서 살고 있는 것이지요.

파묵 저는 대가족에서 자랐고 공동체를 소중히 여기라고 배웠지만, 나중에는 떨어져 나오고 싶은 충동을 갖게 되었어요. 저에게는 자기 파괴적인 면이 있습니다. 격정의 폭발과 분노의 순간에 공동체의 즐거운 만남에서 저를 떨어져 나오게 만드는 어떤 짓을 하지요. 어릴 때 공동체가 제 상상력을 죽인다는 걸 깨달았답니다. 제 상상력이 작동하게 하려면 외로움이라는 고통이 필요해요. 그럴 때는 행복하답니다. 그러나 저 자신도 터키 사람이기 때문에, 고독하게 얼마간 지낸 후에는 공동체가 주는 위안이 되는 부드러운 감정을 필요로 합니다. 그러나 그런 위로를 제가 파괴해버렸을 거예요. 『이스탄불』은 어머니와의 관계를 파괴했습니다. 우리는 이제 만나지 않아요. 형도 거의 보지 않습니다. 터키 대중들과의 관계도 힘들답니다. 제 최근 정치 소견들 때문에요.

그렇다면 당신은 자신 스스로를 평가할 때 어느 정도까지 터키인이라고 생각하십니까?

파묵 우선 저는 터키인으로 태어났어요. 그 사실에 만족합니다. 국제적으로는 스스로 바라보는 것보다 더 터키적인 인물로 봅니다. 저는 터키 작가로 알려져 있지요. 프루스트가 사랑에 대해서 쓰면 그는 보편적인 사랑에 대해서 글을 쓰는 사람으로 여겨져요. 제가 사랑에 대해서 쓸 때는—특히 초반에는—터키식의 사랑에 대해서 글을 쓴다고 하지요. 제 책이 번역되기 시작했을 때 터키 사람들은 자부심을 느꼈어요. 그들은 저를 터키에 속한 작가라고 불렀어요. 저는 그들에게는 더욱 터키적인 인물이었지요. 일단 국제적으로 알려지게 되면 당신의 터키적인 측면이 국제적으로 강조됩니다. 그러고 나면 당신을 재발견한 터키인들이 당신의 터키적인 특성을 강조하게 되지요. 당신이 생각하는 민족적 정체성은 다른 사람들이 조작하는 것이 됩니다.

요즘 터키 사람들은 제 예술보다는 국제적으로 터키가 어떻게 재현되는가에 더 관심이 있습니다. 이런 점이 우리 나라에서 더욱더 많은 문제점의 원인이 됩니다. 제 책을 읽지 않은 많은 사람들이 대중적인 언론에서 읽은 걸 바탕으로 제가 터키에 대해 바깥 세계에 말하는 것을 우려하기 시작했습니다. 문학은 좋은 것과 나쁜 것, 악마와 천사로 이루어져 있지요. 그런데 터키인들은 저의 악마적 속성에 대해서만 더욱 걱정하고 있답니다.

앙헬 귀리아-퀸타나Ángel Gurría-Quintana 번역자이자 케임브리지 대학교 국제전략책임자로 아메리카, 아프리카, 유럽의 대학 및 연구기관과 협력 관계를 구축하여 대학교의 학문공동체를 만드는 일을 한다. 또 『파이낸셜 타임스』에 리뷰, 인터뷰, 에세이 등을 쓰고 있으며, 『뉴욕 옵저버』, 『가디언』, 『이코노미스트』, 『파리 리뷰』 등에도 기고하였다.

우선 전략에서 시작한 뒤, 그것이 갖는 문학적·도덕적
진지함을 믿으면 결국 그것은 진지한 문학적 발명이 됩니다.
일종의 문학적인 언명이 되는 것이지요.

주요 작품 연보

03

가짜 세계에서 찾는 실제

무라카미 하루키
村上春樹

무라카미 하루키 _{일본, 1949. 1. 12.~}

일본의 현대 소설가로 장편소설, 단편소설, 번역, 수필, 평론, 여행기 등 다양한 집필 활동을 하고 있다. 1987년 「노르웨이의 숲」을 발표해 일본 내에서만 200만 부가 판매되며 하루키 신드롬을 낳았다.

1949년 1월 12일 일본에서 태어났다. 1968년 와세다 대학교 문학부 연극과에 입학, 학원 분쟁으로 학교가 폐쇄되어 대학 생활의 대부분을 영화관과 재즈 클럽을 드나들며 보냈다. 1979년 『바람의 노래를 들어라』로 제22회 군조신인문학상을 수상하면서 문단에 데뷔했다. 1974년부터 1981년까지는 도쿄 고쿠분지의 센다가야에서 재즈 클럽 '피터캣'을 운영했다.

1982년 첫 장편소설 『양을 쫓는 모험』으로 제4회 노마문예신인상을 수상했다. 1984년 「반딧불이」, 「헛간을 태우다」 같은 단편을 발표했고, 1985년 『세계의 끝과 하드보일드 원더랜드』로 다니자키 준이치로상을 수상했다. 1986년에는 『빵가게 재습격』, 1987년 정통 연애소설 『노르웨이의 숲』을 발표했다. 1988년 『댄스 댄스 댄스』, 1990년 그리스와 이탈리아에서의 외국 생활을 그린 여행 에세이 『먼 북소리』를 발표했다. 2006년에는 『해변의 카프카』로 프란츠 카프카상을 수상했다.

일본 작가이지만 영문학의 영향을 많이 받았고 작품 세계 역시 일본에 국한되지 않는 모습을 보인다. 이후에도 현대사회 소외된 인간 군상의 모습을 일인칭 시점으로 파헤치는 작품을 계속 발표하고 있다.

무라카미와의 인터뷰

존 레이

제일 좋아하는 두 가지인 재즈와 마라톤에 대해
이야기를 시작하자 그는 스무 살은 젊어 보였다. 아니면,
마치 마흔일곱 먹은 소년처럼 느껴지기도 했다.

무라카미 하루키는 작품이 영어로 번역된 일본 소설가 중 가장 실험
적이며, 전 세계적으로 수백만 권이 팔린 가장 인기 있는 작가이다.
그가 쓴 제일 위대한 소설들은 리얼리즘과 우화, 추리소설과 공상과
학 사이의 경계 영역에 존재한다. 『세계의 끝과 하드보일드 원더랜
드』의 주인공은 문자 그대로 이중인격이고, 일본이 아닌 다른 나라에
서 가장 잘 알려진 작품일 『태엽 감는 새』는 한 남자가 실종된 아내
를 찾는 이야기로 아주 평범하게 시작하지만, 서서히 로렌스 스턴의
『트리스트럼 샌디』식의 낯선 하이브리드 내러티브로 전환된다. 무라
카미의 세계는 텅 빈 우물이라든가 지하 도시 같은 친숙한 상징으로
이루어진 알레고리적인 세계이다. 그러나 이 상징들의 의미는 끝까
지 밀봉되어 있다. 무라카미는 대중문화(특히 미국 팝 컬처)의 영향을
많이 받았지만, 그럼에도 어떤 작가의 작품도 그의 작품만큼 개인적

이지는 않다.

무라카미는 1949년 일본의 고대 수도인 교토에서 일본 문화에 대해 개인적으로 관심이 많던 한 중산층 가정에서 태어났다. 그의 아버지는 일본 문학을 가르쳤고 할아버지는 승려였다. 두 살 때 그의 가족은 고베로 이사 갔다. 고베는 매우 분주한 항구도시로서 외국인들(특히 미국인 선원들)이 끝없이 쏟아져 들어오는 곳이었는데, 이 도시가 그의 감수성에 분명히 영향을 미쳤을 것이다. 무라카미는 젊었을 때 일본 문학과 예술, 음악을 거부하고 일본 외부의 세계, 즉 재즈 레코드와 할리우드 영화, 값싼 문고본을 통해 익힌 세계와 점점 더 동일시를 했다.

1960년대 말에 도쿄에서 학생 시절을 보내면서 포스트모던 소설에 대한 취향을 키웠고, 당시의 저항운동이 최고 수위에 달하는 과정에 공감하였으나 이를 조용히 지켜보았다. 스물세 살에 결혼한 후 도쿄에서 피터캣이라는 이름의 재즈 클럽을 몇 년간 운영하다가, 첫 번째 소설을 출간하고 나서는 글쓰기로 생계를 꾸려나갈 수 있게 되었다. 『바람의 노래를 들어라』는 영어로 번역되기는 했으나 무라카미의 요청으로 일본 안에서만 판매되었고, 작가들의 염원인 군조 문학상을 수상했으며 독자층을 만들어가기 시작했다. 책이 나올 때마다 명성과 인기가 함께 높아졌으며, 1987년 최초의 리얼리즘 소설인 『노르웨이의 숲』 출간으로 문학계의 대형 스타로 떠오르면서 『호밀밭의 파수꾼』을 쓴 샐린저처럼 1980년대 일본에서 명실상부 '세대를 대변하는 목소리'가 된다. 이 소설은 일본 안에서만 200만 부가 팔렸는데, 도쿄의 모든 가정에서 한 부씩 소지했다는 이야기가 된다.

그 후 무라카미는 자신의 고국에서 뜻하지 않게 유명 인사가 되었고, 자신의 대중적 이미지와 거리를 두기 위해서 외국에서 몇 년씩 살곤 했다. 그는 유럽과 미국에서 살았다. 『태엽 감는 새』는 프린스턴 대학과 터프츠 대학에서 문학 강의를 하고 있을 때 썼다. 그는 『노르웨이의 숲』이 보여주는 솔직한 서정성의 세계로는 돌아가지 않았으나, 그의 소설들은 점점 더 많은 독자층을 확보했다. 새 소설인 『해변의 카프카』는 일본에서 이미 30만 부가 팔렸고, 올해(2004)* 안에 영어로 번역될 예정이다. 국제적으로 무라카미는 그의 세대에서 가장 널리 알려진 일본 소설가가 되었다. 그는 가장 유명한 요미우리 문학상을 포함해서 일본의 거의 모든 문학상을 휩쓸었다. 또한 매우 열정적으로 활동하는 번역가로 일본 독자들에게 레이먼드 카버나 팀 오브라이언, F. 스콧 피츠제럴드 같은 다양한 작가를 소개했는데, 그가 처음으로 일본어로 번역한 책도 많다.

　무라카미의 사무실은 뉴욕의 소호와도 같은, 화려한 상점으로 가득한 도쿄의 아오야마 지구 중심가를 약간 벗어난 곳에 자리 잡고 있다. 건물 자체는 작고 낡아서 이웃에서 일어나는 변화와는 전혀 무관한 것처럼 보였다. 무라카미는 이 건물 6층의 그리 크지 않은 공간을 빌려 쓰고 있었는데, 그의 방도 소박한 나무 캐비닛과 회전의자, 얇은 필름이 덮인 사무용 가구들을 갖추고 있어서 평범해 보였다. 사무실 장식은 작가의 스튜디오라는 개념과는 근본적으로 맞지 않는 것 같으면서도 어딘가 잘 들어맞는 듯했다. 그의 작품에 등장하는 인물들은 이런 일상적인 환경에 있다가 꿈 세계의 부름을 받는다. 가끔 그가 이 사무실에서 글을 쓰기도 하지만, 사실 이곳은 주로 무라카미

─────────

• 『해변의 카프카』 영문 번역판은 2005년에 출간되었다.

경력에서 사업 쪽 핵심 중추이다. 분위기는 점잖은 사업장 같은 느낌이었다. 두 명 이상의 직원들이 우아하게 스타킹을 신고서 유능한 태도로 미끄러지듯이 돌아다녔다.

연이은 이틀간 오후에 진행된 인터뷰에서 그는 자주 웃었는데, 사무실의 조용한 분위기와는 어울리지 않는 유쾌함을 주었다. 그는 분명 바쁜 사람이었고, 자신이 인정했듯 말을 아끼는 사람이었지만, 일단 진지한 대화가 시작되자 요점에 집중하면서 솔직하게 대답했다. 유창하게 대화를 이어갔지만, 가급적 정확한 대답을 찾으려고 사이에 오래 뜸을 들이기도 했다. 제일 좋아하는 두 가지인 재즈와 마라톤에 대해 이야기를 시작하자 그는 스무 살은 젊어 보였다. 아니면, 마치 마흔일곱 먹은 소년처럼 느껴지기도 했다.

新聞で偶然彼女の死を知った友人が
電話で僕にそれを教えてくれた。彼は電話口
で朝刊の一段記事をゆっくりと読み上げた。
ありふれた記事だった。大学を出たばかりの
どこかの街角で、誰かの運転する
トラックが彼女を轢ねた。彼女は業務上過失
致死の罪で取り調べ中。

雑誌の扉に載っている詩かなにかのように聞こえた。

「葬式はどこでやるんだろう?」と僕は訊いた。

「さあ」

「その子に家なんてあったのかしら?」

「いいち、あいつに家なんてあったのかね?」

もちろん彼女にも家はあった。

僕はその日のうちに実家に電話をかけて、

水曜の午後のピクニック

무라카미 하루키 『양을 쫓는 모험』의 첫 자필 원고이다.

무라카미 하루키
×
존 레이

당신의 단편 모음집인 『신의 아이들은 모두 춤춘다』After the Quake를 막 읽었답니다. 그 책에 『노르웨이의 숲』 스타일의 리얼리즘과 『태엽 감는 새』, 『세계의 끝과 하드보일드 원더랜드』 같은 서로 다른 스타일이 섞여 있는 점이 흥미롭더군요. 이 두 가지 형식에 근본석인 차이점이 있다고 보십니까?

무라카미 하루키   저 자신의 고유한 스타일이라고 생각되는 것은 『세계의 끝과 하드보일드 원더랜드』에 가깝습니다. 저는 리얼리즘을 좋아하지 않아요. 초현실주의 스타일을 더 좋아한답니다. 하지만 『노르웨이의 숲』 때는 100퍼센트 리얼리즘 소설을 쓰기로 마음먹었었지요. 그 경험이 필요했거든요.

그 책을 쓸 때 스타일을 연습한다고 생각했나요, 아니면 리얼리즘에 가장 잘 어울리는 특정 이야기를 하고 싶었던 것인가요?

무라카미   초현실주의 소설만 계속 썼다면 컬트 작가가 되기 쉬웠겠지요. 하지만 그런 흐름을 깨뜨리고 싶었답니다. 그래서 리얼리즘적인 책을 쓸 수 있다는 걸 증명해야 했어요. 그 때문에 이 책을 쓴 겁니다. 그 책은 일본에서 베스트셀러가 되었고, 전 그걸 기대했어요.

그러니까 사실 전략적 선택이었다는 거군요.

무라카미　그렇습니다.『노르웨이의 숲』은 읽기 쉽고 이해도 쉬워요. 많은 사람들이 그 책을 좋아했지요. 그러고 나면 저의 다른 책에도 흥미를 가질 수 있게 됩니다. 그 점이 많은 도움이 됐어요.

일본 독자들도 미국 독자들과 마찬가지인가요? 쉬운 이야기만 좋아하나요?

무라카미　『해변의 카프카』는 2002년 출간 후 일본에서 두 권짜리 한 세트가 30만 부 팔렸습니다. 저는 그 책이 그렇게 많이 팔린 걸 보고 아주 놀랐습니다. 예삿일이 아니거든요. 제 장편은 아주 복잡하고 따라가기도 어렵습니다. 하지만 제 스타일, 제 산문은 읽기가 쉽죠. 그리고 유머 감각이 있으면서 극적이기도 하고 페이지를 계속 넘기게 만들지요. 이 두 가지 요소 사이에 일종의 마술적인 균형이 있어요. 바로 이 점이 제 성공의 또 다른 이유이겠지요. 하지만 아직도 믿기지가 않습니다. 저는 3~4년에 한 권씩 소설을 쓰는데 사람들이 제 책이 나오길 기다리고 있어요. 저는 존 어빙을 인터뷰한 적이 있었는데, 그는 좋은 책을 읽는 건 마약 주사 같은 거라고 하더군요. 일단 중독되고 나면 항상 다음을 기대하게 되지요.

독자들을 마약 중독자로 만들길 원하시는군요.

무라카미　존 어빙의 표현이지요.

그 두 가지 요소들―즉, 직설적이고 이해하기 쉬운 내러티브의 어조와 종종 이해하기 어려운 플롯의 결합―은 의식적인 선택인가요?

무라카미　아닙니다. 글을 쓰기 시작할 때 저는 아무런 계획도 갖고 있지 않아요. 이야기가 전개되길 기다립니다. 그것이 어떤 종류의 이야기가 될지, 무슨 일이 일어날지 선택하지 않습니다. 그냥 기다리지요. 리얼리즘 스타일로 쓰려고 작정한 『노르웨이의 숲』만이 예외랍니다. 기본적으로 제가 의도적으로 정하지는 않습니다.

하지만 어떤 어조로 이야기를 전개할 것인가, 가령 감정이 안 들어간 쉬운 어조로 쓸 것인가 하는 점 등을 선택하시나요?

무라카미　어떤 이미지가 생각나면 하나하나 연결해봅니다. 그게 이야기 줄거리가 되지요. 그러고 나서 이 이야기를 독자들에게 설명해줍니다. 뭔가 설명할 때는 아주 친절하게 해야 돼요. 만일 작가가 '괜찮을 거야. 나는 이미 알고 있으니까 독자들도 알겠지.'라고 생각한다면 그건 아주 오만한 거예요. 쉬운 언어와 훌륭한 은유, 좋은 알레고리를 사용해야 하지요. 그게 제가 하는 겁니다. 저는 아주 주의 깊고 분명하게 설명하거든요.

그런 과정이 자연스럽게 되나요?

무라카미　저는 지적인 사람이 아닙니다. 그리고 오만하지도 않아요. 저는 제 책을 읽는 독자들과 같은 종류의 사람입니다. 재즈 클럽을 운영하면서 칵테일도 만들고 샌드위치도 만들었지요. 작가가 되기를 바라지는 않았어요. 어쩌다 보니 그렇게 된 거지요. 그건 일종의 하늘이 준 재능이랍니다. 그래서 아주 겸손해야 한다고 생각해요.

몇 살 때 작가가 되셨나요? 작가가 되었을 때 놀라셨나요?

무라카미　제가 스물아홉 살 때 작가가 되었지요. 물론 놀랐어요. 하지만 곧 익숙해지더군요.

곧 익숙해졌어요? 글을 쓰던 첫날부터 편안한 느낌이던가요?

무라카미　자정을 넘긴 후 부엌 탁자에서 글을 쓰기 시작했어요. 첫 번째 책을 끝내는 데 열 달 걸렸지요. 저는 그 원고를 출판사에 보냈고 뭔가 상도 받았어요. 마치 꿈만 같았어요. 그런 과정을 보면서 놀랐지요. 그래도 얼마 후에는 '그래, 현실은 현실이고 나는 작가야. 안 될 이유도 없지.'라고 생각하게 되었지요. 단순하죠?

부인께서는 작가가 되기로 결심했을 때 어떤 반응을 보이셨나요?

무라카미　아내는 아무 말도 안 했어요. 제가 작가가 되었다고 말하자 놀라면서 당황해하더군요.

왜 당황하셨을까요? 작가가 될 수 없을 거라 생각하셨나요?

무라카미　작가가 된다는 건 지나치게 번드르르하고 화려하잖아요.

글쓰기 모델로 삼은 작가가 있습니까? 어떤 일본 작가들의 영향을 받았나요?

무라카미　어릴 때나 십 대 때는 일본 작가들 작품을 많이 안 읽었어요. 일본 문화가 지루하고 너무 끈적거린다고 생각해서 벗어나고 싶었거든요.

아버지께서 일본 문학 교사가 아니셨습니까?

무라카미   맞습니다. 그러니까 아버지와 아들 관계도 영향을 미쳤던 것 같아요. 저는 서양 문화, 재즈 음악, 도스토예프스키, 카프카, 레이먼드 챈들러에게 끌렸습니다. 그게 저 자신만의 세계, 저 자신만의 공상 세계였지요. 저는 원하면 상상 속에서 상트페테르부르크나 서부 할리우드로 여행을 떠날 수 있었어요. 그 점이 소설의 힘이지요. 소설 속에서는 아무 데나 갈 수 있거든요. 지금은 미국에 가는 게 쉬워요. 모든 사람들이 세계 어느 곳이나 갈 수 있지요. 하지만 1960년대에는 거의 불가능했어요. 그래서 그저 읽어대고 음악을 듣고 아무 데로나 여행을 떠났지요. 그건 일종의 심적 상태입니다. 꿈처럼요.

그러다가 어느 순간에 글을 쓰시게 됐군요.

무라카미   그렇습니다. 스물아홉이 되자 난데없이 소설을 쓰기 시작했지요. 뭔가 쓰고 싶었지만 어떻게 해야 하는지 몰랐어요. 일본어로 어떻게 써야 하는지 모르겠더군요. 일본 작가의 글은 거의 읽은 게 없어서요. 그래서 제가 읽었던 미국 책들, 서양 책의 스타일, 구조 등 모든 것을 빌려왔지요. 그래서 제 독창적인 스타일을 만들어냈어요. 그게 시작이었습니다.

첫 번째 책이 출판되었을 때 상을 받았고 독자적인 길을 가셨지요. 다른 작가들도 만나기 시작했습니까?

무라카미   아니요. 전혀.

당시에 작가 친구는 없었습니까?

무라카미 한 명도 없었습니다.

나중에 친구나 동료가 된 작가가 있습니까?
무라카미 아니요. 한 명도 없습니다.

오늘날까지도 작가 친구는 한 명도 없나요?
무라카미 없다고 생각돼요.

작품을 쓰는 과정에서 보여주는 사람도 없습니까?
무라카미 전혀요.

부인은요?
무라카미 아내한테 첫 번째 책의 초고를 보여주었지요. 하지만 읽지 않았다고 하더군요. 그래서 초고가 별로 인상적이지 않았던 모양이라고 생각했어요.

별로 깊은 인상을 받지 않으신 거군요.
무라카미 그렇지요. 하지만 그건 초고였고, 형편없었어요. 나중에 다시 고쳐 쓰고 고쳐 쓰고 했지요.

이제 책을 쓰면 어떤 책을 쓰는지 부인이 궁금해하지 않습니까?
무라카미 아내는 제 책의 첫 번째 독자예요. 제가 책을 쓰면 일단 그녀에게 의지하지요. 저에게는 파트너나 마찬가지예요. 피츠제럴드에게 젤다가 첫 번째 독자였던 것과 마찬가지이지요.

그러니까 작가로서 경력을 쌓는 동안 작가 공동체의 일원이라고 생각해보신 적이 없다는 말씀이시죠?

무라카미 저는 혼자이길 좋아하는 사람입니다. 저는 집단이나 학파, 문학 분파를 좋아하지 않아요. 프린스턴에 작은 식당이 있는데 그곳에서 식사 초대를 받은 적이 있습니다. 조이스 캐롤 오츠도 있었고 토니 모리슨도 있었어요. 저는 너무 겁이 나더라고요. 아무것도 먹을 수가 없었답니다. 메리 모리스도 있었는데 아주 좋은 사람이고 저와 나이도 비슷해서 친구가 되었다고 말할 수 있겠네요. 하지만 일본에서는 작가 친구가 없습니다. 말하자면, ……거리를 두고 싶기 때문이지요.

미국에서 『태엽 감는 새』의 상당 부분을 쓰셨죠. 미국에서 사신 게 글 쓰는 과정이나 소설 자체에 어떤 분명한 영향을 끼쳤나요?

무라카미 『태엽 감는 새』를 쓰는 4년 동안 미국에서 이방인으로 살았지요. 그 '낯선 느낌'이 언제나 저를 그림자처럼 따라다녔고, 소설의 주인공에게도 같은 영향을 미쳤습니다. 생각해보니 그 소설을 일본에서 썼다면 아주 다른 소설이 될 수도 있었겠네요. 미국에 사는 동안 제가 느낀 '낯선 느낌'은 일본에서 느낀 것과는 달랐어요. 미국에서는 훨씬 직접적이고 분명해서 저 자신에 대한 보다 분명한 깨달음이 가능했지요. 그 소설을 쓰는 건 말하자면 저 스스로를 벌거벗기는 과정과 유사한 느낌이었어요.

현역 일본 작가 중에 즐겨 읽으시는 작가가 있나요?

무라카미 네, 몇 명 있습니다. 무라카미 류가 있지요. 요시모토 바나나의 작품 중 몇 편 좋아해요. 하지만 서평을 쓰거나 비평을 하지는 않습니다. 별로 그런 일에 관여하고 싶지 않거든요.

어째서 그렇지요?

무라카미 제 일은 사람들과 세계를 관찰하는 것이지 판단 내리는 게 아닙니다. 저는 소위 결론을 내리는 것과는 언제나 거리를 두고 싶어요. 모든 것을 세상의 모든 가능성에 활짝 열어두고 싶거든요.

저는 비평보다는 번역을 좋아한답니다. 번역할 때는 판단을 내리도록 요청받지 않으니까요. 그저 한 줄 한 줄 제가 좋아하는 작품이 제 몸과 마음을 통과해가도록 할 뿐입니다. 비평도 세상에는 필요한 일이겠지만 제가 할 일은 아니에요.

소설 이야기로 돌아가보도록 하지요. 미국 하드보일드 추리소설이 당신 소설의 중요한 원천이 되었지요. 이 장르를 언제부터 읽었고 누가 당신을 이 세계로 인도했나요?

무라카미 고등학교 때 범죄소설과 사랑에 빠졌지요. 고베에 살았는데, 고베에서는 많은 외국인들과 선원들이 자신들의 문고본을 헌책방에 팔았어요. 저는 가난했지만 싼 문고본을 살 수 있었지요. 이 책들을 읽으면서 영어를 배웠고, 참 재미있었어요.

처음으로 읽은 영어로 된 책은 어떤 건가요?

무라카미 로스 맥도널드의 『이름은 아처』입니다. 그 책들에서 많은 걸 배웠죠. 일단 시작하고 나니 멈출 줄을 몰랐어요. 그때 저는 톨스토이와 도스토예프스키도 좋아했죠. 그 책들은 페이지를 계속 넘기게 합니다. 길긴 하지만 멈출 수가 없었어요. 그러니까 저에게는 레이먼드 챈들러나 도스토예프스키나 마찬가지랍니다. 지금도 제 글쓰기의 이상은 챈들러와 도스토예프스키를 한 권에 집어넣는 거예요. 그게 제 목표랍니다.

몇 살 때 카프카를 처음 읽었나요?
무라카미   열다섯 살 때였죠.『성』을 읽었어요. 아주 위대한 책이랍니다. 그러고 나서『소송』을 읽었지요.

흥미로운데요. 두 소설 다 미완성작이지요. 해결된 것이 아무것도 없어요. 당신 소설 역시—특히『태엽 감는 새』같은 소설의 경우—자주 독자들이 기대하는 종류의 결말을 거부하는 것처럼 보이거든요. 그런 점이 어떤 식으로든 카프카의 영향이라고 볼 수 있을까요?
무라카미   반드시 카프카의 영향만은 아닙니다. 레이먼드 챈들러 소설도 읽어보셨지요? 그의 작품들도 결론이 없답니다. 챈들러는, 그가 살인자다, 하지만 누가 그 짓을 저질렀는지는 중요하지 않다는 식이지요. 하워드 호크스가 챈들러의『깊은 잠』^{Big Sleep}을 영화화했을 때 이와 관련된 흥미로운 일화가 있답니다. 호크스는 누가 운전수를 죽였는지 이해할 수가 없었어요. 그래서 챈들러에게 전화를 걸어서 물어봤지요. 챈들러는 "내 알 바 아니오."라고 대답했어요. 저도 마찬가지입니다. 결론은 아무런 의미도 없어요.『카라마조프 가의 형제들』에서 누가 살인자이든 관심 없습니다.

그렇지만 누가 운전수를 죽였는가를 알아내고 싶은 욕망이『깊은 잠』을 계속 읽

게 만드는 요인 중 하나이지요.

무라카미 제가 글을 쓰지만 저 자신도 누가 범인인지 몰라요. 독자나 저나 마찬가지 수준이랍니다. 이야기를 쓰기 시작할 때는 결론을 전혀 모르고, 다음에 무슨 일이 일어날지도 모른답니다. 살인하는 장면이 처음에 나오면 누가 범인인지 모르지요. 그걸 알아내기 위해 글을 쓰는 거예요. 살인자가 누구인지 안다면 이야기를 쓸 필요가 없겠지요.

꿈을 분석하면 꿈이 힘을 잃는 것처럼, 당신의 책에 대해서도 설명하고 싶지 않다는 느낌이신가요?

무라카미 책을 쓰는 데 있어서 좋은 점은 깨어 있으면서도 꿈을 꿀 수 있다는 것입니다. 만약 진짜 꿈이라면 통제가 불가능하겠지요. 책을 쓸 때는 깨어 있기 때문에 시간, 길이 등 모든 것을 결정할 수가 있어요. 오전에 네 시간이나 다섯 시간을 쓰고 나서 때가 되면 그만 씁니다. 다음 날 계속할 수 있으니까요. 진짜 꿈이라면 그렇게 할 수 없지요.

글을 쓰는 동안에는 누가 살인자인지 모른다고 말씀하셨지만, 가능한 예외가 떠오르는군요. 『댄스 댄스 댄스』에서 고탄다라는 인물입니다. 소설은 의도적으로 의심을 전혀 받지 않는 인물인 고탄다가 고전적인 범죄소설 스타일로 고백하는 순간을 향해서 나아가고 있습니다. 아마도 고탄다가 범인이라는 걸 미리 알고 계셨겠지요?

무라카미 초고에서는 범인이 고탄다라는 걸 몰랐어요. 끝에 가까워진 3분의 2정도 썼을 땐가 알게 되었어요. 그가 범인이라는 걸 알게 되고 나서 두 번째 원고를 쓸 때 고탄다의 고백 장면을 다시 썼지요.

그렇다면 초고가 끝날 무렵 알게 된 사실을 가져다가 일종의 불가피한 느낌을 주기 위해서 앞부분을 고쳐 쓰는 것이 소설을 수정하는 주요 목적인가요?

무라카미 그렇습니다. 초고는 엉망진창이거든요. 고치고 또 고쳐야 해요.

대개 몇 번이나 수정을 하시나요?

무라카미 네 번에서 다섯 번 정도 하지요. 초고를 쓰는 데 6개월을 보내고, 수정하는 데 6~7개월을 보냅니다.

글을 상당히 빠르게 쓰시는군요.

무라카미 아주 열심히 쓴답니다. 정말 열심히 집중해서 쓰지요. 그래서 빨리 쓰기가 쉬워요. 한번 글을 쓰기 시작하면 소설 쓰는 것 말고는 아무것도 안 하거든요.

글을 쓸 때는 하루 일과를 어떻게 잡으시는지요?

무라카미 소설을 쓸 때는 네 시에 일어나서 대여섯 시간 일합니다. 오후에는 10킬로미터를 달리거나 1.5킬로미터 수영을 합니다. (둘 다 할 때도 있고요.) 그러고 나서 책을 좀 읽고 음악을 듣습니다. 아홉 시에 잠자리에 들지요. 이런 식의 일과를 변함없이 매일매일 지킵니다. 반복 자체가 중요해지지요. 일종의 최면이 되거든요. 저는 좀 더 깊은 정신 상태에 도달하기 위해서 자기 최면을 겁니다. 그러나 오랫동안, 예를 들어 6개월에서 1년 동안 이런 일과를 반복하려면 심신이 상당히 강해야 되지요. 이런 점에서 긴 소설을 쓰는 것은 서바이벌 훈련과 비슷해요. 신체적인 강인함이 예술적인 감수성만큼이나 중요하거든요.

등장인물에 관해서 묻고 싶습니다. 작업을 하면서 등장인물이 어떻게 실제적인 인물이 되는지요? 그들이 소설의 내러티브와 독립적인 삶을 갖는 것이 당신에게 중요한가요?

<u>무라카미</u> 책 속의 등장인물을 만들 때면 삶에서 만난 실제 인물을 관찰하곤 합니다. 저는 말을 많이 하는 걸 좋아하는 편이 아니라서 다른 사람들의 얘기를 듣는 걸 좋아하지요. 그 사람들이 어떤 종류의 인물인지를 결정하지는 않습니다. 그저 그 사람들이 어떻게 느끼는지, 어떤 방향을 향하는지에 대해서 생각해보려고 애쓸 뿐입니다. 이 남자한테서 이런 요소를, 그리고 저 여자한테서는 또 다른 요소들을 모읍니다. 이런 방식이 '리얼리스틱'한지 '리얼리스틱하지 않은지' 모릅니다. 하지만 저에게 제 등장인물들은 실제 인물들보다 더 실제 같아요. 글을 쓰는 예닐곱 달 동안 이 인물들은 제 속에서 살아 있습니다. 일종의 우주를 이루는 것이지요.

당신의 주인공들은 자주 당신 자신의 관점을 내러티브의 환상적인 세계 속으로 투사한 것처럼 보이더군요. 꿈속의 꿈꾸는 자라고나 할까요.

<u>무라카미</u> 이런 식으로 생각해보죠. 제가 쌍둥이 형제가 있다고 가정하고, 제가 두 살 때 우리 중의 하나가, 그러니까 제가 아닌 쌍둥이 형제가 납치당하는 거예요. 그는 머나먼 곳으로 끌려갔고 우리는 그 이후 한 번도 만나지 못했습니다. 저는 제 주인공이 그 쌍둥이 형제

라고 생각해요. 제 자신의 일부이면서 제가 아닌 사람, 그리고 오래 서로 못 만난 사람이죠. 일종의 다른 자아인 것이죠. DNA를 보면 같은 사람입니다. 하지만 환경은 달랐어요. 그래서 사고방식도 다르죠. 제가 책을 쓸 때마다 다른 사람의 입장에 서봅니다. 때때로 저 자신으로 있는 게 싫증이 나거든요. 이렇게 하면 현실에서 벗어날 수 있어요. 이게 환상입니다. 환상을 꿈꿀 수 없다면 책을 쓸 이유가 없지 않을까요?

『세계의 끝과 하드보일드 원더랜드』에 대한 질문 하나만 더 드릴게요. 이 책에는 일종의 대칭적 균형, 형식적인 특질, 그리고 『태엽 감는 새』 같은 다른 책에서는 볼 수 없는 해결의 느낌이 있습니다. 소설의 기능과 구조의 중요성에 대한 생각이 어떤 시점에선가 바뀌었나요?

무라카미 네, 그렇습니다. 제가 쓴 책 첫 두 권은 일본 바깥에서 출판되지 않았어요. 제가 원하지 않았지요. 그 책들은 미성숙한 책들입니다. 제가 생각하기에는 그리 훌륭한 책이 아니에요. 정확한 표현인지는 모르겠지만 아주 빈약하지요.

그 책들의 약점이 뭐라고 생각하십니까?

무라카미 저는 첫 두 권의 소설에서 전통적인 일본 소설을 해체하려고 했답니다. 저로서는 해체한다는 건 내용을 전부 제거하고 틀만 남겨놓는 걸 의미했어요. 그리고 나서 그 틀을 뭔가 새롭고 독창적인 걸로 채워야 했지요. 1982년에 세 번째 책인 『양을 쫓는 모험』을 쓰고 나서야 성공적으로 해체하는 방식을 터득했답니다. 첫 두 권의 책은 일종의 습작 과정으로 도움이 되었을 뿐입니다. 『양을 쫓는 모험』이 제 스타일의 진정한 시작이라고 볼 수 있지요.

그 이후 소설들은 더 두꺼워지고 구조도 더 복잡해졌지요. 새 소설을 쓸 때마다 이전의 구조를 파괴해버립니다. 새로운 걸 만들기 위해서요. 그리고 언제나 새로운 주제, 새로운 한계, 그리고 새로운 비전을 새 책에 집어넣습니다. 구조를 바꾸게 되면 제 산문 스타일도 바꾸어야 하고 등장인물도 여기에 맞게 바꾸어야 하지요. 매번 같은 방식으로만 작업한다면 곧 싫증이 나겠지요. 따분해질 겁니다.

물론 글의 많은 요소가 바뀌었지만 변하지 않는 요소도 있는 것 같군요. 당신 소설은 언제나 일인칭 시점에서 전개되고 있습니다. 그리고 매번 남자 주인공은 여성들과 다양하고 성적으로 충만한 관계 속에서 돌고 돕니다. 그리고 그 남자는 대개 여성과의 관계에서 수동적이고, 여성들은 그의 두려움과 판타지를 분명히 드러내는 기능을 하는 것 같아요.

무라카미 제 책과 단편에서 여성들은 말하자면 매개자 역할을 합니다. 그녀 자신을 통해서 뭔가 일어나게 만드는 매개자의 기능을 하는 거지요. 일종의 경험되어야 할 체계랍니다. 매개자가 항상 주인공을 어딘가로 인도하고, 그가 보는 비전 역시 그녀에 의해서 볼 수 있게 된 것이랍니다.

빅토리아조에 유행하던 그런 매개자 말입니까? 그러니까 일종의 영매인가요?

무라카미 섹스는 영혼을 헌신하는 행위의 일종이라고 생각합니다. 섹스가 훌륭하면 상처가 치유되고 상상력이 활력을 얻지요. 이는 더 높은 영역으로, 더 좋은 곳으로 향하는 일종의 통로 역할을 합니다. 그런 의미에서 제 얘기 속에서 여성들은 매개자, 즉 다가올 세계에 대한 전조 역할을 하지요. 그래서 그 여성들이 항상 주인공에게 다가오는 것입니다. 주인공 남자가 그들에게 먼저 다가가지 않고요.

당신 소설 속에는 두 가지 분명한 유형의 여성들이 나오는 것 같더군요. 주인공이 근본적으로 진지한 관계를 갖는 유형이 하나, 이들은 자주 사라져버리고 그 기억이 주인공들을 괴롭히지요. 또 다른 여성 유형은 나중에 등장해서 그의 추적을 돕거나 아니면 반대로 그가 (먼저 여자를) 잊도록 도와주는 역할을 하지요. 두 번째 유형의 여성은 솔직하고 괴짜이면서 성적으로도 분방한 것 같고, 주인공은 진정한 관계를 맺어본 적이 없던 사라진 여성들보다 이 두 번째 유형의 여성들과 훨씬 더 따뜻하고 유머 넘치는 관계를 맺더군요. 이 두 가지 원형적인 여성의 역할은 무엇인가요?

무라카미 제 주인공은 거의 언제나 영적인 세계와 실제 세계 사이에 사로잡혀 있습니다. 영적 세계에서는 여자든 남자든 조용하고 지적이고 겸손하지요. 특히 현명하답니다. 소위 실제 세계에서는 여성들은 매우 적극적이고 코믹하고 긍정적이에요. 일종의 유머 감각을 갖추었지요. 주인공의 마음은 이 두 세계 사이에서 분열되어 있고 어느 쪽을 선택할지 알 수 없어요. 이 점이 제 작품의 주요 모티프라고 생각됩니다. 이 주제는 주인공의 정신이 실제로 물리적으로 분리되어 있는 『세계의 끝과 하드보일드 원더랜드』에서 분명히 드러나지요. 『노르웨이의 숲』에도 두 소녀가 등장하는데, 주인공은 처음부터 끝까지 두 여성 중 하나로 결정할 수가 없어요.

저는 언제나 유머 감각이 있는 소녀 쪽에 공감이 가는데요. 유머가 기본 특징인 경우 독자들은 쉽게 관계를 따라갈 수가 있지요. 진지한 연애에 대한 묘사는 독자를 매혹시키기 어려운 것 같습니다. 『노르웨이의 숲』에서 저는 계속해서 미도리만 응원했지요.

무라카미 대부분의 독자들이 비슷할 거예요. 대부분 미도리를 선택할 겁니다. 주인공도 결국에는 그녀를 선택하지요. 하지만 그의 일부분은 언제나 다른 세계에 가 있고, 그는 그 세계를 버릴 수가 없어요. 다른 세계는 그의 일부분, 다시 말해서 본질적인 부분이거든요. 모든 인간들은 마음속에 아픈 부분이 있지요. 그 부분도 그의 일부입니다. 우리는 마음속에 제정신인 부분과 제정신이 아닌 부분이 함께 있어요. 이 두 부분을 타협해가면서 사는 거지요. 이게 제 신념입니다. 저는 글을 쓸 때 특히 제 마음의 제정신이 아닌 부분을 잘 볼 수 있어요. 아니, 제정신이 아니라는 표현은 정확하지 않군요. 오히려 비일상적인, 비현실적인 부분이라고 해야 할 겁니다. 저는 물론 현실 세계로 돌아오고 제정신을 되찾지요. 하지만 제정신이 아닌 부분, 즉 아픈 부분이 없다면 저는 존재하지 않을 거예요. 다시 말하자면, 주인공은 이 두 여성에 의해서 지탱되는 것이랍니다. 둘 중의 하나가 존재하지 않는다면 살아갈 수 없어요. 그런 의미에서 『노르웨이의 숲』은 제가 하는 작업의 가장 명백한 예를 보여준답니다.

『노르웨이의 숲』에서 레이코라는 인물은 이런 점에서 흥미로운 것 같습니다. 그녀를 어떻게 봐야 할지 감이 안 와요. 양쪽 세계에 다 속해 있는 인물인 것처럼 보이거든요.

무라카미 그녀는 반은 제정신이고 반은 제정신이 아닌 마음을 가졌어요. 그건 그리스 연극의 가면과 같지요. 이쪽에서 보면 비극적인 인물입니다. 그러나 다른 쪽에서는 희극적인 얼굴을 보여주지요. 이런 점에서 그녀는 상징성을 띱니다. 저는 이 인물을 아주 좋아해요. 레이코에 대해서 쓸 때 아주 행복했답니다.

나오코 같은 인물을 그려낼 때보다 희극적 인물인 미도리라든가 메이 카사하라 같은 인물을 그려낼 때 보다 많은 애정을 느끼시나요?

무라카미　저는 희극적인 대화를 쓰는 걸 좋아해요. 재밌거든요. 하지만 모든 인물이 희극적이라면 아주 따분할 겁니다. 희극적 인물들은 제 마음에 균형추 역할을 하지요. 유머 감각이 안정감을 주니까요. 유머가 있으려면 아주 초연해야 하니까요. 진지해지면 불안정해집니다. 그게 진지함이 갖는 문제예요. 하지만 유머를 구사할 때는 안정감을 느낍니다. 미소를 지으면서 싸울 수는 없지요.

당신만큼 자신이 집착하는 생각을 강박적으로 쓰고 또 쓰고 한 작가는 거의 없을 거라 생각됩니다. 『세계의 끝과 하드보일드 원더랜드』나 『댄스 댄스 댄스』, 『태엽 감는 새』, 『스푸트니크의 연인』은 같은 주제의 변주로 읽히기를 요구하는 듯해요. 한 남자가 그의 욕망의 대상에게서 버림받거나 아니면 욕망의 대상을 잃어버립니다. 그리고 욕망의 대상을 잊어버릴 수가 없어서, 잃어버린 것을 다시 찾을 수 있으리라 생각되는 가능성—즉, 자신과 독자가 알고 있는 삶은 결코 제공할 수 없는 가능성—을 제공하는 듯한 다른 세계에 끌립니다. 이렇게 특징짓는 것에 동의하시나요?

무라카미　그렇습니다.

이런 강박적 생각이 당신의 소설에서 얼마나 핵심적인 역할을 하는지요?

무라카미　어째서 그런 주제를 반복해서 쓰는지 이유는 잘 모르겠어요. 존 어빙의 작품에는 신체 일부를 잃어버린 사람이 늘 등장합니다. 어째서 잃어버린 신체 부분에 대해서 그렇게 계속 쓰는지 모르겠어요. 아마도 그 자신도 모르겠지요. 저도 마찬가지입니다. 제 주인공들은 뭔가를 잃었어요. 그래서 그 잃어버린 부분을 계속 찾아다닙니다. 마치 성배나 필립 말로* 처럼요.

뭔가 잃어버린 게 있어야 탐정이 등장하겠지요.

무라카미　맞습니다. 제 주인공이 뭔가를 잃어서 그리워할 때 그는 그걸 찾아다녀요. 오디세우스처럼요. 이런 탐색의 과정에서 아주 이상한 일을 많이 겪지요.

집으로 귀환하는 과정에서요.

무라카미　이런 경험을 뚫고 살아남아야 합니다. 그리고 결국 자신이 찾는 것을 발견하지요. 하지만 그것이 자기가 찾던 바로 그것인지는 확신할 수가 없어요. 저는 이 점이야말로 제 책의 주제라고 생각합니다. 이런 주제의 기원은 뭘까요? 저 자신도 모르겠어요. 그냥 그 주제는 저와 잘 들어맞아요. 그 주제가 제 이야기들의 추동력입니다. 잃어버리고 찾아다니고, 발견하기. 그러고 나면 세상에 대한 새로운 인식인 실망이 기다리고 있지요.

그때의 실망은 일종의 성인식으로 봐도 되나요?

무라카미　맞습니다. 경험 자체가 의미로 충만하지요. 주인공들은 경

• 레이먼드 챈들러의 하드보일드 추리소설에 등장하는 사립탐정이다.(역자 주)

험하면서 변화하는 거예요. 그게 중요하답니다. 그가 뭘 발견했는지가 아니라, 그가 어떻게 변화했는가 하는 점이요.

당신 책과 관련지어서 번역의 과정에 대해서 묻고 싶습니다. 번역가로서 번역이 갖는 위험에 대해서 인식하고 계시겠지요. 당신 책의 번역가는 어떤 기준으로 선정하시나요?

무라카미   그동안 앨프레드 번바움, 필립 가브리엘, 제이 루빈 이렇게 세 분의 번역가가 있었지요. 제 원칙은 '선착순'입니다. 우리는 친구이고, 그분들은 아주 정직해요. 어떤 분이 제 책을 읽고 나서 '굉장한데. 번역해보고 싶어.'라고 생각하면 그분이 제 책의 번역을 하게 됩니다. 저 자신이 번역가이기 때문에 열정이 좋은 번역을 만들어내는 데 아주 중요하다는 걸 압니다. 어떤 분이 훌륭한 번역가이긴 하지만 그 책을 별로 좋아하지 않는다면 그걸로 얘기는 끝이에요. 번역은 어렵고 시간이 걸리는 일이랍니다.

번역가들끼리 싸운 적은 없나요?

무라카미   아니요. 그분들은 자신의 선호도가 분명해요. 각기 다른 분들이니만큼 개성도 다르지요. 필립은 『해변의 카프카』를 좋아해서 번역했어요. 제이는 이 책에 대해서는 별로 열광적이지 않았어요. 필립은 아주 겸손하고 부드러운 성격입니다. 제이는 아주 꼼꼼하고 정확한 번역가이지요. 그는 강한 성격의 소유자입니다. 앨프레드는 보헤미안 스타일이에요. 앨프레드가 지금 어디 있는지는 저도 몰라요. 미얀마의 사회운동가인 여성과 결혼했지요. 때로 미얀마 정부에 의해서 체포되기도 해요. 앨프레드는 그런 인물입니다. 아주 자유로운 스타일의 번역가이지요. 그는 때로 글을 바꾸기도 해요. 그게 그의 스타일입니다.

번역가들과 어떻게 작업하십니까? 정확히 어떤 과정으로 번역이 이뤄지나요?

무라카미　그분들은 번역하면서 많은 걸 묻습니다. 초역이 끝나면 제가 읽어보지요. 때로는 제가 제안하기도 해요. 영어판은 아주 중요하거든요. 크로아티아나 슬로베니아 같은 작은 나라들은 일어판이 아니라 영어판으로 번역을 한답니다. 그래서 아주 정확해야 해요. 하지만 대부분의 나라에서는 일어 텍스트를 직접 번역하지요.

당신 자신은 리얼리스틱한 작가들인 카버나 피츠제럴드, 어빙 등을 번역하는 걸 좋아하는 것 같더군요. 아니면 뭔가 당신 작품과는 완전히 다른 작품들에 몰입하는 게 어떤 식으로든 당신의 글쓰기에 도움이 되는 건가요?

무라카미　뭔가 배울 수 있는 책을 쓴 작가들의 작품을 번역한답니다. 그게 요점이에요. 저는 리얼리스틱한 작가들에게서 많은 걸 배웁니다. 그들의 작품을 번역하려면 진짜 꼼꼼히 읽어야 돼요. 그러면서 그들의 비결을 볼 수가 있어요. 돈 드릴로나 존 바스, 혹은 토마스 핀천 같은 포스트모던 작가들을 번역한다면 저의 광기와 그들의 광기 사이에 충돌이 일어날 겁니다. 저는 그들의 작품을 존경하지만, 번역에 있어서는 리얼리스트들을 택하지요.

미국 독자들은 당신의 작품을 일본 문학 중에서 가장 접근하기 쉽다고 이야기합니다. 그래서 당신을 현대 일본 작가 중 가장 서양적인 작가라고 하지요. 자신은 일본 문화와의 관계를 어떻게 보시는지 궁금하군요.

무라카미 외국에 사는 외국인에 대해서 쓰고 싶지는 않습니다. 저는 우리에 대해서 쓰고 싶어요. 일본에 대해서, 여기서의 우리 삶에 대해서 쓰고 싶답니다. 그 점이 저에겐 중요하거든요. 많은 사람들이 제 스타일이 서양 사람들이 접근하기 편하다고 이야기합니다. 아마 사실일 거예요. 하지만 제 이야기는 저 자신의 것이지 서양화된 것은 아닙니다.

미국인들에게 서양적으로 보이는 많은 것들, 예를 들어 비틀스라든가 그런 것들도 사실은 일본의 문화적 풍경을 이루는 일부이겠지요.

무라카미 사람들이 맥도날드 햄버거를 먹는 걸 쓰면 미국 사람들은 왜 두부가 아니라 햄버거를 먹을까 의아해합니다. 하지만 햄버거를 먹는 것이 우리들에게도 자연스러운 일상이지요.

당신 소설이 현대 일본의 삶을 정확히 그려낸다고 말할 수 있나요?

무라카미 사람들이 행동하고 말하고 반응을 보이고 생각하는 방식은 아주 일본적입니다. 일본 독자 중 누구도, 아마 거의 한 명도 제 이야기가 우리의 삶과 동떨어져 있다고 불평하지는 않을 거예요. 저는 일본인에 대해서 쓰려고 합니다. 우리 자신, 우리가 향하는 곳, 우리가 왜 여기 존재하는지 등에 대해 쓰고 싶어요. 그것이 제 주제일 겁니다.

다른 곳에서 『태엽 감는 새』를 언급하면서 당신 아버지, 그에게 일어난 일, 그리고 아버지 세대 전체에 대해서 관심이 있다고 말씀하신 적이 있지요? 그런데 소설에는 아버지상이 없네요. 소설 전체 거의 어느 곳에도 아버지 같은 인물은 등장하지 않습니다. 아버지에 대한 관심이 책의 어디에 나타나는지요?

무라카미 거의 모든 소설은 일인칭으로 서술됩니다. 주인공들의 주요 임무는 자신 주변에서 일어나는 일을 관찰하는 거지요. 그가 봐야 하는 것과 그가 보도록 되어 있는 것을 실시간으로 관찰합니다. 이런 표현이 허락된다면, 그는 『위대한 개츠비』의 닉 캐러웨이를 닮았어요. 그는 중립적인데, 중립을 지키기 위해서는 인척이나 수직적인 가족과의 관계에서 자유로워야 합니다. 제 대답을, 전통적 일본 문학에서 '가족'이 지나치게 중요한 역할을 했다는 사실에 대한 제 반응으로 간주하셔도 될 겁니다. 제 주인공을 독립적이고 절대적인 개인으로 그리고 싶어요. 도시인으로서의 위치도 이런 생각과 관계가 있지요. 제 주인공은 친밀감과 개인적인 유대보다는 자유와 고독을 선택하는 유형이랍니다.

도쿄의 깊은 지하에 사는 거대한 지렁이가 도쿄를 파괴하고자 위협하는 내용인 단편 「개구리 군, 도쿄를 구하다」를 읽으면 만화나 예전의 일본 괴물 영화를 생각하지 않을 수 없더군요. 그리고 50년마다 깨어나서 지진을 일으킨다는 도쿄 연안에 잠들어 있는 거대한 메기에 대한 전설도 있지요. 이런 것들이 당신에게 의미가 있습니까? 예를 들어 만화는 어떻습니까? 만화와 당신 작품 사이에 어떤 연관이 있는지요?

무라카미 없습니다. 저는 만화를 정말 좋아하긴 하지만 만화에서 영향을 받지는 않았어요.

그렇다면 일본 전래 민담은요?

무라카미 어릴 때 일본 민담과 옛날이야기를 많이 들었지요. 이런 이야기들은 성장하면서 매우 중요한 역할을 합니다. 예를 들어 거대한 개구리는 옛이야기의 원천에서 왔을 수 있지요. 당신들에게 미국 민담의 원천이 있고 독일이나 러시아에도 자신들의 민담의 원천이 있는 것처럼요. 하지만 양쪽 세계가 다 끌어쓸 수 있는 원천들도 있지요. 어린 왕자나 맥도날드나 비틀스처럼요.

전 지구적인 팝 컬처의 저장고 말씀이시지요.

무라카미　오늘날 책을 쓸 때 내러티브는 아주 중요하답니다. 이론에는 관심이 없어요. 어휘도 마찬가지고요. 중요한 건 내러티브가 좋은가 아닌가입니다. 인터넷 세상에 살기 때문에 새로운 민담들이 생겨난답니다. 은유적인 의미에서 민담이라는 거지요. 영화 〈매트릭스〉를 봤는데, 그것이 현대인들에게는 민담이랍니다. 그런데 여기 사람들은 전부 그 영화가 지루하다고 하는군요.

미야자키 하야오의 애니메이션 〈센과 치히로의 행방불명〉을 보셨나요? 그 영화가 선생님의 책들과 비슷한 점이 있는 것 같더군요. 민담의 재료들을 현대식으로 사용한다는 점에서요. 미야자키의 영화를 좋아하시나요?

무라카미　아니요. 저는 애니메이션을 좋아하지 않습니다. 그 영화를 조금 봤지만 제 스타일이 아니었어요. 전 그런 것에 관심이 없습니다. 제가 책을 쓸 때면 하나의 이미지를 갖게 되는데, 그 이미지는 아주 강력하답니다.

영화는 자주 보러 가시나요?

무라카미　물론입니다. 항상 보러 다녀요. 제가 좋아하는 감독은 핀란드 출신인 아키 카우리스마키랍니다. 그의 작품을 다 봤지요. 그는 평범한 것하고는 거리가 멀거든요.

게다가 웃기기도 해요.

무라카미 아주 웃기지요.

아까 유머는 안정화하는 역할을 한다고 말씀하셨는데, 유머가 다른 점에서도 쓸모가 있나요?

무라카미 저는 독자들이 웃기를 원합니다. 일본의 많은 독자들은 통근하면서 기차에서 제 책을 읽어요. 보통 직장인들은 통근하는 데 두 시간을 쓰고 그 시간에 책을 읽습니다. 그래서 제가 쓴 두꺼운 책들을 두 권으로 내는 겁니다. 한 권으로 내면 너무 무거울 것이거든요. 어떤 독자들은 제 책을 기차 안에서 읽다가 웃었다고 불평하는 편지를 보내옵니다. 그분들에게는 아주 민망한 일이었을 거예요. 저는 그런 편지가 제일 마음에 듭니다. 제 책을 읽으면서 웃는다는 걸 알게 되면 기분이 좋거든요. 열 장 정도 넘길 때마다 사람들이 웃기를 바라요.

그게 당신의 비결인가요?

무라카미 계산해서 하는 건 아니지만, 그렇게 할 수 있다면 좋을 거예요. 저는 대학 때 커트 보네거트나 리처드 브로티건을 즐겨 읽었어요. 그 작가들은 유머 감각이 있거든요. 그런데도 동시에 그들은 진지한 것에 관해서 쓰지요. 저는 그런 책을 좋아해요. 보네거트와 브로티건을 처음 읽었을 때 그런 종류의 책이 있다는 걸 알고 정말 놀랐거든요. 신세계를 발견한 것 같았어요.

그렇다고 해서 그런 종류의 책을 쓰려고 하신 적은 없지 않나요?

무라카미　이 세계 자체가 일종의 코미디라고 생각해요. 이 도시 생활 자체가요. 50개의 채널을 가진 텔레비전이나, 정부의 멍청한 사람들 등 전부가 코미디예요. 그래서 저는 진지하려고 애쓰지요. 그런데 진지해지려고 할수록 더 희극적이 돼요. 제가 열아홉이던 1968년과 1969년에 일본은 정말 심각할 정도로 진지했어요. 진지한 시대였고, 사람들은 이상주의자들이었지요.

그 당시를 배경으로 하는 『노르웨이의 숲』이 가장 희극적이지 않다는 점이 흥미롭군요.

무라카미　그런 의미에서 우리 세대는 진지한 세대랍니다. 하지만 그 시대를 돌이켜보면 정말 희극적이에요. 양가적인 시대였지요. 그래서 저희들, 즉 우리 세대가 그런 점에 익숙한가 봐요.

매직 리얼리즘에 있어서 중요한 규칙 중 하나는 이야기의 환상적 측면에 관심을 환기시키지 않는 것입니다. 그런데 당신은 이 규칙을 무시하더군요. 주인공들이 이야기의 이상한 점에 대해 언급하고 독자가 그 점에 관심을 갖게도 만듭니다. 이렇게 하는 건 어떤 목적에서죠? 이유가 무엇인지요?

무라카미　흥미로운 질문이군요. 그 점에 대해서 생각해봐야겠네요. 흠. 그건 세상이 얼마나 이상한가에 대한 저 자신의 솔직한 관찰 때문이라고 생각되네요. 주인공들은 제가 글을 쓰는 동안 경험한 것을 경험하고, 독자들은 책을 읽으면서 같은 걸 경험하지요. 카프카나 가브리엘 가르시아 마르케스가 쓰는 것들은 고전적 의미에서 보다 더 문학적이지요. 제 이야기들은 보다 실제적이고, 보다 동시대적이고, 보다 포스트모던한 경험을 다룹니다. 무대장치, 벽을 따라 꽂힌 책, 책장 자체, 이 모든 것이 가짜인 영화 세트장을 생각해보세요. 만일 제 소설에서 어떤 것이 가짜라면 저는 그것이 가짜라는 걸 알리고 싶답니다. 그게 진짜인 것처럼 행동하고 싶지 않아요.

영화 세트장이라는 은유를 계속 차용해보자면, 카메라를 뒤로 빼서 스튜디오 안에서 돌아가는 상황을 보여주려는 거라고 볼 수 있을까요?

무라카미 독자들에게 그게 진짜 현실이라고 믿게 하고 싶지 않답니다. 있는 그대로 보여주고 싶어요. 독자들한테 그건 그냥 이야기라고, 가짜라고 알려주고 싶어요. 그러나 가짜를 진짜로서 경험하게 되면 그건 진짜일 수가 있지요. 설명하기 쉽지 않네요.

19세기와 20세기에 작가들은 실제를 보여줬습니다. 그게 그 작가들의 임무였지요. 『전쟁과 평화』에서 전장을 너무나 자세하게 묘사해서 그게 진짜라고 믿었지요. 하지만 저는 그렇게 하지 않습니다. 저는 제가 그리는 것이 실제인 척하지 않아요. 우리는 가짜 세계에 살고 있습니다. 우리는 세계 속에 살면서 가짜 저녁 뉴스를 보고 가짜 전쟁을 수행하지요. 우리 정부도 가짜예요. 하지만 우리는 이 가짜 세계에서 실제를 찾습니다. 우리가 만드는 이야기들도 마찬가지랍니다. 우리는 가짜 장면들을 지나쳐 가지만, 이 장면들을 걸어서 통과하는 우리 자신들은 실제이거든요. 상황은 진짜예요. 그 상황에 몰입하고 진정한 관계를 맺는다는 의미에서 진짜라는 것이지요. 그 점이 제가 쓰고 싶은 것이랍니다.

글을 쓰면서 일상적인 세부 사항들을 계속해서 다루시더군요.

무라카미 저는 세부 사항을 좋아해요. 톨스토이는 전체적인 묘사를 써내길 원했지요. 제 묘사는 작은 영역에 집중합니다. 우리가 작은 것의 세부 사항을 묘사할 때는 점점 더 가까이 집중하게 됩니다. 그래서 톨스토이의 경우와는 정반대인 상황, 즉 점점 더 비현실적이 되어가는 상황이 생기지요. 그것이 제가 하고 싶은 것입니다.

아주 작은 사항에 집중하면 리얼리즘의 영역을 통과하면서 일상적이고 진부한 것들이 다시 낯선 것이 된다는 거지요?

무라카미 더 가까이 들여다볼수록 덜 현실적이 됩니다. 그게 제 스타일이죠.

앞에서 가브리엘 가르시아 마르케스와 카프카를 당신 작품과는 대조적으로 문학작품을 쓰는 작가들이라고 말씀하셨는데, 그렇다면 당신 자신은 문학작품을 쓰는 작가라고 생각하지 않으시는 건가요?

무라카미 저는 현대문학 작가입니다. 그 점이 다르지요. 카프카가 글을 쓸 당시에는 음악과 책과 극장만 있었지요. 지금 우리에게는 인터넷, 영화, 대여용 비디오 등등 많은 것이 있습니다. 이젠 경쟁도 심해요. 핵심적인 문제는 시간입니다. 19세기에는 한가한 상류 계층 사람들이 시간이 아주 많아서 두꺼운 책을 읽었지요. 오페라 구경을 가서 세 시간이고 네 시간이고 앉아 있었어요. 하지만 지금은 모든 사람이 너무 바쁜데다 한가한 상류 계층이 더 이상 존재하지도 않습니다. 『모비 딕』이나 도스토예프스키를 읽는 건 좋은 일이지만, 사람들은 너무 바빠서 그런 책들을 읽을 수가 없어요. 그래서 소설 자체도 엄청나게 변했답니다. 우리는 사람들을 바로 사로잡아서 책에 끌어들여야 하거든요. 현대소설 작가들은 다른 분야, 즉 재즈나 비디오게임 같은 것들의 기술을 사용하지요. 저는 요즘 비디오게임이 소설과 가장 가까운 것 같습니다.

비디오게임요?

무라카미　그렇습니다. 저 자신은 비디오게임을 하지 않습니다만 소설과의 유사성을 느껴요. 때때로 글을 쓸 때 비디오게임 제작자이면서 동시에 플레이어 같은 느낌이 듭니다. 제가 프로그램을 만들었는데 지금 또 그 안에서 게임을 하는 거죠. 왼손이 오른손이 하는 것을 모르는 것과 같은 상황입니다. 일종의 거리감이 존재해요. 분열된 느낌이죠.

글을 쓰는 동안 다음에 무슨 일이 일어날지 모르지만, 한편으로 당신의 다른 일부는 정확히 무슨 일이 일어날지 알고 있다는 말씀이십니까?

무라카미　무의식적으로는 아마 그럴 거예요. 제가 글쓰기에 빠져 있는 동안 작가가 어떻게 느낄지 알고, 또한 독자가 어떻게 느낄지도 알아요. 그건 장점이죠. 제 글에 속도가 붙게 하거든요. 다음에 무슨 일이 일어날지 독자들만큼이나 궁금하기 때문이에요. 하지만 그 흐름을 멈출 필요도 있어요. 너무 빠르게 진행되면 사람들이 피곤해하고 따분해하거든요. 어떤 지점에서는 멈출 필요가 있습니다.

어떤 지점에서 멈추십니까?

무라카미　그냥 느낌이 와요. 멈출 때가 됐다는 걸 알게 된답니다.

재즈나 다른 음악은 어떤가요? 작품에 도움이 되는지요?

무라카미   저는 열세 살인가 열네 살 때부터 재즈를 들었답니다. 음악은 제게 강력한 영향을 미쳤어요. 제가 글을 쓰는 동안 화음, 멜로디, 리듬, 블루스의 느낌 등이 아주 도움이 됩니다. 전 음악가가 되고 싶었지만 악기를 잘 다루지 못해서 작가가 되었지요. 책을 쓰는 건 음악 연주와 비슷해요. 처음에 주제를 연주하고, 그다음에 즉흥연주를 하고, 그러고 나서 일종의 종결부가 오지요.

전통적인 재즈 음악에서는 처음의 주제가 마지막 무렵에 다시 돌아옵니다. 당신 작품에서도 처음 주제로 돌아가나요?

무라카미   때때로 그렇게 한답니다. 재즈는 저에게는 여행과 같아요. 정신적 여행이죠. 글쓰기와 다르지 않아요.

재즈 음악가 중에 좋아하는 사람이 있나요?

무라카미   너무나 많지요. 스탠 게츠, 게리 멀리건을 좋아해요. 십 대 때 이 양반들이 가장 멋진 음악가들이었지요. 마일스 데이비스하고 찰리 파커도 물론 좋아합니다. 제가 실제로 턴테이블에 제일 많이 판을 올리는 음악가가 누군지 물으신다면, 그건 1950년대 1960년대의 마일스 데이비스예요. 그는 언제나 혁신을 하고, 자신이 만들어낸 혁명과 발을 맞추는 사람입니다. 정말 존경해요.

존 콜트레인도 좋아하나요?

무라카미   아, 그저 그래요. 너무 많이 나가거든요. 지나치게 고집스러워요.

다른 종류의 음악에 대해서는 어떻게 생각하십니까?

무라카미　클래식도 좋아하지요. 특히 바로크 음악을 좋아해요. 제 책 『해변의 카프카』에서 주인공 소년은 라디오헤드와 프린스를 듣지요. 그런데 정말 놀란 게, 라디오헤드의 한 사람이 제 책을 좋아한다는 거예요.

별로 놀랄 일은 아닌 것 같군요.

무라카미　얼마 전에 라디오헤드의 앨범 〈Kid A〉의 재킷을 보니 제 책을 좋아한다고 써 있더군요. 아주 자랑스럽답니다.

『해변의 카프카』에 대해서 좀 더 이야기해주시겠어요?

무라카미　지금까지 쓴 소설 중 제일 복잡한 책이랍니다. 『태엽 감는 새』보다 더 복잡해요. 거의 설명하기가 불가능하네요. 두 가지 이야기가 평행선을 그리면서 진행됩니다. 주인공은 열다섯 살짜리 소년인데 그 애 이름이 카프카예요. 다른 이야기에서 주인공은 육십 먹은 노인인데 문맹이라서 읽지도 쓰지도 못해요. 그는 일종의 백치이지요. 하지만 고양이와 이야기할 수 있답니다. 카프카 소년은 아버지의 저주를 받는데 일종의 오이디푸스적 저주예요. '너는 나를 죽이고 엄마와 사랑을 나눌 것'이라는 것이지요. 그는 그 저주에서 벗어나기 위해서 아버지에게서 도망칩니다. 그리고 먼 곳으로 떠나요. 하지만 아주 이상하고 비현실적이고 꿈 같은 일들을 겪게 되지요.

구조의 측면에서 보자면 각 장마다 하나의 이야기에서 다른 이야기로 왔다 갔다 한다는 점에서 『세계의 끝과 하드보일드 원더랜드와』와 비슷하군요.

무라카미　맞습니다. 처음에는 『세계의 끝과 하드보일드 원더랜드』의 속편을 쓰려고 했습니다. 그러다가 완전히 다른 이야기를 쓰기로 결정했지요. 하지만 스타일은 아주 비슷합니다. 이야기의 영혼도 아주 비슷하지요. 그 주제는 이 세계와 다른 세계인데, 어떻게 사람들이 그 두 세계를 오고가는가라는 것입니다.

『해변의 카프카』가 『세계의 끝과 하드보일드 원더랜드』와 비슷하다니 흥미진진하네요. 『세계의 끝과 하드보일드 원더랜드』는 당신이 쓰신 책 중에서 제가 제일 좋아하는 책이거든요.

무라카미　저도 그 책을 아주 좋아한답니다. 『해변의 카프카』는 아주 야심작이고 새롭지요. 제 다른 책들의 주인공은 이십 대나 삼십 대인데, 이 책의 주인공은 열다섯 살이거든요.

홀든 콜필드˚처럼요?

무라카미　맞아요. 그 이야기를 쓰는 건 아주 흥미진진했습니다. 소년에 대해 쓸 때 제가 열다섯 살 때 어땠는지 기억할 수 있었거든요. 기억은 인간의 가장 중요한 재산이라고 생각합니다. 기억은 일종의 연료 역할을 하지요. 타오르면서 인간을 따뜻하게 해주거든요. 제 기억은 일종의 궤짝과 같아요. 그 궤짝에는 수없이 많은 서랍이 달려 있답니다. 어떤 서랍을 열면 고베에서 보낸 소년 시절의 광경이 떠올라요. 공기의 냄새도 맡을 수 있고, 땅도 만질 수 있고, 초록색 나무도 볼 수 있답니다. 그게 제가 책을 쓰고 싶어하는 이유이지요.

열다섯 살 때의 느낌으로 되돌아가기 위해서인가요?

무라카미 예를 들자면 그렇지요.

일본의 다른 곳이 아닌 고베에서의 삶이 당신이 개발한 스타일에 얼마나 중요한지요? 고베는 세속적인 곳으로 유명하고, 아마 좀 특이한 곳일 텐데요.

무라카미 교토 사람들이 고베 사람들보다 더 이상하답니다. 교토는 산으로 둘러싸여 있고 사고방식도 다르지요.

교토에서 태어나셨지요? 그렇지 않은가요?

무라카미 네. 하지만 두 살 때 고베로 이사 갔어요. 그러니까 저는 고베 출신이지요. 고베는 산과 바다 사이에서 일종의 띠를 이루고 있습니다. 도쿄는 마음에 들지 않습니다. 너무 평평하고, 너무 넓고 광대해요. 도쿄에 사는 걸 별로 좋아하지 않아요.

하지만 도쿄에 살고 계시잖아요. 원하는 곳이면 어떤 곳에서든 사실 수 있을 텐데요.

무라카미 도쿄에서는 익명으로 지낼 수 있기 때문이에요. 뉴욕에서도 마찬가지이지요. 아무도 저를 알아보지 못한답니다. 아무 데나 마음대로 다닐 수가 있어요. 기차를 타도 아무도 신경 쓰지 않습니다. 도쿄 근교의 작은 마을에 집이 하나 있는데, 그곳에서는 모든 사람이 저를 알아요. 산책할 때마다 사람들이 알아보지요. 그게 참 짜증이 난답니다.

• 미국 작가 샐린저가 쓴 『호밀밭의 파수꾼』의 주인공.(역자 주)

아까 무라카미 류에 대해서 언급하셨지요. 작가로서의 그는 아주 다른 문제를 염두에 두고 있는 것 같습니다만.

무라카미 제 스타일은 포스트모던적이에요. 무라카미 류의 스타일은 훨씬 주류 쪽에 속하지요. 하지만 『코인로커 베이비스』를 처음으로 읽었을 때 충격을 받았답니다. 그런 식의 강력한 소설을 쓰고 싶다고 마음먹었지요. 그러고 나서 『양을 쫓는 모험』을 쓰기 시작했어요. 그러니까 일종의 경쟁 관계라고 볼 수 있겠네요.

두 분은 친구 사이인가요?

무라카미 우리는 서로 잘 지내고 있습니다. 적어도 적은 아니지요. 그는 아주 자연스럽고 강력한 재능이 있어요. 마치 표면 바로 아래 유정이 있는 것 같아요. 제 경우에는 유정이 너무 깊이 자리 잡고 있어서 파고 또 파고 또 파내야 합니다. 정말 힘든 일이지요. 게다가 그 깊은 곳에 도달하려면 시간이 걸려요. 하지만 일단 도달하면 저는 강해지고 자신감을 느낍니다. 제 삶은 더욱 체계적이 되지요. 그 깊은 곳까지 파고 들어가는 것이 아주 좋습니다.

존 레이 John Wray 2007년 『그랜타』 선정 '미국 최고의 젊은 소설가' 중 한 명이다. 데뷔작 『잠의 오른손』이 『뉴욕 타임스』 '주목할 만한 책', 『로스앤젤레스 타임스』 '올해 최고의 책'에 선정되었으며, 그해 화이팅 작가상을 안겨주었다. 두 번째 작품 『가나안의 혀』 또한 『워싱턴 포스트』 '올해의 책'에 선정되며 각종 언론의 찬사를 받았다. 한국에는 『로우보이』가 출간되어 있다. 현재 뉴욕의 브루클린에 거주하고 있다.

주요 작품 연보

『바람의 노래를 들어라』Hear the Wind Sing, 1979

『1973년의 핀볼』Pinball, 1980

『양을 쫓는 모험』A Wild Sheep Chase, 1982

『중국행 슬로보트』, 1983

『코끼리 공장의 해피엔드』The Elephant Vanishes, 1985

『세계의 끝과 하드보일드 원더랜드』Hard-Boiled
Wonderland and the End of the World, 1985

『빵가게 재습격』, 1986

『노르웨이의 숲』Norwegian Wood, 1987

『댄스 댄스 댄스』Dance Dance Dance, 1988

『TV피플』, 1989

『먼 북소리』, 1990

『국경의 남쪽, 태양의 서쪽』South of the Border, West of the
Sun, 1992

『태엽 감는 새(연대기)』The Wind-Up Bird Chronicle, 1995

『밤의 거미원숭이』, 1995

『렉싱턴의 유령』, 1997

『스푸트니크의 연인』Sputnik Sweetheart, 1999

『신의 아이들은 모두 춤춘다』After the quake, 2000

『해변의 카프카』Kafka on the Shore, 2002

『어둠의 저편』After Dark, 2004

『도쿄 기담집』, 2006

『1Q84』, 2009

『잠』, 2012

『색채가 없는 다자키 쓰쿠루와 그가 순례를 떠난
해』Colorless Tsukuru Tazaki and His Years of Pilgrimage, 2013

04

지식의 형태로서의 일화

폴 오스터
PAUL AUSTER

폴 오스터 _{미국, 1947. 2. 3.-}

폴 오스터는 독특한 소재의 이야기에 긴장감과 현장성, 감동을 부여하는 작가로 평가된다. 소설, 에세이, 번역, 시, 희곡, 노래, 예술가들과의 공동 작업 등 다양한 분야에서 활동하고 있다. 상징적인 이미지들을 탄탄한 문체와 짜임새 있는 구성으로 결합시켜 프란츠 카프카나 사뮈엘 베케트와 비견되기도 한다.

1947년 미국 뉴저지에서 태어났다. 현대 작가로서는 보기 드문 재능과 문학적 깊이, 개성 있는 독창성과 담대함을 가졌다. 그의 소설에는 사실주의적인 경향과 신비주의적인 전통, 멜로드라마적 요소와 명상적 요소가 혼재되어 있다. 그의 작품들은 미국뿐만 아니라 유럽 문단, 특히 프랑스에서 주목받고 있으며 현재 20여 개국에서 번역 출간되고 있다. 오스터의 작품으로는 1993년 메디치상을 수상한『거대한 괴물』외에『뉴욕 3부작』,『달의 궁전』, 미국 예술원의 모톤 다우웬 자블상 수상작인『우연의 음악』,『공중 곡예사』등이 있고 에세이집『폴 오스터의 뉴욕 통신』, 시집『소멸』등이 있다. 오스터는 그 외에 펜포크너상, 오스트리아 왕자상 등 수많은 상을 수상했으며, 2006년에는 미국문예아카데미 회원으로 선출되었다. 1995년『공중 곡예사』이후 폴 오스터의 거의 모든 작품들이 한국에서 번역, 출간되고 있다.

오스터와의 인터뷰

마이클 우드

> 친절하고도 상냥한 집주인인 오스터는… 간단히 집 구경을 시켜주었다.
> 거실은 그의 친구인 샘 메서와 데이비드 리드가 그린
> 그림으로 장식되어 있다. … 1층에 있는 작업실의 벽에는 책꽂이가 줄지어 있다.
> 물론 책상 위에는 그의 유명한 타자기가 있다.

1985년 뉴욕의 17개 출판사가 '뉴욕 3부작'* 의 첫 소설인 『유리의 도시』 출판을 거절한 후에, 이 이야기는 샌프란시스코의 '선 앤드 문 출판사'에서 나왔다. 다른 두 이야기인 『유령들』과 『잠겨 있는 방』은 그 이듬해에 출판되었다. 그때 폴 오스터는 서른여덟 살이었다. 그는 규칙적으로 서평을 쓰고 번역물을 출판하였고 산문시인 『흰 공간들』을 1980년에 출판했음에도 불구하고, 문학가 경력의 진정한 출발점이라 할 수 있는 작품은 바로 이 3부작이다.

오스터는 『빵 굽는 타자기 - 젊은 날 닥치는 대로 글쓰기』에서 이 3부작이 출판되기 이전의 세월에 대하여 썼다. 그는 1960년대 후반

---

* 한국에서는 「유리의 도시」, 「유령들」, 「잠겨 있는 방」이 한 권의 책 『뉴욕 3부작』(2003)으로 출간되었다.

에 컬럼비아 대학교에서 공부하였고, 파리로 이주하기 전 몇 개월 동안 유류 수송선에서 일하기도 했다. 파리로 이주한 뒤 먹고살기 위해 번역가가 되었다. 그는 작은 잡지인『리틀 핸드』를 시작하였고, 그의 첫 아내이며 작가인 리디아 데이비스와 함께 아내의 이름과 똑같은 이름을 가진 독립 출판사를 운영하였다. 1972년 첫 번째 책인『초현실주의 시 선집』이라는 번역시 선집을 출판하였다. 그는 1974년 뉴욕으로 돌아왔으며 여러 사업을 시도했는데 그중에는 그가 발명한 야구 카드 게임도 있었다. 1982년 오스터는 첫 산문집인『고독의 발명』을 출판했다. 이 책은 아버지의 죽음 직후에 쓰기 시작한 부성父性에 대한 회고록이며 명상록이다.

오스터는 3부작 이후에 거의 매년 한 권의 책을 출판하였다. 1987년『폐허의 도시』가 출판되었다. 그의 다른 소설들로는『달의 궁전』,『우연의 음악』,『거대한 괴물』과『환상의 책』이 있다. 1991년 프랑스 정부는 오스터에게 예술과 문학 영역의 기사 작위를 수여하였고, 1997년 훈공장an officer으로 승격시켰다.

오스터가 다루는 영역은 너무도 광범위해서 소설, 에세이, 번역, 시, 희곡, 노래, 소피 칼과 샘 메서를 포함한 여러 예술가들과 공동 작업한 작품 등을 포함한다. 그는 또한 세 편의 영화 대본―〈스모크〉(1995), 〈블루 인 더 페이스〉(1995), 〈다리 위의 룰루〉(1998)―을 썼으며 이를 영화로 제작하기도 하였다. 그의 아홉 번째 소설인『신탁의 밤』은 올해(2003)* 후반부에 출판될 예정이다.

다음 대화는 뉴욕 시 92번가 Y거리에 있는 운터베르크 시 센터에서 작년 가을부터 시작되었다. 이 인터뷰는 올 여름의 어느 오후에 브루클린에 있는 오스터의 집에서 끝났다. 그 집에는 오스터와 그의 아내이며 작가인 시리 후스트벳이 함께 살고 있다. 친절하고도 상냥한 집주인인 오스터는 19세기에 지어진 갈색 사암을 붙인 집에 에어컨을 설치하는 작업이 진행 중인 것에 대해 사과하였고, 간단히 집 구경을 시켜주었다. 거실은 그의 친구인 샘 메서와 데이비드 리드가 그린 그림으로 장식되어 있다. 출입구에 있는 방에는 여러 개의 가족 사진이 걸려 있다. 1층에 있는 작업실의 벽에는 책꽂이가 줄지어 있다. 물론 책상 위에는 그의 유명한 타자기가 있다.

• 『신탁의 밤』은 2004년에 출간되었다.

폴 오스터의 『신탁의 밤』 원고 중 한 페이지.

폴 오스터
×
마이클 우드

작업 방식에 대해서 이야기를 나누는 것으로 시작하는 것이 어떨까요? 어떻게 글을 쓰시는지요?

폴 오스터   항상 손으로 글을 씁니다. 대개 만년필을 쓰지만 종종 연필도 씁니다. 고쳐 쓸 생각이 있을 때는 연필로 쓰지요. 타자기나 컴퓨터에 직접 글을 쓸 수만 있다면 그렇게 하고 싶습니다. 그렇지만 자판은 제가 글을 쓰는 것을 늘 방해합니다. 자판 위에 손가락을 얹으면 명징하게 생각할 수 없어요. 그런 점에서 펜은 훨씬 더 원시적인 도구라고 할 수 있겠지요. 말이 몸에서 흘러나오고, 그 말들을 종이에 새겨넣는 과정을 느끼는 것이지요. 늘 글쓰기는 촉각적인 면을 갖고 있다고 생각해요. 육체적인 경험이라고 해야겠지요.

그럼 공책에 글을 쓰시나요? 황색 괘선 용지첩이나 낱장의 종이에 글을 쓰시지 않고요?

오스터 항상 공책에 씁니다. 작은 사각형들로 가득 찬 모눈종이 공책을 특히 좋아합니다.

그렇지만 그 유명한 올림피아 타자기는요? 2002년 화가인 샘 메서와 함께 주목할 만한 책인 『타자기를 치켜세움』이란 책을 출판하셨잖습니까? 그래서 그 타자기에 대해서 조금은 알고 있는데요.

오스터 저는 그 타자기를 1974년부터 줄곧 갖고 있었어요. 제 반평생보다 좀 더 되었네요. 저는 그 타자기를 제 대학 동창에게서 중고로 샀습니다. 그러니 약 40년쯤 되었네요. 이제 다른 시대에 속한 유물이라고 할 수 있겠지요. 그렇지만 여전히 아무 문제없이 잘 쳐집니다. 한 번도 고장 난 적이 없어요. 가끔 리본을 갈기만 하면 되지요. 그렇지만 언젠가는 타자기에 새로 끼워 넣을 리본이 하나도 남지 않는 시절이 와서 제가 할 수 없이 디지털 시대인 21세기에 합류해야만 할 때가 올 것이라는 두려움이 있지요.

그건 폴 오스터의 놀라운 이야기가 되겠는데요. 마지막 리본을 사러 나간 날 말입니다.

오스터 약간의 준비를 해놓긴 했어요. 리본을 좀 사두었지요. 제 방에 60~70개의 리본이 있을 거라 생각해요. 비록 가끔씩 저 타자기를 버리고 싶은 유혹을 격렬하게 느끼기도 하지만, 아마도 끝까지 저 타자기를 버리지는 못할 것 같아요. 타자기를 쓰는 것은 번거롭고 불편하지만 제가 게을러지는 것을 늘 막아주어요.

어떻게 그렇지요?

오스터 글쓰기를 끝내면 타자기로 처음부터 다시 한 번 작업해야만 하기 때문이지요. 컴퓨터로는 화면을 보면서 곧바로 원고를 수정할 수도 있고 깨끗하게 인쇄된 자료를 출력할 수도 있지요. 그렇지만 타자기는 아주 처음부터 다시 시작하지 않는다면 깨끗한 원고를 만들어낼 수 없어요. 처음부터 다시 타자하는 것은 참으로 지루한 과정입니다. 책 쓰는 것을 끝내고 난 뒤에 이미 써놓은 것을 다시 베껴 쓰는 완전히 기계적인 작업에 여러 주 동안 매달려야 하잖아요. 이렇게 타자하는 동안 목과 등이 아주 아프지요. 그리고 하루에 20~30쪽씩 타자해도 그 작업은 고통스러울 정도로 느리게 진행되지요. 바로 그 순간 저는 컴퓨터 작업으로 바꾸어야겠다고 결심하지만, 매번 책을 마무리하는 단계에 이를 때마다 타자기를 쓰는 것이 책을 완성하는 데 얼마나 핵심적인지 알게 되지요. 타자는 글을 새로운 방식으로 경험하도록 해주며, 이야기의 흐름에 빠져들고, 이야기가 전체적으로 어떻게 작동하는지 느끼게도 해줍니다. 저는 이 과정을 '손가락으로 책 읽기'라고 부르지요. 눈으로 결코 알아차리지 못하는 많은 잘못을 손가락이 찾아낸다는 것은 놀라운 일입니다. 반복, 기이한 구성, 고르지 못한 리듬감 등 말이에요. 처음부터 다시 타자하는 일은 결코 실패하는 법이 없어요. 이제 책을 끝냈다고 생각하고 그것을 타자하기 시작하면, 새로 쓸 이야기들이 있다는 것을 깨닫게 되지요.

잠시 공책으로 돌아가 볼까요. 『유리의 도시』에서 퀸은 빨간색 공책에 그가 관찰한 것을 기록하지요. 그리고 『폐허의 도시』의 화자인 애나 블룸은 그녀의 편지를 파란색 공책에 쓰지요. 『공중 곡예사』에서 월트는 딱딱한 표지를 가진 작문 공책 13권에 자서전을 쓰고요. 『동행』의 얼빠진 주인공인 윌리 G. 크리스마스는 죽기 전에 자신이 전 생애 동안 쓴 작품을 자신의 고등학교 영어 선생님에게 보내기 위해 볼티모어로 운반해 갑니다. 그것은 74권짜리 공책으로, '시, 단편, 에세이, 일기, 경구, 자서전적 명상, 완성하지 못한 1800행에 이르는 긴 서사시인 『방랑하던 세월』'로 이루어져 있지요. 공책은 2002년 이후 나온 소설들인 『환상의 책』과 『신탁의 밤』에도 등장합니다. 실화를 모아놓은 『빨간 공책』은 말할 것도 없고요. 이런 사실을 어떻게 이해해야 하나요?

오스터　저는 공책을 단어들을 써놓은 저장소라거나, 제 생각과 자기반성을 적어놓는 비밀스런 장소라고 여기는 것 같아요. 공책에 무엇을 적어놓았는지에만 관심이 있는 것이 아니라, 그 과정, 즉 종이에 단어를 적는 행위에도 관심이 있어요. 그렇지만 그 이유는 묻지 말아주세요. 아마도 처음 글을 쓰기 시작했을 때 혼란스러운 느낌, 다시 말하자면 소설의 특성에 대한 무지에서 생긴 것 같아요.

　신참으로서 저는 "이 말들은 어디에서 오는 걸까? 누가 이 말을 하는 거지?"와 같은 질문을 늘 자신에게 하곤 했습니다. 전통적인 소설에서 사용하는 삼인칭 화자의 목소리는 이상한 기법입니다. 그렇지만 우리는 그 기법에 익숙해져 있어서 그것을 당연한 것으로 받아들이고 더 이상 문제 삼지 않습니다. 그러나 잠시 멈추어서 그 기법을 다시 검토해보면 그 목소리에는 기괴하고 현실로부터 유리된 특질이 있다는 것을 알게 될 것입니다. 그 목소리가 나오는 곳이 어딘지 알 수 없어서 정말로 많은 고민을 했습니다.

　저는 항상 스스로에게 되돌아가는 책에 이끌렸습니다. 다시 말하자면, 저를 책의 세계로 이끌어간 책에 이끌렸습니다. 비록 그 책이 저를 세상으로 데려가긴 했지만요. 말하자면 원고 자체가 주인공인 셈이지요. 『폭풍의 언덕』은 그런 종류의 소설입니다. 『주홍 글자』는 또 다른 예입니다. 물론 틀은 허구적이지만 그것은 이 이야기들에 근거와 신빙성을 줍니다. 전통적인 형식의 이야기들은 작품을 실제라고, 이 소설에 사용된 틀은 작품을 환상이라고 생각하게끔 만듭니다. 그리고 일단 소설 속에 일어난 사건이 '비현실적이라는 점'을 받아들이게 만들면, 그 비현실성이 역설적으로 이야기의 진실성을 높입니다. 말들은 보이지 않는 작가인 신에 의해 돌 위에 새겨지는 것이 아닙니다. 살과 피를 가진 사람들의 노력을 재현하는 것이며 이것이야말로 매우 매혹적입니다. 독자는 이야기에서 거리를 두고 관찰하기보다는 이야기 전개에 함께 참여하는 사람이 됩니다.

작가가 되길 원한다는 것을 언제 처음 알게 되셨나요?

오스터 메이저리그 야구 선수가 될 수 없다는 것을 알게 된 그다음 해 즈음해서 알게 되었습니다. 열여섯 살이 될 때까지 야구는 아마도 제 삶에서 가장 중요한 것이었을 겁니다.

야구를 잘하셨나요?

오스터 말로 설명하긴 참으로 어렵네요. 제가 야구를 계속했다면 마이너리그에서 했을 겁니다. 종종 힘이 폭발하면 공을 곧 잘 쳤거든요. 그렇지만 매우 빠른 주자는 아니었습니다. 저는 주로 3루수로 경기에 나섰는데, 민첩한 반사 신경과 강한 팔을 갖고 있었습니다. 문제는 제가 던진 공이 가끔씩 던져야 할 곳에서 많이 빗나가곤 했다는 것이지요.

당신의 작품을 잘 아는 사람은 누구나 당신이 야구팬이라는 것을 알고 있습니다. 왜냐하면 당신의 거의 모든 책에 야구에 대한 언급이 있기 때문이지요.

오스터 야구 경기하는 것을 좋아했습니다. 그리고 야구 경기를 보는 것과 야구 경기에 대해 생각하는 것을 여전히 좋아합니다. 잘 이해할 수는 없었지만 야구는 제게 세상으로 나갈 수 있는 길을 열어주었습니다. 즉, 야구는 제가 누군지 알 수 있는 기회를 마련해주었지요. 어릴 때 저는 자주 아팠습니다. 온갖 종류의 병을 앓아서 친구들과 밖에서 뛰어노는 것보다는 어머니와 함께 병원에서 앉아 있던 시간이 더 많았습니다. 네다섯 살이 되어서야 겨우 운동할 수 있을 만큼 튼튼해졌지요. 튼튼해지자 저는 매우 열정적으로 운동했습니다. 마치 잃어버린 시간을 보상받기라도 하려는 것처럼 말이에요. 야구 경기는 다른 사람들과 어떻게 지내야 하는지 알려주었고, 만일 하려고만 한다면 실제로 무엇인가 성취할 수도 있다는 것을 깨닫게 해주었습니다. 그러나 저의 개인적인 작은 경험을 넘어서 경기 자체가 아름답다고 생각합니다. 이것이야말로 끝날줄 모르는 기쁨의 원천이라 할 수 있습니다.

야구에서 글쓰기로 옮겨간 것은 참으로 별난 일처럼 보이는데요. 왜냐하면 부분적으로 글쓰기는 매우 고독한 작업이라고 생각하기 때문입니다.

오스터 저는 봄과 여름에 야구를 했습니다만, 1년 내내 책을 읽었습니다. 책을 읽는 것은 어릴 때부터 갖고 있던 습관이었고, 나이가 들면 들수록 책을 점점 더 많이 읽었습니다. 청소년기에 닥치는 대로 책을 읽지 않은 사람이 작가가 된 경우를 생각하는 것은 어렵지 않나요? 책은 독자에게로 열려 있는 세상이며, 그 세계는 우리가 전에 여행했던 어떤 세계보다도 더 풍요롭고 더 흥미롭다는 것을 진정한 독자는 알고 있지요. 바로 이것이 젊은이들이 작가가 되는 이유라고 생각합니다. 바로 이것이 책의 세계에서 살면서 발견하게 된 행복입니다. 그 젊은이들이 아직 충분히 오래 살지 못해서 글로 쓸 수 있는 것이 많지는 않겠지만, 그것을 하기 위해 자신들이 태어났다는 것을 깨달을 때가 올 것입니다.

어릴 때 어떤 작가들이 영향을 미쳤나요? 고등학생 때에는 어떤 작가들을 읽으셨나요?

<u>오스터</u> 대부분 미국 작가들의 작품을 읽었습니다. 누구나 다 읽는 작가들 말입니다. 피츠제럴드, 헤밍웨이, 포크너, 도스 파소스, 샐린저. 2학년 때까지 이런 작가들을 읽었습니다. 그러다가 유럽 작가들도 읽기 시작했습니다. 주로 러시아와 프랑스 작가들을 읽었는데요. 톨스토이, 도스토예프스키, 투르게네프, 카뮈와 지드를 읽었지요. 조이스와 만도 읽었습니다만 특히 조이스를 많이 읽었습니다. 제가 열여덟 살이 되었을 때 조이스는 제게 최고의 작가였습니다.

조이스가 가장 큰 영향을 끼쳤나요?

<u>오스터</u> 잠시 동안 그랬지요. 그렇지만 저는 늘 제가 읽고 있는 작품을 쓴 소설가처럼 글을 써보려고 했기 때문에 매번 달랐지요. 어릴 때에는 이 세상 모든 것이 영향을 끼치지요. 그래서 몇 달에 한 번씩 생각을 바꾸게 됩니다. 마치 새 모자를 써보는 것과 똑같아요. 아직 자신만의 스타일을 갖고 있지 않아서 좋아하는 작가를 무의식적으로 흉내 내게 되지요.

지난 수년 동안 당신의 작품에 영향을 미친 작가들로 세르반테스, 디킨스, 카프카와 베케트, 몽테뉴도 언급하셨지요.

오스터 그들 모두 제 안에 내면화되었어요. 수십 명의 작가가 내면화되었지만, 제 작품이 다른 작가의 작품처럼 들리거나 느껴진다고 생각하지는 않습니다. 왜냐하면 저는 그들의 작품을 쓰는 것이 아니라 저 자신의 작품을 쓰기 때문이지요.

당신은 19세기 미국 작가들을 특히 좋아하는 것처럼 보입니다. 그들의 이름이 소설에 놀라울 정도로 자주 언급되던데요. 포, 멜빌, 에머슨, 소로와 호손이 있고, 그중에서도 호손이 가장 많이 언급되더군요. 「잠겨 있는 방」의 등장인물인 팬쇼는 호손에게서 가져온 것이고, 『폐허의 도시』에 사용된 제사^{an epigraph}도 호손의 작품에서 가져온 것이며, 『유령들』의 구조 역시 호손의 단편인 「웨이크필드」에서 가져왔고, 『환상의 책』에서 짐머와 앨머가 나눈 대화의 주요한 주제는 호손의 또 다른 단편인 「반점」^{The Birthmark}에 관한 것이지요. 이야기를 간단하게 끝내자면, 2003년 5월에 뉴욕 리뷰 북스가 출판한 『아빠가 들려주는 줄리언 버니와 리틀 버니와 함께 지낸 20일간의 이야기』(이하 『20일』)에 당신은 호손에 대한 긴 에세이를 소개문으로 실으셨지요. 호손에 대한 변함없는 관심에 대해 말씀해주시겠습니까?

오스터 과거의 많은 작가들 중에서 가장 가깝다고 느끼는 작가이며, 가장 깊게 말을 걸어오는 작가입니다. 호손의 상상력에는 무언가 제 상상력에 반향하는 것이 있는 것처럼 보입니다. 저는 계속해서 그에게로 돌아가고 계속해서 배우고 있습니다. 호손은 아이디어를 두려워하지 않는 작가이며, 또한 훌륭한 심리분석가이고, 인간의 영혼 깊숙한 곳을 읽어낼 수 있는 작가입니다. 그의 소설은 완전히 혁명적으로 어떤 미국 작가도 그런 소설을 쓰지 못했습니다. 헤밍웨이는 모든 미국 문학은 『허클베리 핀』에서 유래했다고 말했지만, 저는 동의하지 않습니다. 미국 문학은 『주홍 글자』로 시작한다고 생각합니다.

호손이 쓴 건 장편과 단편소설만이 아닙니다. 저는 그의 장편과 단편뿐만 아니라 공책에도 똑같이 끌립니다. 그는 가장 강력하고 훌륭한 산문을 이 공책에 써놓았습니다. 그래서 저는 『20일』을 따로 출판해야 한다고 강력히 주장하였지요. 수년 전 호손의 공책은 『미국인의 공책』에 포함된 채 출판되어 구해 볼 수는 있었지만, 학자용 판본인 이 책의 가격이 거의 90달러나 하기에 읽으려는 사람은 거의 없습니다. 1851년에 3주 동안 자신의 다섯 살 난 아들을 돌보며 썼던 이 일기는 자기 충족적인 작품입니다. 이 작품은 다른 작품에 기대지 않고 홀로 설 수 있는 작품으로 상당히 매력적이고, 무표정한 듯하지만 아주 재미있어서 호손에 대해 완전히 새로운 인상을 줄 정도입니다. 대부분의 사람들이 호손을 음울하고 괴로움을 많이 겪은 인물로 생각하는데, 사실 그렇지 않았습니다. 그것만이 아닙니다. 그는 사랑이 많은 아버지이자 남편이었으며, 품질 높은 시가와 한두 잔의 위스키를 좋아하고, 장난기 있고 온화하고 따뜻한 마음을 가진 사람입니다. 매우 부끄럼을 많이 타지만, 세상의 단순한 즐거움을 즐길 줄도 아는 사람이었지요.

여러 다른 장르에서 작업을 하셨잖아요. 시와 소설뿐만 아니라, 영화 대본, 자서전, 비평과 번역 분야에서도 작업하셨지요. 이것들이 서로 다른 작업이라고 생각하시나요, 아니면 서로 어떻게든 연계되어 있다고 생각하시나요?

오스터　사람들이 생각하는 것보다는 더 많이 연계되어 있겠지만, 물론 중요한 차이점이 있습니다. 그리고 이것도 고려해야 합니다. 바로 시간의 문제, 내면적으로 발전하는 것과 같은 문제 말이에요. 지난 여러 해 동안 저는 번역이나 비판적인 글쓰기를 하지 않았습니다. 이 영역들은 제가 젊었을 때인 대충 십 대 후반부터 이십 대 후반까지 푹 빠져 있던 것들이었지요. 이 두 영역을 통해 저는 다른 작가들을 발견할 수 있었으며, 제가 작가가 되는 방법을 배웠습니다. 즉, 문학 분야에서 도제 훈련을 했던 것이지요. 그때 이후로 번역과 비평을 몇 번 시도했으나 말씀드릴 것은 별로 없네요. 그리고 마지막으로 시를 썼던 해는 1979년이지요.

무슨 일이 있으셨나요? 왜 그만두셨지요?

오스터　벽에 부딪혔습니다. 10년 동안 많은 에너지를 시에 쏟아부었습니다. 그때는 해볼 수 있는 만큼은 했다고 생각했어요. 다시 말하자면, 곤경에 빠진 셈이었지요. 헤어나올 수 없는 캄캄한 순간이었습니다. 저는 작가로서의 제 인생이 끝났다고 생각했습니다.

시인으로는 죽었지만 궁극적으로 소설가로 다시 탄생하셨군요. 이 변화는 어떻게 일어났나요?

오스터　어떻게 되든 아무 상관 없다고 생각하게 되었을 때, 즉 글을 쓴다는 것으로 더 이상 괴로워하지 않게 되었을 때 이런 일이 일어났다고 생각합니다. 이상하게 들리겠지만 그 순간부터 글쓰기는 제게 다른 종류의 경험이 되었습니다. 약 1년 정도 정체 상태에서 허우적거린 뒤에 마침내 벗어났을 때, 쓰는 말들이 산문이 되어 나왔습니다. 문제가 되었던 유일한 것은 말로 표현해야 할 필요가 있는 것을 말로 표현하는 것이었습니다. 기성의 글쓰기와 관련된 여러 가지의 관습과 상관없이, 제가 쓴 글이 어떻게 들릴지 걱정하지 않고 말이에요. 그때가 1970년대 후반이었고, 그때 이후로 저는 계속해서 같은 태도로 일하고 있습니다.

처음으로 쓰신 산문이 『고독의 발명』이었지요. 1979년과 1981년 사이에 쓰인 논픽션 작품이지요. 그 뒤에, '뉴욕 3부작'이라고 알려진 세 편의 소설, 『유리의 도시』와 『유령들』과 『잠겨 있는 방』을 출판하셨지요. 이 두 형식으로 글을 쓰는 것 사이에 차이가 있다면 그 차이를 설명해주실 수 있나요?

<u>오스터</u> 글을 쓰는 노력은 똑같습니다. 정확한 문장을 쓰기 위해 들이는 노력도 똑같습니다. 그렇지만 상상력으로 쓰는 작품은 논픽션 작품에 비해 훨씬 더 많은 자유가 있고 훨씬 더 많이 조작할 수 있습니다. 다른 한편으로 자유는 종종 상당한 두려움을 주기도 합니다. 다음엔 무엇이 나올까? 내가 쓰고 있는 문장이 절벽의 가장자리에서 나를 떨어뜨리지 않을 것인지 어떻게 알 수 있을까? 자서전적인 작품에서는 미리 이야기를 알 수 있어서, 작가의 주요한 의무는 진실을 말하는 것입니다. 그렇다고 글 쓰는 것이 쉬워지는 것은 결코 아닙니다. 『고독의 발명』의 첫 부분에 사용된 제사에 대해 말씀드리자면, 저는 헤라클리투스가 쓴 문장 하나를 인용하였습니다. 이것은 가이 데븐포트Guy Davenport의 비정통적이지만 상당히 우아한 번역에서 인용한 것입니다. "진리를 찾아 나설 때 예상치 못한 일들에 대비하라, 왜냐하면 진리를 찾는 것은 어려우며, 그것을 찾았을 때 당혹하게 될 것이기 때문이다." 결국 글쓰기는 글쓰기입니다. 『고독의 발

명』은 소설이 아닐 수 있지만, 이 작품 역시 다른 작품에서 제가 그랬던 것처럼 똑같은 질문을 탐색하고 있다고 생각합니다. 어떤 의미에서는 이것이 제 모든 작품의 기초입니다.

그러면 영화 대본은 어떤가요? 〈스모크〉, 〈블루 인 더 페이스〉, 〈다리 위의 룰루〉라는 세 편의 영화 제작에 참여하셨지요. 영화 대본을 쓰는 것은 소설을 쓰는 것과 어떻게 다른가요?

<u>오스터</u>   영화 대본과 소설은 이야기를 전하려고 애쓴다는 것, 이 한 가지 핵심적인 유사성을 제외하면 모든 면에서 다릅니다. 이 두 종류의 글쓰기는 사용할 수 있는 방법이 완전히 다릅니다. 소설은 순전히 이야기를 서술하는 것이지만, 영화 대본은 극을 닮아서 희곡을 쓰는 것처럼 표현할 수 있는 유일한 방법이 대화뿐입니다. 영화 대본과 달리 제 소설은 일반적으로 대화를 별로 사용하지 않습니다. 그래서 영화를 만들기 위해서 완전히 새로운 글쓰기 방식을 배워야 했습니다. 이미지로 생각하는 방식이라거나 살아 있는 사람의 입으로 말을 하는 방식을 스스로에게 가르쳐야 했습니다.

영화 대본을 쓰는 것은 소설을 쓰는 것보다 표현의 제한이 훨씬 많습니다. 영화 대본을 쓰는 데에는 장점도 있고 약점도 있습니다. 영화 대본으로 할 수 있는 일도 있고 할 수 없는 일도 있지요. 예를 들면, 시간의 문제는 책과 영화에서 다르게 작동합니다. 소설은 긴 시간을 단 하나의 문장으로 표현할 수 있습니다. '20년 동안 매일 아침 나는 모퉁이에 있는 신문 가판대로 걸어가서 『더 데일리 뷰글』을 샀다.' 영화에서는 이런 일이 가능하지 않습니다. 영화로는 어느 특정한 날 신문을 사러 거리를 걸어가는 한 남자를 보여줄 수 있지만,

20년 동안 매일 일어난 일을 보여줄 수는 없지요. 영화는 현재라는 시간 속에서만 진행됩니다. 영화에서 플래시백을 이용할 때조차 언제나 과거는 현재가 다른 방식으로 나타난 것에 불과하지요.

『고독의 발명』에는 제가 좋아하는 구절이 있습니다. '지식의 형태로서의 일화'가 바로 그것입니다. 이것은 매우 중요한 아이디어라고 생각합니다. 지식은 결코 선언이나 진술이나 설명이라는 형식으로는 실현되지 않습니다. 이 아이디어가 『빨간 공책』에 들어 있는 이야기들을 엮어내는 기본 원리로 보이더군요.

<u>오스터</u> 동의합니다. 저는 이 이야기들을 이론이나 어떤 철학적인 무게가 없는 일종의 시론이라고 생각합니다. 제 일생에는 이상한 일들이 많았고, 또 예상할 수도 없고 있을 법하지도 않은 사건들이 많이 일어났습니다. 그렇기 때문에, 저는 더 이상 무엇이 현실인지 확신할 수 없게 되었습니다. 제가 할 수 있는 것은 현실의 역학에 대해서 이야기하는 것이며, 세상에서 벌어지고 있는 일에 대한 증거를 모으는 것이며, 가능한 한 충실하게 그것을 기록하려고 애쓰는 것입니다. 저는 제 소설에서 이러한 접근법을 써왔습니다. 이것은 방법이 아니라 신념에 따른 행위입니다. 일어날 것이라고 생각한 대로가 아니라, 또는 이렇게 일어났으면 좋겠다는 대로가 아니라, 실제로 일어난 일을 그대로 제시하는 것 말입니다. 물론 소설은 허구입니다. 따라서 (그 용어의 엄밀한 의미에서 보자면) 소설은 거짓을 말합니다. 그렇지만 모든 소설가는 거짓을 통해 세상에 관한 진실을 말하려고 애를 씁니다. 『빨간 공책』에 모아놓은 짧은 이야기들은 제가 세상을 어떻게 보는지에 대한 일종의 해명서가 됩니다. 세상에서 무엇을 경험하게 될지 예측할 수 없다는 것, 즉 있는 그대로의 진실 말

입니다. 이것에는 상상한 것이라곤 조금도 없습니다. 있을 수 없습니다. 스스로 진실을 말하겠다는 계약을 만들고, 그 계약을 어길 바에는 차라리 오른팔을 잘라버리는 것이 낫겠지요. 흥미롭게도 제가 이 작품들을 쓸 때 염두에 두었던 문학 모델은 농담입니다. 농담은 가장 순수하고 가장 본질적인 형식의 스토리텔링입니다. 모든 단어가 중요하지요.

그 책에서 가장 영향이 컸던 건 번개 이야기여야 할 것 같은데요. 이 일이 일어났을 때 당신은 열네 살이었지요. 당신과 일단의 아이들이 숲으로 소풍을 갔을 때, 갑작스럽게 발생한 끔찍한 번개 폭풍에 갇히게 되었지요. 당신 옆에 있던 친구가 번개에 맞아 죽었고요. 만일 당신이 세상과 글쓰기를 어떻게 생각하는지에 대해 이야기하기를 원한다면, 분명히 이 사건은 중요한 순간이 될 것이라고 생각되는데요.

<u>오스터</u> 그 사건이 제 삶을 바꾸어놓았습니다. 그것은 한 치의 의심도 할 수 없어요. 멀쩡히 살아 있던 제 친구가 한순간에 죽었지요. 저는 불과 몇 센티미터 떨어져 있었습니다. 저는 처음으로 무작위로 일어난 죽음과 함께 세상만사가 당황스러울 정도로 불안정하다는 것을 경험하게 되었지요. 단단한 땅 위에 서 있다고 생각했는데 갑자기 땅이 꺼지면서 사람들이 땅속으로 사라지는 것처럼 말이에요.

공영 라디오 방송과 함께 진행했던 '전미 청취자 사연 프로젝트'* 에 대해 말씀해주시겠습니까? 제가 알기로는, 방송국 담당자가 당신의 목소리를 좋아해서 당신이 방송을 맡아서 할 방법을 찾아내고 싶어했다던데요.

<u>오스터</u> 아마도 제가 수년 동안 피워온 시가 때문일 것입니다. 목구

멍에서 울려 나오는 거슬리는 우렁우렁 울리는 소리, 꽉 막힌 기관지 소리, 쇠퇴한 허파의 힘 때문일 겁니다. 저는 그 결과를 테이프로 들어보았지요. 마치 바싹 마른 지붕을 덮은 마감재 위로 사포 조각이 스쳐 지나갈 때 나는 소리 같았어요.

당신의 아내인 시리 후스트벳이 라디오 청취자들의 사연을 방송국으로 보내게 하자고 제안했지요. 당신은 그중 일부를 선택해서 읽으셨지요. 그 사연들은 청취자들이 직접 경험한 진짜 이야기들이었지요.

<u>오스터</u>　멋진 제안이라고 생각했어요. 미국 전역에서 수백만 명이 미국 공영 라디오 방송을 듣지요. 사연이 충분히 들어오기만 한다면 미국의 현실을 다룬 작은 박물관을 만들 수도 있다고 생각했어요. 사람들은 자신이 원하는 것을 무엇이든지 맘대로 쓸 수 있지요. 중대한 일이든 사소한 일이든, 우스꽝스런 일이든 비극적인 일이든 말이에요. 유일한 규칙이 있다면, 사연이 2~3장 이내로 짧아야 하고 진실해야 한다는 것이지요.

그런데 왜 그렇게 어마어마한 규모의 일을 맡기로 하셨나요? 1년 동안 4000편이 넘는 이야기를 읽어야 하셨다면서요.

<u>오스터</u>　여러 가지 동기가 있었어요. 가장 중요한 것은 호기심이었어요. 다른 사람들이 저와 같은 종류의 경험을 하면서 사는지 알아보고 싶었지요. 제가 별난 사람인지도 궁금했고, 현실이 제가 생각

• 폴 오스터는 한때 라디오에서 매주 20분간 청취자들의 사연 소개 코너를 담당했다. 이때 사연을 골라 『나는 아버지가 하느님인 줄 알았다』를 엮어냈다.

했던 것처럼 정말로 이상하고 이해 불가능한 건지도 궁금했어요. 많은 청취자들이 제공하는 거대한 자료 덕분에, 이 프로젝트는 진정 철학적인 실험의 성격을 띨 수 있었지요.

결과는 어떠했나요?

오스터 저 혼자 기이한 경험을 한 게 아니었다는 사실을 알게 되어 무척 기뻤지요. 바깥세상은 광란의 도가니였어요.

다른 동기로는 무엇이 있나요?

오스터 저는 어른이 된 이후 대부분의 시간을 혼자 방에 앉아서 책을 쓰면서 보냈습니다. 그렇게 사는 것을 정말로 좋아하지만, 삼십대 중반에 영화 일을 하게 되었을 때 다른 사람들과 함께 작업을 하는 기쁨을 재발견했지요. 다른 사람과 함께 일하며 느낀 기쁨은 아마도 제가 어릴 때 여러 스포츠 팀에서 경기했던 것과 관련이 있을 겁니다. 저는 한 가지 목표를 가진 작은 그룹의 구성원인 것을 좋아했지요. 이 그룹의 구성원들 각각은 한 가지 공통된 목표를 달성하기 위해 헌신적으로 일하지요. 농구 경기에서 이기는 것과 영화를 만드는 것은 아주 비슷하답니다. 제가 영화를 함께 만들면서 가졌던 가장 좋았던 점이 아마도 그것일 겁니다. 다른 사람들과 연대되어 있다는 느낌, 서로에게 했던 농담들, 새로 사귄 친구들 말입니다. 그렇지만 1999년에 이르러 영화를 만들고자 했던 저의 시도는 대부분 끝났습니다. 저는 여러 주 동안 한 번도 사람을 보지 않은 채 다시 소설을 쓰게 되었습니다. 바로 이런 이유로 시리가 그런 제안을 하지 않았나 생각합니다. 아내는 제가 다른 사람들과 어울려 일하는 것을 즐긴다고 생각했기 때문이지요. 그녀는 옳았고 저는 그 일을 좋아했습니다.

그 일로 시간을 많이 빼앗기진 않으셨나요?

오스터　제가 하는 다른 일을 방해할 만큼은 아니었습니다. 사연은 천천히 그리고 꾸준히 들어왔습니다. 그리고 투고된 사연에 흥미를 갖고 있는 한 그 일은 그리 나쁘지 않았습니다. 방송을 준비하는 데 대개 하루나 이틀 정도 걸렸지만, 한 달에 한 번만 하면 되었거든요.

공공의 이익을 위해 일하고 있다고 느끼셨나요?

오스터　어느 정도는 그랬다고 생각되네요. 괴물에 맞서 게릴라전을 벌일 수 있는 기회였지요.

괴물이라고요?

오스터　예술 비평가인 로버트 휴즈가 명명한 것처럼 '오락 산업'the entertainment-industrial complex이란 괴물이지요. 요즘 미디어는 유명인, 뜬소문, 스캔들 외에는 별로 보여주는 게 없잖아요. 또, 우리가 우리 자신을 텔레비전과 영화에서 묘사하는 방식이 너무도 왜곡되거나 변조되어서 실제로 사는 삶은 잊혀버렸어요. 우리에게 주어진 것이라곤 충격적인 폭력물과 얼간이 같은 도피주의자의 환상물뿐이며, 뒤에 숨어서 이 모든 것을 몰아가는 힘은 바로 돈이지요. 사람들은 얼간이처럼 다루어지고요. 사람들은 더 이상 인간이 아니라, 필요하지 않은 물건들을 원하도록 조작된 소비자이며 잘 속아 넘어가는 바보에 불과하지요. 이것을 자본주의의 승리라 부를 수도 있겠지요. 또는 자유 시장경제라고 부를 수도 있겠고요. 그것을 무엇이라고 부르든지 간에, 그 안에는 실제적인 미국인의 삶을 재현할 공간이 거의 남아 있지 않아요.

'전미 청취자 사연 프로젝트'가 이 모든 것을 바꿀 수 있다고 생각하셨나요?

오스터 아니요, 물론 아닙니다. 그렇지만 제가 하려고 했던 것은 이 체제에 약간의 흠집이라도 내려는 것이었어요. 소위 보통 사람들에게 자신의 이야기를 다른 사람들과 공유할 수 있는 기회를 줌으로써 보통 사람이란 존재하지 않는다는 것을 증명하고 싶었지요. 우리 모두는 강렬한 내적인 삶을 살고 있으며, 격렬한 열정으로 불타고 있고, 여러 가지로 기억할 만한 경험을 겪으며 살고 있다는 것 말이에요.

당신의 첫 소설인 『유리의 도시』가 갖고 있는 가장 대담한 특징의 하나는 당신 자신이 등장인물로 나온다는 사실이지요. 당신 자신뿐만 아니라 당신의 아내와 아들도 등장인물로 나오지요. 당신은 여러 편의 자서전적인 작품을 썼다고 이미 언급했지만, 소설은 어떤가요? 당신의 소설에서도 자서전적인 재료를 이용하셨나요?

오스터 어느 정도는 그렇지만, 생각하시는 것만큼 그렇게 많지는 않습니다. 『유리의 도시』이후 『유령들』을 썼지요. 이 이야기가 제 생일인 1947년 2월 3일에 시작된다는 것 말고는 개인적인 사항은 전혀 없습니다. 그러나 『잠겨 있는 방』에는 제가 직접 겪은 일들이 여러 가지 사용되었습니다. 팬쇼와 친구가 된 나이 지긋한 러시아 작곡가인 이반 비슈네그라드스키는 실재하는 인물입니다. 1970년대 초에 파리에 살 때 그를 처음 만났습니다. 당시 여든 살이었던 그와 여러 번 만났지요. 제가 이반에게 냉장고를 준 적이 있는데 팬쇼에게도 똑같은 일이 일어났지요. 또 유류 수송선에서 선장에게 아침 식사를 갖다 주기 위해 그가 야단법석을 떠는 장면은, 제가 시속 100킬로미터로 바람이 부는 선교에서 식사가 담긴 쟁반을 떨어뜨리지 않고 몇 센티미터씩 앞으로 나가야 했던 경험에서 나왔습니다. 이 일은 정말로 일생에 단 한 번 버스터 키튼이 감독한 영화에 출연한 것과 같은 느낌을 주었지요. 그리고 화자가 1970년에 할렘의 미국 인구조사 사무소에서 일한 것을 이야기하는 얼빠진 장면이 나옵니다. 그 에피소드는 한 글자 한 글자가 제 자신의 경험을 있는 그대로 설명한 것입니다.

인구조사할 때 가상의 인물을 만들어서 그들을 자료에 넣었다고 말씀하신 적이 있는데, 그것이 사실인가요?

<u>오스터</u> 고백컨대 사실입니다. 이것에 대한 기소 중지 시한이 지났길 바라지만, 이 인터뷰를 한 뒤에 어쩌면 감옥살이를 해야 할지도 모르겠네요. 변호를 하자면, 상관이 그렇게 하도록 장려했다는 점을 덧붙여야겠네요. 소설에 나왔던 것과 똑같은 이유에서 말이에요. "문을 두드렸는데 아무 대답도 없다는 것이 꼭 그 집에 아무도 살지 않는다는 것을 뜻하지는 않잖아. 그러니 상상력을 발휘해야 한다고. 어떻게 해서든 정부를 기쁘게 해야 하지 않겠어?"

3부작 이후의 소설에서는 어떤가요? 독자들과 기꺼이 공유하고 싶으신 또 다른 자서전적인 비밀이 있나요?

오스터　생각해봅시다……. 『우연의 음악』이나『폐허의 도시』나『공중 곡예사』에서는 아무것도 떠오르는 것이 없네요. 『거대한 괴물』에는 두서너 개의 작은 사건이 있고요, 『동행』에는 재미있는 일이 하나 있지요. 타자를 치는 개에 대한 이야기인데요, 저는 여기서 윌리의 옛 대학 룸메이트인(본즈 씨는 이름을 정확히 기억하지 못합니다.) 앤스터 혹은 옴스터로 등장한답니다. 저는 열일곱 살 때 이탈리아에 이모를 만나러 갔어요. 이모는 그곳에서 10년 넘게 사셨는데, 우연히 토마스 만의 딸인 엘리자베스 만 보르게제를 친구로 사귀었지요. 엘리자베스는 동물 연구를 하는 과학자였어요. 점심 식사에 초대받아 들른 날 우리는 그녀가 키우는 개, 올리를 보게 되었지요. 커다란 영국 사냥개였는데, 특별히 고안된 타자기로 코를 써서 자신의 이름을 타자할 줄 알았어요. 올리가 타자 치는 것을 제 눈으로 직접 보았다니까요. 이 일은 제가 본 것 중에서 가장 터무니없고 기이한 일 중의 하나였어요.

『거대한 괴물』의 화자인 피터 아론의 첫 글자 P와 A가 당신의 이름 첫 글자와 같네요. 그리고 아론은 아이리스라고 불리는 여성과 결혼하는데, 아이리스는 당신의 아내 이름을 거꾸로 한 것과 같지요.

오스터　맞습니다. 그렇지만 피터는 시리와 결혼하지 않았어요. 그는 제 아내의 첫 번째 소설인『눈가리개』의 여주인공과 결혼합니다.

소설을 넘나드는 사랑 이야기로군요.

오스터　정확히 그렇네요.

당신 소설 중에서 그 어떤 작품보다도 가장 자서전적인 『달의 궁전』에 대해서는 아무 말도 하지 않으셨네요. 포그는 당신과 같은 연령대이고, 그는 당신이 그랬던 것처럼 컬럼비아 대학교에 다니는데도요.

오스터 맞아요. 그 책은 무척 개인적인 것 같지만, 제 개인적인 삶에서 나온 것은 거의 없습니다. 이 소설에서는 의미심장한 사항 딱 두 가지를 생각할 수 있어요. 하나는 제 아버지와 관련이 있습니다. 저는 이것을 돌아가신 아버지를 위해 하는 복수라고 생각합니다. 그의 묵은 원한을 푸는 방식으로 말이지요. 저는 이 책에 1890년대에 에디슨과 테슬라 사이에 불붙은 직류와 교류 논쟁에 두세 쪽을 할애했습니다. 테슬라는 이 소설에서 주요 인물이 아닙니다. 포그에게 그 이야기를 해주는 에핑은 나이 지긋한 노인인데 에디슨을 많이 비난하지요. 제 아버지가 고등학교를 1929년에 졸업하셨을 때 에디슨은 아버지를 멘로 파크의 연구소에 보조연구원으로 고용했습니다. 아버지는 전기에 관해서 상당한 재능을 갖고 계셨거든요. 그 일을 맡은 지 2주 만에 에디슨은 제 아버지가 유대인이라는 것을 알게 되었고 곧 그를 해고하였지요. 에디슨은 사형시킬 때 쓰는 전기의자를 만들었을 뿐만 아니라 악명 높은 반유대주의자였어요. 저는 아버지를 위해 에디슨에게 복수하고 싶었습니다.

그리고 다른 사항은 무엇이지요?

오스터 에핑이 거리에서 낯선 사람들에게 돈을 나눠주던 밤인데요. 이 장면은 1969년에 제게 일어났던 사건, 즉 H. L. 흄즈(흄즈 박사로 더 잘 알려져 있지요.)를 만났던 일과 직접적으로 연관이 있습니다. 그는 『파리 리뷰』의 창간 발행인 중 하나였어요. 그것은 무척 엉뚱한 일이었지만, 제가 없는 이야기를 만들어냈다고 생각하지는 않아요.

당신의 또 다른 자서전적인 소설인 『빵 굽는 타자기』에는 흄즈 박사에 대한 잊을 수 없는 이야기가 실려 있지요. 이 책은 대체로 당신이 젊었을 때 살아남으려고 애쓰는 그런 이야기이지요. 부제인 '젊은 날 닥치는 대로 글쓰기'는 호기심을 많이 끕니다. 이런 주제를 다루게 된 동기가 있으신가요?

오스터 저는 늘 돈에 대하여 무엇인가 쓰고 싶어했습니다. 재무나 사업 같은 거 말고요. 돈을 충분히 갖고 있지 않은 것, 즉 가난한 경험에 대해서요. 이 과제를 여러 해 동안 생각했고, 제 작업 제목은 항상 '가난에 대한 에세이'였습니다. 매우 로크John Locke다우며, 매우 18세기적이며, 매우 무미건조하지요. 처음에는 심각하고 철학적인 글을 쓰려고 계획했습니다만, 막상 앉아서 글을 쓰기 시작하자 모든 것이 바뀌었어요. 책은 의도했던 것과 달리 저 자신이 경험한 돈과 연관된 문제들에 대한 이야기로 바뀌었습니다. 주제가 약간 음울했음에도 대체로 익살맞은 분위기의 글이 되었습니다.

여전히 그 책은 저 자신에 대한 것만은 아닙니다. 저는 그 책을 어릴 때 만났던 경력이 화려한 인물들 중 일부에 대해 글을 쓸 수 있는 기회로 보았으며, 이 사람들이 당연히 받아야 할 것을 줄 수 있는 기회라고 보았습니다. 저는 사무실에서 일하는 것에 관심을 가져본 적이 없으며, 흰색 와이셔츠를 입고 일할 수 있는 안정된 직장을 갖고 싶지도 않았습니다. 이런 생각들이 매우 마음에 들지 않았어요. 훨씬 수수한 종류의 일에 끌렸습니다. 그리고 그것이 제게 저와 다른 종류의 사람들과 시간을 보낼 기회를 주었습니다. 대학에 가지 않은 사람들과 책을 많이 읽지 않은 사람들 말이에요. 이 나라에서는 노동계급에 속한 사람들의 지적 수준을 얕보는 경향이 있는데요, 제 경험에 기초해 보면 노동자 대부분은 세상을 지배하는 사람들만큼 똑똑합니다. 단지 그들만큼 야심차지 않은 것뿐이에요. 단지 그뿐이지요. 그들이 이야기하는 것을 듣고 있으면 너무나 재미있어요. 저는 가는 곳마다 그들이 하는 말을 따라가느라 애를 먹곤 했지요. 너무도 많은 시간을 책을 읽으면서 보냈지만, 함께 일하는 사람 대부분이 저보다 훨씬 더 말을 잘하더라고요.

『환상의 책』에 나오는 말을 하지 않는 코미디언인 헥터 만은 누구를 모델로 했나요?

<u>오스터</u> 그는 10년 전인지 12년 전인지 제 머릿속에 어느 날 갑작스럽게 나타났습니다. 저는 그 책을 시작하기 전에 오랫동안 그를 생각했어요. 그렇지만 헥터는 처음부터 완벽하게 완성된 존재였습니다. 그의 이름뿐만 아니라, 그가 아르헨티나에서 태어났다는 사실, 흰색 옷과 검은 수염과 잘생긴 얼굴, 이 모든 것이 이미 다 마련되어 있었지요.

헥터 만을 무에서 만들어내셨다고 하지만, 그의 코미디를 묘사한 당신의 글을 읽어보면 그가 진짜 무성영화 배우가 아니었을까 하는 생각이 들어요. 그는 실제로 옛날 영화 세계 속의 인물처럼 보여요. 누가 또는 무엇이 이런 인물을 만들어낼 수 있는 영감을 불어넣었는지 말씀해주시겠습니까?

<u>오스터</u> 잘 모르겠네요. 육체적으로 헥터 만은 1960년대 초에 만들어진 영화인 〈이혼, 이탈리아 스타일〉에 나오는 마르첼로 마스트로이안니와 매우 닮았지요. 확신할 수는 없지만 수염과 흰색 옷이 그

영화에서 나왔을지도 모릅니다. 헥터는 또한 어떤 점에서 초기 무성 영화의 위대한 코미디언인 막스 린더를 닮기도 했습니다. 그리고 어쩌면 레이먼드 그리피스를 닮은 점도 있어요. 지금은 그리피스가 등장했던 영화 대부분이 없어졌어요. 그래서 그리피스란 인물이 거의 잊히긴 했지요. 그는 헥터가 그랬던 것처럼 멋진 신사 역할을 맡아 했고 수염도 길렀지요. 그러나 헥터의 움직임은 그리피스와 비교해 볼 때 더 활기차고 더 예술적으로 안무되었다고 해야 할 것입니다.

영화를 묘사하는 것은 말의 시각화라는 독특한 행위입니다. 이러한 시각적인 단락들을 어떻게 글로 표현하시나요?

오스터 양쪽 균형을 정확하게 맞추는 것의 문제입니다. 모든 시각적 정보를 구체적으로 제시해야만 독자들이 실제로 일어난 일을 이해할 수 있거든요. 그와 동시에 1초에 24장의 화면이 쏜살같이 지나가는 영화처럼 경험할 수 있도록 산문이 빠른 속도로 나아가야 합니다. 너무 자세하게 이야기하다 보면, 전혀 앞으로 나아갈 수가 없기도 하거든요. 또 충분히 자세하지 않으면 아무것도 보여줄 수가 없어요. 그래서 그 장면들을 원하는 만큼 정확하게 묘사할 때까지 여러 번 고쳐 씁니다.

헥터가 등장하는 영화에 대한 이야기는 소설의 중요한 부분이겠지만, 데이비드 짐머야말로 이 소설의 중심인물이라고 해야 하지 않을까요. 소설의 시작 부분에서 그의 아내와 두 아들이 비행기 사고로 죽었다는 것이 알려지지요. 데이비드 짐머는 이 소설 이전에 쓰인 다른 소설에도 이미 등장했지요. 『달의 궁전』에 나오는 마르코 포그의 친구로요. 그 책에서 데이비드 짐머는 애나 블룸의 편지

를 받은 사람으로 나오는데, 그 편지는 실제로 당신의 초기 소설인 『폐허의 도시』의 내용 전체를 이루고 있어요. 『환상의 책』에서 포그는 한 번도 언급되지 않지만, 짐머의 둘째 아들인 마르코의 이름으로 신중하게 언급됩니다.

오스터 저는 짐머를 오랫동안 알아왔답니다. 이제 그는 상당히 나이가 들었고, 우리가 마지막으로 그를 본 이후에 많은 일들이 일어났지요.

『환상의 책』은 매우 복잡한 이야기를 전하고 있습니다만, 이 책의 핵심은 슬픔의 탐구라고 말하고 싶네요. 가족을 잃는 것과 같은 비극적인 사건을 겪은 뒤 어떻게 살 수 있는가라는 문제 말입니다. 사랑하는 사람이 죽은 뒤 우리가 우리 자신을 어떻게 다시 일으켜 세우는가라는 문제 말이지요. 매우 다른 관점에서 보자면 그것은 또한 『동행』이 다루는 중요한 문제입니다, 그렇지 않습니까? 그 질문을 다른 식으로 표현하자면, 이 책들은 10년 또는 15년 전에도 이미 쓸 수 있지 않으셨나요?

오스터 잘 모르겠네요. 이제 저는 오십 대에 접어들었고, 나이가 들어감에 따라 많은 것이 변하더라고요. 시간이 훌쩍훌쩍 흘러가 버리기 시작하고, 살아온 삶이 남은 삶보다 훨씬 더 많다는 것을 깨닫게 되지요. 몸이 조금씩 망가지기 시작하고, 전에 통증을 느끼지 않던 부위에 통증과 고통을 느끼게 되고, 사랑하던 사람들이 하나둘 죽기 시작했어요. 나이가 오십 쯤되면, 우리 모두는 귀신에 씌인 것처럼 살게 되지요. 귀신이 우리 안에 살면서, 산 사람들에게 하는 것만큼 죽은 사람들에게도 이야기를 하지요. 젊은 사람들은 이런 것을 이해할 수 없을 겁니다. 스무 살 먹은 젊은이라고 해서 자신이 죽을 것을 알지 못하는 것은 아니겠지만, 다른 사람의 죽음은 나이 든 사람들에게 심각한 영향을 미치지요. 자신에게 이런 상실이 계속해서 쌓이는 것을 직접 겪기 전까지는 그런 일들이 나 자신에게 어떤 영향을 미칠지 아무도 알지 못합니다. 인생은 너무도 짧고 너무도 연약하고 너무도 알 수 없지요. 결국 살아가면서 얼마나 많은 사람들을 정말로 사랑하는 걸까요? 정말로 몇 사람뿐이겠지요. 몇 명 되지 않을 거예요. 이 사람들이 대부분 죽고 나면 당신의 내적 세계의 지도는 변할 겁니다. 제 친구 조지 오펜^{George Oppen}은 늙는 것에 대해 제게 "어린아이가 늙어간다는 것은 얼마나 기이한 일인가."라고 말한 적이 있지요.

『고독의 발명』에서 오펜이 한 말을 인용하셨지요.
<u>오스터</u>　늙음을 설명한 것 중에서 오펜의 설명이 제가 들어보았던 것 중에서 가장 훌륭하다고 생각합니다.

『거대한 괴물』에서 화자인 피터 아론은 "책이 어떻게 쓰이는지 누구도 말할 수 없다. 심지어는 그 책을 쓰고 있는 사람도 모른다. 책은 무지에서 태어난다. 책이 쓰인 다음에도 계속 생명력을 유지한다면 그것은 오로지 이 책들이 이해받지 못하는 정도에 달렸다."라고 말하지요. 당신은 이 말에 대해 어떻게 생각하시나요?
<u>오스터</u>　저는 좀체 제 이야기를 등장인물을 통해서 직접적으로 하지 않습니다. 등장인물은 종종 저를 닮기도 하고, 제 삶의 어떤 측면을 빌려 쓸 때도 있지요. 그렇지만 저는 그들이 자신만의 생각을 갖고 그것을 자신만의 방식으로 표현할 줄 아는 자율적인 존재라고 생각하고 있어요. 그렇지만 이 경우 아론의 견해는 제 생각과 같다고 볼

수 있습니다.

소설을 쓰기 시작할 때 무엇에 대해 쓰고 있는지 얼마나 많이 의식하시나요? 계획을 세워서 그대로 작업하시거나 미리 플롯을 모두 생각해놓으시나요?

<u>오스터</u> 제가 쓴 책은 모두 제 머릿속에서 '윙윙거리는 소리'라고 부르는 것과 함께 시작합니다. 일종의 음악, 리듬이나 어조라고 할까요. 제가 소설을 쓸 때 들이는 대부분의 노력은 그 윙윙거리는 소리나 리듬에 충실하려고 애쓰는 것이라고 해야 할 것입니다. 이것은 매우 직관적인 일이에요. 이성적으로 설명하거나 판단할 수는 없지만, 틀린 음을 쳤을 때 즉각적으로 알 수 있는 것처럼 정확한 음을 쳤을 때도 대개는 확실히 알 수 있지요.

책을 앞에서부터 순서대로 쓰시나요, 아니면 왔다 갔다 하면서 쓰시나요?

<u>오스터</u> 책의 첫 문장을 쓰기 시작하면 이야기를 끝낼 때까지 쭉 밀고 나갑니다. 항상 순서대로 차례차례 써나가며, 한 번에 한 단락씩 씁니다. 저는 이야기의 궤적에 대한 감을 갖고 있어서, 책을 시작하기도 전에 첫 문장뿐만 아니라 마지막 문장을 미리 구상해놓기도 합니다. 그렇지만 대개는 소설이 진행되면서 이야기가 계속 바뀌어가지요. 출판된 제 책 중 어떤 것도 구상한 대로 만들어진 것은 없습니다. 처음에 구상했던 등장인물과 에피소드는 사라지고, 다른 인물과 에피소드가 발전해가기도 해요. 그렇게 해가는 과정에서 책이 완성되는 겁니다. 일종의 모험이라고나 할까요. 미리 모든 것이 계획된다면 그것은 그리 흥미롭지 않을 겁니다.

당신의 책은 항상 가볍게 구성된 것처럼 보이는데요. 그것이 당신에 대해 경탄하는 이유 중의 하나일 것입니다.

오스터 『환상의 책』을 쓰는 도중에 여러 번 급격한 변화를 겪었기 때문에 마지막 페이지를 쓸 때까지 이야기에 대해 다시 생각해야 했어요. 『동행』은 처음엔 훨씬 긴 책이 될 것이라고 생각했습니다. 이 책에서 윌리와 본즈 씨는 처음에는 중요 인물이 아니라서 곧 사라질 역할을 맡았었지요. 그런데 첫 장을 쓰기 시작하자마자 저는 이 인물들을 좋아하게 되었고, 원래 계획을 버리기로 작정하였지요. 그래서 플롯이라곤 거의 찾아볼 수 없는 이 책은 두 인물에 대한 짧은 서정적인 이야기가 되어버렸어요. 『공중 곡예사』의 경우 처음에는 30~40쪽의 짧은 이야기로 쓰려고 했지요. 그런데 일을 시작하자 스스로 살아서 움직이는 것처럼 보였어요. 글쓰기는 항상 제게 그랬습니다. 실수를 하다가 서서히 또렷한 의식으로 나아가는 것이지요.

'한 번에 한 단락씩'이라는 구절로 돌아가 볼까요?

오스터 글쓰기를 할 때 가장 자연스런 단위는 문단이라고 생각합니다. 제가 산문을 쓸 때는 문단이 시의 단위인 행과 비슷한 기능을 합니다. 저는 만족스러울 때까지 한 문단을 계속 쓰고 또 씁니다. 그 문단이 적절한 모양, 적절한 균형, 적절한 음악을 얻게 될 때까지 계속해서 고쳐 씁니다. 그래서 그 문단이 투명해지고, 쉽게 쓰인 것 같고, 더 이상 '지어낸 것'이 아니라는 느낌이 들 때까지 고쳐 쓰지요. 한 문단을 완성하는 데 어떤 때는 하루, 어떤 때는 반나절, 어떤 때는 한 시간, 어떤 때는 3일이 걸리기도 하지요. 일단 문단이 완성되면 좀 더 잘 보려고 타자로 쳐놓지요. 그래서 각각의 책은 수고^{手稿}와 타자로 친 원고가 있답니다. 나중에 타자로 친 원고를 들여다보면서 고쳐 쓰지요.

그렇게 한 쪽씩 쌓여서 책이 되는군요.

<u>오스터</u> 네, 매우 천천히요.

작품이 완성되기 전에 사람들에게 보여주기도 하시나요?

<u>오스터</u> 시리에게 보여줍니다. 시리는 제 첫 번째 독자이며, 저는 그녀의 판단을 전적으로 믿습니다. 소설을 쓸 때마다 매달 그녀에게 읽어줍니다. 아니면 쓴 것이 20~30쪽에 이르면 읽어주기도 합니다. 소리 내어 읽는 것은 책을 객관화하는 데 많은 도움이 됩니다. 어디에서 잘못되었는지, 말하려고 한 것을 제대로 표현했는지 그렇지 않은지 알게 되지요. 그리고 시리가 소설에 대한 의견을 말해줍니다. 이 일을 벌써 22년째 하고 있어요. 그녀는 항상 놀랄 정도로 통찰력이 뛰어난 말을 해줍니다. 전 그 충고를 따르지 않은 적이 한 번도 없어요.

그러면 부인이 쓴 것도 읽으시나요?

<u>오스터</u> 물론이지요. 그녀가 저를 위해 하는 그대로 저도 그녀를 위해 하려고 하지요. 모든 작가는 믿을 만한 독자가 있어야 합니다. 작가가 작업하고 있는 것에 대해 동감하고, 작품을 가능한 한 훌륭하게 만들기를 원하는 사람 말입니다. 그렇지만 독자는 솔직해야만 합니다. 이것이 독자가 갖추어야 할 근본적인 자격입니다. 절대 거짓말을 해서는 안 되며, 거짓으로 위로해서도 안 되며, 칭찬받을 만한

작품이 아닌 경우에는 절대로 칭찬을 해서도 안 됩니다.

1992년에 『거대한 괴물』을 돈 드릴로에게 헌정하셨지요. 그리고 11년이 지난 후에 드릴로는 당신에게 『코스모폴리스』를 헌정했고요. 당신과 드릴로는 오랜 우정을 나누고 서로의 작품에 대해 존경하고 있는 것처럼 보이는데요. 요즘 동시대 소설가들의 작품으로 어떤 걸 읽고 계신가요?

<u>오스터</u> 꽤 많이 읽고 있습니다. 아마도 제가 셀 수 있는 것보다 더 많이 읽을 겁니다. 피터 캐리, 러셀 뱅크스, 필립 로스, E. L. 닥터로, 찰스 백스터, J. M. 쿠체, 데이비드 그로스먼, 오르한 파묵, 살만 루시디, 마이클 온다티예, 시리 후스트벳……. 이 이름들은 지금 막 입에서 튀어나온 것이어서, 만일 내일 똑같은 질문을 하신다면 아마도 다른 작가들의 이름을 열거할 것이라고 확신해요. 많은 사람들이 믿고 싶은 것과는 다르게 요즘 소설은 상당히 좋은 편입니다. 예전에 그랬던 것처럼 요즘 소설도 건강하고 원기왕성하지요. 소설은 절대 소진될 수 없는 형식이며, 비관론자가 무엇이라고 말하건 간에 소설은 결코 죽을 것 같지 않아요.

그렇게 확신하시는 이유는 무엇인가요?

<u>오스터</u> 소설이야말로 두 낯선 사람이 절대적인 친밀함으로 만날 수 있는 유일한 장소이기 때문입니다. 독자와 작가가 소설을 함께 만드는 겁니다. 어떤 예술도 소설처럼 할 수 없습니다. 그리고 어떤 예술도 소설만큼 인간 삶의 근본적인 내면을 그려낼 수 없습니다.

당신의 새 소설 『신탁의 밤』은 올해(2003) 말에 출간될 예정입니다. 『환상의 책』

이 출판된 지 불과 15개월 만인데요. 그동안 항상 책을 많이 쓰셨지만 이번에는 기록적으로 빨리 쓰셨네요.

오스터 실제로『환상의 책』을 쓰기 전부터『신탁의 밤』을 쓰고 있었습니다. 첫 20쪽 정도를 쓰고 난 뒤에 글쓰기를 멈추었지요. 쓰고 있던 책의 내용을 잘 이해하지 못하고 있다는 것을 깨달았어요.『환상의 책』을 끝내는 데에는 약 3년 정도 걸렸어요. 이 책을 쓰는 내내『신탁의 밤』에 대해 계속 생각하고 있었지요. 마침내 다시『신탁의 밤』으로 되돌아가게 되었을 때, 정말로 놀랄 만한 속도로 이 책을 썼어요. 마치 신들린 것처럼 책을 쓰고 있다고 생각했어요.

글을 쓰는 내내 평탄하셨나요, 아니면 글을 쓰면서 어려움을 겪으셨나요?

오스터 『신탁의 밤』의 마지막 부분에서, 즉 20쪽 정도 남겨놓고 약간의 어려움을 겪었습니다. 제가 책을 쓰기 시작했을 때에는 지금과는 다른 결론을 생각하고 있었어요. 처음에 계획했던 대로 책을 썼더라면 별로 만족하지 못했을 겁니다. 너무도 잔인하고 너무도 선정적이어서 책의 느낌을 손상시켰을 거예요. 그러고 난 뒤 여러 주 동안 아무 진척이 없었고 이 책을 결국 끝내지 못하겠구나라고 생각했던 적도 있어요. 이 소설에 나오는 시드니의 이야기처럼 말이지요. 자신이 수행해야 하는 과제가 걸어놓은 주문에 걸려서, 주인공이 겪는 어려움과 똑같은 어려움을 제가 겪고 있는 것 같았어요. 다행스럽게도 마침내 어떤 생각이 떠올라서 마지막 20쪽을 쓸 수 있었답니다.

좀 전에 '친밀함'이란 단어를 사용하셨는데요. 이 말은『신탁의 밤』과 관련하여 마음에 떠오른 첫 단어입니다. 이 소설은 강렬할 정도로 친밀한 내면을 다룬 소설이며 아마도 가장 흥미를 끄는 작품일 것입니다.

오스터　이 작품은 일종의 체임버 피스°라고 생각되는데요. 등장인물 수가 많지 않고 모든 사건이 2주 동안 일어나지요. 매우 작고 아담하며 탄탄하게 잘 감긴 이야기라고 생각됩니다. 서로 잘 연동되는 부품으로 만들어진 기이한 작은 생명체라고나 할까요.

예전엔 한 번도 쓰지 않았던 여러 가지 요소를 쓰셨지요. 예를 들면 각주와 같은 주석 말이에요.

오스터　물론 독창적인 생각이라고 할 수는 없지요. 그렇지만 이 특별한 이야기에는 주석이 필요하다고 생각했어요. 텍스트의 주요 부분은 현재에, 그리고 2주 동안에 발생한 사건에 국한되어 있어요. 그리고 저는 이 이야기의 흐름을 방해하고 싶지 않았어요. 그래서 과거에 일어났던 일에 대해 설명할 때에만 주석을 사용하였지요.

『신탁의 밤』 이전에 쓰신 몇 권의 책에는 그림을 끼워 넣기도 하셨지요. 「유리의 도시」에는 지도가, 『공중 곡예사』에는 다이어그램이 들어 있지요. 그러나 『신탁의 밤』에는 1927~1938년 바르샤바 전화번호부를 찍은 사진 두 장이 들어 있습니다. 이 사진은 쉽게 잊히지 않으며 매우 효과적이라고 생각되는데요. 어떻게 이런 전화번호부를 구하게 되셨으며, 왜 이 사진을 책에 넣어야겠다고 생각하시게 되었나요?

오스터　1998년에 처음으로 바르샤바에 갔는데, 제 책을 출판하는 폴란드 출판사가 선물로 전화번호부를 주었어요. 그 전화번호부에 오스터라는 이름을 가진 사람이 하나 있는데, 몇 년 후에 나치에게 죽었을 겁니다. 똑같은 방식으로 『신탁의 밤』 화자인 시드니는 그의 친척일 가능성이 있는 어떤 이름을 찾게 되지요. 그런 책이 정말로 있다는 것을 증명하기 위해 사진이 필요했어요. 그것은 제가 만들어낸 것이 아니었지요. 이 소설 전체에는 20세기 역사가 흠뻑 스며들어 있어요. 제2차세계대전과 홀로코스트와 제1차세계대전과 중국의 문화혁명, 케네디 암살 사건 등이 들어 있지요. 이 책은 결국 시간에 관한 책이며, 그 사건에 관련된 것이 모두 덧없을지라도 본질적인 부분입니다.

『신탁의 밤』은 당신의 열한 번째 소설이지요. 소설 쓰는 것이 최근 몇 년 동안 더 쉬워졌나요?

오스터 아니요, 그렇다고 생각해본 적이 없는데요. 각각의 책은 다 새로운 책이지요. 예전에 써본 적이 없으며, 써가면서 스스로에게 글 쓰는 법을 새롭게 가르쳐야만 하지요. 제가 과거에 책을 썼다는 사실은 전혀 아무런 역할도 하지 못하는 것처럼 보입니다. 항상 초심자라고 느끼며, 계속해서 똑같은 문제, 똑같은 장애물, 똑같은 절망에 부딪히지요. 작가로서 너무도 많은 실수를 저지르고, 너무도 많은 형편없는 문장과 생각을 지워버리고, 너무도 많은 가치 없는 부분들을 버리면서, 마침내 배우는 것이라곤 제가 얼마나 어리석은가 하는 점입니다. 그러니 작가란 직업은 참으로 겸허하게 만드는 일이라고 해야겠지요.

• 매우 적은 수의 인물들이 매우 짧은 시간 동안 제한된 공간에 등장하는 영화를 가리킨다.

당신의 첫 소설인 『유리의 도시』의 출판을 17개나 되는 미국 출판사들이 거절했다는 것이 좀체 상상이 되지 않아요. 이제 20년이 흘러서 당신의 책은 30개 이상의 언어로 번역되었습니다. 당신의 이상한 경력에 대해 생각해보셨나요? 힘들게 그 많은 일들을 해오셨고 또 오랫동안 참고 견디어왔지만 마침내 성공을 거두셨잖아요.

오스터 제 경력에 대해 생각하지 않으려고 애를 쓰는데요. 저를 외부에서 바라보는 것이 쉽지 않아요. 그렇게 할 수 있는 정신적인 장비를 갖추지 못한 것 같아요. 최소한 제가 하는 일과 관계되는 한 그렇다고 생각돼요. 제가 무엇을 해왔는지에 대해서는 다른 사람들이 판단을 내릴 일이라고 생각하지요. 그리고 제가 그런 질문에 대한 답을 갖고 있을 것이라고 추정하는 것을 원하지 않아요. 그렇게 하고는 싶지만, 저 자신이면서 동시에 스스로에 대해 판단을 내릴 수 있는 방법을 아직 갖지 못했어요.

마이클 우드 Michael Wood 1948년 영국 맨체스터에서 태어났고 옥스퍼드 대학교에서 역사를 전공했다. 영국 왕립역사학회 회원이며, BBC의 역사 다큐멘터리 프로듀서이다. 고대 그리스·로마 세계와 이슬람 문명을 비롯해, 아메리카 대륙과 아프리카, 이라크, 이집트, 중국 등 전 세계의 역사와 문화를 다룬 100여 편의 저서와 다큐멘터리를 통해 영국 최고의 대중 역사가라는 명성을 얻었다. 저서로 『죽기 전에 꼭 알아야 할 세계 역사 1001 DAYS』, 『신화 추적자』, 『인도 이야기』, 『인류 최초의 문명들』 등이 있다.

주요 작품 연보

『흰 공간들』White spaces, 1980

『고독의 발명』The Invention of Solitude, 1982

『폐허의 도시』In the Country of Last Things, 1987

『달의 궁전』Moon Palace, 1989

『우연의 음악』The Music of Chance, 1990

『거대한 괴물』Leviathan, 1992

『오기 렌의 크리스마스 이야기』Auggie Wren's Christmas Story, 1992

『굶기의 예술』The Art of Hunger, 1992

『빨간 공책』The Red Notebook, 1993

『공중 곡예사』Mr. Vertigo, 1994

『왜 쓰는가?』Why Write?, 1996

『빵 굽는 타자기 – 젊은 날 닥치는 대로 글쓰기』Hand to Mouth, 1997

『동행』Timbuktu, 1999

『나는 아버지가 하느님인 줄 알았다』I Thought My Father was God, 2001

『환상의 책』The Book of Illusions, 2002

『타자기를 치켜세움』The Story of My Typewriter, 2002

『신탁의 밤』Oracle Night, 2003

『브루클린 풍자극』The Brooklyn Follies, 2005

『기록실로의 여행』Travels in the Scriptorium, 2006

『어둠 속의 남자』Man in the Dark, 2008

『보이지 않는』Invisible, 2009

『선셋 파크』Sunset Park, 2010

뉴욕 3부작 The New York Trilogy, 1987

   『유리의 도시』City of Glass, 1985

   『유령들』Ghosts, 1986

   『잠겨 있는 방』The Locked Room, 1986

05

광기와 상상력의 시험장

이언 매큐언
IAN MCEWAN

이언 매큐언 ^{영국, 1948. 6. 21.~}

현대 영문학을 대표하는 작가다. 인간에 대한 날카로운 통찰을
지닌 비판적 리얼리즘 세계를 구축했다. 1998년 『암스테르담』
으로 부커상을 받았고 이어 세계적인 베스트셀러 「속죄」로 로
스앤젤레스 타임스상, 영국비평가상 등을 수상했다. 「속죄」는
영화화되어 한국에서는 〈어톤먼트〉라는 제목으로 개봉했고 골
든글로브 작품상을 수상했다.

1948년 영국 햄프셔 지방에서 군 장교의 아들로 태어
났다. 아버지가 근무했던 군사기지에서 어린 시절을 보
냈으며 북아프리카에서 몇 년간 살기도 했다. 1970년
서식스 대학교 문학부를 졸업한 후 이스트앵글리아 대
학교에서 문학 석사 학위를 받았다. 1975년 졸업논문
으로 쓴 단편소설집 『첫사랑, 마지막 의식』으로 문단에
데뷔했고, 같은 책으로 1976년 서머싯몸상을 수상했다.
1987년 『차일드 인 타임』으로 휘트브레드상, 1998년
『암스테르담』으로 부커상, 2002년 『속죄』로 W. H. 스
미스 문학상, 영국작가협회상, 로스앤젤레스 타임스상,
산티아고상 등을 수상했다. 그 밖의 작품으로는 『이런
사랑』, 『토요일』, 『체실 비치에서』 등이 있다. 여성학자
인 페니 알렌과 결혼하여 아들 한 명을 두었고, 1997년
기자인 애널레나 매카피와 재혼하여 지금은 런던에 살
고 있다.

매큐언과의 인터뷰

애덤 베글리

이 인터뷰는 1996년 매큐언이 심한 감기에 걸려 있던 날 시작되었다.
우리 대화를 녹음한 테이프는 천둥처럼 시끄럽게 코 푸는 소리로 가끔 중단되었다.
그 뒤 우리는 매큐언이 책을 끝냈을 때마다 만났다.

이언 매큐언의 이른 성공은 선정적인 명성과 더불어 왔다. 사람들
은 그의 책이 비비 꼬여 있고 음산하다고 말한다. 실제로 그가 초기
에 쓴 단편 선집인『첫사랑, 마지막 의식』과『시트 사이에서』, 두 편
의 짧은 소설인『시멘트 가든』과『위험한 이방인』은 고통스러울 정
도로 생생하고, 마음을 어지럽히는 장면과 사건을 일으키는 많은 아
이들을 그려내고 있다. 이 책들은 영국 출판계에서 그에게 '이언 매
커버'Ian McAbre *라는 별명을 얻게 해주었다.

　작가에게 붙은 꼬리표는 귀찮을 정도로 들러붙곤 한다. 매큐언
의 다음 네 편의 소설인『차일드 인 타임』,『순진한 사람들』,『검은 개
들』,『이런 사랑』은 초기 작품보다 더 야심차고 사려 깊지만 그 생생

* 같은 발음의 Macabre는 '섬뜩한, 기분 나쁜, 죽음을 주제로 하는'이라는 의미를 가진
다.(역자 주)

함은 여전히 계속되었다. 이 작품들은 각각 유괴당한 아이, 토막 난 몸뚱이, 한 쌍의 끔찍한 개, 무서운 풍선 사고 이야기로 종종 기억된다. 그렇지만 끔찍한 이야기를 기억할 만하게 만드는 선정성과 놀라울 정도로 효과적인 글쓰기. 이 두 요소로 인해, 이 시기에 매큐언이 경력에서 새롭고 더 성숙한 국면을 보여준다는 사실을 잊어서는 안 된다. 잔인하고 풍자적이며 신랄한 맛을 가진 블랙코미디인 『암스테르담』은 또 다른 방향으로의 전환을 예고한다. 이 작품은 독자의 관심을 사로잡는 기성 형식인 핵심 장면을 사용하지 않은 장난기 넘치는 소설이다. 이 책으로 그는 부커상을 탔고, 이는 다음 소설인 『속죄』가 상업적으로도 비평적으로도 어마어마하게 큰 성공을 거두는 데 도움이 되었다. 『속죄』는 매큐언의 최고 걸작이며 또한 소설가는 진화한다는 확실한 증거다. 『속죄』는 『검은 개들』과 『이런 사랑』처럼 아이디어로 가득 찬 소설이며, 『암스테르담』처럼 사회적으로 민감한 문제를 다루고 있고, 『위험한 이방인』처럼 위태로울 정도로 폭력적이며, 『시멘트 가든』만큼 성적이다. 그러나 『속죄』에는 이 모든 요소들이 훌륭하게 통합되어 있다.

매큐언은 성인과 어린이가 다 같이 즐길 수 있는 책도 한 권 썼다. 바로 『피터의 기묘한 몽상』이다. 『가벼운 점심』The Ploughman's Lunch과 같은 몇 편의 영화와 텔레비전 드라마 대본도 썼다. 글을 쓰지 않을 때는 하이킹을 즐긴다.

단정하고 잘 생기고 조심스럽고 정확하고 (작가치고는) 이상할 정도로 신경과민이 아닌 매큐언은 옥스퍼드의 조용하고 잘 관리된 주택 지구에 있는 반짝일 정도로 깨끗한 조지 왕조 스타일의 연립주택에 살고 있다. 아내인 애널레나 매카피는 훌륭한 신문 편집자이다.

이 인터뷰는 1996년 매큐언이 심한 감기에 걸려 있던 날 시작되었다. (우리 대화를 녹음한 테이프는 천둥처럼 시끄럽게 코 푸는 소리로 가끔 중단되었다). 그 뒤 우리는 매큐언이 책을 끝냈을 때마다 만났다. 만날 때마다 매번 이 정도면 충분하다고 생각했다. 마지막으로 만난 것은 2001년 겨울이었다. 그때 『속죄』는 영국의 베스트셀러 목록의 상단을 차지하고 있었고 미국에서 폭발적인 인기를 얻기 몇 달 전이었다.

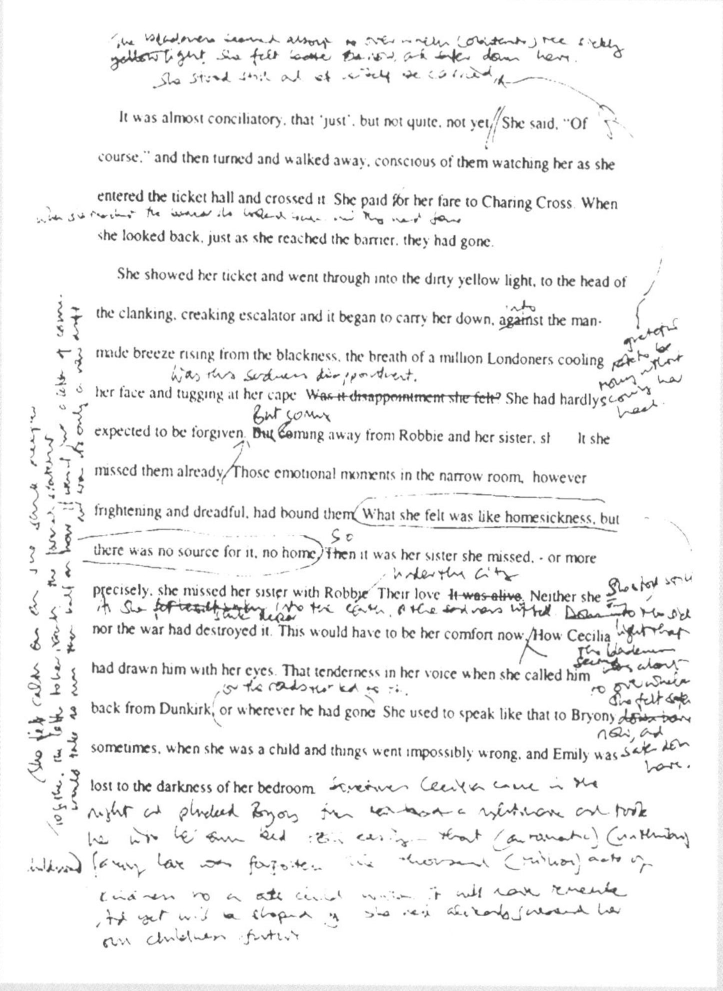

[handwritten at top, largely illegible:] The windows seemed almost to overwhelm [illegible] the sickly yellow light. She felt [illegible] down here. She stood still and [illegible] she [illegible]

It was almost conciliatory, that 'just', but not quite, not yet. She said, "Of

course." and then turned and walked away, conscious of them watching her as she

entered the ticket hall and crossed it. She paid for her fare to Charing Cross. When

[handwritten insert, illegible]

she looked back, just as she reached the barrier, they had gone.

She showed her ticket and went through into the dirty yellow light, to the head of

the clanking, creaking escalator and it began to carry her down, *~~against~~* into the man-

made breeze rising from the blackness, the breath of a million Londoners cooling *[handwritten, illegible]*

her face and tugging at her cape. ~~Was it disappointment she felt?~~ *was this sudden disappointment.* She had hardly *[handwritten, illegible]*

expected to be forgiven. ~~But~~ *But some* Coming away from Robbie and her sister, *sh*   It she

missed them already. Those emotional moments in the narrow room, however

frightening and dreadful, had bound them. What she felt was like homesickness, but

there was no source for it, no home. *So* Then it was her sister she missed. - or more

precisely, she missed her sister with Robbie. Their love ~~It was alive~~. Neither she *[handwritten illegible]*

nor the war had destroyed it. This would have to be her comfort now. How Cecilia *[handwritten illegible]*

had drawn him with her eyes. That tenderness in her voice when she called him *[handwritten illegible]*

back from Dunkirk, or wherever he had gone. She used to speak like that to Bryony *[handwritten illegible]*

sometimes, when she was a child and things went impossibly wrong, and Emily was *[handwritten illegible]*

lost to the darkness of her bedroom *[handwritten, largely illegible:]* whenever Cecilia came in the night and plucked Bryony from [illegible] a nightmare and took her into her own bed [illegible]...

[left margin handwritten notes, illegible]

이언 매큐언 『속죄』 원고 중 한 페이지.

이언 매큐언
×
애덤 베글리

당신의 세 번째 소설인 『차일드 인 타임』에는 화자의 부모가 등장하는데요. 그들이 당신 부모님을 닮았다고 생각합니다. 실제로는 어떤가요?

이언 매큐언   약간은 이상화되었지만 매우 닮았지요. 저의 부모님은 힘든 관계를 가졌지만, 그 사실을 인정하려 들지 않으셨지요. 두 분이 살아계실 때 두 분에 관해 글을 쓰기는 어려웠습니다. 저는 1948년에 올더숏이란 마을 변두리에서 태어났습니다. 그 마을은 빅토리아풍의 약간 보기 흉한 군대 주둔지였어요. 제 아버지는 그 당시 원사ᵃ ˢᵉʳᵍᵉᵃⁿᵗ ᵐᵃʲᵒʳ이셨지요. 아버지는 글래스고 출신이었는데, 나이를 속이고 1933년에 클라이드 공병대에 입대해서 실직을 면하셨어요.

아버지는 『속죄』에도 등장합니다. 오토바이로 군사 소식을 급하게 전하는 업무를 맡으셨는데 1940년 다리에 부상을 입으셨어요. 그래서 팔에 총상을 입은 적이 있는 다른 사병과 한 팀이 되어서 두 분이 오토바이 부품을 수리하셨지요. 그들은 던커크로 가는 길에 로비*를 지나칩니다.

제 아버지 데이비드 매큐언은 매우 잘생기고 꼿꼿했으며 험악한 인상을 주었습니다. 술을 잘 마시고 꽤 무서운 사람이었어요. 전통적인 군대식의 깔끔한 외모와 질서를 상당히 까다롭게 지키는 분이었습니다. 한편 제가 커감에 따라 저를 무척 좋아하셨지요. 그러나 어릴 때 저와 어머니가 누리는 주중의 목가적인 삶은 주말 아버지의 시끄러운 등장으로 깨지곤 했던 걸로 기억합니다. 우리가 살던 작은 조립식 방갈로는 그의 담배 연기로 자욱했지요. 그는 꼬마와 이야기하는 재주가 없었습니다. 술을 좋아했고 군대 친구들을 좋아했어요. 어머니와 저는 아버지를 무서워했지요. 어머니는 올더숏 근처의 작은 마을에서 자랐는데, 열네 살에 학교를 그만두고 호텔 객실 관리인이 되셨지요. 나중에 백화점에서도 일하셨어요. 그러나 그녀는 삶의 대부분을 집을 깨끗이 정돈하고 반짝이게 하는 데 쏟았고 그것에 큰 자부심을 느끼는 당대의 주부였습니다.

『차일드 인 타임』에는 어머니가 울고 있는 장면이 나오지요. 무언가 잘못되었다는 막연한 느낌은 있는데, 어머니가 왜 우시는지 이유는 잘 모르겠어요.

매큐언 아버지의 음주가 가끔 문제가 되곤 했지요. 그렇지만 많은 문제들은 이야기되지 않고 지나갔어요. 그는 감정에 대해 특별히 민감하지 않았고 감정을 표현할 줄도 몰랐지요. 그렇지만 제게 많은 애정을 보여주셨어요. 제가 시험을 통과할 때마다 무척 자랑스러워하셨지요. 저는 가족 중에서 처음으로 대학 교육을 받았습니다.

어릴 때 어떤 성격이셨나요?

매큐언　조용하고, 핼쑥하고, 몽상적이고, 어머니에게 매우 집착하고, 부끄럼을 많이 타고, 학급에서는 평범한 아이였습니다. 『피터의 기묘한 몽상』에는 제 모습의 일부가 들어 있지요. 저는 많은 아이들 사이에선 말을 하지 않는 내성적인 아이였습니다. 아주 친한 친구들만 좋아했지요.

어릴 때부터 책을 많이 읽으셨나요?

매큐언　부모님은 당신들이 결코 받아본 적이 없는 교육을 제가 받을 수 있도록 애를 많이 쓰셨지요. 제가 어떤 책을 읽을지 지도해주실 수는 없었지만 책을 읽도록 권장하셨지요. 그래서 닥치는 대로, 강박적으로 책을 읽었어요. 기숙학교에 있던 십 대 초반엔 어떤 책을 읽는 게 좋을지 방향이 좀 잡혔지요. 열세 살 때 저는 아이리스 머독, 존 마스터스, 니콜라스 몬사라트, 존 스타인벡을 읽었지요. L. P. 하틀리가 쓴 『중개인』The Go-Between은 아주 감명 깊었어요. 저는 대중적인 과학책도 읽었습니다. 아시모프가 피에 관해 쓴 책과 뇌를 설명한 펭귄 스페셜판 등을 읽었지요. 그래서 과학 공부를 하는 것이 어떨까 하고 심각하게 생각해본 적도 있어요. 열여섯 살 때, 닐 클레이튼이라는 매우 유능한 영어 선생님의 영향을 받게 되었습니다. 선생님은 책을 광범위하게 읽기를 권하셨고 허버트, 스위프트, 콜리지를 마치 살아 있는 사람처럼 느끼게 해주셨어요. 저는 엘리엇의 『황무지』**가 쉽게 접할 수 있는 리듬감 넘치는 재즈 시대를 대

• Robbie: 『속죄』의 등장인물.
•• 제1차세계대전 후 유럽의 황폐한 모습을 상징적으로 표현한 시로 1922년에 발표됐다.

표하는 시처럼 느껴졌습니다. 선생님은 리비스[F. R. Leavis]를 추종하셨 어요. 저는 문학을 언젠가 입문하게 될 일종의 성직이라고 생각하기 시작했습니다.

저는 당시 새로 설립된 대학 중 하나인 서섹스 대학에 입학했습니다. 그 대학은 교육받은 사람은 어떠해야 한다는 매우 강렬하고 급진적인 생각을 갖고 있었어요. 학생들은 역사적인 문맥에서 다양한 주제를 배우도록 권장되었습니다. 마지막 해에 읽은 카프카와 프로이트는 제게 깊은 인상을 남겼지요.

대학을 어떤 목적으로 다니셨나요? 당신이 무엇이 될 거라고 생각하셨나요?

매큐언　대학 1학년 때 문학에 대한 성직 개념을 버렸습니다. 저는 당시 교육을 받고 있다고만 생각했습니다. 그러나 글 쓰는 것에 점점 흥미를 갖게 되었습니다. 대부분 그렇듯이 작가가 되겠다고 마음을 정하긴 했지만 어떤 주제를 다룰지에 대해서는 생각이 좀처럼 분명해지지 않았지요. 졸업 후 이스트 앵글리아 대학에 새로운 소설 과정이 있다는 것을 알게 되었습니다. 이 과정을 하면 공부를 하면서 소설을 쓰는 게 가능할 것 같았어요. 대학에 전화를 걸었고 놀랍게도 곧바로 맬컴 브래드버리[Malcolm Bradbury *]와 통화하게 되었습니다. "소설 부문에 아무도 지원하지 않아서 개설하지 않으려고 합니다."라고 그가 말했습니다. 이 과정은 시행 첫해였거든요. 그래서 "제가 지원하면 안 될까요?"라고 물었습니다. "그럼 와서 이야기를 해보고 어떻게 될지 봅시다."라고 대답하더군요.

엄청나게 운이 좋았던 거지요. 1970년 그해에 제 인생은 확 바뀌었습니다. 저는 4주 중에서 3주마다 단편소설을 한 편씩 쓰고 노르위치에 있는 술집에서 맬컴을 30분쯤 만났지요. 나중에는 앵거스 윌슨Angus Wilson•을 만났습니다. 그분들은 대체적으로 제가 써 간 글을 격려해주셨지요. 결코 간섭하려 들지 않았고, 어떤 구체적인 충고도 하지 않았습니다. 이런 방식이 제게 잘 맞았습니다. 그러면서 윌리엄 버로스, 노먼 메일러, 트루먼 커포티, 존 업다이크, 필립 로스, 솔 벨로에 대한 보고서를 써야 했는데, 그들은 제게 계시였습니다. 미국 소설은 당시의 영국 소설에 비해 활력이 넘쳤습니다. 야망과 동력과 거의 감추어지지 않는 광기 같은 것이 있었지요. 저는 나름대로 이 광기에 반응하려고 애썼지요. 그리고 영국적 스타일과 그 주제를 지배하는 우울함에 저항하는 글을 썼습니다. 극한 상황, 미친 화자, 음란함, 충격을 찾아다녔고, 이런 요소들을 조심스러운 또는 잘 통제된 산문에 넣었습니다. 그래서 그해에 『첫사랑, 마지막 의식』의 대부분을 쓸 수 있었습니다.

어떻게 해서 단편소설들이 술집에서 출판사로 가게 되었나요?

매큐언 1971년 언젠가 『트랜스애틀랜틱 리뷰』에 제 첫 소설이 실렸습니다. 그러나 글을 쓰기 시작한 초기에 제게 가장 중요했고, 저를 진지하게 생각했던 첫 편집자는 『뉴 아메리칸 리뷰』의 테드 솔로타로프였습니다. 그는 1972년부터 제 소설을 출판하기 시작했어요. 그는 제게 정말로 큰 도움을 주었고, 통찰력 있는 편집자이기도 했습니다. 그의 리뷰는 페이퍼백 형식의 계간지로 출판되었는데, 각 호마다 제가 들어보지 못한 작가들의 보석 같은 작품이 실려 있었

• 영국의 작가이자 문학비평가로 대학 교수로 재임하며 많은 작가를 배출했다.

습니다. 저는 그가 미국 문단의 중요한 인물이라고 생각합니다. 그에게 많은 빚을 졌지요. 작가로서 처음 출판하는 스릴은 결코 반복될 수 없지요. 솔로타로프는 잡지의 표지에 귄터 그라스, 수전 손택, 필립 로스와 더불어 제 이름을 실어주었습니다. 그때 저는 스물세 살밖에 안 되었어요. 사기꾼 같은 기분이 들었습니다만 정말로 흥분했지요.

이즈음 해서 두 명의 미국인 친구와 함께 히피 여행을 떠났습니다. 우리는 암스테르담에서 폭스바겐 버스를 사서 카불과 파키스탄으로 갔습니다. 여행 도중에 저는 종종 영국의 매력 없는 회색 하늘 아래로 돌아와서 소설을 쓰는 꿈을 꾸곤 했습니다. 6개월 후에는 다시 글을 쓰고 싶어 미칠 지경이 되었습니다. 여행에서 돌아오자마자, 케이프에 살던 톰 마스클러^{Tom Maschler}가 제 단편 선집을 출판하자는 제안을 하였어요. 1974년 겨울에 저는 런던에서 노르위치로 이사했습니다. 이언 해밀턴의 『뉴 리뷰』가 시작될 무렵이었지요. 이언 해밀턴은 2001년 12월에 죽었습니다만 그를 알고 있는 사람들은 여전히 그의 죽음을 슬퍼하고 있습니다. 그가 편집한 잡지는 작가들에게 일종의 분위기를 제공했지요. 그의 비공식적인 사무실은 그리크가에 있는 '헤라클레스의 기둥들'^{the Pillars of Hercules}이라는 술집이었습니다. 이언은 생기 넘치고 혼란스러운 술자리를 주도하곤 했지요. 저는 그곳에서 평생 친구가 된 작가 여럿을 만났고, 그때 이후로 그들의 작품을 계속 꼼꼼히 따라 읽었지요. 그들은 바로 제임스 펜튼, 크레이그 레인, 크리스토퍼 레이드입니다. 저는 그 무렵 마틴 에이미스를 만났고, 『뉴 리뷰』에 에드워드 피그라는 이름으로 칼럼을 쓰는 줄리언 반스도 만났습니다. 우리는 모두 자신의 첫 번째 책을 출판하려 하고 있었어요. 제 생애 첫 출판은 저처럼 문학적으로는 시골 쥐나 다름없는 신참 작가에게는 특별히 열려 있는 대도시 문학 현장에 처음 입장하는 것처럼 매우 즐거운 일이었습니다.

「가정 처방」*은 당신의 첫 번째 선집에 실린 첫 작품입니다. 이 이야기는 십 대 화자가 자신의 어린 여동생을 속여서 근친상간하는 것을 다루지요.

매큐언　이 이야기는 여러 문단에 걸쳐서 단문으로 자신의 성을 자랑하는 헨리 밀러의 화자를 패러디하려는 것이었습니다. 또한 필립 로스의『포트노이의 불만』을 따라 쓴 것이기도 합니다.

「가정 처방」은 여러 가지 정선된 주제를 보여주었습니다. 성교, 근친상간, 자기 학대, 처녀성의 상실, 이런 충격적인 주제로 시작한 것을 후회하지 않으셨나요?

매큐언　그땐 재미있었습니다. 요즘은 그것이 종종 결점이 되지요. '이언 매커버' 같은 별명으로 말입니다. 제가 처음에 얻은 세평으로부터 도망칠 수 없을 것이라고 종종 생각합니다.『속죄』에 대한 업다이크의 리뷰조차도 진부한 타블로이드 스타일이고,『뉴요커』의 리뷰 역시 '열정과 혐오'라고 요약할 수 있지요.

초기 소설들을 출판할 당시에 당신은 스스로를 대담하다고 생각하셨나요?

매큐언　대담하다기보다는 성급했지요. 제 친구들과 나눈 대화는 대체로 매우 외설적인 것들이었어요. 우린 모두 버로스, 로스, 장 주네, 조이스를 읽었는데, 어떤 주제라도 이야기될 수 있었고 모든 것

•『첫사랑, 마지막 의식』, 미디어 2.0

이 실제로 소설에서 다루어졌지요. 저는 제가 우상파괴자라고 생각하지 않습니다. 사실 약간은 점잖고 보수적인 글을 쓴다고 생각합니다. 일상생활의 세세한 뉘앙스와 옷, 말투, 계급과 관련해 아주 미세한 차이를 다루는 영국 소설에는 분명히 스스로를 제한하는 무료함이 있다고 생각합니다. 영국소설은 사회적인 관례에 대해서도 다루는데, 이것을 조작하는 방식이나 이것 때문에 망하는 방식 등에 대해 이야기하지요. 여기에는 물론 풍부한 이야깃거리가 있습니다만, 저는 이것을 잘 알지도 못하고 이런 것에 대해선 아무것도 쓰고 싶지 않았습니다.

그것은 당신의 성장 배경 때문인가요?

매큐언 제 성장 배경은 이상할 정도로 사회로부터 분리되어 있었습니다. 아버지가 군대에서 전역하시고 나서야 우리 가족은 사병이나 장교가 없는, 계급 없는 세상에 처음 들어간 셈입니다. 그리고 제가 들어간 기숙학교는 런던 중심지에 살던 노동계급 출신의 아이들이 교육받은 중산층에 끼어들 수 있도록 국가가 운영하는 실험학교였어요. 제가 다닌 두 대학도, 적어도 영국으로선 적극적으로 탈계급화된 대학이었습니다. 저는 이러한 복잡한 계층에 대하여 어떤 특별한 입장이나 충성심도 없었고, 저의 초기 소설은 이러한 문제에 완전히 무관심했습니다. 제가 카프카에 매료되었던 이유는, 가장 흥미로운 소설은 역사적 환경으로부터 완전히 자유로운 인물을 등장시키는 것이라고 생각하게 되었기 때문입니다. 그러나 어느 누구도 완전히 자유로울 수는 없겠지요. 영국의 비평가들은 제 소설의 등장인물들이 '중하층 계급'이라고 재빨리 못 박을 수 있을 겁니다. 라킨식으로 말하자면, 그런 걸 알아차리는 게 유용하겠지요.

아이들은 어떨까요? 『첫사랑, 마지막 의식』에는 많은 아이들이 등장하는데, 그들은 역사로부터 자유로울 수 있지 않을까요?

매큐언 사실입니다. 아이들의 직업이나 결혼, 이혼을 묘사할 필요는 없지요.

아이들에 대한 글을 쓴 다른 이유가 있는지요?

매큐언 스물한 살짜리 작가는 사용할 만한 경험이 부족하여 제약을 받기 쉽지요. 아동기와 청소년기는 제가 알고 있는 것이었습니다. 많은 작가들은 경력 초기에, 말하자면 아동기와 청소년기에 겪은 경험을 상상력을 통해 요약하고 반복하게 됩니다. 저는 아이 때의 지각은 너무도 분명하여 그것을 잊기 어렵다는 것을 알게 되었습니다. 만일 충분히 느슨하게 주의력을 풀어준다면 어린 시절의 지각이 몰래 기어들지요. 이것들은 애써서 회상할 필요가 없습니다. 그저 그렇게 존재하고 있어서 언제든 쓸 수 있는 것들이지요.

『속죄』의 훌륭한 점 중의 하나는 책의 앞부분에 나오는 브리오니의 관점입니다. 여기서 그녀는 글을 쓰고 싶은 욕망을 가진, 그리고 멜로드라마에 대한 위험한 취향을 가진 조숙한 어린 소녀이지요. 어린이의 관점에서 세계를 다시 상상할 수 있는 어떤 존재로 돌아온 것 같은 기분이었나요?

매큐언 더 깊은 몰입이 가능했습니다. 사람들에게 충격을 주거나 그로테스크한 것을 탐닉하길 원하지 않으면 훨씬 더 심리적으로 자유로워집니다. 소설에서 아이를 그린다는 것은 항상 문제였어요. 아이의 제한된 관점은 숨 막히게 할 수도 있거든요. 헨리 제임스가 『메이지가 알고 있었던 일』에서 했던 것처럼, 복잡한 어른의 언어라는 수단에 의존하여 아이의 마음을 그려내고 싶었습니다. 저는 아이의 언어라는 제한을 원치 않았지요. 조이스가 『젊은 예술가의 초상』의 앞부분에서 그렇게 했지요. 우린 모두 이것을 흉내 내려고 애썼고요. 그는 꼬마의 감각적이고 언어학적인 우주에 독자들을 붙들어 두었고, 그 우주는 활활 타오르다 사라지는 마술 같아요. 마치 어린 시절처럼 말이에요. 조이스가 이야기를 진전시킬수록 언어는 점점 퍼져 나가요. 이 문제에 대한 제 방식은 브리오니를 제 이야기의 '작가'로 만드는 것이었고, 그녀로 하여금 그녀의 어린 자아를 내면으로부터 그려내도록 하는 것이었지요. 다만 성숙한 소설가의 언어로 말입니다.

『시멘트 가든』이 나오기 전에 당신은 얼마나 유명해졌나요?

매큐언 제게 어울리지 않을 정도였지요. 1970년대에 중반 에이미스와 제가 처음 책을 냈을 때는 젊은 소설가들이 많지 않았던 것 같습니다. 그래서인지 우리들은 많은 관심을 받았습니다.

그 무렵에 규칙적으로 글 쓰는 습관이 들었나요?

매큐언 매일 아침 9시 30분까지는 일하러 갑니다. 제가 아버지의 직업윤리를 물려받았나 봅니다. 전날 밤에 무슨 일이 있었던지 간에 아버지는 늦어도 아침 일곱 시에는 일어나셨지요. 아버지가 복무한 48년 동안 단 하루도 빠진 적이 없으셨다니까요.

1970년대에 저는 제 침실의 작은 책상에서 일하곤 했습니다. 만년필로 작업을 했어요. 타자기로 초고를 만들고, 초고에 수정을 하고, 다시 타자기로 쳤습니다. 그리고 전문 타자수에게 최종본을 만들게 했지요. 제가 직접 최종본을 만들었다면 만들면서 수정을 했을 텐데 그렇게 하지 못하는 것이 아쉽다고 느꼈지요. 1980년대 중반에 저는 다행스럽게도 컴퓨터로 소설을 쓰기 시작했습니다. 워드프로세싱은 내면적이어서 생각하는 것 그 자체에 더 가까웠어요. 돌이켜보면 타자기는 엄청난 기계적 방해물이었던 것 같아요. 저는 컴퓨터 메모리에 저장된 인쇄되지 않은 자료의 잠정적인 상태를 좋아합니다. 마치 아직 말하지 않은 생각처럼 말이에요. 저는 문장이나 문단이 끊임없이 수정되는 방식을 좋아합니다. 그리고 믿을 만한 기계가 당신이 적어놓은 사소한 것들까지 모두 기억해서 알려주는 그런 방식을 좋아합니다. 물론 이 기계는 부루퉁해져서 작동을 멈추기도 하지요.

하루에 얼마나 쓰시나요?

매큐언　저는 매일 약 600단어를 목표로 합니다. 운이 좋을 때는 1000단어까지 쓰기를 바라기도 하지요.

『외국으로 이주하기』의 서문에서 "문학작품에는 문학이론에서는 거의 다루어지지 않는 자체적인 즐거움이 어느 정도 존재한다."고 쓰셨지요. 어떤 예들이 있을까요?

매큐언　즐거움은 놀라움에 있습니다. 그것은 명사와 형용사가 적합하게 짝을 이룰 때처럼 작은 것일 수도 있습니다. 완전히 새로운 장면이라거나, 또는 계획하지 않았던 인물이 어떤 구절에서 생겨나서는 갑작스럽게 등장하는 경우도 그렇고요. 의미를 추구할 수밖에 없는 문학비평은 어떤 것들이 단지 작가에게 기쁨을 준다는 이유로 종이에 쓰여진다는 사실을 받아들일 수 없지요. 어느 날 아침 글이 잘 써진다거나 문장을 멋지게 구성한 작가는 평온하면서도 개인적인 즐거움을 경험하게 됩니다. 이 기쁨은 스스로 풍요로운 사상을 해방시키고, 해방된 사상은 새로운 놀라움을 촉발하지요. 작가들은 이런 순간, 이런 시간을 갈망합니다. 『속죄』의 2쪽을 인용하자면, 이것은 그 과제가 실현되는 가장 높은 정점일 것입니다. 어떤 작품의 즐거운 출판 축하 파티도, 많은 독서도, 긍정적인 서평들도 만족도에서 보자면 결코 그런 정점에 미칠 수가 없지요.

『모방 게임』의 서문에서 긴급한 회의를 해야 하고 언제나 택시를 타고 속도를 내서 여기저기 돌아다니는 바쁜 영화감독을 부러워하는 글을 쓰셨지요.

매큐언   여러 주 동안 유령하고 소통하는 것 외에 달리 하는 일 없이 책상에서 침대로 그리고 다시 책상으로 왔다 갔다 해야만 한다면, 당신도 다른 사람들과 관계된 그런 일들을 하고 싶을 겁니다. 그러나 나이가 들어감에 따라 저는 유령과 더 화해하게 되었고, 이제는 다른 사람들과 일하는 것에 관심을 덜 갖게 되었습니다.

당신이 쓴 영화 대본 중에서 만족하시는 작품이 있나요?

매큐언   저는 여러 편에 만족하고 있습니다. 나중에 발생한 일 때문에 마음이 아프긴 하지만요. 제 첫 번째 영화인 〈가벼운 점심〉이 한 치의 어려움도 없이 진행되어서 저는 다소 우쭐해 있었지요. 리처드 에어와 저는 국정 탐사 보도의 분위기를 가진 영화를 만들어보자고 결의했지요. 여러 달 동안 필요한 자료를 모았습니다. BBC 뉴스 편집실에서 어슬렁거리기도 하고, 수에즈 운하의 위기와 관련한 책을 읽기도 하고, 정당의 정치 회의에도 참석하고, 텔레비전 광고를 만드는 것을 지켜보기도 했습니다. 나중에 폴란드 자유노동조합의 전국 조직 연대가 왕성하게 활동하던 시기에 폴란드에 가서 한 국가가 어떻게 스스로를 꿈꿔가는지 생각해보기도 했습니다.

그레이엄 그린*은 이 과정을 설명할 수 있는 좋은 이미지를 보여주었습니다. 그는 영감이 떠오르는 순간을 웅덩이pools라고 불렀습니다. 소설을 쓰는 것은 영감의 웅덩이들 사이에 도랑을 파서 연결하는 것입니다. 제 웅덩이는 영감을 줄 만큼 거대한 것이 없었습니다. 그것은 단지 제가 원하는 배경과 장면들이었지요. 이것들을 모두 연결하는 작업을 할 때 저는 영화 대본을 위한 계획을 두 쪽 정도 썼습니다. 그리고 점심시간에 국립극장에서 일하는 리처드에게 보여주었어요. 그는 그것을 읽어보고는 이것이야말로 자신이 만들어보고 싶은 그런 것이라고 즉시 말했습니다.

저는 6주 동안 영화 대본을 썼습니다. 리처드는 몇 가지 좋은 제안을 해주었어요. 예를 들면, 주인공이 집에 간다면 그의 배경이 어떠한지를 알 수 있기 때문에 좋을 것이라는 식으로 말입니다. 포클랜드 전쟁의 발발은 수에즈 운하 위기와의 흥미로운 유사점을 제공하였습니다. 그러나 정말로, 제가 리처드에게 처음에 보여준 두 장의 종이는 대체로 그대로 영화가 되었습니다. 그 경험은 단순하지만

---

* 영국의 소설가이다. 종교적 테마에 바탕을 둔 비극을 주로 다루었다. 작품으로 『권력과 영광』, 『제3의 사나이』, 『사건의 핵심』 등이 있다.

멋졌어요. 아무것도 문제될 것이 없었습니다. 그것이 얼마나 드문 일인지 그땐 깨닫지 못했습니다.

『순진한 사람들』의 영화 작품에 대한 당신의 경험은 어떠했습니까?

매큐언 지지부진하고 혼돈스럽고 고통스러웠습니다. 제 소설을 영화로 각색한다는 것이 좋은 생각이 아니라는 것을 알았습니다만, 설득을 받아들여서 그 일을 하게 되었지요. 저는 1989년 6월에 소설을 끝냈는데 그로부터 몇 달 후에 일어난 베를린장벽의 붕괴를 영화 속에 넣을 수 있다는 사실에 끌렸습니다. 이사벨라 로셀리니, 앤서니 홉킨스, 캠벨 스콧 등의 멋진 배우들과 존 슐레진저 감독 등 개별적인 요소는 모두 훌륭했습니다. 그렇지만 사람들이 말하듯이 조화가 부족했습니다. 행복한 조합이 아니었던 것이지요. 편집되기 전 판본은 정말 괜찮아 보였지요. 그건 언제나 좋아 보이지 않나요?

『시멘트 가든』은 어떻게 착상하게 되셨나요? 이 책은 당신의 「두 단편」Two Fragments에 나오는 '끝없는 도시의 슬픔'이라는 구절에 대한 것이라고 생각되는데요.

매큐언 저는 몇 해 동안 소설을 쓰지 못했습니다. 그러다 1976년에 미국으로 유쾌한 첫 방문을 하고 돌아왔습니다. 저는 그때 어른 없이 살아야 하는 아이들에 대한 생각에 빠져 있었어요. 이것은 여러 편의 어린이책의 배경이었으며 『파리 대왕』*의 본질이기도 합니다. 저는 이 이야기를 도시를 배경으로 한 이야기로 바꾸어 쓰고 싶었으나 어떻게 해야 할지 몰랐지요. 당시 저는 런던 남부의 스톡웰에 살고 있었습니다. 그곳은 고층 건물과 풀이 뒤덮인 황야가 공존하는 황량한 지역이었어요. 어느 날 오후 책상에 앉아 있을 때 각각 다른 정체성을 지닌 네 명의 아이들이 제 상상력 앞에 갑자기 나타났지요. 그들을 만들 필요가 없었어요. 그들은 이미 만들어진 채로 나타났으니까요. 저는 재빨리 적어놓곤 깊이 잠들었습니다. 일어났을 때 마침내 제가 쓰고 싶어하던 소설을 쓸 수 있게 되었다는 것을 알게 되었습니다. 저는 1년 동안 미친 것처럼 작업했습니다. 저는 이 소설이 짧으면서도 강렬하기를 원했기에 늘 내용을 다듬고 쳐냈습니다.

그들이 일종의 유령처럼 나타났나요?

매큐언 그렇다기보다는 일종의 줄거리 요약처럼 나타났어요. 이 소설과 그다음 소설인 『위험한 이방인』을 기점으로 제가 지난 10여 년 동안 써왔던 밀실 공포증, 탈사회화, 성도착증, 어두운 면을 다룬 형식적으로 단순하면서도 일직선적인 단편소설은 끝을 맺었습니다. 그 이후 저는 글을 쓰면서 스스로를 너무 어려운 상황으로 몰고 갔다고 생각했어요. 그래서 잠시 소설 쓰기를 그만두었습니다. 그리고 제2차세계대전 동안 블레츨리 파크에서 벌어진 암호 해독 작업을 배경으로 한 텔레비전 드라마를 썼습니다. 그리고 『가벼운 점심』과 마이클 버클리를 위한 오라토리오를 썼습니다. 1983년 새 소설인 『차일드 인 타임』을 시작할 무렵 저는 정확한 물리적 장소와 시대—물론 시간 자체도— 에 대해 생각하고 있었고, 사회적인 맥락과 공식적으로 용인받는 야망의 정도에 대해서도 생각하였습니다.

• 영국 작가 윌리엄 골딩의 장편소설로 1954년에 발표되었다. 무인도에 고립된 소년들의 원시적 모험담을 통해 인간 내면에 잠재한 권력과 힘에 대한 욕망을 우화적으로 그려냈다.

『차일드 인 타임』은 인생을 변화시키는 극적인 순간들 중 하나인 아이의 유괴로 시작하지요.

매큐언 맞습니다. 저는 여전히 인간 경험의 극단에서 글을 쓰고 싶었습니다. 그러나 이제는 인물을 더 중시하게 되었습니다. 이러한 위기의 순간들은 인물들을 탐구하고 시험하는 방법이 되었습니다. 어떻게 우리가 극한 경험을 견디어내는지 또는 견디어내지 못하는지, 어떤 도덕적 특성과 의문이 제기되는지, 어떻게 우리들이 우리가 결정한 것의 결과를 받아들이는지, 어떻게 기억이 고통을 주는지, 시간이 무엇을 하는지, 어떤 내적인 힘에 우리가 의존해야 하는지 등등입니다. 당시에 이것은 결코 의식적인 선택이나 체계적인 프로그램이 아니었습니다. 이것은 단지 이 소설부터 시작하여 여러 소설에서 어떻게 그려지느냐 하는 문제였습니다. 물론 이러한 장면들, 어린이 납치, 검은 개들, 헬륨 기구에서의 낙하 같은 장면들은 그 자체로 매력적인 소설의 가능성을 제공합니다. 이런 장면들은 속도에 대한 도전, 묘사, 일종의 북소리 같은 리듬, 액션이 많은 장면에서만 가능한 율동적인 흐름 같은 것을 제공해줍니다. 그것들은 또한 독자를 휘어잡는 수단을 제공하기도 합니다. 그렇게 저는 사건과 아이디어를 얻을 수 있었습니다. 저는 오랜 시간 동안 이 다양한 요소들에 대한 제 취향을 발전시켰습니다.

1986년 애들레이드Adelaide 문학 페스티벌에서 『차일드 인 타임』의 한 장면을 읽었습니다. 어린 소녀가 슈퍼마켓에서 납치되는 장면이었지요. 저는 페스티벌이 열리기 일주일 전에 초고를 마친 상태였고 그것을 시험해보고 싶었습니다. 제가 읽기를 마치자마자 로버트 스톤이 벌떡 일어나더니 아주 열정적인 연설을 하였습니다. 그것은 진실로 그의 가슴 깊은 곳에서 나오는 것처럼 보였지요. "왜 우리는 이렇게 해야 하는가요? 왜 작가들은 이렇게 해야만 하는가요? 왜 독자들은 그것을 원하는가요? 왜 우리들은 생각해낼 수 있는 가장 나쁜 것들을 찾아내려고 그렇게 애쓰는가요? 문학, 특히 현대문학은 가능한 가장 나쁜 경우만 찾으려고 계속 애쓰고 있습니다."라고 그가 말했습니다.

저는 아직도 분명한 답을 찾지 못했습니다. 저는 등장인물이나 우리의 도덕적 본성에 대한 시험이라거나 탐구라는 개념에 의존하고 있습니다. 제임스가 말했던 그 유명한 구절처럼, 사건이란 등장인물을 그려내는 데 지나지 않지요. 아마도 우리는 우리 자신의 도덕성을 측정하기 위해 이런 가장 나쁜 경우들을 사용하는 것 같습니다. 그리고 아마도 우리들은 공포심을 상상력이라는 안전한 범위 내에서 끝까지 시험해볼 필요가 있는 것 같습니다. 일종의 희망을 띤 액막이의 형식으로.

『순진한 사람들』을 쓸 때 느꼈던 즐거움에 대해서 이야기하신 적이 있지요. 그 소설에 나오는 사지를 하나씩 잘라내어 여행 가방에 집어넣는 잔인한 장면, 그러한 장면에 대한 세세한 묘사로 인해 어떤 독자들은 그런 즐거움을 이해하기 어렵다고 생각할 수도 있는데요.

매큐언 그런 잔인한 장면은 6쪽에 불과합니다. 제게 『순진한 사람들』의 나머지 부분은 역사소설로의 새로운 출발입니다. 권력이 영국으로부터 미국 제국으로 이양되는 과정은 길고 느렸어요. 그 과정은 1950년대에야 비로소 완성되는데, 영국 제국이 겪은 치욕적인 수에즈 운하 위기에서 그 절정에 이릅니다. 저는 거대한 규모의 사건들이 개인의 삶에 반영되는 그런 상황에 항상 이끌려요. 서투른 젊은 영국인 전신 기사가 1950년대 중반 냉전 기간에 베를린에서 어른이 되어가면서, 그곳에서 미국 자본과 신용의 힘, 미국 군사력의 범위, 미국 음식과 음악과 영화의 유혹적인 힘을 알게 되는 것, 그리고 바로 얼마 전의 과거라는 악귀가 출몰하는 폐허로부터 도시가 생겨나는 것, 이런 모든 것이 저를 완전히 몰두하게 만들었습니다. 저는 옛날 지도와 사진에 흠뻑 빠졌습니다. 제가 전신 기사가 된 셈이었지요.

대체로 1955년이 배경인 이 소설을 저는 베를린이 아닌 다른 곳에서 썼습니다. 그러나 1987년이 배경인 마지막 장에서 나이 든 주인공인 레너드가 그 도시를 다시 방문하기로 작정하였는데, 저도 그와 함께하기로 결심했습니다. 저는 심한 독감에 걸린 채 갔습니다. 그 도시의 절반은 매우 화려하고 풍요로운 서구 쪽이었는데 제가 잘 알고 있던 파괴된 곳이 아니었습니다. 그 도시 이곳저곳을 걸어 다니는 동안 저는 나이 들고 당황한 사람처럼 느껴졌습니다. 저는 레너드가 그의 애인과 함께 살던 아파트를 찾아가 보았습니다. 그리고 존재하지도 않는 여인에 대한 사랑이 주는 터무니없는 고통을 느꼈습니다. 베를린 남서쪽에 있는 정탐용 땅굴이 있던 자리에도 가 보았습니다. 버려진 공터인 그곳으로 가기 위해 울타리를 넘었습니다. 동독의 보초병이 전망대에서 쌍안경으로 지켜보고 있었지요. 저는 땅과 참호를 여기저기 들쑤시다, 낡은 전화선 조각과 시카고에서 만들어진 천 조각과 전환 장치 조각을 찾았습니다. 그리고 다시 제가 결코 알지 못하는 시간에 대한 향수를 느꼈습니다. 시간과 장소는 관계없는 요소라고 생각했던 두 편의 단편과 두 편의 짧은 소설의 세계로부터 아주 멀리 떨어져 나온 것입니다. 이제 저는 외국 도시에 있으면서 지나간 세월을 느끼며, 저 스스로 등장인물 중 하나인 것처럼 생각하고 있었습니다.

독자를 속이길 바랐던 그 방식으로 당신 자신도 속이셨군요.
매큐언 　일반적으로 사람들은 자신을 속이는 것을 피하고 싶어할 겁니다.

『순진한 사람들』을 쓰기 위해 의학 분야에 대해 조사하셨나요?
매큐언 　옥스퍼드 대학교 머튼 칼리지의 병리학 강사였던 마이클 던닐과 저녁 식사를 함께 했는데, 그에게 비전문가이며 겁먹은 당황한 사람이 시신을 자르는 장면을 쓰려고 계획하고 있다고 말했습니다.

그랬더니 "그럼 당신은 분명히 이언 매큐언이겠네요."라고 말했다지요?
매큐언 　훨씬 더 끔찍한 말을 했습니다. 팔을 톱으로 자르는 데 얼마나 걸리는지 물었더니, 월요일 아침 일찍 열리는 해부학 시간에 오라고 했습니다. 그는 "우리가 팔을 잘라내는 데 얼마나 걸리는지 와서 보세요."라고 말했지요. "그런 짓을 해도 친인척들이 가만히 있나요?"라고 묻자 "제 조교들이 잘라진 팔을 다시 꿰매 놓을 거고, 그러면 감쪽같아요."라고 대답했어요.
　저는 월요일 아침 약속에 대해 심각하게 고민하기 시작했어요. 글이 잘 써지고 있었기에 그런 일에 시간을 뺏기고 싶지 않았거든요. 동시에, 가서 보는 것이 소설가의 의무라고 생각했습니다. 그때 운 좋게도 리처드 에어와 저녁을 먹을 기회가 있었습니다. 그는 제가 가서 보는 것이 미친 짓이라고 생각하더군요. 그 장면을 묘사하는 것보다는 만들어내는 것이 훨씬 나을 거라고 말해주었어요. 그가 그렇게 말하자마자 그가 옳다고 생각했습니다. 나중에 마이클 던닐에게 제가 쓴 장면을 보여주자 그는 잘되었다고 했습니다. 만일 해부학 교실에 갔더라면 저는 아마 기자가 되어야 했을 겁니다. 그렇지만 제가 좋은 기자라고 생각하지 않아요. 저는 본 것을 기억하는 것보다는 상상한 것을 훨씬 더 정확하게 기록할 수 있으니까요.

생각의 가장 기본적인 단위는 단락이라고 말하는 작가도 있고 문장이라고 말하는 작가도 있습니다. 그리고 어떤 사람들은 장면 단위로 작업하기도 합니다.

매큐언　그것들을 서로 분리하는 것은 물론 어려운 일입니다만, 저는 문장이 그 단위라고 생각하고 싶네요. 문장이야말로 작품이 매 순간 수행되어야 할 곳이라고 생각합니다. 만일 초고에서 정확한 문장을 얻지 못한다면 나중에도 정확하게 고칠 수 없을 것입니다. 수정이야 당연히 불가능하지 않겠지만 어려울 수 있겠지요. 초고를 최종본처럼 생각하면서 천천히 작업합니다. 그리고 큰 소리로 단락들을 읽기도 합니다. 물론 단락도 중요한 단위이지요. 그렇지만 저는 문장들이 서로에게 어떻게 울리는지 듣고 싶어하지요. 저는 아내 애널레나에게 각 장 전체의 초고를 들려주곤 합니다. 또는 두세 장을 모아두었다가 휴일에 읽어주기도 해요. 저는 각 장이 나름대로 서로 구별되는 특성을 지닌 일종의 단편이며 그 자체로 완전하고 독립되어 있는 전체라고 생각할 만큼 중요한 구성 요소라고 생각합니다. 그렇지만 이 모든 구별이 와해되는 그런 순간이 옵니다. 그러면 열 시간에서 열두 시간 정도 한꺼번에 작업해서 끝내곤 하는 한 장면

만이 남게 됩니다. 이것이 바로 핵심 장면인 셈이지요. 이 부분은 상대적으로 빨리 처리되긴 하지만, 천천히 오랫동안 개정할 필요가 있습니다.

웬디 레서가 당신의 작품에 대한 서평에서 그레이엄 그린이야말로 『검은 개들』의 플롯에 영향을 준 숨어 있는 유명 인사라고 주장했지요.

매큐언　어떤 작가가 매우 이국적인 장소에서 극적인 요소와 약간의 도덕적이거나 종교적인 반성을 결합하려고 할 때마다 그린의 이름이 거명되곤 하지요. 열대지방에서의 권태, 총, 술병, 해결할 수 없는 딜레마 등등. 이런 것을 그린이 자신의 것으로 만든 일은 찬사를 보낼 만합니다. 그의 작품을 흥미롭게 읽었고, 그가 소설 자체의 본성에 대해 언급한 것을 좋아합니다. 그러나 저는 그린을 엄청나게 추종하지는 않아요. 그의 산문은 제 취향에는 약간 밋밋합니다.

웬디 레서를 다시 인용하겠습니다. "위대한 소설가는(재기 넘치고 솜씨 좋은 소설가와는 달리) 소설을 쓸 때마다 완전히 새로운 허구의 세계를 구성하지는 않는다. 그보다 열등한 작가들이 새로운 허구의 세계를 선택할 수 있는 것과는 달리 위대한 소설가는 그렇게 할 수 없다. 왜냐하면 그가 소설에서 만든 세계는 그에게 현실성을 띠고 있기 때문이다. 그렇지만 이 현실성은 완전히 그 자신이 의도해서 만든 것은 아니다."

매큐언　위대한 작가가 소위 그저 그러한 작가보다 덜 자유롭다는 것은 매우 이상한 생각이라고 여겨지네요. 그렇지만 그녀가 무엇을 말하려고 했는지는 알겠어요. 저는 그녀가 만들어낸 등식에서 위대함이란 요소를 빼버려야겠네요. 아마 장르 작가들을 제외하면 모든 소설가들이 서로 다른 정도로 자신이 다루는 주제 앞에 무력감을 느낄 것입니다. 주제가 당신을 선택했다는 말은 유용하지만 상투적인 표현입니다. 그리고 소설가의 개성은 지울 수 없는 흔적을 남기기 마련입니다. 제 생각으로는 이 또한 조각과 음악과 모든 예술에 적용됩니다. 그렇지만 소설은 특별한 경우이지요. 형식으로서의 소설은 명백하게 드러나는 의미가 풍부할 뿐만 아니라 다른 이의 마음, 관계, 인간의 본성과도 긴밀하게 관련되어 있어요. 그리고 수만 개의 단어를 쓸 정도로 너무도 길어서 작가는 자신의 개성을 작품에 남겨놓게 마련입니다. 이것에 대해 우리가 할 수 있는 것은 아무 것도 없습니다. 소설 형식은 전체적이어서 이런 걸 다 포괄하지요. 제가 시작하는 새 책은 완전히 새로운 출발이라고 생각합니다. 『속죄』와 『암스테르담』은 완전히 새로운 세계이지요. 그러나 독자들은 제가 전에 만들어놓은 것과 새로 만든 것을 아무 어려움 없이 통합한다는 것을 알게 되었습니다.

『검은 개들』에는 준과 버나드가 젊을 때 찍은 사진을 묘사한 단락이 있지요. 화자는 이 스냅사진을 보면서 "순수함이라는 환상을 만들어내는 것은 바로 사진 자체다. 사진의 얼어붙은 내러티브의 아이러니는 등장하는 인물들이 변화하거나 죽을 거라는 사실을 분명하게 깨닫지 못하게 만든다."는 걸 깨닫지요.

매큐언 과거가 사진에 의해 매개될 때 위조된 순진함을 얻게 됩니다. 소설은 사진이 갖고 있지 않은 이점을 갖고 있습니다. 소설은 생색내지 않아요. 소설은 이런 사후적 아이러니를 내재하고 있지 않지요. 이건 수전 손택이 한 말입니다. 소설은, 과거에는 현재를 구성하는 핵심적인 모든 것이 결여되어 있다고 생각하려는 유혹에 저항하도록 도와줍니다. 우리가 『오만과 편견』이나 『미들마치』를 읽을 때 등장인물들이 우스꽝스러운 모자를 쓰고 있다거나 말을 타고 돌아다닌다거나 성sex에 대해 분명하게 말하지 않는다는 이유로 그들이 순진할 것이라고 믿으려는 유혹을 받지는 않습니다. 왜냐하면 우리들은 그들의 생각과 느낌과 딜레마를 완전히 알 수 있거나 또는 조심스럽게 허락된 만큼 알 수 있기 때문입니다. 이야기가 흘러감에 따라 그들은 우리 앞에 그들의 본래 성격대로, 동시대인으로서, 의도되지 않은 아이러니에 의해 상처 입지 않은 채로 나타나지요.

아이러니 없이 소설을 쓰는 것은 용기를 필요로 합니다. 예를 들자면, 진정한 악에 대해 글을 쓰는 것과 같은 경우이지요.

매큐언　당신이 아이러니를 믿지 않을 때에는 특히 더 그렇지요. 신이 없는 곳에서, 악이 인간의 삶을 조직하는 원칙이라거나 어렴풋하게 이해된 초자연적인 힘이라고 믿는 것은 어렵지요. 『검은 개들』에서 준은 이런 의미로 악을 믿지만, 그녀의 남편인 버나드는 믿지 않습니다. 그러나 그는 악이 강력한 생각이란 것을 알고 있지요. 인간 본성의 한쪽 면에 대해 이야기하는 것은 유용한 방식이며 또한 은유적으로 풍부하죠. 그런 이유로 그것 없이 살기는 힘들 겁니다. 악 없이 사는 것은 더 힘들며, 신을 믿지 않는 것보다 더 힘들 것 같습니다.

『이런 사랑』에서 악은 정신병의 형태로 나타나지요. 어떤 이야기가 소설의 처음에 나오나요? 『뉴요커』에 발췌되어 실린 부분인 식당에서 시도된 암살이 첫 부분인가요?

매큐언　소설의 첫 부분에서 한 남자가 주소록을 열심히 뒤적이며 범죄와 관련이 있는, 그가 알 만한 사람을 찾고 있지요. 그리고 나이 든 히피들에게서 총을 한 자루 사려고 나가지요. 그때 그가 왜 총을 사려 했는지 또는 그는 어떤 사람인지 저는 알지 못했습니다. 다만 제가 알고 있던 것은 제가 이 장면을 쓰고 싶었다는 것이지요. 이것이야말로 그레이엄 그린의 웅덩이의 하나입니다. 제가 판 첫 번째 도랑은 식당에서 시도된 살인으로 나를 이끌었습니다. 『이런 사랑』은 분명한 생각 없이 무작위로 선정된 장면과 스케치로 시작됩니다. 전 합리적인 것을 찬양하는 식으로 글을 쓰고 싶었습니다. 블레이크, 키츠, 메리 셸리 이후로 합리적인 충동은 사랑 없음이나 냉혹하게 파괴적인 것과 연계되곤 합니다. 우리 문학에선 자신의 감정을 믿지 못하는 인물들은 항상 실패한 존재로 나오지요. 그렇지만 합리적인 생각을 수용할 수 있는 능력은 우리 본성의 놀라운 측면이며, 사회적인 혼란과 불의와 최악의 과도한 종교적 확신이 나타나는 경우에 저항할 수 있는 모든 것이기도 합니다. 『이런 사랑』을 쓸 때 저는 옛 친구와 연락을 하고 있었습니다. 그 친구는 『검은 개들』에서 가장 합리적인 사람이었던 버나드가 결코 단 한 번도 제대로 기회를 얻은 적이 없다고 말했습니다. 그것은 사실입니다. 준의 경험에 대한 그 친구의 영적인 해석은 이 소설의 중심적인 은유를 지시합니다.

『순진한 사람들』과 『검은 개들』에서 역사가 등장인물이 되었던 것처럼, 『이런 사랑』에서는 과학이 등장인물이 될 수 있다고 생각하시나요?

매큐언　꼭 그렇지는 않습니다. 과학의 경계는 최근에 다소 흥미로운 방식으로 확장되었습니다. 감정, 의식, 인간 본성 자체는 생물학의 본령이 되었습니다. 그리고 이런 주제들은 소설가들에게 주요한 관심사가 되었습니다. 이것이 문학의 영토를 침입함으로써 매우 많은 결실을 맺게 할 것이라고 생각합니다. 제가 『차일드 인 타임』에서 할 수 있었던 것보다 이 소설에서 더 성공적으로 소설이 과학을 통합할 가능성이 있었습니다.

『이런 사랑』에는 조가 아이의 미소에 대해 클라리사와 나누었던 대화를 기억하는 순간이 있습니다. 조는 윌슨^{E. O. Wilson}의 말을 인용합니다. 윌슨은 미소에 대해 '사회적인 긴장 완화제' 또는 아이가 부모의 사랑을 더 많이 받으려고 선택한 인간 행동의 한 요소라고 말했지요. 이런 말들은 조에게는 완벽할 만큼 합리적으로 들립니다. 어느 정도까지는 말이에요. 미소를 짓는 것은 분명히 배워서 하는 행동은 아닙니다. 심지어 눈먼 아이조차 미소를 짓지요. 흔히 말하듯이 이것은 인간의 고유한 행동 양식입니다. 그러나 클라리사는 그것은 결코 아이의 미소에 대한 적절한 묘사가 아니라고 생각합니다. 그러자 조는, 이것이야말로 그의 성격적 결함인데요, 분별없고 둔감하게 그녀를 꺾어 누르면서 자신의 주장을 계속 밀고 나갑니다. 왜냐하면 그조차도 자신들이 진짜 이야기하고 있는 게 자신들의 삶에서 부재한 아이에 대한 것임을 알고 있기 때문입니다.

전 흥미로운 은유를 위해 과학을 단순히 약탈하여 사용하는 것 이상의 것을 하고 싶습니다. 생물학적 사고는 이와 같이 사소한 장면에서 과학적인 내용에 감정적인 부분을 대립시키는 것을 가능하게 합니다. 이것은 기계적인 양자학의 관점이나 우주의 시간을 소설에 집어넣는 것보다 훨씬 더 흥미롭습니다. 더 숙성한 것이며 인간적인 척도에 근거한 것이지요.

임상 병력을 담고 있는 『이런 사랑』의 부록은 미국의 일부 비평가들을 우스꽝스럽게 만들었지요.

매큐언 그 부록을 쓰면서 재미있었습니다. 어떤 비평가가 제가 소설의 근거가 되는 사례 연구에 너무 집착한다고 혹평하였지요.

조는 분명히 생물학적인 진화론을 믿고 있지요. 어느 정도까지 당신의 신념이 반영되어 있나요?

매큐언 종교적 광신자만이 인간이 생물학적 진화론의 산물이라는 것을 부인하고 싶을 겁니다. 문제는 진화론적인 과거가 얼마나 많이 우리를 우리 자신에게 설명할 수 있는가라는 것입니다. 제 추측으로는, 우리가 이전에 생각했던 것보다는 더, 진화 심리학의 '그럴듯한' 설명의 옹호자들이 원하는 것보다는 약간 부족하게입니다. 우리는 여러 문화에 걸쳐 존재하는 인간의 본성, 즉 일련의 기질들을 묘사할 수 있으며, 인간 본성을 만들어낸 적응할 만한 압력에 대해서 믿을 만한 추측을 할 수도 있습니다. 그러나 이것으로 얼마나 많이, 그리고 얼마나 깊이 한 개인의 세세한 행동을 이해할 수 있을지 확신하지 못합니다. 우리의 유전 형질을 형성하는 데 기여한 문화, 사회적인 환경은 엄청나며 매혹적인 신호를 보냅니다. 유전 형질과 사회 환경을 분리하는 것은 어렵지요. 분명히 우리의 삶이 우리를 우리로 만든다는 것은 맞습니다. 그러나 우리는 백지상태로 태어나지 않을 뿐더러, 우리가 어떤 형태로든 원하는 대로 다 취할 수는 없습니다. 우리의 차이는 어떤 무한한 범위 안에서 일어나지 않고, 사람들이 서로 닮은 방식은 최소한 그들이 서로 다른 방식만큼이나 흥미롭습니다. 이 영역은 소설가들과 생물학자들이 서로에게 많이 이야기해야 할 영역이며, 이것이 바로 제가 『이런 사랑』을 쓴 이유의 하나입니다.

『암스테르담』을 쓰게 된 동기는 무엇인가요?
매큐언 이것은 저의 오랜 친구이며 하이킹 동료인 레이 돌란과 오랜 시간 나누었던 농담에서 시작되었습니다. 우리는 가벼운 마음으로 우리가 서로 동의할 만한 것을 생각하게 되었습니다. 우리 중의 하나가 알츠하이머 같은 병을 앓게 된다면, 병에 걸린 친구가 치욕적인 소모성 질환에 굴복하게 놓아두느니 차라리 암스테르담에 데리고 가서 법적으로 죽을 수 있게 하자는 것이었지요. 그래서 우리들 중의 하나가 매우 중요한 하이킹 장비를 잊거나 엉뚱한 날 비행장에 나타날 때마다—이런 일들은 사십 대 중반부터 일어난다는 것을 아시겠지만—다른 친구가 "자, 자네는 곧 암스테르담에 가야겠군."이라고 말하지요. 우리가 클라이브 린리라는 등장인물이 걸었던 호수 지방을 걷고 있을 때 저는 두 인물이 그런 약속을 하게 되고 서로 죽이려고 동시에 상대를 암스테르담으로 데려가려고 하는 것을 생각해보았지요. 좀 신빙성 없는 우스운 플롯이지요. 저는 그때 『이런 사랑』을 반쯤 썼습니다. 그날 밤 저는 이 생각을 적어두고는 소재가 고갈될 때를 대비해서 치워두었어요. 제가 이것을 쓰기 시작하고 나서야 등장인물들이 다시 나타났고, 그러자 이 이야기는 마치 자신의 생명력을 가진 것처럼 보였답니다.

『암스테르담』은 전에 쓰신 소설과 매우 다르던데요.

매큐언　『차일드 인 타임』, 『순진한 사람들』, 『검은 개들』, 『이런 사랑』이 『암스테르담』보다 먼저 쓴 네 편의 소설인데요, 이것들은 모두 어떤 생각을 탐색하려는 소망에서 시작되었습니다. 비교해보자면 『암스테르담』은 무책임하고 자유로워 보이지요. 전 단순한 계획을 갖고 있었고, 그것이 어디로 이끌어갈 수 있는지 확인해보고 싶었습니다. 어떤 독자들은 이 소설이 가벼운 오락거리라고 생각하지만, 쓸 당시에도 이 소설은 제게 『차일드 인 타임』이 그랬던 것처럼 일종의 전환점이었습니다. 전 등장인물들에게 더 많은 여지를 주려고 했어요. 젖을 떼는 것처럼, 제게는 떼어버리고 싶은 어떤 지적인 야망이 있었습니다. 『암스테르담』을 먼저 쓰지 않았더라면 저는 『속죄』를 쓸 수 없었을 것입니다.

그레이엄 그린에게 돌아가자면, 그는 자신의 소설을 심각한 소설과 오락거리로 구분하곤 했지요. 『암스테르담』을 오락의 범주에 넣으시겠습니까, 아니면 심각한 소설의 범주에 넣으시겠습니까?

매큐언　제가 알기론 나중에는 그린이 그런 구분을 포기했지요. 아마 누구든 그 이유를 알 수 있을 것입니다. 그러나 당신의 질문 취지는 알 수 있어요. 전 『암스테르담』을 쓸 때 매우 즐거웠습니다. 그리고 여전히 그 소설로 인해 기쁩답니다. 출판되었을 때도 호평을 받았지요. 그러나 불운(제 것과는 정반대인 불운)은 이 소설이 부커상을 받았다는 것입니다. 그 시점부터 어떤 사람들은 이 소설을 깎아내리기 시작했답니다. 그런 이유만으로 저는 이 소설이 제가 쓴 다른 모든 소설과 더불어 진지하게 평가받기를 바랐지요. 분명히 저는 이 소설을 오락거리라고 제한을 두고 싶지도, 그래서 더 관대한 처분을 바라지도 않습니다.

『속죄』는 어떻게 시작하셨나요? 브리오니였나요?

매큐언 세실리아로 먼저 시작했습니다. 『이런 사랑』처럼 그것은 여러 달 동안의 스케치와 낙서 끝에 나온 소설입니다. 어느 날 아침 저는 손에 들꽃을 들고 거실로 들어오면서 꽃병을 찾는 어떤 젊은 여인을 600단어 정도로 묘사했습니다. 그녀는 정원에서 한 젊은이가 일하고 있다는 것을 알게 되었는데, 이 젊은이를 보고 싶기도 하고 피하고 싶기도 했습니다. 저 스스로에게 그 이유를 설명할 수는 없었습니다만, 마침내 소설을 쓰기 시작했다는 것을 깨달았습니다.

그것이 사랑 이야기의 서두였나요?

매큐언 저는 아무것도 알지 못했습니다. 천천히 한 장을 엮었습니다. 세실리아와 로비가 샘에 갔을 때 꽃병이 깨집니다. 그녀는 옷을 벗고 꽃병 조각들을 건지러 물에 뛰어듭니다. 그리고 아무 말도 없이 그로부터 점점 더 멀리 걸어갔습니다. 그러곤 더 쓸 수 없었어요. 약 6주 정도 동안 곰곰이 생각하였습니다. 이것은 어디에서 생긴 일이며 언제 생긴 일일까? 이 사람들은 도대체 누굴까? 난 무엇을 알고 있지? 그러곤 다시 쓰기 시작했어요. 사촌과 함께 연극 공연을 준비하는 브리오니에 대한 장을 썼습니다. 제가 이 장을 마칠 즈음 소설의 윤곽이 분명해졌습니다. 한 집안 전체가 드러나고, 던커크와 성 토마스 병원이 저 먼 미래에 등장하리란 것을 어렴풋이 알게 되었습니다. 핵심적으로 저는 브리오니가 이 두 장의 저자라는 것과,

그녀가 끔찍한 실수를 저지를 것이라는 것과, 그녀가 평생 동안 일련의 원고를 쓰는 것이 그녀의 속죄 형식이 될 것이란 것을 알게 되었습니다. 나중에 첫 부분을 마쳤을 때 저는 이 두 장을 맞바꾸어서 여러 번 고쳐 썼습니다.

브리오니가 속죄하고 있지 않을 때 혹은 『속죄』를 쓰지 않을 때, 어떤 소설을 쓰고 있었다고 생각하시나요?

매큐언 브리오니는 『애매한 대답』을 쓴 로저먼드 레이먼의 활기를 갖추었으며, 『한낮의 열기』를 쓴 엘리자베스 보웬과 같은 작가였을 겁니다. 그녀가 처음 글을 썼을 때 그녀는 여기저기서 버지니아 울프를 연상케 했습니다. 초기 원고를 만들 때 저는 책의 마지막 부분에 포함시키려고 브리오니의 전기적인 사항을 적었습니다. 결국 싣지 않기로 작정했지만요. 여기에 제가 쓴 그녀의 전기가 있습니다.

작가 설명 브리오니 탤리스

1922년 서리에서 고위 공무원의 딸로 태어났다. 그녀는 로디언 학교에 다녔고 1940년 간호사 교육을 받았다. 전쟁 중 겪었던 간호 경험은 1948년에 출판된 그녀의 첫 소설 『앨리스 라이딩』의 소재가 되었고, 그해에 이 소설로 소설 분야에서 피츠로비아상을 받았다. 그녀의 두 번째 소설인 『소호 솔스티스』는 엘리자베스 보웬이 '심리적인 예민함을 다룬 비밀스런 보석'이라고 칭찬하였으며, 그레이엄 그린은 그녀를 '전후에 등장한, 보다 흥미로운 재능을 가진 작가의 하나'라고 묘사했다. 1950년대에 출판된 여러 편의 소설과 단편 선집은 그녀의 명성을 강화했다. 1962년에 그녀는 『스티븐튼의 헛간』을 출판하였는데, 이는 제인 오스틴의 유년 시절의 가정극 연구다. 탤리스의 여섯 번째 소설인 『무자맥질 의자』는 1965년 베스트셀러였으며 줄리 크리스티가 출연한 성공적인 영화로 만들어졌다.

그 후 1970년대 후반에 비라고 출판사가 젊은 세대를 겨냥하여 작품을 재출판하기 전까지 브리오니 탤리스의 명성은 쇠퇴하였다. 그녀는 2001년 7월 죽었다.

그린에 대해 말하자면 그는 언제나 젊은 작가들에게 비록 재미없긴 하지만 약간의 친절한 칭찬을 해줄 준비가 되어 있었지요. 2001년 7월에 저는 제 원고에 마지막 수정을 하였습니다.

당신은 브리오니에게 긴 인생과 문학적인 성공을 줌으로써 그녀를 너무 쉽게 용서했다고 생각하지 않으시나요?

매큐언 그녀는 결코 악한 마음으로 행동하지 않았습니다. 게다가 그녀가 처한 환경에서 생각할 게 너무 많았기 때문에, 오래 사는 것이 그녀에겐 결코 큰 상이 아니었습니다. 진짜 악한은 폴 마셜과 롤라 마셜이었는데, 그들은 성공하고 행복하고 오래 살았지요. 심리적인 리얼리즘은 종종 악한이 잘사는 것을 요구하기도 합니다.

당신의 아버지가 던커크에서 철수할 때의 이야기를 들은 적이 있나요?

매큐언 그럼요. 던커크 후퇴가 마음에 많은 앙금을 남겼는지, 아버지는 말년(그는 1996년에 돌아가셨지요.)에 자꾸만 그 경험으로 되돌아가곤 하였습니다. 저는 제가 쓴 이야기를 보여드릴 수가 없어서 유감스러웠습니다. 그의 죽음은 무의식적으로 제 소설에 부재하는 아버지들로 반영되어 있다고 생각합니다. 던커크를 향해 흩어진 채 나아가던 사람들은 자신들의 아버지가 북프랑스의 같은 평원에서 죽거나 싸웠다는 것을 알고 있었을 것입니다. 아버지는 할아버지가 1918년에 부상 치료를 받았던 리버풀에 있는 앨더헤이 병원에서 치료받았습니다.

『피터의 기묘한 몽상』에 대해서 아직 많은 이야기를 나누지 못했네요. 『검은 개들』을 쓴 다음에 어린이를 위한 글을 쓰는 경향은 어떠셨습니까?

매큐언　어린이책이라고 해서 결코 크게 다르지 않습니다.

어린이책을 쓸 때 기본 원칙은 무엇이었나요?

매큐언　소득세에 대해 언급하지 않기, 성관계 장면을 노골적으로 묘사하지 않기입니다. 물론 피하는 소재도 있습니다. 그리고 알맞은 언어만 찾을 수 있다면 열 살짜리와 나눌 수 없는 이야기는 거의 없답니다. 그러지 못한다면 당신은 조금도 이야기를 나눌 수 없을 것입니다. 그래서 저는 항상 분명하고 정확하고 단순한 산문을 좋아합니다. 아이들이 즐기고 이해할 수 있는 그런 산문 말이지요. 저는 교훈이 많이 들어간 이야기를 피하고자 했습니다. 저는 아이들이 어떻게 행동해야 하는지에 대해 가르치는 어린이문학은 마음에 안 듭니다. 각 장을 25분이면 충분히 읽을 수 있는 잠잘 때 들려주는 이야기로 썼고, 이것들을 제 아이들에게 읽어주었습니다. 저는 아이들에게 익숙한 여러 가지 집안일들을 이야기에 포함시켰어요. 예를 들자면 저희 집 고양이, 정돈이 안 된 부엌 서랍 등등 말입니다. 제 아이들은 여러 가지 제안을 해주었고, 나중에 교정본, 책 디자인, 서평들을 보게 되었지요. 그들은 책이 어떻게 만들어지는지 알게 되었지요. 그 당시에 『검은 개들』을 쓰고 있었는데, 『피터의 기묘한 몽상』은 매우 즐거운 기분 전환거리였습니다.

『차일드 인 타임』에서 스티븐은 제일 좋은 어린이책은 불가시성이란 특성을 갖고 있다고 말한 적이 있지요. 당신이 『피터의 기묘한 몽상』을 쓰는 동안 이 말이 당신에게 떠올랐나요?

매큐언 전 기억하지 못했지만, 그것은 분명히 목표로 삼아야 할 것이었습니다. 아이들은 뒤로 편히 기대 앉아서, 이야기에 나오는 이미지가 우아하거나 조밀한 것을 찬탄하지 않지요. 말이 그들에게 영향을 미치길 바라며, 곧바로 사건 그 자체로 이끌어 가주길 바라지요. 그리고 지금 무슨 일이 벌어지고 있는지 알고 싶어합니다. 어쩌면 그런 종류의 불가시성은 순수성을 잃어버린 시대에 속한 것이기에 어린이책에 더욱 적절합니다.

당신은 당신의 세대 중에서 그런 방향으로 가기를 열망하는 것처럼 보이는 유일한 작가라고 여겨지는데요. 에이미스에겐 언어구사력, 루시디에겐 풍부함, 반즈에게는 박학다식함이 있지만요.

매큐언 자, 잠시만요. 우리는 어린이 소설에 대해 이야기를 나누고 있었지요. 모더니즘, 그 실험과 실패 이후 한 세기가 흐른 뒤, 우리가 논의하는 이런 종류의 불가시성은 심각한 글쓰기에선 가능하지 않습니다. 저의 이상은 선명한 붓질이 더해진 흐릿한 달걀 껍질 색의 캔버스입니다. 이러한 붓질이 당신을 산문으로 곧장 데려갈 것이고, 이상적으로는 더욱 큰 힘으로 당신을 다른 한쪽으로 몰아 이름 붙여진 사물로, 그러고 나서는 사물 자체로 몰아 갈 것입니다. 양쪽을 모두 만족시킨다는 것…… 아마도 그것은 열망에 불과할 것입니다.

그것이 얼마만큼 작가로서의 자의식과 관련이 있을까요?

매큐언　저는 종종 모든 문장이 그 자체의 과정에 희미한 해설을 담고 있다고 느낍니다. 이 느낌이 항상 도움이 되는 것은 아닙니다만, 당신이 이 느낌으로부터 벗어날 수 있을 거라고 생각하진 않습니다. 기껏해야 당신이 할 수 있는 일이라고는 그것을 당연한 것으로 받아들이고, 자기 지시의 노예가 되지 않도록 하며, 언어가 한 사람의 정신으로부터 다른 사람의 정신으로 생각과 느낌을 전달할 때 언어의 감각적이고 정신에 감응하는 능력에 충실하는 것입니다.

당신은 『피터의 기묘한 몽상』처럼 어린이와 어른 모두를 위한 책을 더 쓰고 싶으신가요?
매큐언　사람들이 그런 것을 묻거나 무대극을 쓸 예정인지를 물을 때, 저는 항상 거짓말로, 자동적으로 그렇다고 대답합니다.

왜 그렇게 하시나요?
매큐언　가능성을 닫아버리고 싶지 않아서입니다. 그러나 이와 동시에 저는 책을 쓰고 난 뒤 제가 다음엔 무엇이 떠오를지 단순히 기다리리란 걸 압니다. 이것은 의식적으로 통제할 수 없거나 통제하고 싶지 않은 과정입니다. 물론 저는 연극 작품이나 또 다른 어린이책이나 놀랄 만한 소네트 연작을 쓰고 싶습니다. 그러나 이것이 진짜 의미하는 것은 무엇일까요? 그건 제가 이미 써놓은 작품이 있었으면 좋겠다는 것입니다. 이것은 제가 되풀이해서 꾸는 꿈을 떠오르게 하네요. 저는 서재의 책상에 앉아 있고 무척이나 좋은 기분을 느낍니다. 서랍을 열자 작년 여름에 끝냈는데 너무 바빠서 잊고 있던 소설이 제 눈앞에 놓여 있다는 것을 알게 됩니다. 그것을 꺼내서 읽고는 훌륭한 작품이란 것을 알게 되지요. 걸작이군! 그러곤 다음과 같은 생각이 떠오릅니다. 이 작품에 얼마나 열심히 공을 들였던가. 그리고 나중에 따로 치워놓았지. 정말 훌륭해. 그리고 다시 찾게 되어서 너무도 기뻐.

그 꿈에 반전이 있나요? 가령 그 소설은 사실은 마틴 에이미스가 쓴 것이었다든가?

매큐언 아니, 아니요. 이건 행복한 꿈이랍니다. 그것은 제 소설이지요. 저는 그것을 우편함에 넣고는 잠에서 깨어나지 않으려고 애쓰는 것 말고는 아무것도 할 필요가 없는 거지요.

애덤 베글리 Adam Begley 미국의 프리랜서 작가이며 『뉴욕 옵저버』 편집자였다. 1989년 하버드 대학을 졸업했고 스탠퍼드 대학에서 박사 학위를 받았다. 『뉴욕 타임스』, 『로스앤젤레스 타임스』, 『가디언』, 『파이낸셜 타임스』에 글을 기고하며, 현재 2014년 출판 예정인 존 업다이크의 전기를 쓰고 있다.

아마도 우리들은 공포심을 상상력이라는
안전한 범위 내에서 끝까지 시험해볼 필요가 있는 것 같습니다.
일종의 희망을 띤 액막이의 형식으로.

주요 작품 연보

06

존재하며 부재하는
정교한 가면

필립 로스
PHILIP ROTH

필립 로스 ^{미국, 1933. 3. 19.~}

미국 현대문학의 대표적인 작가로 손꼽힌다. 유대인의 풍속을 묘사한 단편집 「안녕, 콜럼버스」로 이름을 알렸다. 미국으로 이주한 유대인들의 경제적인 성공과 미국으로의 동화 과정에서 심화되는 세대 간 갈등 같은 주제를 다루었고 계층, 인종, 민족, 국가와 같은 범주와 그 경계에 내포된 폭력성, 배타성을 일관되게 비판해왔다.

미국 뉴저지 주에서 태어난 폴란드계 유대인이다. 시카고 대학에서 영문학을 전공하고 졸업 후에는 문예창작을 가르치며 작품 활동을 계속하였다. 유대인의 풍속을 묘사한 단편집 『안녕, 콜럼버스』로 전미도서상을 수상하며 이름을 알렸다. 이 작품에서 로스는 가족 의식이 강한 유대인 사회의 신구 세대 간 대립을 예리하게 묘사하였다. 1969년 어느 변호사의 성생활을 고백한 『포트노이의 불만』을 발표하며 상업과 비평적 성공을 동시에 거둔다. 이 밖의 작품으로 대학 마을의 젊은 지식인들을 묘사한 『자유를 찾아서』, 『그녀가 아름다웠을 때』 등이 있다. 전미도서상과 전미비평가협회상을 각각 두 번, 펜포크너 상을 세 번 수상했다. 또한 최근에는 펜PEN 상 중 가장 명망 있는 두 개의 상을 수상하기도 했다.

로스와의 인터뷰

허마이오니 리

> 그의 온화한 겉모습 아래에는 대단한 집중력과 정신적인 탐욕이 있었다.
> 그의 맷돌은 모든 것을 갈아버리고, 어떤 애매함도 용납하지 않으며,
> 의견의 차이는 심하게 몰아세웠다.
> 유용하지 않을 것 같으면 지체 없이 논의를 그만두었다.

필립 로스를 만난 것은 내가 메수엔 출판사의 현대 작가 소개서 시리즈에 그의 작품에 대한 작은 책을 출판하고 난 뒤였다. 그는 내가 쓴 책을 읽고 아량 넘치는 편지를 보내주었다. 처음 만난 뒤 그는 내게 『해부학 수업』의 네 번째 수정본을 보내주었는데, 나중에 이 책에 대해 이야기를 나누었다. 그가 이 수정본을 보내준 이유는, 소설 쓰기의 마지막 단계에서 그의 작품에 흥미를 가진 몇 명의 독자로부터 가능한 한 많은 비판과 반응을 듣고 싶어했기 때문이다. 그가 『해부학 수업』을 다 쓰고 나서, 우리는 『파리 리뷰』의 인터뷰를 시작했다. 우리는 1983년 초여름에 팰맬에 있는 로얄 오토모빌 클럽에서 만났다. 이곳은 로스가 영국을 방문할 때마다 방을 빌려 작업하던 곳이다. 그 방은 세심하게 고른 비품인 아이비엠사의 타자기, 알파벳 순서로 늘어놓은 파일 상자들, 탁상용 전등, 사전들, 아스피린, 원고걸이, 수정

을 위한 펠트펜, 라디오를 갖춘 작은 사무실로 바뀐다. 몇 권의 책이 벽난로 선반에 놓여 있고, 그 책 중에는 어빙 하우가 출판한 자서전인 『희망의 가장자리』와 에릭 에릭슨이 쓴 『청년 루터』, 레너드 울프의 자서전과 데이비드 마가세크의 『체호프』, 존 치버의 『오, 그것은 멋진 낙원처럼 보이는 걸』, 포다이스의 『만성적인 고통과 질병을 치유하기 위한 행동법』(이 책은 주커먼에게 유용할 듯), 클레어 블룸의 자서전인 『무대조명과 그 후』, 몇 편의 『파리 리뷰_인터뷰』가 있었다. 우린 이 사무실처럼 꾸며진 작은 방에서 하루 반나절 동안 이야기를 나누었다. 물론 식사 시간은 예외였다.

나는 무척 세심한 배려를 받았다. 로스의 차분하고 예의를 갖추어 입은 옷과 금테 안경은 마치 런던을 방문한 미국 출신의 조용한 전문가처럼 보였다. 학자나 변호사 같은 외모는 그의 예의범절과 잘 어울렸는데, 무척 정중하고 온화하며 호의적이었다. 그는 모든 것을 주의 깊게 들었으며, 재치 있는 농담을 많이 했고, 농담을 듣고 즐거워하였다. 그의 온화한 겉모습 아래에는 대단한 집중력과 정신적인 탐욕이 있었다. 그의 맷돌은 모든 것을 갈아버리고, 어떤 애매함도 용납하지 않으며, 의견의 차이는 심하게 몰아세웠다. 유용하지 않을 것 같으면 지체 없이 논의를 그만두었다. 그는 즉각적으로 반응하면서, 자신에 대해 흥미를 느끼게 하고자 고백적인 대답을 피하는 방식으로 (비록 매우 직설적일 수도 있지만) 비유적인 언어를 장난스럽게 사용해 생각을 전개시켜 나갔다.

인터뷰 녹취록은 길고, 무척 재미있고, 우스꽝스럽고, 잘 정리되어 있지 않으며, 반복적이었다. 나는 이것을 적당한 길이로 줄였고, 정리한 것을 그에게 보내주었다. 그러곤 긴 휴식기가 있었다. 그동안 그는 미국으로 돌아가서 『해부학 수업』을 출판하였다. 1984년 초 그가 영국을 다시 방문하였을 때 우리는 다시 만났다. 그는 내가 정리한 것을 수정하였고, 그것이 마지막 완성본이 될 때까지 계속했다. 내게는 이 과정이 매우 흥미로웠다. 그가 한 편의 소설을 끝내고 새로운 소설을 시작한 그 6개월 동안 인터뷰는 많이 변했다. 더 투쟁적이고 더 활력을 갖게 되었다. 여러 번에 걸쳐 수정된 인터뷰 원고는 로스가 작업하는 방식을 보여주었다. 처음 나누었던 가공되지 않은 대화는 멋지고 열정적이고 농축된 산문으로 바뀌었고, 예전에 나누었던 생각은 새로운 의견을 낳았다. 이러한 과정을 거친 인터뷰 결과는 필립 로스가 자신을 표현하는 방식에 대한 설명이면서 동시에 하나의 예시다.

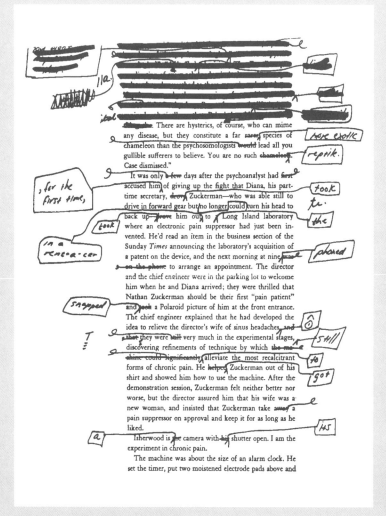

. There are hysterics, of course, who can mime
any disease, but they constitute a far ~~rarer~~ species of
chameleon than the psychosomologists ~~would~~ lead all you
gullible sufferers to believe. You are no such ~~chameleon~~.
Case dismissed."

more exotic
reptile.

It was only ~~a few~~ days after the psychoanalyst had ~~first~~
accused him of giving up the fight that Diana, his part-
time secretary, ~~drove~~ Zuckerman—who was able still to
drive in forward gear but no longer could turn his head to
back up ~~drove him out~~ to ~~a~~ Long Island laboratory
where an electronic pain suppressor had just been in-
vented. He'd read an item in the business section of the
Sunday *Times* announcing the laboratory's acquisition of
a patent on the device, and the next morning at nine ~~used~~
~~~~ ~~on the phone~~ to arrange an appointment. The director
and the chief engineer were in the parking lot to welcome
him when he and Diana arrived; they were thrilled that
Nathan Zuckerman should be their first "pain patient"
and ~~took~~ a Polaroid picture of him at the front entrance.
The chief engineer explained that he had developed the
idea to relieve the director's wife of sinus headaches, ~~and~~
~~that~~ they were ~~still~~ very much in the experimental stages,
discovering refinements of technique by which ~~the ma~~
~~chine could significantly~~ alleviate the most recalcitrant
forms of chronic pain. He ~~helped~~ Zuckerman out of his
shirt and showed him how to use the machine. After the
demonstration session, Zuckerman felt neither better nor
worse, but the director assured him that his wife was a
new woman, and insisted that Zuckerman take ~~away~~ a
pain suppressor on approval and keep it for as long as he
liked.

, for the
first time,

took
to.

the

in a
race-a-car

phoned

snapped

T
::

ô

still

to

got

e

his

Isherwood is ~~the~~ camera with ~~his~~ shutter open. I am the
experiment in chronic pain.

a

The machine was about the size of an alarm clock. He
set the timer, put two moistened electrode pads above and

『해부학 수업』의 교정쇄에 필립 로스가 수정한 것.

필립 로스
×
허마이오니 리

새 작품을 어떻게 시작하시나요?

필립 로스　새 작품을 시작하는 것은 즐거운 일이 아닙니다. 곤경에 빠진 등장인물에 대한 이야기로 작품을 시작하는데, 등장인물과 그가 처한 곤경 등에 대하여 아무것도 알 수 없기 때문입니다. 주제를 알지 못하는 것보다 더 곤란한 것은 주제를 어떻게 다루어야 할지 알지 못할 때입니다. 왜냐하면 후자야말로 궁극적으로 제일 중요하기 때문이지요. 새 작품을 쓰기 시작하면, 그 첫 부분은 끔찍하지요. 저는 먼저 출판했던 책에서 벗어나기를 원하는데, 새 작품의 첫 부분은 이전 책에서 벗어나기보다는 그 책에 대한 무의식적인 패러디에 가깝습니다. 자석이 그 중심으로 모든 것을 끌어당기는 것처럼, 저도 작품의 중심이 될 무엇인가를 필요로 합니다. 바로 이것이 제가 새 작품을 쓸 때 처음 여러 달 동안 모색하는 것입니다. 생생한 단락 하나를 쓰기 위해 저는 종종 100쪽이나 그 이상을 쓰기도 합니다. 그리고 "됐다. 이것이 이야기의 시작이야. 바로 여기서 시작하자."라고 자신에게 말하곤 합니다. 그것이 제 책의 첫 번째 단락이 되지요. 저는 처음 6개월 동안 쓴 것들을 다시 읽으면서 생명력이 넘치는 한 단락, 한 문장, 경우에 따라서는 한 구절에 빨간색 밑줄을 긋고 이것 모두를 한 페이지에 타자합니다. 대개 이것은 한 쪽 정도의 분량밖에 되지 않지만, 운이 좋다면 이것이 제 이야기의 첫 쪽이 되기도 합니다. 생생함을 찾는 이유는 작품의 특징을 정하기 위해서 입니다. 새 소설 쓰기를 이렇게 끔찍하게 시작한 후에는 여러 달 동안 자유롭게 글을 씁니다. 그리고 자유로운 글쓰기가 위기에 이르면, 제 이야기에서 등을 돌리고 그 작품을 싫어하지요.

새 작품을 시작하기 전에 얼마만큼 미리 구상하시나요?
로스 '새 작품을 시작할 때' 가장 중요한 어떤 것도 미리 준비되어 있지 않습니다. 문제 해결 방법이 준비되어 있지 않다는 것이 아니라 문제 자체가 준비되어 있지 않다는 뜻입니다. 이야기를 쓰기 시작할 때 제게 저항하려는 것이 무엇인지를 알아보려 하지요. 저는 문젯거리를 찾습니다. 종종 글을 처음 쓸 때 확신이 서지 않는 경우가 있는데, 그 이유는 글쓰기가 어려워서라기보다는 글쓰기가 충분히 어렵지 않기 때문입니다. 거침없이 글을 쓴다는 것은 아무것도 일어나고 있지 않다는 증표입니다. 거침없이 글을 쓴다는 것은 실제로는 글쓰기를 멈춰야 한다는 증표이지요. 한 문장에서 다른 문장으로 넘어갈 때 어둠 속에서 헤매게 되면, 계속 글쓰기를 해야 한다는 확신이 생깁니다.

항상 시작 부분이 있어야 글을 쓰신다는 뜻인가요? 끝 부분부터 글을 쓸 의향은 없으신지요?

로스   제가 아는 바로는 저는 끝 부분부터 글을 쓰기 시작합니다. 제가 쓴 첫 쪽이 만일 1년 후에도 여전히 쓸모가 있다면, 제 글의 200쪽이 될 수도 있습니다.

당신이 버린 100쪽 또는 그 이상의 글은 어떻게 되나요? 당신은 그것을 남겨두시나요?

로스   일반적으로는 다시 보지 않으려고 하지요.

글쓰기가 잘 되는 어느 특정한 시간대가 있나요?

로스   저는 하루 종일 글을 씁니다. 아침, 오후, 거의 매일 글을 씁니다. 제가 2년 내지 3년 동안 그렇게 앉아 있으면, 마침내 한 편의 작품이 완성되지요.

다른 작가도 그렇게 오랜 시간 동안 작업한다고 생각하시나요?

로스   저는 다른 작가들에게 글 쓰는 습관에 대해 묻지 않습니다. 정말로 그 문제에 대해 관심이 없답니다. 조이스 캐롤 오츠는 어디선가 이렇게 말했습니다. 작가들이 서로에게 언제 작업을 시작하는지, 언제 끝내는지, 그리고 얼마나 오랫동안 점심을 먹는지 물을 때, 그들이 정말로 알고 싶은 것은 '그도 나만큼 미쳤나?'라는 점이라고 하네요. 그러니 저는 그 질문에 답할 필요가 없다고 봅니다.

당신이 읽은 것이 글을 쓰는 데 영향을 미치나요?

로스　저는 글을 쓸 때 내내 책을 읽는답니다. 주로 밤에요. 이것이야말로 제 회로를 열어두는 방법입니다. 이것이야말로 제가 하던 일을 놓고 약간의 휴식을 취하면서 쓰고 있는 작품에 대해 생각할 수 있는 방법이지요. 책을 읽는 것은 글쓰기라는 전반적인 강박관념에 연료를 주입하는 것으로 책을 읽은 만큼 글쓰기에 도움이 됩니다.

작품을 쓰는 동안 다른 사람에게 보여주기도 하시나요?

로스　제 실수가 익어서 적절한 때에 터지는 것이 훨씬 더 유용합니다. 저는 글을 쓰면서 가급적 비판적인 입장을 취합니다. 이야기가 아직 반도 끝나지 않았다는 것을 알고 있을 때 듣는 칭찬은 제게 아무 의미가 없습니다. 더 이상 글을 쓸 수 없다고, 그리고 이제 글쓰기를 마쳤다고 믿고 싶어지기 전까지는 하고 있는 일을 누구에게도 보여주지 않습니다.

글을 쓸 때 당신의 작품을 즐겨 읽는 독자들을 마음에 두고 쓰시나요?

로스　아니요. 대신 종종 저를 싫어하는 독자를 염두에 둡니다. '그가 이 작품을 얼마나 싫어하려나!'라고 생각해요. 이것이 제가 필요로 하는 자극입니다.

소설 쓰기의 마지막 단계를 '위기'라고 말씀하셨지요. 이 위기의 순간에 당신이 쓰던 작품에 싫증이 나고 작품을 싫어하게 된다고 하셨지요. 글을 쓰실 때 항상 이런 위기가 있나요?

로스　항상요. 저는 여러 달 동안 원고를 들여다보면서 말하지요. "이것은 잘못되었어. 그렇지만 무엇이 문제이지?" 저는 스스로에게 묻습니다. "만일 이 책이 꿈이라면 무엇에 대한 꿈일까?" 그러나 이 질문을 할 때 또한 저는 그동안 소설을 써온 것을 믿으면서 동시에 잊으려고 합니다. 그리고 설사 그렇지 않은 경우라도 '이것이 정말로 일어났군.' 하고 말하려고 합니다. 이 생각은 작가가 만들어낸 이야기를 꿈처럼 보이는 현실로 인식하려는 것이지요. 이 생각은 살과 피를 가진 사람을 문학작품 속의 등장인물로 만들거나, 등장인물을 살과 피를 가진 사람으로 바꾸기도 하지요.

그 위기에 대해 더 말씀해주시지요.

로스 『유령 작가』때 드러난 많은 위기들 중의 하나는 주커먼, 에이미 벨레트와 안네 프랑크와 관련이 있었습니다. 안네 프랑크로서의 에이미 벨레트라는 인물이 주커먼 자신이 만들어낸 것이라고 보기가 쉽지 않았어요. 수많은 다른 선택의 가능성에 대해 고민한 뒤, 저는 그녀가 그의 창작품일 뿐만 아니라 그녀 스스로 자신을 만들어냈을 수도 있다고 생각했습니다. 한 젊은 여인이 주커먼의 창조 안에서 자신을 만들어내는 것이지요. 혼돈이나 혼란을 일으키지 않고 이 환상을 풍부하게 만드는 것, 애매하면서도 분명하게 만드는 것이 한 해 여름과 가을 내내 제 소설의 문젯거리였습니다. 『해방된 주커먼』의 위기는, 소설이 시작될 때 주커먼의 아버지가 아직 죽지 않았어야 한다는 사실을 알아차리지 못한 결과로 초래되었습니다. 결국 저는 그가 아들인 주커먼이 쓴 신성모독적인 작품이 베스트셀러가 되었기 때문에 그가 죽게 된다는 이야기로 책을 종결지어야 한다는 것을 깨달았어요. 그러나 일을 시작하자마자 저는 이 이야기를 책의 맨 앞에 두었고, 그러고 나선 수개월 동안 묵묵히 쳐다보기만 할 뿐,

아무것도 알아내지 못하였습니다. 저는 그 책이 앨빈 페플러를 벗어나기를 원한다는 것을 알았습니다. 저는 한쪽 방향으로 우격다짐하듯이 밀어붙이다가 깜짝 놀라게 하고 싶었습니다. 그러나 이 소설의 강박적 관심거리인 살인, 죽음의 위협, 장례, 장례식장이 주커먼의 아버지의 죽음으로부터 멀어지게 하는 것이 아니라 아버지의 죽음으로 이끌어간다는 것을 깨닫기 전까지, 저는 제가 처음에 썼던 원고들의 전제를 포기할 수 없었습니다. 사건들을 어떤 식으로 배열하면 큰 혼란에 빠져 꼼짝 못하게 되기도 하고, 사건들을 어떤 식으로 재배열하면 갑자기 그 혼란에서 자유로워져서 결말을 향해 나아갈 수도 있습니다. 『해부학 수업』에서 머리로 타자기를 여러 번 박은 후에야 겨우 알게 된 것은, 주커먼이 의사가 되기 위해 시카고로 가는 비행기를 타는 순간 포르노 작가의 역할을 시작해야 한다는 것이었습니다. 도덕적 스펙트럼의 양쪽 끝에는 의도된 극단주의가 있어야 했지요. 의사와 포르노 작가라는 자기 변신을 통해 탈출하고픈 꿈의 양 극단은 서로 다른 쪽의 의미를 전복하고 다른 쪽의 의도를 조롱합니다. 만일 높은 도덕적 열정으로만 의사가 되고자 홀로 떠나버린다면, 또는 포르노 작가 역할을 맡아 무정부주의적이며 불화를 일으키는 분노만을 퍼뜨린다면, 그는 결코 제가 원하는 인물이 아니게 됩니다. 그는 현저하게 다른 두 가지 양상을 모두 갖고 있어야 합니다. 자기희생과 세상을 비난하는 양상 말입니다. 당신이 나쁜 유대인 청년을 원하면 바로 그런 사람을 보게 됩니다. 그는 한쪽 양상을 취함으로써 다른 쪽 양상을 벗어나 휴식을 취합니다. 아시다시피, 별로 휴식이랄 것이 없겠지만요. 주커먼이 제게 흥미로운 점은, 모든 사람이 분열되어 있긴 하지만 이처럼 명백하게 분열된 경우는 드물다는 점입니다. 사람들은 모두 갈라진 틈과 균열로 가득하지만 균열이 일어난 곳을 숨기려고 애쓰는 모습을 보이곤 합니다. 대부분의 사람들은 필사적으로 자신들이 입은 상해를 치유하려고 합니다. 상해를 숨기는 것은 종종 그것을 치유하는 것(또는 상해를 입지 않은 것)으로 여겨지곤 하지요. 그러나 주커먼은 어느 것도 성공적으로 할 수 없으며, 3부작의 마지막에 이르면 그 자신에게도 이 사실이 분명해집니다. 그의 삶과 작품을 결정한 것은 결코 분명하게 분리되지 않는 균열에 생긴 수많은 갈라진 틈입니다. 제가 관심 있는 것은 갈라진 틈이 만든 이 선들을 쫓아가 보는 것입니다.

필립 로스가 네이던 주커먼으로 바뀔 때 그에게 무슨 일이 생겼나요?

로스 네이던 주커먼은 일종의 연극입니다. 분장의 예술이지요. 그렇지 않습니까? 그것은 소설가의 기본적인 재능입니다. 주커먼은 포르노 작가 역할을 하면서 의사이기를 원합니다. 저는 포르노 작가이고자 하는 의사이길 원하는 작가입니다. 또, 여러 가지 역할을 결합하면서 문제를 더 복잡하게 만들려고 유명한 문학비평가인 체하는 작가이고, 이 역할을 그리는 소설을 쓰고 있는 작가입니다. 제 삶은 가짜 전기나 가짜 역사를 쓰고 제 삶의 실제 드라마에서 반쯤 상상력에 의존한 존재를 만들어내는 것이지요. 이러한 직업에는 즐거움이 있어야 합니다. 가면을 쓰고 다니는 것, 어떤 인물의 역할을 맡는 것, 다른 사람 행세를 하는 것, 가장하는 것, 음흉하고 교활하게 가장하는 것, 복화술사라고 생각하는 것, 말을 하긴 하는데 목소리는 자신과 떨어져 있는 다른 누군가로부터 나오는 것처럼 보이게 만드는 것이지요. 그렇지만 작가가 등장인물에 대해 잘 알지 못한다면, 작가는 그가 만들어내는 예술로부터 아무런 즐거움도 얻지 못할 것입니다. 그의 예술은 존재하면서 부재하는 것으로 이루어지지요. 동시에 서로 다른 사람일 때 그는 가장 자기 자신인 거지요. 소설이 끝나면, 사실 그는 앞에서 언급한 누구로도 존재하지 않습니다. 작가로서 다른 사람으로 분장하는 역할에 참여하기 위하여, 작가는 꼭 자신의 전기를 완전히 포기할 필요는 없습니다. 작가가 그렇게 하지 못할 때 더 흥미로워질 수 있습니다. 작가는 자신의 전기적 삶을 왜곡하고, 희화화하고, 패러디하고, 고문하고, 전복하고, 이용하는데, 이 모든 것이 전기에 자신의 언어로 만들어낸 삶을 흥미진진하게 만들 수 있는 그런 차원을 부여하기 때문입니다.

수백만의 사람들이 문학이라는 정당화할 수 있는 수단을 갖지 않고서도 늘 이렇게 살고 있습니다. 그들은 진심으로 그런 식의 삶을 삽니다. 사람들이 그들의 진짜 얼굴이라는 가면 뒤에서 어떤 거짓을 유지하는지를 생각하면 정말로 놀랍습니다. 바람피우는 사람이 어떻게 하는지 생각해보세요. 보통의 남편과 아내가 무대 위에 오른다면, 그들은 엄청난 압박하에 연기를 잘할 가능성이 없이 자의식으로 얼어붙게 되겠지요. 그렇지만 집이라는 극장에서는 속고 있는 배우자라는 관객 앞에서 완벽하고 극적인 솜씨로 결백함과 충실함이란 역할을 수행하지요. 참으로 놀랍고 멋진 연기가 아닙니까? 가장 세세한 부분에 이르기까지 천재적으로 고안된, 완벽하고 세심하고 자연스러운 연기를 아마추어들이 해내면서 아주 위대한 연극이 탄생합니다. 사람들은 멋지게 '그들 자신'인 체합니다. 당신도 알다시피, 가장하는 것은 가장 미묘한 형식을 취할 수 있습니다. 어째서 직업상 가장하는 사람인 소설가가 아내를 속이는 둔감하고 상상력이라곤 전혀 없는 교외에 살고 있는 회계사보다 덜 능숙하거나 더 믿을 만해야 한다고 생각하나요? 잭 베니*는 당신도 기억하다시피 구두쇠인 체했지요. 그는 자신을 별명으로 부르면서, 자신이 인색하고 치사하다고 주장했잖아요. 그렇게 함으로써 자신의 희극적 상상력을 자극했겠지요. UJA**에 수표를 써주면서 친구들과 저녁을 먹으러 나가는 다른 착한 친구처럼, 아마 베니도 전혀 재미있는 사람이 아닐 겁니다. 셀린Céline***은 자신이 약간은 무관심하고 심지어 무책임한 의사인 체하지만, 사실 그는 진료할 때 열심히 일하고 환자들에게 성실했던 것 같습니다. 그러나 열심히 일하고 성실한 것은 흥미롭지 않지요.

전 흥미롭다고 생각하는데요. 좋은 의사가 되는 것은 흥미롭다고 생각합니다.

로스   윌리엄 카를로스 윌리엄스*에게는 그럴지 모르지만 셀린에게는 그렇지 않아요. 뉴저지 주 러더퍼드 시에서 헌신적인 남편이며 지적인 아버지이며 근면한 가정의로 산다는 것은 당신에게나 제게 그렇듯이 셀린에게도 존경할 만한 일로 보일 겁니다. 그러나 그의 글쓰기가 만들어내는 생생함은 통속적인 목소리와 그의 (상당히) 무

• 1930년부터 1970년까지 활동한 미국의 라디오, 텔레비전, 영화 스타다. 라디오 방송 초기 시절에 종종 자신의 구두쇠 짓을 유머의 소재로 사용했다.
•• The United Jewish Appeal, 미국 유대인 자선 연맹.
••• 루이 페르디낭 셀린은 프랑스의 의사이며 작가로서 『밤의 끝으로의 여행』, 『저당잡힌 죽음』 등의 소설로 유명하다. 그의 소설은 분노와 절망감, 외설적 언어를 담고 있으며, 20세기의 가장 영향력 있는 작품으로 여겨진다.
* 미국의 의사이자 모더니스트 시인으로 뉴저지 주 러더포드에서 평생 살면서 『패터슨』, 『브뤼겔의 그림, 기타』 등의 시집을 냈다.

법자적인 면을 극화하는 데에서 나왔습니다. 그런 식으로 그는 위대한 소설가 셀린을 만들어내었지요. 마치 잭 베니가 금기를 갖고 장난치면서 스스로를 구두쇠로 만들었던 것 같은 방식으로 말입니다. 작가란 자신이 가장 잘하는 역할을 맡은 공연가라는 것을 이해하지 못하는 사람은 정말로 순진한 사람임에 틀림없어요. 그가 일인칭 단수 화자의 가면을 썼을 때에는 특히 그렇지요. 그것은 작가의 두 번째 자아에게 가장 잘 어울리는 가면일 겁니다. 어떤 (많은) 사람들은 실제보다 더 매력적인 체합니다. 그리고 어떤 사람들은 덜 매력적인 체하기도 합니다. 그런 건 전혀 중요하지 않아요. 문학은 도덕적 아름다움의 경연장이 아닙니다. 그 가면의 힘은 가장을 벗겨내는 권위와 대담함에서 나옵니다. 그것이 영감을 불어넣어 주는 믿음이 중요한 것이지요. 작가에게 물어야 할 질문은 '왜 그가 그렇게 비열하게 행동하나요?'가 아니라 '그가 이 가면을 씀으로써 무엇을 얻게 되나요?'입니다. 저는 베케트가 가장한 적이 있는 불쾌한 몰로이란 인물을 존경하지 않습니다. 마찬가지로 주네가 자기 자신이라고 그려낸 주네를 존경하지 않습니다. 제가 주네를 존경하는 것은 주네란 인물이 잊을 수 없는 책을 썼기 때문입니다. 레베카 웨스트는 성 아우구스티누스에 대하여 책을 쓸 때, 그의 『고백』은 너무도 주관적으로 옳아서 객관적으로 옳을 수 없다고 말했습니다. 주네와 셀린의 일인칭 화자 소설이 바로 그러하다고 생각합니다. 마치 콜레트의 책 『쉬고랑』과 『방랑자』에서 그런 것처럼 말입니다. 곰브로비치는 『포르노그라피아』라는 소설을 썼는데, 이 소설은 소설가 자신을 등장인물로 도입합니다. 물론 그 자신의 이름을 쓰지요. 그럼으로써 어떤 매우 수상한 과정에 자신을 연루시키고 삶에 도덕적인 공포심을 주는 데 더 효과적입니다. 또 다른 폴란드 소설가인 콘비키는 그의 마지막 두 소설, 『폴란드인 콤플렉스』와 『작은 계시』에서 '콘비키'를 주요 인물로 삼음으로써 독자와 이야기 사이에 존재하는 간극을 좁히려고 애씁니다. 소설이 '허구'라고 주장하지 않고, 자신을 이야기에 등장시킴으로써 소설이 진짜라는 환상을 강화합니다. 이 모든 것은 잭 베니에게로 돌아갑니다. 그렇지만 이것이 사심 없는 일이라고 보기는 어렵다는 것을 덧붙일 필요가 있을까요? 물고기가 헤엄치거나 새가 나는 것과 달리 제게 글쓰기는 자연스런 일이 아닙니다. 글쓰기는 어떤 종류의 자극 또는 특별한 긴박감하에 이루어집니다. 글쓰기는 정교한 가면을 씀으로써 개인적인 것을 공적인public 행위로 바꾸는 것입니다.(그 단어의 두 가지 의미인 공적이며 대중적이라는 점에서 말입니다.) 글쓰기는 당신의 도덕적인 성품에는 낯선 특질을, 당신이란 존재를 통해 빨아올리는 매우 고된 정신적인 훈련이 될 수 있습니다. 독자에게만큼 작가에게도 고되지요. 복화술사나 공연 배우보다는 칼을 삼키는 사람처럼 느끼게 되는 경우가 많습니다. 가끔은 자신을 넘어서기 위해 자신에게 더 심하게 굴 수도 있습니다. 다른 사람으로 가장하는 작가는 사람들이 뭘 보여주길 원하고 뭘 숨기고 싶어하는지 방향을 정해주는 보통 인간의 본능을 따를 여유가 없답니다.

만약에 소설가가 공연 배우라면 자서전은 어떤가요? 예를 들어 주커먼 연작 소설의 마지막 두 작품에서 매우 중요한, 부모의 죽음과 당신 부모의 죽음 사이의 관계는 어떤가요?

로스 제가 1962년에 쓴 『자유를 찾아서』란 소설의 발단이 된 게이

브 월러크의 모친이 죽은 사건과 제 부모님의 죽음과의 관계에 대해 묻는 것은 어떨까요? 아니면, 1955년 『시카고 리뷰』에 처음 출판한 단편인 「눈이 내리던 날」의 핵심에 있는 아버지의 죽음과 장례에 대해 묻는 것은 어떨까요? 아니면, 『욕망에 빠진 교수』에서 전환점이 되는 캐츠킬스 호텔 소유주 아내 케페시의 어머니가 죽은 건 어떨까요? 부모의 죽음이라는 끔찍한 충격은 제 부모님들이 돌아가시기 오래전부터 소설에 썼던 것입니다. 소설가들은 종종 자신에게 발생했던 것에 대하여 관심을 갖는 것만큼이나 발생하지 않은 것에도 관심을 갖지요. 순진한 사람들이 있는 그대로의 자서전이라고 여기는 것은, 제가 이미 제안하였듯이, 유사 자서전이나 가짜 자서전이나 웅장하게 과장한 자서전일 가능성이 높습니다. 우리는 경찰서로 걸어 들어가서 자신이 저지르지도 않은 범죄에 대해 자백하는 사람들에 대해 알고 있지요. 허위 자백은 작가들에게도 마찬가지로 흥미롭습니다. 소설가들은 다른 사람들에게 일어난 일에 대해 관심이 있습니다. 소설가들은 거짓말쟁이나 사기꾼처럼 다른 사람에게 실제로 일어난 어떤 극적이거나 끔찍하거나 머리를 곤두서게 하거나 멋진 일이 자신에게 일어난 것처럼 가장할 것입니다. 주커먼 어머니의 죽음이 보여주는 육체적인 특이점과 도덕적 환경은 실제로 제 어머니의 죽음과 아무 상관이 없습니다. 제 친한 친구가 설명한 자신의 어머니의 죽음과 그녀의 고통에 대한 설명은 제 마음속에 오랫동안 남아 있었습니다. 그것은 『해부학 수업』에 나오는 주커먼 어머니의 죽음을 매우 상세하게 묘사할 수 있게 해주었지요. 마이애미 해변에서 그녀의 죽음에 동정하는 흑인 청소부는 필라델피아에 사는 제 오랜 친구의 가정부를 모델로 삼았습니다. 저는 그녀를 10년 동안 못 보았고, 그녀는 저 말고는 저희 가족 누구도 만난 적이 없습니다. 저는 항상 그녀의 독특한 말씨에 매료당하곤 했습니다. 그러다가 적합한 때가 왔을 때 그 말씨를 써먹었지요. 그렇지만 그녀의 입에서 나온 말들은 모두 제가 만들어낸 것입니다. 플로리다 출신의 여든세 살 흑인 청소부 올리비아, 그녀는 바로 저입니다.

당신도 잘 알다시피, 흥미로운 전기의 문제 그리고 그런 점에서 중대한 문제는 작가가 자신에게 일어났던 일에 대하여 쓸 것이라는 점이 아닙니다. 어떻게 그것을 쓸 것인가라는 점입니다. 그렇지만 작가가 어떻게 그것에 대해 쓸 것인가를 적절하게 이해했더라도, 왜 그것에 대해 쓰는지 이해하는 데에는 오랜 시간이 걸릴 것입니다. 더 흥미로운 질문은, 왜 그리고 어떻게 발생하지도 않은 일에 대해 쓰는가 하는 것입니다. 다시 말하자면, 어떻게 기억에 의해 영감을 받고 조정되는 것에다 가설적인 것 또는 상상한 것을 가미하는지, 그리고 어떻게 기억된 것이 전반적인 환상을 만들어내는지 하는 것입니다. 한 가지 제안하자면, 『해방된 주커먼』에서 일어난 아버지의 죽음이라는 절정의 사건과 제 자서전적 연관성에 대해 물어볼 수 있는 최적의 사람은 바로 제 아버지입니다. 그분은 뉴저지의 엘리자베스 시에 살고 있습니다. 제가 그분의 전화번호를 드리도록 하겠습니다.

당신이 경험한 정신분석학과 정신분석학을 문학적 전략으로서 사용하는 것 사이엔 어떤 관계가 있나요?

로스 제가 정신분석을 받아보지 않았다면 저는 『포트노이의 불만』을 쓰지 못했을 것이며, 『성인으로서의 내 인생』도 쓰지 못했을 것입니다. 『유방』은 완전히 다른 작품이 됐을 겁니다. 어쩌면 저도 스스로를 닮지 않았을지도 모르지요. 정신분석학을 경험한 것은 신경증 환자로서보다는 작가로서 더 유용했습니다. 비록 작가와 신경증 환자를 구분하는 것이 잘못된 구분일지라도요. 저는 고통을 받는 수많은 사람들과 경험을 공유했습니다. 만일 나중에 그 경험을 글쓰기 교실에서 객관적으로, 상상력 풍부하게 검토할 수 있을 만큼 자신을 분리할 수 있다면 어떨까요. 그것은 한 작가를 사적인 영역에서 그의 세대나 계급, 지금 이 순간에 결합시킬 수 있을 정도로 매우 강력한 것으로 작가에게 엄청나게 중요할 수 있습니다. 환자로서의 경험에 대해 글을 쓰기 위해서라도, 작가는 자기 의사의 의사가 될 수 있어야 합니다. 이 환자로서의 경험이 부분적이지만 확실히 『성인으로서의 내 인생』의 주제가 되었습니다. 제가 정신분석을 받기 4~5년 전에 쓴 『자유를 찾아서』까지 멀리 가야 합니다만, 환자로서의 경험에 관심을 두는 이유는 수많은 훌륭한 동시대인들이 자신을 환자로 인식하였다는 점과, 정신 질환, 치유와 회복에 대한 생각을 받아들였다는 사실 때문입니다. 당신이 제게 질문한 것은 예술과 인생의 관계에 대한 것이었지요? 그것은 정신분석을 받는 데 걸린 800여 시간과 『포트노이의 불만』을 소리 내어 읽는 데 걸리는 8시간쯤의 관계와 비슷합니다. 인생은 길고 예술은 더 짧지요.

당신의 결혼 생활에 대해 말씀해주실 수 있으신가요?

로스   결혼은 너무도 오래전에 일어난 일이고, 더 이상 그것에 대한 제 기억을 믿을 수 없어요. 그 문제는 『성인으로서의 내 인생』에 의해 훨씬 더 복잡해졌습니다. 이 소설은 자신이 겪어야 했던 성가

신 원래의 상황과 너무도 극적으로 여러 곳에서 달라져서, 약 25년
이 지난 후에는 1959년에 일어난 실제 사실과 1974년에 만들어낸
이야기를 구분하는 것이 어렵게 되었네요. 차라리 『나자와 사자』The
Naked and the Dead •의 저자에게 필리핀에서 무슨 일이 있었는지 물어보
는 것이 더 낫겠습니다. 당신에게 말해줄 수 있는 것은, 『성인으로서
의 내 인생』은 보병으로 제가 복무했던 시간에 대한 것이었으며, 무
공훈장을 받지 못하고 몇 년 후에 쓴 전쟁소설이라는 것입니다.

회고할 때 고통스런 느낌이 있으신가요?

로스 회고할 때 저는 이 세월이 아주 놀라운 시간이었음을 깨닫습
니다. 여느 오십 대가 자신의 젊은 시절 10여 년을 써버린 모험을 생
각할 때 종종 깨닫는 것처럼, 편안할 정도로 오래전에 일어난 일이
라고 느끼지요. 옛날엔 지금보다 훨씬 더 공격적이었습니다. 어떤
사람들은 제게 위협을 느꼈다고 말하기도 하지만, 저도 똑같이 쉬운
표적이었습니다. 만일 누군가 거대한 과녁의 정곡을 찾아내기만 한
다면, 스물다섯 살짜리의 젊은이는 대체로 쉬운 표적이 됩니다.

그럼 그 과녁은 어디에 있단 말인가요?

로스 아, 그것은 대개 자기고백적인 신진 문학 천재에게서 발견되
지요. 제 이상주의, 제 낭만주의, 제 인생에 대한 열정 등이지요. 전
제게 어렵고 위험한 일이 생기길 바랐어요. 힘든 역경을 바랐던 거

• 1948년 노먼 메일러가 쓴 전쟁소설. 가공의 섬을 배경으로 섬을 사수하려는 일본군과 미
국 기동부대의 사투를 그렸다.

지요. 글쎄요. 그런 시기를 겪었습니다. 저는 작고, 안전하고, 상대적으로 행복한 지역 출신인데요. 뉴워크 지역은 1930년대와 1940년대엔 유대인 도시였습니다. 그리고 저는 제 세대의 미국 유대인 어린이들의 야망과 욕망과 더불어 공포와 두려움을 갖게 되었습니다. 이십 대 초반에 저는 그 모든 것이 아무것도 두려울 것이 없다는 것을 스스로에게 증명하고 싶었습니다. 그것을 증명하는 것은 바보짓은 아니었어요. 비록 잔치가 끝난 뒤 3~4년을 아무것도 쓸 수 없었지만요. 1962년부터 1967년까지는 작가가 된 이후 책을 한 권도 출판하지 못했던 가장 긴 세월이었습니다. 이혼 수당과 반복되는 법정 비용은 제가 강의하고 글을 써서 벌 수 있었던 돈 모두를 앗아 갔습니다. 서른을 갓 넘겼을 때, 저는 친구이자 편집자였던 조 팍스에게 수천 달러의 빚을 지게 되었습니다. 그 돈은 2년 동안 아이 없는 결혼 생활을 한 후에 발생한 이혼 수당과 법정 비용으로 인해 정말 제가 미쳐버리거나 자살하는 것을 방지하는 데 필요했던 정신분석을 받는 데 들어갔습니다. 이 기간 동안 저를 괴롭혔던 이미지는 잘못된 궤도에 들어선 기차 이미지였어요. 이십 대 초반일 때 저는 스케줄에 따라 꼭 필요한 역에만 정차하면서 최종 목적지를 향하여 휙 날아다니곤 했는데, 갑자기 잘못된 궤도에 들어서서는 황야를 향해 돌진하고 있지 않겠습니까. 스스로 물었지요, '어떻게 하면 정상 궤도로 돌아갈 수 있을까?' 아마 당신은 모르실 겁니다. 저는 수년 동안 늦은 밤 잘못된 역에 들어섰다는 것을 알게 될 때마다 놀라곤 했거든요.

하지만 똑같은 궤도로 돌아가지 않은 게 아마 당신에겐 좋은 일이었겠지요.

로스 존 베리먼은 작가를 죽이지 않을 정도의 호된 시련은 그에겐 멋진 일이라고 말했지요. 시련이 마침내 그를 죽였다고 해도 그 말이 틀린 것은 아니지요.

페미니즘에 대해선 어떤 생각을 갖고 계신가요? 특히 당신의 작품을 비난하는 페미니즘에 대해서요.

로스 그게 무엇이지요?

당신 작품에 대한 공격은 부분적으로는 여성 등장인물에 대해 동정심이 전혀 없다는 데 있지요. 예를 들면, 『그녀가 아름다웠을 때』에서 루시 넬슨이 적개심을 품은 모습으로 재현된 것에 대해서요.

로스 그런 것을 '페미니스트' 공격이라고 높여 부르지 마세요. 그것은 정말로 어리석은 독서입니다. 루시 넬슨은 품위 있는 삶을 원하지만 격노한 젊은 처녀입니다. 그녀는 그녀의 세계보다 우월하게 재현되었고, 자신이 그렇다는 사실을 의식하고 있지요. 그녀는 많은 여성들을 매우 짜증나게 하는 유형의 남자들에 맞서서 대항해야 했습니다. 그녀는 수동적이며, 방어 능력이 없는 어머니를 지켜야 했어요. 어머니의 연약함이 그녀를 미칠 지경으로 만드는데도요. 루시는 미국 중산층의 여러 측면에 대해 분노하는데, 이런 측면은 이 책이 출판된 후, 거의 몇 년 후에 새로 나타난 호전적인 페미니즘의 공격 대상이기도 합니다. 그녀의 분노는 오히려 초기 페미니스트의 분노가 나타난 경우로 생각될 수도 있습니다. 『그녀가 아름다웠을 때』는 무책임한 아버지 때문에 딸로서 느낀 끔찍한 실망으로부터 벗어나려는 루시의 투쟁을 다루고 있습니다. 있는 그대로의 아버지에 대한 혐오와 결코 원하는 모습이 될 수 없는 아버지에 대한 갈망이지요. 술주정뱅이, 겁쟁이와 범죄자의 딸에게는 상실과 경멸과 수치라는 강력한 감정이 존재하지 않는다고 주장하는 것은, 만일 특히 이것이 페미니스트의 공격이라면, 정말로 멍청한 일이지요. 또한 이 이야기에는 루시와 결혼하였으나 어머니 품을 떠나지 못하는 무력한 남자와 그의 무능력과 고의적인 순진함professional innocence에 대한 그녀의 혐오가 그려지지요. 세상에는 결혼 때문에 생긴 증오 같은 것이 없나요? 만약 그렇다면 그것은 부유한 이혼 전문 변호사에게는 새로운 소식일 겁니다. 토머스 하디와 귀스타브 플로베르는 말할 필요도 없고요. 그렇지만 루시의 아버지가 술주정뱅이에다가 감옥에 간 좀도둑이란 이유로 그를 '적대적으로' 다루어야 하나요? 루시의 남편이 몸만 큰 아이였다는 이유로 그를 '적대적으로' 다루어야 하나요? 루시를 파멸시키려는 삼촌이 짐승 같다는 이유로 그를 '적대적으로' 다루어야 하나요? 이 소설은 삶에서 남자들에게 화를 낼 만한 충분한 이유가 있는 상처 입은 딸에 대한 이야기입니다. 젊은 여성이 상처받을 수 있고 격노할 수 있다는 것을 인식하는 일이 적대적인 행동이라면, 그녀는 '적대적으로'만 그려졌다고 할 수 있습니다. 화나고 상처 입은 여성이 페미니스트인 경우가 있으리라고 생각합니다. 알다시피, 금기시된 사소한 비밀은 이제 더 이상 성性이 아닙니다. 이제 금기시된 사소한 비밀은 증오와 분노입니다. 금기가 된 것은 증오와 분노에 대한 장광설이지요. 도스토예프스키 이후 100년이 지났는데도(프로이트 이후 50년이 지났는데도) 그것이 여전히 금기라는 것은 기이합니다. 멋진 사람이라면 누구든 증오와 분노와 연관되고 싶어하지 않습니다. 예전에 사람들이 구강성교에 대해 느껐던 것과 같은 방식입니다. "저요? 들어본 적도 없어요. 역겹네요."
그러나 사람들이 '적대감'이라고 부르는 감정의 사나움을 들여다보
는 것이 정말로 '적대적인가요?' 『그녀가 아름다웠을 때』는 대의에
이바지하지 않습니다. 그것은 사실입니다. 이 젊은 여성의 분노는
마음에서 우러나오는 '맞아!'라는 말로 대중들이 행동으로 나아가는
식으로 그려지지 않았지요. 그녀의 상처의 깊이가 검토된 것처럼,
그녀가 겪은 분노의 본질이 검토되었지요. 누구에게나 그러한 것처
럼 루시에게도 분노의 결과가 존재합니다. 저는 그 결과에 대해 말
하는 사람이 되고 싶진 않았지만, 제가 그려낸 루시의 초상에는 마
음을 울리는 통렬함이 없지 않습니다. 통렬함은 동정심이 많은 서평
자가 '동정'이라고 부르는 것을 뜻하지 않습니다. 제가 말씀드리고
싶은 것은 진정한 분노는 고통이라는 점입니다.

그러나 당신의 작품에 등장하는 대부분의 여성은 남성 등장인물을 방해하거나,
돕거나, 위로를 주는 식으로 그려지지요. 한편으로 여성은 요리하고 위로하고
분별력이 있으며 차분하지만, 다른 한편으로 위험한 미치광이거나 훼방꾼이지
요. 이들은 케페시나 주커먼이나 타르노폴을 돕거나 방해하는 역할로 나타납니
다. 그것이 여성에 대한 제한된 관점으로 읽힐 수 있다는 것입니다.

로스   이 사실을 있는 그대로 살펴볼까요. 분별력이 있는 어떤 여성
이 우연히 요리하는 법을 알 수도 있지요. 엄청나게 위험한 미치광
이도 요리를 할 수 있잖아요. 그러니 요리할 줄 알아서 생긴 죄는 그
냥 넘어갑시다. 훌륭한 요리를 실컷 먹여주는 이 여성, 저 여성과 차
례로 결합하는 것에 대한 이야기인 『오블로모프』의 질서에 대한 멋
진 책을 쓸 수도 있지만, 저는 아직 이런 책을 쓰지 않았지요. '분별

력 있는,' '차분한', '위로를 주는' 여성이라는 묘사가 누구에겐가 적
용된다면, 그것은 『욕망에 빠진 교수』에 나오는 클레어 오빙턴에게
적용될 수 있을 겁니다. 케페시는 파경을 겪은 몇 년 후에 그녀와 다
정한 관계를 맺지요. 이제 당신이 이런 남녀 관계에 대하여 클레어
오빙턴의 관점에서 소설을 쓰는 것을 저는 반대하지 않겠습니다. 저
는 그녀가 이것을 어떻게 이해하고 있는지에 대해 흥미를 느낍니다.
그렇다면 왜 당신은 데이비드 케페시의 관점에서 쓴 제 소설에 대
해 약간은 비판적인 어조를 취하나요?

데이비드 케페시의 관점에서 소설이 쓰인 것에 대해서는 아무것도 문제될 것이
없습니다. 몇몇 독자들이 잘 이해하지 못하는 점은, 클레어를 비롯한 소설에 등
장하는 여성들이 남자를 돕거나 방해하려고 존재한다는 사실입니다.

로스   제가 이 소설에서 보여주고 싶었던 것은 케페시가 이 젊은 여
인과 함께하면서 갖게 된 그의 인생에 대한 이해입니다. 제 소설의
실패와 성공 여부는 클레어 오빙턴이 차분하고 분별력이 있다는 사
실에 달려 있지 않습니다. 차분함과 분별력이란 무엇인지, 그리고
이러한 장점 또는 다른 장점을 많이 갖고 있는 배우자를 만났다는
것이 어떠한지, 그리고 남자들은 그런 장점을 가진 배우자를 원하
는지를 제가 묘사할 수 있는가에 달려 있지요. 케페시의 전처가 초
대받지 않고 나타났을 때 알 수 있듯이, 클레어는 질투심에 휘둘리
기 쉬운 상태였으며 자신의 가족 배경에 대해 확실히 슬픔을 갖고
있었습니다. 그녀는 케페시를 도와주는 '수단'으로서 그곳에 존재한
것이 아닙니다. 그녀는 그를 도왔고, 그도 그녀를 도왔지요. 그들은
서로 사랑했습니다. 그녀가 그곳에 존재하는 이유는, 케페시가 어떻

게 다루어야 할지 전혀 알 수 없어 곤란하지만 활기 넘치는 한 여성과의 불행한 결혼 생활 후에, 분별력 있고 차분하고 위로를 주는 여인과 사랑에 빠졌기 때문입니다. 사람들은 그렇게 하지 않나요? 당신보다 더 교조주의자인 누군가는 사랑에 빠졌다는 것, 특히 정열적으로 사랑하고 있다는 것이 남자와 여자 사이에 영원한 관계를 만드는 근거가 될 수 없다고 제게 말할 수도 있습니다. 그러나 지적이고 경험이 많은 사람들을 포함하여 보통 사람들은 그렇게 할 것이며, 그렇게 했으며, 그렇게 할 의향이 있다고 생각됩니다. 그리고 저는 인류 전체의 선을 위해서 사람들이 무엇을 해야 하는지, 혹은 선을 위해 사람들이 하는 척하는 일에 대해서 글을 쓰는 것에는 관심이 없습니다. 저는 오류라곤 없는 이론가들의 체계적인 효율성을 갖고 있지는 않습니다. 하지만 제 관심은 사람들이 정말로 하는 일에 대해 글을 쓰는 것입니다. 케페시의 상황이 만드는 아이러니는 함께 살고 있는 여성이 차분하고 위로를 주며 많은 장점을 갖고 있다는 것을 깨닫게 되지만, 그녀에 대한 그의 욕망이 점차 사라지고 있으며 뜻하지 않게 식어가는 그의 열정에 다시 불을 붙이지 못한다면 자신의 인생에서 얻을 수 있는 가장 좋은 것으로부터 분리되리라는 것을 깨닫는 일이지요. 이런 일들이 인생에서 실제로 일어나지 않나요? 제가 들은 바로는 욕망이 조금씩 사라져버리는 것은 늘 있는 일이지만, 어떤 사람들에게는 이것이 끔찍한 고통이 되기도 한다는 것입니다. 저는 욕망의 상실을 만들어내지 않았고 정열의 유혹도 만들어내지 않았으며, 제정신인 동반자를 만들어내지도 않았고, 미치광이를 만들어내지도 않았습니다. 만일 제가 창작한 인물이 여성에 대한 올바른 감정이나 여성에 대한 보편적 범주의 감정, 1995년에 살고 있는 남성이 여성에 대해 가져도 되는 감정을 갖고 있지 못한다면 유감스런 일입니다. 그러나 케페시 같은 사람, 포트노이 같은 사람, 또는 유방이 되는 것*이 어떤 일인지에 대한 제 묘사에는 약간의 진실이 있다고 저는 주장합니다.

케페시와 주커먼을 재등장시켰는데 포트노이란 인물은 왜 다른 소설에 다시 등장시키지 않으셨나요?

로스 전 포트노이를 다른 책에 등장시켰습니다. 그는 『우리 패거리』와 『위대한 미국 소설』에 다시 등장합니다. 제게 포트노이는 단순히 등장인물이 아닙니다. 그는 폭발^{an explosion}입니다. 그리고 저는 『포트노이의 불만』 이후에 폭발을 마치지 않았습니다. 『포트노이의 불만』 이후 제가 처음 쓴 것은 테드 솔로타로프가 편집한 『아메리칸 리뷰』에 실린 「방송 중」^{On the Air}이라는 긴 이야기입니다. 존 업다이크와 저는 오래전 어느 날 밤에 같이 저녁을 먹었지요. "왜 그 이야기를 다시 출판하지 않나요?"라고 그가 물었고, "그 이야긴 너무 구역질 나기 때문이지요."라고 제가 답했습니다. 존이 웃으면서, "맞아요, 그것은 정말로 구역질 나는 이야기예요."라고 말했어요. "내가 그 이야기를 쓸 때 무슨 생각을 하고 있었는지 모르겠어요."라고 제가 답했습니다. 이 말은 어느 정도 사실입니다. 저는 알고 싶지 않았습니다. 요점은 알지 말아야 한다는 것입니다. 그러나 저는 또한 알고 있었습니다. 저는 병기고에서 두리번거리다가 또 다른 다이너마이트를 하나 찾았고, '도화선에 불을 붙이고, 무슨 일이 생길지 보자.'라고 생각했습니다. 저는 저 자신을 더 많이 폭발시키고자 했습니다. 이 현상은 문학 탐색 과목의 학생들에게는 스타일을 바꾸려는 작가의 현상으로 잘 알려져 있습니다. 저는 개인적으로뿐만 아니라 문학적으로 오랫동안 지켜지고 금지됐던 많은 것을 터트렸습니다. 이것이 『포트노이의 불만』 때문에 많은 유대인들이 화를 낸 이유일 것이라고 생각합니다. 전에 꼬마가 수음을 한다거나 유대인 가족이 싸운다는 이야기를 들어본 적이 없다는 것 때문이 아닙니다. 품위 있는 기관에 몸담고 있고 진지한 대의를 품고 있는 저와 같은 사람들을 더 이상 조정할 수 없게 된다면 모든 것이 잘못될 것이라는 점 때문이었지요. 저는 결국 애비 호프만이나 레니 브루스가 아니었습니다. 『코멘터리』에 글을 써야 하는 대학 교수였지요. 그러나 그때는 진지해지려고 했던 다음 일이 제게 하나도 진지해지지 않는 것 같았습니다. "심각한 것은 다른 어떤 것만큼이나 바보짓일 수 있어."라고 주커먼이 아펠에게 말했지요.

『포트노이의 불만』을 쓰면서 싸우려고 하지 않으셨나요?
<u>로스</u>   저는 싸움을 찾으러 나서기도 전에 이미 오래전부터 싸우고 있었지요. 사람들은 제가 『안녕, 콜럼버스』를 출판하는 것에 대해 비난을 멈추지 않았어요. 어떤 사람들은 이 작품을 저 자신의 『나의 투쟁』••이라고 생각한다고 합니다. 알렉산더 포트노이와 달리, 제가 받았던 프티부르주아의 도덕 교육은 집에서 이루어졌다기보다는 집을 떠나 첫 단편들을 출판하면서부터 시작되었습니다. 어릴 때

• 필립 로스의 중편소설인 『유방』에서 그 주인공인 데이비드 케페시는 70kg 정도의 유방이 된다.
•• 히틀러가 쓴 자서전. 자신의 성장 과정과 초기 정치, 반민주주의적이고 반유대주의적인 세계관을 피력하였다.

저희 집 환경은 포트노이의 환경이라기보다는 주커먼의 환경에 훨씬 가까웠습니다. 제약이 있긴 했지만, 공직에 있는 유대인들로부터 받았던 제 입을 닫으려는 비판적 편협함이나 수치스런 외국인 혐오증을 닮은 것은 전혀 없었습니다. 포트노이 집의 억압적이고 도덕적 분위기는 유대인의 공식적인 공동체 안에서 제가 작가로 데뷔하는 데 대해 지속적으로 나온 비판의 목소리에 많은 빚을 졌습니다. 이 것들은 제 데뷔를 매우 상서로운 것처럼 보이게 하는 데 기여했습니다.

지금까지 『포트노이의 불만』에 대한 비판에 대해 말씀해주신 거지요. 그럼 작가로 인정받은 것은 어떤가요? 엄청난 성공이 당신에게 영향을 미쳤나요?

로스   그 영향은 너무도 컸습니다. 제가 어찌할 수 있는 것보다도 훨씬 더 크고 엄청나게 미친 것 같은 규모였어요. 그래서 저는 쉬기로 했습니다. 이 책을 출판하고 몇 주 되지 않아, 저는 포트 오소리티 터미널에서 버스를 타고 새러토가스프링스로 갔습니다. 그리고 작가 마을이라고 불리는 야도에 약 3개월 정도 숨어 있었습니다. 이것이야말로 주커먼이 『카로노브스키』를 출판한 이후에 했어야 했던 것이었지요. 그렇지만 그는 머뭇거렸지요, 바보처럼. 그리고 자신에게 일어난 일을 지켜보았어요. 그는 아마도 앨빈 페플러보다는 야도에서 훨씬 즐겁게 지냈을 겁니다. 사실 그가 맨해튼에 붙들려 있음으로써 『해방된 주커먼』은 더 재미있게 만들어졌지요. 그렇지만 저는 그곳에 붙들려 있지 않음으로써 제 삶을 좀 더 편안하게 만들었어요.

당신은 뉴욕을 싫어하시나요?

로스 저는 1962년부터 『포트노이의 불만』을 출판하고 시골로 이사 가기 전까지 쭉 뉴욕에서 살았습니다. 저는 뉴욕에서 살았던 시절을 어떤 것과도 바꾸지 않으려고 합니다. 『포트노이의 불만』은 어떤 점에서는 뉴욕 덕분에 가능했습니다. 1960년대에 뉴욕에서 종이에 글을 쓰면서 또 친구들과 함께 희극적인 삶을 살면서 느꼈던 자유를 아이오와 시티와 프린스턴에서 학생들을 가르칠 때에는 느낄 수 없었습니다. 저는 뉴욕에서 친구들과 무질서하고 소란스런 저녁을 보내기도 했고요, 정신분석을 받던 기간에 검열받지 않은 추잡함도 있었어요. 케네디의 암살 이후 여러 해 동안 도시 자체의 극적이고 무대 같은 분위기도 있었지요. 이 모든 것이 제게 새로운 목소리, 네 번째 목소리, 『안녕, 콜럼버스』, 『자유를 찾아서』, 『그녀가 아름다웠을 때』의 목소리와 다른 목소리, 책에 덜 묶인 목소리를 시험해볼 영감을 불어넣어 주었지요. 베트남 전쟁 반대 역시 영감을 주었고요. 겉으로는 아무 관계 없어 보이고 독자들에게는 보이지도 않는 것이 항상 책 뒤에 있기 마련인데, 이것이 작가가 첫 추진력을 방출하는 데 도움을 주곤 합니다. 제가 생각하고 있던 것은 분노와 저항의 분위기였습니다. 저는 제 주위에서 사람들이 격노하여 저항하고 히스테릭하게 반대하는 것을 본 적이 있습니다. 이것이 저로 하여금 제 소설에서의 연기에 대해 몇 가지 생각을 하도록 만들었지요.

당신은 1960년대에 벌어졌던 일들의 일부분이었다고 생각하셨나요?

로스 주위에서 삶의 동력을 느꼈어요. 사실 어린 시절 이후 처음으로 장소―1960년대 당시에는 뉴욕이라는 장소―에 대하여 완전히 의식하고 있다고 믿었습니다. 미국이란 나라의 사건 많은 공적인 삶에서, 베트남에서 실제로 벌어지는 사건에서, 다른 사람들처럼 도덕과 정치와 문화의 가능성이란 측면에서 깜짝 놀랄 만한 교육을 받았지요.

그렇지만 당신은 1960년 『코멘터리』에 「미국 소설 쓰기」Writing American Fiction라는 유명한 글을 발표하셨지요. 이 글에서 당신은 미국의 지식인이나 생각할 줄 아는 사람들이 공동체의 삶에 연루되지 않은 외국에서 살고 있는 것처럼 느낀다고 주장하셨지요.

로스 글쎄요. 그 차이는 1960년과 1968년 사이의 차이라고 할 수 있지요. (『코멘터리』에 발표했다는 것도 또 다른 차이겠지요.) 이는 저와 같은 많은 젊은이들이 1950년대에 자신들이 처한 상황을 보는 방식이었지요. 제가 생각하기에 이것은 우리 문학에 대한 열망과 모더니스트의 열정과 고귀한 정신을 가진 사람들에 의해 취해진 완벽하게 명예로운 자세로, 전쟁 후 미디어 쓰레기의 첫 번째 거대한 분출과 갈등하게 됩니다. 약 20년 후에 (우리가 등을 돌리길 바랐던) 속물적인 무지가 카뮈Camus의 페스트처럼 미국을 감염시킬 수도 있다는 것을 우리는 거의 알지 못했습니다. 아이젠하워의 통치 시기에 레이건 대통령 같은 사람을 상상할 수 있는 미래파풍의 소설을 쓰는 풍자 작가는 누구라도 노골적이고, 경멸할 만하고, 미숙하고, 반미적인 사악함을 그렸다는 이유로 비난받을 수도 있었습니다. 그때는 사실 미래파풍의 소설을 쓰는 풍자 작가가 오웰이 실패를 한 바로 그곳에서 예언적인 파수꾼으로서 성공할 수도 있었을 때였습니다. 영어를 사용하는 세계를 엄습한 기괴함은 억압적인 동구의 전체주의적인 악몽이 연장된 것이라기보다는, 서구의 멍청한 미디어와 미친 듯이 날뛰는 냉소적인 상업주의 때문이었습니다. 미국에서 소외되고, 미국적인 즐거움과 그 중대 관심사에 낯선 이들은 이것이 미국 스타일의 속물주의가 만들어내는 익살극의 증식이었다는 것을 알아차렸을 수도 있습니다. 우리는 우리를 스크린으로 지켜보는 빅브라더 대신, 드라마 속 상냥한 할머니 같은 영혼과 시민 정신, 비벌리힐스 캐딜락 판매상의 가치관, 준 앨리슨의 뮤지컬에 등장하는 고등학교 3학년생의 역사적 배경과 지적 수준을 가진 강력한 세계 지도자*를 지켜보게 되었지요.

1970년대엔 무슨 일이 있었나요? 이때 미국에서 일어난 일들이 당신과 같은 사람들에게 계속해서 중대한 의미를 가지고 있었나요?

로스　어떤 책을 쓰고 있었는지 기억해내야만 제게 무슨 일이 있었는지 기억할 수 있어요. 비록 생긴 일이란 게 대체로 제가 책을 쓰고 있었다는 것이더라도요. 닉슨이 대통령에 당선되었다가 1973년에 그만두었지요. 닉슨이 그러는 동안 저는 『성인으로서의 내 인생』때문에 상당히 미칠 지경이었어요. 저는 1964년 이후로 그 책을 쓰다 말다 하기를 반복하고 있었어요. 모린이 타르노폴에게 자신을 임신시켰다고 생각하도록 만들기 위해 임신한 가난한 흑인 여성으로부터 소변 시료를 사는 야비한 장면을 위한 배경을 계속 찾고 있었어요. 저는 이것이 『그녀가 아름다웠을 때』를 위한 장면으로 적합하겠다고 생각했지만, 리버티 센터에서 일하는 루시나 로이에게는 적당

---

* 로널드 레이건 대통령을 의미한다.(역자 주)

하지 않았어요. 그래서 『포트노이의 불만』으로 가야 한다고 생각했지만, 그런 희극에 어울리기에 이 장면은 너무 악의적이었지요. 그래서 제가 해결할 수 없는 바로 그 문제에 해결책이 놓여 있다는 것을 마지막으로 깨달은 후 저는 여러 상자를 가득 채울 만큼 원고를 썼고, 궁극적으로 이것이 『성인으로서의 내 인생』이 되었습니다. 야비한 사건 자체보다는 야비한 사건에 적합한 배경을 찾지 못한 제무능력이 이 소설의 진짜 핵심이었습니다. 제가 글을 쓰고 있지 않을 때 워터게이트는 삶을 흥미롭게 만들었습니다. 그러나 아홉 시부터 다섯 시까지 매일 닉슨 또는 베트남에 대해 아주 많이 생각한 것은 아니었습니다. 저는 이 책의 문제를 해결하려고 했지요. 결코 해결할 수 없을 것처럼 보였을 때는 멈추고 『우리 패거리』를 썼습니다. 다시 글을 쓰려고 시도했으나 여전히 쓸 수 없다는 것을 알게 되자 야구에 관한 책을 썼습니다. 그리고 야구에 관한 책을 마치자 『유방』을 쓰기 시작했습니다. 이것은 마치 제가 쓸 수 없는 소설에 도달하기 위해 터널을 뚫고 길을 내는 것과 같았습니다. 제 소설 하나하나는 폭발이어서, 다음 것을 위한 길을 내는 것에 비유될 수 있지요. 그러니 모두 한 권의 책이라고 할 수 있습니다. 하룻밤에 모두 여섯 편의 꿈을 꾼다고 합시다. 그러면 이 꿈들은 여섯 편의 꿈일까요? 한 편의 꿈은 다음 꿈을 예시하거나 예기하지요. 또는 아직 완전하게 꾸지 못한 꿈을 결론짓기도 해요. 그러면 다음 꿈을 꾸게 되고, 그 꿈은 앞서 꾼 꿈을 교정하는 꿈이기도 하고, 대안으로서의 꿈이기도 하고, 방어하는 꿈이기도 하지요. 저는 꿈을 확대하거나 조롱하거나, 모순을 일으키거나, 적합하게 꾸도록 애쓰지요. 그렇게 밤새도록 계속 꿈을 꾸지요.

『포트노이의 불만』을 출판한 후 뉴욕을 떠나서 시골로 이사가셨지요. 시골 생활은 어떠셨나요? 분명히 『유령 작가』에서 소재로 사용되었지요.

로스　만일 E. I. 로노프가 35년간 시골에 살면서 겪은 멋진 경험에 대해 아주 조그마한 취향조차 갖지 못했다면, 저는 결코 시골에 은둔한 작가에 대해 글을 쓰는 데 관심을 갖지 않았을 겁니다. 제 상상력을 촉발할 무엇인가 견고한 것이 제 발밑에 있어야 했습니다. 그러나 시골에서 사는 것은 로노프의 삶의 의미를 깨닫는 것 외에 어떤 다른 주제도 제공하지 않았습니다. 어쩌면 시골 생활은 무엇인가를 전혀 제공하지 않을 수도 있고, 그렇다면 그 상황에서 빠져나와야겠지요. 저는 우연히 시골에 사는 것을 좋아하게 되었을 뿐이고, 모든 선택을 제 작품의 필요에 맞출 수는 없지요.

매년 방문해서 시간을 보내시는 영국은 어떤가요? 영국은 당신 소설의 원천이 될 수 있나요?

로스　이 질문은 지금부터 약 20년 후에 물어보시면 어떨까요? 이 질문은 아이작 싱어가 그의 작품 세계에서 폴란드를 충분히 제외하는 데, 그리고 미국을 충분히 받아들이는 데, 얼마나 오래 걸렸는지에 대한 것입니다. 또 작가로서 조금씩, 그가 브로드웨이 위쪽에 있는 카페테리아를 보고 묘사하기 시작하는 데 얼마나 오래 걸렸는지에 대한 것입니다. 만일 어떤 나라의 환상에 대해 알지 못한다면, 단지 장식과 사람과 그 밖의 것을 묘사하는 것 이상의 소설을 쓰기는 어렵겠지요. 이 나라가 극장에서, 선거에서, 포클랜드 위기 동안에, 그 꿈을 큰 소리로 드러내는 것을 볼 때 사소한 일들이 하나씩 쌓여가지요. 저는 이 나라에서 사람들에게 무엇이 무엇을 의미하는지 전혀 알지 못합니다. 이 사람들은 과연 누구인지, 심지어는 그들이 제게 말을 걸 때조차 이해하기가 너무 어렵습니다. 그리고 그 이유가 그들 때문인지 아니면 저 때문인지 알지 못합니다. 저는 누가 무엇을 가장하고 있는지 알아차리지 못하며, 보고 있는 것이 진짜인지 가짜인지도 모르며, 이 둘이 어디에서 중첩되는지도 쉽게 알아차릴 수 없습니다. 지각이 흐려지는 이유는 바로 제가 영어를 한다는 사실 때문입니다. 저게 무슨 소리가 들리는지 실제로는 알지 못하면서도, 알고 있다고 생각합니다. 가장 최악은 여기 영국에는 제가 증오하는 것이 아무것도 없다는 것입니다. 그렇지만 문화적으로 어떤 불평도 갖고 있지 않다는 것, 누군가 어떤 입장을 취하고 의견을 내고 잘못된 모든 것에 대해 하나하나 자세히 이야기하는 목소리를 듣지 않아도 되는 것은 큰 안도감을 줍니다. 아무 쓸모 없는 글쓰기만 없다면 모든 것이 축복이겠지요. 여기 영국에서 저를 미치게 만드는 것은 아무것도 없습니다. 그렇지만 작가가 어떤 걸 알려면 미치는 상태가 되어야 합니다. 작가는 독극물을 필요로 합니다. 그의 독극물에 대한 해독제는 종종 책이 됩니다. 만일 지금 제가 여기서 살아야 한다거나, 어떤 이유로 제가 미국으로 돌아갈 수 없게 된다거나, 제 입장과 저의 개인적인 행복이 영국에 영원히 묶여버리게 된다면, 화나게 하는 것과 의미심장한 것들이 시야에 들어오기 시작하겠지요. 그래요, 맞아요. 약 2005년, 아니면 2010년엔 뉴워크에 대한 글쓰기를 조금씩 그만두고, 켄싱턴 파크 로드에 있는 술집 식탁을 배경으로 한 소설을 시도하지 않을까요. 이번 경우엔『유대인 일보』가 아니라『헤럴드 트리뷴』을 읽고 있는 나이 든 이주 외국 작가에 대한 이야기 말이에요.

마지막 세 편의 소설인 주커먼 소설 시리즈는 유대교와 유대인 비판에 대한 싸움을 반복하고 있네요. 이 책들은 과거를 되풀이하고 있는데, 이 책들이 과거를 되풀이해야 한다고 생각하시는 이유는 무엇인가요? 왜 그것이 지금 일어나고 있나요?

로스 1970년대 초반에 저는 체코슬로바키아를 규칙적으로 방문하기 시작했습니다. 저는 봄마다 프라하를 찾았고 정치 억압에 대한 집중 강좌를 듣기도 했습니다. 제가 직접 경험한 억압이란 성 심리적인 구속이나 사회적 제한처럼 약간은 온화하고 은밀한 형식을 띠었지요. 개인적인 경험에서 저는 반유대적인 억압에 대해서보다는 반유대주의의 역사의 결과로 유대인들이 스스로에게 행하는 억압에 대해, 그리고 서로에게 행하는 억압에 대해 더 잘 알고 있었습니다. 포트노이는 자신을 그런 유대인이라고 생각하지요. 어쨌든 저는 작가로서 전체주의적인 프라하와 자유로운 뉴욕에서의 삶의 차이에 매우 잘 순응하였습니다. 처음에는 약간의 불확실성으로 곤란을 겪었으나, 제가 가장 잘 알고 있는 세계에서 예술 속에서 사는 삶이 낳은 계산되지 않는 결과에 초점을 맞추기로 결심하였습니다. 헨리 제임스와 토마스 만과 제임스 조이스가 예술가의 삶에 대한 놀랍고 유명한 이야기와 소설을 많이 발표했다는 것을 깨달았습니다. 그러나 어떤 작가도 예술가라는 직업이 미국에서는 희극적인 일이라는 것을 쓰지 않았다는 것을 알게 되었습니다. 토머스 울프가 그 주제를 시도했지만 그것은 약간은 광상적이었습니다. 주커먼이 유대주의와 유대인에 대한 비판과 싸우는 것은 우스꽝스러운 미국 작가로서의 경력의 맥락에서 볼 수 있습니다. 그는 가족에 의해 내쫓겼고, 팬으로부터 소외당하고, 마침내 그 자신의 신경증과 맞서 싸웁니다.

제가 쓴 책과 같이 어떤 책이 유대적 특성을 가졌는가는 실제로 그들이 다루는 주제에 달려 있지 않습니다. 저는 유대주의에 대해 책을 쓰는 것에 별로 흥미를 느끼지 못합니다. 만일 그런 것이 있다면 『해부학 수업』을 유대적으로 만드는 것은 일종의 감수성 때문일 것입니다. 예를 들면, 신경과민, 흥분, 논쟁, 극화, 분개, 강박관념, 과민성, 과장된 몸짓과 무엇보다도 말하는 방식이 그런 것이지요. 이야기하고 소리 지르기 같은 것 말입니다. 당신도 알다시피, 유대인들은 앞으로도 계속 그럴 겁니다. 어떤 책을 유대적으로 만드는 것은 그것이 이야기하는 주제가 아닙니다. 그것은 결코 입을 다물지 않는 책에 대한 것입니다. 그 책은 결코 당신을 그냥 내버려두지 않을 것입니다. 절대로 잠잠해지지 않을 것입니다. 그것은 너무도 가까이 다가올 것입니다. "들어봐, 들어보란 말이야. 아직 반밖에 이야기 안 했거든!" 주커먼의 턱을 부러뜨렸을 때, 저는 제가 무엇을 하고 있는지 알고 있었습니다. 유대인에게 부러진 턱은 끔찍한 비극이지요. 수많은 유대인들이 권투 선수보다는 선생을 하는 이유는 모두 턱이 부러지는 것을 피하기 위해서이지요.

밀튼 애펠은 주커먼의 초기 소설에서는 좋은 교사였으며 착하고 고귀한 정신을 가진 유대인으로 그려졌는데, 왜 그런 애펠이 『해부학 수업』에서는 주커먼이 탈신성화하길 바라며 비판하는 샌드백이 되었나요?

<u>로스</u> 만일에 제가 저 자신이 아니고 다른 누군가가 필립 로스의 역할을 맡아서 그 책을 쓰게 된다면, 이 다른 윤회에서 저는 당연히 밀튼 애펠이 되었을 것입니다.

밀튼 애펠에 대해 주커먼이 화를 내는 것은 당신이 가진 일종의 죄의식의 표현인가요?

로스 죄의식이라니요? 전혀 그렇지 않습니다. 사실상 이 책의 초고에서 주커먼과 그의 어린 여자 친구인 다이애나는 애펠에 대한 논쟁에서 정확하게 반대 입장을 취합니다. 혈기왕성하지만 경험이 부족한 그녀는 주커먼에게 "그가 널 못살게 구는데 넌 왜 가만히 있는 거야?"라고 말합니다. 그랬더니 조금 나이 든 주커먼이 그녀에게 "자기야, 우습게 굴지 말고 차분하게 생각해봐. 그는 아무것도 문제될 게 없어."라고 말합니다. 이것은 진짜 자서전적인 장면이지만 실제로 생생하지가 않아요. 이 주제에 대한 저의 분노가 잠잠해진 지 오래되었지만, 소설의 주인공이 그 분노를 모두 흡수하길 바랐습니다. 실제 삶에서 사실 저는 그 문제를 회피했습니다. 그래서 그들의 입장을 바꾸었고, 스무 살짜리 여대생이 주커먼에게 성장해야 한다고 말하게 했으며, 그에게 화를 내게 만들었지요. 그래서 이야기는 더 흥미로워졌습니다. 주커먼이 저처럼 매우 이성적인 사람이 되면 이야기가 좀체 진전되질 않습니다.

그래서 당신의 주인공은 항상 화가 나 있거나 곤란한 지경에 빠져 있거나 불평을 하나요?

로스 제 주인공은 분명히 변모하거나 또는 급격하게 위치가 바뀌는 그런 상태에 있어야 합니다. "저는 제가 아닙니다. 저는 어느 쪽이냐 하면, 제가 아닌 어떤 사람입니다."라는 식으로 이어지지요.

삼인칭 시점에서 일인칭 시점으로 이야기를 바꿀 때 당신은 이것을 얼마나 의

식하시나요?

로스　그것은 의식적이라거나 무의식적이라거나 하는 것이 아닙니다. 그냥 자동적으로 일어나는 것입니다.

일인칭 시점과는 다른 삼인칭 시점으로 글을 쓰는 것에 대해 어떤 느낌이 드시나요?

로스　현미경으로 보는 느낌이 어떠신가요, 특히 초점을 맞출 때는요? 사물을 눈에 얼마나 가까이 갖다 대느냐에 따라 모든 것이 달라집니다. 거꾸로도 마찬가지고요. 그것은 무엇을 확대하고 싶은지 그리고 얼마만큼 확대하고 싶은지에 달렸지요.

주커먼을 삼인칭 화자로 바꿈으로써 당신 자신이 어느 정도 자유로워지지 않으셨나요?

로스　주커먼이 자기 자신에 대해 말하면 부적절할 수 있습니다. 그것을 제가 똑같은 방식으로 말하기 위해 저 자신을 자유롭게 했지요. 일인칭 화자나 코미디에서 아이러니는 사라지곤 합니다. 저는 그가 말하면 신경을 거스를 수도 있는 엄숙하고 무거운 느낌을 도입할 수 있습니다. 한 가지 이야기 안에서 한 목소리가 다른 목소리로 전환되는 것은 독자의 도덕적 관점이 정해지는 방식입니다. 모두가 일상적인 대화에서 자신을 지칭하기 위해 부정대명사 '사람들'ᵒⁿᵉ을 사용하지요. '사람들'이라는 부정대명사를 사용하는 것은 그 말을 하는 자신과 좀 더 느슨한 관계에서 관찰이 이루어진다는 것을 뜻해요. 때로는 그로 하여금 스스로 (일인칭으로) 말하게끔 시키는 것이 더 설득력이 있습니다. 때로는 그에 대해 (삼인칭으로) 이야기를 하는 것이 더 설득력이 있습니다. 때로는 완곡하게 말하는 것이, 때로는 그렇지 않은 것이 더 설득력이 있습니다. 『유령 작가』에서는 일인칭 화자가 이야기를 하지요. 그 이유는, 묘사되는 내용이 대체로 주커먼 자신의 밖에서 찾은 세계이며, 젊은 탐험가가 찾은 책의 세계이기 때문일 것입니다. 더 나이 들어가고 상처를 입을수록 그는 점점 더 내면을 들여다보게 될 것이고, 그럼에 따라 저는 점점 더 벗어나게 되겠지요. 『해부학 수업』에서 주커먼이 겪는 유아론 Solipsism 이라는 위기는 약간 거리를 두면 더 잘 보게 될 것입니다.

글을 쓰실 때 대화와 서술 사이의 차이를 만들어내기 위해 스스로를 감독하시나요?

로스 저는 자신을 '감독하지' 않습니다. 저는 가장 생생한 가능성이라고 여겨지는 것에 반응할 뿐입니다. 대화와 서술 사이에 성취되어야 할 균형은 없습니다. 생기 넘치는 것을 따를 뿐이지요. 2000쪽의 서술과 6행의 대화가 한 작가에겐 안성맞춤일 수도 있지만, 2000쪽의 대화와 6행의 서술이 다른 작가에겐 해결책일 수도 있지요.

아주 긴 대화를 서술로 바꾸거나 아니면 반대로 한 적이 있으신가요?

로스 그럼요. 『유령 작가』의 안네 프랑크 부분에서 그렇게 했어요. 처음에 이것을 제대로 하는 것이 참 어려웠습니다. 삼인칭 시점으로 시작할 때 제가 이 소재를 약간은 경외했었나 봅니다. 저는 홀로코스트에서 겨우 살아남아 미국으로 이주한 안네 프랑크의 이야기를 무척 슬픈 어조로 쓰기 시작했습니다. 제 글이 제대로 진척되는지 잘 몰랐기 때문에, 성인聖人의 전기를 쓸 때 해야 한다고 하는 것을 했지요. 그렇지만 그것은 전기에나 어울리는 그런 말투였습니다. 이야기의 맥락 속에서 안네 프랑크가 새로운 의미를 얻는 대신에, 모든 사람이 기존의 그녀에 대해 느꼈을 것이라 여겨지는 감정으로 부터 자원을 얻으려고 했습니다. 훌륭한 배우들도 연극을 연습하는 첫 몇 주 동안에 종종 그렇듯이, 진정한 무엇인가가 뿌리를 내릴 때 까지 가슴 졸이며 기다리면서 관습적인 형태로 제시되는 것에 이끌 리거나 진부한 표현에 달라붙었습니다. 돌이켜보면 제 어려움은 약 간 별난 것처럼 보입니다. 왜냐하면 주커먼이 싸우는 대상인 공식적 으로 인정받고 가장 큰 위로를 주는 전설에 제가 사실상 굴복해가 고 있었으니까요. 단언컨대, 나중에 제가 『유령 작가』에서 안네 프 랑크의 기억을 오용하였다고 비판했던 사람들은 제가 이런 진부하 고 식상한 관점을 그대로 세상에 내보냈다면 눈감아 넘겼을 겁니다. 그랬다면 괜찮았을 것이고, 제 글은 심지어 인용되었을지도 모르고 요. 그렇지만 저는 그렇게 할 수 없었습니다. 유대인의 이야기를 하 는 어려움들―이 이야기를 어떻게 말해야 할까? 어떤 어조로 말해 야 할까? 어떤 목적으로 말해야 할까? 정말 이 이야기를 말해야 할 까?―은 마침내 『유령 작가』의 주제가 되었습니다. 그렇지만 그것 이 주제가 되기 전에 명백하게 시련이 되어야 했습니다. 책의 도덕 적 생명력을 만들어내는 노력이 글쓰기 초기의 불확실한 단계 동 안 책의 몸통에 소박하게 실현되는 일이 종종 생기곤 합니다. 이것 이 시련이며, 이 시련의 끝은 제가 그 이야기 전체를 휘어잡고 이 이 야기를 일인칭 시점으로 다시 풀어냄으로써 이루어집니다. 즉, 에이 미 벨레트로 하여금 안네 프랑크의 이야기를 하게 만들었지요. 희생 자 스스로는 소위 '시대의 흐름'이 원하는 식으로 자신의 곤궁을 말하려 하지 않았지요. 그녀는 일기에서조차 그렇게 하지 않았는데, 실제의 삶에서 그렇게 할 이유가 있겠습니까? 이 부분은 절대로 일인칭 화자의 이야기가 되어선 안 되겠다고 생각했지요. 그리고 일인칭 화자라는 거름망을 통과할 때 그녀의 것이라기보다는 제 것인 이 끔찍한 어조를 없앨 수 있는 기회를 갖게 될 것이란 것을 알았습니다. 이것을 없앴지요. 에이미 벨레트 덕분에, 이 모든 것―간절한 억양, 긴장된 감정, 우울하고 너무 극화되고 고풍스런 말투―을 없앨 수 있었습니다. 약간은 솔직하게 말하자면, 저는 그때 이 부분을 삼인칭 화자로 되돌리고, 새로 작업할 수도 있었습니다. 열광적으로 이야기를 하거나 찬사를 바치거나 하는 대신에 글을 씀으로써 말이지요.

작가로서 환경, 문화에 어떤 영향을 미쳤다고 생각하시나요?

로스 전혀 아무런 영향도 미치지 않았다고 생각합니다. 제가 설혹 변호사가 되겠다는 대학 초반 계획을 따랐더라도, 그것이 문화나 환경과 무슨 관련이 있는지 모르겠군요.

지금 씁쓸하게 말씀하시는 건가요? 아니면 기쁘게 말씀하시는 건가요?

로스 그 어느 쪽도 아닙니다. 그것은 인생의 진실입니다. 완전한 표현의 자유를 요구하는 거대한 상업 사회에서 문화는 깊은 구렁maw입니다. 루이스 라모르는 '국가에 지대한 공헌을 했다.'는 이유로 미국 의회의 특별 금메달을 받은 첫 미국인 소설가가 되었습니다. 백악관에서 대통령이 직접 그에게 금메달을 걸어주었지요. 그런 작가들에게 정부가 제정한 최고의 상을 주는 또 다른 나라의 하나는 소

런[*] 입니다. 그러나 전체주의 국가에서 모든 문화는 정부의 지시를
받지요. 운 좋게도 우리가 살고 있는 미국은 플라톤의 국가가 아니
라 레이건의 국가입니다. 미국에서 이런 형편없는 상을 제외한다면
문화는 거의 완전히 무시되지요. 이쪽이 훨씬 낫습니다. 맨 꼭대기
에 있는 사람들이 루이스 라모르에게 그런 영예로운 상을 주고 그
밖의 것들엔 아무 신경도 쓰지 않는 한 모든 것은 잘 될 것입니다.
제가 체코슬로바키아에 처음 갔을 때 저는 제가 작가로서 모든 일
이 잘 되어가고, 아무런 문제도 없는 사회에서 일하고 있다는 것을
알게 되었습니다. 반면에 제가 프라하에서 만난 체코 작가들에겐 어
떤 일도 잘 진행되지 않고, 모든 것이 문제였습니다. 제가 그들과 자
리를 바꾸고 싶다는 뜻은 전혀 아닙니다. 저는 그들이 박해를 받고
있기에, 그리고 박해가 그들의 사회적인 중요성을 높이는 그런 방식
때문에 그들을 부러워하는 것이 아닙니다. 그들이 다루는 겉으로 보
기에 더 가치 있고 더 심각한 주제 때문에 그들을 부러워하는 것도
아닙니다. 동구에서는 죽을 정도로 심각한 많은 것이 서구에서는 사
소한 것이 되곤 하는 것 자체가 하나의 주제가 됩니다. 이런 주제를
감탄하지 않을 수 없는 소설로 만드는 데에는 상당히 상상력 넘치
는 재능이 필요하지요. 전통적으로 심각한 것으로 여겨졌던 수사적
단서나 무거운 주제로 그 심각함을 나타내지 않는 심각한 책을 쓰
는 것 또한 값어치 있는 작업입니다. 노골적으로 충격적이고 가공할
만큼 끔찍하지는 않은 정신적 곤경, 혹은 보편적인 연민을 끌어내
지 못하고, 거대한 역사적 무대나 20세기에 대규모로 발생한 고통
을 배경으로 하지 않는 정신적인 곤경을 정당하게 다루는 것은, 모
든 일이 잘 진행되지만 글을 쓴다는 것이 전혀 중요하지 않은 곳에

서 글을 쓰는 사람들에게 떨어진 몫이지요.

비평가인 조지 스타이너가 영국 텔레비전에서 현대 서양 문학이 완전히 가치 없으며 우수하지도 않다고 비난하고, 인간의 영혼에 대한 위대한 도큐먼트 또는 걸작은 체코슬로바키아 같은 정부에 의해 짓밟힌 영혼으로부터만 나올 수 있다고 주장하는 것을 보았습니다. 그 순간 제가 알고 있는 체코슬로바키아의 작가 모두가 그들의 정부를 싫어하고, 그 정부가 지상에서 사라져야 한다고 열정적으로 바라고 있는 이유가 궁금해졌습니다. 스타이너와 달리 그들은 이것이야말로 그들이 위대해질 수 있는 기회라는 것을 모르고 있는가? 가끔 거대한 힘을 가진 한 명 내지 두 명의 작가가 기적처럼 겨우 살아남아서, 이 체제를 작품의 주제로 삼아 자신들이 당했던 박해로부터 매우 고귀한 예술을 만들 수도 있겠지요. 그렇지만 대부분의 작가들은 전체주의 국가 안에 감금되어 그 체제에 의해 파멸되고 있습니다. 그런 체제는 결코 걸작을 만들어낼 수 없습니다. 그런 체제는 심장병과 궤양과 천식, 알코올의존자를 만들고, 사람들을 우울하게 하고, 씁쓸함과 절망과 광기를 자아낼 뿐입니다. 그 작가들은 지적으로 손상을 입고, 정신적으로 타락하고, 육체적으로 병들고, 문화적으로는 지루하게 되지요. 그들은 자주 전혀 글을 쓰지 못하게 되곤 합니다. 그런 체제로 인해 최고의 작가들 중에서 10분의 9는 최고의 작품을 쓰지 못합니다. 그런 체제로 덕을 보는 작가들은 정치를 홍보하는 일을 하는 작가뿐입니다. 이런 체제가 2세대 내지 3세대 유지되고, 20년, 30년, 또는 40년 동안 무자비하게 작가의 공동체를

• 소비에트 사회주의 공화국 연방. 1992년 1월 1일 해체되었다.

서서히 없애버린다면, 망상은 고정되고 언어는 진부해지고 독자들은 천천히 굶어 죽게 되며, 독창성과 다양성과 활력 있는 국민문학은 거의 존재할 수 없게 될 것입니다. 하나의 강력한 목소리만 야멸차게 살아남은 문학은 생기 있는 국민문학과는 매우 다릅니다. 지하에서 오랫동안 격리된 채로 남은 불운을 겪은 문학은, 어두운 경험이 쌓여 영감을 불어넣는다 하더라도 필연적으로 편협하고 후진적이며, 심지어 바보스러울 정도로 순진해지기도 합니다. 대조적으로 우리 작가들은 전체주의 정부에 의해 짓밟히지 않았기 때문에 작품이 진정성을 박탈당하지 않았지요. 조지 스타이너는 인간의 고통과 걸작에 대하여 웅대하고도 감상적으로 미혹되어서, 철의 장막 국가에서 돌아온 뒤 그런 비참한 수준의 지적, 문학적인 환경에 맞서 싸워본 적이 없는 자신을 가치 없다고 생각하였는데, 스타이너처럼 생각하는 서양 작가를 저는 한 명도 알지 못합니다. 만일 루이스 라모르와 우리가 누리는 문학적 자유와 광범위하고 생기 넘치는 국민문학과, 솔제니친과 문화적 황무지와 궤멸적인 억압 사이에서 하나를 골라야 한다면, 저는 라모르를 선택하겠습니다.

그렇지만 미국에서 작가로서 무기력하다고 느끼진 않으셨나요?
로스 소설을 쓴다는 것은 권력에 이르는 길이 아닙니다. 제가 살고 있는 사회에서 소설이 몇 명되지 않는 작가 외의 다른 사람들에게도 심각한 변화를 가져온다고 믿지 않습니다. 몇 명 되지 않는 작가들의 소설 역시 다른 소설가들의 소설에 의해 심각하게 영향을 받긴 하지만요. 저는 보통 독자들에게 이런 일이 일어나는 것을 볼 수 없으며, 또한 그런 것을 기대하지도 않습니다.

그럼 소설이 할 수 있는 것은 무엇인가요?

로스 일반 독자에게요? 소설은 독자들에게 읽을거리를 제공하지요. 기껏해야 작가는 독자들이 책을 읽는 방식을 바꿀 뿐입니다. 이것이 제가 현실적으로 기대할 수 있는 유일한 것처럼 보입니다. 그것은 또한 충분한 것으로 여겨집니다. 소설을 읽는 것은 깊고 독특한 기쁨이며, 성^性과 마찬가지로 도덕적, 정치적 정당화를 요구하지 않는 흥미롭고 신비로운 인간 활동입니다.

그럼 다른 영향은 없을까요?

로스 제 소설이 문화에 어떤 변화를 가져왔다고 생각하는지 묻는 거라면 그 대답은 '아니요.'입니다. 분명히 스캔들은 좀 있었지만, 사람들은 늘 그런 일로 분개하지요. 이것은 그들에게 삶의 방식일 뿐입니다. 이것은 어떤 것도 의미하지 않습니다. 제 소설이 문화에 어떤 변화를 가져오길 바라는지 묻는 거라면, 그 대답은 여전히 '아니요.'입니다. 제가 원하는 것은 독자들이 제 소설을 읽을 때 소설에 푹 빠지게 만드는 것입니다. 할 수만 있다면 다른 작가들이 하지 못하는 그런 방식으로 독자를 사로잡고 싶습니다. 그러곤 그들을 소설을 읽기 전의 그들 그대로, 그들 외의 모든 사람들이 그들을 바꾸고 설득하고 유혹하고 조절하려고 애쓰는 그런 세상으로 다시 돌려보내는 겁니다. 최고의 독자는 이런 소란으로부터 자유로워지기 위해, 소설이 아닌 다른 모든 것에 의해 결정되고 둘러싸인 의식을 풀어주기 위해 소설의 세계로 오는 사람들입니다. 이것이야말로 책에 홀딱 빠진 어린이들이 즉각 이해하는 것이지요. 그렇다고 이 설명이 책 읽기의 중요성에 대한 유치한 견해는 결코 아닙니다.

마지막 질문입니다. 당신 자신을 어떻게 그리시나요? 당신 소설에서 분명하게 변모하는 주인공들과 비교할 때 당신은 어떤 분이라고 생각하시나요?

로스 저는 분명히 자신의 굴레로부터 벗어나서 스스로를 변화시키려고 무진장 애쓰는 그런 주인공과 닮았지요. 저는 하루 종일 글을 쓰면서 지내는 그런 사람과 아주 많이 닮았지요.

허마이오니 리 Hermione Lee 허마이오니 리는 1948년 런던에서 태어났고, 버지니아 울프의 삶과 소설 속에 녹아들어 있는 거리와 공원, 건물들 가까이에서 어린 시절을 보냈다. 현재 옥스퍼드 대학교 영문학과 교수로 재직 중이다. 저서로 『버지니아 울프 – 존재의 순간들, 광기를 넘어서』, 『윌라 캐서 – 이중적인 삶』 등이 있다.

주요 작품 연보

『안녕, 콜럼버스』Goodbye, Columbus, 1959

『자유를 찾아서』Letting Go, 1962

『그녀가 아름다웠을 때』When She was Good, 1967

『포트노이의 불만』Portnoy's Complaint, 1969

『우리 패거리』Our Gang, 1971

『유방』The Breast, 1972

『위대한 미국 소설』The Great American Novel, 1973

『성인으로서의 내 인생』My Life As a Man, 1974

『욕망에 빠진 교수』The Professor of Desire, 1977

『미국을 노린 음모』The Plot Against America, 2004

『에브리맨』Everyman, 2006

『울분』Indignation, 2008

주커먼 시리즈

『유령 작가』The Ghost Writer, 1979

『해방된 주커먼』Zuckerman Unbound, 1981

『해부학 수업』The Anatomy Lesson, 1983

『프라하의 잔치』The Prague Orgy, 1985

『카운터라이프』The Counterlife, 1986

『미국의 목가』American Pastoral, 1997

『나는 공산주의자와 결혼했다』I Married a Communist, 1998

『휴먼 스테인』The Human Stain, 2000

『엑싯 고스트』Exit Ghost, 2007

07

피할 수 없는 형식적인 원형

밀란 쿤데라
MILAN KUNDERA

밀란 쿤데라 체코, 1929.4.1.~

———

체코의 시인이자 소설가. 소설, 시, 평론, 희곡 등 거의 모든 문학 장르에서 활동하면서 포스트모더니즘 계열의 작가로 명성을 떨치고 있다. 대표작으로 장편소설 『참을 수 없는 존재의 가벼움』, 『느림』 등이 있다.

1929년 체코에서 야나체크 음악원 교수의 아들로 태어났다. 1963년 이래 '프라하의 봄'이 외부의 억압으로 좌절될 때까지 '인간의 얼굴을 한 사회주의 운동'을 주도했으며, 1968년 모든 공직에서 해임당하고 저서가 압수되는 수모를 겪었다. 고국인 체코에서 『농담』과 『우스운 사랑들』을 발표했고, 『농담』이 프랑스에 번역된 즉시 프랑스에서도 유명 작가가 되었다. 1975년 체코를 떠나 프랑스 렌 대학교에서 비교문학을 강의했고, 1980년에 파리 대학으로 자리를 옮겼다. 프랑스 등 제3국에서 발표된 장편소설 『웃음과 망각의 책』, 『참을 수 없는 존재의 가벼움』, 『불멸』, 『정체성』, 『향수』 등은 큰 반향을 불러일으켰다. 작품들은 모두 탁월한 문학성을 인정받았고 메디치상, 클레메트 루케상, 유로파상, 체코 작가상 등을 수상했다.

쿤데라와의 인터뷰

크리스티앙 살몽

쿤데라는 갑작스럽게 얻은 명성에 심기가 매우 불편해 보였다.
… 한번은 언론이 그의 소설에 대해 언급한 것들에 대해 질문하자,
"나 자신에 대해 얘기하는 건 아주 신물이 납니다."라고 답변했다.

이 인터뷰는 1983년 가을 파리에서 밀란 쿤데라를 몇 차례 만나면서 진행됐다. 우리는 몽파르나스 근처에 있는 그의 다락방 아파트에서 만나서, 그가 사무실로 쓰는 작은 방에서 작업했다. 그 방은 철학책과 음악책이 가득 들어찬 책장과 구식 타자기와 테이블 때문에 세계적으로 명성을 떨치는 작가의 방이라기보다는 학생의 방처럼 보였다. 한쪽 벽에는 두 장의 사진이 걸려 있었는데, 한 장은 피아니스트인 그의 아버지 사진이고, 한 장은 그가 매우 존경하는 체코 작곡가인 레오시 야나체크의 사진이었다.

우리는 프랑스어로 자유롭고 긴 대화를 나누었고, 녹음기 대신 타자기와 원고 수정용 가위와 풀을 사용했다. 많은 종이를 버리고 몇 번이나 수정을 한 후에 이 인터뷰가 완성되었다.

이 인터뷰는 쿤데라가 『참을 수 없는 존재의 가벼움』을 출간한

직후에 이루어졌다. 이 책은 즉각 베스트셀러가 되었다. 쿤데라는 갑작스럽게 얻은 명성에 심기가 매우 불편해 보였다. 맬컴 로리는 "성공이란 집에 불이 난 것보다 더 끔찍한 재앙이다. 명성은 영혼의 집을 소진하기 때문이다."라는 말을 했는데, 쿤데라도 비슷한 심정이었을 것이다. 한번은 언론이 그의 소설에 대해 언급한 것들에 대해 질문하자, "나 자신에 대해 얘기하는 건 아주 신물이 납니다."라고 답변했다.

쿤데라가 자신에 대해 이야기하길 꺼려하는 것은, 대부분의 비평가들이 작가의 작품이 아니라 작가 자신, 성품, 정치적 견해, 사생활 등에 관심을 갖는 경향에 대한 본능적 반감인 듯하다. 쿤데라는 잡지 『르 누벨 옵세르바퇴르』에서 "자신에 대해 얘기하는 걸 혐오하는 것이야말로 서정시적인 재능과 소설적 재능을 구별해주는 것이다."라고 밝힌 바 있다.

자신에 대해 얘기하길 거부하는 것은 문학작품과 형식을 관심의 핵심에 두는 것을 의미하고, 소설 자체에 초점을 맞추는 것을 의미한다. 이 점이 소설 쓰기 기술에 관한 논의의 목적이기도 하다.

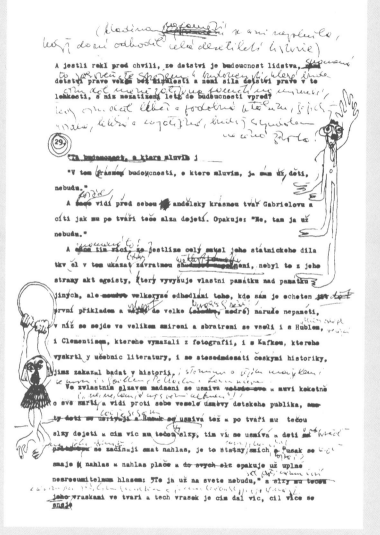

밀란 쿤데라의 원고 중 한 페이지.

밀란 쿤데라
×
크리스티앙 살몽

당신은 현대문학에서는 다른 어느 작가보다도 빈의 소설가인 로베르트 무질과 헤르만 브로흐를 가깝게 느낀다고 하셨지요. 당신과 마찬가지로 브로흐도 심리학 소설의 시대는 종언을 고했다고 생각했습니다. 그럼에도 그는 자신이 '백과사전적인polyhistorical 소설'이라고 부르는 것에 대한 믿음을 갖고 있었습니다.

쿤데라 무질과 브로흐는 소설에 엄청난 책임을 안겼습니다. 그들은 소설이란 최고의 지적 종합물이며, 인간이 아직도 전체로서의 세계에 의문을 던질 수 있는 마지막으로 남은 공간이라고 여겼습니다. 그들은 소설이 종합하는 엄청난 힘을 갖고 있다고 믿으면서, 소설은 시, 판타지, 철학, 경구, 에세이를 다 합쳐놓은 것이라고 확신했어요. 편지에서 브로흐는 이 문제에 대해 심도 있는 언급을 했지요. 하지만 제 생각에는 브로흐가 '백과사전적 소설'이라는 잘못된 용어를 사용해서 자신의 의도를 흐린 것 같습니다. 실은 브로흐와 같은 오스트리아인인 아달베르트 슈티프터가 1857년에 출간한 『늦여름』이라는 작품으로 진정 백과사전적인 소설을 창조했습니다. 이 소설은 아주 유명해서 니체는 이 작품을 독일어 문학에서 가장 위대한 네 작품에 포함시킬 정도였지요. 그런데 요즘에는 이 소설을 도무지 읽을 수가 없어요. 지질학, 식물학, 동물학, 수공예, 미술, 건축에 대한 정보로 꽉 차 있거든요. 하지만 이 거대하고 고양된 백과사전은 인간 자체와 인간이 처한 상황을 거의 배제하고 있답니다. 이 책이 백과사전적이라는 바로 그 이유 때문에 『늦여름』에는 소설을 특별한 것으로 만드는 특징들이 없지요. 브로흐의 경우는 달라요. 완전히 반대이지요. 브로흐는 '소설만이 발견할 수 있는 것'을 발견하려고 애쓰거든요. 브로흐가 '소설적인 지식'이라고 즐겨 부르는 그 특정 대상이란 바로 실존입니다. 제 생각에 브로흐가 사용하는 '백과사전적'이라는 단어는 '실존에 빛을 비추기 위해서 모든 장치와 모든 형태의 지식을 함께 모아놓는 것'이라고 볼 수 있어요. 맞아요. 저는 그런 식의 소설에 대한 접근 방식에 친근감을 느껴요.

『르 누벨 옵세르바퇴르』 잡지에 당신이 쓴 긴 에세이 덕분에 프랑스에서 브로흐의 재발견이 이루어졌지요. 그런데 아주 칭찬하면서도 한편으로는 비판도 하시더군요. 에세이 말미에서 "모든 위대한 작품은 (바로 그 위대함 때문에) 부분적으로 불완전하다."라고 하셨지요.

쿤데라 브로흐가 우리에게 영감을 주는 이유는 그가 성취한 업적 때문만이 아니라 그가 하려고 했으나 이루지 못한 것들 때문이기도 합니다. 그의 작품이 불완전하다는 사실 자체가 우리로 하여금 새로운 예술형식의 필요성을 깨닫게 하거든요. 예를 들어 아래와 같은 것들을 포함해서요.

① 비본질적인 부분을 완전히 제거하기(현대사회에서 구조적인 명증성을 잃지 않고도 실

존의 복잡함을 잡아내기 위하여)

② '소설적 대위법'(철학, 서사, 꿈을 하나의 음악으로 엮어내기)

③ 독특하게 소설적인 에세이(당연한 메시지를 전달한다고 주장하기보다는 가설적이고 장

난스럽고 아이러니한 특성을 간직하는)

이 세 가지 특징이 당신의 예술적 프로그램 전체를 잘 설명해주는 것 같군요.

쿤데라   소설이 실존을 백과사전적으로 조명할 수 있으려면 생략의 기법과 응축의 기술을 잘 사용해야 합니다. 그걸 제대로 못하면 소설이 끝없이 길어지거든요. 무질의 『특성 없는 남자』는 제가 제일 찬탄하는 책 두세 권 중의 하나예요. 하지만 그 끝없는, 그리고 엄청난 방대함을 제가 존경하는지는 묻지 말아주세요. 너무나 커서 한눈에 들어오지 않는 성채를 상상해보세요! 아홉 시간이나 연주해야 되는 현악사중주를 생각해보세요! 넘어서는 안 되는 인간적인 한계, 인간에 맞는 어떤 정도가 있는 법입니다. 기억의 한계 같은 게 한 가지 예이지요. 소설을 다 읽고 나면 최소한 시작 부분을 기억할 수는 있어야지요. 안 그러면 소설이 그 형태를 잃게 되고 '구조적 명료성'이 흐려지지요.

『웃음과 망각의 책』은 일곱 부분으로 구성되어 있지요. 당신이 생략이라는 방법을 덜 사용했다면 일곱 권의 각기 다른 책으로 늘어났을 수도 있겠네요.

쿤데라   제가 일곱 권의 개별 소설로 썼다면 가장 중요한 것, 즉 한 권의 책에 '현대사회에서의 인간 실존의 복잡성'을 담아내는 데 실패했겠지요. 생략의 기술은 본질적으로 중요합니다. 모든 것의 핵

심에 바로 뛰어들어야만 해요. 이 점에서는 제가 어릴 때부터 열렬히 존경해온 체코 작곡가 레오시 야나체크가 아주 뛰어나지요. 그는 현대음악의 가장 위대한 거장 중 한 명입니다. 음악에서 본질만 남겨놓고 군더더기를 제거하는 방식은 가히 혁명적이지요. 음악을 작곡하는 것도 물론 상당한 테크닉이 필요합니다. 주제를 개진하고 발전시키고 변주하는 것, (종종 아주 자동적으로 일어나는) 다성 작업 polyphonic, 오케스트라 구성, 이행transitions 등이지요. 오늘날에는 컴퓨터로 음악을 작곡할 수 있잖아요. 하지만 컴퓨터는 언제나 작곡가의 머릿속에 내재해 있었습니다. 꼭 그래야만 할 경우에 작곡가는 작곡의 규칙에 따라 인공두뇌 방식으로 음악을 자동적으로 전개하는 식으로 소나타를 쓸 수 있었습니다. 단 하나의 독창적인 아이디어 없이도 말이죠. 야나체크는 이런 컴퓨터를 파괴하고자 했지요. 그는 이행 대신에 거친 병렬을 사용하고, 변주 대신에 반복을 사용하고, 언제나 사물의 핵심으로 직접 뛰어들었죠. 뭔가 본질적인 것을 말해줄 수 있는 음만이 존재할 가치가 있었어요. 소설에서도 마찬가지입니다. 소설에서도 작가의 일을 대신 해주는 규칙인 '기법'들이 소설가에게 짐이 되고 있습니다. 예를 들면 등장인물을 제시하고, 배경을 묘사하고, 행위를 역사적 상황 속에 배치하고, 등장인물의 일생을 쓸모없는 일화로 가득 채우는 등의 규칙들 말입니다. 장면을 변화시킬 때마다 새로운 해설과 묘사와 설명이 들어가지요. 저의 목적은 야나체크의 목적과 같습니다. 소설에서 자동화된 소설적 기법과 자동적인 소설적 말 엮어내기를 없애버리는 것입니다.

당신이 말씀하신 두 번째 예술형식은 '소설적 대위법'이었습니다.

쿤데라 위대한 지적인 종합으로서의 소설이라는 개념은 거의 자동적으로 '다성'*이라는 문제를 제기합니다. 이건 아직도 해결해야 할 문제로 남아 있지요. 예를 들어 브로흐의 소설『몽유병자들』의 3부를 봅시다. 이 부분은 다섯 개의 이질적인 요소들로 이루어졌습니다.

> ① 파제노, 에슈, 후게나우라는 세 명의 주인공들에 관한 '소설적' 서사
>
> ② 한나 웬들링의 개인적 이야기
>
> ③ 군대 병원에서의 생활에 대한 사실적 묘사
>
> ④ 구세군 소녀에 대한 (부분적으로 시로 되어 있는) 서사
>
> ⑤ 가치의 하락에 대한 (과학적 언어로 쓰여 있는) 철학 에세이로 구성

각 부분은 정말 뛰어납니다. 이 모든 부분이 번갈아서 동시에 다루어지는데도(즉, 다성적 방식으로 진행되는데도) 다섯 부분은 서로 연결이 안 되지요. 그 부분들은 진정한 다성을 이루지는 않거든요.

다성이라는 은유를 사용해서 문학에 적용하고 계시는데, 문학에 사실상 가능하지 않은 요구를 하고 계신 것은 아닌지요?

쿤데라 소설은 외적 요소를 두 가지 방식으로 포함할 수 있습니다. 돈키호테가 여행할 때 다양한 인물들이 그들의 이야기를 들려주지요. 이런 식으로 관계없는 독립적인 이야기들이 소설의 틀에 맞아들어 가면서 작품 전체 속으로 편입됩니다. 이런 유형의 작법은 17세기나 18세기 소설에서 흔히 볼 수 있답니다.

브로흐는 이와 다르게 한나 웬들링의 이야기를 에슈와 후게나우의 중심적 이야기와 연결시키면서 두 이야기를 동시에 흘러가게 합

니다. 사르트르는 『집행유예』 The Reprieve에서 이 동시성의 기법을 사용했고, 도스 파소스도 사르트르보다 먼저 이 기법을 사용했지요. 하지만 그 두 사람의 목적은 다른 이야기들을 함께 엮는 것이지요. 브로흐가 이질적으로 남겨놓은 요소들을 동일한 것으로 만드는 것입니다. 게다가 그들이 이 기법을 사용한 방식은 지나치게 기계적이고 시적이지 못한 것으로 여겨집니다. 이런 형식의 작법을 설명하는 데 '다성'이나 '대위법'보다 더 좋은 말을 찾기 어렵군요. 게다가 음악적 유추는 유용하지요. 예를 들어 『몽유병자들』에서 거슬리는 점은 다섯 요소가 평등하지 않다는 것입니다. 반면에 음악 대위법에서는 모든 목소리가 균등하게 등장하는 것이 기본적인 규칙이지요. 절대적인 필수 조건입니다. 브로흐의 작품에서는 (에슈와 후게나우의 소설적 서사인) 첫 번째 요소가 다른 요소들보다 훨씬 많은 물리적 공간을 차지하고 있지요. 더 중요한 것은 이 요소가 소설의 앞 두 부분과 연결되고 소설을 연결시키는 역할이라는 특권을 부여받고 있다는 것입니다. 따라서 이 요소가 더욱 관심을 끌게 되어 다른 요소들을 반주 정도로 격하시킬 위험이 있습니다. 또 한 가지 마음에 안 드는 점은 바흐의 푸가에는 어떤 목소리 하나도 빠지면 안 되는데, 한나 웬들링의 이야기나 가치의 하락에 대한 에세이는 독립된 작품으로 만들어도 된다는 사실이지요. 한나 웬들링의 이야기나 가치의 하락에 대한 에세이는 따로 떼어내도 의미나 특색에 있어서 잃을 것이 없어요.

• 원래는 여러 가지 멜로디가 각자 독립성을 유지하면서도 전체적으로 조화를 이루는 음악 형식을 가리킨다.

소설적 대위법의 기본 요건은 첫째로 다양한 부분의 평등성, 둘째로 전체의 불가분성이지요. 『웃음과 망각의 책』의 제3부인 「천사들」을 끝냈을 때 상당히 자부심을 느꼈던 것이 기억납니다. 서사를 하나로 묶는 새로운 방법의 핵심을 발견했다고 확신했거든요. 이 텍스트는 다음과 같은 요소로 구성되어 있습니다.

① 두 명의 여학생과 그들의 공중 부양

② 자서전적인 이야기

③ 페미니스트 책에 대한 비판적 에세이

④ 천사와 악마에 대한 우화

⑤ 프라하 상공을 비행하는 폴 엘뤼아르에 대한 꿈 이야기

이 이야기들은 어떤 것도 다른 이야기로부터 독립되어 존재할 수 없습니다. 모든 요소가 하나의 주제를 탐구하면서 하나의 질문 즉, '천사란 무엇인가?'라는 질문을 하기 때문에 요소들은 서로를 밝혀주고 설명해주지요.

역시 「천사들」이라는 제목을 가진 제6장 역시 다음과 같이 구성되어 있습니다.

① 타미나의 죽음에 대한 꿈 이야기

② 내 아버지의 죽음에 대한 자서전적인 이야기

③ 음악학에 대한 성찰

④ 프라하를 충격에 빠뜨렸던 망각 전염병에 대한 성찰

우리 아버지에 대한 이야기와 타미나가 아이들에 의해 고문받는 이야기 사이의 연결고리는 무엇일까요? 로트레아몽^{Comte de Lautreamont}의 유명한 이미지를 빌리자면 탁자 위에서 한 주제를 이루는 '재봉틀과 우산의 만남'과 같은 것이죠.* 소설적인 다성은 기법이라기보다는 시라고 할 수 있어요. 문학 어디에서도 그런 다성적인 시의 예를 발견할 수 없었습니다. 하지만 알랭 레네의 영화를 보고는 아주 놀란 적이 있지요. 그가 사용한 대위법의 기술은 정말 경탄할 만했거든요.

대위법은 『참을 수 없는 존재의 가벼움』에서는 덜 두드러지더군요.

쿤데라 바로 그 점이 제가 목표한 것이었지요. 꿈, 서사, 성찰이 서로 분리될 수 없고 완전히 자연스러운 흐름이 되어 함께 흐르기를 바랐거든요. 하지만 소설의 다성적인 특징은 6장에서 뚜렷하게 드러나요. 스탈린 아들의 이야기, 신학적 성찰, 아시아의 정치적 사건, 방콕에서의 프란츠의 죽음, 보헤미아에서의 토마스의 장례식이 모두 '키치란 무엇인가?'라는 영원한 질문으로 서로 연결되어 있거든요. 이 다성적인 구절이 소설의 전체 구조를 지탱하는 기둥입니다. 이것이야말로 『참을 수 없는 존재의 가벼움』의 건축 비결이거든요.

당신은 『몽유병자들』에 포함된 가치의 하락에 대한 에세이를 '특별히 소설적인

---

* 프랑스 초현실주의 시인인 로트레아몽의 『말도로르의 노래』에 등장하는 구절로, 해부용 수술 탁자 위의 재봉틀과 우산의 우연한 만남이 주는 아름다움에 대해서 노래한 것이다. 초현실주의의 주창자인 앙드레 브르통이 재발견하고 초현실주의의 선언적 구절로 만들었다.(역자 주)

에세이'라고 부르면서도, 이 에세이에 대해서는 몇 가지 조심스러운 점이 있다고 하셨지요.

쿤데라 그 에세이는 정말 멋진 에세이랍니다!

그 에세이가 소설에 포함되는 방식에 대해서 미심쩍어하셨는데요. 브로흐는 과학적 언어를 하나도 포기하지 않았지요. 그리고 토마스 만이나 무질이 한 것처럼 자신의 관점을 등장인물 뒤에 숨기지 않고 직설적으로 표현했어요. 이 점이 브로흐가 행한 진정한 기여이고 새로운 도전이 아닐까요?

쿤데라 사실 그렇습니다. 그리고 브로흐는 자신의 새로운 용기에 대해 잘 알고 있었지요. 하지만 위험도 따릅니다. 그의 에세이는 소설의 이데올로기적인 핵심으로, 즉 그 소설의 '진리'로 읽히거나 '진리'로 이해될 수도 있습니다. 소설의 나머지 부분들이 단순히 그 하나의 사유를 밝혀주는 것으로 변형될 수도 있지요. 그렇게 되면 소설의 평형이 깨지지요. 에세이의 진실이 너무 무겁게 되어 소설의 미묘한 구조가 무너져버릴 위험이 있답니다. 철학적인 주제를 탐구할 목적이 없는 소설이 (브로흐는 이런 종류의 소설을 정말 혐오했답니다.) 결국은 정확히 바로 그런 소설로 읽히게 될 수 있습니다. 한 가지 기본적 사실을 염두에 두는 것이 필요합니다. 성찰의 본질은 그것이 소설의 몸체에 포함되는 순간 변질됩니다. 소설 밖의 영역에서 우리는 주장을 맘대로 펼칠 수 있지요. 모든 사람들은 철학자든 정치가든 문지기든 자신이 말하는 바를 확신하며 얘기할 수 있습니다. 하지만 소설에서는 누구도 어떤 단언을 하면 안 됩니다. 소설은 놀이와 가설의 영역이거든요. 소설 안에서의 성찰은 본질적으로 가설적입니다.

소설가들이 소설 안에서 자신의 철학을 명확한 확신을 갖고 표현할 권리를 왜 버려야 하지요?

쿤데라   소설가들은 그럴 권리가 전혀 없어요. 사람들은 체호프나 카프카나 무질의 철학에 대해 말합니다. 하지만 그 작가들의 작품에서 일관된 철학을 찾으려고 애쓰는 것에 불과하지요. 소설가들이 습작 노트에서 자신들의 사상을 표현해도 그 사상들은 철학적인 주장이라기보다는 역설이나 즉흥성을 갖고 유희하는 지적인 연습에 불과합니다. 소설을 쓰는 철학자들은 자신들의 사상을 밝히기 위해서 소설이라는 형식을 이용하는 가짜 소설가들일 뿐이랍니다. 볼테르도 카뮈도 '소설만이 발견할 수 있는 어떤 것'을 발견한 적이 없습니다. 제가 알기로 딱 한 가지 예외가 있는데, 그것은 디드로^{Denis Diderot}의 『운명론자 자크와 그의 주인』이에요. 정말 기적 같은 일이지요. 그 진지한 철학자가 소설의 영역에 들어서자마자 장난스러운 사유자가 됩니다. 그 소설에는 단 하나의 진지한 문장도 없어요. 소설 안의 모든 것이 놀이입니다. 이 소설이 프랑스에서 지나치게 저평가되는 이유가 바로 그 때문입니다. 사실 『운명론자 자크와 그의 주인』 안에는 프랑스가 잃어버리고 나서 회복할 생각이 없는 모든 것이 담겨 있어요. 프랑스에서는 작품보다는 사상을 선호하거든요. 『운명론자 자크와 그의 주인』은 사상의 언어로는 번역될 수가 없습니다. 그래서 사상의 고향인 프랑스에서는 이해될 수가 없습니다.

『농담』에서 음악학 이론을 발전시킨 것은 야로슬라브입니다. 그의 사유가 가설적인 특성을 갖는다는 것이 분명히 드러나지요. 그러나 『웃음과 망각의 책』에서는 작가, 즉 당신 자신이 음악학적인 성찰을 제공합니다. 그렇다면 그 성찰들이 가설적인지 아니면 단언적인지를 어떻게 알 수 있나요?

쿤데라 어조를 보면 됩니다. 처음부터 저는 이 성찰들을 장난스럽고 아이러니하고 도발적이고 실험적이고 질문하는 어조로 쓰려고 의도했습니다. 『참을 수 없는 존재의 가벼움』의 제6장인 「대장정」은 키치에 대한 에세이인데 하나의 주요 주제인 키치를 탐구합니다. 키치란 똥의 존재를 절대적으로 부정하는 것이지요.* 키치에 대한 성찰은 저에게는 매우 중요한 주제입니다. 그 주제는 상당한 생각과 경험, 연구, 열정에 바탕을 둔 것이지요. 하지만 어조 자체는 한 번도 진지한 적이 없습니다. 오히려 도발적이라고 볼 수 있겠지요. 이 에세이는 소설과 떨어져서는 생각할 수 없는 것입니다. 순전히 소설적인 성찰이지요.

당신 소설의 다성적인 특징은 또 하나의 요소, 즉 꿈 서사를 포함합니다. 꿈 서사는 『삶은 다른 곳에』의 둘째 부분 전체를 차지하고 있습니다. 그리고 『웃음과 망각의 책』 제6장의 기반이 되고 있고, 『참을 수 없는 존재의 가벼움』에서도 테레사의 꿈이라는 형식으로 소설 전체를 관통하고 있습니다.

쿤데라 이런 구절들은 오해하기 쉬운 부분들입니다. 사람들이 거기서 상징적인 메시지를 찾고자 하기 때문이지요. 테레사의 꿈에는 해독해야 할 점이란 전혀 없습니다. 그것들은 죽음에 대한 시입니다. 그 구절들이 갖는 의미는 테레사를 최면에 빠뜨릴 정도의 아름다움에 있습니다. 그런데요, 사람들이 카프카를 해석하려고 하기 때문에 어떻게 읽어야 할지 모른다는 점을 알고 계십니까? 카프카의 탁월한 상상력에 몸을 맡기기보다는 알레고리를 찾으려 들기에 결국 상투적인 해답만 들고 옵니다. 예를 들어 인생은 부조리하다는 둥

(아니면 부조리하지 않다는 둥), 아니면 신은 우리가 닿을 수 없는 존재라는 둥(아니면 우리와 닿을 수 있는 존재라는 둥) 그런 것들이지요. 상상력이 그 자체로 가치라는 점을 이해하지 못한다면 예술, 특히 현대 예술에 대해서 아무것도 이해할 수 없을 거예요. 노발리스가 꿈에 대해 찬양했을 때 그는 그 사실을 인지하고 있었습니다. 그는 꿈이 "우리를 삶의 단조로움으로부터 보호해준다." 그리고 "꿈의 게임이 주는 기쁨은 우리를 진지함에서부터 해방시켜준다."라고 말했습니다. 노발리스는 꿈과 꿈 같은 상상력이 소설에서 하는 역할을 이해한 최초의 인물입니다. 그는 『푸른 꽃』의 2부를 계획할 때 꿈과 현실이 밀접하게 얽혀 어느 게 꿈이고 어느 게 현실인지 알 수 없도록 쓰려고 구상했습니다. 불행히도 이 책의 2부에 대해 남아 있는 것이라고는 노발리스가 자신의 미학적인 의도를 적어놓은 메모뿐입니다. 100년이 지난 후 노발리스의 야심을 실현한 인물이 카프카랍니다. 카프카의 소설은 꿈과 현실의 결합입니다. 즉, 꿈도 현실도 아니지요. 카프카는 무엇보다도 미학적 혁명을 가져왔습니다. 미학적인 기적이지요. 물론 누구도 카프카가 이룬 것을 반복할 수는 없습니다. 그러나 저는 카프카나 노발리스와 마찬가지로 꿈과 꿈의 상상력을 소설에 가져오고 싶습니다. 저는 꿈과 현실의 융합보다는 다성적인 대립의 방식을 사용하고 있습니다. 꿈 서사는 대위법의 한 가지 요소입니다.

『웃음과 망각의 책』의 마지막 부분은 전혀 다성적이지 않은데요. 하지만 그 부

• 「대장정」에서 쿤데라는 똥에 얽힌 일화나 생각들을 제시하면서 똥에 대해 부정하는 미학적 이상을 키치라고 정의 내리고 있다.(역자 주)

분이 소설에서 가장 흥미로운 부분일 겁니다. 그 부분은 한 남자의 삶, 즉 얀의 삶에서 일어난 에로틱한 상황을 이야기해주는 14개의 장으로 이뤄져 있더군요.

쿤데라　음악 용어를 또 빌리자면, 이 부분의 내러티브는 '주제에 의한 변주'입니다. 그 주제는 어떤 경계인데, 넘어서면 모든 것이 의미를 잃게 되는 그런 경계랍니다. 우리 삶은 그 경계 주위에서 펼쳐지고, 그 경계를 넘어갈 위험은 언제든지 있지요. 14개의 장들은 의미와 무의미 사이의 경계에서 일어나는 똑같은 에로틱한 상황의 열네 개의 변주들입니다.

『웃음과 망각의 책』을 '변주 형식의 소설'이라고 묘사했습니다. 그렇다면 그 작품을 여전히 소설이라고 볼 수 있을까요?

쿤데라　이 작품에는 행위의 통일Unity of Action이 없지요. 그래서 이 작품이 소설처럼 보이지 않는 것입니다. 사람들은 행위의 통일이 없는 소설은 상상할 수가 없답니다. 심지어는 누보로망의 실험작들도 행위(또는 행위하지 않음)의 통일에 기반을 두고 있습니다. 로렌스 스턴과 디드로는 이 통일성을 극도로 약하게 만들면서 즐거워했어요. 자크와 그의 주인의 여행은 『운명론자 자크와 그의 주인』의 중요한 부분이 아닙니다. 이 구조는 일화나 이야기, 생각들을 끼워 넣을 수 있는 일종의 희극적인 구실에 불과합니다. 그렇지만 이 구실, 이 '틀'이야말로 소설을 소설이라고 느낄 수 있게 만들어주는 핵심 요소입니다. 『웃음과 망각의 책』에는 그런 구실은 더 이상 존재하지 않습니다. 소설 전체에 일관성을 부여해주는 것은 주제와 변주들의 통일성입니다. 그렇다면 이 작품을 소설이라고 볼 수 있을까요? 물론 그렇습니다. 소설은 가상의 등장인물을 통해 본 실존에 대한 성찰입니다. 소설의 형식에는 무제한의 자유가 있지요. 소설의 역사를 볼 때 소설은 자신의 무한한 가능성을 어떻게 활용하면 될지 알지 못했답니다. 자신의 기회를 놓쳐버린 것이지요.

하지만 『웃음과 망각의 책』을 제외하고 다른 소설들은 행동의 통일성에 바탕을 두고 있지요. 『참을 수 없는 존재의 가벼움』에서는 통일성이 훨씬 느슨하긴 합니다만.

쿤데라 그렇습니다. 하지만 보다 중요한 다른 통일성, 즉 같은 형이상학적 질문들, 같은 모티프와 변주(예를 들어 『이별의 왈츠』의 경우 부성애라는 모티프)가 그 소설들을 완성하고 있습니다. 하지만 저는 무엇보다도 그 소설이 쇤베르크Schoenberg의 일련의 음표들 같은 많은 기본적인 단어들 위에 세워져 있다는 걸 강조하고 싶군요. 『웃음과 망각의 책』에서 그 단어들은 다음과 같습니다. 망각, 웃음, 천사들, '리토스트'litost *, 경계. 소설에서는 이 다섯 개의 핵심 단어들이 분석되고, 연구되고, 정의되고, 재정의되고, 그러면서 실존의 범주들로 변형됩니다. 집을 지을 때 기둥을 세우듯, 소설은 이 몇 개의 범주들에 세워지는 거죠. 『참을 수 없는 존재의 가벼움』에서 기둥들은 무게, 가벼움, 영혼, 몸, 대장정, 똥, 키치, 공감, 현기증, 강함, 약함입니다. 범주적 성격 때문에 이 단어들은 유사한 의미의 단어들로 대치될 수 없답니다. 이 점을 언제나 번역가들에게 설명해야 하지요. 번역가들은 '훌륭한 스타일'의 글에 관심이 있기 때문에 반복을 싫어

---

* 쿤데라가 『웃음과 망각의 책』에서 사용하여 유명해진 번역 불가능한 체코 단어로서 부끄러움, 잘못된 분노, 이루어지지 않은 복수 등을 의미한다고 한다.(역자 주)

하거든요.

당신이 쓰신 소설의 구조를 보자면, 한 편의 소설만 제외하고 모든 소설이 각각 일곱 부분으로 나누어져 있다는 사실에 놀랐습니다.

쿤데라 첫 번째 소설인 『농담』을 끝냈을 때는 그 소설이 7장이라는 사실에 놀랄 이유가 없었지요. 그리고 나서 『삶은 다른 곳에』를 썼어요. 그 소설을 거의 마무리할 때까지도 6장으로 되어 있었답니다. 그런데 별로 만족스럽지가 않았어요. 그때 갑자기 주인공이 죽은 후 3년 후에 일어나는 이야기, 즉 소설의 시간이라는 틀 밖에 있는 이야기를 집어넣자는 생각을 하게 되었지요. 이 부분이 '중년의 남자'라는 제목으로 일곱 개 중 여섯 번째를 이루고 있답니다. 그러자마자 소설의 구조가 완벽해지더군요. 나중에 저는 외부 등장인물을 소개하고 소설의 담벼락에다 비밀의 창문을 여는 이 소설의 6장이, 『농담』의 6장과 이상하게도 짝을 이루고 있다는 걸 알게 되었지요. 『우스운 사랑들』은 열 개의 단편으로 시작했습니다. 마지막 편집을 하면서 세 개를 뺐습니다. 이 단편 모음은 아주 일관된 모양새를 갖추었고, 『웃음과 망각의 책』의 구성을 예고해주었습니다. 닥터 하벨이라는 등장인물이 4장과 6장을 엮어줍니다. 『웃음과 망각의 책』에서 4장과 6장의 이야기 역시 타미나라는 한 인물이 연결하고 있지요. 『참을 수 없는 존재의 가벼움』을 쓸 때는 일곱이라는 숫자의 마력에서 벗어나기로 결정했습니다. 이 책을 6장으로 구성하기로 오래전에 결심했지요. 하지만 계속 첫 번째 부분이 모양이 잡히지 않은 것 같은 인상을 주었습니다. 결국 첫 번째 부분이 두 개의 부분으로 이루어져 있다는 걸 깨달았지요. 그 장은 삼쌍둥이처럼 섬세한 수술을 통해서 분리해야 했습니다. 이런 말씀을 드리는 건 마술적 숫자에 대한 미신적인 태도를 뽐내는 것이 아니라 합리적인 계산을 하고 있다는 걸 보여드리기 위해서입니다. 오히려 어떤 깊고 무의식적이면서 이해할 수 없는 욕구, 피할 수 없는 형식적인 원형archetype에 의해 추동되는 느낌이랍니다. 저의 모든 소설들은 일곱이라는 숫자에 기반한 구조의 변주입니다.

깔끔하게 나누어진 부분 일곱 개는 이질적 요소들을 통일된 전체로 통합시키려는 당신의 목적과 확실하게 연결되는군요. 당신 소설의 각 부분은 그 자체로 하나의 세계이면서도 각각이 갖는 특별한 형식 때문에 서로 분명히 구분됩니다.

쿤데라   각 장들도 자신들만의 작은 세계를 창조해야 합니다. 각 장들은 상대적으로 독립적이어야 하거든요. 그런 이유 때문에 제가 각 장을 표시하는 숫자들이 눈에 띄어야 하고 각 장들이 확실히 분리되어야 한다고 계속 출판사에 성가시게 부탁하는 거랍니다. 각 장들은 음악 악보의 소절이나 마찬가지거든요. 소절(장)이 긴 부분도 있고 짧은 부분도 있고 길이가 일정치 않은 부분들도 있답니다. 각각의 부분들에 음악에서 사용하는 빠르기를 표시하는 말을 넣을 수도 있어요. 적당한 속도로, 빠르게, 느리게 등으로요. 『삶은 다른 곳에』의 6장은 느리게입니다. 이 부분은 차분하고, 약간 우울한 분위기로 중년 남성과 막 감옥에서 나온 젊은 여자의 짧은 만남을 그립니다. 마지막 부분은 최대한 빠르게입니다. 그 부분은 아주 짧은 장들로 쓰였고, 죽어가는 야로밀에게서 랭보, 레르몬토프, 푸시킨으로 빠르게 움직여 다닙니다. 저는 『참을 수 없는 존재의 가벼움』도 처음에는 음악적 방식으로 쓰려고 생각했어요. 제일 마지막 부분은 아주 부드럽게와 느리게^{lento}가 될 거라는 걸 알고 있었죠. 그 장은 한 장소에서 다소 짧고 별다른 사건이 없는 시기를 다루고 있고, 조용한 어조를 사용합니다. 그리고 그 앞 부분은 최대한 빠르게가 되어야 한다는 것도 알고 있었지요. 이 부분이 바로「대장정」이라는 제목의 제6장입니다.

일곱이라는 숫자의 규칙에도 예외가 있네요.『이별의 왈츠』는 다섯 장밖에 안 되더군요.

쿤데라 『이별의 왈츠』는 또 다른 형식적인 원형에 기반하고 있습니다. 그것은 절대적으로 균일하고, 하나의 주제만을 다루고, 한 가지 템포만 사용합니다. 그 형식은 아주 연극적이고 양식화되어 있는데 소극^{farce}으로부터 그 형식을 빌려왔지요.『우스운 사랑들』에서는 '심포지엄'이라는 이야기가 똑같은 방식으로, 즉 5막으로 이루어진 소극 형식으로 되어 있습니다.

소극이라는 말을 어떤 뜻으로 사용하시는 거죠?

쿤데라 소극은 플롯과 예기치 않은, 그리고 믿을 수 없는 우연들이라는 장치들을 강조합니다. 소설에서는 플롯이나 소극에서 사용되는 과장들만큼 수상하고 우스꽝스럽고 구식에다 진부하고 몰취미한 것으로 여겨지는 것도 없지요. 플로베르 이후에 소설가들은 플롯이라는 인위적인 계획을 없애려고 애썼습니다. 그래서 소설은 제일 지루한 삶보다도 더 지루하게 되었지요. 그런데 플롯이 받는 의심이나 닳아빠진 측면을 우회하는 방법이 있지요. 그것은 플롯을 그럴듯해야 한다는 요구에서 해방시키는 거예요. 일부러 그럴듯하지 않은 요소를 선택해서 그럴듯하지 않은 이야기를 해주는 거지요. 카프카가 『아메리카』를 구상할 때 바로 이런 방법을 썼답니다. 첫 장에서 칼이 숙부를 만날 때 있을 법하지 않은 우연들이 계속해서 발생합니다. 여기서 카프카는 처음으로 플롯을 패러디함으로써, 즉 소극이라는 문을 통해서 '초현실'적인 우주로, '꿈과 현실의 융합'의 길로 들어서게 됩니다.

소설이라는 장르는 오락이 아닌데 왜 소극 형식을 소설에 채택하신 거죠?

쿤데라　소설은 오락이에요. 프랑스 사람들이 어째서 오락을 경멸하는지 전혀 이해가 안 가는군요. 어째서 프랑스인들은 '오락' disvertissement 이라는 말을 그다지도 부끄러워하는 거죠? 그 사람들은 재미있다는 오명을 받느니 차라리 지루한 사람이 되는 쪽을 택할 거예요. 그 사람들은 차라리 달콤하고 거짓된 장식인 키치와 사랑에 빠지는 쪽을 선택할 겁니다. 엘뤼아르의 시라든지 에토르 스콜라 Ettore Scola 의 '키치로서의 프랑스 역사'라는 부제를 붙여도 될 만한 영화 〈르 발〉 Le Bal 같은 모더니스트 작품들까지 장밋빛으로 물들이는 키치를 말이에요. 그렇답니다. 오락이 아니라 키치가 진정 미학적인 질병이라니까요! 위대한 유럽 소설들은 오락으로 출발했고, 모든 진정한 소설가들은 그 점을 그리워해요. 실상 위대한 오락물들의 주제는 심각할 정도로 진지해요. 세르반테스를 생각해보세요! 『이별의 왈츠』에서 던지는 질문은 '인간은 지구상에 살 가치가 있는가?' 또는 우리가 '지구를 사람들의 손아귀에서 구해야 하지 않겠는가?'라는 것입니다. 제가 평생 추구해온 야심은 가장 심각한 질문을 가장 가벼운 형식으로 던지는 것입니다. 이건 순전히 미학적인 야심이라고 볼 수는 없습니다. 경박한 형식과 진지한 주제는 우리 삶의 드라마(침대에서 발생하는 드라마뿐 아니라 역사라는 거대한 무대에서 진행되는 드라마까지도요.)가 갖는 진실을 즉각적으로 드러내주고, 그 드라마들의 끔찍한 하찮음과 무의미함을 드러내 보여주거든요. 우리는 참을 수 없는 존재의 가벼움을 경험하는 거지요.

『참을 수 없는 존재의 가벼움』에 『이별의 왈츠』라는 제목을 써도 될까요?
쿤데라　제 소설 중 어떤 것에든 『참을 수 없는 존재의 가벼움』, 『농담』, 『우스운 사랑들』로 이름 붙여도 무방합니다. 제목들은 서로 바뀌어도 별로 상관없어요. 그 제목들은 저를 사로잡고, 정의하고, 한편으로는 불행히도 저를 제한하는 몇 개의 주제들을 반영하거든요. 이 주제를 넘어서서는 다른 아무것도 말하거나 쓸 게 없습니다.

그렇다면 당신 소설에는 첫째, 이질적인 요소들을 일곱이라는 숫자에 기초한 구조로 통합시켜주는 다성이라는 형식과 둘째, 균일하고 연극적이며 있을 법하지 않은 일들을 에워싸고 있는 소극 형식이라는 두 개의 형식적인 원형이 존재하는군요. 이 두 가지 원형 바깥에 쿤데라 씨가 존재할 수 있을까요?
쿤데라　언제나 새로운 형식과의 예기치 않은 위대한 불륜을 꿈꾼답니다. 하지만 이제까지는 두 가지 형식과의 중혼 관계를 벗어날 수 없었습니다.

크리스티앙 살몽 Christian Salmon　프랑스 작가이자 예술언어연구소 연구원으로, 일간지 『리베라시옹(Liberation)』 문학평론가로 활동했으며, 국제작가의회를 창설해 1993~2003년까지 상임이사를 지냈다. 저서로는 『허구의 종말』, 『소수자 되기, 새로운 문학정치학을 위하여』, 『언어살해』, 『스토리텔링-이야기를 만들어 정신을 포맷하는 장치』 외 다수가 있다.

주요 작품 연보

08

지속적으로 타오르는
강렬한 즐거움

레이먼드 카버
RAYMOND CARVER

레이먼드 카버 미국, 1938. 5. 25.~1988. 8. 2.

『대성당』으로 전미비평가협회상, 퓰리처상 후보에 오른 미국의
소설가이다. 미니멀리즘을 대변하는 듯한 단순, 적확한 문체로
미 중산층의 불안감을 표현하였다. 이러한 그의 작품 특성은
감독 로버트 올트먼이 그의 단편소설을 여러 편 조합하여 만든
영화 〈숏컷〉에 잘 나타나 있다.

1938년 5월 25일 미국 오리건 주에서 태어났다. 아버
지는 제재소 직공이고 어머니는 웨이트리스였다. 1957
년에 열여섯 살의 메리언 버크와 결혼한 뒤 가족을 부
양하기 위해 집배원, 주유소 직원, 청소부 등의 일을 하
였다. 1959년 캘리포니아 주로 이사한 뒤 훔볼트 주립
대학과 아이오와 대학교에서 학위를 취득하였다. 이 무
렵부터 왕성한 창작 활동을 하면서 1970년대에는 대학
에서 강의를 맡기도 하였으나, 악화된 경제 상태와 아
내와의 불화로 알코올에 빠지게 되었다. 1979년 첫 번
째 단편집『제발 조용히 좀 해요』를 출판했고, 1983년
세 번째 단편집『대성당』이 전미비평가협회상과 퓰리
처상 후보로 오르면서 작가로서 확고한 위치를 굳혔다.
이 무렵 오랫동안 계속되었던 알코올의존증에서 벗어
나고 불화를 겪었던 아내와 이혼하여 정신이 안정되면
서 작품 세계도 질적으로 향상되었다. 1988년 아메리
칸 아카데미 회원으로 선출되었으며 하트포드 대학에
서 문학박사 학위를 받았다. 지금까지 그의 작품은 20
여 개 이상의 언어로 번역되어 전 세계에서 우수한 작
품으로 평가받고 있다.

카버와의 인터뷰

모나 심슨, 루이스 버즈비

집 안에 있는 가구들은 거의 특색이 없었다. …
우리 예상이 들어맞았다. 카버는 우리에게 모든 가구를
단 하루 만에 사서 배달시켰다고 말해주었다.

레이먼드 카버는 뉴욕 주 시러큐스 시의 조용한 거리에 있는 넓은 2
층 목조 가옥에 살고 있다. 앞마당의 잔디는 보도까지 완만하게 경사
져 있었다. 새로 산 메르세데스 벤츠가 차고 진입로에 주차되어 있었
다. 또 다른 가정용 차인 좀 더 오래된 폭스바겐은 집 앞 차도에 주차
되어 있었다.

집의 입구는 커다란 방충망이 쳐진 베란다를 통해서 나 있었다.
집 안에 있는 가구들은 거의 특색이 없었다. 크림색의 소파에서 유리
로 된 커피 탁자까지 모든 가구들이 서로 잘 어울렸다. 레이먼드 카
버와 함께 살고 있는 작가인 테스 갤러거는 공작 깃털을 모아서 집
여기저기 꽃병에 꽂아두었는데 이게 가장 눈에 띄는 장식이었다. 우
리 예상이 들어맞았다. 카버는 우리에게 모든 가구를 단 하루 만에
사서 배달시켰다고 말해주었다.

갤러거는 떼었다 붙였다 할 수 있는 '방문객 사절'이라 쓴 표지판을 그렸다. 그 표지판의 글씨는 노란색과 오렌지색의 눈썹 모양으로 장식되어 있었고 방충망 문에 걸려 있었다. 가끔은 전화를 며칠 동안 뽑아 놓고 '방문객 사절' 표지판도 며칠씩 걸어놓는다.

카버는 2층에 있는 넓은 방에서 작업했다. 긴 참나무 책상 위는 깨끗했다. 한쪽에 L자로 꺾여 있는 부분에 그의 타자기가 놓여 있었다. 카버의 책상 위에는 작은 장식품이나 행운의 부적이나 장난감 같은 것이라곤 없었다. 그는 수집가도 아니고 기념품에 마음이 끌리는 유형도 아니고 무엇인가를 동경하는 유형도 아니다. 가끔 마닐라지로 된 파일이 참나무 책상 위에 놓여 있었는데, 이 파일에는 현재 수정 중인 단편이 들어 있었다. 그의 파일들은 아주 질서정연했다. 그는 단편의 원고와 그것의 수정 전 원고들을 금방금방 꺼낼 수 있었다. 서재의 벽은 집의 다른 벽들처럼 흰색이었고 역시 다른 벽들처럼 아무것도 걸려 있지 않았다. 카버의 책상 위 높은 곳에 위치한 직사각형 창문을 통해서, 마치 교회의 창문에서 빛이 들어오듯이, 빛이 여과되어 비스듬히 들어오고 있었다.

카버는 몸집이 컸고 간소하게 플란넬 셔츠에 카키색 면바지나 청바지를 입었다. 그는 자신의 이야기 속 인물들의 방식대로 살아가고 옷을 입는 것처럼 보였다. 그렇게 몸집이 큰 사람치고는 목소리가 매우 낮고 불분명해서 그의 말을 들으려고 계속 더 가까이 몸을 숙였고, "뭐라고요, 뭐라고요?"라고 짜증 나는 질문을 반복했다.

인터뷰의 일부는 1981년부터 1982년까지 편지로 이루어졌다. 우리가 카버를 만났을 때는 '방문객 사절' 표지판은 붙어 있지 않았고, 시러큐스 대학생 몇 명이 인터뷰 도중에 방문했다. 그중에는 대학 4

학년생인 카버의 아들도 포함되어 있었다. 카버는 점심으로 워싱턴 주 바닷가에서 잡은 연어로 샌드위치를 만들어주었다. 카버도 갤러 거도 워싱턴 주 출신이고, 인터뷰할 당시에 포트앤젤레스에 집을 짓고 있었다. 그곳에서 1년 중 일정 시기를 보낼 생각이었다. 우리는 카버에게 포트앤젤레스의 집이 더 진짜 집처럼 느껴지냐고 물었다. 그는 "아니요. 제가 어디에 있든 상관없습니다. 이 집도 괜찮아요."라고 대답했다.

레이먼드 카버의 단편 「굴레」의 시작 부분에 대한 네 가지 초안.

레이먼드 카버
×
모나 심슨, 루이스 버즈비

어린 시절에 대해서 얘기를 해주세요. 어떻게 글을 쓰시게 되었습니까?

레이먼드 카버　저는 워싱턴 주 동쪽에 있는 야키마라는 작은 마을에서 자랐어요. 아버지는 그곳 제재소에서 일하셨죠. 아버지는 톱날을 세우고, 통나무를 자르거나 널빤지를 만드는 톱들을 관리하셨어요. 어머니는 가게 점원이나 식당 종업원으로 일하시거나 집에 계셨죠. 하지만 어떤 일도 오래 하지는 않으셨어요. 어머니의 '신경증'에 대한 얘기를 들었던 기억이 납니다. 어머니는 부엌 싱크대 밑에 처방전 없이 살 수 있는 '신경안정제'병을 넣어두시고 매일 아침 한두 숟갈씩 드셨어요. 아버지의 신경안정제는 위스키였죠. 아버지는 같은 싱크대 밑에 위스키병을 넣어두거나 바깥의 나무 헛간에 병을 간직하셨죠. 한번은 몰래 위스키를 맛보았는데 그 맛이 아주 별로였답니다. 어떻게 사람들이 이런 걸 마시나 의아했죠. 우리 집은 침실이 두 개 있는 작은 집이었어요. 제가 기억하는 첫 집은 야키마의 장터 옆이었고 바깥에 화장실이 있었지요. 1940년대였으니까요. 당시 여덟 살인가 열 살쯤 되었습니다. 저는 버스 정류장에서 아버지가 돌아오시기를 기다리곤 했습니다. 아버지는 대개 시계처럼 정확하게 돌아오셨지요. 하지만 2주에 한 번 정도 버스에서 내리시지 않았어요. 저는 그 자리에서 계속 다음 버스를 기다렸지요. 그 버스에서도 내리시지 않을 거라는 걸 알면서도요. 이런 일이 생길 때면 아버지는 제재소 친구분들과 술 한잔 하러 가신 거거든요. 어머니와 남동생과 저, 셋이 저녁을 먹으려고 앉았을 때 식탁에 감돌던 어두운 운명의 느낌과 절망감을 아직도 기억하고 있답니다.

글쓰기를 원하시게 된 이유는 무엇입니까?

카버　제가 할 수 있는 설명은 어렸을 때 아버지가 당신과 할아버지, 증조할아버지에 대해 많은 이야기를 들려주셨기 때문이라는 것밖에 없네요. 증조할아버지는 남북전쟁에 참전하셨지요. 그분은 양쪽 편 모두를 위해서 싸우셨어요. 변절자였지요. 남군이 지기 시작하자 북군으로 넘어가서 북군을 위해서 싸웠답니다. 아버지는 이 이야기를 들려주시면서 많이 웃으셨지요. 변절이 잘못된 일이라고 생각지 않으셨고 저도 그렇게 여겼던 것 같아요. 어쨌거나 아버지는 이야기─사실 일화들이었는데─를 많이 들려주셨어요. 도덕적인 이야기는 아니었고, 숲 속 여기저기를 돌아다니거나 기차를 공짜로 타고 철도 경비원에게 들키지 않으려고 조심하는 이야기 등이었지요. 저는 아버지와 함께 있으면서 이런 이야기들을 듣는 걸 아주 좋아했어요. 때때로 아버지가 책을 읽다가 뭔가를 읽어주곤 하셨답니다. 제인 그레이의 서부 소설 같은 건데요. 이런 책들은 교과서와 성경 말고 제가 처음 본 양장본 책이었어요. 그리 자주 있는 일은 아니었지만 가끔 아버지가 저녁에 침대에 누워서 제인 그레이의 책을 읽는 것을 봤어요. 사생활이라고는 없는 집과 가정생활에서 그건 아주 사적인 행위처럼 보였지요. 저는 아버지에게도 이런 사적인 면이 있다는 걸 깨달았지요. 이 사적인 면은 제가 이해하지 못하고 전혀 알지도 못하며, 가끔씩 하시는 독서에서 표현되는 어떤 것이었습니다. 아버지의 이런 면에 관심이 갔고 독서 행위 자체에 흥미를 느꼈습니다. 아버지에게 읽는 것을 읽어달라고 부탁하곤 했지요. 그럼 아버지는 읽고 있던 부분을 읽어주셨습니다. 얼마 후에는 "얘야, 나가서 뭔가 딴것을 해라."라고 말씀하셨지요. 다른 할 일은 정말 많았어요. 당시에는 집에서 멀지 않은 개울에 낚시질하러 갔지요. 얼마 후에는 오리와 거위, 숲 속에 사는 새들을 사냥하기 시작했어요. 이런 생활이 제 정서적 삶에 강한 인상을 남겼답니다. 그런 생활이야말로 제가 쓰고 싶었던 것이었지요. 당시 제 독서 목록에는 때로 역사소설이나 미키 스필레인의 추리소설 외에도, 『필드 스포츠와 야외 활동』, 『야외 활동과 낚시』 등이 있었답니다. 저는 달아난 물고기와 제가 잡은 물고기에 관해 긴 글을 썼어요. 그리고 어머니에게 이 이야기를 타자로 쳐 줄 수 있는지 여쭤봤지요. 어머니는 타자를 치실 줄 몰랐습니다. 하지만 타자기를 대여해서—어머니에게 축복이 있기를—우리 둘이 타자를 쳤지요. 좀 엉망진창으로 타자를 쳐서는 잡지사에 보냈어요. 야외 활동 잡지 발행인란에 두 개의 주소가 있었던 걸로 기억합니다. 그래서 저는 원고를 우리 집에서 가까운 주소인 콜로라도의 볼더에 있는 잡지 유통 부서로 보냈어요. 결국 제가 보낸 원고는 되돌아왔지만 그래도 괜찮았습니다. 그 원고는 세상

밖으로 나가서 여기저기 돌아다녔으니까요. 우리 어머니 말고도 누군가는 그걸 읽었다는 거지요. 적어도 그렇기를 바랐답니다. 그러고 나서 『작가 다이제스트』 잡지에서 광고를 하나 봤어요. 그 광고에는 분명히 성공한 작가로 보이는 사람의 사진이 있었고, 파머 글쓰기 협회라는 곳에 대해 말하고 있었어요. 그곳이야말로 저에게 필요한 곳 같았지요. 20달러의 보증금을 걸고, 한 달에 10달러인가 15달러인가를 3년인지 30년인지 내야 하는 곳이었지요. 매주 과제를 보내면 과제에 대한 개인적인 감상이나 평가가 편지로 배달되어 오는 것이죠. 저는 몇 달 동안 그 과정을 이수했습니다. 그러고 나서 아마 따분해졌을 거예요. 저는 주어진 과제를 하는 걸 그만두었답니다. 가족들은 돈 내는 걸 그만뒀지요. 곧 파머 협회는 편지를 보내서 제가 회비를 다 내면 이수증을 받을 수 있다고 말해주었습니다. 이건 상당히 공정한 것처럼 보였어요. 가족들에게 부탁해서 나머지 회비를 지불하고 곧 이수증을 받아서는 침실 벽에 걸어놓았답니다. 하지만 저는 고등학교 시절 내내 졸업 후 곧바로 제재소에서 일하는 걸로 되어 있었어요. 예전부터 아버지가 하시는 일을 하고 싶어했지요. 아버지는 제가 졸업하면 제재소 십장에게 자리를 마련해달라고 부탁할 예정이었고요. 그래서 제재소에서 6개월을 일했습니다. 하지만 그 일이 너무 싫었고, 첫날부터 제가 이 일을 평생 하고 싶어하지는 않을 거라는 걸 알았습니다. 집에서 나와서 결혼을 하려고, 차와 옷가지 몇 개를 살 만한 돈을 벌 때까지 일했지요.

이유야 어쨌든 그럭저럭 대학에 가셨죠. 아내분이 당신이 대학에 가기를 원하셨나요? 자신이 대학에 가길 원해서 당신도 가기를 원하신 건지 궁금합니다.

몇 살에 결혼하셨죠? 아내분도 정말 어렸겠군요.

카버   저는 열여덟이었어요. 아내는 열여섯이었고 임신을 했고, 워싱턴 주 왈라왈라에 있는 성공회 사립여학교를 막 졸업했을 때지요. 학교에서는 찻잔을 제대로 드는 방법 등을 배웠고 종교 교육과 체조 수업이 있었어요. 하지만 아내는 물리학과 문학, 그리고 외국어도 배웠답니다. 아내가 라틴어를 안다는 사실이 너무나 인상 깊었어요. 라틴어라니! 결혼 초 몇 년 동안 아내는 대학에 가려고 때때로 노력했답니다. 하지만 삶이 너무 어려웠어요. 가족을 부양하고 늘 파산 지경인 상태에서 대학에 간다는 것은 불가능했죠. 진짜 파산 지경이었답니다. 아내의 가족은 돈이 전혀 없었어요. 아내는 그 여학교를 장학금으로 다녔지요. 장모님은 그때도 저를 미워했고 지금도 여전히 미워하신답니다. 아내는 졸업한 뒤에 워싱턴 대학에서 장학금을 받고 법대에 진학하기로 되어 있었거든요. 저 때문에 임신하고는 대학에 가는 대신 결혼해서 함께 생활하기 시작한 거지요. 첫애가 태어났을 때 아내는 열일곱이었고 둘째를 낳았을 때는 열여덟이었어요. 지금에 와서 무슨 말을 할 수 있겠어요? 우리는 청춘이라고 할 게 전혀 없었답니다. 어떻게 해내야 할지 모르는 역할을 하고 있었던 거지요. 하지만 최선을 다했답니다. 어쩌면 최선 이상이었을 거라고 믿고 싶습니다. 아내는 마침내 대학에 다녔어요. 결혼하고 나서 12년인가 14년인가 지난 후 산호세 주립대에서 학사 학위를 받았지요.

결혼 초기의 어려운 시절에도 계속 글을 쓰셨나요?

카버   저는 밤에 일하고 낮에는 학교에 다녔습니다. 우리는 언제나 일을 했지요. 아내는 일하면서 아이들을 키우고 집안일을 했어요. 전화 회사에서 일했지요. 아이들은 낮 동안에는 아이를 봐주는 분과 지냈습니다. 제가 마침내 훔볼트 주립대학에서 학사 학위를 받자 모든 걸 차 안과 차 위의 트렁크에 싣고는 아이오와 시티로 갔습니다. 훔볼트 주립대학의 딕 데이 선생님이 저에게 아이오와의 작가 워크숍에 대해서 말씀해주셨지요. 데이 씨는 제 단편소설과 시 서너 편을 돈 저스티스에게 보내주셨어요. 저스티스 씨 덕분에 제가 아이오와에서 500달러의 장학금을 받을 수 있었지요.

500달러라고요?

카버 그것밖에는 줄 수 있는 게 없다고 말씀하시더군요. 당시 저로서는 그 돈이 꽤 크게 여겨졌습니다. 하지만 저는 아이오와의 코스를 끝마치지 않았어요. 2년째에도 머물라고 했지만 그럴 수가 없었답니다. 저는 도서관에서 시간당 2달러를 받고 일하고 있었고, 아내는 웨이트리스로 일하고 있었지요. 학위를 받는 데 1년이 더 걸릴 예정이었는데, 견뎌낼 수가 없었어요. 그래서 캘리포니아로 돌아왔답니다. 이번에는 새크라멘토로 왔지요. 저는 머시 병원에서 3년 동안 야간에 관리인으로 일했답니다. 아주 좋은 직장이었어요. 밤에 두세 시간만 일하면 여덟 시간 일한 임금을 받았답니다. 일할 분량이 정해져 있었는데, 일단 그 일만 끝내면 더 할 일이 없었어요. 그러면 집에 가거나 뭐든 원하는 걸 할 수 있었답니다. 첫해와 둘째 해에는 매일 밤 집으로 돌아가서 적당한 시간에 잠자리에 들었고 아침에 일어나서 글을 쓰곤 했지요. 아이들은 아이 봐주는 분의 집으로 가고 아내는 일하러 갔어요. 아내는 집집마다 돌아다니면서 물건

파는 일을 했지요. 저는 하루 종일 시간이 있었습니다. 한동안은 이런 생활이 괜찮았어요. 그러다가 밤에 퇴근하고 나서 집에 가는 대신 술을 마시러 가기 시작했답니다. 아마 1967년이나 1968년이었을 거예요.

언제 처음으로 출판을 했습니까?

카버 캘리포니아의 아르카타에 있는 홈볼트 주립대학 학부생이었을 때였어요. 어느 날 한 잡지사가 제 단편을 받아주었고, 다른 잡지사가 제 시를 받아주었죠. 정말 멋진 날이었답니다. 아마 제 인생 최고의 날이었을 거예요. 아내와 저는 도시를 돌아다니면서 제 작품을 실어준다는 편지를 모든 친구들에게 보여주었지요. 그 일은 저희 삶에서 너무나 필요했던 정당화를 제공해주었답니다.

제일 먼저 출판된 단편은 무엇인가요? 그리고 첫 번째 시는요?

카버 첫 단편은 「목가」Pastoral라는 제목으로 『웨스턴 휴머니티스 리뷰』에 실렸어요. 이 잡지는 훌륭한 문학 잡지이고 아직도 유타 대학교에서 출간되고 있답니다. 단편을 실은 대가로 원고료는 한 푼도 받지 못했지만 상관없었어요. 시는 「놋쇠 반지」라는 제목으로 아리조나에서 나오던 『타깃』Targets이라는 잡지에 실렸는데 이 잡지는 더 이상 발간되지 않습니다. 찰스 부코스키도 같은 호에 시를 실었는데, 제 시가 그의 시와 같은 잡지에 실린 게 아주 자랑스러웠어요. 당시에 저한테는 그가 일종의 영웅이었거든요.

당신 친구분 중 한 사람이 이야기해줬는데, 첫 출판을 축하하려고 잡지를 들고

침대에 갔다면서요? 이 일화가 사실인가요?

카버 일부는 맞습니다. 사실 그건 잡지가 아니라 『미국 최고 단편소설 연감』이라는 책이었어요. 제가 쓴 「제발 조용히 좀 해요」라는 단편이 이 선집에 막 실렸지요. 마사 폴리에 의해서 매년 편집되어서 사람들이 그 책을 간단하게 '폴리 선집'이라고 부르던 1960년대 말이었답니다. 이 단편은 시카고에서 나오던 잘 알려지지 않은 『12월』이라는 제목의 작은 잡지에 처음 실렸지요. 그 선집이 우편으로 오던 날 그 책을 읽고 또 그저 바라보려고 침대로 가져갔어요. 그러니까 그냥 손에 들고 있기 위해서였지요. 하지만 읽기보다는 쳐다보고 만져보고 했어요. 저는 잠이 들었고, 다음 날 깨어보니 아내뿐 아니라 책도 침대에 있더군요.

『뉴욕 타임스』 북 리뷰에 쓴 글에서 어째서 장편소설이 아니라 단편소설을 쓰기로 했는지에 대해 "너무 장황해서 여기서 언급할 수 없다."고 하셨지요. 지금 그 이야기를 해주시겠어요?

카버 '너무 장황해서 얘기하기 어렵다.'라는 건 이야기하기에 별로 유쾌하지 않은 많은 것들과 관련이 있어요. 결국 『안타이오스』Antaeus 라는 잡지에 실린 「불」Fires이라고 하는 에세이에서 다음 중 몇 가지를 언급했답니다. 그 에세이에서 제가 말한 내용은 결국 작가는 자신이 쓴 것에 의해 판단되어야 한다, 그렇게 하는 것이 마땅하다는 것이지요. 글쓰기를 둘러싼 상황은 뭔가 다른 것, 문학 외적인 것입니다. 아무도 저에게 작가가 되라고 요구한 적은 없어요. 그러나 살아남고, 공과금을 내고, 식구들을 먹이고, 동시에 자신을 작가로 생각하고 글쓰기를 배우는 일은 참 어려운 일입니다. 여러 해 동안 쓰레기 같은 일을 하고, 아이들을 키우고, 글을 쓰려고 애쓰면서 제가 빨리 끝낼 수 있는 걸 써야 한다는 것을 깨달았답니다. 한 권에 2~3년이 걸리는 소설을 쓸 방법이 없었어요. 다음 해나 3년 후가 아니라 당장 보수를 지급받을 수 있는 것을 써야 했습니다. 그래서 단편이나 시를 썼지요. 삶이 제가 원하는 대로 돌아가지 않는다는 것을 깨닫기 시작했지요. 언제나 엄청나게 많은 좌절감에 직면해야 했어요. 예를 들면, 글을 쓰고 싶은데 글을 쓸 시간도 장소도 없다는 것등이지요. 밖에 나가 차에 앉아서 무릎 위에 공책을 놓고 글을 쓰려고 애썼죠. 이때는 제 아이들이 사춘기일 때였어요. 이십 대 말이나 삼십 대 초였을 때였죠. 우리는 여전히 가난했고, 언제나 한 발만 내딛으면 파산이 기다리고 있었어요. 그리고 몇 년 동안 열심히 일했지만 남은 거라고는 낡은 차 한 대와 월셋집, 그리고 호시탐탐 기회를 노리는 새로운 빚쟁이들뿐이었습니다. 참 우울한 상황이었죠. 제가 정신적으로 흔적 없이 말소되는 느낌이었습니다. 술이 문제가 되었죠. 저는 대충 포기했고, 권투 경기에서 하듯이 수건을 내던지고 나서 하루 종일 심각하게 술을 마셔댔어요. 이런 점이 제가 "너무 장황해서 언급할 수 없다."라고 한 것들의 일부입니다.

술 마시는 것에 대해서 좀 더 이야기해주시겠어요? 너무나 많은 작가들이 알코올의존증은 아니라도 술을 엄청나게 마시지요.

카버 작가들이 다른 전문 직종 사람들보다 훨씬 더 마시는 것은 아닐 거예요. 다른 사람들이 얼마나 마셔대는지 아시면 아마 놀라실 겁니다. 술에 관련된 신화들이 물론 존재하지만 저는 그 신화 때문에 술을 마시지는 않았어요. 그냥 술을 들이켰을 뿐이에요. 아마도 제가 저 자신과 제 글, 제 아내와 아이들과 관련해서 삶에서 가장 원했던 일들이 결코 일어나지 않을 거라는 걸 깨닫고 나서 술을 엄청나게 마시기 시작한 것 같아요. 이상한 일이지요. 파산하거나 알코올의존자가 되거나 바람피우거나 도둑이 되거나 아니면 거짓말쟁이가 될 의도를 갖고 삶을 시작하는 사람은 아무도 없잖아요.

그 모든 걸 겪으셨나요?

카버 그랬지요. 지금은 더 이상 그렇지 않답니다. 물론 다른 사람들처럼 가끔씩 거짓말을 하기는 하지요.

술을 끊은 지 얼마나 되십니까?

카버 1977년 6월 2일부터예요. 솔직히 말씀드리면 제 인생의 어떤 것보다도 술을 끊은 게 더 자랑스럽답니다. 저는 이제는 회복된 알코올의존자예요. 언제나 술에 대한 유혹은 받겠지만, 다시는 알코올의존증에 걸리지는 않을 겁니다.

술 마시는 게 얼마나 심했나요?

카버 그 당시 일어났던 일들을 생각하는 건 참 고통스럽네요. 건드리는 모든 것을 황무지로 만들어버렸답니다. 하지만 술 마시는 게 막바지에 이르렀을 때쯤엔 사실 망가뜨릴 것도 별로 남아 있지 않았다고 말씀드릴 수 있겠네요. 구체적인 상황을 이야기해달라고요? 일단 때때로 경찰서나 응급실, 법정에도 갔다는 말씀을 드릴 수 있겠네요.

어떻게 술을 끊으셨지요? 무엇이 술을 끊을 수 있게 만들었나요?

카버 마지막으로 술을 마신 것은 1977년입니다. 알코올의존증 재활 센터에 두 번 들어갔고, 한 번은 병원에 입원했지요. 그리고 캘리포니아 산호세 근방의 드윗 센터라는 곳에서 며칠을 보냈습니다. 마침 제게 딱 알맞게도 드윗은 그전에는 범죄 성향이 있는 정신병 환자를 위한 병원이었지요. 저는 술을 끊기 직전에 완전히 통제 불능에다가 심각한 상황이었지요. 필름이 끊기는 지경, 즉 일정 기간 동안 말하고 행동한 것을 전혀 기억하지 못하는 지점까지 갔답니다. 차를 운전하거나, 낭독회를 하거나, 수업을 하거나, 부러진 다리를 치료받거나, 혹은 누군가와 자거나, 뭘 하든 나중에 아무것도 기억할 수가 없었어요. 일종의 자동항법장치를 달고 있는 것 같았지요. 한 손에는 위스키 한 잔을 들고, 알코올성 발작 때문에 넘어져서 머리에는 붕대를 감고 거실에 앉아 있던 제 모습이 떠오릅니다. 완전히 미쳤지요. 그러고 나서 2주 후에 재활 센터로 돌아갔지요. 이번에는 와인이 많이 생산되는 북부 캘리포니아의 칼리스토가라는 지역의 더피스라는 곳이었습니다. 더피스에 두 번 들어갔고, 산호세에 있는 드윗에도 갔고, 샌프란시스코에 있는 병원에도 갔지요. 1년 동안 말입니다. 이 정도면 상당히 심한 거지요. 저는 확실히 알코올의존증으로 죽어가고 있었답니다. 과장이 아니에요.

술을 완전히 끊게 된 이유는 무엇입니까?

카버 1977년 5월 말쯤이었어요. 북캘리포니아의 작은 마을에 있는 집에서 혼자 살고 있었답니다. 그때 3주 정도 정신이 말짱했지요. 저는 출판사 모임이 열린 샌프란시스코로 운전해 갔어요. 당시

맥그로힐 출판사의 편집장이었던 프레드 힐스가 저와 점심을 하면서 소설을 쓰게끔 선불을 지급하려고 했지요. 그런데 점심 약속이 있는 날 이틀 전에 친구가 파티를 열었어요. 파티 중간에 와인 한 잔을 마셨는데 그 뒤로는 기억이 나질 않아요. 필름이 끊긴 거지요. 다음 날 가게 문을 열 때쯤 저는 술을 사려고 기다리고 있었어요. 그날 밤 저녁 식사는 완전히 엉망진창이었답니다. 사람들은 싸워대고 식탁에서 그냥 사라져버렸어요. 다음 날 아침에 일어나서 프레드 힐스와 점심을 먹으러 가야 했지요. 하도 숙취가 심해서 머리도 들 수가 없을 정도였답니다. 그런데도 힐스를 태우러 가기 전에 보드카를 몇 잔 들이켰는데 그게 잠깐은 도움이 되었어요. 그런데 힐스는 점심을 먹으러 소살리토까지 가겠다는 겁니다. 거기까지 가는데 차가 막혀서 적어도 한 시간은 걸렸을 거고, 저는 취한데다 숙취도 남아 있었어요. 무슨 말인지 아시겠죠. 그런데도 어째서인지 힐스는 소설을 쓰기 위한 선금을 주겠다고 하더군요.

그 소설을 쓰셨습니까?

카버 아직 쓰지 못했습니다. 어쨌거나 샌프란시스코를 간신히 빠져나와서 제가 사는 곳으로 돌아왔어요. 이틀 정도 또 취해 있었지요. 그러고 나서 깨어났는데 엄청 끔찍한 느낌이었어요. 하지만 그날 아침에는 아무것도 마시지 않았답니다. 그러니까 알코올이 들어 있는 건 아무것도 마시지 않았어요. 물론 신체적으로, 그리고 정신적으로도 아주 끔찍한 느낌이었지만, 어쨌든 아무것도 안 마셨어요. 사흘 동안 술을 마시지 않았고, 사흘이 지나니까 좀 상태가 나아지더라고요. 그리고 나서는 그냥 계속해서 술을 안 마셨어요. 점차 저와 술

사이에 거리를 좀 두기 시작했지요. 일주일, 이 주일이 지나더니 갑자기 한 달이 지나가더군요. 한 달 동안 정신이 말짱했답니다. 그러고 나서는 점점 회복되기 시작했어요.

AA*는 도움이 되던가요?

카버 정말 도움이 됐답니다. 한 달 동안 적어도 하루에 한 번, 어느 때는 두 번씩 그 모임에 나갔답니다.

혹시 술이 어떤 식으로든 영감을 준 적이 있다고 생각하시나요? 예를 들어 『에스콰이어』지에 실린 당신의 시 「보드카」 생각이 납니다만.

카버 세상에, 절대 그렇지 않아요. 그 사실을 분명하게 말하고 싶네요. 존 치버는 어떤 작가의 작품에서 '술 마시고 쓴 줄'은 언제든지 알아볼 수 있다고 말한 적이 있답니다. 그가 말하고 싶은 것이 무엇인지 정확히 알 수는 없겠지만, 대충 알 수 있을 것 같아요. 1973년 가을 학기에 아이오와 작가 워크숍에서 가르치고 있을 때 치버와 저는 술만 마셨답니다. 수업을 하긴 했지요. 하지만 캠퍼스에 있던 아이오와 하우스라는 호텔에 머무르는 내내 우리 둘 다 타자기 덮개를 한 번도 벗기지 않았어요. 우리는 제 차로 일주일에 두 번 술을 파는 가게에 들렀지요.

술을 조달하려고요?

---

* Alcohols Anonymous, '익명의 알코올의존자들'이라는 모임으로, 전 세계에서 200만 명 이상이 서로 술을 끊도록 협력하고 있다.(역자 주)

카버 네, 술을 채워놓는 거죠. 하지만 가게는 열 시가 되어야 문을
열었답니다. 한번은 일찍, 열 시에 갈 계획을 세우고 호텔 로비에서
만나기로 했지요. 제가 담배를 사러 내려오니 존이 로비에서 왔다
갔다 하고 있더군요. 그는 편한 단화를 신고 있었고 양말은 안 신었
더군요. 어쨌든 우리는 일찍 나섰습니다. 술 가게에 도착하니 점원
이 막 문을 열고 있더군요. 이날 아침에 존은 제가 차를 제대로 주차
하기도 전에 차에서 내리더라고요. 제가 가게에 들어갔을 때는 이
미 스카치위스키 2리터짜리를 들고 계산대에 서 있었지요. 그는 호
텔 4층에 살았고 저는 2층에 살았어요. 우리 방은 벽에 걸린 복제된
그림까지 똑같았답니다. 하지만 술은 늘 그의 방에서 마셨지요. 그
는 술을 마시러 2층으로 내려오기가 무섭다고 했어요. 복도에서 강
도를 당할 염려가 있다나요! 물론 아시겠지만, 치버는 아이오와 시
티를 떠나고 얼마 후 치료 센터에 갔고, 술을 끊은 뒤엔 죽을 때까지
맑은 정신으로 지냈지요.

**익명의 알코올의존자 모임에서 들었던 공개적인 고백들이 글쓰기에 영향을 미
쳤다고 생각하시나요?**

카버 여러 종류의 알코올의존자 모임이 있어요. 한 발표자가 일어
나서 술을 마실 때는 어땠는데 지금은 어떤지에 대해 50여 분 동안
이야기하는 발표 모임도 있고, 방에 모인 모든 사람들이 돌아가면서
말할 기회를 갖는 모임도 있습니다. 하지만 솔직히 의식적이든 아니
든 모임에서 들은 것을 바탕으로 이야기를 구성한 적은 없는 것 같
군요.

그럼 이야기의 소재는 어디서 가져오시나요? 특히 술과 관계있는 이야기에 대해서 질문하는 겁니다.

카버 제가 특히 흥미를 느끼는 이야기는 실제 세계에서 나온 내용을 담고 있습니다. 물론 제 소설 중 어떤 것도 실화는 아니랍니다. 하지만 언제나 제가 듣거나 목격한 어떤 요소가 있어서, 그런 것이 제 이야기의 출발점이 될 수 있습니다. 일례를 들면, "이번 크리스마스가 당신이 망쳐 놓는 마지막 크리스마스가 될 거예요."라는 말이 있죠. 그걸 들었을 때 저는 취해 있었지만 그 말을 기억합니다. 그리고 나중에, 아주 나중에 정신이 맑을 때, 이 말과 제가 상상한 것들, 너무나 명확하게 상상해서 충분히 일어났을 법한 일들을 결합해서 「심각한 이야기」라는 소설을 썼습니다. 하지만 제가 가장 좋아하는 소설은, 그것이 톨스토이의 소설이든, 체호프든, 배리 한나든, 리처드 포드든, 헤밍웨이든, 아이작 바벨이든, 앤 비티든, 앤 타일러든 어느 정도까지는 자서전적이라는 인상을 강하게 줍니다. 적어도 실제 현실과 어떤 관계가 있어요. 긴 이야기든 짧은 이야기든 그냥 하늘에서 떨어지는 게 아니랍니다. 존 치버와 나누었던 대화가 생각나는군요. 아이오와 시티에서 몇몇 사람들과 탁자에 둘러앉아 있을 때였습니다. 그가 지나가는 말로, 어느 날 밤 가족 간에 다투었는데 다음 날 아침 목욕탕에 가보니 딸아이가 거울에 립스틱으로 "사랑하는 아빠, 우리를 떠나지 마세요."라고 써놓았더라고 하더군요. 같이 탁자에 앉아 있던 사람이 "당신 소설 중 하나에서 그 이야기를 본 것 같아요."라고 말하자 치버는 "어쩌면 그럴지도 모르지요. 제가 쓰는 모든 것은 자서전적이니까요."라고 대답했답니다. 물론 그건 문자 그대로 진실은 아니지요. 하지만 우리가 쓰는 모든 것은 어느 정도까지는 자서전적입니다. 저는 '자서전적' 소설이 전혀 거슬리지 않아요. 오히려 그 반대이지요. 『길 위에서』, 셀린, 필립 로스의 소설들, 『알렉산드리아 사중주』의 로렌스 더럴 등도 자서전적이지요. 닉 애덤스 이야기 중 많은 부분에는 헤밍웨이가 들어가 있답니다. 업다이크의 작품들도 당연히 그렇지요. 짐 매콘키도 그렇고요. 클라크 블레이즈Clark Blaise는 철저하게 자서전적인 소설을 쓰는 작가입니다. 물론 자기 삶의 이야기를 소설로 바꾸려면 아주 솜씨가 좋아야 해요. 엄청나게 대담해야 하고, 뛰어난 기술과 풍부한 상상력, 그리고 기꺼이 자신에 관해 모든 걸 이야기할 수 있어야 합니다. 젊었을 때는 잘 아는 것에 대해서 쓰라는 말을 수도 없이 듣습니다. 자신의 비밀보다 더 잘 아는 게 뭐가 있겠어요? 하지만 특별한 종류의 작가나 아주 뛰어난 재능을 지닌 작가가 아니라면, 계속해서 자기 삶에 대한 이야기를 쓰는 건 위험이 따릅니다. 자신의 소설에 지나치게 자서전적으로 접근하는 것은 많은 작가들에게 큰 위험, 또는 적어도 큰 유혹이 됩니다. 약간의 자서전적 요소에다 많은 상상력을 가미하는 것이 최선이지요.

당신의 등장인물들은 뭔가 중요한 일을 하려고 애를 쓰나요?

카버 등장인물들이 애를 쓴다고는 생각합니다. 그러나 애쓰는 것하고 성공하는 것은 완전히 다르지요. 어떤 삶에서는 사람들이 성공을 합니다. 그렇게 성공하는 것은 멋지다고 생각해요. 그러나 다른 삶에서는 사람들이 하려고 애쓰는 일, 가장 하고자 원하는 일, 삶을 지탱하는 크고 작은 일에 성공하지 못하지요. 저의 직간접적인 경험은 대부분 후자에 가깝답니다. 제 등장인물들은 대부분 자신들의 행동이 뭔가 중요하고 의미 있는 것이기를 바란다고 생각합니다. 하지만 동시에 그들은 많은 사람들이 그렇듯이 현실은 그렇지 않다는 것을 알고 있는 지점에 도달해 있지요. 어떤 일을 열심히 해봐야 의미가 없어요. 한때 중요하다고 생각했거나 그 일을 성취하기 위해서는 목숨까지 걸 수 있다고 생각한 일들이 한 푼의 가치도 없다는 걸 알게 되지요. 삶 자체에 불편함을 느끼게 되고 삶이 무너져 내리는 걸 보게 됩니다. 그들은 사태를 바로잡고 싶어하지만 그럴 능력이 없어요. 대개는 그들도 그런 상황을 잘 알고 있어서 그냥 할 수 있는 최선을 다할 뿐이지요.

당신의 단편소설집 중에서 제가 좋아하는 이야기에 대해서 말씀해주실 수 있으신지요? 「춤 좀 추지 그래?」의 아이디어는 어디서 나왔는지요?

카버 1970년대 중반에 미줄라에 사는 작가 친구들을 만나러 갔답니다. 같이 둘러앉아 술을 마시는데 누군가 린다라는 이름을 가진 술집 종업원 얘기를 해주었어요. 어느 날 밤 그녀는 남자 친구와 술에 취해서는 침실 가구를 다 뒷마당으로 옮기기로 결정하였고, 실제로 카펫부터 침대용 램프, 작은 탁자까지 전부 다 옮겼답니다. 그 방에서 네댓 명의 작가가 이 이야기를 들었는데, 그 이야기가 끝난 다음에 누군가 말했어요, "그럼 누가 그 얘기를 쓸 거지?"라고요. 다른 누군가가 그 이야기에 대해서 썼는지는 모르겠지만, 어쨌든 저는 그것에 대해 썼습니다. 바로 쓰지는 않았지만 나중에 썼지요. 한 4~5년 후에 쓴 것 같습니다. 물론 내용을 바꾸고 새로 덧붙이고 했지요. 실제로 그 단편은 제가 술을 끊고 나서 쓴 첫 번째 작품입니다.

글쓰기 습관으로는 어떤 게 있나요? 언제나 뭔가 이야기를 쓰고 계신가요?

카버   글을 쓸 때는 매일매일 씁니다. 그런 일이 일어나면 기분이 좋지요. 하루가 다음 날과 바로 연결됩니다. 때로는 그날이 무슨 요일인지도 모르지요. 존 애쉬버리가 말했듯이 '배의 외륜처럼 돌아가는 나날들'이지요. 한동안 그랬던 것처럼 가르치는 의무로 바쁘고 지금처럼 글을 쓰지 않을 때는 마치 이제까지 한 자도 안 썼던 것처럼, 그리고 글을 쓸 욕망도 전혀 없는 것처럼 느껴져요. 그러면 나쁜 습관이 생깁니다. 늦게까지 깨어 있고 늦잠을 자지요. 하지만 그래도 괜찮아요. 인내를 가지고 때를 기다리는 걸 배웠거든요. 그걸 오래전에 배워야 했지요. 인내 말입니다. 제가 별자리를 믿는다면, 제 별자리는 아마 거북자리일 거예요. 저는 발작적으로 일하는 편이에요. 하지만 일단 글을 쓰기 시작하면 책상 앞에 앉아서 오랜 시간을 보냅니다. 매일매일 연속해서 열 시간, 열두 시간, 열다섯 시간을 앉아 있지요. 그럴 때는 참 행복하답니다. 아시겠지만, 일하는 시간의 많은 부분은 수정하고 다시 쓰는 시간이지요. 집 안 어딘가에 놓아둔 이야기를 가져다가 다시 수정하는 것보다 즐거운 일은 없지요. 제가 쓴 시들도 마찬가지랍니다. 글을 쓰고 나서 서둘러서 보내지 않고 몇 달씩 집에 놔두고는 어떤 부분을 빼거나 다른 부분을 집어넣으며 이런저런 손을 보지요. 어떤 이야기의 초고를 쓰는 건 별로 오래 걸리지 않아요. 대개 한번에 앉아서 쭉 쓰지요. 하지만 그 이야기의 각기 다른 다양한 수정본을 만드는 건 시간이 걸리는 작업입니다. 한 단편에 스무 가지나 서른 가지의 다른 수정본이 있는 경우도 있어요. 열 개나 열두 개 이하인 경우는 없답니다. 위대한 작가들의 초고를 보는 건 아주 배울 점이 많고 마음에 용기를 주는 일이지요.

예를 들어 수정하기를 아주 좋아했던 작가인 톨스토이의 교정쇄 사진이 생각납니다. 물론 톨스토이가 수정을 좋아했는지 아닌지는 모르지만 수정을 엄청나게 많이 했어요. 그는 마지막 교정쇄에서도 수정을 거듭했답니다. 『전쟁과 평화』는 여덟 번이나 수정했고, 마지막 교정쇄에서도 여전히 수정했어요. 이런 걸 보면 저처럼 초고가 엉망인 작가들이 용기를 낼 수밖에 없지요.

소설을 쓰는 과정을 이야기해주세요.

카버   말씀드렸듯이 초고를 아주 빨리 씁니다. 대개는 손으로 쓰지요. 가능한 한 빨리 페이지를 채워나갑니다. 어떤 경우에는 저만 아는 속기법을 사용해서 나중에 어떻게 수정할지 메모를 덧붙여놓기도 하지요. 어떤 장면은 미완성으로 남겨놓습니다. 나중에 꼼꼼하게 살펴봐야 할 장면들이지요. 그러니까 모든 부분을 꼼꼼히 다시 봐야 하지만 어떤 장면들은 두 번째나 세 번째 수정본까지 남겨놓는 거예요. 왜냐하면 이 장면을 완성하면서 제대로 해내는 것이 초고에서는 너무 시간이 걸리기 때문입니다. 초고에서 중요한 것은 이야기 윤곽을 잡는 것입니다. 즉, 이야기의 뼈대를 잡아놓는 것이죠. 그러고 나서 이어지는 수정 과정에서 나머지 부분을 처리하지요. 초고를 글로 쓴 뒤 그 이야기의 수정본을 타자로 치고 거기에서 출발한답니다. 타자로 치고 나면 언제나 손으로 쓴 것과는 달라 보여요. 물론 더 훌륭하게 보이지요. 초고를 타자로 치면서 수정하고 약간씩 더하고 빼기를 합니다. 원고를 세 번이나 네 번쯤 고치고 난 후에야 진짜 작품의 가닥이 잡힙니다. 시도 마찬가지죠. 단지 시는 40번이나 50번 정도까지 수정한다는 게 다르지요. 도널드 홀은 한 편의 시에

100여 개의 수정본이 있다고 말한 적이 있습니다. 상상이 가나요?

혹시 작업하는 방식이 바뀌셨는지요?

카버　『사랑을 말할 때 우리가 이야기하는 것』이라는 책 속에 묶여 있는 이야기들은 어느 정도 달라졌어요. 우선 진행이 얼마나 의도적이며 얼마나 계산되어 있는가 하는 점에서 볼 때 훨씬 더 자의식적으로 쓴 책이랍니다. 책으로 묶어내기 전에 그 전의 어떤 다른 이야기에서는 그렇게 해본 적이 없을 정도로 이런저런 작업을 했지요. 책으로 묶여 출판사로 넘어갔을 때는 6개월 동안 아무것도 쓰지 않았어요. 그 책 이후에 제가 쓴 첫 번째 단편은 「대성당」인데 그 전의 어떤 것과 비교해도 착상부터 완성까지 완전히 다르답니다. 저는 이것이 글 쓰는 방식의 변화를 반영하는 것만큼이나 삶의 변화를 반영한다고 생각해요. 「대성당」을 쓸 때 어떤 강한 감정을 느꼈고, '이게 내 삶의 목적이야, 이것이 내가 이 일을 하는 이유야.'라고 느꼈답니다. 이 작품은 그 전에 쓴 것들과는 다르답니다. 이 단편을 쓸 때 어떤 깨달음이 있었어요. 저는 모든 것을 단지 뼛속까지가 아니라 골수에 이르도록, 제가 할 수 있는 만큼 혹은 원하는 만큼 다른 방향으로 나아가게 했다는 것을 알고 있었습니다. 그 방향으로 더 나아갔더라면 아마 저 자신이 읽고 싶지 않을 것들을 쓰거나 출판하게 되는 막다른 골목까지 갔을 겁니다. 이게 진실입니다. 지난번 책의 서평에서 누군가가 저를 '미니멀리스트' 작가라고 불렀어요. 그 비평가는 그 말을 칭찬으로 썼지요. 하지만 저는 그 말이 마음에 들지 않았습니다. '미니멀리스트'라는 말에는 뭐랄까 비전과 완성도에 있어서 미약하다는 느낌이 있는데 이 점이 마음에 안 듭니다. 그

새 책에 있는 모든 단편과 「대성당」은 18개월에 걸쳐 썼습니다. 이 모두에서 이런 차이를 느낀답니다.

어떤 독자를 생각하시나요? 업다이크는 자신에게 이상적인 독자는 도서관 서가에서 자신의 책을 발견하는 작은 중서부 도시의 어린 소년이라고 하더군요.

카버 업다이크처럼 이상화된 독자를 상상해보는 건 멋진 일이겠지요. 하지만 아주 초기작을 제외하고는 그의 책을 읽는 사람이 작은 중서부 도시의 어린 소년은 아닐 거예요. 이 어린 소년이 『켄타우로스』, 『커플들』, 『돌아온 토끼』, 『쿠데타』를 어떻게 이해하겠어요? 그는 존 치버가 업다이크의 독자라고 일컫은 청중, 즉 모든 곳에 살고 있는 '지적인 성인 남녀'를 위해 글을 쓰고 있다고 생각합니다. 제대로 된 작가라면 가급적 많은 예리한 독자를 위해서 할 수 있는 한 진실하게 잘 쓰려고 할 것입니다. 그래서 작가는 가능한 한 잘 쓰고 나서 좋은 독자를 기다리는 거지요. 하지만 작가는 또한 어느 정도까지는 다른 작가를 위해서 글을 씁니다. 그들의 작품에 대해 경탄해 마지않는 죽은 작가들과, 좋아하는 현존 작가들을 염두에 두고서 글을 쓰는 것이죠. 다른 작가들이 당신의 작품을 좋아한다면 다른 '지적인 성인 남녀'가 그 작품을 좋아할 확률도 높아지죠. 하지만 저는 글을 쓸 때 당신이 언급하신 그 소년이나 특정한 누군가를 염두에 두고 쓰지는 않아요.

쓴 글을 결국 얼마나 버리시는지요?

카버 엄청나게 많이 버리지요. 만일 어떤 이야기의 초고가 40쪽 길이라면, 완성본의 길이는 대개 절반 정도 됩니다. 단순히 일부를 잘라내고 축소하는 문제가 아니랍니다. 많은 양을 빼고 덧붙이고 또 덧붙이고 또 잘라내고 하는 식입니다. 말들을 집어넣고 빼고 하는 걸 정말 좋아한답니다.

단편들이 길어지고 보다 풍성해진 것 같은데 수정 과정이 변했나요?

카버 풍성해졌다고요? 그렇지요. 그게 정확한 표현이네요. 맞습니다. 이유를 이야기해드리지요. 학교에 워드프로세서를 사용하는 최첨단 우주 시대 타자수가 있어요. 그녀에게 타자 칠 단편을 건네주면 그 이야기를 타자로 쳐서 돌려줍니다. 일단 그녀가 타자를 쳐서 깔끔한 판본을 돌려주면 마음껏 수정해서 다시 줍니다. 다음 날 다시 깔끔한 판본을 받게 되지요. 그러면 제가 원하는 만큼 마음껏 수정해서 다음 날 또 수정본을 돌려받아요. 너무나 마음에 듭니다. 작은 일인 것 같지만, 이게 제 인생을 바꿨답니다. 제 타자수와 그녀의 워드프로세서가 말이에요.

먹고살려고 돈을 벌어야 하는 상태에서 벗어나본 적이 있으십니까?

카버 딱 한 번 1년 동안 그래본 적이 있어요. 저에게는 아주 중요한 해였지요. 『제발 조용히 좀 해요』라는 책에 나온 단편들 대부분을 그해에 썼지요. 1970년인가 1971년인가였어요. 저는 팔로 알토에 있는 교과서 만드는 출판사에서 일하고 있었지요. 그 직업이 제게는 첫 번째 화이트칼라 직장이었습니다. 새크라멘토의 병원에서 관리인으로 일하던 시기 직후이지요. 저는 그곳에서 편집자로 조용히 일하고 있었는데 SRA라는 이름의 그 회사가 대규모 구조조정을 하기로 결정했어요. 사직을 계획하고 사직서를 쓰고 있었는데 갑자기

해고되었어요. 아주 멋지게 시기가 잘 맞았지요. 해고된 주말에 친구들을 다 불러서 해고 파티를 벌였답니다. 1년 동안은 일할 필요가 없었어요. 실업수당을 받았고 퇴직금도 받아서 살 수 있었지요. 그때 아내가 대학을 마쳤답니다. 전환점이었어요. 좋은 시절이었지요.

종교를 갖고 계시나요?

카버   아니요. 하지만 기적이나 부활의 가능성은 믿는답니다. 거기에는 의문의 여지가 없어요. 매일 아침 일어날 때마다 깨어나는 것이 기뻐요. 그래서 일찍 일어나는 것을 좋아하지요. 술을 마시던 시절에는 정오 무렵까지 잠을 잤고 온몸을 떨면서 일어났지요.

예전에 상황이 아주 나빴을 때 일어난 많은 일에 대해서 후회하시나요?

카버   전 지금 그 어떤 것도 바꿀 수 없습니다. 후회할 여유조차 없어요. 과거에 살았던 삶은 지금은 그냥 과거의 일이고, 지나간 걸 후회해봐야 소용이 없지요. 현재에 살아야 합니다. 당시의 삶은 확실히 지나가 버렸고, 그 삶은 마치 19세기 소설 속의 누군가에게 일어난 것처럼 멀게 느껴져요. 저는 한 달에 5분 이상 과거를 생각하지 않습니다. 과거는 사람들이 다른 식으로 사는 진짜 먼 나라 이야기랍니다. 일들은 어차피 일어나는 것이지요. 저는 두 개의 다른 삶이 있던 느낌이에요.

문학적 영향에 대해서 약간 이야기를 나눠볼까요? 아니면, 적어도 당신이 매우 존경하는 작가가 누군지 말씀해주시겠습니까?

카버   어니스트 헤밍웨이를 존경합니다. 초기 작품인 「심장이 두 개인 큰 강」, 「빗속의 고양이」, 「사흘 동안의 폭풍」, 「병사의 집」 등을 좋아합니다. 체호프도 존경하지요. 아마도 제가 가장 경탄해 마지않는 작가일 겁니다. 하지만 체호프를 좋아하지 않는 사람이 있겠어요? 저는 체호프의 희곡이 아니라 단편에 대해 이야기하는 겁니다. 그의 희곡은 너무 느리게 진행되는 것 같아요. 그리고 톨스토이가 있죠. 모든 단편, 중편, 『안나 카레니나』를 좋아합니다. 『전쟁과 평화』는 아니고요. 너무 느리게 진행돼요. 하지만 『이반 일리치의 죽음』, 『주인과 하인』, 「사람에게는 얼마만큼의 땅이 필요할까」는 톨스토이 최고의 작품이지요. 그리고 아이작 바벨, 플래너리 오코너, 프랭크 오코너도 포함됩니다. 제임스 조이스의 『더블린 사람들』, 존 치버, 플로베르의 『보바리 부인』도요. 작년에 『보바리 부인』을 다시 읽었어요. 플로베르가 『보바리 부인』을 쓰고 있을 때 쓴 편지들을 다시 번역한 것도 읽었지요. 콘래드도 있고요. 업다이크의 『가기에 너무 먼』도 있습니다. 토비아스 울프처럼 작년인가 재작년에 우연히 알게 된 멋진 작가들도 있습니다. 그가 쓴 단편집인 『미국 순교자의 정원에서』는 너무 멋집니다. 맥스 숏도 있고요. 바비 앤 메이슨도 말씀드렸나요? 두 번 말해도 될 만큼 훌륭한 작가입니다. 해럴드 핀터, V. S. 프리쳇도 포함된답니다. 몇 년 전에 체호프의 편지에서 아주 인상적인 구절을 발견했어요. 그건 자신에게 편지를 보낸 이에게 준 충고였는데, "친구여, 비범하고 기억에 오래 남을 업적을 성취한 비범한 사람들에 대해서 글을 쓸 필요는 없습니다."라는 내용이었지요. (당시 저는 대학에 다니면서 군주와 공작에 대한 이야기와 왕국을 와해시키는 일 등에 관한 희곡을 읽고 있었던 점을 이해해주시기 바랍니다. 원정이라든가 영웅에게 자기 자리를 찾아주는 거대한 사명 같은 일들이지요. 전 그

때 보통 사람보다 위대한 영웅을 다룬 소설들도 읽었지요.) 그러나 체호프가 그 편지나 다른 편지에서 한 말과 그의 단편들을 읽으면서 그 전과는 다르게 세상을 보게 되었답니다. 얼마 후 막심 고리키의 희곡과 많은 단편들을 읽었는데, 그 작품들이 체호프가 한 말의 의미를 더욱 부각시켜주었어요. 리처드 포드 역시 훌륭한 작가입니다. 그는 기본적으로는 소설가인데 단편이나 에세이도 썼지요. 제 친구랍니다. 제게는 좋은 친구면서 훌륭한 작가인 친구가 많아요. 몇몇은 그다지 훌륭한 작가는 아니지만요.

말씀하신 상황에서는 어떻게 하시나요? 그러니까 친구 중 한 분이 당신 마음에 들지 않는 작품을 출판했을 때는 어떻게 처신하시나요?

카버 친구가 물어 오지 않는 한 어떤 의견도 말하지 않습니다. 그리고 제 의견을 묻지 않기를 바라지요. 하지만 그가 의견을 부탁하면 우정을 깨뜨리지 않는 범위 내에서 이야기해주지요. 사람들은 친구가 글을 잘 쓰고, 할 수 있는 한 최고의 작품을 쓰기를 바랍니다. 하지만 때로는 그들의 작품이 실망스러울 때도 있지요. 친구들의 모든 일이 잘 진행되기를 바라지만 그러지 않을 수도 있다는 것에 대해서, 그리고 그럴 때 당신이 할 수 있는 게 없다는 것에 대해서 염려하게 되지요.

도덕적인 소설에 대해서는 어떻게 생각하십니까? 이 주제는 존 가드너와 그가 당신에게 미친 영향에 대한 이야기로 이어지겠지요. 당신이 훔볼트 주립대학에서 공부할 때 가드너의 학생이었다고 알고 있습니다.

카버 사실입니다. 『안타이오스』지에 가드너와 저의 관계에 대한 글을 실은 적이 있는데, 그의 유작인 『소설가가 되는 것에 관하여』라는 책의 서문에 그 글을 좀 더 다듬어서 실었지요. 저는 『도덕적 소설에 관하여』^On Moral Fiction 가 대단히 멋진 책이라고 생각합니다. 그 내용에 다 동의하는 것은 절대 아니지만, 일반적으로 그가 말하는 것이 옳아요. 생존 작가에 대한 그의 평가 부분에서가 아니라 그의 목적, 그 책이 하고자 하는 부분에서 옳다는 말씀입니다. 삶을 쓰레기처럼 취급하는 것이 아니라 긍정하고자 하는 책이지요. 도덕에 대한 가드너의 정의는 삶을 긍정하는 것이지요. 그리고 이 점과 관련하여 그는 좋은 소설은 도적적인 소설이어야 한다고 믿었답니다. 논쟁을 좋아하신다면 논쟁거리를 던져주는 책이지요. 어쨌든 대단한 책입니다. 『소설가가 되는 것에 관하여』에서는 더욱 훌륭하게 논의를 전개한 것 같습니다만 『도덕적 소설에 관하여』에서처럼 다른 소설가들을 공격하지는 않지요. 그가 『도덕적 소설에 관하여』를 출판했을 때는 벌써 저와 여러 해 동안 연락이 끊겨 있었습니다. 다만 그의 학생이었을 때, 제게 그의 영향과 삶에서 가졌던 의미들이 너무 강했기 때문에 한동안 그 책을 읽고 싶지 않았답니다. 제가 그동안 써온 글들이 부도덕하다는 걸 발견하게 될까 두려웠거든요. 우리는 근 20년간 만나지 않았어요. 제가 시러큐스로 옮겨 온 뒤에야 112킬로미터쯤 떨어진 빙햄턴에 살고 있었던 그와 다시 친교를 계속했답니다. 그 책이 출판되었을 때 가드너를 향한 분노의 목소리가 많았지요. 그는 다른 사람들의 신경을 건드렸답니다. 저로서는 사실 굉장한 작품이라고 생각합니다.

그 책을 읽은 후에는 당신 자신의 작품에 대해서 어떻게 생각하셨나요? 당신은

'도덕적인' 이야기를 쓰셨습니까? 아니면 '부도덕한' 이야기를 쓰셨습니까?

카버   아직 잘 모르겠어요. 하지만 다른 사람으로부터 그가 제 작품을 마음에 들어 한다는 걸 들었고, 나중에 그가 직접 이야길 해주더군요. 특히 제가 새로 쓴 작품들을 좋아한다고 했습니다. 그 말을 듣고 무척 기뻤답니다. 『소설가가 되는 것에 관하여』를 읽어보세요.

아직도 시를 쓰시나요?

카버   조금씩 쓰지만 만족할 만큼은 아니랍니다. 시를 좀 더 쓰고 싶어요. 시를 한 편도 안 쓰고 6개월 정도의 긴 시간이 지나면 불안해진답니다. 이젠 더 이상 시인이 아닌 건지, 시를 쓸 수가 없게 된 건지 자문해보곤 해요. 대개 그럴 때 앉아서 시를 써보려고 애씁니다. 내년 봄에 나오는 『불』Fires에는 제가 쓴 시 중에서 간직하고 싶은 모든 것이 실려 있어요.

두 가지가 어떻게 서로 영향을 미치는지요? 소설 쓰는 것과 시 쓰는 일이요.

카버   이제는 더 이상 서로 영향을 미치지 않습니다. 오랫동안 시와 소설 쓰는 것에 똑같이 관심이 있었어요. 잡지를 읽을 때면 시를 먼저 읽고 단편을 나중에 읽습니다. 결국 시와 소설 중 선택을 해야 했을 때 소설을 선택했지만요. 올바른 선택이었던 것 같아요. 저는 '타고난' 시인은 아니거든요. 미국 백인 남성으로 태어난 것 말고는 제가 '타고난' 점이 있는지 잘 모르겠네요. 아마도 저는 특별한 행사나 사건이 있을 때만 시를 쓰는 시인이 될 것 같아요. 그걸로 족합니다. 전혀 시를 쓰지 않는 것보다는 훨씬 낫거든요.

명성을 얻고 나서 변하신 점이 있나요?

카버 명성이라는 말이 불편하군요. 저는 사실 아주 낮은 기대에서 출발했어요. 이 세계에서 단편소설로 어디까지 갈 수 있겠습니까? 게다가 술 때문에 자존감이 굉장히 낮았어요. 그래서 저에게 쏟아지는 관심이 언제나 놀랍답니다. 하지만 『사랑을 말할 때 우리가 이야기하는 것』에 대한 반응을 보고 나서 전에는 한 번도 느껴보지 못한 자신감을 느꼈습니다. 그 일 이후 모든 좋은 일이 일어났기 때문에 더 나은 작품을 많이 쓰고 싶어졌어요. 아주 긍정적인 자극이지요. 이 모든 일은 생애에서 제가 가장 강하다고 느낄 때 일어났답니다. 무슨 말인지 아시겠어요? 저는 지금 어느 때보다 더 강해진 것 같고 확신에 차 있습니다. 그러니까 '명성'은—아니면 새로 발견한 저에 대한 관심과 흥미라고 해야 할지—아주 좋은 영향을 미쳤습니다. 자신감이 필요할 때 자신감을 강화시켜주었지요.

당신 글을 제일 먼저 누가 읽어주나요?

카버 테스 갤러거가 제일 먼저 읽지요. 아시다시피 그녀는 시인이면서 단편 작가이기도 합니다. 편지를 제외하고 제가 쓴 모든 것을 보여주지요. 때로는 편지도 보여줍니다. 아주 훌륭한 감식안을 가졌고, 제가 쓴 글에 생생하게 반응하지요. 저는 초고를 몇 번 수정하고 최대한 고친 후에야 보여줍니다. 대개는 네 번째나 다섯 번째 수정본이 되지요. 그렇게 하고 난 뒤에는 모든 수정본을 그녀가 읽습니다. 지금까지 세 권의 책을 그녀에게 증정했고, 이 증정은 단지 사랑과 애정의 징표만은 아니랍니다. 깊은 존경심의 표현이고, 그녀가 저에게 준 도움과 영감에 대한 감사 표시이지요.

고든 리시의 역할은 어떻습니까? 그가 크노프 출판사에서 당신의 편집자라고 알고 있습니다만.

카버 그는 1970년대 초 『에스콰이어』에 내 이야기를 출판하기 시작했을 때부터 제 편집자였지요. 하지만 우리의 우정은 그 이전, 1967년이나 1968년의 팔로 알토 시절까지 거슬러 올라갑니다. 그는 제가 일하던 회사 바로 맞은편의 교과서 출판사에서 일하고 있었어요. 그러니까 저를 해고했던 그 회사 말이지요. 그는 일하는 시간이 정해져 있지 않았답니다. 집에서 대부분의 회사 일을 했지요. 적어도 한 주에 한 번은 점심 먹으러 오라고 집으로 불렀답니다. 그런데 음식을 만들어놓고는 자신은 아무것도 먹지 않고 식탁 주변을 서성이면서 먹는 것을 지켜보곤 했어요. 상상이 되시겠지만, 그러면 신경이 쓰이지요. 결국 전 접시에 음식을 남기곤 했는데, 그러면 그는 그걸 다 먹어치웠답니다. 그게 그가 자란 방식과 관련이 있다고 하면서요. 그때만 그런 게 아니에요. 지금도 그런 식이랍니다. 저를 점심 식사에 초대해서는 음료수만 주문하고 제가 접시에 남긴 걸 모두 먹어치우지요. 한번은 러시안 티룸이라는 식당에서 그렇게 하는 걸 본 적이 있어요. 네 명이 저녁을 먹었는데, 음식이 나온 후 그는 우리가 먹는 걸 보고만 있더군요. 그리고 음식을 접시에 남기려는 걸 보자 싹싹 먹어치우는 거예요. 사실 꽤 재미있다고 볼 수 있는 이 미친 짓만 뺀다면 그는 대단히 영리하고, 원고를 고치는 데 있어서 매우 예리한 사람이랍니다. 훌륭한 편집자예요. 아마도 위대한 편집자일 겁니다. 확실한 건 그가 제 편집자이면서 친구라는 점입니다. 그리고 이 두 가지에 다 만족합니다.

영화 대본을 더 쓰실 생각이 있나요?

카버 얼마 전에 마이클 키미노와 함께 도스토예프스키의 생애에 대한 영화 대본을 마쳤습니다. 앞으로도 쓸 대본이 이번에 마친 대본만큼 재미있다면 물론 또 할 생각입니다. 그렇지 않다면 안 할 거예요. 도스토예프스키였다니까요! 그렇다면 당연히 할 겁니다.

돈벌이도 꽤 괜찮지요.

카버 그럼요.

그걸로 메르세데스 벤츠를 사셨군요.

카버 그렇답니다.

『뉴요커』잡지는 어떻습니까? 처음 글을 쓸 때 그 잡지에 원고를 보내신 적이 있나요?

카버 아니요. 보낸 적 없습니다. 전 『뉴요커』를 읽지 않았어요. 제 단편과 시를 작은 잡지사들에 보냈고, 때때로 받아들여지면 행복했습니다. 독자를 만나지는 못했지만 어쨌든 독자가 있는 것이니까요.

당신 책을 읽은 사람들로부터 편지를 받습니까?

카버 편지나 카세트테이프, 때로는 사진도 받지요. 어떤 사람이 제 이야기를 바탕으로 노래를 만들어서 카세트테이프를 보냈더군요.

서부 해안, 그러니까 워싱턴 주에서 글이 더 잘 써지나요? 아니면 여기 동부에서 잘 써지나요? 당신의 작품에서 장소가 주는 느낌이 얼마나 중요한지를 묻는 겁니다.

카버 저 자신을 특정 지역 출신 작가라고 여기는 게 중요했던 때가 있었지요. 제가 서부 출신 작가라는 사실이 중요한 의미를 가졌답니다. 그러나 좋든 나쁘든 더 이상은 그렇지 않습니다. 너무 많이 이사를 다녔고, 너무 많은 장소에서 살았고, 정착을 못하고 떠돌아다녀서, 어떤 '장소'에 확고하게 뿌리박은 느낌은 더 이상 가질 수가 없답니다. 제가 전에 어떤 이야기를 특정 장소나 시간대에 의식적으로 위치시킨 적이 있다면—특히 첫 번째 책에서 그렇게 한 것 같네요.—그 장소는 태평양 북서 연안일 것입니다. 짐 웰치Jim Welch, 월리스 스테그너, 존 키블, 윌리엄 이스트레이크, 윌리엄 키트레지 등의 작품에 나타나는 장소에 대한 감각이 존경스럽습니다. 당신이 말씀하시는 그런 의미의 장소 감각을 가진 훌륭한 작가들이 많습니다. 하지만 제 이야기의 대다수는 어떤 특정 지역을 배경으로 하지 않습니다. 그러니까 그 이야기들의 배경은 어떤 도시나 지역도 될 수 있답니다. 여기 시러큐스나 투산, 새크라멘토, 산호세, 샌프란시스코, 시애틀, 워싱턴 주의 포트앤젤레스 어디서든 가능합니다. 어쨌든 제 이야기의 대부분은 집 안에서 일어나는 일이니까요.

집 안의 특정 장소에서 작업하시나요?

카버 네, 2층 서재에서 일합니다. 자신만의 장소를 갖는다는 건 중요한 일이지요. 전화선을 빼놓고 '방문객 사절'이라는 표지를 달아놓은 채 여러 날을 보내곤 합니다. 여러 해 동안 저는 부엌 식탁이나 도서관 칸막이 책상이나 차 안에서 작업을 했답니다. 지금은 저 자신만의 방이 사치이면서 동시에 필수적인 것이 되었지요.

지금도 여전히 낚시와 사냥을 하시나요?

카버 요즘은 별로 안 합니다만 낚시는 약간 합니다. 워싱턴 주에 있으면 여름에는 연어 낚시를 해요. 하지만 유감스럽게도 사냥은 안 합니다. 어디로 가서 사냥해야 할지 모르겠어요. 저를 데리고 사냥하러 갈 사람을 찾아볼 수도 있겠지만 아직 그렇게까지는 안 했어요. 제 친구인 리처드 포드는 사냥을 합니다. 1981년 봄에 작품 낭송회를 하러 여기 왔을 때 낭송회 수익으로 제게 사냥총을 사주었답니다. 상상해보세요! 거기에 '레이먼드에게, 리처드로부터 1981년 4월'이라는 글귀를 새겨넣었지요. 리처드는 사냥을 즐기지요. 그래서 저도 사냥을 하게끔 격려하고 싶었나 봅니다.

당신의 이야기들이 어떻게 사람들에게 영향을 미치기를 바라십니까? 당신의 작품이 누군가를 바꿀 수 있다고 생각하시는지요?

카버 모르겠네요. 그럴 수 있을 것 같지 않은데요. 깊은 의미의 변화는 일어나지 않을 겁니다. 어쩌면 변화가 전혀 일어나지 않을 수도 있지요. 예술은 오락의 한 형태 아닌가요? 생산자에게나 소비자에게나 그렇지요. 그러니까 어떻게 보면 예술은 당구를 하거나 카드 게임을 하거나 볼링을 하는 거나 마찬가지예요. 단지 뭔가 다른 형태, 아마도 더 고양된 형태의 오락이지요. 그렇다고 예술에 정신적인 자양분이 없다고 말씀드리는 것은 아닙니다. 물론 존재하지요. 베토벤 협주곡을 듣거나 반 고흐의 그림 앞에서 시간을 보내거나 블레이크의 시를 읽는 것은 브리지게임이나 220점짜리 볼링으로는 도달할 수 없는 심오한 체험이 될 수 있습니다. 예술은 우리가 예술이라고 정의 내리는 모든 특징들을 갖추고 있지요. 그러나 예술은 또 한편으로는 우월한 형태의 오락입니다. 제가 이렇게 생각하는 게 잘못되었나요? 잘 모르겠네요. 하지만 이십 대 때, 스트린드베리의 희곡을 읽고, 막스 프리슈의 소설을 읽고, 릴케의 시를 읽고, 버르토크의 음악을 밤새도록 듣고, 시스티나 성당과 미켈란젤로에 대한 텔레비전 프로그램을 보면서, 매번 내 삶이 이런 경험들 때문에 바뀌어야 한다고 느끼고, 내 삶이 이런 경험들에 영향을 받고 바뀔 수밖에 없다고 생각한 것이 기억나네요. 제가 바뀌어서 다른 사람이 되지 않을 수가 없다고 생각했지요. 그러나 곧 제 삶이 결국에는 전혀 바뀌지 않을 거라는 걸 알게 되었답니다. 어쨌든 눈에 띄든 아니든, 제가 알아볼 수 있는 방식으로는 바뀌지 않았답니다. 그때 예술은 제가 시간이 있을 때, 제가 그렇게 할 여유가 있을 때 추구할 수 있는 어떤 것이라는 것, 단지 그런 것이라는 것을 깨달았습니다. 예술은 사치이고 그것은 저 자신이나 제 삶을 바꾸지 않을 거라는 거죠. 예술이 어떤 일도 일어나게 하지 않는다는 걸 어렵게 깨달았답니다. 그렇고말고요. 저는 한순간도 셸리의 터무니없고 말도 안 되는 이야기, 즉 시인이 이 세상의 '인정받지 못한 입법자'라는 말을 믿지 않습니다. 얼마나 말도 안 되는 생각인지! 아이작 디네센은 매일매일 희망도 절망도 없이 조금씩 쓴다고 말했습니다. 저는 그 말이 마음에 듭니다. 소설이나 희곡, 시집 한 권이 사람들이 사는 세상에 대한 생각이나 자신에 관한 생각을 바꿀 수 있다고 생각한 시대는—그런 시대가 설혹 있었다 해도—이미 지나가 버렸어요. 특정한 삶을 사는 특정한 사람들에 대한 소설을 쓰면 어떤 분야의 삶을 전보다 약간 더 이해하게 만드는 데 도움이 될 수 있겠지요. 하지만 적어도 저 자신에 관한 한 예술의 역할은 딱 그 정도라고 생각합니다. 어쩌면 시는 다를지 모르지요. 테스는 사람들로부터, 그녀의 시를 읽고 나서 절벽에서 뛰어내리거나 물에 빠져 죽을 생각을 버렸다는 편지를 받습니다. 하지만 그건 또 다른 차원입니다. 좋은 소설은 부분적으로는 한 세상의 소식을 다른 세상으로 전달해주는 것입니다. 그 목적 자체로 훌륭해요. 하지만 소설을 통해서 세상을 바꾸거나 어떤 사람의 정치적인 입장을 바꾸거나 혹은 정치체제 자체를 바꾸거나 고래나 레드우드 나무를 구하거나 하는 것은 못합니다. 당신이 이런 변화를 의미하는 것이라면 말이에요. 그리고 소설은 이런 어떤 것과도 관계가 없다고 생각해요. 소설은 뭔가를 해야만 하는 것이 아니랍니다. 소설은 단지 그것에서 얻는 강렬한 즐거움 때문에 존재하는 것입니다. 뭔가 지속적이고 오래가고 그 자체로 아름다운 어떤 것을 읽는 데서 오는 다른 종류의 즐거움이지요. 아무리 희미할지라도 계속해서 불타오르는 이런 불꽃을 쏘아 올리는 어떤 것이랍니다.

모나 심슨 Mona Simpson 1957년 위스콘신 주에서 태어난 후 십 대에 로스앤젤레스로 갔다. 아버지는 막 시리아에서 이민했고 어머니는 밍크 농가의 딸로, 심슨이 가족 중 대학을 간 첫 번째 사람이다. 대학원을 다니면서 첫 단편소설을 발표했고 뉴욕에 머물면서 『파리 리뷰』의 편집자로 일했다. 작품으로 『이곳이 아니면 어디라도』 등이 있다.

루이스 버즈비 Lewis Buzbee 존 스타인벡의 『분노의 포도』를 읽은 후, 1972년 열다섯 살의 나이에 글을 쓰기 시작했다. 1979년에 두 개의 짧은 이야기를 출간한 이후 상황이 나아지지 않자 접시 닦기, 서점 아르바이트, 출판사 편집자, 요리사, 바텐더, 글쓰기 교사로 일했다. 2000년 이후 샌프란시스코 대학 MFA프로그램의 교수로 일하고 있고, 아내인 줄리 브루는 시인이다. 「플리젤먼의 욕망」, 「골드러시 이후」를 썼고, 한국에서는 『노란 불빛의 서점』이 출간되었다.

주요 작품 연보

『제발 조용히 좀 해요』 Will You Please Be Quiet, Please?, 1976

『사랑을 말할 때 우리가 이야기하는 것』 What We Talk about When We Talk about Love, 1981

『대성당』 Cathedral, 1983

『숏컷』 Short Cuts, 1993

09

환상적인 리얼리즘

가브리엘 가르시아 마르케스
GABRIEL GARCÍA MÁRQUEZ

가브리엘 가르시아 마르케스

콜롬비아, 1927. 3. 6. ~

콜롬비아의 작가이자 저널리스트다. 마술적 사실주의를 전 세계에 소개하는 데 크게 공헌했고, 문학뿐 아니라 상업적으로도 큰 성공을 거두었다. 라틴아메리카의 창세기로 불리는 「백년 동안의 고독」으로 1982년 노벨 문학상을 수상했다.

콜롬비아의 작은 도시에서 태어났다. 바란키야의 기숙 초등학교를 다녔고, 시파키라의 명문 중고등학교에 장학금을 받고 입학하여 열여덟 살까지 공부했다. 그 후 보고타 대학교에서 법학을 공부하고 기자로 유럽에 체재하였다. 멕시코에서 창작 활동을 하였고, 쿠바 혁명이 성공한 후 쿠바로 가서 국영 통신사의 로마·파리·카라카스·아바나·뉴욕 특파원을 지내면서 1940년대 말부터 단편소설을 쓰기 시작했다. 첫 작품 「낙엽」에는 그가 즐겨 쓰는 문체의 특징인 리얼리즘과 환상적 구상의 결합이 나타나 있다. 그의 대표작인 『백년 동안의 고독』은 마콘도라는 가공의 땅을 무대로 하여 부엔디아 일족의 역사를 그린 작품이다. 1981년에는 『예고된 죽음의 연대기』가 라틴아메리카에서만 200만 부 이상 팔렸으며, 1982년 라틴아메리카 현대소설의 대표적 작품으로 평가된 『백년 동안의 고독』으로 노벨 문학상을 받았다.

마르케스와의 인터뷰

피터 H. 스톤

마르케스가 말할 때면 몸이 자주 앞뒤로 흔들렸다.
손도 종종 움직여서, 강조하고 싶은 점 또는 생각의 전환을
가리킬 수 있는 작지만 결정적인 제스처를 하곤 했다.

가브리엘 가르시아 마르케스와의 인터뷰는 그의 집 바로 뒤에 위치한 스튜디오이자 사무실에서 진행되었다. 마르케스의 집은 다채로운 색깔의 화려한 꽃들이 만발한 유서 깊고 예쁘장한 멕시코 시 산 앙헬인에 있다. 스튜디오는 그곳에서 무척 가까웠다. 이 낮고 길쭉한 건물은 원래는 손님 접대용으로 디자인된 것처럼 보였다. 내부 한쪽 끝에 카우치와 두 개의 안락의자, 임시로 만든 바가 있다. 그 바에는 작은 흰색 냉장고가 하나 있고, 그 위에 미네랄 생수병이 있었다.

소파 위에 걸려 있는 커다랗게 확대한 가르시아 마르케스의 사진이 그 방에서 가장 인상 깊은 것이었다. 그는 바람이 심하게 부는 가로수 길 위에 서서 멋진 망토를 두르고 약간 앤서니 퀸 같은 모습으로 먼 곳을 쳐다보고 있었다.

마르케스는 스튜디오의 먼 끝에 있는 책상에 앉아 있었다. 나를

반기러 오는 그의 발걸음은 가볍고 기운찼다. 그는 키가 173~174센 티미터에 불과했지만 탄탄한 몸을 가진 남자였다. 넓은 가슴에 비해, 다리는 약간 가느다래서 멋진 미들웨이트급 권투 선수처럼 보였다. 느슨한 코듀로이 바지에 연한색의 터틀넥 스웨터를 입고 검은색 가 죽 부츠를 신은 격식을 차리지 않은 옷차림이었다. 곱슬곱슬한 머리 카락은 거무스름한 갈색이며 콧수염을 길게 길렀다.

인터뷰는 늦은 오후 약 두 시간씩 세 번 만나 이루어졌다. 마르케 스의 영어는 상당히 훌륭했지만 대체로 에스파냐어로 말했으며, 두 아들이 통역해주었다. 마르케스가 말할 때면 몸이 자주 앞뒤로 흔들 렸다. 손도 종종 움직여서, 강조하고 싶은 점 또는 생각의 전환을 가 리킬 수 있는 작지만 결정적인 제스처를 하곤 했다. 말하는 사람 쪽 으로 몸을 기울이기도 하고, 깊은 생각에 빠져 이야기할 때는 다리를 꼬고 뒤로 기대앉기도 했다.

가브리엘 가르시아 마르케스의 『족장의 가을』 원고 중 한 페이지.

가브리엘 가르시아 마르케스
×
피터 H. 스톤

녹음기를 사용할 건데 괜찮으시겠어요?

가브리엘 가르시아 마르케스 당신도 알다시피, 인터뷰가 녹음되는 순간 제 태도가 바뀌는 게 문제이겠지요. 제 경우로 말씀드리자면 즉시 방어적인 태도를 취합니다. 저널리스트로서 저는 인터뷰할 때 우리들이 녹음기를 어떻게 사용해야 하는지 여전히 잘 알지 못한다고 생각합니다. 제가 느끼기에 가장 좋은 인터뷰 방법은 저널리스트가 아무것도 받아 적지 않은 채로 오랫동안 대화를 나누는 거예요. 그리고 저널리스트가 나중에 대화를 회상하면서 자신이 느낀 것에 대해 적는 것이지요. 대화에서 사용된 단어를 반드시 사용할 필요 없이 말이에요. 또 다른 유용한 방법은, 인터뷰를 받아 적되 인터뷰를 한 사람에 대하여 일정한 충직함을 갖고 받아 적어놓은 것에 대해 해석을 하는 것입니다. 모든 내용을 녹음하는 것에 대하여 사람들이 화를 내는 것은, 녹음기가 인터뷰에 응한 사람에게 성실하지 않기 때문입니다. 녹음기는 사람들 스스로 바보 멍청이가 될 때조차 기록하지요. 그래서 그것이 있을 때는 인터뷰 당한다고 의식하게 된답니다. 녹음기가 없을 때는 무의식적으로, 완전히 자연스러운 방식으로 말하게 되지요.

녹음기를 사용하는 것에 대해 약간 미안한 느낌이 들게 만드시는군요. 그렇지만 이런 종류의 인터뷰에는 아마도 녹음기가 필요할 겁니다.

마르케스   어쨌든 제가 한 말이 당신을 수세에 몰아넣은 것 같군요.

지금껏 인터뷰하시면서 한 번도 녹음기를 쓰지 않으셨나요?

마르케스   저널리스트로서는 한 번도 쓰지 않았습니다. 매우 좋은 녹음기를 갖고 있지만 음악을 들을 때만 사용합니다. 저널리스트로서 저는 한 번도 인터뷰를 해본 적이 없거든요. 단지 보도만 했지, 질문하고 답하는 인터뷰는 해본 적이 없답니다.

당신이 파선된 배의 선원과 나누었던 유명한 인터뷰에 대해서 들어본 적이 있는데요.

마르케스   질문하고 답하는 그런 인터뷰는 아니었습니다. 그 선원은 자신이 겪은 모험에 대해 이야기해주었고, 저는 그의 말을 이용하여 그 모험을 다시 썼을 뿐입니다. 저는 그의 모험을 일인칭으로, 마치 그 자신이 직접 글을 쓰고 있는 것처럼 다시 썼어요. 그 기사가 2주 동안 연속물로 신문에 실렸을 때, 그 이야기에 서명한 사람은 제가 아니라 그 선원이었습니다. 그건 20년이 지나서야 재출간되었고, 그제야 사람들이 제가 그 이야기를 썼다는 것을 알게 되었지요. 제가

『백년 동안의 고독』을 쓰기 전까지 어떤 편집자도 그 이야기가 훌륭하다는 것을 알지 못했습니다.

저널리즘에 대한 이야기로 시작했는데요. 오랫동안 소설을 쓰신 뒤 다시 저널리스트가 되는 것에 대해 어떻게 생각하시나요? 다른 느낌이나 눈을 갖고 기사를 쓰시겠지요?

마르케스 저의 진짜 직업은 저널리스트라고 항상 생각해왔어요. 전에 저널리즘에 대해 좋아하지 않았던 것은 근로 조건 때문이었습니다. 게다가 저의 생각과 견해를 신문사의 이해에 맞게 조정해야 했고요. 이제 소설가로 일하면서 경제적인 독립을 이루고 나니, 진짜로 제 관심을 끌고 견해에 부합되는 주제를 선택할 수 있게 되었습니다. 어쨌든 저는 훌륭한 저널리즘 작품을 쓸 수 있는 기회를 항상 아주 많이 즐기고 있습니다.

당신에게는 어떤 것이 훌륭한 저널리즘 작품인가요?

마르케스 존 허시가 쓴 『히로시마의 증인들』은 특출한 작품입니다.

요즘 특히 쓰고 싶은 이야기가 있으신가요?

마르케스 많이 있습니다. 그리고 사실 몇 편을 썼습니다. 포르투갈, 쿠바, 앙골라와 베트남에 대해서 썼습니다. 정말로 쓰고 싶은 이야기는 폴란드입니다. 지금 일어나고 있는 일을 정확하게 기록할 수만 있다면 그것은 매우 중요한 이야기가 될 것이라고 생각합니다. 그렇지만 지금 폴란드는 너무 추워요. 저는 따뜻한 이불을 좋아하는 저널리스트랍니다.

저널리즘이 할 수 없는 어떤 일을 소설이 할 수 있다고 생각하시나요?

마르케스　아무것도 없습니다. 제 생각으로는 소설과 저널리즘엔 별다른 차이가 없습니다. 소재도 같고, 주제도 같고, 글을 쓰는 방법이나 언어도 똑같습니다. 대니얼 디포가 쓴 『역병이 돌던 해의 일기』 The Journal of the Plague Year는 위대한 소설이고 『히로시마의 증인들』은 위대한 저널리즘 작품입니다.

저널리스트와 소설가는 진실과 상상력 사이의 균형을 맞추는 데 다른 책임감을 갖고 있지 않나요?

마르케스　저널리즘에서는 기사가 가짜라는 한 가지 사실만이 기사 전체에 편견을 갖게 만듭니다. 대조적으로 소설에서는 이야기가 진짜라는 한 가지 사실이 작품 전체를 정당화해줍니다. 그것이 저널리즘과 소설의 유일한 차이이며, 그것은 작가가 얼마나 몰두하느냐에 달려 있습니다. 소설가는 사람들로 하여금 이야기가 진짜라고 믿게 만들 수 있는 한 그가 원하는 것이 무엇이든지 다 할 수 있습니다.

몇 년 전의 인터뷰에서 당신은 예전 저널리스트였을 때를 회고하면서 그 당시 얼마나 빨리 글을 썼는지 놀라워하시는 것처럼 보이던데요.

마르케스　예전보다는 요즘, 소설이나 언론에 글을 쓰는 것이 더 어렵다고 생각합니다. 신문사에 근무할 때 저는 제가 쓴 단어 하나하나를 의식하지 않았습니다. 반면에 요즘은 모든 단어 하나하나를 의식하면서 글을 씁니다. 보고타에서 『엘 에스펙타도르』 신문사에 근무할 때는 일주일에 최소한 세 편의 기사와 매일 두세 편의 짧은 사설, 그리고 영화평을 써야 했습니다. 그리고 모두 퇴근한 밤에는 홀로 남아서 소설을 쓰곤 했습니다. 저는 라이노타이프 기계 소리를 좋아했어요. 마치 빗방울 소리처럼 들렸지요. 기계가 멈추면 정적 속에 혼자 남게 되고, 더 이상 글을 쓸 수 없게 되곤 했지요. 요즘 쓰는 글의 양은 상대적으로 적습니다. 아침 아홉 시에 시작하여 오후 두 시나 세 시까지, 일을 많이 할 수 있는 날에도 제가 최대한 쓴 것이라곤 네다섯 줄짜리 짧은 단락에 불과합니다. 그리고 다음 날이면 대개 전날 썼던 것을 찢어버리곤 하지요.

그런 변화는 당신의 작품이 매우 높이 평가받고 있기 때문인가요, 아니면 당신의 정치 참여 때문인가요?

마르케스 그 둘 모두와 관련이 있겠네요. 전에 생각했던 것보다 훨씬 더 많은 사람들을 위해 글을 쓴다는 생각이 문학적이면서도 정치적인 책임감을 주었다고 생각합니다. 또, 예전에 썼던 것보다 형편없는 작품을 쓰고 싶지 않은 자존심도 관련이 있습니다.

글쓰기를 어떻게 시작하셨나요?

마르케스 그림을 그리는 것으로요. 만화를 그렸지요. 글을 읽고 쓰는 것을 배우기 전부터 학교와 집에서 만화를 그리곤 했습니다. 방금 재미있는 일이 하나 생각나는데요. 고등학생이었을 때 사실 아무것도 쓴 것이 없는데 제가 작가라는 소문이 있었어요. 팸플릿을 쓰거나 청원서를 쓸 일이 있으면 작가라는 소문 때문에 제가 그 일을 해야 했습니다. 대학에 들어갔을 때 우연하게도 저는 제 보통 친구들보다 상당히 수준이 높은, 일반적으로 훌륭한 문학적 배경을 갖게 되었습니다. 보고타에 있는 대학에서 새 친구와 친지들을 사귀기 시작했는데, 그들이 저를 동시대 작가들에게 소개해주었어요. 어느 날 밤 제 친구가 프란츠 카프카가 쓴 단편소설집을 빌려주었습니다. 저는 머무르고 있던 하숙집으로 돌아가서『변신』을 읽기 시작했어요. 첫 줄에 놀란 저는 침대에서 떨어질 뻔했습니다. 상당히 충격을 받았어요.『변신』의 첫 줄은 "그레고르 잠자는 그날 아침 불편한 잠에서 깨어났을 때, 침대에서 자신이 거대한 벌레로 변했다는 것을 알게 되었다……."로 시작합니다. 이 이야기의 첫 줄을 읽으며 이런 것을 쓰도록 허락받은 작가가 있다는 것을 몰랐구나 하는 생각을 했어요. 그걸 알았더라면 저는 이미 오래전에 글쓰기를 시작했을 것입니다. 그래서 즉시 단편을 쓰기 시작했습니다. 전부 지적인 이야기였는데, 그 이유는 저의 일천한 문학적 경험에 근거해서 글을 썼고 또한 문학과 삶 사이의 관계를 아직 발견하지 못했기 때문이지요. 단편소설들은 보고타의『엘 에스펙타도르』신문 문학란에 실렸습니다. 이 단편들은 당시 상당한 성공을 거두었는데, 아마도 콜롬비아에서는 어느 누구도 지적인 단편소설을 쓰지 않았기 때문일 것입니다. 그 당시에 쓴 이야기들은 대개 시골의 삶과 사교계에서 벌어지는 일에 대한 것이었습니다. 제가 첫 단편소설을 썼을 때 사람들은 제가 조이스의 영향을 받았다고 말했습니다.

당시에 조이스를 읽으셨나요?
<u>마르케스</u> 조이스를 읽어본 적이 없었어요. 그래서『율리시스』를 읽기 시작했습니다. 에스파냐어로 된 번역본을 읽었지요. 나중에『율리시스』를 훌륭한 프랑스어 번역본과 영어본으로 읽고 나서야 에스파냐어 번역본이 형편없었다는 것을 알게 되었어요. 어쨌든 제가 나

중에 글을 쓸 때 매우 유용할 수 있는 무엇인가를 배웠답니다. 바로 내적 독백 기법이지요. 뒷날 버지니아 울프의 작품에서도 이 기법을 찾았는데, 저는 조이스보다는 울프가 이 기법을 사용한 방식을 더 좋아합니다. 이 내적 독백이라는 기법을 처음 쓴 사람이 『라사리요 데 토르메스』를 쓴 익명의 작가라는 것을 뒷날 알게 되었습니다.

초기에 영향을 미친 사람들에 대해 말씀해주시겠습니까?

마르케스 초기 단편소설에 보였던 지적인 태도를 없애는 데 도움을 준 사람들은 미국의 '잃어버린 세대' 작가들입니다. 제 작품이 삶과 아무런 관계를 맺지 못하고 있었던 데 반하여 이들의 문학은 삶과 관계를 맺고 있다는 것을 깨달았습니다. 이런 태도와 관련하여 매우 중요한 사건이 일어났습니다. 바로 보고타 폭동이었지요. 1948년 4월 9일 정치 지도자였던 가이탄 Jorge Eliécer Gaitán 이 암살당해서 보고타 사람들은 미친 듯이 거리로 쏟아져 나왔습니다. 그 소식을 들었을 때 저는 하숙집에서 점심을 먹으려던 참이었습니다. 저도 가이탄이 총을 맞은 곳으로 뛰어갔습니다만 이미 가이탄은 택시를 타고 병원으로 호송되었습니다. 제가 하숙집으로 돌아오는데 사람들은 이미 거리를 점령해 시위를 하고, 가게를 약탈하고, 건물에 불을 지르고 있었어요. 그들과 함께 시위에 참여했습니다. 그날 오후와 저녁에 제가 어떤 나라에 살고 있는지 알게 되었고, 제 단편소설이 이런 것과 거의 관계가 없다는 것을 알게 되었습니다. 나중에 어린 시절을 보냈던 카리브해에 있는 바랑키야로 돌아가야 했을 때, 바로 그곳에서의 삶이야말로 제가 살았던, 알던, 쓰고 싶었던 삶이라는 것을 알게 되었지요.

1950년인가 1951년인가, 제 문학적 경향에 영향을 미친 또 다른 사건이 일어났습니다. 어머니가 제가 태어났던 아라카타카에 함께 가서 제 생애의 첫 몇 년을 살았던 집을 팔자고 부탁하셨습니다. 여덟 살 이후로 스물두 살이 될 때까지 그곳에 한 번도 가본 적이 없어서 그랬는지, 처음 그곳에 도착했을 때 상당히 충격을 받았습니다. 마을은 정말로 아무것도 변한 것이 없었습니다만, 마을을 보고 있는 것이 아니라 마치 책을 읽는 것처럼 마을을 경험하고 있다는 느낌이 들었습니다. 제가 본 모든 것은 이미 글로 쓰여 있어서, 해야할 거라곤 단지 쭈그리고 앉아서 이미 쓰인 것과 제가 막 읽고 있는 것을 베끼기만 하면 되는 것 같았어요. 실제로 집, 사람, 기억 등 모든 것이 문학으로 진화했습니다. 그때 제가 포크너를 읽었는지는 확실하지 않지만, 지금은 포크너의 것과 같은 기법만이 제가 보았던 것을 기록할 수 있었을 것이라고 생각합니다. 마을이 풍기는 분위기, 데카당스, 열기는 포크너를 읽을 때 받았던 느낌과 거의 똑같았어요. 과일 회사에 근무하는 미국인들이 많이 거주하는 바나나 플랜테이션 지역이어서 그랬는지, 미국의 남부 출신 작가에게서 발견되는 그런 분위기를 풍겼습니다. 비평가들은 제가 포크너의 문학적인 영향을 받았다고 말하지만, 저는 우연의 일치라고 생각합니다. 포크너가 소재를 다루던 방식과 똑같은 방식으로 다루어야 하는 유사한 소재를 제가 발견한 것뿐이지요.

태어났던 마을로의 여행에서 돌아오자마자 저는 첫 소설인 「낙엽」을 쓰기 시작했습니다. 아라카타카로의 여행에서 제가 깨달은 것은 어린 시절에 일어났던 모든 사건들이 문학적 가치를 갖는다는 것이었습니다. 그리고 그 문학적 가치가 갖는 귀중함을 그제야 겨우 알게 되었지요. 「낙엽」을 쓰는 순간부터 제가 작가가 되기를 바란다는 것과, 누구도 저를 말릴 수 없으며, 해야 할 유일한 일은 세계적인 최고의 작가가 되려고 노력하는 것임을 깨달았습니다. 그때는 1953년이었지만, 여덟 권의 책 중에서 다섯 권을 쓰고 난 후인 1967년이 되어서야 첫 인세를 받았습니다.

당신이 처음에 그랬던 것처럼 젊은 작가들은 그들 자신의 어린 시절과 경험의 가치를 부정하는 것이 일반적이라고 생각하시나요?

마르케스 아니요, 그 과정은 대개 다른 방식으로 일어나지요. 그렇지만 젊은 작가들에게 약간 조언해줄 수 있다면, 자신에게 일어났던 일에 대해 글을 쓰라고 말하고 싶군요. 작가가 자신에게 일어난 일에 대해 글을 쓰는지, 아니면 자신이 읽거나 들은 일에 대해 글을 쓰는지 구별하기란 항상 쉽지요. 파블로 네루다의 시 구절 중에, "신이시여, 노래 부를 때 창작하지 않게 도와주소서."라는 시구가 있습니다. 제 작품에 대한 가장 큰 찬사가 상상력에 주어진다는 것이 저를 항상 기쁘게 합니다. 그렇지만 한편으로 제 작품의 단 한 줄도 현실에 근거를 두지 않은 것이 없다는 것이 사실입니다. 문제가 있다면 카리브해의 현실이 가장 터무니없는 상상을 닮았다는 것이지요.

어떤 독자를 위해 글을 쓰셨나요? 누가 당신의 독자였나요?

마르케스 「낙엽」은 저를 도와주고 책을 빌려주고 제가 쓴 글에 대해 매우 열정적이었던 친구들을 위해 썼습니다. 일반적으로 사람들은 대개 누군가를 위해 글을 쓴다고 생각합니다. 글을 쓸 때 이 친구는 이 부분을 좋아할 것이고 다른 친구는 이 단락이나 장을 좋아할 것이라는 점을 항상 인지하고 있습니다. 즉, 특정한 사람들을 항상 염두에 둔다는 뜻이지요. 궁극적으로 모든 책을 친구들을 위해 썼습니다. 『백년 동안의 고독』을 쓴 뒤에 발생한 문제는 알지 못하는 수백만 명의 독자를 위해 글을 써야 한다는 점입니다. 이것이 저를 당황하게 만들고 글쓰기를 방해합니다. 마치 수백만 개의 눈이 저를 지켜보고 있는데 그들이 무슨 생각을 하는지 도대체 알 수 없는 것과 같습니다.

저널리즘이 당신 소설에 미친 영향에 대해 말씀해주시겠습니까?

마르케스 상호적이라고 생각합니다. 소설은 제 저널리즘을 도와주었는데, 그 이유는 소설이 저널리즘에 문학적 가치를 주었기 때문입니다. 저널리즘도 제 소설을 도와주었는데, 그 이유는 저를 항상 현실과 긴밀한 관계를 유지하도록 도와주었기 때문입니다.

「낙엽」을 쓴 후 『백년 동안의 고독』을 쓰기 전까지 당신이 겪었던 스타일의 변화에 대해 설명해주시겠습니까?

마르케스 「낙엽」을 쓰고 난 뒤에, 태어난 마을과 어린 시절에 대해 글을 쓰는 것은 제가 직면해서 글로 써야 할 우리나라의 정치적 현실로부터 도피하는 것이라고 생각하게 되었습니다. 지금 벌어지고 있는 정치적 상황에 맞서 싸우지 않고 이런 종류의 향수 뒤에 숨는 것은 잘못되었다고 생각하였어요. 그 당시엔 문학과 정치의 관계에 대해 정말로 많이 토론하였지요. 저는 이 둘 사이의 간극을 줄이려고 애썼습니다. 전에는 포크너가 제게 영향을 미쳤습니다만, 이번에는 헤밍웨이였습니다. 저는 「아무도 대령에게 편지를 보내지 않았다」, 『더러운 시간』, 「마마 그란데의 장례식」을 썼습니다. 이 작품들은 대체로 거의 비슷한 시기에 쓰였고 많은 공통점을 갖고 있습니다. 이 이야기들은 「낙엽」과 『백년 동안의 고독』의 배경이 되었던 그런 마을과는 다른 마을에서 일어났습니다. 이 마을에는 마술이란 것이 없습니다. 이것은 저널리즘적인 문학입니다. 『더러운 시간』을 마쳤을 때 제 관점이 잘못되었다는 것을 알게 되었습니다. 제 어린 시절에 대한 글이 더 정치적이며, 생각했던 것보다 우리 나라의 현실과 더 관련이 깊다는 것을 알게 되었지요. 『더러운 시간』을 쓰고 난 뒤 저는 5년 동안 아무것도 쓰지 못했습니다. 저는 항상 제가 무엇을 하길 원하는지 알고 있었습니다만, 빠트린 것이 있었습니다. 그것이 무엇인지 잘 알지 못했는데, 어느 날 그것이 글에 딱 맞는 어조 tone라는 것을 알게 되었습니다. 그리고 마침내 저는 그 어조를 『백년 동안의 고독』에서 쓸 수 있었습니다. 그 어조는 제 할머니가 옛날이야기를 들려주실 때의 어조에 근거를 두었습니다. 할머니는 이야기를 초자연적이고 환상적으로 들리게 말씀하셨지만, 한편으로는 완전히 자연스럽게 말씀하셨습니다. 마침내 제가 사용해야 할 어조를 찾아낸 뒤, 8개월 내내 앉아서 매일 작업을 했습니다.

할머니는 어떻게 '환상적인 것'을 그렇게 자연스럽게 말씀하실 수 있으셨나요?
마르케스 가장 중요한 것은 할머니의 얼굴에 나타난 표정이었습니다. 할머니는 이야기를 하실 때 얼굴 표정이 전혀 바뀌지 않아서 우리 모두 깜짝 놀랐지요. 예전에 『백년 동안의 고독』을 쓰려고 시도한 적이 있었는데, 그때 저는 제가 하는 이야기를 전혀 믿지 않은 채 이야기하려고 했답니다. 그렇지만 제가 해야 할 일은 저 스스로 제가 하는 이야기를 믿고 할머니가 이야기를 해줄 때 지으셨던 것과 똑같은 표정으로 쓰는 것이었어요. 무표정한 얼굴 말입니다.

그 기법 또는 어조에는 저널리즘의 특질이 있는 것처럼 보이는데요. 겉으로는 환상적인 것처럼 보이는 사건을 상당히 세세하게 묘사함으로써 이야기에 자신만의 현실성을 주지요. 이것은 저널리즘에서 배우신 것이 아닌가요?

마르케스 그것은 저널리즘에서 배운 기법으로 문학에도 적용할 수 있습니다. 예를 들면, 하늘을 훨훨 날아가는 코끼리가 한 마리 있다고 말할 때 사람들은 그 이야기를 믿으려고 하지 않을 겁니다. 그렇지만 하늘을 훨훨 날아가는 코끼리 425마리가 있다고 말하면 사람들은 아마도 그 이야기를 믿으려고 할 것입니다. 『백년 동안의 고독』은 그런 종류의 일들로 가득 차 있습니다. 그것이 바로 할머니가 사용하시던 기법이었습니다. 특히 노란 나비들에 둘러싸인 인물에 대한 이야기가 생각납니다. 어릴 때 전기공이 저희 집에 온 적이 있습니다. 그가 전봇대에 오를 때 자신을 지탱해주는 벨트를 갖고 있었기 때문에, 그 사람에 대한 호기심이 무척 컸습니다. 제 할머니께서는 이 전기공이 올 때마다 나비로 집 안을 가득 채운다고 말씀하시곤 했습니다. 제가 이걸 글로 쓸 때 나비들이 노랗다고 말하지 않으면 사람들이 이 이야기를 믿으려고 하지 않는다는 것을 알게 되었습니다. 미녀 레메디오스가 하늘로 날아오르는 에피소드를 쓸 때 이것을 믿을 만하게 만드는 데 긴 시간이 걸렸습니다. 어느 날 정원에 나갔을 때 저는 우리 집에 빨래를 해주러 오곤 하던 아주머니를 보았습니다. 이불 홑청을 말리려고 널었는데 바람이 심하게 불었어요. 그녀는 이불 홑청이 날아가지 않도록 바람과 언쟁을 벌이고 있었지요. 이불 홑청을 사용하면 미녀 레메디오스가 하늘로 오르게 할 수 있을 것이라고 생각했습니다. 이것이 이 이야기를 믿을 만하게 만든 방법입니다. 모든 작가가 겪는 문제는 믿을 만한가 하는 것입니다. 어떤 이야기가 믿을 만한 한 누구든 이야기를 쓸 수 있습니다.

『백년 동안의 고독』에 나오는 불면이라는 역병의 근원은 무엇인가요?
마르케스   항상 오이디푸스로 시작하는 역병에 관심이 많았습니다. 저는 중세의 역병에 대해 많이 공부했어요. 좋아하는 책 중의 하나는 대니얼 디포가 쓴 『역병이 돌던 해의 일기』인데요. 많은 다른 이유가 있지만, 디포를 좋아하는 이유는 그가 저널리스트이면서 이야기할 때 마치 진짜 환상인 것처럼 들리게 말하기 때문입니다. 저는 몇 년 동안 디포가 런던의 역병을 관찰한 그대로 글을 썼을 것이라고 생각했습니다. 그렇지만 디포는 런던에 역병이 돌았을 때 겨우 일곱 살에 지나지 않았지요. 그래서 그의 이야기가 사실이 아니라 소설이란 것을 깨닫게 되었습니다. 역병은 제 이야기에 반복해서 나타나는 주제의 하나이지만 늘 다른 형태로 나타납니다. 『더러운 시간』에서는 팸플릿이 역병입니다. 저는 수년 동안 콜롬비아에서 일어난 정치적 폭력은 역병과 똑같이 형이상학적이라고 생각했습니다. 『백년 동안의 고독』을 쓰기 전 「토요일 다음 날」이란 이야기에서는 모든 새를 죽이는 역병을 소재로 썼습니다. 『백년 동안의 고독』에서는 문학적인 기법으로 불면이라는 역병을 썼어요. 왜냐하면 그것은 수면이라는 역병의 반대 급부였기 때문입니다. 궁극적으로 문학은 목수 일과 진배없습니다.

문학과 목수 일의 비유에 대해 좀 더 설명해주시겠습니까?

마르케스 문학과 목수 일 모두 매우 힘듭니다. 무엇인가를 글로 쓴다는 것은 탁자를 만드는 것만큼 힘이 들어요. 이 두 가지 모두 나무처럼 딱딱한 재료인 현실을 이용해 일합니다. 온갖 기교와 기술을 사용해야 하고요. 근본적으로 이 두 가지는 손쉽게 처리할 수 있는 마술 같은 것은 매우 적은 반면 일은 엄청나게 많이 고되게 해야 하지요. 프루스트가 말했다고 생각되는데, 10퍼센트의 영감과 90퍼센트의 노력을 필요로 한답니다. 저는 목수 일을 해본 적이 없지만, 저를 위해 일해줄 적합한 목수를 아예 찾을 수 없기 때문에 제가 가장 존경하는 일이기도 합니다.

『백년 동안의 고독』에 나오는 바나나 열병은 어떤가요? 얼마나 많은 것이 '유나이티드 프루트 컴퍼니'가 자행한 일에 근거하나요?

마르케스 바나나 열병은 엄밀하게 현실에 근거한 것입니다. 물론 역사적으로 증명되지 않았던 것에 대해선 문학적인 수법을 썼습니다. 예를 들면, 광장에서 벌어진 대학살은 완전히 사실입니다. 저는 증언과 기록에 근거하여 글을 썼지만 얼마나 많은 사람들이 죽임을 당했는지는 정확히 알려져 있지 않습니다. 저는 3000명이라고 했지만 그것은 명백히 과장입니다. 어린 시절 기억의 하나는 바나나가 가득 들었다고 생각되는 길고 긴 기차가 플랜테이션을 떠나는 것을 지켜본 일입니다. 그 기차에는 바다에 쏟아버릴 3000명의 시체가 들어 있을 수도 있었지요. 정말로 놀라운 것은, 이제 사람들이 매우 자연스럽게 의회와 신문에서 '3000명이 죽었다.'고 말한다는 것입니다. 우리 역사의 절반쯤은 이런 식으로 만들어지지 않았을까 의심

됩니다. 『족장의 가을』에서 "지금 그것이 사실이 아니더라도 상관없어. 왜냐하면 나중에 사실이 될 테니까."라고 독재자가 말했지요. 조만간 사람들은 정부가 아니라 작가를 믿을 것입니다.

그런 점에서 작가는 상당히 강력한 존재입니다, 그렇지 않은가요?

마르케스 그렇습니다. 저도 그렇게 생각합니다. 또한 그렇기 때문에 많은 책임감을 느낍니다. 제가 정말 하고 싶은 것은 완전히 진실하면서도 사실적인 저널리즘적 작품을 쓰는 것입니다. 그렇지만 그것은 『백년 동안의 고독』처럼 환상적으로 들릴 것입니다. 나이가 들어가면서 과거로부터 더 많은 것들을 기억해내면 낼수록, 점점 더 문학과 저널리즘이 긴밀하게 연계되어 있다고 생각하게 됩니다.

『족장의 가을』에 나오는 이야기처럼 어떤 나라가 외국에 진 빚 때문에 바다를 포기한다는 것은 어떻습니까?

마르케스 그런데 실제로 그런 일이 있어났습니다. 그런 일은 과거에도 있었고 미래에도 여러 번 더 있을 거라고 생각합니다. 『족장의 가을』은 완전히 역사책입니다. 실제 사실로부터 개연성을 찾아내는 것은 저널리스트이면서 소설가인 사람의 일입니다. 그리고 예언자의 일이기도 하지요. 사실 저는 매우 사실주의적인 작가이며 진짜 사회주의 사실주의 작품이라고 생각하는 것을 쓰는데, 사람들이 저를 환상적인 소설을 쓰는 작가라고 믿는 것이 문제입니다.

그것은 유토피아적인가요?

마르케스 유토피아라는 말이 사실적인 것을 의미하는지 이상적인 것을 의미하는지 잘 모르겠습니다만, 그 말이 사실적인 것을 의미한다고 생각합니다.

『족장의 가을』에 등장하는 독재자들은 실재하는 사람들을 모델로 하셨나요? 그 사람들은 프랑코나 페론, 트루히요와 너무도 비슷하더군요.

마르케스 제 소설에 등장하는 인물들은 콜라주입니다. 제가 알고 있거나 들어본 적이 있거나 읽은 적이 있는 각기 다른 사람들의 콜라주이지요. 저는 지난 세기 라틴아메리카의 독재자에 대해 찾을 수 있는 모든 자료를 찾아 읽었습니다. 그리고 그것이 이 이야기의 시작이에요. 독재자 치하에서 살았던 많은 사람들과 이야기를 나누었습니다. 10년 넘게 사람들과 이야기를 했지요. 그리고 등장인물을 어떻게 그릴 것인지에 대해 분명한 생각을 갖게 되자, 그동안 읽고 들었던 것 모두를 잊으려고 했습니다. 그래야 실제 세계에서 일어났던 어떤 상황을 쓰지 않고도 제가 인물이나 이야기를 만들어낼 수 있을 테니까요. 어느 순간 저는 독재자의 치하에서 한 번도 살아본 적이 없다는 것을 알게 되었습니다. 그래서 제가 만일 에스파냐에서 이 책을 쓴다면 독재국가에서 사는 것이 어떤 것인지 알 수 있을 것이라고 생각했습니다. 그렇지만 프랑코 정권하의 에스파냐의 분위기와 카리브해의 독재 정권의 분위기가 다르다는 것을 알게 되었습니다. 그래서 약 1년 동안 그 책은 일종의 닫힌 상태였습니다. 무엇인가 빠진 것이 있는데, 그것이 무엇인지는 잘 알지 못했습니다. 밤새 고민한 후 제일 좋은 것은 카리브해로 돌아오는 것이라고 결정했습니다. 그래서 콜롬비아의 바랑키야로 돌아왔습니다. 이 이야기를 저널리스트들에게 했더니 그들은 농담이라고 생각하더군요. 그래서 제가 돌아온 이유는 구아버 냄새가 어떤지 잘 생각나지 않아서라고 말해주었지요. 사실 제게 정말 필요했던 것은 책을 끝내는 것이었어요. 저는 카리브해를 여행했습니다. 이 섬에서 저 섬으로 갈 때마다 저는 제 소설에 빠져 있는 요소들을 하나씩 발견하였습니다.

당신은 종종 권력의 고독함이란 주제를 다루시던데요.

마르케스 권력을 더 많이 갖게 될수록 누가 자기에게 거짓말을 하고 참말을 하는지 알기가 점점 어려워집니다. 절대 권력을 갖게 되면 현실과 접촉할 수 없게 되며, 그것이야말로 가장 나쁜 고독이라고 할 수 있습니다. 아주 강력한 권력을 가진 사람, 독재자는 이권에 둘러싸이고, 독재자를 현실로부터 고립시킬 목적만 가진 사람들에게 둘러싸이게 됩니다. 그래서 그를 소외시키기 위해 모든 것이 협조를 하지요.

작가의 고립은 어떻습니까? 그것은 다른가요?

마르케스 작가의 고립은 권력자의 고립과 닮은 점이 많습니다. 작가가 현실을 그리려고 애를 쓸 때 그런 시도가 현실을 왜곡시키기도 합니다. 현실을 소설로 옮기는 시도를 할 때 그는 현실로부터 분리될 수도 있습니다. 사람들이 말하듯이 상아탑에 갇히는 것이지요. 저널리즘은 그런 일이 발생하는 것을 막아주는 역할을 합니다. 그것이 바로 제가 계속해서 저널리즘, 특히 정치와 관련된 저널리즘에 연계하려고 애쓰는 이유입니다. 『백년 동안의 고독』이 출판된 이후에 저를 위협했던 고독은 작가의 고립과는 다른 것이었습니다. 그것은 명성이라는 고독이었으며 권력자의 고독을 많이 닮았습니다. 항상 곁에 있는 제 친구들이 그런 고립에서 지켜주었습니다.

어떻게요?

마르케스 저는 평생 동안 같은 친구들을 사귀어왔습니다. 제가 오랜 친구들과 단절하거나 관계를 끊지 않았다는 뜻이지요. 친구들은 저를 다시 현실로 되돌아오게 만든 사람들입니다. 그들은 항상 자신의 발을 땅에 딛고 있었고 유명한 사람들이 아니지요.

소설은 어떻게 시작되나요? 『족장의 가을』에서 자꾸 반복해서 나타나는 이미지 중 하나는 궁전에 있는 암소의 이미지입니다. 이것이 그 암소의 원래 이미지 중 하나인가요?

마르케스 제게 있는 사진첩을 보여드리겠습니다. 저의 모든 책의 기원에는 항상 어떤 이미지가 있다고 여러 번 말씀드렸지요. 『족장의 가을』에서 사용한 첫 번째 이미지는 매우 나이 많은 노인입니다. 그는 매우 호화로운 궁전에서 사는데, 이 궁전에 암소들이 들어와서 커튼을 먹어치우지요. 그렇지만 저는 사진을 보고 나서야 이 이미지를 구체화할 수 있었습니다. 로마의 어떤 책방에서 정말 갖고 싶을 만큼 멋진 사진책을 구경하다가 이 사진을 보았습니다. 참으로 완벽하지 않나요. 저는 어떻게 이 이야기가 전개될지 알게 되었습니다. 저는 엄청 지적인 사람이 아니라서 위대한 작품에서는 선례를 찾지 못하였지만, 일상적인 사물에서, 삶에서는 제가 따라야 할 선례를 찾았습니다.

당신의 소설에는 예상치 못한 꼬임이 있나요?

마르케스　그런 일은 처음 글을 쓰려고 할 때 일어나곤 합니다. 제가 쓴 첫 단편소설들에서 저는 분위기^{mood}에 대해 일반적인 생각을 갖고 있었지만, 자신을 그냥 우연에 맡겨두곤 합니다. 제가 글을 처음 쓰기 시작할 때 들었던 최고의 조언은, 아직 젊을 때는 영감이 끝없이 솟구치고 있기 때문에 우연에 맡기는 방식으로 일해도 괜찮지만 소설 쓰는 기법을 배우지 않는다면, 영감이 사라지고 이를 보상할 수 있는 기법이 필요하게 되는 훗날에 곤경에 빠질 것이라는 이야기였습니다. 만일 제가 그것을 제때 배우지 못했다면, 저는 지금 먼저 이야기 구조의 윤곽을 잡을 수 없었을 것입니다. 구조는 순전히 기술적인 문제이고, 처음에 배우지 못하면 나중에도 결코 배울 수 없을 것입니다.

그렇다면 훈련이 상당히 중요했나요?

마르케스　특별한 훈련을 받지 않고 가치 있는 책을 쓸 수 있을 거라고 생각하지 않습니다.

.

인공 자극물은 어떤가요?

마르케스　자신에게 글쓰기란 권투와 같다고 한 헤밍웨이의 글이 제게 큰 감명을 주었습니다. 그는 자신의 건강을 잘 돌보았지요. 포크너는 술주정뱅이라는 악명을 갖고 있었지만, 인터뷰 때마다 술을 마시면 한 줄도 쓸 수 없었다고 말했습니다. 헤밍웨이도 그렇게 말했습니다. 어떤 악질적인 독자는 제가 작품을 쓸 때 마약을 하지 않았는지 묻기도 했습니다. 그러나 이런 질문은 그들이 문학이나 마약에 대해 아무것도 아는 것이 없다는 것을 보여줍니다. 훌륭한 작가가 되기 위해 작가는 글을 쓰는 매 순간 절대적으로 제정신이어야 하며 건강해야 합니다. 저는 글 쓰는 행위는 희생이며, 경제적 상황이나 감정적 상태가 나쁘면 나쁠수록 좋은 글을 쓸 수 있다는 낭만적인 개념의 글쓰기에 대해 강력하게 반대합니다. 작가는 감정적으로나 육체적으로나 아주 건강해야 한다고 생각해요. 문학작품 창작은 좋은 건강 상태를 필요로 한다고 생각하며, 미국의 '잃어버린 세대' 작가들은 이것을 잘 알고 있었습니다. 그들은 인생을 사랑한 사람들입니다.

글쓰기는 대부분의 작업과 비교해볼 때 특권이며, 작가들은 그들의 고통을 과장한다고 블레즈 상드라르는 말했습니다. 당신의 생각은 어떻습니까?

마르케스 글쓰기는 매우 어려운 일이지만, 조심스럽게 행해지는 일은 모두 다 어렵다고 생각합니다. 그렇지만 글쓰기가 누릴 수 있는 특권이란 저 자신을 만족시킬 수 있는 일이라는 것입니다. 저는 실수를 용납하지 않기 때문에 저 자신과 다른 사람들에게 과도하게 요구하는 편입니다. 완벽할 때까지 글을 써야 하는 것 역시 특권이라고 생각합니다. 작가는 종종 과대망상증에 걸려 있어서 자기들이 세계의 중심이며 또한 사회적 양심이라고 생각하는데, 이것은 사실입니다. 그러나 제가 가장 숭앙하는 것은 아주 잘 마무리한 글입니다. 여행을 할 때 조종사가 작가로서의 제 수준보다 나은 수준의 조종사라는 것을 알게 되면 무척 기쁩니다.

요즘은 언제 가장 글이 잘 써지시나요? 작업 일정표에 따라 일하시나요?

마르케스 전문적인 작가가 되었을 때 겪은 가장 큰 문제는 제 일정표였습니다. 저널리스트가 된다는 것은 밤에 일해야 하는 것을 뜻하지요. 직업적인 작가가 되었을 때 저는 마흔 살이었습니다. 제 일정은 아침 아홉 시에 시작되어 제 아이들이 하교하는 오후 두 시까지 계속됩니다. 저는 늘 열심히 일해왔기 때문에 아침에만 일하는 것에 죄책감이 들었습니다. 그래서 오후에도 일을 해보려고 했습니다만, 오후에 한 일은 다음 날 아침 다시 해야만 한다는 것을 알게 되었어요. 그래서 아침 아홉 시부터 오후 두 시 반까지 일하고 그 외에는 하지 않기로 작정하였습니다. 오후에는 인터뷰나 다른 약속이나 그 밖에 생기는 일들을 처리하지요. 또 다른 문제가 있는데요. 저는 익숙한 환경에서 준비가 되어 있을 때만 일을 할 수 있습니다. 빌린 호텔 방에서 빌려 온 타자기로 글을 쓰지는 못합니다. 여행을 하면서 글을 쓸 수 없기 때문에 여러 가지 문제를 겪게 되지요. 물론 제가 항상 일을 덜 할 핑계를 찾으려고도 하고요. 그렇지만 이것이야말로 스스로에게 부과한 조건이 항상 더 어려운 이유입니다. 어떤 환경에서든 사람들은 영감이 일어나길 바라지요. 영감이란 말은 낭만주의자들이 엄청나게 써먹는 용어예요. 제 마르크스주의자 친구는 이 단어를 받아들이는 데 많은 어려움을 겪었지만, 저는 그것이 무엇이든지 간에 글을 쉽게 쓸 수 있고 일이 흐르듯 손쉽게 이루어지는 특별한 정신 상태가 있다고 확신합니다. 그러한 때에는 집에서만 글이 써진다는 등 온갖 변명은 사라지게 됩니다. 만일 적절한 주제를 찾고 이것을 다룰 수 있는 적절한 방법을 갖게 되면 그런 영감의 순간과 정신 상태가 나타나는 것처럼 보입니다. 그것은 사람들이 정말로 좋아하는 것이어야만 합니다. 왜냐하면 사람들이 좋아하지 않는 무엇인가를 하는 것보다 더 나쁜 일은 없기 때문입니다.

　글을 쓸 때 가장 어려운 것 중의 하나는 첫 번째 단락입니다. 저는 첫 번째 단락을 쓰는 데 여러 달이 걸립니다. 일단 첫 단락을 마치면 나머지는 매우 쉽게 이루어집니다. 첫 번째 단락에서 저는 제 책이 해결해야 하는 문제 대부분을 처리합니다. 여기서 주제와 스타일과 어조가 정해집니다. 최소한 저의 경우 첫 번째 단락은 제 책의 나머지 부분이 어떨지 보여주는 견본입니다. 그래서 소설을 쓰는 것보다 단편집을 쓰는 것이 더욱 어렵지요. 단편을 쓸 때마다 작가는 처음부터 다시 시작해야 하니까요.

영감의 근원으로서 꿈은 중요한가요?

마르케스　처음 글을 쓰기 시작했을 때 저는 꿈에 많은 관심을 기울였습니다. 그러나 영감의 가장 큰 근원은 인생 자체이며 꿈은 인생이란 격류의 아주 작은 부분일 뿐이라는 것을 깨달았습니다. 제 글에서 진실한 것은 제가 꿈의 여러 가지 개념과 해석에 매우 관심이 많다는 것입니다. 저는 일반적으로 꿈을 삶의 부분으로 보지만, 현실은 훨씬 풍요롭습니다. 하지만 제가 매우 빈한한 꿈만 꾸었는지도 모르지요.

영감과 직관을 구별해주실 수 있나요?

마르케스　영감이란 작가가 자신이 정말로 좋아하는 적절한 주제를 찾았을 때 일어납니다. 이것이 작품을 쓰는 것을 훨씬 쉽게 만들지요. 직관도 역시 소설 쓰기의 근본인데, 직관은 과학적 지식이나 어떤 다른 종류의 학문 없이도 실재를 해석할 수 있도록 돕는 어떤 특별한 특질입니다. 만유인력의 법칙은 다른 무엇보다도 직관으로 훨씬 쉽게 이해할 수 있습니다. 직관은 힘들여 싸우지 않으면서 경험하는 방식입니다. 소설가에게 직관은 본질적입니다. 근본적으로 직관은 지성주의와 반대됩니다. 지성주의는, 실재하는 세계가 어떤 움직일 수 없는 이론으로 바뀐다는 의미에서 아마도 제가 가장 싫어하는 것입니다. 여하튼 직관은 장점을 갖고 있습니다. 사람들은 네모난 구멍에 둥근 못을 박으려고 애쓰지 않거든요.

당신이 싫어하는 사람들이 바로 이론가인가요?

마르케스 맞습니다. 그 주요한 이유는 제가 그들을 정말로 이해할 수 없기 때문입니다. 그것이 바로 제가 일화를 통해서 대부분의 것들을 설명하려고 하는 이유입니다. 왜냐하면 저는 추상화할 수 있는 힘을 갖고 있지 않거든요. 그것이 바로 많은 비평가들이 제가 교양 있는 사람이 아니라고 말하는 이유입니다. 저는 인용을 많이 하지 않습니다.

비평가들이 당신을 유형화하거나 범주화한다고 생각하시나요?

마르케스 비평가들은 제게 지성주의가 무엇인지를 보여주는 가장 좋은 예입니다. 무엇보다도 그들은 작가란 이래야 한다는 이론을 갖고 있지요. 그들은 작가를 그들의 틀에 맞추려들고, 만일 작가가 그 틀에 맞지 않으면 그 틀에 끼워 맞추려고 하지요. 당신이 물어보셨으니 대답을 합니다만, 저는 정말로 비평가들이 저를 어떻게 생각하는지에 대해 관심이 없습니다. 그래서 수년 동안 비평문을 전혀 읽지 않았습니다. 그들은 스스로 작가와 독자 사이의 중재자라는 임무를 맡고 있다고 주장합니다만, 저는 항상 매우 분명하고 정밀한 작가가 되려고 노력했고, 비평가를 거치지 않고 독자에게 직접 다가갈 수 있도록 애를 썼습니다.

번역가에 대해서는 어떻게 생각하시나요?

마르케스 주석을 붙이는 번역가를 제외하고는 무척 존경합니다. 주석을 붙이는 번역가들은 아마도 작가가 의도하지 않은 것을 독자들에게 설명하려고 애를 쓸 것입니다. 그런 번역가도 있으니까, 독자들은 그런 번역가를 참고 견뎌야만 하겠지요. 번역은 매우 어려운 일입니다. 보상을 전혀 받지 못하고 대가도 아주 적은 편이지요. 훌륭한 번역은 다른 언어로 이루어지는 재창조라 할 수 있습니다. 그래서 저는 그레고리 라바사를 엄청 존경합니다. 제 책은 21개 언어로 번역되었는데, 라바사는 각주를 달기 위해 책의 어떤 부분을 설명해달라고 부탁하지 않은 유일한 번역가입니다. 제 작품은 영어로 완전히 재창조되었다고 생각합니다. 책의 어떤 부분은 문자 그대로 쫓아 읽기가 무척 어렵습니다. 사람들이 영어 번역본을 읽으면서 받은 인상은, 번역가가 제 책을 먼저 읽고 나중에 회상하여 다시 썼다는 것입니다. 그것이 제가 그런 번역가들을 존경하는 이유입니다. 그들은 지적이라기보다는 직관적입니다. 출판업자들은 그런 번역가들에게 불쌍할 정도로밖에 지불하지 않으며, 그들의 번역을 문학작품의 창작이라고 생각하지도 않습니다. 저도 에스파냐어로 번역하고 싶은 책이 있지만, 번역은 제 자신의 작품을 쓰는 것만큼이나 많은 일을 요구하거나, 충분한 밥벌이가 되지 못할 수도 있겠지요.

무슨 작품을 번역하고 싶으신가요?

마르케스   말로의 작품 전부요. 콘래드와 생텍쥐페리 작품도 번역하고 싶습니다. 책을 읽다가 이 책을 번역하고 싶다고 생각한 적이 종종 있습니다. 명작을 제외하고, 원작의 언어로 책을 읽으려고 애쓰는 것보다는 웬만한 번역 작품을 읽는 것을 더 선호합니다. 제 내면에서 느낄 수 있는 유일한 언어는 에스파냐어이기 때문에, 다른 나라 말로 책을 읽는 것이 불편합니다. 그렇지만 저는 이탈리아어와 프랑스어를 말할 수 있고, 지난 20년 동안 매주 『타임』을 읽을 만큼 영어에 상당히 중독되어 있습니다.

이제 멕시코는 당신에게 집처럼 여겨지나요? 또 좀 더 큰 작가 공동체의 부분이라고 느끼시나요?

마르케스   일반적으로 저는 어떤 사람들이 작가나 예술가라는 이유만으로 그들과 친구가 되지 않습니다. 물론 저는 다른 여러 가지 직업을 가진 친구들을 갖고 있습니다. 그중에는 작가도 있고 예술가도 있지요. 일반적인 용어로 저는 라틴아메리카의 어느 나라에서든 토박이라고 느끼지만, 다른 곳에서는 그렇게 느끼지 못했습니다. 라틴아메리카 사람들은 에스파냐에서만 제대로 대접을 받는다고 생각합니다만, 저는 개인적으로 그곳 출신인 것처럼 느낀 적이 없습니다. 라틴아메리카에서 국경선이나 경계라는 것이 있다는 생각을 해본 적이 없습니다. 물론 이 나라와 저 나라 사이에 존재하는 차이를 의식하고 있지만, 제 마음속에는 모두 똑같습니다. 카리브해에 있는 나라에서는, 프랑스령이든 네델란드령이든 영국령이든 정말로 편하게 느끼지요. 제가 바랑키야에서 비행기를 탔을 때 푸른 치마를 입은 흑인 여성이 제 여권에 도장을 찍었지요. 그런데 자메이카에서 비행기를 내릴 때도 푸른 치마를 입은 흑인 여성이 제 여권에 도장을 찍으면서 영어로 말을 건넸습니다. 이것이 늘 마음속에 남았습니다. 영어라는 언어가 그렇게 많은 차이를 만든다고 믿지 않습니다. 그렇지만 라틴아메리카를 제외한 세계 어디를 가든 저는 외국인이란 느낌을 갖게 되며, 그 느낌은 제가 안전하다고 생각하지 못하게 합니다. 이것은 개인적인 감정이지만, 여행할 때마다 항상 이런 느낌을 갖습니다. 아마도 저는 소수자라는 의식을 갖고 있나 봅니다.

라틴아메리카의 작가가 유럽에서 잠시라도 살아보는 일이 중요하다고 생각하시나요?

마르케스 아마도 외부에서 바라보는 객관적 관점을 가지려면 그렇겠지요. 제가 쓰려고 하는 단편소설들은 유럽으로 가는 라틴아메리카 사람들에 대한 것입니다. 저는 이것을 20년 넘게 생각하고 있었습니다. 이 단편소설에서 최종적인 결론을 끌어낼 수 있다면, 라틴아메리카 사람들, 특히 멕시코 사람들은 거의 유럽에 가지 못하며, 간다 해도 분명히 끝까지 버티지 못한다는 것입니다. 제가 유럽에서 만난 적이 있는 멕시코 사람들은 모두들 다음 수요일에 유럽을 떠나더라고요.

쿠바 혁명이 라틴아메리카 문학에 어떤 영향을 미쳤다고 생각하시나요?

마르케스 지금까지 그 영향은 부정적이었습니다. 정치적으로 깊이 연루되어 있다고 생각하는 많은 작가들은, 자신들이 원하는 것에 대한 이야기가 아니라 원해야 한다고 생각하는 것에 대해 써야 한다고 느꼈습니다. 이것은 경험이나 직관과 아무런 상관도 없는 일종의 계산된 문학만을 조장하였지요. 바로 그런 이유로 라틴아메리카에 미친 쿠바의 문화적 영향은 싸워 이겨야 할 그런 것입니다. 쿠바라는 나라 안에서 그 과정은 새로운 종류의 문학이나 예술이 만들어질 수 있는 그런 지점에까지 이르지 못하였습니다. 이것은 시간을 필요로 합니다. 라틴아메리카에서 쿠바가 갖는 커다란 문화적 중요성은, 쿠바가 수년 동안 라틴아메리카에 존재해왔던 어떤 종류의 문학을 전달하는 다리와 같은 역할을 해왔다는 것입니다. 어떤 의미에서 미국에서 라틴아메리카 문학의 급속한 부흥은 쿠바 혁명에 의해 촉발되었습니다. 그 세대에 속한 모든 라틴아메리카 작가들이 20년 넘게 작품 활동을 했지만, 유럽과 미국의 출판사들은 이들의 작품에 조금도 관심을 기울이지 않았습니다. 쿠바 혁명이 시작되었을 때 그들은 쿠바와 라틴아메리카에 대해 갑작스럽게 큰 관심을 보이기 시작했어요. 혁명은 소비 품목으로 변했습니다. 라틴아메리카는 유행이 되었습니다. 라틴아메리카 소설이 다른 언어로 번역되자 사람들은 다른 세계 문학과 함께 숙고될 만큼 훌륭하다는 것을 알게 되었지요. 정말로 슬픈 일은, 라틴아메리카에서 문화적 식민주의가 너무 깊어서 외부인들이 라틴아메리카의 소설이 훌륭하다고 말해주기 전에 자신의 소설이 훌륭하다는 것을 확신하지 못한다는 것입니다.

라틴아메리카 작가들 중에서 당신이 높이 평가하지만 잘 알려지지 않은 작가들이 있나요?
마르케스　지금은 얼마쯤 있다고 생각합니다. 라틴아메리카 문학의 부흥이 가져온 최고의 부작용의 하나는 출판업자들이 새로운 코르

타사르를 놓치지 않기 위해 눈을 번뜩이며 찾고 있다는 것입니다. 운 나쁘게도 많은 젊은 작가들이 자신의 작품 대신 명성에 더 신경을 쓰고 있습니다. 툴루즈 대학에서 가르치는 한 프랑스인 교수는 라틴아메리카 문학에 대해 다음과 같이 썼습니다. 많은 젊은 작가들이 마르케스에 대해 너무 많이 쓰지 않기를 요구하는 편지를 자신에게 썼는데, 그 이유는 마르케스는 더 이상 비평이 필요하지 않지만 다른 작가들은 비평이 필요하기 때문이라는 것이었습니다. 그렇지만 그들은 한 가지 사실을 잊고 있지요. 제가 그들의 나이일 때 비평가들은 저에 대해 아무것도 써주지 않았고 미겔 앙헬 아스투리아스에 대해서만 썼다는 것을 말입니다. 제가 여기서 지적하고 싶은 점은 젊은 작가들이 자신의 작품을 쓰는 데 시간을 보내지 않고 비평가들에게 편지를 쓰면서 시간을 낭비하고 있다는 것입니다. 자신이 글을 쓰는 것이 다른 사람에 의해 자신에 대한 글이 쓰여지는 것보다 훨씬 중요합니다. 제 문학 경력에서 매우 중요하게 여겨지는 한 가지는, 제가 마흔 살이 될 때까지 이미 다섯 권의 책을 출판했는데도 인세를 한 푼도 받지 못했다는 것입니다.

어떤 작가가 너무 일찍 명성을 얻거나 성공하는 것이 그의 경력에 나쁜 영향을 끼친다고 생각하시나요?

마르케스 나이가 얼마든지 간에 명성이나 성공은 다 나쁩니다. 작가가 일종의 상품으로 바뀌는 자본주의 국가에서만이라도 제 책들이 모두 제 사후에 인정을 받았으면 좋겠다고 생각했습니다.

당신이 좋아하는 작품 외에 요즘 무슨 작품을 읽으시나요?

마르케스   저는 가장 기괴한 것들을 읽습니다. 얼마 전에는 무하마드 알리의 회고록을 읽었습니다. 브람 스토커의 『드라큘라』는 훌륭한 작품입니다만, 몇 년 전만 해도 이 책을 읽는 것은 시간 낭비라고 생각해서 아마도 읽지 않았을 것입니다. 제가 믿는 누군가가 추천해 주는 책 외에는 정말로 어떤 책도 읽지 않습니다. 저는 더 이상 소설을 읽지 않습니다. 하지만 많은 회고록과 다큐를 읽었습니다. 비록 그것들이 조작된 다큐라고 할지라도 말입니다. 그리고 제가 좋아하는 책을 읽고 또 읽습니다. 반복해서 읽는 것의 이점은 책 어디든 펴서 좋아하는 부분을 읽을 수 있다는 것입니다. 저는 '문학'만을 읽는다는 성스러운 개념을 버렸습니다. 저는 무엇이든지 읽을 것입니다. 또 최신 정보를 갖고 있으려고 애씁니다. 매주 전 세계의 진짜 중요한 잡지를 거의 다 읽습니다. 텔레타이프 기계로 뉴스를 읽는 습관이 생긴 뒤에는 언제나 뉴스를 보고 들으려고 합니다. 그렇지만 제가 전 세계의 중대하고 중요한 신문 기사를 다 읽자마자 아내가 와서는 들어보지 못한 뉴스를 들려줍니다. 어디서 그런 이야기를 읽었냐고 물으면 미용실에 있는 잡지에서 읽었다고 그러더군요. 저는 패션 잡지와 온갖 잡다한 여성 잡지와 가십 잡지를 읽게 되었고 그 책들을 읽음으로써만 배울 수 있는 많은 것을 알게 되었습니다. 그래서 매우 바쁩니다.

작가에게 명성이 파괴적이라고 생각하는 이유는 무엇인가요?
마르케스   주요한 이유는 명성이 개인적인 삶을 침해하기 때문입니다. 명성은 친구들과 같이 있는 시간, 일할 수 있는 시간을 앗아가지요. 명성은 사람들을 진짜 세계로부터 소외시키는 경향이 있습니다.

글을 계속 쓰기를 원하는 유명한 작가는 명성으로부터 끊임없이 자신을 지켜야만 합니다. 진심으로 들리지 않을 테니 정말로 말씀드리고 싶지 않지만, 명성이라거나 위대한 작가가 되는 것과 관련한 많은 일을 겪지 않도록, 제가 죽은 뒤에 제 책이 출판되었으면 하고 바랍니다. 제 경우에 명성과 관련한 유일한 이점은 명성을 정치적인 목적으로 쓸 수 있다는 것입니다. 그렇지 않다면 명성은 상당히 불편합니다. 문제는 하루 24시간 내내 유명하기 때문에, '자, 난 내일까지 유명하지 않을 테야.'라거나 단추를 누르면서 '난 지금 여기서 유명해지고 싶지 않아.'라고 말할 수 없다는 것이지요.

『백년 동안의 고독』이 성공을 거두리라 기대하셨나요?

마르케스　제가 썼던 다른 어떤 책보다 제 친구들을 기쁘게 할 수 있는 책이라는 것을 알고 있었습니다. 그렇지만 제 에스파냐 출판사가 8000부를 인쇄할 예정이라고 말했을 때 놀랐습니다. 제 다른 책들은 700권도 팔리지 않았기 때문입니다. 천천히 시작해도 되지 않겠냐고 물었더니, 그 출판업자는 이 책이 5월과 12월 사이에 8000부 모두 팔릴 만큼 좋은 책이라고 확신한다고 말했습니다. 실제로 이 책은 부에노스아이레스에서 일주일 만에 8000부 모두 팔렸지요.

『백년 동안의 고독』이 성공한 이유가 무엇이라고 생각하시나요?

마르케스　저는 그 이유를 조금도 모르겠습니다. 왜냐하면 저는 제가 쓴 책에 대해선 아주 서투른 비평가이거든요. 제가 가장 자주 들은 설명의 하나는 라틴아메리카 사람들의 개인적인 삶에 대한 책이라는 것과 내면으로부터 쓰인 책이라는 것입니다. 그 설명은 저를 놀라게 만들었습니다. 왜냐하면 제가 이 책을 처음 쓰기 시작했을 때 이 책의 제목은 '집'The House이 될 예정이었기 때문입니다. 저는 집 안에서 소설의 전체 이야기가 진행되길 원했고, 집 밖에서 일어나는 외적인 것은 무엇이든지 그 집에 미치는 영향이란 말로 존재하길 바랐습니다. 저는 '집'이라는 제목을 나중에 버렸지만, 일단 책이 마콘도 마을에 들어서자마자 이야기는 더 이상 앞으로 나아가지 못했습니다. 제가 들은 다른 설명은 모든 독자가 책에 등장하는 인물을 자신이 원하는 대로 만들 수 있고 등장인물을 자기만의 인물로 만들 수도 있다는 것이었습니다. 저는 이 책을 영화로 만들고 싶지 않습니다. 왜냐하면 영화 관객들은 자신들이 상상해보지 못한 얼굴을 보게 될 것이기 때문입니다.

이 책을 영화로 만들고 싶어하는 사람들이 있었나요?

<u>마르케스</u>   그럼요. 제 대리인이 그런 제안을 받지 않으려고 처음에는 저작권료를 100만 달러라고 내걸었고, 사람들이 그만큼 내겠다고 하면 다시 300만 달러로 올렸습니다. 그러나 저는 영화에 관심을 갖고 있지 않으며, 그런 일이 생기는 것을 막을 수 있는 한 이 책이 영화로 만들어지는 일은 없을 것입니다. 저는 이 책이 독자와 개인적인 관계를 맺는 것을 더 선호합니다.

어떤 책이든 성공적으로 영화로 만들어질 수 있다고 생각하시나요?

<u>마르케스</u>   좋은 소설을 더 좋게 만든 영화는 한 편도 생각나지 않지만, 형편없는 소설이 훌륭한 영화로 바뀌는 것은 본 적이 있습니다.

영화를 제작해야겠다고 생각해보셨나요?

마르케스　제가 영화감독이 되고 싶어했던 때도 있었습니다. 로마에서 영화 제작에 대해 공부했어요. 영화가 한계가 없는 매체이며 모든 것이 가능한 매체라고 느꼈습니다. 멕시코에 온 건 영화 제작에 관여하고 싶었기 때문입니다. 그렇지만 저는 제작자가 아니라 영화 대본 작가로 영화 제작에 관여하고 싶었습니다. 영화는 산업 예술, 즉 산업 전체라는 점에서 큰 한계를 갖고 있습니다. 영화에서는 정말로 표현하고 싶은 것을 표현하기가 아주 어려웠어요. 저는 여전히 영화에 대해 생각하고 있지만, 친구와 같이하고픈 사치로 보일 뿐, 자신을 정말로 표현할 희망이 없는 사치로 보입니다. 그래서 저는 영화에서 점점 더 멀어지게 되었습니다. 저와 영화의 관계는 같이 살 수도 없지만 떨어져서도 살 수 없는 부부의 관계와 같습니다. 만일 제가 영화사와 신문사 둘 중에 하나를 선택해야 한다면, 신문사를 선택할 것입니다.

지금 작업하고 계시는 쿠바에 대한 책을 설명해주실 수 있나요?

마르케스　실제로 이 책은 쿠바 사람들의 삶은 어떤지, 쿠바 사람들이 식량이 부족할 때 어떻게 하는지를 다루는 긴 신문 기사와 비슷합니다. 지난 2년 동안 저는 쿠바에 여러 번 갔습니다. 충격적인 것은 쿠바 봉쇄가 사람들이 어떤 물건 없이 살아가야 하는 사회 상황인 일종의 '필수품 문화'를 만들어냈다는 것입니다. 제가 진짜 흥미를 느꼈던 측면은 어떻게 봉쇄가 사람들의 정신세계를 바꾸는 데 기여했는지입니다. 지금 세계는 반소비사회와 가장 소비 중심적인 사회 사이에서 충돌하고 있습니다. 그 책은 지금은 쉽고 매우 짧은 저널리즘 기사가 될 만한데, 이제 매우 길고 복잡한 책으로 바뀌어 가고 있습니다. 제 책들은 다 그런 식이었기 때문에 그런 것은 전혀 문제 될 것이 없습니다. 게다가 그 책은 역사적인 사실과 더불어 카리브해에 존재하는 세계가 『백년 동안의 고독』에 나오는 이야기만큼 환상적이라는 것을 증명하게 될 테니까요.

작가로서 오랫동안 품었던 야망이나 후회가 있으신가요?

마르케스 그 대답은 이미 제가 명성에 대해 말씀드렸던 것과 똑같습니다. 노벨상 수상에 관심이 있는지 지난번에도 물으셨지요. 제게 노벨상은 절대적인 재앙이 될 거라고 확신합니다. 제가 노벨상을 받을 만한지에 대해서는 저도 관심을 가질 만하지만, 그 상을 받는다는 것은 끔찍할 것입니다. 노벨상 수상은 명성이란 문제를 더욱더 복잡하게 만들 것입니다. 그리고 정말로 유일하게 평생 동안 후회하는 일은 딸이 없다는 것입니다.

새로운 프로젝트를 시작하신 것이 있나요?

마르케스 저는 평생에 가장 훌륭한 책을 쓸 것이라고 절대적으로 확신하고 있지만, 그것이 어떤 책이 될지 언제 그 책을 쓰게 될지에 대해서는 전혀 알지 못합니다. 지금 한동안 그런 느낌이 있는데요. 이러한 느낌이 제 곁을 스쳐 지나갈 때면 그것을 포착할 수 있도록, 아주 조용히 기다리지요.

피터 H. 스톤 Peter H. Stone 로스앤젤레스에서 태어났으며, 어머니는 영화 작가이고 아버지는 무성영화 작가이자 프로듀서였다. 1947년 바드 대학교를 졸업하고, 1953년에 예일 대학교 석사 학위를 취득했다. 1964년 에드거상을, 1965년에는 오스카 각본상을 수상했다.

주요 작품 연보

『더러운 시간』In Evil Hour, 1962

『백년 동안의 고독』One Hundred Years of Solitude, 1967

『족장의 가을』The Autumn of the Patriarch, 1975

『예고된 죽음의 연대기』Chronicle of a Death Foretold, 1981

『콜레라 시대의 사랑』Love in the Time of Cholera, 1985

『칠레의 모든 기록』Clandestino in Chile, 1986

『이방의 순례자들』Strange Pilgrims, 1993

『사랑과 다른 악마들』Of Love & Other Demons, 1994

『내 슬픈 창녀들의 추억』Memories of My Melancholy Whores, 2004

10

어떤 것보다
진실한 새로운 것

어니스트 헤밍웨이
ERNEST HEMINGWAY

어니스트 헤밍웨이

미국, 1899. 7. 21.~1961. 7. 2.

미국의 작가이자 저널리스트이다. 자연주의적인, 또는 폭력적인 사건을 불필요한 수식을 배제하고 사실적으로 표현하는 하드보일드 문학을 대표한다. 지성과 문명의 세계를 속임수로 보고, 가혹한 현실에 맞서다가 패배하는 인간의 비극적인 모습을 그린 20세기의 대표적 작가다.

고등학교를 졸업한 뒤『캔자스시티 스타』의 리포터로 일하다가 제1차세계대전이 발발하자 자원입대했다. 이때의 경험은 그의 작품『무기여 잘 있거라』의 토대가 되었다. 당시 그는 심각한 부상을 입고 고향으로 돌아왔지만, 치료 후 다시 파리로 가서 특파원으로 일했다. 그리고 '잃어버린 세대'라고 명명되는 많은 작가, 미술가들과 교류하였다.『태양은 다시 떠오른다』가 이 무렵인 1926년에 출간되었다. 이후 1928년 9월에 발표한『무기여 잘 있거라』로 헤밍웨이는 작가로서의 위치를 확고하게 다졌다. 1936년 에스파냐 내란 발발과 함께 그는 공화정부군에 가담하여 활약했고, 그 체험에서 스파이 활동을 다룬 희곡『제5열』이 탄생했다. 1940년에는『누구를 위하여 좋은 울리나』를 발표하여 큰 반향을 불러일으켰다. 제2차세계대전 후 발표한『노인과 바다』는 대어를 낚으려고 분투하는 늙은 어부의 불굴의 정신과 고상한 모습을 간결하고 힘찬 문체로 묘사한 중편소설이다. 헤밍웨이는 이 작품으로 퓰리처상과 노벨 문학상을 받았다. 단편소설로「살인자들」,「킬리만자로의 눈」등 미국 문학의 고전으로 간주되는 명단편들이 있으며, 그를 단편작가로서 높이 평가하는 평론가들도 많이 있다. 1953년 아프리카 여행을 하던 헤밍웨이는 두 번이나 비행기 사고를 당해 중상을 입고 이후 전지요양에 힘썼다. 1961년 7월 갑자기 엽총 사고로 죽었는데 자살로 추측된다.

헤밍웨이와의 인터뷰

조지 플림턴

> 헤밍웨이 : 경마장에 가시나요?
> 플림턴 : 네, 어쩌다 한 번 정도 갑니다.
> 헤밍웨이 : 그럼 경마 신문을 읽은 적이 있겠네요.… 그 신문에는
> 진짜 멋진 소설이 뭔지 알 수 있는 그런 이야기들이 실리지요.
> ─1954년 5월 마드리드에 있는 어느 카페에서 나눈 대화

어니스트 헤밍웨이는 하바나 시의 변두리인 샌프란시스코 드 폴라에 있는 자신의 집 침실에서 글을 쓴다. 집 남서쪽 끝에 있는 네모난 탑에 특별히 마련한 작업실이 있으나, 그는 침실에서 작업하는 것을 더 좋아한다. 그가 탑에 있는 작업실로 올라가는 건 '등장인물'이 그렇게 시킬 때뿐이다.

침실은 1층에 있고 거실과 연결되어 있다. 두 방 사이에 있는 문에다 전 세계의 항공기 엔진들을 열거하고 묘사한 아주 두꺼운 책을 끼워서 약간 열어놓았다. 침실은 크고 해가 잘 든다. 창문은 동남향이어서 하얀 벽과 엷은 노란색 타일이 깔린 바닥에 해가 비친다.

서로 마주 보고 있는 벽에서 가슴높이의 책장 두 개가 방 안쪽으로 직각으로 튀어나와서 방을 두 부분으로 나눈다. 한쪽 편에는 크고 낮은 침대가 있고, 커다란 슬리퍼와 편안한 신발이 침대 발치에 가지

런히 놓여 있다. 침대 머리맡에 있는 두 개의 탁자에는 책이 잔뜩 쌓여 있다. 방의 다른 편에는 거대한 책상이 있으며 양편에 의자가 하나씩 놓여 있다. 책상 위에는 종이와 기념품들이 어지럽게 흐트러져 있다. 책상 너머, 방의 끝에는 대형 옷장이 있는데 표범 가죽으로 덮어놓았다. 벽에는 흰색 칠을 한 책장이 줄지어 서 있고, 책이 바닥까지 넘쳐서 오래된 신문, 투우 관련 잡지, 고무줄로 묶어놓은 여러 무더기의 편지 사이에 높게 쌓여 있다.

이 어지러운 책장들 중에 헤밍웨이가 '작업하는 공간'이 있다. 그곳은 그의 침대에서 1미터 정도 떨어져 동쪽 창가 벽에 기대어 놓은 책장 위이다. 이 비좁은 공간의 한쪽엔 책이 쌓여 있고, 다른 쪽엔 신문으로 덮어놓은 종이와 원고와 팸플릿 더미가 쌓여 있다. 책꽂이 위에는 타자기, 나무로 만든 독서대와 대여섯 개의 연필, 동쪽 창으로 바람이 불어 들어올 때 종이가 날리지 않도록 구리 한 덩어리를 놓을 만큼의 공간만 남아 있다.

헤밍웨이는 서서 글을 쓰는데, 이건 그가 처음부터 갖고 있던 글 쓰는 습관이다. 그는 크고 편한 신발을 신고 닳아빠진 얼룩영양의 가죽 위에 서서 글을 쓴다. 타자기와 독서대는 그의 가슴께에 있다.

헤밍웨이는 항상 연필로 글을 쓰기 시작하는데, 얇은 반투명한 타자지 위에 글을 쓰기 위해 독서대를 이용한다. 그는 타자기 왼쪽에 있는 클립보드에 한 다발의 깨끗한 종이를 끼워두고, "반드시 대가를 치러야 한다."라는 말이 새겨진 금속성 클립에서 한 번에 한 장씩 종이를 꺼내 쓴다. 그는 종이를 비스듬히 올려놓은 독서대에 기대어서, 왼손으로 종이를 잡고 하나 가득 글씨로 채운다. 세월이 흐를수록 그의 글씨는 커졌고, 점점 어린애같이 변해갔다. 구두점 사용은 줄어들고, 대문자를 좀체 쓰지 않고, 종종 마침표 대신 X자를 쓰곤 했다. 한 면을 다 쓰고 나면, 타자기 오른편에 있는 다른 클립보드에 종이를 뒤집어서 철한다.

헤밍웨이는 글쓰기가 빠르게 잘 진행되거나 대화처럼 단순한 것을 쓸 때만 독서대를 치워버리고 타자기를 사용한다.

그는 골판지 상자의 한쪽을 떼어 만든 '나 자신을 속이지 않기 위한' 커다란 도표를 벽에 걸린 가젤 머리 박제의 코 아래편에 걸어놓고는 매일 진척되는 상황을 기록한다. 도표 위에 쓰인 숫자는 매일 쓴 단어 수를 뜻하는데, 이 숫자는 450, 575, 462, 1250, 다시 512와 같이 다양하다. 헤밍웨이가 평상시보다 일을 많이 한 날 써놓은 큰 숫자는, 그가 다음 날 멕시코 만에서 낚시질을 하면서 하루를 보내더라도 죄책감을 느끼지 않기 위한 것이다.

서서 글을 쓰는 습관에 길들여진 헤밍웨이는, 방의 다른 편에 놓여 있는 글쓰기에 완벽한 책상을 사용하지 않는다. 이 책상은 책꽂이보다 글을 쓸 수 있는 공간이 더 많지만 역시 잡동사니로 덮여 있다. 편지 무더기, 브로드웨이의 나이트클럽에서 파는 것과 같은 봉제 사자 인형, 육식동물의 이빨이 가득 들어 있는 작은 삼베 자루, 탄피, 구두주걱, 나란히 줄지어 세워놓은 나무로 만든 사자, 코뿔소, 두 마리의 얼룩말, 혹멧돼지 조각상들과 책들이다. 소설, 역사서, 시집, 희곡집, 에세이 등의 책이 책상 위에, 탁자 옆에, 책꽂이에 무질서하게 쌓여 있다. 책 제목만 언뜻 보아도 종류가 매우 다양하다는 것을 알 수 있다. 헤밍웨이가 '작업하는 공간'에 설 때, 그의 무릎이 닿는 책꽂이에는 버지니아 울프의 『보통의 독자』, 벤 에임스 윌리엄스의 『나뉜 집』, 『빨치산 독본』, 찰스 A. 비어드의 『국가』, 타를의 『나폴레옹의 러시아 침략』, 페기 우드의 『젊게 보이는 법』, 앨든 브룩스의 『셰익스피어와 염색공의 손』, 볼드윈의 『아프리카에서 사냥하기』, 엘리엇의 『시 전집』과 리틀 빅혼 전투에서 패배한 커스터 장군에 관련한 두 권의 책이 꽂혀 있다.

처음에 무질서하다는 느낌을 주는 이 방을 잘 살펴보면, 이 방의 주인이 기본적으로 깔끔한 성품을 갖고 있지만 물건, 특히 추억이 담긴 물건을 잘 버리지 못하는 사람이란 것을 알게 된다. 책꽂이 위에는 온갖 종류의 기념품이 놓여 있다. 나무 구슬로 만든 기린, 무쇠로 만든 조그마한 거북, 작은 모형 기관차, 두 대의 지프차와 베네치아의 곤돌라, 등에 태엽이 달린 장난감 곰, 심벌즈를 들고 있는 원숭이 인형, 소형 기타, 짚으로 둥글게 만든 식탁용 깔개 위에 삐딱하게 놓여 있는 주석으로 만든 미 해군 (바퀴 하나가 사라진) 복엽 비행기 모델. 이런 것들은 대개 어린 소년의 옷장 뒤편에 놓인 신발 상자에서나 볼 수 있는 잡동사니이다. 그가 수집한 기념품들은 나름대로의 가치를 갖고 있음에 틀림없다. 헤밍웨이의 침실에 보관되어 있는 버팔로 뿔 세 개의 가치는 그 크기에 있는 것이 아니라, 얻는 과정 중 수풀 속에서 고생을 많이 했지만 결국 모든 것이 다 잘 끝났다는 점에 있는 것처럼 말이다. "이것들을 쳐다볼 때마다 기분이 좋아집니다." 라고 그는 말한다.

헤밍웨이가 이런 종류의 미신을 인정하는 건지는 모르겠지만, 어떤 가치를 갖든지 간에 그것에 대해 말을 하면 그 가치가 사라져버릴지 모른다고 생각하고 이야기하고 싶어하지 않는다. 그는 글쓰기에 대해서도 똑같은 태도를 갖고 있다. 인터뷰를 하는 동안 그는 자신이 쓴 글을 과도할 정도로 꼼꼼하게 검토하니 함부로 고치면 안 된다고 여러 번 강조하였다. 그는 이렇게 말했다.

"매우 견고하게 쓰인 글에 대해서는 무슨 말을 하더라도 아무 상관 없지만, 연약하게 쓰인 글은 만일 그것에 대해 말해버리면 그 구조가 깨져서 아무것도 남지 않게 됩니다."

그 결과 놀라운 이야기꾼이며, 풍부한 유머를 가졌고, 자신이 관심을 가진 것에 대해 엄청난 양의 지식을 갖고 있는 작가인 헤밍웨이도 글쓰기에 대해 이야기하는 것을 어려워했다. 그가 글쓰기란 주제에 대해 생각이 없었기 때문이 아니다. 그 주제는 말로 표현되어서는 안 된다고 생각하거나, 그 주제에 관한 질문을 받으면 (그가 좋아하는 표현의 하나를 쓰자면) 거의 말을 분명하게 못할 지경에 이르도록 두렵기 때문이다. 그는 이 인터뷰의 많은 대답이 자신의 독서대에서 이루어지길 원했다. 종종 성마른 느낌을 주는 그의 대답은, 글쓰기는 끝날 때까지 어느 누구도 지켜볼 필요가 없는 개인적이고 외로운 작업이라는 생각과 맥락을 같이한다.

헤밍웨이의 예술에 바쳐진 이 헌신은, 그가 사납게 날뛰거나 태평하거나 세상을 떠돈다는 통속적인 생각과 다른 모습을 보여줄 수도 있을 것이다. 사실 헤밍웨이는 분명히 인생을 즐기지만, 자신이 하는 모든 일에 똑같이 전념한다. 이 사실은 그가 근본적으로 심각할 뿐만 아니라 분명하지 않은 것, 부정한 것, 거짓인 것, 불완전한 것에 대한 두려움을 가지고 있다는 것을 잘 보여준다.

그가 예술에 전념하고 있다는 것은 노란색 타일이 깔린 침실에서 가장 분명하게 드러난다. 아침 일찍 일어난 헤밍웨이는 매우 집중하며 자신의 독서대 앞에 선다. 그리고 꼼짝 않고 서서 일하면서 이쪽 발에서 저쪽 발로 무게중심을 바꾸기 위해서만 약간 움직일 뿐이다. 작업이 잘 진행될 때는 흥분한 아이처럼 땀을 뻘뻘 흘리기도 하고, 예술적인 기운이 잠시 사라지면 초조해하고 비참해하기도 한다. 스스로 부과한 규율의 노예가 되어 정오 무렵까지 계속 작업을 한다. 정오가 되면 옹이가 많은 지팡이를 들고 집을 나서서 수영장으로 향한다. 그리고 매일 800미터 정도 수영을 한다.

"I could take it," the man said. "Don't you think I could take it, Kid?"

"You bet."

"They all bust their hands on me," the little man said. "They couldn't hurt me."

He looked at Nick.

"Sit down," he said. "Want to eat?"

"Sure." ~~said~~ Nick said. "I'm hungry."

"Listen," the man said, "Call me Ad."

"Sure."

"Listen," the ~~man~~ little man said. "I'm not quite right."

"What's the matter?"

"I'm crazy."

He put on his cap. Nick felt like laughing.

"You're all right," he said.

"No I'm not. I'm crazy. Listen, you ever been crazy?"

"No," Nick said. "How does it get you?"

"I don't know," Ad said, "When you got it you don't know about it. You know me don't you?"

"No."

"I'm Ad Francis."

"Really?"

어니스트 헤밍웨이의 단편 「더 베터」의 원고 중 한 페이지.

어니스트 헤밍웨이
×
조지 플림턴

글을 쓰는 시간이 즐거우신가요?

어니스트 헤밍웨이 무척이오.

글쓰기 과정에 대해 말씀해주실 수 있으신가요? 언제 글을 쓰시나요? 엄격한
일정을 따르시나요?

헤밍웨이 책이나 이야기를 쓸 때, 저는 매일 아침 동이 트자마자 쓰
기 시작합니다. 아침에는 저를 방해할 사람이 없으며, 날이 시원하
거나 차갑긴 하지만 작업을 하게 되면 곧 더워집니다. 이미 썼던 것
을 다시 읽어보고, 다음에 무슨 일이 벌어질지 알게 될 때 글쓰기를
멈춥니다. 그리고 다음 날 아침 바로 그 부분에서 다시 글을 쓰기 시
작하지요. 여전히 쓸 것^{주스 juice}*이 있으며 다음에 무슨 일이 벌어질
지 알고 있는 그런 곳에 이를 때까지 글을 쓰다가 멈추고는, 다음 날
을 맞이하는 그 순간까지 살아 있으려고 애를 씁니다. 아침 여섯 시

에 글쓰기를 시작해서, 정오 무렵까지 아니면 정오 전에 글쓰기를 끝냅니다. 글쓰기를 끝내면 마치 텅 빈 것처럼 되지요. 동시에 그것은 텅 비는 것이라기보다는 가득 채우는 듯한 느낌을 줍니다. 마치 누군가와 사랑을 하고 난 뒤처럼 말입니다. 제일 힘든 것은 다음 날까지 시간을 보내면서 기다리는 것입니다.

타자기에서 멀어지면 쓰고 있던 것이 무엇이든지 간에 잊으실 수 있나요?

헤밍웨이 물론입니다. 그렇지만 그렇게 하려면 훈련이 필요하고, 이 훈련은 몸에 익힐 수 있습니다. 그래야만 합니다.

어제 쓴 부분을 다시 읽을 때 원고를 고치시나요? 아니면, 나중에 원고를 다 쓴 다음에 고치시나요?

헤밍웨이 저는 글쓰기를 멈춘 부분까지 매일 다시 고쳐 씁니다. 원고를 모두 마쳤을 때는 당연히 처음부터 다시 검토하지요. 그리고 누군가가 타자를 쳐서 깨끗하게 타자된 원고를 보게 될 때 다시 한번 고쳐 쓸 기회를 갖게 됩니다. 마지막으로 수정할 수 있는 기회는 교정 볼 때입니다. 이렇게 고쳐 쓸 수 있는 기회가 여러 번 있다는 게 참으로 다행이라고 생각합니다.

얼마나 많이 고쳐 쓰시나요?

헤밍웨이 그거야 매번 다르지요. 저는 『무기여 잘 있거라』의 마지막 쪽을 서른아홉 번이나 고치고 나서야 겨우 만족했습니다.

• 인터뷰에서 헤밍웨이는 이 단어를 '아이디어의 엑기스'와 같은 뜻으로 사용한다.

기술적인 문제라도 있었나요? 무엇 때문에 그런 곤란을 겪으셨나요?

헤밍웨이   적절한 말을 찾기가 힘들었어요.

원고를 다시 읽는 것이 '주스'를 얻는 방법인가요?

헤밍웨이   그때까지 쓴 원고를 다시 읽으면 그것이 그때까지 쓸 수 있었던 최선이라는 것을 알게 되고, 글쓰기가 계속 나아가야 할 곳에 이르게 됩니다. 그러고 나면 항상 어딘가에 '주스'가 있게 마련이지요.

영감을 전혀 얻지 못할 때도 있으신가요?

헤밍웨이   그럼요. 그렇지만 다음에 무슨 일이 벌어질지 알고 있을 때 글쓰기를 멈춘다면 계속 쓸 수 있지요. 글쓰기를 다시 시작할 수 있는 한 모든 것이 다 잘되고 있다는 뜻이지요. 주스는 또 나오기 마련입니다.

손턴 와일더는 작가의 하루 작업을 계속하게 하는 기억술에 대해 말한 적이 있습니다. 당신이 20자루의 연필을 깎는다고 그에게 말한 적이 있다고 하더군요.

헤밍웨이   저는 한 번에 20자루의 연필을 가져본 적이 없는데요. 에이치비 연필 7자루를 뭉툭하게 만들면 하루 일로 충분하다고 생각해요.

글쓰기를 하는 데 가장 좋은 장소가 있나요? 당신이 그곳에서 쓴 책의 숫자로 판단해보건대 암보스 문도스 호텔이 그런 곳이겠지요. 작업 환경이 글쓰기에 영향을 미치나요?

헤밍웨이 하바나에 있는 암보스 문도스 호텔은 작업하기 무척 좋은 곳입니다. 이 땅은 멋진 장소이지요. 아니면, 예전에 그랬지요. 그러나 저는 아무 곳에서나 작업을 잘합니다. 다양한 환경 아래서 똑같이 글쓰기를 잘할 수 있다는 뜻이지요. 그렇지만 전화나 방문객은 제 일을 망치곤 합니다.

글을 잘 쓰기 위해선 감정적으로 안정되어야 하나요? 당신이 사랑에 빠져 있을 때 글을 잘 쓸 수 있다고 제게 말씀하신 적이 있지요. 좀 더 상세하게 설명해주실 수 있나요?

헤밍웨이 대단히 훌륭한 질문이군요. 어쨌든 그 질문을 했다는 점에 높은 점수를 드려요. 방해하지 않고 혼자 있게 내버려둔다면 언제나 글을 쓸 수 있지요. 또는 사람들의 방해를 가차 없이 잘라낼 수 있다면 글을 쓸 수 있지요. 그렇지만 가장 좋은 글은 분명히 사랑에 빠져 있을 때 가능합니다. 만일 별 상관이 없다면 더 설명하지 않는 것이 낫겠습니다.

경제적인 안정감은 어떤가요? 좋은 글을 쓰는 데 경제적인 것이 방해될까요?

헤밍웨이 경제적으로 일찍 안정되고 글 쓰는 것을 사랑하는 것만큼 인생을 사랑한다면, 여러 유혹에 저항할 만큼 매우 성격이 강해져야 할 겁니다. 글쓰기가 주요한 나쁜 버릇이면서 가장 큰 즐거움을 준다면 죽음만이 글쓰기를 멈추게 할 수 있겠지요. 그때 재정적인 안정감은 걱정을 없애주기 때문에 큰 도움이 됩니다. 근심은 글 쓰는 능력을 망가뜨립니다. 좋지 않은 건강은 잠재의식을 공격하고 예비 재원을 망가뜨리는 걱정거리를 준다는 점에서 나쁘지요.

작가가 되기로 결심했을 때를 기억하시나요?

헤밍웨이 아니요. 저는 늘 작가가 되고 싶었습니다.

필립 영은 당신에 대해 쓴 책에서, 1918년 박격포로 입은 심한 상처로 인해 트라우마를 가져올 정도로 큰 충격을 받았고 이것이 작가로서의 당신에게 큰 영향을 미쳤다고 주장했습니다. 당신은 마드리드에서 영이 쓴 책의 주제에 대해 간단히 말하면서 그의 주장을 전혀 이해할 수 없다고 하셨지요. 그리고 예술가라는 소질은 얻어지는 특질이 아니라 멘델의 주장처럼 물려받는 것이라고 생각한다고 말씀하신 것을 기억합니다.

헤밍웨이 분명히 그해 마드리드에서 제가 제정신이었다고 말하기 어렵겠네요. 그나마 다행인 것은 제가 영의 책과 그의 문학에서의 트라우마 이론에 대해 아주 짧은 언급만 했다는 것입니다. 아마도 그해에 일어난 두 번의 뇌진탕과 두개골 파열이 무책임한 주장을 하게 만들었나 봅니다. 상상력은 유전적으로 물려받은 인종적 경험의 결과일 수 있다고 믿는다고 당신에게 말한 걸로 기억하는데요. 그 멋진 뇌진탕이 일어난 후 나눈 대화에서는 그 주장이 그럴듯하게 들리지만, 제정신이 아닌 상태에서 나눈 이야기에 불과하다고 여겨주세요. 그러니 다음번 또 다른 트라우마에서 해방될 때까지 그 이야기는 더 이상 나누지 말도록 합시다. 동의하시지요? 어쨌든 제가 이야기했을 수도 있는 어떤 관련자들의 이름도 생략해주신다면 감사하겠습니다. 대화의 즐거움은 자유롭게 탐구하는 것이지만, 이야기 대부분과 무책임한 내용 전부를 글로 남겨서는 안 됩니다. 일단 썼다면 끝까지 책임을 져야하고요. 당신이 어떤 것을 믿는지 그렇지 않은지를 떠보기 위해서 어떤 이야기를 했는지도 모르지요. 당신의 질문에 대답하자면, 상처의 영향은 상당히 다양합니다. 뼈를 부러뜨리지 않은 단순한 상처는 대수롭지 않습니다. 때때로 이런 일은 자신감을 주기도 하지요. 뼈와 신경을 광범위하게 손상시킨 상처는 누구에게나 그러하듯이 작가에게도 좋지 않습니다.

작가가 되고 싶어하는 사람들에게 가장 좋은 지적 훈련 방법은 무엇일까요?

헤밍웨이 이렇게 이야기하면 어떨까요? 글을 쓰겠다는 사람이 글쓰기가 불가능할 정도로 어렵다는 것을 알게 되면 집을 나가서 목을 매야 합니다. 그리고 가차 없이 목매는 밧줄에서 끌어내려져야 하고, 죽을 각오로 남은 삶 동안 최선을 다해 쓰도록 스스로 강요해야 합니다. 그러면 그는 최소한 목매는 이야기로 시작할 수 있겠지요.

대학 교수가 된 작가들은 어떨까요? 가르치는 직업을 가진 수많은 작가들이 자신들의 문학적 경력과 타협했다고 생각하시나요?

헤밍웨이 그거야 당신이 무엇을 타협compromise이라고 부르는지에 달려 있지요. 여자가 타협을 했다는 것은 성적으로 타락했다는 것을 뜻하지요? 아니면, 정치가의 타협을 뜻하시나요? 또는, 조금 더 지불하는 대신 나중에 지불하겠다는 식료품상이나 양품점 주인과의 타협을 뜻하시나요? 글을 쓰고 가르치는 것, 둘 다 할 수 있는 작가는 이 둘을 할 수 있어야 합니다. 많은 능력 있는 작가들이 그렇게 할 수 있다는 것을 증명했습니다. 그렇지만 저로서는 그렇게 할 수 없다는 것을 알고 있지요. 그리고 그렇게 할 수 있는 분들을 존경합니다. 그럼에도 대학 교수로서의 삶은 외적 경험에 종지부를 찍음으로써 세상에 대한 지식의 확장을 제한할 수도 있다고 생각해요. 그러나 지식은 작가로서 더 큰 책무를 요구하고 글쓰기를 더 어렵게 만듭니다. 영원한 가치에 관해 글을 쓰고자 한다면, 작가는 전업 작가가 되어야 합니다. 그가 실제로 글을 쓰는 게 하루에 몇 시간밖에 안 된다 하더라도 말입니다. 작가는 우물에 비유될 수 있어요. 작가들의 수만큼 많은 종류의 우물이 있습니다. 중요한 것은 우물에 좋은 물이 있어야 한다는 것입니다. 그리고 우물을 마를 만큼 퍼내고 다시 차기를 기다리는 것보다는 일정한 양만 푸는 것이 더 낫습니다. 당신이 제기한 질문에서 빗나간 이야기가 되어버렸군요. 어쨌든 그런 질문은 별로 흥미롭지 못합니다.

젊은 작가에게 신문사에서 일할 것을 권하시겠습니까? 당신이 『캔자스시티 스타』에서 받은 훈련이 많은 도움이 되었습니까?

헤밍웨이　　『캔자스시티 스타』는 반드시 단순하고 선언적인 문장을 쓰는 것을 배우도록 했습니다. 이것은 작가가 되려는 사람이라면 그 누구에게나 유용합니다. 신문 기사를 쓰는 것은 젊은 작가에게 해를 끼치지 않을 것이며 적당한 때에 신문사에서 벗어난다면 도움이 될 수 있을 것입니다. 이거 너무나 진부하고 상투적인 표현이네요. 사과합니다. 그러나 만일 당신이 누군가에게 낡고 진부한 질문을 한다면, 당신은 낡고 진부한 대답을 듣기 십상일 것입니다.

신문 잡지에 기사를 쓰는 유일한 이유는 보수가 높기 때문이라고 『트랜스애틀랜틱 리뷰』지에 쓰신 적이 있지요. 이렇게 말씀하셨지요. "당신이 가진 가치 있는 것에 대해 글을 써서 그것을 파괴해야 한다면, 그에 대한 대가로 큰돈을 얻기를 원한다." 당신은 글쓰기를 일종의 자기파괴라고 생각하시나요?

헤밍웨이　그런 글을 썼는지 전혀 기억이 나지 않습니다. 긴장을 피하고 분별 있는 진술을 하려고 제가 그런 말을 했다니 정말로 멍청하고 억지스럽네요. 저널리즘이 어느 일정한 지점을 넘어서면 진지하고 창의적인 작가에게 매일매일 자기파괴가 될 수 있습니다만, 저는 절대로 글쓰기를 일종의 자기파괴라고 생각하지 않습니다.

다른 작가들이 주는 지적 자극이 어떤 작가에게든 중요하다고 생각하시나요?
헤밍웨이　그럼요.

1920년대 파리에서 다른 작가와 예술가들과 '동료'라는 느낌을 가진 적이 있으신가요?
헤밍웨이　아니요. 동료 의식은 가진 적이 없습니다. 우리는 서로를 존경했습니다. 저는 제 나이 또래의 화가 몇몇과 나이가 더 많은 그리스, 피카소, 브라크, 그때까지 살아 있었던 모네와 같은 화가, 조이스, 에즈라, 솜씨 좋은 스타인과 같은 몇 명의 작가들을 존경했어요.

글을 쓸 때 당신이 읽었던 글로부터 영향을 받았다고 생각하시나요?
헤밍웨이　조이스가 『율리시스』를 쓴 이후로는 전혀 아닙니다. 그의 글도 직접적으로 영향을 주지는 않았어요. 그러나 당시에 우리가 알고 있던 말들을 사용하는 것이 금지되어 있어서 그 단 하나의 단어를 위해 싸워야 했을 때 그의 작품은 엄청난 변화를 가져왔으며, 그런 구속에서 벗어날 수 있게 해줄 만큼 큰 영향을 끼쳤습니다.

다른 작가로부터 글쓰기에 대해 무엇인가를 배울 수 있으셨나요? 예를 들면,

조이스는 글 쓰는 것에 대해 이야기하는 것을 견딜 수 없어 했다고 어제 당신이 말씀하셨지요.

헤밍웨이　같은 직업을 가진 사람들과 사귀다 보면 일상적으로 다른 작가의 작품에 대해 이야기하게 됩니다. 작가들이 자신이 쓴 것에 대하여 덜 이야기하면 할수록 작가들에겐 더 좋지요. 조이스는 매우 위대한 작가였고, 자신이 무엇을 하는지에 대해서는 얼간이에게만 설명하려 들었어요. 그가 존경했던 다른 작가들은 그의 글을 읽음으로써 그가 뭘 하는지 알 수 있을 거라고 기대했던 것이지요.

최근에 다른 작가들을 만나지 않으시는 것 같은데 이유가 뭔가요?

헤밍웨이　설명하기에 좀 복잡하네요. 글을 쓰면 쓸수록 점점 더 혼자가 되더라고요. 제일 좋아하던 옛 친구들이 죽기도 했고요. 어떤 친구들은 멀리 떠나갔지요. 이들과는 매우 드물게 만나지만, 예전에 카페에서 함께했던 것처럼 편지를 쓰고 똑같이 연락을 한답니다. 만화 같거나 가끔은 아주 유쾌하게 음란하고 무책임한 내용의 편지 왕래를 하기도 하고요. 이런 편지 왕래는 서로 만나서 이야기하는 것만큼 좋답니다. 그러나 일을 해야 하고 일할 시간은 점점 더 짧아지니, 그 시간을 낭비하는 게 마치 용서받을 수 없는 죄를 짓는 것처럼 느껴져요. 그래서 점점 더 혼자가 됩니다.

동시대 작가가 당신의 작품에 미친 영향은 어떠한가요? 거투르드 스타인이 기여한 바가 있나요? 에즈라 파운드는요? 또는 맥스 퍼킨스는요?

헤밍웨이　미안하지만 저는 이런 부검에 능숙하지 않습니다. 이런 문제를 다루도록 준비가 잘 되어 있는 문학적이며 비문학적인 검시관이 있긴 하지요. 스타인은 제 작품에 미친 자신의 영향에 대해 꽤 길고 상당히 부정확한 글을 썼습니다. 그녀는 『태양은 다시 떠오른다』에서 대화를 쓰는 법을 배웠습니다. 그리고 우리 사이의 영향 관계에 대해 그런 글을 쓴 것은 아마도 그녀에게는 필요한 일이었을 겁니다. 저는 스타인을 좋아했고 그녀가 대화를 쓰는 법을 배운 건 멋진 일이라고 생각했습니다. 산 사람이든 죽은 사람이든 누군가로부터 배운다는 것은 제게는 결코 새로운 일이 아니었어요. 그래서 그것이 스타인에게 그렇게 심하게 영향을 미칠 것이라곤 생각지 못했습니다. 그녀는 이미 다른 방식으로 글을 잘 썼기 때문이지요. 에즈라는 그가 실제로 알고 있는 주제에 대해서는 매우 지적이었습니다. 이런 이야기는 지루하지 않나요? 이러한 문학적인 잡담은 35년 전에 일어났던 사적인 이야기를 밝히는 것인데, 제게는 무척이나 정나미가 떨어집니다. 만일 누군가가 진실만을 말하려고 했다면야 그것은 다른 문제이겠지요. 그것은 어떤 가치가 있을 것입니다. 여기서는 제가 스타인에게서 배운 말과 말 사이의 추상적인 관계에 대해 그녀에게 감사하면서, 그녀를 얼마나 좋아하는지 말하고, 훌륭한 시인이며 좋은 친구인 에즈라에 대한 제 충실한 마음을 다시 확인하는 게 더 단순하고 낫겠지요. 또 맥스 퍼킨스가 죽었다는 사실을 받아들일 수 없을 정도로 그를 좋아했다고 말하는 편이요. 그 당시에 출판할 수 없었던 단어들을 빼라고 한 것 말고는, 퍼킨스는 제가 쓴 것을 그 어떤 것도 바꾸라고 요구한 적이 없습니다. 단어를 빼면 그 자리가 비게 되는데, 누구라도 그 빈자리를 보면 어떤 단어가 빠졌는지 알았을 것입니다. 제게 그는 단순히 편집자가 아닙니다. 그는 현명한 친구였으며 멋진 동료였습니다. 저는 그가 모자를 쓰는 방식과 입술을 묘하게 움직이는 것을 좋아했습니다.

당신은 어떤 작가에게서 가장 많이 배웠나요?

헤밍웨이 마크 트웨인, 플로베르, 스탕달, 바흐, 투르게네프, 톨스토이, 도스토예프스키, 체호프, 앤드루 마블, 존 던, 모파상, 키플링, 소로, 매리어트 함장, 셰익스피어, 모차르트, 케베도, 단테, 베르길리우스, 틴토레토, 히에로니무스 보스, 브뤼겔, 파티니르^Patinir, 고야, 조토, 세잔, 반 고흐, 고갱, 산 후안 드 라 크루스, 공고라. 모두 나열하려면 하루쯤 걸리겠는걸요. 그러다 보면 제 삶과 작품에 영향을 미친 사람들을 기억하는 대신에 제가 갖고 있지도 않은 박학다식함을 주장하는 것처럼 들리겠지요. 이것은 낡고 어리석은 질문이 아닙니다. 이것은 꼼꼼히 검토해볼 만한 매우 훌륭하고 중대한 질문입니다. 저는 작가로부터 글쓰기를 배운 만큼 화가로부터도 배웠기 때문에 화가들도 포함시켰습니다. 화가들로부터 어떻게 배웠는지 묻고 싶으신가요? 그것을 설명하는 데 또 하루가 걸릴 것 같네요. 누군가 작곡가로부터 그리고 화음과 대위법에 관한 공부로부터 무엇을 배웠을까는 명백할 거라고 생각되지만 말입니다.

악기도 연주하시나요?

헤밍웨이 한때 첼로를 연주했습니다. 어머니는 제가 음악과 대위법을 공부하도록 학교를 1년 쉬게 하셨지요. 제가 재능이 있다고 생각하셨지만, 분명히 재능이 없었어요. 우리들은 실내악을 연주했습니다. 누군가가 와서 바이올린을 연주하고, 제 누이는 비올라를 연주하고, 어머니는 피아노를 연주하셨지요. 제 첼로 연주는 그 누구보다도 못했습니다. 물론 그해에 저는 다른 일들도 했지만요.

당신이 나열한 작가들 중에서 반복해서 읽는 작가가 있으신지요? 예를 들면, 트웨인은 어떻습니까?

헤밍웨이 트웨인은 한 2~3년 기다려야 할 것 같고요. 당신은 기억을 너무도 잘하시는군요. 매년 셰익스피어의 작품 몇 편을 읽습니다. 『리어 왕』은 꼭 읽습니다. 당신이 『리어 왕』을 읽는다면 기운이 날 겁니다.

책을 반복해서 읽는다는 것은 항구적인 일거리이며 즐거움이지요.

헤밍웨이 저는 항상 책을 읽습니다. 가능한 한 많이요. 늘 읽을 수 있도록 항상 책을 준비합니다.

원고도 읽으시나요?

헤밍웨이 작가를 개인적으로 알지 못할 경우에는 원고를 읽는 것이 문제가 될 수 있습니다. 몇 년 전에 어떤 사람이 자기가 쓴 출판되지 않은 영화 시나리오를 표절해서 『누구를 위하여 종은 울리나』를 썼다고 저를 고소한 적이 있습니다. 그는 할리우드에서 열린 파티에서 이 시나리오를 낭독했다고 했지요. 그는 저 아니면 '어니'라고 불린 사람이 그 파티에 참석해서 자기가 시나리오를 읽는 것을 들었다면서 100만 달러짜리 소송을 걸었지요. 동시에 그는 〈북서 기마 순찰대〉와 〈시스코 키드〉도 아직 출판되지 않은 그 시나리오에서 표절했다고 이 영화사 제작자들도 고소했어요. 우리는 법정에 나가야 했고 물론 승소했습니다. 그 사람은 파산한 것으로 밝혀졌습니다.

당신에게 영향을 미친 작가 리스트로 돌아가지요. 예를 들면, 히에로니무스 보스 같은 화가에 대해 이야기하는 것은 어떻습니까? 그의 작품에 나타난 악몽 같은 상징적 요소는 당신의 작품과는 동떨어진 것처럼 보이는데요.

헤밍웨이 　저도 악몽을 꿀 뿐만 아니라 다른 사람들이 꾸는 악몽에 대해서도 알고 있습니다. 그러나 그것을 글로 쓸 필요는 없지요. 우리는 우리가 알고 있는 것이라면 그것이 무엇이든 글에서 생략할 수 있습니다. 그래도 그 특징이 나타날 것입니다. 그렇지만 작가가 알지 못하는 무엇인가를 생략한다면 그것은 작가의 작품에 구멍 같은 것으로 나타나게 됩니다.

당신의 리스트에 있는 작가의 작품에 대한 자세한 지식이 좀 전에 당신이 말한 '우물'을 채우는 데 도움을 준다는 뜻인가요? 또는 글쓰기 기술을 발전시키는 데 의식적으로 도움이 된다는 뜻인가요?

헤밍웨이 　그들은 제가 보고, 듣고, 생각하고, 느끼거나 느끼지 않거나, 글을 쓰는 것을 배우는 과정의 일부분이었습니다. 그 우물은 '주스'가 있는 곳이고요. 그것이 무엇으로 이루어졌는지 아는 사람은 아무도 없습니다. 특히 자신도 모르지요. 그렇지만 우리가 그것을 지금 갖고 있는지 아니면 '주스'가 다시 채워질 때까지 기다려야만 하는지는 알 수 있습니다.

당신의 소설에 상징주의가 있다고 생각하시나요?

헤밍웨이 　비평가들이 계속해서 상징들을 찾으니 있다고 생각합니다. 상관없으시다면 그만하지요. 저는 상징에 대해 이야기하는 것이나 그것에 대한 질문을 받는 것을 싫어합니다. 상징에 대해 설명해달라는 요구를 받지 않아도, 책이나 이야기를 쓰는 것은 너무도 어렵습니다. 그리고 만일 제가 직접 설명한다면 그것은 작품을 설명하는 사람에게서 일을 빼앗는 셈이지요. 만일 대여섯 명의 훌륭한 작품 해설가가 계속 그런 일을 하고 있다면, 왜 그들을 간섭하겠습니까? 제가 쓴 글을 읽는 즐거움을 위해 제가 쓴 글을 읽어주시길 바랍니다. 즐거움 외의 무엇을 발견하시든 그것은 당신이 책을 읽을 때 이미 알고 있었던 지식에서 나오는 것일 겁니다.

이 맥락에서 질문을 하나 더 하고 싶은데요. 저희 잡지의 고문 편집자 중 한 분이 『태양은 다시 떠오른다』에서 투우장의 등장인물들과 소설의 주인공들 사이에서 어떤 평행 관계를 찾았다고 생각하고 있습니다. 그리고 정말 그런 것이 있는지 궁금해하더라고요. 그가 지적하기로는 이 책의 첫 문장이 우리에게 알려주는 것은 로버트 콘이 권투선수라는 것이었는데, 나중에 소를 거리로 풀어놓은 장면에서 황소가 자기 뿔을 권투선수처럼 휘두르고 찌르면서 사용한다고 묘사되어 있다고 하네요. 그리고 황소가 거세된 수송아지에게 마음이 끌려 흥분을 가라앉히게 되는 것처럼, 로버트 콘은 거세된 수송아지처럼 거세된 제이크를 존경하지요. 그는 콘을 연거푸 귀찮게 하는 마이크를 기마 투우사로 보고 있지요. 그 편집자의 주장은 이런 식으로 계속되는데요. 그는 당신이 이 소설을 투우라는 제의의 비극적 구조로 특징짓고자 의도했는지 궁금해합니다.

헤밍웨이 고문 편집자께서 약간 별난 분이신 것처럼 들리네요. 제이크가 '수송아지처럼 거세되었다.'라고 누가 말했나요? 실제로 그는 매우 다른 방식으로 부상당했어요. 그의 고환은 절대로 다치거나 상처 입지 않았습니다. 따라서 그는 보통 남자로서 감정을 모두 느낄 수 있지만 단지 그것을 끝까지 밀고 나갈 수 없을 뿐이지요. 그의 부상은 육체적인 것이지 심리적인 것이 아니었고, 그는 거세되지 않았다는 것이 중요한 차이점입니다.

글쓰기 기법에 대해 질문하려니 정말로 곤혹스럽네요.

헤밍웨이 분별 있는 질문은 기쁨을 주지도 곤혹스럽게 하지도 않지요. 그렇지만 작가 자신이 어떻게 글을 쓰는지에 대해 이야기하는 것은 매우 부적당하다고 생각합니다. 작가가 글을 쓰는 것은 눈으로 읽히길 바라는 것이지, 어떤 설명이나 논문이 필요한 게 아닙니다. 독자들이 처음 책을 읽을 때 그들이 읽어낸 것보다 더 많은 것이 책에 있으리라고 생각한다고 해서 그것에 대해 설명하거나, 작품에서 보다 어려운 부분을 어떻게 읽어야 하는지 안내하는 것은 작가의 일이 아닙니다.

이것과 관련하여, 작가가 지금 쓰고 있는 작품에 대해 이야기하는 것은 위험하며 소위 '다 털어놓고 이야기하는 것'에 대해 늘 경고하신 것을 기억합니다. 왜 그렇다고 생각하시나요? 이 질문을 하는 이유는 트웨인, 와일드, 서버, 슈테펜스와 같은 경우의 많은 작가들이 자신의 작품을 사람들에게 시험 삼아 들려줌으로써 자신의 작품을 다듬는다고 했기 때문입니다.

헤밍웨이 트웨인이 『허클베리 핀』을 사람들에게 들려주어 시험했다는 것을 믿을 수가 없습니다. 만일 그랬다면 아마도 사람들은 멋진 부분을 잘라내고 나쁜 부분을 집어넣게 했을 것입니다. 와일드의 경우엔 그를 아는 사람들이 그에 대해 작가라기보다는 말을 잘하는 달변가라고 했지요. 슈테펜스도 작품을 쓰는 것보다 이야기를 더 잘했고요. 그의 글쓰기와 이야기 모두가 종종 믿기 어렵고, 그가 나이가 들어감에 따라 많은 이야기들도 바뀌었다고 들었습니다. 만일 서버가 글 쓰는 것만큼 말을 잘했다면 그는 가장 위대하고 가장 지루하지 않은 달변가 중의 하나가 되었을 게 틀림없어요. 자신의 직업에 대해 이야기를 가장 잘하고, 가장 즐겁고, 가장 사악한 혀를 가진 사람을 한 명 알고 있는데, 바로 투우사인 후안 벨몬테입니다.

스스로 고안해낸 것들이 얼마나 많이 당신의 독특한 스타일로 발전했다고 생각하시나요?

헤밍웨이   그것은 대답하기에 오래 걸리는 지루한 질문입니다. 그리고 이것을 대답하느라고 하루이틀을 꼬박 보내고 난다면 너무도 자의식이 강해져서 더 이상 글을 쓸 수 없을 것입니다. 아마추어들이 스타일이라고 부르는 것은 대개 지금까지 존재하지 않았던 것을 처음 만들어내려고 시도할 때 겪는 피할 수 없는 어색함이라고 말하고 싶네요. 새로운 클래식은 기존의 클래식을 닮은 것이 거의 없지요. 처음에 사람들은 서투름만을 볼 뿐입니다. 그러고 나면 그 서투른 점이 눈에 잘 띄지 않게 되지요. 이것들이 너무도 서툴러 보일 때 사람들은 이 서투름을 스타일이라고 생각해서 흉내 냅니다. 그렇게 된다면 그것은 후회할 만한 일이지요.

다양한 소설 작품을 쓰는 환경 자체가 시사하는 바가 많을 수 있다고 편지에 쓰셨지요. 이것을 「살인자들」—하루 만에 이 작품과 「열 명의 인디언」과 「오늘은 금요일」을 썼다고 하셨는데—에 적용할 수 있을까요? 그리고 당신의 첫 소설인 『태양은 다시 떠오른다』에 적용할 수 있을까요?

헤밍웨이   글쎄요. 『태양은 다시 떠오른다』는 발렌시아에서 제 생일인 7월 21일에 쓰기 시작했습니다. 아내인 해들리와 저는 7월 24일에 시작하는 축제 입장권을 구하기 위해 일찌감치 발렌시아로 갔어요. 제 또래 사람들은 누구나 이미 소설책을 한 권씩 썼는데, 저는 여전히 한 문단도 쓰기 어려웠지요. 그래서 그 책을 제 생일에 시작했고, 축제 기간 내내 아침에는 침대에서 썼고 나중에 마드리드에 가서도 썼어요. 그곳에선 축제가 없어서 탁자가 있는 방을 빌려 탁자에서 호화롭게 썼고, 호텔에서 나와 모퉁이를 돌자마자 있는 파사헤 알바레스에 있는 시원한 맥주 집에서도 글을 썼지요. 나중에 너무 더워서 글을 쓸 수 없을 지경이 되자, 우리는 앙다예로 갔습니다. 그곳에 펼쳐진 넓고 긴 멋진 백사장 가에 있는 작고 싼 호텔에서 작업을 많이 했고, 다시 파리로 가서 노트르담 데 샹 가 113번지에 있는 물방앗간 건너편 아파트에서 제가 그 책을 쓰기 시작한 지 6주 만에 초고를 끝냈습니다. 악센트가 상당히 강했던 소설가인 나탄 아쉬에게 제 초고를 보여주었습니다. 그는 "헴, 소설을 썼다니 무슨 소리야? 소설이라니. 헴, 여행 책자를 쓰고 다닌 것 아냐?" 저는 나탄이 하는 말에 실망하지 않고 여행(부분적으로 낚시 여행이며 에스파냐의 팜플로나로의 여행)을 계속하면서, 오스트리아 포어아를베르크 슈룬스에서 있는 타우베 호텔에서 책을 다시 고쳐 썼습니다.

말씀하신 그 단편들은 산 이시드로 투우가 열리고 눈이 내리던 5월 16일에 마드리드에서 하루 만에 썼습니다. 처음에 제가 쓴 것은 「살인자들」로, 예전에 써보려고 했으나 실패했던 것이었지요. 그리고 점심을 먹고 난 뒤 침대에 누워서 몸을 따뜻하게 하면서 「오늘은 금요일」을 썼습니다. 저는 너무도 많은 '주스'를 갖고 있어서 어쩌면 제가 미친 것 아닌가라고 생각했고, 6편 정도 더 쓸 거리가 있었습니다. 그래서 옷을 입고 오래된 투우사들의 카페인 포르노스까지 걸어가서 커피를 마시고 다시 돌아와서 「열 명의 인디언」을 썼습니다. 그러곤 매우 슬퍼져서 브랜디를 마시고 잠을 잤어요. 먹는 것도 잊고 있었는데, 웨이터가 바칼라오와 스테이크 한 조각과 튀긴 감자와 발데페냐스 한 병을 가져왔습니다. 펜션을 운영하던 여주인이 제가 잘 먹지 않는다고 걱정해서 웨이터를 보낸 것이었지요. 제 기억으로는 침대에 앉아서 먹고 발데페냐스를 마셨습니다. 웨이터는 한 병 더 가져오겠다고 했지요. 그가 말하길, 제가 밤새 글을 쓸 예정인지 여주인이 궁금해한다고 했어요. 저는 아니라고 대답했고, 쉬어야겠다고 생각했지요. 웨이터가 한 편 더 써보는 것이 어떻겠냐고 물었어요. 저는 한 편만 쓸 작정이었다고 대답했습니다. 웨이터는 말도 안 된다고 말했어요. 당신은 여섯 편은 쓸 수 있습니다. 저는 내일 해보겠다고 말했습니다. 그랬더니 웨이터가 오늘 해보라고 말하더군요. 나이 든 여주인이 무엇 때문에 음식을 보냈겠어요? 하고 말하더군요.

저는 지쳤다고 말했습니다. 말도 안 된다고 그가 대답했지요.(정확히 말도 안 된다고 한 것 같지는 않군요.) 겨우 세 편밖에 안 되는 보잘것없는 짧은 이야기를 쓰고 지쳤다고요? 한 편만 에스파냐어로 번역해서 이야기해달라면서요.

혼자 있게 해달라고 제가 말했지요. 날 혼자 있게 해주지 않는다면 어떻게 글을 쓸 수 있겠냐고 했어요. 그러곤 침대에 앉아서 발데페냐스를 마시면서, 첫 이야기가 내가 바란 것만큼 좋다니 난 얼마나 대단한 작가란 말인가 하고 생각했습니다.

단편을 처음 착상할 때 얼마나 완벽하게 모양이 잡혀 있나요? 단편을 쓰는 동안 주제, 플롯 또는 등장인물들이 변화하는지요?

헤밍웨이   이야기가 어떻게 전개될지 미리 알 수 있는 때도 있고, 이야기를 쓰면서 만들어 나가야 하는 때도 있고, 어떤 이야기가 될지 전혀 모를 때도 있습니다. 이야기가 전개됨에 따라 모든 것이 변하기도 하잖아요. 그것이야말로 이야기를 끌고 가는 것이고, 바로 그것이 이야기를 만드는 것이지요. 물론 그 움직임이 종종 너무도 느려서 아무 진척이 없는 것처럼 보이기도 하지요. 그렇지만 항상 변화와 움직임은 있기 마련이지요.

장편소설에서도 똑같은가요, 아니면 작품을 쓰시기 전에 미리 전체 계획을 세우고 그것을 엄격하게 고수하시나요?

헤밍웨이   『누구를 위하여 종은 울리나』는 매일매일 문제였습니다. 원칙적으로 무슨 일이 벌어지는지 잘 알고 있었지만, 매일 글을 쓰면서 사건을 만들어내야 했어요.

『아프리카의 푸른 언덕』, 『가진 자와 못 가진 자』, 『강을 건너 숲으로』는 모두 단편에서 시작하여 장편소설이 되지 않았나요? 만일 그러셨다면, 두 형식이 닮았고 작가는 접근법을 완전히 바꾸지 않고도 단편에서 장편으로 또는 장편에서 단편으로 옮겨 갈 수 있다는 뜻인가요?

헤밍웨이   아니요, 그렇지 않습니다. 『아프리카의 푸른 언덕』은 장편소설이 아니고요. 만일 어떤 한 나라의 모습과 한 달 동안 일어나는 여러 가지 일의 패턴이 진실하게 제시될 수만 있다면, 상상력으로 쓰인 작품과 경쟁할 수 있는지를 알아보기 위한 것이었습니다. 절대적으로 진실인 책an absolutely true book을 써보려는 시도였지요. 이 작품을 쓴 뒤에 저는 「킬리만자로의 눈」과 「프랜시스 매코머의 짧지만 행복한 생애」라는 두 단편을 썼습니다. 이 두 편은 진실한 설명을 하려고 애쓴 『아프리카의 푸른 언덕』의 한 달 동안의 사냥 여행에서 얻은 제 지식과 경험으로부터 만들어낸 이야기입니다. 『가진 자와 못 가진 자』와 『강을 건너 숲으로』는 단편소설로 시작되었습니다.

한 편의 글쓰기 작업에서 다른 글쓰기 작업으로 옮기는 것은 쉬운가요? 아니면, 이미 시작한 것을 끝낼 때까지 계속하시나요?

헤밍웨이 이 인터뷰를 하느라고 제가 쓰는 글이 방해받고 있다는 사실은, 제가 너무도 멍청해서 심하게 벌을 받아야 할 거라는 걸 보여줍니다. 정말 벌을 받게 될 거예요. 그래도 걱정은 마세요.

다른 작가와 경쟁한다고 생각하시나요?

헤밍웨이 결코 그렇지 않습니다. 훌륭한 가치를 가졌다고 확신하는 이미 죽은 작가들보다 더 잘 쓰려고 애쓰곤 했지요. 제가 할 수 있는 최고의 작품을 쓰려고 오랫동안 애써왔을 뿐입니다. 종종 저는 운이 좋았고 제 능력보다 더 좋은 작품을 쓰기도 했습니다.

나이가 들어감에 따라 작가의 힘이 줄어든다고 생각하시나요? 『아프리카의 푸른 언덕』에서 미국 작가들이 일정한 나이가 되면 '노부인 허바드'가 된다고 언급한 적이 있으시지요.*

---

* 〈Old Mother Hubbard〉는 19세기에 유행한 전승 동요로 가사에 같은 이름을 가진 노부인이 등장한다.(역자 주)

헤밍웨이 　그것은 잘 모르겠습니다. 자신의 일을 잘 알고 있는 사람들은 누구나 머리가 지탱해주는 한 지탱할 수 있습니다. 만일 당신이 찾아보신다면 언급하신 책에서 유머 감각이라곤 전혀 없는 오스트리아 출신의 인물에게 제가 미국 문학에 대해서 떠들어대는 것을 보실 수 있을 겁니다. 그는 제가 다른 것을 하려고 할 때 억지로 말을 시키지요. 저는 그 대화를 상세하게 기록하였습니다. 꼭 영원히 없어지지 않을 진술을 정확히 남기려고 한 건 아니지만요. 그 진술의 상당 부분을 남기는 것만으로도 충분했답니다.

우린 아직 등장인물에 대해서 이야기를 나누지 못했습니다. 당신 작품의 등장인물들은 예외 없이 현실 세계에서 취하셨나요?

헤밍웨이 　그렇지 않습니다만, 몇 명은 현실 세계로부터 왔습니다. 대개는 사람들에 대한 지식과 이해와 경험으로부터 창조되었어요.

현실 세계에 살아 있는 사람을 허구의 인물로 만드는 과정에 대해 말씀해주시겠습니까?

헤밍웨이 　만일 그런 일이 어떻게 일어나는지 제가 설명한다면, 이 설명은 명예훼손을 담당하는 변호사들의 안내서가 될 것입니다.

E. M. 포스터가 그랬던 것처럼 등장인물을 변화가 없는 '평평한' 인물과 변화하는 '둥근' 인물로 구분하시나요?

헤밍웨이 　누군가를 묘사할 때 그가 사진처럼 평평하다면 제 관점으론 실패입니다. 알고 있는 사실로부터 등장인물을 만들어내야 한다면 모든 면이 있어야 합니다.

등장인물 중 특별히 좋아하는 인물이 있나요?

헤밍웨이 아마도 상당히 긴 리스트가 될 것입니다.

그렇다면 다시 고쳐 쓰고 싶다는 느낌 없이 당신이 쓴 책을 즐겨 읽으시나요?

헤밍웨이 때때로 글 쓰는 것이 너무도 힘들 때 자신을 응원하기 위해 쓴 책을 읽습니다. 그러면서 글쓰기가 항상 힘들었으며, 종종 거의 불가능했었다는 것을 기억해내곤 합니다.

등장인물의 이름은 어떻게 붙이시나요?

헤밍웨이 제가 할 수 있는 최선을 다합니다.

이야기의 제목은 작품을 쓰시는 중간에 떠오르나요?

헤밍웨이 아니요. 이야기나 책을 끝낸 후에 여러 제목을 써보는데 많을 때는 100여 가지나 쓰죠. 그러곤 하나씩 지워 나갑니다. 어떨 때는 모두 지우기도 하고요.

예컨대 작품 속의 문구를 제목으로 이용한 「흰 코끼리 같은 언덕」처럼 단편의 제목도 끝낸 후에 지으시나요?

헤밍웨이 물론입니다. 제목은 나중에 정합니다. 점심 전에 굴을 먹으러 가곤 했던 프루니에서 어떤 소녀를 본 적이 있습니다. 그녀는 낙태를 한 적이 있었지요. 다가가서 그녀와 이야기를 나누었습니다. 물론 낙태에 대해서는 아니고요. 그리고 집으로 돌아오는 길에 이야기 하나를 생각해냈어요. 그래서 점심도 굶고 오후 내내 그것에 대해 글을 썼습니다.

글을 쓰지 않을 때는 끊임없이 무언가 쓸 만한 것을 찾는 관찰자가 되시는군요.

헤밍웨이　맞습니다. 만일 작가가 관찰하는 것을 멈춘다면 그는 끝장난 것이지요. 그러나 의식적으로 관찰할 필요는 없으며 관찰한 것을 어떻게 쓸 것인지 생각할 필요도 없습니다. 아마도 처음에는 그렇게 하는 것이 맞을 거예요. 그러나 나중에는 그가 관찰하는 것 모두가 그가 알고 있거나 본 것들로 이루어지는 거대한 자산이 됩니다. 참고로 말씀드리자면, 저는 항상 빙산의 원칙에 근거하여 글을 쓰려고 애썼습니다. 빙산은 전체의 8분의 7이 물속에 잠겨 있지요. 당신이 알고 있는 것을 안 쓰고 빼버린다 해도, 그것은 빙산의 보이지 않는 잠겨 있는 부분이 되어 빙산을 더 강하게 만들 것입니다. 작가가 무엇인가를 알지 못하여 안 쓰는 것이라면 이야기에는 구멍이 생기기 마련입니다.

『노인과 바다』는 1000쪽이 넘을 수도 있었습니다. 마을에 사는 모든 사람들이 어떻게 사는지, 어떻게 태어나고 교육받고 아이를 낳는지 등등의 과정을 모두 담을 수도 있었고요. 그런 것들은 이미 다른 작가들이 훌륭하고 멋지게 그렸지요. 글을 쓸 때는 이미 만족스럽게 이루어진 것에 의해 제한을 받기 마련입니다. 그래서 저는 다른 작가가 하지 않은 것을 배우려고 했어요. 우선 독자에게 경험을 전달하는 데 불필요한 모든 것을 없애려고 애썼습니다. 독자가 무엇인가를 읽은 후에 그것이 그의 경험의 일부가 되고 실제로 일어났던 일처럼 여겨지게 하려고 했습니다. 그렇게 하는 게 아주 힘들었지만 그렇게 하려고 무척 애썼습니다.

어쨌든 어떻게 그렇게 했는지 설명하지 않고 건너뛰자면, 저는 그때 믿을 수 없을 만큼 운이 좋아서 그 경험을 완벽하게 전할 수 있었습니다. 그리고 다른 누구도 그렇게 전달해본 적이 없는 그런 작품을 쓰게 되었지요. 그 운이란 제가 그 멋진 사람과 멋진 아이를 만났다는 것이며, 요즘 작가들이 그런 것이 여전히 있다는 사실을 잊고 있다는 것이었습니다. 사람들이 그렇듯이 바다도 쓸 만한 가치가 있습니다. 그 점에서 운이 좋았지요. 저는 청새치가 짝짓기하는 것도 봤고 거기에 대해서도 잘 알았어요. 그렇지만 그것을 그냥 내버려두었지요. 저는 50여 마리의 향유고래 떼를 본 적이 있고, 길이가 거의 20미터나 되는 놈에게 작살을 던졌다가 놓친 적도 있습니다. 그것도 그냥 내버려두었지요. 어촌에서 알게 된 모든 이야기들도 그냥 내버려두었어요. 그러나 그 모든 지식이 빙산의 물속에 잠겨 있는 부분이 되었던 것이지요.

독자에게 경험을 전달하는 방법에 대해 아치볼드 매클리시가 말한 적이 있지요. 그가 말했던 방법을 당신이 『캔자스시티 스타』 근무 시절에 야구 경기를 다루면서 발전시켰다고 하더군요. 그 방법이란 독자가 오로지 잠재의식적으로만 인식하던 것을 의식하게 만드는 것입니다. 전체를 보여주는 효과를 갖는, 친숙하게 보존된, 작은 세부사항들을 통해 경험을 전달함으로써 달성되지요.

헤밍웨이 그 일화는 무척 의심스럽네요. 저는 『캔자스시티 스타』에 야구 이야기를 쓴 적이 없습니다. 아치볼드가 기억하려고 했던 것은 제가 1920년경에 시카고에서 배우려고 어떻게 애썼고 감정을 불러일으키는 눈에 잘 띄지 않는 사소한 것들을 어떻게 찾고 있었는지에 대한 것입니다. 예를 들면, 외야수가 자신의 야구 글러브가 어디에 떨어질지 쳐다보지도 않은 채 그것을 내던지는 방식이라든가, 실내 체육관의 링 바닥에 붙어 있는 나뭇진이 권투 선수의 평평한 신발 바닥과 마찰을 일으켜 내는 끼익거리는 소리, 권투 경기를 막 끝낸 잭 블랙번의 회색 피부 등등, 마치 화가가 스케치를 하듯이 제가 주목했던 것들이지요. 블랙번의 과거를 알기도 전에 기이한 피부색과 면도기에 베인 오래된 상처, 그가 상대방을 녹초로 만드는 방식을 아실 겁니다. 이런 것들이 이야기를 알기도 전에 당신에게 감동을 주는 것들이지요.

개인적으로 지식이 없는 어떤 상황을 소설에 쓰신 적이 있나요?

헤밍웨이 참 희한한 질문이네요. 개인적인 지식이란 성적인 지식을 의미하나요? 그런 경우 대답은 그렇다입니다. 괜찮은 작가라면 묘사를 하지 않지요. 개인적이거나 비개인적인 지식으로부터 만들거나 창조해냅니다. 때때로 그는 자신의 민족이나 가족이 잊은 경험으로부터 나올 수 있는 그런 설명되지 않는 지식을 갖고 있는 것처럼 보입니다. 누가 전서구에게 집에 돌아오는 방법을 가르칠 수 있습니까? 투우하는 황소는 그 용맹을 어디에서 얻었으며, 사냥개는 후각을 어디에서 얻었을까요? 이것은 제 머리를 믿을 수 없었던 시기에 마드리드에서 우리가 서로 나누었던 이야기를 보다 정교하게 하거나 요약한 것이라고 할 수 있습니다.

당신이 어떤 경험을 하고 그것을 소설로 쓸 수 있기까지 어떻게 거리를 두나요? 예컨대, 당신이 겪었던 아프리카에서의 비행기 사고 같은 경우 말입니다.

헤밍웨이 어떤 경험이냐에 따라 다르지요. 당신의 한 부분은 처음부터 완벽하게 거리를 두고 그 경험을 보지만, 다른 부분은 매우 깊게 연루되어 있기도 합니다. 어떤 작가가 그런 경험을 글로 쓰는 데 얼마나 걸리는가에 대해 정해진 것은 없다고 생각합니다. 한 개인이 얼마나 잘 적응하는가와 회복하는 힘에 달려 있겠지요. 비행기가 충돌하여 불타버린 경험은 훈련받은 작가에게 분명히 귀중한 것입니다. 그는 재빨리 몇 가지 중요한 점을 배웁니다. 그것이 그에게 유용할지 아닐지는 그 사건을 이겨내느냐에 달려 있습니다. 시대에 뒤떨어졌으나 매우 중요한 말인데요, 명예롭게 살아남는다는 것은 작가에게 언제나 그렇듯이 매우 어렵고 매우 중요합니다. 살아남지 못하는 사람들은 항상 더 사랑을 받지요. 왜냐하면 그들이 죽기 전에 해내야 한다고 믿는 것을 하기 위해 길고, 지루하고, 무자비하고, 줄 것도 받을 것도 없는 싸움을 벌이는 것을 보지 않아도 되기 때문입니다. 죽거나, 일찌감치 쉽사리 여러 그럴듯한 이유를 들면서 그만두는 사람들은 이해할 만하고 인간적이라는 이유로 선호되곤 합니다. 실패와 위장을 잘 한 비겁함(소심함)은 더욱 인간적으로 생각되어 더 많은 사랑을 받곤 하지요.

작가는 어느 정도까지 당대의 사회 정치 문제에 관심을 가져야 한다고 생각하시나요?

헤밍웨이　모든 사람은 자신만의 양심을 갖고 있으며, 양심이 어떻게 작동해야 하는지에 대한 규칙은 없습니다. 정치색 짙은 작가들과 관련해 확실한 것은, 그의 작품이 존속되려면 당신이 그 작품을 읽을 때 정치적인 부분은 건너뛰어야만 한다는 것입니다. 소위 정치적인 작가들 중 많은 이들이 자신들의 정치관을 자주 바꿉니다. 이것은 그들에게도 그리고 그들의 정치적이며 문학적인 비평 측면에서도 매우 흥미진진한 일입니다. 종종 그들은 자신의 관점을 새로 고쳐 써야 하기도 합니다. 그것도 매우 서둘러서요. 아마도 그것은 행복 추구의 한 형태로 존중받아야 하겠지요.

인종차별주의자인 캐스퍼에게 미친 에즈라 파운드의 정치적 영향이 파운드가 성 엘리자베스 병원에서 풀려나야만 한다는 당신의 신념에 영향을 미쳤나요?

헤밍웨이   아니요, 전혀 그렇지 않습니다. 저는 에즈라가 풀려나야 한다고 믿으며, 정치적인 관점을 드러내지 않는다는 조건으로 이탈리아에서 시를 쓸 수 있도록 허락해야 한다고 믿습니다.* 저는 캐스퍼가 되도록 빨리 감옥에 갇히는 것을 보고 싶습니다. 위대한 시인들은 반드시 소녀들의 안내자이거나 소년단장일 필요 없으며, 청소년들에게 멋진 영향을 미치는 그런 존재여야 한다고 생각하지 않습니다. 예를 들어 베를렌, 랭보, 셸리, 바이런, 보들레르, 프루스트, 지드와 같은 작가가, 캐스퍼 같이 하잘것없는 사람들에 의해 그들의 생각과 태도와 윤리가 모방되지 않게 하려는 이유로 감옥에 갇혀서는 안 됩니다. 10여 년 후에는 캐스퍼가 누구인지 설명하기 위해 이 단락에 주석이 붙을 것이라고 확신합니다.

당신의 작품에 교훈을 주려는 의도가 들어 있다고 말씀하실 수 있나요?

헤밍웨이   교훈적이란 말은 잘못 사용되고 의미가 손상된 말입니다. 『오후의 죽음』은 유익한 책입니다.

한 작가는 그의 작품 전체에서 하나 또는 두 개의 생각을 다룬다고 하던데요, 당신의 작품도 하나 또는 두 개의 생각을 반영한다고 말씀하실 수 있나요?

헤밍웨이   누가 그렇게 말했나요? 너무도 순진하게 들리는데요. 그렇게 말한 사람은 아마도 하나나 두 개의 생각만 갖고 있을 겁니다.

그럼 이렇게 말씀드리는 것이 더 낫겠네요. 그레이엄 그린은 지배적인 열정이 책꽂이 하나 가득 채운 소설들에 통일된 체계를 준다고 말했습니다. 당신도 위대한 글쓰기는 불의에 대한 생각에서 나온다고 말씀하셨던 걸로 아는데요. 소설가가 이런 방식—어떤 위압적인 의미—으로 지배당하는 것이 중요하다고 생각하시나요?

헤밍웨이 그린 씨는 제가 생각하지도 못하는 그런 진술을 할 수 있는 재주를 갖고 계시네요. 저로서는 책꽂이 하나 가득 채운 소설이나 도요새 떼나 기러기 떼에 대하여 일반화하는 것이 불가능합니다. 그렇지만 저도 일반화를 해보도록 하겠습니다. 정의와 불의에 대한 생각이 없는 작가는 소설을 쓰는 것보다는 재능 있는 학생들을 위해 학교의 교지를 편집하는 것이 더 나을 것입니다. 또 다른 일반화의 예인데요. 아시다시피 일반화의 내용이 아주 명백하다면 일반화하기란 그다지 어렵지 않습니다. 좋은 작가에게 가장 근본적인 재능은 타고난, 충격에 끄덕하지 않는, 빌어먹을 상황들을 발견하는 장치입니다. 이것이야말로 작가의 레이더이며, 훌륭한 작가는 모두 이것을 갖고 있습니다.

마지막으로, 근본적인 질문입니다. 창조적인 작가로서 예술의 역할이 무엇이라고 생각하시나요? 왜 사실 그 자체보다는 사실의 재현을 선택하셨나요?

• 에즈라 파운드는 무솔리니의 파시스트 정권을 지지하여 정신병원인 성 엘리자베스 병원에 억류되었다. 1958년 워싱턴 D. C.에 있는 미합중국 연방 법원은 에즈라 파운드에 대한 모든 혐의를 기각하였고, 이에 따라 병원에서 석방될 수 있었다. (역자 주)

헤밍웨이   왜 그런 것으로 인해 골머리를 썩나요? 일어난 일로부터, 존재하는 것으로부터, 그리고 알고 있거나 알 수 없는 모든 것으로 부터, 재현이 아니라 창작을 통해 살아 있는 어떤 것보다 더 진실한 완전히 새로운 것을 만들 수 있지요. 당신은 그것을 살아 있게 할 수 있고, 만일 당신이 충분히 잘할 수 있다면 그것에 영원성을 부여할 수도 있습니다. 이것이야말로 글을 쓰는 이유이고 우리가 아는 한 다른 이유는 없습니다. 그러나 우리가 알지 못하는 그런 모든 이유가 있다면, 그런 이유는 어떤 것일까요?

조지 플림턴 George Plimpton   1927년에 태어나 2003년에 사망했다. 미국의 저널리스트, 작가, 편집자, 배우, 때로는 아마추어 스포츠맨이었다. 그의 스포츠 관련 글은 『파리 리뷰』로 유명해졌다. 플림턴은 라스베이거스에서 공연된 〈시저스 팰리스〉라는 연극에서 코믹 배우로 연기했고, 뉴욕 필하모닉 오케스트라와 협연하고 프로 스포츠 이벤트에 출전하는 등 '참가형 저널리즘'으로 유명했다. 저서로 『더 베스트 오브 플림턴』, 『오픈 넷』, 『아웃 오브 마이 리그』 등이 있다.

주요 작품 연보

11

완전한 자유의 증명

윌리엄 포크너
WILLIAM FAULKNER

윌리엄 포크너 미국. 1897.9.25 ~ 1962.7.6.

미국의 작가로 1949년도 노벨 문학상 수상자이며, 『우화』, 『약
탈자들』로 두 차례 퓰리처상을 받았다. 미국 남부 사회가 변천
해온 모습을 연대기적으로 그렸고, 부도덕한 남부 상류사회를
고발하는 작품을 주로 썼다.

미국 미시시피 주 뉴올버니에서 태어나 그 근처 옥스
퍼드에서 평생 살면서 작품 활동을 했다. 그의 작품은
대부분 옥스퍼드와 그 주변 지역을 모델로 창안한 상
상의 공간 '요크나파토파 군'과 '제퍼슨 읍'을 배경으
로 전개된다. 이 가공의 지역을 무대로 해서 남부 사회
를 형성한 대표적인 인물들을 등장시켜 19세기 초부터
1940년대에 걸친 시대적 변천과 남부 상류사회의 사
회상을 고발하고 있다. 제1차세계대전이 일어나자 지
원해서 캐나다 공군에 입대하였고, 제대 후 퇴역 군인
의 특혜로 미시시피 대학교에 입학하여 교내 정기간행
물에 시를 계속해서 발표하였다. 1920년 대학을 중퇴
하고 고향으로 돌아가 소설을 쓰기 시작하여, 『소리와
분노』, 『내가 누워 죽어갈 때』, 『8월의 빛』, 『압살롬, 압
살롬!』 등 장편소설 20여 편과 단편소설 70여 편을 출
간했다. 포크너는 유럽의 모더니즘을 미국 문학에 처음
본격적으로 도입한 작가로 평가받는다.

포크너와의 인터뷰

진 스타인

포크너는 은퇴한 뒤 사람들을 만나는 것을 꺼렸지만,
최근에 그는 미국 공보부의 특사로 세계 여러 나라에서 강의를 하였다.
이 인터뷰는 1956년 초에 뉴욕 시에서 이루어졌다.

윌리엄 포크너는 1897년 미시시피 주 뉴올버니에서 태어났다. 그가 태어났을 때 그의 아버지는 뉴올버니에서 소설가 증조부인 윌리엄 패크너 대령이 설립한 기차 노선의 차장으로 일하고 있었다. 그의 증조부는 『멤피스의 하얀 장미』의 저자이기도 하다. 곧 그의 가족은 56킬로미터 떨어진 옥스퍼드로 이사했다. 그곳에서 어린 포크너는 책을 많이 읽었지만 고등학교를 졸업하지 못할 정도로 성적이 좋지 않았다. 1918년 그는 캐나다 공군에 수습 비행사로 입대하였다. 이후 미시시피 주립대학을 특별 학생으로 일 년 이상 다녔다. 그리고 나중에 대학 구내 우체국장으로 일하였으나 근무시간 중에 책을 읽었다는 이유로 해고당했다.

1926년에는 셔우드 앤더슨의 격려에 힘입어 『병사의 월급』을 썼다. 그의 소설 중에서 처음으로 대중적 인기를 얻은 작품은 『성역』이

다. 이 작품은 매우 선정적인데, 그는 이전에 썼던 작품들인『모기』,
『사르토리스』,『소리와 분노』와『내가 누워 죽어갈 때』가 모두 실패
하자 가족을 부양할 인세를 벌기 위해 이 작품을 썼다고 말하였다.

이후의 작품들은 꾸준히 성공을 거두었는데 대부분 나중에 요크
나파토파 소설Yoknapatawpha saga이라고 불리는 작품들인『8월의 빛』,
『관제탑』,『압살롬, 압살롬!』,『정복되지 않는 사람들』,『야생 야자수』,
『작은 마을』,『모세야, 내려가라, 그리고 다른 이야기들』과 연관이 있
다. 제2차세계대전 이후에 발표된 주요 작품으로는『무덤 속의 침입
자』,『우화』,『마을』이 있다. 그의 단편 선집은 1951년에 전미도서상
을 수상하였으며, 1955년에는『우화』도 같은 상을 수상하였다. 1949
년에는 노벨 문학상을 수상하였다.

포크너는 은퇴한 뒤 사람들을 만나는 것을 꺼렸지만, 최근에 그
는 미국 공보부의 특사로 세계 여러 나라에서 강의를 하였다. 이 인
터뷰는 1956년 초에 뉴욕 시에서 이루어졌다.

As I Lay Dying

25 octsh 1929

Darl

Jewl and I come up from the field, following the path in single file. Although I am 15 feet ahead of him, anyone watching us from the cotton-house can see Jewl's ragged and broken straw hat a full head above my own.

The path runs straight as a plumb-line, worn smooth and baked brick-hard by July, between the green rows of laid-by cotton, to the cotton-house in the centre of the field, where it turns and circles the cotton-house at 4 soft right angles and to on across the field again, worn so by feet in fading precision.

The cotton-house is of rough logs, from between which the chinking has fallen. Square, with a broken roof set at a single pitch, it leans in empty and shimmering dilapidation in the sunlight, a single broad window in two opposite walls giving onto the approaches of the path. When we reach it I turn and follow the path which circles the house. Jewl, 15 feet behind me, looking straight ahead, steps in a single stride through the window. Still staring ahead, his pale eyes like wood...

윌리엄 포크너의 『내가 누워 죽어갈 때』의 한 페이지이다. 랜덤하우스의 색스 카민스가 제공했다.

윌리엄 포크너
×
진 스타인

당신은 인터뷰를 좋아하지 않는다고 말씀한 적이 있으시지요?

윌리엄 포크너 제가 인터뷰를 좋아하지 않는 이유는 개인적인 질문에 신경질적으로 반응하기 때문입니다. 일에 대한 질문이라면 애써 대답할 수 있습니다. 그렇지만 저에 대한 질문일 경우 대답을 할 수도 있고 하지 않을 수도 있습니다. 그리고 설사 그 질문에 대답한다고 해도, 만일 다른 날 똑같은 질문을 받는다면 대답이 다를 수도 있습니다.

작가로서의 자신에 대해 어떻게 생각하시나요?

포크너 만일 제가 존재하지 않았다면 누군가 저 대신 글을 쓸 수도 있었겠지요. 헤밍웨이든 도스토예프스키든, 누구라도 그렇게 할 수 있었을 겁니다. 셰익스피어의 극을 실제로 썼다고 추정되는 작가 후보로 세 사람이 거명되고 있다는 사실이 그런 것을 증명할 수 있지요. 그러나 누가 『햄릿』과 『한여름 밤의 꿈』을 썼느냐가 중요한 것이 아니라, 누군가가 써서 이 작품들이 존재하고 있다는 것이 중요하지요. 예술가는 전혀 중요하지 않습니다. 예술가가 창조한 작품만이 중요한데, 그 이유는 예술가에 대해서는 새롭게 말할 것이 아무것도 없기 때문입니다. 셰익스피어, 발자크, 호머는 모두 같은 것에 대해 썼으며, 만일 그들이 천 년, 이천 년을 더 살았더라면 출판업자들은 다른 작가들이 필요하지 않았을 겁니다.

그렇지만 설사 더 이상 새롭게 말할 것이 없다고 하더라도 작가의 개성은 중요하지 않을까요?

<u>포크너</u> 그 자신에게는 매우 중요하겠지요. 그렇지만 그 밖의 사람들은 다들 일이 너무 바빠서 작가의 개성에는 신경을 쓸 겨를이 없답니다.

그러면 동시대 작가들도 그런가요?

<u>포크너</u> 우리 모두는 우리가 꿈꾸는 완벽함에 필적할 수 없습니다. 그래서 저는 불가능한 일에 얼마나 멋지게 실패하는가를 기초로 우리들을 평가합니다. 저는 만일 제 모든 작품을 다시 쓸 수만 있다면 더 잘 쓸 것이라고 확신합니다. 이런 확신이야말로 예술가에게 가장 유익한 조건이지요. 이것이야말로 그가 계속해서 글을 쓰고 다시 시도하는 이유입니다. 예술가는 매번, 이번에는 글을 성공적으로 쓸 수 있을 것이라고 믿지요. 물론 그는 그렇게 할 수 없을 것입니다만, 이렇게 실패하는 것도 유익합니다. 일단 자신이 품고 있는 이미지와 꿈에 필적하게 써내는 데 성공하고 나면, 그다음에는 자신의 목을

따거나 완벽함의 정점에서 자살을 위해 뛰어내리는 것 말고는 아무 것도 남아 있지 않을 것입니다. 저는 실패한 시인입니다. 아마도 모든 소설가들이 처음에는 시를 쓰길 원했겠지만, 할 수 없다는 것을 알고는 단편을 쓰려고 했을 것입니다. 단편은 시 다음으로 까다로운 예술 형식입니다. 그리고 단편도 실패하고 나면 그제야 장편을 써보는 것이지요.

좋은 소설가가 되기 위해 따라야 할 좋은 방법이 있나요?

포크너　99퍼센트의 재능, 99퍼센트의 훈련, 99퍼센트의 작업. 소설가들은 자신이 하는 일에 결코 만족하면 안 됩니다. 이미 쓴 소설은 결코 자신의 꿈이나 가능성만큼 훌륭하지 못합니다. 언제나 꿈을 꾸어야 하고, 자신의 능력보다 훨씬 높은 목표를 세워야 합니다. 동시대 작가나 선배 작가들보다 더 낫기 위해 괴로워할 필요가 없습니다. 소설가는 자기 자신보다 더 나으려고 애써야 합니다. 예술가는 악마가 몰아대는 그런 피조물이지요. 악마가 왜 그를 선택했는지 그는 모릅니다. 소설가는 대개 너무 바빠서 왜 그런지 궁금해하지도 않습니다. 그는 소설을 마치기 위해 아무에게서나 훔쳐오고, 빌려오고, 구걸하고, 빼앗아온다는 점에서 도덕과는 완전히 관계없지요.

작가는 완전히 무자비해야 한다는 뜻인가요?

포크너　작가에게 책임이 있다면 그것은 그의 예술에 한정됩니다. 그가 만일 좋은 작가라면 완전히 무자비할 것입니다. 그는 꿈을 갖고 있습니다. 그것이 너무 고통스럽게 하기에 그는 꿈에서 벗어나야만 합니다. 그럴 때까지 평화는 없는 셈입니다. 책을 마치기 위해, 명예, 자존심, 체면, 안전, 행복, 이 모든 것을 잊어야 합니다. 어떤 작가가 어머니로부터 무엇인가를 빼앗아야 한다면 망설이지 않을 것입니다. 「그리스 항아리에 부치는 노래」^{Ode on a Grecian Urn} ● 를 쓰는 것은 나이 든 부인들과 바꿀 만한 가치가 있지요.

그렇다면 안정과 행복과 명예의 결여가 예술가의 창조력에 중요한 요소가 될 수 있나요?

포크너 아니요, 그것들은 그의 평화와 만족에만 중요합니다. 예술은 평화와 만족과는 아무런 관련이 없습니다.

그렇다면 작가에게 가장 좋은 환경은 어떤 것일까요?

포크너 예술은 환경과 아무런 관련이 없습니다. 예술은 어디에서 창조되든 상관없습니다. 제가 제안받았던 가장 좋은 직업은 유곽의 주인이 되는 것이었지요. 제 의견으론 그곳이 예술가가 작업을 할 수 있는 완벽한 환경입니다. 그 일은 예술가에게 완전한 경제적 자유를 주어 두려움과 굶주림으로부터 벗어나게 해줍니다. 그의 머리 위에는 지붕이 있고, 간단한 계산을 좀 하고 매달 한 번씩 지역 경찰서에 가서 돈 좀 집어주는 것 말고는 아무것도 할 게 없지요. 그곳은 하루 중 일하기에 제일 좋은 아침 시간에 조용하겠지요. 저녁에는 사회적인 삶을 즐길 수 있을 만큼 번잡할 테니, 원하기만 한다면 지루해지는 일은 절대로 없을 것입니다. 그 일이 그에게 그 사회에서

● 영국의 서정시인 J. 키츠의 시로 그리스 항아리의 목가적 그림에 부쳐 예술의 영원성과 인간의 변하기 쉬운 현실을 노래했다.

어느 정도의 지위를 줄 테고, 장부는 포주가 관리할 테니 그로선 달리 할 일이 없겠지요. 그리고 모두 여자밖에 없을 테니 그를 존경하고 '영감님'이라고 높여 부르겠지요. 이웃의 밀주업자들도 모두 '영감님'이라고 부를 겁니다. 그리고 그는 경찰관과 친구가 되겠지요.

예술가가 필요로 하는 유일한 환경은 평화, 고독, 너무 비용이 많이 들지 않는 즐거움뿐입니다. 나쁜 환경이란 혈압이 올라가는 상황, 즉 좌절하고 분노하는 데 더 많은 시간을 보내게 되는 상황이겠지요. 제 경험으로는, 제 직업에 필요한 것은 종이, 담배, 음식과 약간의 위스키뿐입니다.

약간의 위스키란 버번을 뜻하는 건가요?

포크너 　아니요, 저는 그렇게 까다롭지 않습니다. 스카치와 아무것도 마시지 않는 것 중에서 골라야 한다면 스카치를 선택할 거예요.

경제적인 자유를 말씀하셨는데, 작가에게는 경제적인 자유가 필요한가요?

포크너 　아니요, 작가는 경제적인 자유를 필요로 하지 않습니다. 그에게 필요한 것은 연필과 약간의 종이입니다. 돈을 지원받아서 좋은 글을 썼다는 이야기를 들어본 적이 없습니다. 좋은 작가는 재단에 후원금을 신청하지 않습니다. 그는 무엇인가를 쓰느라고 너무 바쁘지요. 그가 일류 작가가 아니라면 그는 시간이 없다거나 경제적인 자유가 없다고 말하면서 자신을 속이지요. 좋은 예술은 도둑놈이나 밀주 양조자나 경마장의 마부로부터도 나올 수 있습니다. 사람들은 자신들이 역경이나 가난을 얼마나 잘 견디어낼 수 있는지 알아내는 것을 정말로 두려워합니다. 그들은 자신들이 얼마나 강인한지 알아내는 것을 두려워합니다. 어떤 것도 좋은 작가를 망칠 수 없습니다. 좋은 작가를 바꿀 수 있는 유일한 것은 죽음뿐입니다. 좋은 작가는 성공이나 부자가 되는 걸 생각할 시간이 없습니다. 성공은 여성적이고 여자들하고 비슷합니다. 성공 앞에서 굽실거린다면 성공이 짓밟을 것입니다. 성공을 다루는 방법은 성공을 경멸한다는 것을 보여주는 것입니다. 그러면 성공이 굽실거릴 것입니다.

영화 대본을 쓰는 것이 당신 자신의 글쓰기를 망칠 수 있나요?
<u>포크너</u>   만일 그가 일류 작가라면 어떤 무엇도 그의 글에 해를 끼칠 수 없습니다. 만일 일류 작가가 아니라면 그 어떤 것으로도 그가 좋은 글을 쓰게 할 방법이 없습니다. 일류 작가가 아니라면 그의 글을 망치고 말고 이야기할 필요도 없어요. 수영장을 갖기 위해 이미 영혼을 팔아버렸을 테니까요.

작가가 영화 대본을 쓸 때 타협을 하나요?
<u>포크너</u>   항상 그렇지요. 왜냐하면 영화는 그 본성상 협동 작업이기 때문입니다. 협동은 타협인데, 그 이유는 그 단어가 의미하는 대로 주고받는 것이기 때문입니다.

가장 같이 일하고 싶은 배우가 있다면 누굴 꼽으시겠습니까?
<u>포크너</u>   험프리 보가트가 가장 같이 일하고 싶은 배우입니다. 그와 저는 〈가진 자와 못 가진 자〉와 〈명탐정 필립〉에서 함께 작업했지요.

또 다른 영화를 만들고 싶으신가요?

포크너   그럼요, 저는 조지 오웰의 『1984』를 영화로 만들고 싶습니다. 제가 늘 강조하는 주제를 드러내줄 마지막 장면에 대한 아이디어가 있습니다. 그것은 바로 인간은 자유에 대한 단순한 의지를 갖고 있기 때문에 파괴될 수 없는 존재라는 것입니다.

영화 제작에서 최고의 결과를 얻을 수 있는 방법은 무엇입니까?

포크너   제가 관여했던 영화 작업 중에서 최고의 것은 배우들과 작가가 대본을 던져버리고 카메라가 돌아가기 직전에 실제 리허설에서 장면을 만들 때였습니다. 영화에 대해서나 저 자신에 대해서나 솔직하게 말씀드리자면, 제가 영화를 진지하게 받아들이지 않았거나 진지하게 받아들일 수 없다고 느꼈다면 그것을 시도하지도 않았을 겁니다. 그러나 제가 좋은 영화 대본 작가가 되지 못하리라는 것을 알게 되었기 때문에 영화는 제게 저 자신의 매체인 글쓰기가 갖고 있는 만큼의 중요성을 결코 갖지 못할 것입니다.

당신의 전설적인 할리우드 경험에 대해 한 말씀 해주시겠습니까?

포크너   MGM사와 계약을 끝내고 막 집으로 돌아오려 할 때였습니다. 저와 함께 작업을 했던 감독이 말했습니다. "만일 여기서 다른 일거리를 얻고 싶으면 제게 말씀하세요. 스튜디오에 말해서 새 계약을 맺게 해드리겠습니다." 저는 그에게 고맙다고 말하고 집으로 돌아왔습니다. 약 6개월이 지난 뒤 저는 그 감독에게 전화해서 다른 일을 하고 싶다고 말했습니다. 저는 얼마 지나지 않아 할리우드 대리인으로부터 제 첫 주급이 포함된 편지를 받고 놀랐습니다. 왜냐하면 우선 스튜디오에서 공식적인 통지나 소환을 받고 계약하게 될 거라고 기대했으니까요. 계약서 발송이 늦춰진 모양이니 아마 다음 우편으로 도착할 거라고 생각했습니다. 그렇지만 한 주 뒤에 저는 대리인으로부터 두 번째 주급이 든 또 다른 편지를 받았습니다. 이 일은 1932년 11월부터 1933년 5월까지 계속되었습니다. 1933년 5월에 저는 스튜디오에서 보낸 전신을 받았습니다. "윌리엄 포크너 씨, 미주리 주 옥스퍼드 시, 어디 계십니까? MGM 스튜디오." 저는 이렇게 전신을 보냈지요. "MGM 스튜디오, 캘리포니아 주 컬버 시티, 윌리엄 포크너."

젊은 여성 통신원이 "포크너 씨, 전달할 내용이 무엇입니까?"라고 물었습니다. "바로 그것입니다."라고 제가 말했지요. "규칙에 의하면 전달할 내용이 없이는 전신을 보낼 수 없습니다. 무엇이든 말씀해주셔야 합니다." 그녀가 말하였습니다. 그래서 그녀가 보여준 예들을 훑어보고 하나를 선택했습니다. 진부한 기념일 축하 메시지 중의 하나였지요. 저는 그것을 보냈습니다. 다음에는 스튜디오에서 장거리 전화가 걸려 와서, 첫 비행기를 타고 뉴올리언스로 가서 브라우닝 감독을 찾아가라고 했습니다. 제가 만일 옥스퍼드에서 기차를 타면 여덟 시간 뒤에 뉴올리언스에 도착할 수 있었습니다. 그렇지만 저는 스튜디오가 시키는 대로 뉴올리언스로 가는 비행기가 어쩌다가 한 번씩 있는 멤피스로 갔습니다. 사흘 후에야 뉴올리언스로 가는 비행기가 한 대 있었습니다.

저는 브라우닝 씨가 머무르는 호텔에 저녁 6시경에 도착해서 그를 만나러 갔습니다. 파티가 한창이었습니다. 오늘은 편히 잘 자고 내일 아침 일찍 일을 시작할 준비를 하라고 말하더군요. 저는 그에게 대본에 대해 물었습니다. 그는 이렇게 대답하더군요. "아, 그래요.

그럼 몇 호실로 가시면 거기에 연출 대본 작가가 있을 겁니다. 그가 대본에 대해 말해줄 거예요."

저는 그 방으로 갔습니다. 대본 작가가 혼자 앉아 있더군요. 그에게 제 소개를 하였고, 대본에 대해 물었습니다. "당신이 대화를 쓰고 나면 대본을 보여주겠다."고 말하더군요. 저는 브라우닝 감독에게 돌아가서 무슨 일이 있었는지 말해주었습니다. 그는 "돌아가서 이렇게 저렇게 말하세요. 신경 쓰지 마시고, 내일 아침 일찍 일을 시작할 수 있도록 잠을 잘 주무세요."라고 말하더군요.

다음 날 아침 아주 멋진 배를 빌려서 대본 작가는 빼놓고 모두 160킬로미터 정도 떨어진 그랜드 섬으로 갔습니다. 그곳이 바로 영화 촬영 장소였어요. 우리는 그곳에 점심 먹기에 딱 좋은 시간에 도착했고, 어두워지기 전에 다시 뉴올리언스로 160킬로미터를 달려올 충분한 시간이 있었습니다.

이런 식으로 3주가 지났습니다. 이따금씩 저는 대본에 대해 약간 걱정했습니다만, 브라우닝 감독은 항상 "걱정하지 마시고 잘 주무세요. 내일 아침 일찍 일을 시작할 수 있도록."이라고 말했습니다.

어느 날 저녁 우리가 돌아와서 방에 들어서기가 무섭게 전화가 울렸습니다. 브라우닝 감독이더군요. 그는 저더러 당장 자신의 방으로 오라고 말했습니다. 그래서 저는 갔습니다. 그는 "포크너 씨는 해고되었습니다. MGM 스튜디오."라는 전신을 보여주었습니다. 브라우닝 감독이 "지금 당장 누군가에게 전화해서 당신이 다시 임금을 받을 수 있도록 하고 사과문도 보내라고 할게요."라고 말하더군요. 바로 그때 문 두드리는 소리가 들렸습니다. 호텔 사환이 또 다른 전신을 들고 있더군요. 그 전신에는 "브라우닝 씨는 해고되었습니다.

MGM 스튜디오.”라고 쓰여 있었습니다. 그래서 저는 집으로 돌아왔습니다. 제 추측컨대 브라우닝 씨도 어디론가 갔겠지요. 대본 작가는 여전히 어딘가에 있는 호텔 방에 앉아서 손에 주급 수표를 들고 있겠지요. 그들은 그 영화를 끝내지 못했습니다. 그러나 그들은 영화 촬영용 세트장인 새우잡이 마을을 하나 만들었어요. 부두 같은 것이었는데, 물속으로 막대기를 박고 그 위에 긴 플랫폼을 만든 뒤 헛간들을 지었습니다. 40~50달러를 주면 헛간을 여러 채 살 수도 있었지만 그들은 가짜 헛간을 하나 지었습니다. 그 헛간은 벽이 하나 있는 플랫폼이었습니다. 그래서 문을 열고 발을 내딛는 순간 곧바로 바다로 빠지게 되어 있었지요. 그들이 헛간을 지은 첫날 그 지역에 사는 어부가 좁고 다루기 힘든 통나무배를 저어 왔습니다. 그는 뜨겁게 내리쬐는 햇볕 아래 하루 종일 앉아서 낯선 백인들이 이상하게 생긴 모형 플랫폼을 짓는 것을 지켜보았어요. 다음 날 그는 통나무배에 그의 가족 모두를 태우고 왔습니다. 갓난아이에게 젖을 물린 아내와 다른 아이들, 장모까지, 모두 하루 종일 뜨거운 햇볕 아래서 이 어리석고 이해되지 않는 행동을 지켜보았지요. 저는 2~3년 후에 다시 뉴올리언스에 갈 기회가 있었는데, 여전히 많은 백인들이 서둘러서 지었다가 버리고 간 그 모형 새우잡이 마을 플랫폼을 보기 위해 그 지역에 사는 사람들이 수 킬로미터를 노 저어 온다는 이야기를 들었습니다.

작가는 영화로 만들어질 수 있도록 타협해야 한다고 말씀하셨지요. 글도 그런가요? 작가는 독자에게 어떤 의무를 지고 있나요?

<u>포크너</u>　작가의 의무는 최선을 다해 최고의 작품을 쓰는 것입니다.

그러고 나면 나머지 의무는 신경 쓰지 않고 하고 싶은 걸 할 수 있습니다. 저는 너무도 바빠서 독자들에 대해 거의 신경 쓰지 않습니다. 누가 제 작품을 읽는지 궁금해할 시간도 없어요. 저나 다른 작가의 책에 대한 사람들 의견 같은 것엔 관심없답니다. 제 기준만이 중요하며, 『성 앙투안의 유혹』*이나 구약성경을 읽을 때 제가 느끼는 것을 제 책에서 느낄 수 있다면 기준이 만족된 것입니다. 그것들은 저를 기분 좋게 만듭니다. 새를 관찰할 때 기분이 좋은 것처럼 말입니다. 저는 다시 윤회한다면 독수리로 태어나고 싶습니다. 어떤 무엇도 독수리를 미워하거나 질투하거나 원하거나 필요로 하지 않기 때문입니다. 독수리는 방해받지도 위험에 처하지도 않고, 아무거나 먹을 수 있지요.

말씀하신 기준에 이르기 위해 어떤 기법을 사용하시나요?

포크너　작가가 기법에 관심을 가진다면 그는 수술이나 벽돌쌓기를 해야겠지요. 글을 완성하는 데에는 어떤 기계적인 방법도 없으며 지름길도 없습니다. 이론을 좇아 글을 쓰는 젊은 작가는 바보라고 해야겠지요. 자신이 저지른 잘못을 통해 스스로 배우도록 하세요. 사람들은 실수로만 배웁니다. 훌륭한 예술가는 어느 누구도 자신에게 충고할 수 있을 만큼 훌륭하다고 믿지 않습니다. 그는 최고의 허영심을 갖고 있지요. 옛 작가를 존경하더라도, 그는 그 작가보다 더 잘 쓰기를 바라지요.

그렇다면 기법이 필요 없다는 뜻이신가요?

포크너　결코 그렇지 않습니다. 작가가 기법에 익숙해지기도 전에 종종 기법들이 밀고 들어와서 지휘를 하기도 합니다. 그것이야말로 재주이며, 작품의 완성이란 단순히 잘 맞는 벽돌을 말끔히 쌓는 문제가 되지요. 왜냐하면 작가는 아마도 첫 단어를 적기도 전에 작품을 끝맺을 때까지 필요한 단어 하나하나를 모두 다 알고 있을 것이기 때문입니다. 이런 일은 『내가 누워 죽어갈 때』를 쓸 때 일어났습니다. 쉬운 일이 결코 아니었어요. 정직하게 쓰인 어떤 작품도 쉽지 않지요. 그렇지만 모든 재료가 이미 잘 준비되어 있었다는 점에서 단순했지요. 하루에 열두 시간씩 육체노동을 하고 남은 시간에 이 작품을 끝내는 데 약 6주가 걸렸습니다. 저는 단순하게 여러 사람을 상상했고, 그들이 나아갈 방향을 설정하기 위한 간단한 자연적 동기로 홍수나 화재와 같은 단순한 자연재해를 겪게 했습니다. 그렇지만 기법이 개입하지 않을 때 다른 의미에서 글쓰기가 더 쉬웠습니다. 왜냐하면 저의 책에선 등장인물들이 스스로 일어나서 행동을 취하고 일을 끝내는 그런 지점—예를 들어 275쪽 즈음이라고 합시다.—이 항상 있기 때문입니다. 물론 제가 책을 274쪽에서 끝낸다면야 무슨 일이 일어날지 어떻게 알겠습니까? 작가가 갖추어야 할 특질은 자신의 작품을 판단할 수 있는 객관성이며, 그에 관해 스스로 속이지 않으려는 정직성과 용기입니다. 제 작품 중 어느 것도 제 기준을 충족시키지 못했기에, 저는 제게 가장 큰 슬픔과 고통을 준 것에 근거하여 제 작품을 판단해야만 합니다. 이는 어머니가 성직자가 된 아이보다 도둑이나 살인자가 된 아이를 더 사랑하는 것과 마찬가지이지요.

• 프랑스 작가 귀스타브 플로베르의 1874년 간행 작품.

어떤 작품을 말씀하시는 것인가요?

<u>포크너</u>　『소리와 분노』입니다. 저는 이 이야기를 하려고 애쓰면서, 마칠 때까지 계속 저를 괴롭혔던 그 꿈을 없애려고도 애쓰면서, 작품을 다섯 번이나 고쳐 썼습니다. 이 소설은 두 명의 사라진 여성인 캐디와 그녀의 딸에 관한 비극입니다. 딜지는 제가 좋아하는 등장인물 중 하나예요. 그녀는 용감하고 용맹하고 관대하고 부드럽고 솔직하기 때문입니다. 그녀는 저보다 훨씬 더 용감하고 정직하고 관대합니다.

『소리와 분노』는 어떻게 시작되었나요?

<u>포크너</u>　이 소설은 정신적인 그림으로 시작되었습니다. 그때 저는 이 그림이 상징적이라는 것을 깨닫지 못했습니다. 그 그림은 배나무에 올라앉은 어린 소녀의 속옷이 흙투성이가 된 장면이었지요. 그곳에서 그녀는 할머니의 장례식장을 창문으로 볼 수 있었고, 그 이야기를 아래에 있는 오빠들에게 전하였습니다. 그들이 누구이며 무엇을 하고 있으며, 어째서 그녀의 속옷이 더러워졌는지 설명하려고 들자, 이 모든 것을 단편에 집어넣을 수 없으며 이 이야기는 한 권의 책으로 쓰여야 한다는 것을 깨달았습니다. 그리고 저는 더럽혀진 바지의 상징을 깨달았고, 그 이미지는 아버지도 없고 어머니도 없는 소녀의 이미지로 대체되어야 한다는 것을 깨달았어요. 자신의 집에서 단 한 번도 사랑이나 애정이나 이해를 받아본 적이 없는 그 소녀는 집에서 도망치기 위해 홈통을 타고 내려와야 했습니다.

　저는 앞서 바보 아이의 눈을 통해 이야기를 시작했습니다. 그 이유는, 무슨 일이 일어났는지만 알 뿐 그 이유는 모르는 사람이 말하

는 게 더 효과적일 거라고 느꼈기 때문입니다. 하지만 제가 그 이야기를 제대로 전달하지 않았다는 것을 알았습니다. 그래서 다른 형제의 눈을 통해 똑같은 이야기를 다시 전달하려고 시도했어요. 그렇지만 그것도 여전히 제가 이야기하려던 것이 아니었습니다. 다음에는 세 번째 형제의 눈으로 세 번째로 그 이야기를 했는데 그 이야기도 제가 하려던 것이 아니었습니다. 저는 조각들을 모으려고 애를 썼고, 저 자신이 직접 이야기함으로써 그 간극을 채우려고 했습니다. 출판이 되고 15년이 흐른 뒤에야 이 책은 완결될 수 있었습니다. 그때 저는 그 이야기를 끝내고 잊어버리려는 마지막 노력의 일환으로 다른 한 권의 책에 부록을 썼습니다. 그럼으로써 마음에 약간의 평화를 얻게 되었지요. 이것은 제가 가장 애정을 느끼는 책입니다. 저는 그 책을 그대로 내버려둘 수 없었고, 결코 올바르게 이야기하지도 못했어요. 제가 열심히 노력했고, 또다시 실패할 텐데도 해보려고 했음에도 말이지요.

벤지에 대해 어떤 감정을 갖고 계신가요?

포크너   제가 벤지에 대해서 느낄 수 있는 유일한 감정은 모든 사람에 대한 슬픔과 동정입니다. 벤지는 아무것도 느낄 수 없기 때문에 우리도 벤지에 대해 아무것도 느낄 수 없습니다. 제가 벤지에 대해 개인적으로 느낄 수 있는 것은 그를 실제 인물로 믿을 만하게 창조했는가라는 우려뿐입니다. 그는 엘리자베스조의 극작품에 등장하는 무덤 파는 사람처럼 이야기의 시작을 알리는 존재입니다. 그는 그 목적에 어울리는 역할을 수행하고 사라졌습니다. 벤지는 선과 악에 대한 지식이 없기에 선과 악을 구분할 능력이 없습니다.

벤지는 사랑을 느낄 수 있나요?

포크너　벤지는 이기주의자가 될 수 있을 만큼 이성적이지 못합니다. 그는 동물입니다. 친절함과 사랑을 구분할 수는 없지만 친절함과 사랑을 알아차릴 수는 있습니다. 캐디가 변했다고 느꼈을 때 소리를 지른 건 친절함과 사랑이 위협받았기 때문입니다. 그는 캐디를 더 이상 붙들어 둘 수 없었습니다. 바보 천치인 그는 캐디가 없어졌다는 것조차 알지 못합니다. 그가 알 수 있는 것은 무엇인가 잘못되어서 자신에게 마음 아파 하는 빈 공간이 생겼다는 것입니다. 그는 이 빈 공간을 채우려고 합니다. 그가 가지고 있는 것은 캐디가 버리고 간 슬리퍼 한쪽뿐입니다. 그 슬리퍼는 캐디의 친절과 사랑이지만, 그는 그런 의미라는 것도 모릅니다. 그러나 무엇인가 사라졌다는 것을 알지요. 슬리퍼는 그에게 위로를 줍니다. 그는 옷을 갖춰 입을 줄도 모르고, 흙이나 먼지가 그에겐 아무런 의미도 갖지 않기에 늘 더럽습니다. 선과 악을 구별할 줄도 모르고 더러움과 깨끗함을 구분할 줄도 모릅니다. 자신이 왜 슬픈지를 기억해낼 수도 없고, 슬리퍼 주인이었던 사람을 기억할 수도 없지만, 슬리퍼는 그에게 위로를 줍니다. 어쩌면 캐디가 다시 나타난다 해도 그는 그녀를 알아보지 못할지도 모릅니다.

벤지가 받은 수선화는 어떤 의미를 갖나요?

포크너　벤지가 받은 수선화는 그의 관심을 돌리기 위한 것이었습니다. 4월 5일경에 주변에서 쉽게 볼 수 있는 꽃이지요. 일부러 수선화를 고른 것은 아니었습니다.

『우화』에서 사용하신 기독교의 알레고리처럼, 알레고리 형식으로 소설을 쓰실 때 예술적으로 어떤 이점이 있으신가요?

포크너　목수가 네모반듯한 집을 지으려는데 네모반듯한 모퉁이를 발견한 것과 같은 이점이지요. 『우화』에서 기독교의 알레고리는 그 특정한 이야기에서 사용하기에 적합했습니다. 마치 길쭉하고 네모반듯한 모퉁이가 긴 직사각형 모양의 집을 짓기에 적합한 것처럼요.

마치 목수가 해머를 빌려 쓰듯이 예술가도 기독교를 하나의 도구처럼 사용할 수 있다는 의미이신가요?

포크너　우리가 말한 목수에게 해머가 없는 일이란 결코 없을 겁니다. 만일 기독교라는 단어가 의미하는 바에 동의한다면, 누구나 다 기독교를 갖고 있을 겁니다. 기독교는 모든 개인들의 개인적인 행위 코드입니다. 개인은 그 코드를 따름으로써 그가 자신의 본성만을 따를 때 되고자 하는 것보다 더 나은 사람이 됩니다. 그 상징이 십자가이든 초생달 모양이든 무엇이든 간에, 그것은 인간이란 종족에게 자신의 의무가 무엇인지를 상기시킵니다. 그 다양한 알레고리들이 자신을 측정하고, 누구인지를 배우게 되는 도표입니다. 교과서가 사람에게 수학을 가르치듯이 그 알레고리가 좋은 사람이 되라고 가르칠 수는 없습니다. 그렇지만 고통, 희생, 희망이라는 약속의 비길 데 없는 예를 제공함으로써, 어떻게 자신을 발견하고 스스로 도덕적 코드와 기준을 자신의 능력과 열망 내에서 발전시킬 수 있는지를 보여 줍니다. 작가들은 알레고리는 비길 데 없다는 이유로 항상 도덕 의식이라는 알레고리에 근거하여 작업을 해왔고 앞으로도 그렇게 할 것입니다. 『모비 딕』에 등장하는 세 사람은 아무것도 모르기, 알지만 걱정하지 않기, 알면서 걱정하기라는 양심의 삼위일체를 대표합니다. 『우화』에도 이와 같은 삼위일체가 나타납니다. 젊은 유대인 공군 장교가 말했습니다. "이 상황은 끔찍합니다. 받아들일 수 없습니다. 만일 제가 삶을 거부해야만 한다 할지라도 말입니다." 그러자 나이 든 프랑스 병참부대 장군은 이렇게 말합니다. "이 상황은 끔찍합니다만 우리는 울면서 견뎌낼 수 있습니다." 영국의 대대장은 "이 상황은 끔찍합니다. 저는 이 상황에 대처하기 위해 무엇인가 할 참입니다."라고 말하지요.

『야생 야자수』에는 어떤 상징적인 목적 때문에 서로 관련 없는 두 가지 주제의 이야기가 한 권의 책으로 묶인 것인가요? 어떤 비평가가 암시하듯이 일종의 미학적인 대위법인가요, 아니면 우연인가요?

포크너 아니에요, 아닙니다. 그것은 한 가지 이야기입니다. 사랑을 위해 모든 것을 희생하고 나중에는 그것마저 잃어버리는 샬롯 리텐메이어와 해리 윌번의 이야기입니다. 이 책을 쓰기 시작하고 난 뒤에야 저는 이것이 두 개의 개별적인 이야기가 될 수 있다는 것을 알게 되었습니다. 『야생 야자수』의 첫 번째 부분의 끝에 이르러서 저는 무엇인가 결여되어 있다는 것을 알았고, 음악에서 사용되는 대위법처럼 결여된 상태를 고양시킬 수 있는 강조점이 필요하다는 것을 갑작스럽게 깨달았습니다. 그래서 「야생 야자수」 이야기가 다시 최고조에 이를 때까지 「노인」을 계속 썼습니다. 그 뒤에 지금 이 책의 첫 번째 부분이 된 「노인」을 끝냈습니다. 그리고 「야생 야자수」를 다시 쓰기 시작해서 이 이야기의 어조가 가라앉을 때까지 계속 썼습니다. 그리고 대립되는 또 다른 부분으로 이 이야기의 어조를 제 높이까지 다시 끌어올렸습니다. 그 이야기는, 한 남자가 사랑을 얻었으나 그 책의 나머지 부분에서는 그 사랑으로부터 도망치려고 애쓰다가, 그가 안전할 수 있는 감옥으로 자발적으로 들어가는 지경에까지 이르는 것입니다. 이것은 우연으로, 아니 어쩌면 필연적으로 연결되는 두 개의 이야기일 뿐입니다. 이 이야기는 샬롯과 윌번의 이야기입니다.

당신은 얼마만큼 개인적인 경험에 근거해서 쓰시나요?

포크너　무어라고 말씀드릴 수 없네요. 세어보지 않았거든요. 왜냐하면 '얼마나 많이'는 중요하지 않기 때문입니다. 작가는 경험, 관찰, 상상력이라는 세 가지를 필요로 합니다. 이 중의 두 가지, 또는 한 가지가 다른 것의 결여를 보충해줄 수 있습니다. 제게 이야기는 대개 한 가지 생각이나 기억이나 정신적인 그림에서 시작합니다. 이야기를 쓴다는 것은, 왜 어떤 일이 일어났으며 다음에 무슨 일이 발생하게 되었는가를 설명하게 되는 지점에 이르기까지 발전시키는 것이지요. 작가는 자신이 할 수 있는 가장 감동적인 방식으로, 그럴듯한 감동적인 상황에서 그럴듯한 사람들을 만들려고 노력하지요. 그는 자신이 알고 있는 환경을 자신의 수단의 하나로 분명히 사용해야 합니다. 음악은 인간의 경험과 역사에서 가장 먼저 등장했기 때문에 표현하기 가장 쉬운 수단은 음악일 것이라고 말하고 싶네요. 그러나 제가 가진 재능은 말을 사용하는 것이기 때문에, 순수한 음악이 더 잘할 수 있을 것 같은 것을 말로 서투르게나마 표현하려고 애를 써야 합니다. 즉, 음악이 더 훌륭하고 단순하게 표현할 수 있으나, 제가 듣는 것보다 읽는 것을 선호하는 것처럼 말을 사용하는 것을 선호합니다. 저는 소리보다 정적을 더 좋아하는데, 말로 만들어진 이미지는 정적 가운데서 만들어집니다. 즉, 산문의 천둥과 음악은 정적 가운데서 발생합니다.

사람들 중에는 당신의 작품을 두 번 아니면 세 번 읽었는데도 이해할 수 없다고 말하는 사람이 있습니다. 그들에게 제안하고 싶은 접근 방법이 있으신가요?

포크너   그 작품을 네 번 읽으시면 어떨까요?

작가에게 중요한 요소로 경험, 관찰, 상상력을 말씀하셨습니다. 혹시 영감을 포함시킬 수 있으신지요?

포크너   저는 영감에 대해서는 아무것도 알지 못합니다. 왜냐하면 저는 영감이 무엇인지 모르니까요. 저는 영감에 대해 들어는 보았으나 직접 보지는 못했습니다.

당신의 작품은 폭력으로 점철되어 있다고 이야기되던데요.

포크너   그것은 마치 목수가 해머에 사로잡혀 있다고 말하는 것과 같습니다. 폭력은 단지 목수의 연장 중 하나와 마찬가지입니다. 목수가 한 가지 연장으로 집을 지을 수 없는 것처럼, 작가도 한 가지 연장으론 글을 지을 수 없습니다.

어떻게 작가가 되셨는지 말씀해주실 수 있으신가요?

포크너   저는 뉴올리언스에 살면서 이따금씩 돈을 조금 벌기 위해 별의별 일을 다 했습니다. 저는 셔우드 앤더슨을 만났습니다. 우리는 오후에 도시를 여기저기 걸어 다니다가 사람들과 이야기를 나누었습니다. 그리고 저녁에 다시 만나 한두 병을 마셨지요. 그는 이야기를 했고 저는 들었습니다. 오전에는 그를 만난 적이 한 번도 없었습니다. 그는 오전에 숨어서 작업을 했습니다. 다음 날 우리는 똑같은 일을 반복했습니다. 만일 저것이 작가의 삶이라면, 작가가 되는 것이 내게 딱 맞겠다고 생각했습니다. 그래서 제 첫 번째 책을 쓰기 시작했습니다. 그러자마자 글쓰기가 재미있다는 것을 알았습니다. 앤더슨이 집으로 찾아와서—그가 저를 보러 온 것은 이번이 처음이었습니다.—"무슨 일이야? 나한테 화났어?"라고 말할 때에야 저는 3주 동안 앤더슨을 만나지 못했다는 것을 알게 되었습니다. 제가 책을 쓰기 시작했다고 그에게 말해주었지요. 그는 "뭐라고?"라고 말하고는 나가버렸습니다. 그 책『병사의 월급』을 마치고 앤더슨 부인을 거리에서 만났습니다. 그녀가 책이 잘 진척되는지 물어서 저는 책을 마쳤다고 말했습니다. 그녀는 "셔우드가 당신한테 한 가지 제안을 하고 싶다더군요. 원고를 읽지 않는다는 조건으로 출판업자에게 당신의 원고를 출판하라고 말하겠대요."라고 전했습니다. 저는 "좋아요."라고 했고, 그것이 제가 작가가 된 이야기랍니다.

'이따금씩 돈을 조금'을 벌기 위해 어떤 일들을 하셨나요?

포크너 무슨 일이든지 닥치는 대로 했습니다. 저는 거의 모든 일을 조금씩 할 수 있었습니다. 배를 조종한다거나 집에 페인트칠을 한다거나 비행기를 조종하는 일 등이지요. 그 당시 뉴올리언스에서 사는 것은 돈이 크게 들지 않았기 때문에 많은 돈이 필요하지 않았습니다. 제가 원하던 것은 잠잘 곳, 약간의 음식, 담배와 위스키였습니다. 2~3일 동안 하면 거의 한 달 동안 먹고살 수 있는 돈을 벌 수 있는 일들이 지천으로 깔려 있었습니다. 성격상 저는 부랑자입니다. 돈 때문에 일을 하고 싶을 만큼 돈을 간절히 원하지 않았습니다. 이 세상에 너무도 할 일이 많다는 것이 수치라고 생각했습니다. 가장 슬픈 일 중의 하나는 사람이 하루에 여덟 시간씩 매일 할 수 있는 유일한 것이 일이라는 사실이었습니다. 사람은 매일 여덟 시간 동안 먹을 수도, 마실 수도, 사랑을 할 수도 없습니다. 사람이 여덟 시간 동안 할 수 있는 것은 일뿐입니다. 이것이야말로 인간이 자신뿐만 아니라 다른 모든 사람들을 그토록 비참하고 불행하게 만드는 이유입니다.

셔우드 앤더슨에게 빚을 졌다고 생각하시겠지요. 작가로서 앤더슨은 어떤 분입니까?

포크너　제가 속한 세대의 미국 작가들의 아버지이며, 우리의 후손들이 계속해서 이어나가야 할 미국적 글쓰기 전통의 아버지입니다. 그는 그가 받아야 할 정당한 평가를 받지 못했어요. 드라이저는 그의 맏형뻘이고 마크 트웨인은 그 둘의 아버지뻘입니다.

당대의 유럽 작가들에 대해서는 어떠신가요?

포크너　제 동시대 작가 중 위대한 두 명의 작가는 만과 조이스입니다. 우리가 조이스의 『율리시스』를 대할 때는 마치 문맹의 침례교 목사가 구약성경을 대하는 것처럼 해야 합니다. 믿음으로 말입니다.

성경에 대한 배경 지식을 어떻게 갖게 되셨나요?

포크너　저의 증조부이신 머리는 우리 손자들에겐 친절하고 온화한 분이셨습니다. 비록 그가 스코틀랜드 사람이었지만, (우리들에게) 특별히 종교적이거나 엄격하지 않으셨다는 뜻입니다. 그는 단지 완고한 원칙을 가진 분이셨습니다. 그 원칙 중의 하나로 모든 사람, 어린이부터 어른에 이르기까지 모두가 매일 아침 식사를 위해 모일 때마다 성경에서 따온 시구를 암송할 수 있어야 했습니다. 만일 성경에서 따온 시구를 암송할 수 없다면 아침을 굶어야 했지요. 그러면 부엌에서 빠져나와 시구를 열심히 외워야 했습니다. (이런 일을 담당한 일종의 원사와 같은 미혼 아주머니가 시구를 외우지 못한 놈들과 함께 퇴장하여 다음번에는 쉽게 관문을 통과하도록 도와주셨습니다.)

성경의 시 구절은 진심에서 우러나오고 정확한 것이어야 했습니다. 우리가 어릴 때는 일단 똑같은 성경 구절을 잘 외우게 된 뒤에도 매일 아침 같은 성경 구절을 외워도 상관없었습니다. 그런데 좀 더 나이 들고 몸도 커지면, (이때 즈음이면 성경 구절을 너무도 잘 외워서, 자신이 외우는 것을 듣지도 않으면서 말 달리는 것처럼 빠르게 외울 수 있지요. 그러면 성경 구절을 외워야 할 시간보다 5분이나 10분 먼저 끝내고, 이미 햄과 스테이크와 튀긴 닭과 다른 먹을 것과 고구마와 두세 가지의 뜨거운 빵을 먹고 있는) 어느 날 아침 매우 푸르고, 매우 친절하고, 온화하며, 엄격하지는 않지만 매우 완고한 그의 눈이 지켜보고 있다는 것을 알게 되지요. 그러면 다음 날 아침 우리는 새 시구를 외워야 합니다. 이런 식으로 어린 시절이 지났다는 것을 알게 되었을 때 우리는 성장한 것이고, 세상에 들어선 것이지요.

동시대 작가의 작품을 읽으시나요?

<u>포크너</u> 아니요. 제가 읽는 책들은 제가 어릴 때 알고 좋아했던 것뿐

입니다. 옛 친구들에게 다시 돌아가는 것처럼 저도 이 책들에게 돌아가지요. 구약성경, 디킨스, 콘래드, 세르반테스. 다른 사람들이 성경을 매년 읽는 것처럼 저는 『돈키호테』를 매년 읽습니다. 플로베르, 발자크―그는 자신이 쓴 소설로 자신만의 온전한 세계를 만들었고, 20권의 책에는 그의 피가 흐르지요.―도스토예프스키, 톨스토이, 셰익스피어도 읽습니다. 종종 멜빌도 읽고, 시인 중에서는 말로, 캠피언, 존슨, 헤릭, 던, 키츠와 셸리를 읽습니다. 여전히 하우스먼도 읽습니다. 저는 이 책들을 너무 자주 읽어서 첫 쪽부터 읽기 시작해서 끝까지 읽지 않습니다. 친구를 만나서 잠깐 이야기하는 것처럼 저는 한 장면이나 한 인물에 집중해서 읽습니다.

그리고 프로이트도요?

포크너   제가 뉴올리언스에 살 때 모든 사람들이 프로이트에 대해 이야기를 했습니다만, 저는 프로이트를 읽지 않았습니다. 셰익스피어도 그를 읽지 않았고요. 멜빌이 그를 읽었을까 의문이 듭니다만, 『모비 딕』은 그를 읽지 않았을 거예요.

추리소설은 읽으시나요?

포크너   저는 심농Georges Simenon은 읽었는데, 그는 체호프를 연상시키기 때문입니다.

어떤 인물들을 좋아하시나요?

포크너   제가 좋아하는 인물은 세라 갬프Sarah Gamp입니다. 그녀는 잔인하고 잔혹한 여성이며, 술주정뱅이고, 낙관주의자이고, 믿을 수 없는 사람입니다. 그녀의 성격 대부분은 나쁘지만, 최소한 그것 역시 그녀의 성격입니다. 해리스 부인, 폴스태프, 왕자 할, 돈키호테, 그리고 물론 산초도 제가 좋아하는 인물입니다. 저는 항상 맥베스 부인을 존경합니다. 그리고 보텀, 오필리아, 머큐시오도요. 머큐시오와 갬프 부인은 인생과 싸우지만 결코 호의를 베풀어달라고 하지도 않고 애걸하지도 않지요. 허크 핀과 짐도요. 톰 소여는 제가 많이 좋아하지 않았습니다. 그는 끔찍이도 까다로운 놈이에요. 그리고 참 저는 셧 러빙굿도 좋아하는데, 조지 해리스가 1840년이나 1850년 경에 테네시의 산속에서 쓴 책에 나오는 인물입니다. 그는 자신에 대한 환상을 갖고 있지 않고요, 그가 할 수 있는 최선을 다합니다. 어느 때는 겁쟁이가 되기도 하는데, 그것을 알고 있으며 부끄러워하지도 않습니다. 그는 결코 자신의 불운 때문에 다른 누구를 저주하지 않고, 신도 저주하지 않습니다.

소설의 미래에 대해 한 말씀 해주시겠습니까?

포크너 사람들이 소설을 계속해서 읽는 한 사람들은 계속해서 소설을 쓸 것이라 생각합니다. 역으로도 그럴 거라고 생각하고요. 그림이 많은 잡지와 만화책이 사람들의 읽는 능력을 마침내 고갈시킨다면, 문학은 진실로 네안데르탈인의 동굴에서나 볼 수 있는 그림으로 이루어진 글이 될 것입니다.

비평가의 기능이 무엇이라고 생각하시나요?

포크너 예술가들은 비평가들이 하는 소리를 들을 시간이 없습니다. 작가가 되기를 원하는 사람들은 서평을 읽겠지만, 진정으로 글을 쓰기를 원하는 사람들은 서평을 읽을 시간이 없어요. 비평가는 '킬로이가 여기에 왔었다.'라고 하면서 작품이 자신들의 영역이라고 말하려고 애쓰겠지요.* 그의 기능은 예술가를 향하지 않습니다. 예술가는 비평가 위의 계층입니다. 왜냐하면 비평가는 예술가를 제외한 모든 사람을 감복시킬 무엇인가를 쓰는 반면에, 예술가는 비평가들을 감탄시킬 무엇인가를 쓰기 때문입니다.

그렇다면 당신의 작품을 누군가와 토론할 필요를 느끼지 않으시나요?

포크너 네, 저는 글을 쓰느라 너무 바쁩니다. 글쓰기는 저를 만족시키기만 하면 됩니다. 그렇다면 저는 글쓰기에 대해 이야기를 나눌 필요가 없지요. 만일 글쓰기가 저를 만족시키지 못한다면, 그것에 대해 이야기를 나눈다고 좋아지지는 않을 것입니다. 왜냐하면 글쓰기를 개선할 수 있는 유일한 것은 더 많이 전념하는 것이기 때문입니다. 저는 문학에 조예가 깊은 사람이 아니라 단순히 작가입니다. 저는 제 작품에 대해 왈가왈부하는 것에서 전혀 기쁨을 느끼지 못합니다.

당신의 소설에서는 혈연관계가 중요하다고 비평가들이 주장하던데요.

포크너 말씀드렸던 것처럼 그것은 한 가지 의견일 뿐입니다. 저는 비평가들의 글을 읽지 않습니다. 사람들에 대해 글을 쓰려는 사람은, 이야기를 발전시키는 데 필요하지 않다면 사람들의 코의 생김새만큼이나 혈연관계에도 관심이 없을 것입니다. 만일 작가가 흥미를 가져야 할 필요가 있는 진실이라든가 인간의 진심 같은 것에 집중한다면, 그는 그 밖의 것들, 예를 들면 코의 생김새나 혈연관계에 대한 생각이나 사실 따위에 신경을 쓸 시간이 남지 않을 것입니다. 왜냐하면 개인적인 생각으로는 생각과 사실은 진실과 별 연관이 없기 때문입니다.

비평가들이 당신의 등장인물은 결코 의식적으로 선과 악을 선택하지 않는다고 말합니다.

포크너   인생은 선과 악에 관심이 없습니다. 돈키호테는 계속해서 선과 악 사이에서 선택을 합니다만, 그는 꿈을 꾸는 상태에서 선택을 합니다. 그는 미치광이입니다. 그가 현실을 직시할 때는 사람들과 맞서느라 너무 바빠서 선과 악을 구별할 시간이 없을 때뿐입니다. 사람들은 오직 삶에서만 존재하기 때문에, 그들의 시간을 단지 살아 있는 데 써야 합니다. 삶은 움직이며, 움직임은 사람들을 움직이게 만드는 것인 야망, 권력, 쾌락과 같은 것에 관심을 둡니다. 그는 조만간 선과 악 사이에서 선택을 하도록 강요받을 것입니다. 왜냐하면 내일도 계속 살아가기 위해서 그 자신으로부터 도덕적 양심이 선택을 요구하기 때문입니다. 그의 도덕적 양심은 신들로부터 꿈꿀 권리를 얻기 위해서 신들로부터 받아들여야 할 저주입니다.

예술가와 관련하여 말씀하신 움직임에 대해 더 설명해주실 수 있으신가요?

포크너   모든 예술가의 목적은 인위적인 방법으로 삶이라는 움직임을 잡아서 다시 고정시켜, 수백 년 후에 이방인이 그것을 보게 되었

• 제2차세계대전 중에 미군이 점령한 지역의 벽에 "킬로이가 여기 왔었다."라고 써놓고 위를 올려다보는 큰 코와 대머리를 가진 킬로이를 그린 벽화를 말한다.

을 때 그것이 삶이기 때문에 다시 움직일 수 있도록 하는 것입니다. 인간은 죽을 수밖에 없기 때문에 그에게 유일하게 가능한 불멸은 언제나 살아 움직여서 불멸인 어떤 것을 뒤에 남겨놓는 것뿐입니다. 그것은 항상 움직일 것이기 때문입니다. 이것이 예술가들이 언젠가는 통과하게 될 최후이자 다시 되돌릴 수 없는 죽음이라는 망각의 벽에 "킬로이가 여기 왔었다."라고 적어놓는 방식입니다.

당신 소설의 등장인물들은 자신들의 운명에 복종해야 한다는 생각을 갖고 있다고 맬컴 카울리가 말한 적이 있지요.

포크너　그것은 그의 개인적인 의견입니다. 모든 다른 작가의 등장인물이 그런 것처럼, 제 소설의 등장인물 중의 일부는 그렇고, 일부는 그렇지 않다고 말씀드릴 수 있겠네요. 『8월의 빛』에 등장하는 레나 그로브는 그녀의 운명과 꽤 잘 맞서 싸운다고 말할 수 있습니다. 그녀의 남자가 루카스 버치이거나 그렇지 않거나 하는 것이 그녀의 운명에 크게 중요하지 않지요. 그녀의 운명은 결혼하여 아이를 낳는 것이었다는 것을 그녀도 알고 있었고, 그래서 다른 누구에게도 부탁하지 않은 채 밖으로 나가 운명과 상대한 것이지요. 그녀는 자기 영혼의 지휘자였습니다. 제가 들었던 가장 차분하면서도 합리적인 말은 바이런 번치가 그녀를 강간하려고 필사적으로 그리고 절망적으로 시도할 때 이를 거부하면서 그녀가 그에게 한 말입니다. "당신은 부끄럽지도 않나요? 아이를 깨울 뻔했잖아요." 그녀는 한순간도 혼란스러워하거나 놀라거나 무서워하지 않았습니다. 그녀는 동정이 필요 없다는 것도 알지 못합니다. 그녀의 마지막 말은 "난 지금 한 달밖에 여행을 하지 않았는데 벌써 테네시에 왔네. 이런 이런, 멀리도 왔네."였습니다.

『내가 누워 죽어갈 때』에 등장하는 번드런 가족 역시 자신들의 운명과 잘 싸우지요. 아내를 잃은 아버지는 자연스럽게 둘째 부인이 필요할 것이고, 그는 둘째 부인을 얻었습니다. 한 방에 그는 가족 요리사를 바꾸었을 뿐만 아니라, 그들이 쉬는 동안 즐거움을 줄 수 있는 축음기까지 구한 셈이었습니다. 임신한 딸은 자신의 상황을 되돌려놓는데 실패하지만 결코 실망하지 않았습니다. 그녀는 다시 시도하려고 했고, 마지막까지 계속해서 실패한다 한들 아이를 하나 더 낳는 것뿐이겠지요.

당신은 나이가 스무 살에서 마흔 살 사이의 동정심이 많은 인물을 만드는 것을 어려워한다고 카울 리가 말했는데요.

포크너 스무 살에서 마흔 살 사이의 사람들은 동정심이 많지 않습니다. 아이는 그럴 능력을 갖고 있으나 그것을 알지 못하고요. 나이가 마흔이 넘어서 더 이상 그럴 수 없게 될 때, 그런 능력이 있었다는 것을 알게 되지요. 스무 살에서 마흔 살 사이에 뭔가를 하려는 아이의 의지는 더 강해지고 더 위험해지지만, 동정심에 대해서는 배우기 시작하지 않습니다. 행동으로 옮기려는 능력은 환경과 압박을 통해 악 쪽으로 가기 때문에, 사람은 도덕적이기 전에 먼저 강해집니다. 세상의 고통은 스무 살에서 마흔 살 사이의 사람들에 의해 야기됩니다. 저의 집 근처에 살면서 인종 간의 긴장을 야기하는 사람들에멧 틸*을 살해한 밀람 가와 브라이언트 가 사람들과 복수로 백인

• 열네 살의 나이에 미시시피 강 유역에서 백인들에 의해 살해당한 소년이다. 미국 흑인인권운동의 도화선이 되었다.

여성을 잡아다가 강간하는 흑인 갱들과 히틀러와 같은 사람들, 나폴레옹 같은 사람들, 레닌 같은 사람들은 인간의 고통과 고뇌의 상징인데, 그들은 모두 스무 살에서 마흔 살 사이입니다.

에멧 틸이 죽었을 때 언론 매체에 글을 쓰셨지요. 혹시 더 덧붙이고 싶은 말씀이 있으신가요?

포크너　아니요, 없습니다. 단지 저는 전에 말씀드렸던 것을 반복하고 싶습니다. 우리 미국인이 살아남게 된다면, 우리가 무엇보다도 미국인들이 되길 선택하고 결정하고 옹호하기 때문일 것입니다. 백인의 것이든 흑인의 것이든 보라색, 푸른색, 녹색 미국인의 것이든 세계에 하나의 균일한 전선을 제시하는 것 말입니다. 저의 고향인 미시시피 주에서 두 명의 백인 어른이 고통을 당한 흑인 소년에게 저지른 이 슬프고 비극적인 오류의 목적은 아마도 우리가 살아남을 만한 존재인지 아닌지를 증명하는 것일 겁니다. 왜냐하면 만일 미국이라는 나라가 절망적인 문화에서 아이들을 살해해야 하는 지경에까지 도달했다면, 그 이유가 무엇이든지 또는 어떤 인종이든지 간에 우리는 살아남을 가치가 없습니다. 아니면, 아마 살아남지도 못할 것입니다.

『병사의 월급』과 『사르토리스』 사이에 무슨 일이 있었나요? 무엇 때문에 요크나파토파 이야기를 쓰시게 되었나요?

포크너　『병사의 월급』 때문에 글쓰기가 재미있다는 것을 알게 되었습니다. 그러나 각각의 이야기가 구상을 갖고 있어야 할 뿐만 아니라 한 작가의 작품 전체 역시 구상을 갖고 있어야 한다는 것을 나중에 알게 되었습니다. 『병사의 월급』과 『모기』는 글 쓰는 것이 재미있어서 단지 글쓰기 자체를 위해 썼습니다. 『사르토리스』를 쓰기 시작하면서, 제 고향의 작은 우표도 글로 쓸 만한 가치가 있지만 이 모든 것을 글로 쓸 만큼 오래 살 수 없다는 것을 알았습니다. 또 진짜를 가짜로 승화시킴으로써 제가 가진 재능이 무엇이든 간에 그 절대적인 꼭대기에 도달하기 위해 사용할 수 있는 완전한 자유를 사용해야 한다는 것을 깨달았습니다. 이 깨달음이 다른 사람들의 보고를 열었고, 저는 제 자신만의 우주를 만들었습니다. 저는 신처럼 이 사람들을 공간적으로 시간적으로 움직일 수 있습니다. 제가 성공적으로 시간을 맞춰 등장인물들을 움직였다는 사실은, 최소한 저 자신의 평가로 볼 때 시간은 개인의 일시적인 육화된 삶에서만 존재하는 유동적인 조건이라는 저의 이론이 옳다는 것을 증명하는 것이었습니다. 과거란 존재하지 않습니다. 오직 현재만이 있을 뿐입니다. 만일 과거가 존재한다면 슬픔이나 회오는 있지 않을 것입니다. 제가 만든 세상이 우주에서 일종의 중심이라고 생각하길 좋아했습니다. 즉, 아무리 그 중심이 작더라도 그 중심을 없앤다면 그 우주 자체는 무너져 내릴 것입니다. 저의 마지막 책은 요크나파토파 군의 최후의 심판일을 다룬 책일 것이며, 그것이 제 걸작이 될 것입니다. 그러면 저는 연필을 부러뜨리고 글쓰기를 멈출 것입니다.

진 스타인 Jean Stein 구술 기록 서술 형식의 선구자이다. 『로버트 케네디의 시간』, 베스트셀러인 『이디-사교계 명사 앤디 워홀의 뮤즈 이디 세드윅의 삶』을 썼다. 1950년대 후반에는 『파리 리뷰』의 편집자로 일했다. 1990~2004년에는 문학과 시각예술 잡지인 『그랜드 스트리트』의 편집자였다.

인간은 죽을 수밖에 없기 때문에 그에게 유일하게 가능한 불멸은
언제나 살아 움직여서 불멸인 어떤 것을 뒤에 남겨놓는
것뿐입니다. 그것은 항상 움직일 것이기 때문입니다.

William Faulkner

주요 작품 연보

『병사의 월급』Soldier's Pay, 1926

『모기』Mosquitoes, 1927

『소리와 분노』The Sound and the Fury, 1929

『사르토리스』Sartoris, 1929

『내가 누워 죽어갈 때』As I Lay Dying, 1930

『성역』Sanctuary, 1931

『8월의 빛』Light in August, 1932

『관제탑』Pylon, 1935

『압살롬, 압살롬!』Absalom, Absalom!, 1936

『정복되지 않는 사람들』The Unvanquished, 1938

『야생 야자수』The Wild Palms, 1939

『작은 마을』The Hamlet, 1940

『모세야, 내려가라, 그리고 다른 이야기들』Go Down, Moses and Other Stories, 1942

『곰』The Bear, 1942

『무덤 속의 침입자』Intruder in the Dust, 1948

『우화』A Fable, 1954

『마을』The Town, 1957

『약탈자들』The Reivers, 1962

『소원을 비는 나무』The Wishing Tree, 1967

12

견고하고 단단한 덩어리를 넘어서

E. M. 포스터
E. M. FORSTER

E. M. 포스터 영국, 1879. 1. 1.~1970. 6. 7.

영국의 소설가. 작품으로 「기나긴 여행」, 「전망 좋은 방」, 「하워즈 엔드」, 「인도로 가는 길」 등이 있다. 로저 프라이, 버지니아 울프 등과 블룸즈버리그룹에서 활동했다. 20세기 영국을 대표하는 작가의 한 사람이다.

영국 런던에서 태어났다. 톤브리지 스쿨을 거쳐 케임브리지 킹스 칼리지를 졸업했다. 케임브리지 대학교 재학 중 학내의 자유주의 그룹에 참가했다. 빅토리아 왕조의 도덕과 가치관에 반발, 그리스 문명에 대한 동경에 사로잡혔다. 그들의 모임은 나중에 '블룸즈버리그룹'으로 발전하여 당시의 지도적 문화 서클이 되었다. 1903년 케임브리지의 친구들이 주축이 되어 만든 월간지 『인디펜던트 리뷰』에 에세이 「마콜니아 상점들」을 발표하면서 작가로 데뷔했으며, 이듬해에 같은 잡지에 단편소설 「목신을 만난 이야기」를 게재하여 본격적으로 소설가의 길을 걷기 시작했다. 졸업 후 이탈리아로 가서 『천사들도 발 딛기 두려워하는 곳』, 『기나긴 여행』, 『전망 좋은 방』을 썼다. 1910년 그의 가장 원숙한 작품이라고 평가되는 『하워즈 엔드』를 썼고, 1924년에 발표한 『인도로 가는 길』에서는 동서 문명의 대립과 인간 이해의 어려움을 상징적으로 그렸다. 그밖에 환상적인 작풍의 단편집, 여행기, 전기, 수필, 독창적인 소설론인 『소설의 이해』 등 논평 및 기타 저작이 있다. 1949년에 기사 작위를 서훈받았으나 거절했고, 1970년 런던 킹스 칼리지에서 91세로 사망했다.

포스터와의 인터뷰

P. N. 퍼뱅크, F. J. H. 해스켈

포스터는 우리가 예상했던 강조점들을 계속 조금씩 바꾸었다.
그는 줄곧 우리의 질문에 간단하게 대답했으나
장식적인 여담을 덧붙였다. 그 이야기들은 종종 매우 흥미로웠지만
그대로 독자에게 전달하기는 매우 어려웠다.

"(제가 읽은 부분은) '북극의 여름' 전부는 아닙니다. 제가 읽은 것은 '북극의 여름'의 절반쯤입니다. 그렇지만 이 부분이야말로 제가 읽기를 원한 전부였습니다. 왜냐하면 저는 이 작품이 사라져버리거나, 아니면 최소한 완성할 수 없다고 생각하기 때문입니다. 그리고 제 억장이 무너져 내리는 동안 제 목소리가 대기 중으로 사라져버리는 것을 원치 않습니다. 제 앞에 놓인 문제가 무엇이며 제가 왜 그 문제를 풀지 않는지 생각하는 것이 더 흥미로울 것입니다. 비록 이것이 우리를 약간은 소설의 전문적인 면과 연루시킬 수 있겠지만, 그래도 저는 이 문제를 탐구하고 싶습니다."

1951년에 열린 올드버러 음악제의 청중에게 연설하면서 포스터는 위와 같이 말했다. 그는 이 음악제에서 '북극의 여름'이라는 제목의 미완성 소설을 일부 읽었다. 그는 낭독을 마치고 이 소설을 끝내

지 못한 이유를 설명하면서, '소설의 전문적인 면'이라고 부르는 것까지 언급하였다.

우리는 포스터가 올드버러에서 한 발언을 염두에 두고, 1952년 6월 20일 저녁 케임브리지 킹스 칼리지에서 진행된 인터뷰에서 이 문제에 대한 그의 관점을 기록하려고 시도하였다.

에드워드 왕조 취향의 가구가 갖추어진 널찍하고 천장이 높은 방. 푸른색 도자기가 벽감에 장식되어 있는 정교한 구조의 맨틀피스가 우리의 관심을 끌었다. 이 거대한 벽난로 위 선반은 나무를 조각한 것이었다. 금박을 입힌 커다란 액자에 들어 있는 초상화(손턴 가의 그의 조상들과 다른 사람들의 초상화), 그의 종조부가 그린 터너풍의 그림, 그리고 몇 점의 현대화가 벽에 걸려 있었다. 멋지게 장정된 책과 그렇지 않은 것, 영어책과 프랑스어책 등 다양한 종류의 책들, 작은 숄로 장식된 안락의자, 피아노와 카드놀이 판과 환등 상자, 개봉된 많은 편지, 종이쓰레기 통 옆에 가지런히 정리된 슬리퍼.

다음의 대화를 읽으면서 독자는 매우 상냥하지만 확고한 태도를 갖고 있는 포스터를 상상하길 바란다. 그는 정확했지만 이해하기 어려운 모호한 면도 있고 계속해서 우리를 조금씩 놀라게 했다. 포스터는 우리가 예상했던 강조점들을 계속 조금씩 바꾸었다. 그는 줄곧 우리의 질문에 간단하게 대답했으나 장식적인 여담을 덧붙였다. 그 이야기들은 종종 매우 흥미로웠지만 그대로 독자에게 전달하기는 매우 어려웠다.

I.

'Gentlemen! Gentlemen!' Basle station echoed to the celebrated word. 'If only other people would behave like gentlemen.' It was early (on an August morning) and the passengers from the Bologna train, ~~was~~ mostly English, were trying to decant themselves into the train for Lucerne and the south. Difficult, for the Lucerne train was smaller, and they were beginning to fight. They did not want to fight, but by dozens they could not avoid it; there was nothing else to do. Without losing their tempers, they screamed and wedged and hit one another behind the knee with suit cases, and smashed at the brass bars of the train as it backed itself to a standstill. Some had ladies with them, and claimed prior treatment on that account. 'Steady on, sir, you might consider the ladies.' Others cried 'Bother the ladies!' One tourist was pushed beneath the oncoming wheels, another rescued him, and still the appeal for gentle manliness arose ["that pass word into a city whose gates are barred for ever.]

The station, immense and modern, paid no great heed. Not even the daily passage of the Island Race was an event to her, She was the changing house of Europe. Trains ran into her from four or five countries, washed and shaved themselves, ate in her ~~outwardly~~ refreshment rooms, and rebroke when necessary, she thought in terms of trains. Behind her lay the a town and a ~~cathedral~~ ~~power~~ swift green river, but she only served the town as an afterthought. Its needs were little to her, its memories of a Mediaeval Council nothing: she was indifferent to Cardinals and Kings, and to all but trains ~~importantly~~ ultimately.

Now Martin ~~had~~ ~~~~ He had spied the Lucerne train reposing at a distant platform, had measured it with his eye, and had calculated where the end of its carriage would be when it drew up. Telling Venetia (his wife) and Lady Borlase (his mother in law) to keep out of the crowd, he had slipped past the other tourists, and laid a gloved hand on the door. The rush followed. He was swept off sideways by the train and off his legs by the crowd, and it was he who was nearly killed. The man who saved him had the look and gesture of a warrior. He impressed Martin very much, and ~~half an hour later~~ when the train had started he set out down the corridor to find him and to thank him.

~~The~~ ~~Things had~~ ~~~~ now. Every one had found a seat, for there was plenty of room after all, and many every one had forgotten the original ~~~~

E. M. 포스터의 원고 중 한 페이지.

E. M. 포스터
×
P. N. 퍼뱅크, F. J. H. 해스켈

왜 '북극의 여름'을 끝내지 않으셨는지 다시 물어도 괜찮을까요?

E. M. 포스터 제가 '북극의 여름'을 낭독하기 위해 쓴 「서언」에 이 질문에 대한 답이 있습니다. 이 질문에 대한 핵심적인 대답은 다음과 같습니다.

"이러한 문제들이 해결되건 그렇지 않건 간에 더 중대한 문제가 남게 된다. 무슨 일이 일어날 것인가? 나는 이 이야기에 서로 대립하는 것을 제대로 마련해놓았다. 그것은 여러 가지 일들을 처리할 시간이 있는 북극의 여름을 바라는 문명화된 사람과 영웅적인 사람 사이의 대립이다. 그렇지만 나는 어떻게 이야기를 발전시킬지 결정하지 못했다. 그것이야말로 내가 이 소설을 완성하지 못한 이유이다. 내 생각에 소설가는 소설을 시작할 때 무슨 일이 일어날지, 어떤 사건이 가장 중요한 사건이 될지에 대해 항상 답을 갖고 있어야 한다. 소설가는 그 사건에 가까이 갈수록 사건을 바꿀 가능성이 있으며, 실제로 바꾸기도 할 것이며, 정말로 바꾸는 편이 더 나을 수도 있다. 그렇지 않다면 소설은 정체되고 꼼짝하기 어렵게 될 것이다. 그러나 이야기가 어떻게든 진행되기 위해선 산과 같이 견고하고 단단한 덩어리를 둘러서 또는 넘어서 또는 뚫고서("이 경우에는 뚫고 가는 것이 낫겠다."라고 그가 보충 설명하였다.) 진행되어야 한다는 느낌이 가장 중요하다. 뿐만 아니라, 내가 쓰려고 했던 소설들에 있어서 가장 본질적인 것이다."

소설은 이 '견고하고 단단한 덩어리'에 얼마나 많이 연루되어야 하나요? 소설을 처음 착상할 때부터 플롯의 모든 중요한 단계가 이미 존재해야 한다는 것을 뜻하나요?

포스터   물론 모든 단계에서 그렇다는 것은 아닙니다. 그러나 주인공이 다가가야 하는 어떤 것, 즉 어떤 중요한 대상이나 사건이 있어야 합니다. 제가 『인도로 가는 길』을 시작할 때, 마라바르 동굴에서 어떤 중요한 일이 일어날 것이며 이 사건이 이 소설의 중심 부분이 될 것이란 것을 알게 되었습니다. 그렇지만 무슨 사건이 일어날지는 알지 못했지요.

『인도로 가는 길』과 '북극의 여름'에서 마찬가지로 등장인물에게 무슨 일이 일어날지 모르셨다면, 이 두 경우에 차이가 나는 이유는 무엇입니까? 양쪽 모두 이미 서로 대립하는 것을 설정하셨잖습니까?

포스터   '북극의 여름'의 분위기는 『인도로 가는 길』의 분위기만큼 충분하게 진하지 않았습니다. 마라바르 동굴은 이 소설을 한곳으로 집중시킬 수 있는 어떤 장소였습니다. 그것은 공동^{空洞}이었지요.(우리는 그가 동굴에 대해 이야기할 때는 완전히 문자 그대로 말한다는 것을 알았다. 예를 들면 그가 자신의 말 앞부분에 갑자기 툭 끼워서 등장인물들이 동굴을 '통과'해야 한다고 말하기도 했다.) 동굴은 모든 것을 집중시킬 수 있는 중요한 것이었습니다. 달걀처럼 동굴은 어떤 사건이 일어나게 해야 했지요. 그렇지만 제가 '북극의 여름'에서 갖고 있었던 것은 너무도 옅어서, 배경이거나 색조에 불과했어요.

당신의 소설에는 서로 대립하는 것이 있다고 말씀하셨지요. 어떤 소설을 쓰시든지 대립이 근본적이라고 생각하시나요?
포스터   생각해보아야겠는데요. 『하워즈 엔드』엔 하나 있고요, 아마도 『기나긴 여행』에는 약간 알아차리기 어려운 것이 하나 있습니다.

당신이 쓴 소설은 모두 어떤 딜레마를 다룰 뿐만 아니라 그것에 대해 진실하고 유용하고자 한다는 점에 동의하시나요? 만일 그 딜레마가 너무 극단적이어서 서로 양립할 수 없다고 느끼면, 당신은 그것에 대한 글쓰기를 그만두시나요?
포스터   진실한 것과 사랑스러운 것은 대조되는 것이 될 수 있지만 거기에 유용함은 끼어들지 않습니다. 제가 다루길 원하는 딜레마가 해결될 수 없다는 이유로 소설을 쓰지 말아야 한다고 생각해본 적은 없습니다. 저는 그렇게 생각하지 않습니다.

소설을 계획하고 쓰는 동안 소설이 예상치 못한 방향으로 흘러간 적이 있으신가요?
포스터   물론이지요. 아주 놀라운 일입니다. 등장인물이 제 계획으로부터 도망을 치더라고요. 이런 일은 어떤 소설가에게나 일어나지요.

물론 유감스럽게도 제게도 그런 일이 일어났지요.

발표한 소설 중에서 당신을 특히 괴롭혔던 문제를 설명해주실 수 있나요?

포스터 리키와 스티븐(『기나긴 여행』의 주인공과 그의 의붓형제)의 관계 설정이 힘들었어요. 어떻게 이 둘을 친하게 만들 수 있을까에 대해서요. 아주 애먹었습니다. 그런데 일단 그들을 함께 두니 그 문제가 모두 해결되었어요. 헬렌이 하워즈 엔드에 가게 할 방법을 찾는 것도 힘들었지요. 그 해결 방안도 용케 만들어졌습니다. 편지 왕래를 참 많이 해야 했지만, 이번에도 헬렌이 가게 되었으니 문제가 없어졌습니다.

그건 왜 그렇지요?

포스터 그것은 부분적으론 제가 좀 전에 말씀드린 것과 관련이 있습니다. 등장인물이 제 의도와 달리 달아나고, 그래서 다음에 오는 부분과 맞아떨어지지 않게 된 것이지요.

구체적인 질문입니다. 『인도로 가는 길』에서 힌두 축제에 대해 길게 묘사하셨는데, 왜 그렇게 하셨나요?

포스터 그렇게 하는 것이 건축학적으로 필요했습니다. 저는 우뚝 솟은 산처럼 어떤 덩어리를 필요로 했어요. 그것은 이 이야기에선 힌두 사원 같은 것이었지요. 그것은 자리를 잘 잡았고, 여러 이야기들을 끌어모았습니다. 그렇지만 이 부분 뒤에 무엇인가가 좀 더 있어야 했어요. 왜냐하면 그 덩어리가 약간 지나치게 두드러졌기 때문이지요.

소설 쓰기와 관련한 기술적인 질문은 잠시 제쳐놓겠습니다. 혹시 개인적으로 잘 알지 못하는 상황을 묘사한 적이 있으신가요?

포스터 『하워즈 엔드』에서 레너드와 재키의 가정생활이 그런 예라고 생각합니다. 저는 그것에 대해 아무것도 알지 못했어요. 그렇지만 그 부분을 훌륭하게 처리했다고 믿고 있습니다.

어떤 경험을 묘사하기 위해서는 그 경험으로부터 얼마만큼의 시간이 지나야 한다고 생각하시나요?

포스터 이런 문제에 있어선 시간보다는 공간이 더 중요합니다. 『인도로 가는 길』에 대해 좀 더 이야기해보도록 하겠습니다. 저는 이 소설을 쓰는 데 참으로 많은 어려움을 겪어서, 결코 끝낼 수 있을 것 같지가 않았어요. 1912년에 쓰기 시작했는데 곧 전쟁이 발발했지요. 1921년에 인도로 돌아갈 때 이 소설을 들고 갔는데 제가 써놓은 것이 인도답지 않다는 것을 알게 되었습니다. 그것은 그림에 사진을 붙이는 꼴이었어요. 인도에 있을 때는 더 쓸 수가 없었습니다. 그렇지만 제가 거기를 벗어나자마자 일이 잘 진척되었어요.

어떤 비평가들은 당신이 폭력 사건을 다루는 방식에 부정적인 평가를 했는데, 그들의 평가에 대해 어떻게 생각하시나요?

포스터 『천사들도 발 딛기 두려워하는 곳』에서 이 문제를 만족할 만하게 해결했다고 생각합니다. 다른 경우엔 잘 모르겠고요. 마라바르 동굴 장면은 폭력을 대체한 좋은 예입니다. 어떤 사건이 마음에 들지 않으셨나요?

『기나긴 여행』에서 제럴드의 갑작스런 죽음이 항상 마음에 걸렸는데요. 왜 이렇게 처리하신 거지요?*

포스터　그는 어떻게든 죽어야 했는데, 아마도 그것이 잘못된 방식으로 일어난 것이겠지요.

『하워즈 엔드』에서 레너드 바스트가 헬렌을 유혹할 때도 불편한 느낌을 지울 수 없었습니다. 그것은 너무도 갑작스러웠어요. 그런 일이 생길 수도 있다는 것을 독자들이 납득할 만큼 충분히 미리 이야기하지 않은 것처럼 보입니다. 이것은 알레고리적일 수 있지만 현실적이지 않다고 사람들이 말할 수도 있습니다.

포스터　당신 생각이 옳다고 봅니다. 그렇지만 제가 그렇게 한 이유는 독자들을 놀라게 하고 싶었기 때문이지요. 이 일은 마거릿에게 뜻밖의 일이어야 했습니다. 그리고 이 일이 독자들을 놀라게 만들었기에 잘 처리되었다고 생각합니다. 그렇지만 이것 때문에 다른 많은 것을 희생시켰을 수도 있습니다.

좀 더 일반적인 질문을 해도 될까요? 당신 소설에 상징주의가 들어 있나요? 리오넬 트릴링은 알레고리나 우화와는 분명히 구별되는 상징주의가 당신 책에 들어 있다고 암시한 것처럼 보입니다. 트릴링은 "무어 여사는 아델라에게 기분 나쁘게 행동할 것이지만, 그녀의 행동은 어쨌든 좋은 반향을 일으키고, 그녀의 아이들은 그녀의 더 큰 반향이 될 것이다……."라고 말했지요.

포스터　아니요. 저는 그렇게 생각하지 않습니다. 그러나 다른 곳에선 그런 것이 있지 않을까요? 또 다른 예를 보여주시겠습니까?

• 『기나긴 여행』의 유명한 5장은 "제럴드는 그날 오후에 죽었다."로 시작한다.

『하워즈 엔드』의 나무는 어떤가요? (이 소설에서는 느릅나무가 자주 언급된다.)

포스터　맞아요. 그 나무는 상징적이지요. 왜냐하면 그 나무는 이 집의 정령이거든요.

월콕스 부인이 죽은 이후에 그녀가 다른 인물들에게 미친 영향의 의미는 무엇인가요?

포스터　저는 살아 있는 사람의 상상력 넘치는 영향에 관심이 많았습니다만, 다른 삶을 살고 있는 다른 등장인물의 다른 방식의 영향에 관심이 있었어요.

이 경우에 새뮤얼 버틀러의 영향을 받으신 건가요? 버틀러의 '다른 사람을 대신해 간접적으로 경험하는 불멸성의 이론'theories of vicarious immortality 말입니다.

포스터　아니요. 전 버틀러보다 훨씬 더 시적인 정신을 갖고 있다고 생각하는데요.

글쓰기와 직접 관련된 질문을 몇 가지 드려도 될까요? 언제나 메모하시나요?

포스터　아니요, 그렇게 하는 것이 적절하지 않다고 생각합니다.

그러면 일기나 편지를 참조하시나요?

포스터　네, 그건 메모와 다르지요.

예를 들어 서커스 구경을 갔을 때, 이것을 소설에 넣으면 좋겠구나라고 생각하시나요?

포스터　아니요. 그건 적당하지 않다고 생각합니다. 절대로 '쓸모가 있겠는걸.'이라고 생각하지 않습니다. 어떤 작가든 그렇게 하는 것이 옳다고 생각하지 않습니다. 그러나 저는 그런 현장에서 영감을 받은 적이 있습니다. 가장 단순한 예로 「목신을 만난 이야기」를 들 수 있습니다. 「콜로노스의 숲」은 또 다른 예이고요. 어떤 장소는 제게 「바위」란 제목의 단편을 쓸 수 있는 영감을 불어넣어 주기도 했습니다. 그러나 그 영감이 충분치 않았는지 편집자가 그 이야기를 받아주지 않더라고요. 그러나 저는 제 단편선을 소개하는 글에서 이것에 대해 이야기했습니다.

소설의 형태를 미리 예견하시나요?

포스터 아니요, 저는 너무도 비시각적이어서 그렇게 하지 못합니다. (우리는 그가 힌두 축제 장면에 대해 설명한 걸 보았기에 자신이 비시각적이라고 말하는 것에 놀라지 않을 수 없었다.)

그러면 소설의 형태는 다른 방식으로 구상되나요?

포스터 사람들을 만날 때 저는 그들을 잘 기억하고 그들의 목소리도 잘 기억합니다. 그렇지만 저는 그들을 구별하는 데 어려움을 겪곤 합니다.

당신은 많은 주제를 동시에 다루는 데 도움이 되는 바그너식의 라이트모티프 leitmotif * **시스템을 쓰시나요?**

• 주로 오페라에서 나타나는 되풀이되는 음악 주제를 가리킨다. 연극에 적용하면 되풀이해서 나타나는 어떤 말, 주제, 이미지를 의미한다.

포스터　네, 약간은요. 그것을 시스템이라고 부를 수는 없습니다만, 저는 음악과 음악적 방법에 분명 관심이 있습니다.

매일 쓰시나요, 아니면 영감을 받을 때만 쓰시나요?
포스터　저는 후자 쪽입니다. 그러나 글을 쓰게 되면 영감이 떠오르지요. 그것은 참 멋진 느낌입니다. 물론 저는 어린 시절을 매우 문학적으로 보냈습니다. 저는 여섯 살에서 열 살 사이에 여러 편의 작품을 썼습니다. 「열쇠 구멍에 귀고리를」과 「장롱 안에서의 격투」 등이 그런 작품이지요.

당신이 쓴 소설 중 어떤 작품이 제일 먼저 떠오르시나요?
포스터　『전망 좋은 방』의 절반이오. 제가 그 절반쯤에 도달하면 반드시 장애물이 나타나곤 합니다.

지금까지 발표한 작품과 완전히 다른 작품을 시도하신 적이 있나요?
포스터　한때 르네상스를 배경으로 한 역사소설을 써보고 싶었습니다. 아나톨 프랑스의 『타이스』를 읽고 마침내 시도해보기로 작정했었습니다만, 끝내 아무것도 쓰지 못했지요.

소설 속 등장인물의 이름은 어떻게 정하시나요?
포스터　저는 대개 주인공의 이름을 처음에 정하지만 항상 그런 것은 아닙니다. 리키의 형제 이름은 여러 개였습니다. (그는 우리에게 『가장 긴 여행』의 초기 원고를 보여주었는데, 여기서 스티븐 원햄은 지그프리드라고 나온다. 또한 초고에는 출판할 때 삭제된 장도 있었는데, 이 장에 대해 그는 "지나치게 낭만적이었죠."라고 설명했다.) 원햄은 시골 지명이고 퀘스티드라는 이름도 지명입니다. (우리는 『인도로 가는 길』의 초기 원고도 보았는데 여주인공 이름이 이디스였다. 이 사실은 포스터 자신도 기억에 없는지 놀란 듯했다. 이디스가 나중에 재닛으로 바뀌었다가 다시 아델라로 바뀌었다.) 헤리튼이란 이름은 제가 만들어낸 것이지요. 먼트는 하트퍼드셔에 있는 저희 집의 첫 여자 가정교사의 이름이었습니다. 하워드라고 불린 사람들이 실제로 있었고 그들은 한때 하워즈 엔드에 살기도 했습니다. 『천사들도 발 딛기 두려워하는 곳』은 '몬테리아노'라고 붙여져야 했습니다만, 출판업자는 그 제목으로는 잘 팔리지 않을 거라고 생각했지요. 지금의 제목은 덴트 교수가 지어주었어요.

얼마나 많은 실재 인물들이 당신 소설의 모델이 되었나요?

포스터 소설가들은 실재 인물을 모델로 쓰지 않는 척하길 좋아하지만, 누구나 실제로 그렇게 합니다. 저는 가족의 일부를 소설에 재현했지요. 바틀릿 양은 제 이모인 에밀리입니다. 그들 모두 제가 쓴 책을 읽었으나 어느 누구도 그 점을 알아차리지 못했습니다. 윌리 삼촌은 페일링 부인으로 바뀌었고요. 그는 솔직하고 단순한 인물입니다. (그는 이 부분을 스스로 수정했다.) 그는 단순하다고 보긴 어렵지만 솔직한 인물입니다. 래비시 양은 실제로는 스펜더 양이었고요, 허니처치 부인은 제 할머니였습니다. 세 명의 디킨슨 자매는 두 명의 슐레겔 자매로 압축되었어요. 필립 헤리튼은 덴트 교수를 모델로 했습니다. 그는 이 사실을 알고 있었고 그 자신의 발전 양상에 흥미를 갖고 있었습니다. 그리고 몇 명의 여행자도 등장인물로 썼습니다.

등장인물 모두 실재하는 사람을 모델로 했나요?

포스터   어떤 책에서도 제가 좋아하는 사람, 제가 생각하는 저란 사람, 저를 짜증나게 하는 사람 그 이상을 모방하진 않았습니다. 이렇게 하기 때문에 저 또한 진짜 소설가라고 볼 수 없는 수많은 작가에 속하게 되겠지요. 이런 작가들은 이 세 가지 범주를 갖고서 어떻게든 해보려고 최선을 다합니다. 이런 작가들에겐 다양한 삶을 관찰하고 그것을 냉정하게 묘사할 수 있는 힘이 없습니다. 실제로 그렇게 할 수 있던 작가는 몇 명 되지 않습니다. 톨스토이가 그중의 하나이지요. 그렇지 않나요?

실재하는 사람을 허구의 인물로 만드는 과정에 대해서 좀 더 말씀해주실 수 있습니까?

포스터   유용한 방법은 눈을 반쯤 감고 그런 사람을 한 명 생각해보는 것입니다. 그리고 그 사람의 특징을 모두 묘사해보는 거예요. 저는 어떤 사람의 3분의 2 정도만 가지고도 글을 쓸 수 있습니다. 목표는 그와 똑같게 묘사하는 것이 아니고, 그럴 수도 없습니다. 왜냐하면 어떤 사람이 그 자신일 수 있는 것은 어떤 특별한 상황에서만이기 때문입니다. 그래서 필립이 지노와 어려운 지경에 놓일 땐 필립의 모델인 덴트 교수에게 물어보아야 하고 헬렌이 사생아로 인해 어떻게 처신해야 하는지 모를 땐 헬렌의 모델인 한 명 반의 디킨슨 양에게 물어보아야 한다면 소설의 분위기나 이야기를 망칠 수 있습니다. 모든 것이 잘 진행될 때 원재료는 곧 사라지고, 다른 어떤 곳도 아닌 책에 속한 인물이 나타나게 되지요.

소설의 등장인물 중에서 당신 자신을 재현한 인물이 있나요?

__포스터__ 다른 누구보다도 리키가 그럴 겁니다. 필립도요. 그리고 (『전망 좋은 방』에 나오는) 세실도 자신 안에 약간의 필립 같은 요소가 들어 있습니다.

글쓰기가 끝난 후 등장인물은 당신에게 어느 정도 실감이 나나요?

__포스터__ 그 정도는 매우 상이합니다만, 생각해볼 만한 인물들이 있긴 합니다. 저도 저런 운명을 가졌으면 좋겠다고 생각한 인물들로는 리키와 스티븐, 마거릿 슐레겔이 있습니다. 그렇지만 그들이 소설에서 죽거나 그렇지 않거나 한 건 아무 관계 없고요.

당신의 작품 전체에 대해 몇 가지 질문이 더 있습니다. 우선 각각의 소설이 어느 정도까지 완전히 새로운 실험이라고 볼 수 있나요?

__포스터__ 매우 광범위하게요. 그렇지만 그 실험이 말과 관련된 것인지는 잘 모르겠네요.

한 작가의 전체 작품의 이면에는 헨리 제임스가 '카펫에 나타난 인물'이라고 부른 숨겨진 패턴이 있나요? 당신도 독자들이 알 수 없는 비밀들을 숨겨놓는 것을 좋아하시나요?

__포스터__ 아, 그것은 또 다른 질문이네요. 저는 『인도로 가는 길』에서 축제 기간 동안 고드볼 교수가 명상을 했던 말벌이 소설의 앞부분에도 나왔다는 사실을 피터 버라가 눈치챈 것에 대해 기뻤습니다.*

---

* 피터 버라는 에브리맨 판the Everyman edition 『인도로 가는 길』의 서문을 쓴 작가다.

이 소설에서 말벌이 어떤 비밀스런 의미를 갖고 있나요?

포스터 인도에서는 모든 동물에게 비밀스런 의미가 있다는 그런 의미에서 그렇단 말씀입니다. 그렇지만 저는 그런 의미 없이 그냥 집어넣었을 뿐입니다. 그리고 비논리적일 수는 있지만, 이것이 이야기의 뒷부분에서 다시 등장할 수도 있다는 것을 알고 있었습니다.

당신은 글 쓰는 솜씨가 얼마나 뛰어나다고 생각하시나요?

포스터 우린 자꾸 그 문제로 되돌아오는군요. 이런 문제에 대해서 거의 의식하지 않는다는 것을 사람들은 잘 모를 겁니다. 아니면 우리들이 얼마나 허우적거리는지도 잘 모를 겁니다. 사람들은 우리가 실제로 알고 있는 것보다 훨씬 더 많이 알고 있기를 원하더라고요. 비평가들이 작가들은 잘 생각하지 않는다는 내용의 강좌를 하나든 아니면 여러 개 열어주기라도 하면 좋겠네요.

당신은 어디선가 제인 오스틴과 프루스트에게서 많은 것을 배웠다고 말씀하신 적이 있지요. 제인 오스틴에게서 기술적으로 무엇을 배우셨나요?

포스터 제가 배운 것은 한 집안에서 일어나는 유머의 가능성이었습니다. 물론 저는 오스틴보다는 좀 더 야심이 컸지요. 저는 가정적인 유머를 확대해서 다른 것들에 연계하려고 했어요.

그럼 프루스트에게선 무엇을 배우셨나요?

포스터 프루스트에게서 배운 것은 등장인물의 입장에서 자신을 보는 방식입니다. 현대의 잠재의식적인 방법이지요. 그는 제가 수용할 수 있는 많은 현대적인 방식을 알려주었습니다. 저는 프로이트나 융을 혼자 읽을 수 없었어요. 제가 그들을 수용하기 위해선 우선 여과 되어야 했지요.

당신에게 기술적으로 영향을 미친 소설가가 또 있나요? 메러디스는 어떤가요?

포스터 저는 그가 쓴 『에고이스트』와 좀 더 잘 구성된 소설들을 좋아합니다만, 그렇다고 그가 제게 영향을 미쳤다고 말하긴 어렵습니다. 그 부분은 잘 모르겠어요. 그는 제가 할 수 없는 그런 것들을 해냈지요. 그를 존경하는 점은 한 가지 사물을 다른 사물로 열어주는 감각입니다. 그와 함께 방에 들어서면 곧 다른 방으로 연결되고 또 다른 방으로 계속 연결되지요.

나이가 들수록 예술가는 '발전'해야 한다는 말이 당신에게 점점 덜 중요해지는 것 같다고 말씀하신 이유는 무엇인가요? 이 말을 리오넬 트릴링이 인용한 적이 있지요.

포스터 제가 관심을 두는 것은 업적에 진척이 있다거나 쇠퇴했다라는 점보다는 업적 자체입니다. 그리고 작가보다는 작품이지요. 작품을 써가면서 작가로서의 힘을 잃는지 아니면 더 왕성해지는지를 보여주고 싶은 비평가의 간섭하고픈 소망은 잘못되었다고 봅니다. 저는 저 자신이 생산자라는 면에만 관심을 두고 있습니다. "제 아홉 편의 교향곡을 통해 제 발전을 추적하는 사람은 누구든지 충분히 저를 이해하실 수 있을 겁니다."라고 말러가 말했지요. 그렇지만 이 말은 이상하게 들립니다. 제가 그런 말을 할 수 있을 거라고는 생각하지 않습니다. 이것은 너무도 격식을 차린 것처럼 들립니다. 다른 작가들은 스스로를 연구 대상이라고 생각합니다. 저는 자부심이 있긴 하지만 이런 특별한 방식으로 저 자신에게 관심을 두지는 않습니다. 물론 저는 제가 쓴 작품을 읽는 걸 좋아해서 종종 그렇게 합니다. 그러다가 잘못된 부분을 찾으면 그것들을 조용히 다시 검토해보곤 하지요.

그렇지만 당신은 자신의 작품을 높이 평가하시지요?

<u>포스터</u> 그렇다고 할 수 있지요. 제가 더 많은 작품을 쓰지 못한 것이 후회됩니다. 더 많이 썼으면 좋았을 텐데요. 저는 제가 다른 작가들과 다르다고 생각합니다. 그들은 훨씬 더 많은 고민을 토로합니다.(그것이 진심인지는 모르겠습니다.) 저는 항상 글쓰기를 즐겼기에 다른 사람들이 말하는 '창작의 산고'를 이해할 수 없습니다. 전 글쓰기를 즐겼고, 어떤 점에선 글쓰기가 좋은 것이라고 믿었습니다. 이것이 지속될는지는 잘 모르겠습니다.

P. N. 퍼뱅크P. N. Furbank 1920년생. 영국의 작가이자, 학자, 평론가이다. E. M. 포스터의 전기와 문학비평인 『E. M. 포스터 - 인생』, 『디드로 - 비평적 전기』로 트루먼 카포티상을 수상했다. 그 외에도 대니얼 디포의 전기와 비평에서 아주 중요한 저작들을 남겼다.

F. J. H. 해스켈F. J. H. Haskell 1928년에 태어나 2000년에 사망했다. 사회사에 중점을 둔 영국의 예술사학자였다. 킹스 칼리지와 케임브리지 대학교에서 역사를 공부했고 1954년에 연구원이 되었다. 그후 1967년부터 1995년 은퇴할 때까지 옥스퍼드 대학교에서 미술사 교수로 재직했다. 저서로 『왕의 초상』, 『후원자와 화가』, 『역사와 그 이미지』 등이 있다.

주요 작품 연보

『천사들도 발 딛기 두려워하는 곳』Where Angels Fear to Tread, 1905
『기나긴 여행』The Longest Journey, 1907
『전망 좋은 방』A Room with a View, 1908
『하워즈 엔드』Howards End, 1910
『인도로 가는 길』A Passage to India, 1924/1927
『소설의 이해』Aspects of the Novel, 1927
『콜로노스의 숲』Collected Short Stories, 1947
『모리스』Maurice, 1971

작가란 누구이며,
무엇을 말해야 하는가

1953년에 창간된 문학 계간지인 『파리 리뷰』는 노벨상이나 퓰리처상을 수상한 작가를 비롯하여 세계적으로 유명한 작가들과의 인터뷰로 유명하다. 『작가란 무엇인가』는 잡지 『파리 리뷰』에 실린 수많은 작가들의 인터뷰 중에서, 현대 소설을 대표할 수 있는 소설가 12명의 인터뷰를 선정하고 이를 번역하여 소개한다. 이 인터뷰를 통해 우리들은 작가란 어떤 사람들인가를 깨달을 수 있다. 세계적으로 유명한 이들은 자신들이 직접 경험한 소설가의 삶에 대해 진지하면서도 유머감이 넘치게 이야기를 해줌으로써, 그들의 인간적인 면모와 살아 있는 숨결을 직접 느낄 수 있게 해준다. 또한 그들은 자신들의 작품의 동기와 배경뿐만 아니라, 의미와 가치를 직접 설명하기도 한다.

인터뷰를 통해 우리들은 움베르토 에코의 장난기 넘치는 말투, 오르한 파묵의 정치적 위협에 대해 의연하게 대처하는 자세, 레이먼드 카버가 알코올의존증을 극복하고 단편소설 작가로 성공하기 위해 기울인 노력, 가브리엘 가르시아 마르케스가 옛이야기를 통하여 자신만의 환상적 리얼리즘을 만드는 과정, 친구가 자신의 눈앞에서 번개에 맞아 죽는 것을 본 것이 폴 오스터의 인생관을 결정하였다는 것을 알게 된다. 이들의 인터뷰를 통해 우리는 바로 옆에서 살아 숨 쉬고 움직이는 작가들을 직접 경험할 수 있다. 그리고 인터뷰를 통해 알게 된 소설가들의 인간적인 면은 우리로 하여금 그들이 쓴 작품을 좀 더 잘 이해할 수 있는 기회를 준다.

『작가란 무엇인가』에 선정된 인터뷰는 우리들로 하여금 작가에 대해서 일반적으로 또는 막연하게 갖고 있는 여러 가지 생각을 깨뜨리고, 작가의 실재를 경험할 수 있는 기회를 준다. 우리들이 작가에 대해서 가진 가장 중요한 개념의 하나는 천재라는 것이다. 고전주의 음악을 대표하는 작곡가였던 볼프강 아마데우스 모차르트는 절대 음감을 갖고 있어서 머릿속에 떠오른 수많은 악상을 단지 악보에 옮겨적기만 하면 되는 천재 작곡가였고, 윌리엄 워즈워스와 새뮤얼 테일러 콜리지와 같은 낭만주의 시인들은 마음속에서 자연스럽게 솟구쳐 나오는 자신의 생각과 느낌을 종이 위에 한 번도 고쳐 쓰지 않고 옮겨 적기만 하면 되는 천재 시인들이라는 것이다. 그렇지만 이 인터뷰를 통해 낭만주의에서 비롯된 그러한 천재 작가는 실재하지 않는다는 것을 알게 된다.

20세기와 21세기를 대표하는 소설가들은 인터뷰에서, 자신이 표현하고픈 것을 정확하게 표현할 수 있을 때까지, 자신의 글을 끊임없이 고쳐 썼다는 것을 누누이 강조한다. 윌리엄 포크너는『소리와 분노』를 다섯 번이나 고쳐 썼다고 말했으며, 어니스트 헤밍웨이는『무기여 잘 있거라』의 마지막 쪽을 서른아홉 번이나 고쳐 썼다고 말했다. 물론 다른 작가들도 마찬가지이다. 『작가란 무엇인가』에 실린 작가들은 그들에게 영감이 깃들 때까지 수동적으로 무한정 기다리지 않는다. 무라카미 하루키는 매일 새벽 네 시부터, 어니스트 헤밍웨이는 매일 동틀 무렵부터, 필립 로스는 정해놓은 시간의 제한도 없이 매일 일정한 양의 글을 쓴다. 매일 자신이 정해놓은 만큼의 글을 쓸 수 있는 시간을 확보하기 위해서, 그들은 다른 사람들과의 즐겁고 행복한 교류라는 유혹에 넘어가지 않으려고 끊임없이 자신과 싸운다. 고독하고 외로운 그들은 창작한 작품들이 자기 절제 또는 극기를 통해 태어난 장인 정신의 산물이라는 것을 잘 보여준다. 그러므로 "작가의 의무는 최선을 다해 최고의 작품을 쓰는 것"이라는 포크너의 말을 염두에 둔다면, 작가들은 대체로 자신의 일을 열정적으로 추진하여, 최고의 작품을 만들어내는 사람들이라고 할 수 있다.

『작가란 무엇인가』에 실린 작가들의 인터뷰는 우리들이 작가에 대해서 갖고 있는 또 다른 선입견을 재고할 수 있는 기회를 준다. 우리들은 작가라면 무조건 술을 잘 마시거나 아니면 많이 마신다고 생각한다. 이런 생각은 당나라 시인인 이태백을 비롯한 많은 작가들에게서 유래한 것이다. 술에 취한 이태백은 강에 비친 달을 잡으려다 강에 빠져 죽었으며, 나중에는 고래를 타고 자신의 고향인 선계로 갔다고 전해진다. 두보와 더불어 시성으로 일컬어지는 이태백과 같은 작가들을 기준으로, 우리들은 술을 엄청나게 마실 줄 알아야만 좋은 글을 쓸 수 있는 자질을 갖는다고 생각하게 되었다. 물론 술도 삶의 한 부분이므로, 술이라는 것을 통해 경험할 수 있는 삶을 전혀 알지 못한다면, 좋은 작품을 쓸 수 없을지도 모른다. 그렇지만 『작가란 무엇인가』에 실린 작가들은 술에 대하여 다른 생각을 할 수 있게 해준다. 예를 들면, 포크너는 글을 쓰지 않을 때에는 술을 좋아하지만, 글을 쓸 때에는 술을 전혀 마시지 않는다. 알코올의존증으로 병원 치료를 받기도 했던 레이먼드 카버도 글을 쓸 때에는 술을 전혀 마시지 않는다고 한다. 아마도 술에 취해 있을 때에는 경험하는 현실을 전혀 이해할 수 없거나 아니면 이해하더라도 그것을 있는 그대로 그릴 수 없다고 생각한 듯하다.

『작가란 무엇인가』에 실린 작가들의 인터뷰는 우리의 삶을 되돌아볼 수 있는 기회를 준다. 예전의 아날로그 매체와 비교하여, 최근에 새롭게 등장한 디지털 매체는 우리들에게 많은 편리함을 제공하며, 또한 상대적으로 적은 비용으로 많은 것을 생산할 수 있는 경제성 있는 기술이라고 볼 수 있다. 12명의 작가의 인터뷰를 통해 알 수 있듯이, 몇 명의 작가들은 이미 컴퓨터를 이용하여 소설을 쓰기 시작하였다. 그렇지만 디지털 매체를 이용하기 시작한 작가들도 마음에 드는 작품 위해서는 펜과 타자기라는 아날로그 매체를 이용했던 예전의 작가들과 똑같은 노력을 기울이고 있는 것처럼 보인다. 디지털 매체를 알지 못했던 루트비히 폰 베토벤이나 세르게이 라흐마니노프와 같은 음악가들이 자신의 생각과 느낌을 전달하기 위해서 음표를 하나하나 악보에 그려야 했던 것처럼, 클로드 모네나 빈센트 반 고흐와 같은 화가들이 붓으로 물감을 찍어서 캔버스를 하나 가득 채워야 했던 것처럼, 발자크나 도스토예프스키와 같은 소설가들이 자신의 생각과 느낌을 가장 잘 표현할 수 있는 단어, 문장, 단락을 일일이 골라 써야 했던 것처럼, 디지털 매체를 이용하는 작가들도 최고의 걸작을 만들어내기 위해서 매일 일정한 시간을 들여서 꾸준히 그리고 최고의 열정을 다하여 글을 쓴다.

　12명 작가의 인터뷰는 여러 가지 면에서 작가와 연관된 신화와 21세기를 살고 있는 우리 자신의 삶을 되돌아볼 수 있는 중요한 기회를 주었다. 그렇지만 이 인터뷰가 우리에게 제시하고 있는 가장 중요한 점은 작가 자신들이 글을 쓰는 목적이나 글을 통해 만들어내는 세계가 어떠한지 이해할 수 있는 근거를 제시한다는 것이다. 소설가들은 자신들의 작품이 현실 세계를 기초로 하여 만들어낸 허구의 세계라는 것을 너무도 잘 알고 있다. 또 허구의 세계가 거짓된 세계를 의미하지 않는다는 것도 알고 있다.

　창작의 의미를 물은 인터뷰어 중 헤밍웨이를 인터뷰한 조지 플림턴의 질문은 훌륭하다. 그는 헤밍웨이에게 마지막 질문으로 "창조적인 작가로서 예술의 역할이 무엇이라고 생각하시나요? 왜 사실 그 자체보다는 사실의 재현을 선택하셨나요?"라는 근본적인 질문을 던졌다. 몹시 어려운 질문을 던진 플림턴에게 헤밍웨이는 짜증이 섞인 말투로 이렇게 대답했다.

　"일어난 일로부터, 존재하는 것으로부터, 그리고 알고 있거나 알 수 없는 모든 것으로부터, 재현이 아니라 창작을 통해 살아 있는 어떤 것보다 더 진실한 완전히 새로운 것을 만들 수 있지요. 당신은 그것을 살아 있게 할 수도 있고, 만일 당신이 충분히 잘할 수 있다면 그것에 영원성을 부여할 수도 있습니다. 이것이야말로 글을 쓰는 이유이고, 다른 이유는 없습니다."

　그는 글을 쓰는 것의 의미를 정확하게 알고 있었다. 작가가 해야 하는 것은 자신이 경험한 한정된 세계를 있는 그대로 재현하는 것이 아니라, 자신이 경험한 세계를 바탕으로 어떤 무엇보다도 완전히 진실하고 새로운 세계를 만들어내야 한다. 그래서 필립 로스는 미국계 유대인의 경험을 바탕으로, 움베르토 에코는 기호학을 바탕으로, 밀란 쿤데라는 다성적인 음악의 구조를 바탕으로, 오르한 파묵은 터키를 배경으로, 이언 매큐언은 동시대의 병리학적 현상을 바탕으로, 그리고 다른 작가들은 다른 무엇인가를 바탕으로 하여, 허구임에 틀림없지만, 매우 진실하고 완전히 새로운 세계를 우리들에게 보여주는 것이다.

2014년 1월

권승혁 · 김진아

파리 리뷰_인터뷰

작가란 무엇인가 1

소설가들의 소설가를 인터뷰하다

초판 1쇄 발행 2014년 1월 14일
초판 6쇄 발행 2022년 6월 15일

지은이 파리 리뷰
옮긴이 권승혁·김진아
일러스트 김동연

펴낸이 김한청
기획편집 원경은 김지연 차언조 양희우 유자영 김병수
마케팅 최지애 현승원
디자인 이성아 박다애
운영 최원준 설채린

펴낸곳 도서출판 다른
출판등록 2004년 9월 2일 제2013-000194호
주소 서울시 마포구 양화로 64 서교제일빌딩 902호
전화 02-3143-6478 팩스 02-3143-6479 이메일 khc15968@hanmail.net
블로그 blog.naver.com/darun_pub 인스타그램 @darunpublishers

ISBN 979-11-5633-006-6 (94800)
979-11-5633-005-9 (set)